OSCAR FANTASTICA

D1669444

di George R.R. Martin

nella collezione Oscar

L'arguzia e la saggezza di Tyrion Lannister
Il cavaliere dei Sette Regni
Il Drago di Ghiaccio
La principessa e la regina (con Gardner Dozois)
Il Pianeta dei Venti (con Lisa Tuttle)
I re di sabbia
Le torri di cenere
Il viaggio di Tuf

LE CRONACHE DEL GHIACCIO E DEL FUOCO

Libro primo - *Il Trono di Spade* e *Il Grande Inverno*
Libro secondo - *Il Regno dei Lupi* e *La Regina dei Draghi*
Libro terzo - *Tempesta di spade*, *I fiumi della guerra* e *Il Portale delle Tenebre*
Libro quarto - *Il Dominio della Regina* e *L'ombra della profezia*
Libro quinto - *I guerrieri del ghiaccio*, *I fuochi di Valyria* e *La Danza dei Draghi*

WILD CARDS

1. L'origine - 2. L'invasione - 3. L'assalto - 4. La missione
5. Nei bassifondi - 6. Il candidato - 7. La mano del morto
8. Il fante con un occhio solo - 9. Il Castello di Cristallo

nella collezione Varia Saggistica

Il mondo del Ghiaccio e del Fuoco (con Elio M. García Jr. e Linda Antonssen)

nella collezione Omnibus

I Canti del Sogno (volume primo)
I Canti del Sogno (volume secondo)
La ragazza nello specchio (con Gardner Dozois)

GEORGE RAYMOND RICHARD MARTIN (Bayonne, New Jersey, 1948) è l'autore delle celebri "Cronache del Ghiaccio e del Fuoco" che hanno ispirato tra l'altro la serie televisiva della HBO *Il Trono di Spade*, vincitrice di ben ventisei Primetime Emmy Awards. Ha scritto anche molte altre opere, tradotte in decine di Paesi, soprattutto romanzi e racconti di fantascienza, horror e fantasy, che gli sono valsi i più importanti premi letterari per questi generi: cinque Hugo, due Nebula, un World Fantasy, undici Locus e numerosi altri. Sceneggiatore per il cinema e la televisione, nel 2011 la rivista «Time» l'ha selezionato tra le cento persone più influenti del pianeta.

GEORGE R.R. MARTIN

IL TRONO DI SPADE

LA DANZA DEI DRAGHI

Traduzione di Sergio Altieri e G.L. Staffilano

OSCAR MONDADORI

© 2011 by George R.R. Martin
Titolo originale dell'opera: *A Dance with Dragons - Book Five of A Song of Ice and Fire*
© 2012 Arnoldo Mondadori Editore S.p.A., Milano
© 2016 Mondadori Libri S.p.A., Milano

I edizione Omnibus ottobre 2012
I edizione Oscar bestsellers ottobre 2013
I edizione Oscar fantastica marzo 2016

ISBN 978-88-04-66202-0

Questo volume è stato stampato
presso ELCOGRAF S.p.A.
Stabilimento di Cles (TN)
Stampato in Italia. Printed in Italy

Mappe - copyright © by Jeffrey L. Ward

Stemmi araldici di Virginia Norey

Anno 2016 - Ristampa 1 2 3 4 5 6 7

www.librimondadori.it

La Danza dei Draghi

A tutti i miei fan,

per Lodey, Trebla, Stego, Pod,
Caress, Yags, X-Ray e Mr. X,
Kate, Chataya, Mormont, Mich,
Jamie, Vanessa, Ro,
per Stubby, Louise, Agravaine,
Wert, Malt, Jo,
Mouse, Telisiane, Blackfyre,
Bronn Stone, Coyote's Daughter,
e tutto quel gruppo di pazzi di Brotherhood Without Banners,

per i miei maghi del Web,
Elio e Linda, guide di Westeros,
Winter e Fabio di WIC,
e Gibbs di Dragonstone che hanno fatto partire tutto,

per gli uomini e le donne di Asshai, in Spagna,
che hanno cantato di un orso e di una fanciulla,
e ai favolosi fan italiani,
che mi hanno generosamente rifornito di vino,
ai mei lettori finlandesi, tedeschi,
brasiliani, portoghesi, francesi e olandesi,
e a quei paesi lontani che aspettano ancora questo giro di danza,

a tutti gli amici e fan che ancora devo conoscere,

grazie per la vostra pazienza

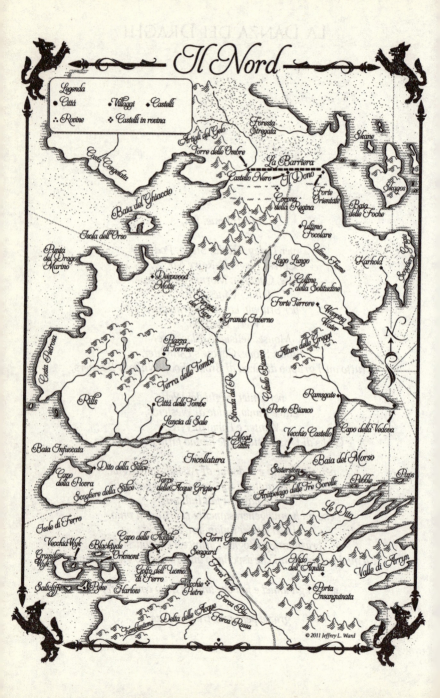

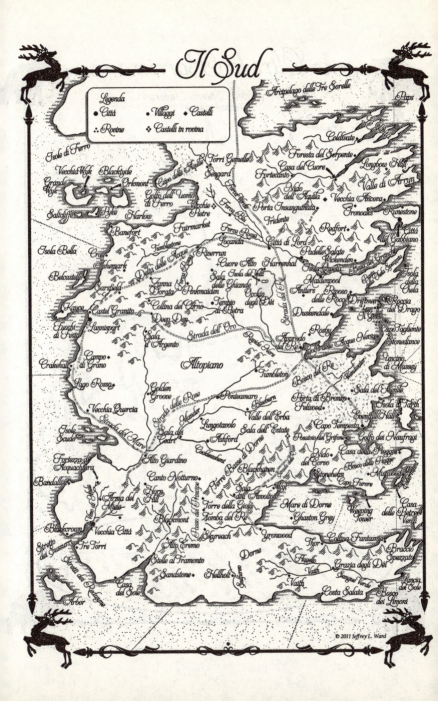

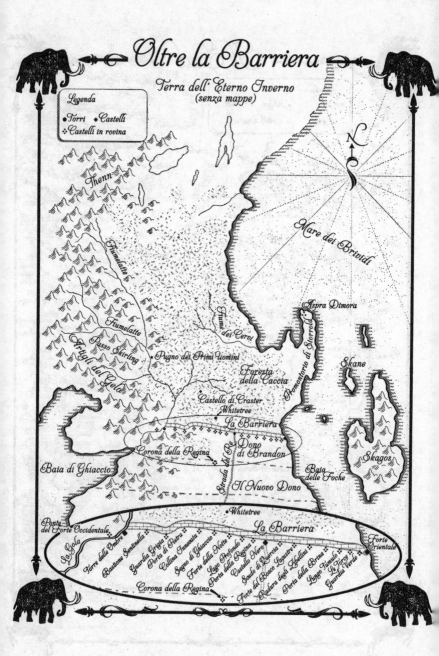

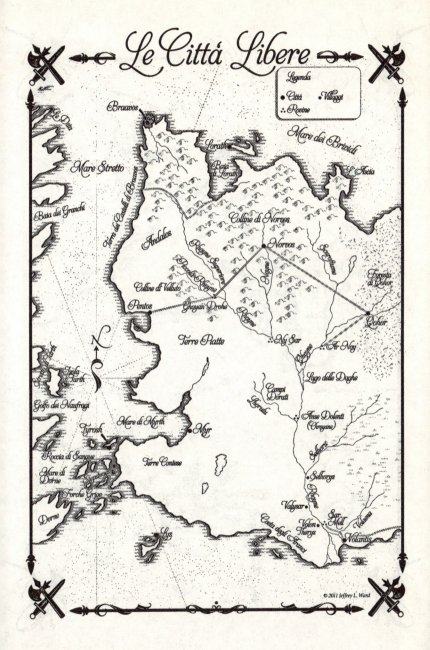

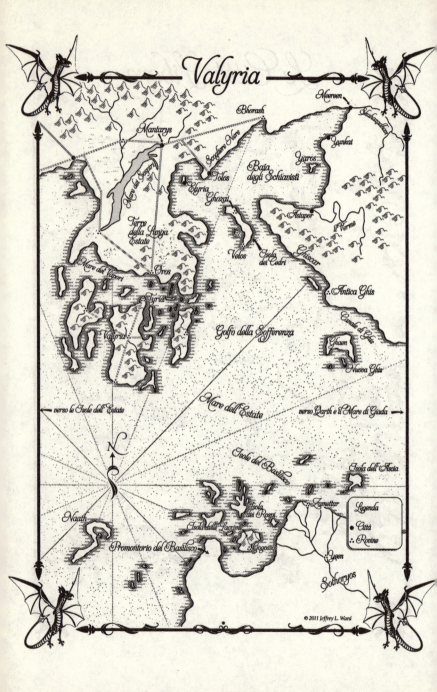

Raventree Hall era antica. Il muschio cresceva fitto tra le sue pietre ancestrali, disegnando sulle mura un reticolo simile alle vene sulle gambe di una vecchia. Due grandi torrioni si ergevano ai lati del portale principale del castello, e torri più piccole difendevano ogni angolo delle mura. Erano tutte di forma quadrata. Le torri a tamburo e a mezzaluna reggevano meglio gli assalti delle catapulte, perché la curvatura delle mura tende a deviare i proiettili, ma Raventree era antecedente a quel particolare tocco di arguzia costruttiva.

Il castello dominava l'ampia e fertile vallata che mappe e persone chiamavano Valle del Bosco Nero. Senza dubbio era una valle, ma da molte migliaia d'anni non c'era più nessun bosco, fosse nero o marrone o verde. Una volta, sì, il bosco era esistito, però da lungo tempo le asce avevano tolto di mezzo gli alberi. Case, fortezze e mulini erano sorti là dove un tempo si ergevano le querce. Il terreno era nudo e fangoso, punteggiato qua e là da cumuli di neve che andava sciogliendosi.

Eppure, fra le mura del castello, un residuo di bosco rimaneva. Casa Blackwood manteneva gli antichi dèi e li adorava come avevano fatto i primi uomini nei giorni precedenti l'arrivo in Occidente degli andali. Si diceva che alcuni alberi nel parco degli dèi di Raventree fossero antichi quanto le torri quadrate, soprattutto l'albero del cuore, un albero-diga di dimensioni immani le cui livide ramificazioni superiori erano visibili a leghe di distanza, come dita ossute che artigliavano il cielo.

Quando Jaime Lannister e la sua scorta serpeggiarono fra le colline ondulate ed entrarono nella valle, poco rimaneva dei campi, delle fattorie e dei frutteti che un tempo circondavano Raventree: solo fango e cenere, e qua e là le rovine annerite di case e mulini.

Erbacce, rovi e ortiche crescevano in quella desolazione, ma niente che si potesse definire un raccolto. Ovunque Jaime guardasse, vedeva la lunga mano di suo padre, anche nelle ossa che a volte spuntavano a lato della strada. Per la maggior parte erano ossa di pecore, ma c'erano anche carcasse di cavalli e ogni tanto un teschio umano o uno scheletro senza testa, con l'erba che spuntava dalla cassa toracica.

Nessun grande esercito circondava Raventree, come era accaduto a Delta delle Acque. Questo assedio era una faccenda più privata, l'ultimo passo di una danza che durava da molti secoli. Jonos Bracken aveva, a dir tanto, forse cinquecento uomini attorno al castello. Jaime non vide né torri d'assedio né arieti né catapulte. Bracken non intendeva abbattere le porte di Raventree né assaltare le sue mura alte e spesse. Senza prospettive di rinforzi in vista, si accontentava di prendere il suo avversario per fame. Senza dubbio, all'inizio dell'assedio c'erano state sortite e scaramucce, e frecce che volavano nell'una come nell'altra direzione; ma dopo sei mesi così, tutti si erano stancati di quell'assurdità. La noia e la ripetizione, nemici della disciplina, avevano preso il sopravvento.

"È ora di porre fine a tutto questo" pensò Jaime. Con Delta delle Acque adesso saldamente nelle mani dei Lannister, Raventree era tutto ciò che restava del fugace regno del Giovane Lupo. Una volta che quel castello fosse caduto, Jaime avrebbe completato la sua missione lungo il Tridente, e sarebbe stato libero di fare ritorno ad Approdo del Re. "Dal re" disse a se stesso, ma un'altra parte di lui mormorò: "Da Cersei".

Avrebbe dovuto affrontarla, pensò. Ammesso che l'Alto Septon non l'avesse già messa a morte prima che Jaime facesse ritorno in città. "Vieni subito" aveva scritto Cersei nella lettera che, a Delta delle Acque, lui aveva ordinato a Peck di bruciare. "Aiutami. Salvami. Ho bisogno di te adesso, più di quanto non ne abbia mai avuto prima. Ti amo. Ti amo. Ti amo. Vieni immediatamente." Jaime non aveva dubbi che il bisogno di Cersei fosse reale. Ma quanto al resto... "Si è portata a letto Lancel e Osmund Kettleblack e il Ragazzo di Luna, per quanto ne so..." Anche se fosse tornato in tempo, non poteva sperare di salvarla. Cersei era colpevole di tutti i tradimenti che le venivano imputati e lui era stato privato della mano della spada.

Quando la colonna arrivò al trotto attraverso i campi, le sentinelle li fissarono più con curiosità che con timore. Nessuno lanciò l'allarme, il che a Jaime andava bene. Non fu difficile trovare il padiglione di lord Bracken. Era il più grande dell'accampamento e quello nella migliore posizione: posto in cima a un'altura, vicino a un ruscello, consentiva una chiara visuale di due delle porte di Raventree.

La tenda era marrone come la bandiera che garriva sul palo centrale, con lo stallone rosso rampante di Casa Bracken all'interno di uno scudo dorato. Jaime diede l'ordine di smontare e disse ai suoi uomini che se volevano potevano unirsi agli altri.

«Voi due restate qui» ordinò ai suoi alfieri. «Non ci metterò molto.» Con un volteggio smontò da Onore e si diresse con passo deciso verso la tenda di Bracken, la spada che gli sferragliava nel fodero.

Al suo avvicinarsi, i soldati di guardia si scambiarono un'occhiata ansiosa. «Mio lord» disse uno. «Dobbiamo annunciarti?»

«Mi annuncerò da solo» rispose Jaime. Con la mano d'oro scostò il lembo della tenda ed entrò.

Ci stavano davvero dando dentro: erano talmente presi dalla fregola che nessuno dei due si accorse del suo arrivo. La donna teneva gli occhi chiusi. Le sue mani si aggrappavano alla ruvida peluria castana sulla schiena di Bracken. Ansimava ogni volta che lui affondava dentro di lei. La testa del suo lord era in mezzo ai suoi seni, le mani di lui le cingevano i fianchi.

Jaime si schiarì la voce. «Lord Jonos.»

La donna spalancò gli occhi e lanciò uno strillo di sorpresa. Jonos Bracken rotolò giù da lei, afferrò il fodero e scattò in piedi, con l'acciaio snudato in mano, imprecando. «Per i Sette Inferi maledetti, chi osa…» Poi vide il mantello bianco e la piastra pettorale dorata di Jaime. Abbassò la spada. «Lannister?»

«Mi dispiace disturbarti mentre ti stai sollazzando, mio lord» replicò Jaime con un mezzo sorriso «ma ho una certa fretta. Possiamo parlare?»

«Parlare. *Aye.*» Bracken rinfoderò la spada. Non era alto come Jaime, ma era più massiccio, con spalle larghe e braccia che avrebbero fatto invidia a un fabbro ferraio. Una corta barba castana gli ricopriva le guance e il mento. Anche i suoi occhi erano castani e malcelavano la collera. «Mi hai colto alla sprovvista, mio lord. Non sapevo che stessi venendo.»

«E a quanto pare io ho impedito a te di farlo.»

Jaime sorrise alla donna nel letto. Lei teneva una mano sul seno sinistro e l'altra fra le gambe, lasciando esposto il seno destro. Aveva capezzoli più scuri di quelli di Cersei, e tre volte più grandi. Quando si accorse dello sguardo di Jaime, si coprì il capezzolo destro, ma lasciò scoperto l'inguine.

«Sono tutte così pudiche le donne al seguito del campo?» si meravigliò Jaime. «Chi vuole vendere le sue rape, deve metterle in mostra.»

«Stai fissando le mie rape da quando sei entrato, ser.» La donna prese una coperta e se la tirò su fino alla vita, poi si scostò i capelli dagli occhi. «E non sono neanche in vendita.»

Jaime si strinse nelle spalle. «Chiedo scusa se ti ho scambiato per qualcosa che non sei. Il mio fratellino ha conosciuto un centinaio di baldracche, ne sono sicuro, ma io ne ho portata a letto una sola.»

«Lei è un bottino di guerra.» Bracken raccolse le brache da terra e le scrollò. «Apparteneva a un fedelissimo di Casa Blackwood, finché non gli ho spaccato la testa in due. Abbassa le mani, donna. Il mio lord di Lannister vuole guardare bene le tue tette.»

Jaime non gli badò. «E tu ti stai mettendo le brache al contrario, mio lord» disse.

Mentre Bracken imprecava, la donna scivolò giù dal letto e cominciò a raccattare gli indumenti disseminati in giro, spostando nervosamente le mani per coprirsi seni e inguine mentre si chinava, si voltava e raccoglieva. Gli sforzi per coprirsi la rendevano molto più provocante che se fosse stata nuda.

«Hai un nome, donna?» chiese Jaime.

«Mia madre mi ha chiamato Hildy, ser.» Infilò una fetida sottotunica dalla testa e si ravviò i capelli. Aveva la faccia sporca quasi quanto i piedi, e fra le gambe abbastanza peli da passare per la sorella di Bracken, ma non mancava di una certa attrattiva. Quel naso all'insù, i lunghi capelli arruffati… o il modo in cui eseguì una riverenza, dopo essersi infilata la gonna. «Hai visto l'altra mia scarpa, milord?»

Bracken sembrò offeso da quella domanda. «Sono forse una maledetta serva, che deve cercarti le scarpe? Vattene scalza, se necessario. Basta che te ne vai.»

«Significa che milord non mi porterà con sé a casa, per pregare con la sua piccola moglie?» ribatté Hildy. Ridendo, lanciò a Jaime un'occhiata impudente. «E tu, ser, ce l'hai una piccola moglie?»

"No, ho una sorella." «Di che colore è il mio mantello?»

«Bianco» replicò lei. «Ma la tua mano è d'oro massiccio. Mi piace, in un uomo. E a te cosa piace in una donna, milord?»

«L'innocenza.»

«Ho detto in una donna, non in una figlia.»

Jaime pensò a Myrcella. "Dovrò dirlo anche a lei." Forse ai dorniani non sarebbe piaciuto. Doran Martell l'aveva promessa in sposa al proprio figlio, convinto che lei fosse del sangue di Robert Baratheon. "Nodi e grovigli" pensò Jaime, rimpiangendo di non poterli tagliare con un rapido colpo di spada. «Ho fatto un voto» disse a Hildy in tono stanco.

«Niente rape per te, allora» replicò la donna, con voce impertinente.

«Vattene via!» tuonò lord Jonos.

Lei se ne andò. Ma mentre passava davanti a Jaime, reggendo una scarpa e una pila di indumenti, abbassò una mano e gli diede una strizzata all'uccello attraverso le brache. «Hildy» gli ricordò, prima di sfrecciare, mezza nuda, fuori della tenda.

"Hildy" rimuginò Jaime. «E come sta la lady tua moglie?» chiese a lord Jonos, quando la ragazza si fu dileguata.

«Come faccio a saperlo? Chiedi al suo septon. Quando tuo padre bruciò il nostro castello, lei si convinse che si trattava di una punizione degli dèi. Ora non fa altro che pregare.» Bracken era finalmente riuscito a girare le brache nel modo giusto e le stava allacciando sul davanti. «Cosa ti porta qui, mio lord? Il Pesce Nero? Abbiamo saputo come è fuggito.»

«Davvero?» Jaime si sedette su uno sgabello da campo. «Da lui stesso, per caso?»

«Ser Brynden non è così sciocco da correre da me. Ho simpatia per lui, non lo nego. Ma questo non m'impedirà di metterlo in catene, se oserà mostrare la sua faccia, a me o ai miei. Sa che ho fatto atto di sottomissione. Anche lui avrebbe dovuto fare lo stesso, ma è sempre stato un testardo. Suo fratello avrebbe dovuto dirlo.»

«Tytos Blackwood, però, non ha fatto atto di sottomissione» osservò Jaime. «Il Pesce Nero potrebbe quindi cercare rifugio a Raventree?»

«Potrebbe, ma prima deve oltrepassare fra le mie linee d'assedio e non mi pare che gli siano spuntate le ali. Fra non molto, anche Tytos avrà bisogno di un rifugio. Là dentro sono ridotti a mangiare topi e radici. Si arrenderà prima della prossima luna piena.»

«Si arrenderà prima del tramonto. Intendo offrirgli delle condizioni e accoglierlo nuovamente nella pace del re.»

«Capisco.» Lord Jonos s'infilò una tunica di lana marrone con lo stallone rosso dei Bracken ricamato sul petto. «Il mio lord gradisce un corno di birra?»

«No, ma tu non restare a secco per colpa mia.»

Bracken riempì un corno, ne bevve la metà e si pulì la bocca. «Hai parlato di condizioni. E quali sarebbero?»

«Le solite. Lord Blackwood dovrà confessare il suo tradimento e abiurare la fedeltà agli Stark e ai Tully. Giurerà solennemente davanti agli dèi e agli uomini di restare un fedele vassallo di

Harrenhal e del Trono di Spade, e io gli darò il perdono in nome del re. Ci prenderemo naturalmente un paio di secchi d'oro. Il prezzo della ribellione. Esigerò anche un ostaggio, per essere sicuri che Raventree non si sollevi di nuovo.»

«Sua figlia» suggerì Bracken. «Blackwood ha sei figli maschi, ma solo una femmina. Stravede per lei. Una piccola mocciosa, non avrà più di sette anni.»

«Giovane, ma potrebbe andare bene.»

Lord Jonos bevve il resto della birra e gettò da parte il corno. «E le terre e i castelli che ci erano stati promessi?»

«Quali terre erano?»

«La riva orientale del Fiume della Vedova, da Collina della Balestra a Radura dei Solchi, e tutte le isole nel fiume. Il Mulino del Grano Spezzato e il Mulino del Lord, quanto rimane di Sala del Fango, Terra Desolata, Valle della Battaglia, Antica Forgia, i villaggi di Buckle, Blackbuckle, Cairns e Claypool e la città mercato a Tomba di Fango. Bosco delle Vespe, Bosco di Lorgen, Collina Verde e Tette di Barba, i Blackwood le chiamano Tette di Missy, ma in origine erano le Tette di Barba. Albero del Miele e tutti gli alveari. Ecco, ho segnato tutto, se il mio lord vuole dare un'occhiata.» Bracken frugò su un tavolo e tirò fuori una mappa su pergamena.

Jaime la prese con la mano buona, ma per aprirla e distenderla dovette usare anche quella d'oro. «Sono un bel po' di terre» osservò. «Accrescerai i tuoi possedimenti di un quarto.»

La bocca di Bracken assunse un'espressione caparbia. «Tutte quelle terre appartenevano un tempo a Stone Hedge. I Blackwood ce le hanno rubate.»

«E questo villaggio, qui, fra le Tette?» Jaime vi batté sopra con la nocca d'oro.

«Pennytree. Anche quello un tempo era nostro, ma per almeno un centinaio d'anni è stato un feudo regale. Lascialo fuori. Noi chiediamo solo le terre rubate dai Blackwood. Il lord tuo padre promise di restituircele, se avessimo sottomesso lord Tytos in suo nome.»

«Eppure, arrivando qui a cavallo, ho visto gli stendardi dei Tully sventolare dalle mura del castello, e anche il meta-lupo degli Stark. Il che parrebbe far pensare che lord Tytos non sia ancora stato sottomesso.»

«Abbiamo cacciato lui e i suoi dal campo di battaglia e li abbiamo bloccati a Raventree. Dammi uomini sufficienti per dare l'assalto alle mura, mio lord, e li sottometterò tutti quanti nelle loro tombe.»

«Se ti dessi uomini sufficienti, sarebbero loro a sottometterlo, e non tu. Allora dovrei premiare me stesso.» Jaime lasciò che la mappa si arrotolasse di nuovo. «Questa la vorrei tenere, se posso.»

«La mappa è tua, le terre sono nostre. Si dice che un Lannister ripaga sempre i propri debiti. Noi abbiamo combattuto per te.»

«Neanche la metà del tempo in cui avete combattuto contro di me.»

«Il re ci ha perdonato per questo. Ho perso mio nipote sotto le vostre spade, e anche il mio figlio naturale. La vostra Montagna che cavalca ha rubato i miei raccolti e bruciato tutto quello che non poteva portare via. Ha incendiato il mio castello e stuprato una delle mie figlie. Avrò il risarcimento.»

«Gregor Clegane è morto, come mio padre» replicò Jaime «e alcuni potrebbero dire che conservare la testa è stato per te un risarcimento più che generoso. Ti sei dichiarato a favore di Robb Stark e gli sei stato fedele finché lord Walder non l'ha ucciso.»

«Assassinato, insieme a una decina di bravi uomini del mio stesso sangue.» Lord Jonos girò la testa e sputò. «*Aye.* Sono stato fedele al Giovane Lupo. Come sarò fedele a te, se mi tratterai equamente. Feci atto di sottomissione perché non ritenevo sensato morire per un morto e versare il sangue dei Bracken per una causa persa.»

«Un uomo giudizioso.» "Anche se qualcuno potrebbe dire che lord Blackwood è stato più onesto." «Avrai le tue terre. Ma solo in parte, visto che hai solo in parte assoggettato i Blackwood.»

Lord Jonos parve comunque soddisfatto della promessa. «Saremo contenti di qualsiasi porzione il mio lord ritenga equa. Se posso darti un consiglio, però, è bene non essere troppo munifici con quei Blackwood. Il tradimento scorre nel loro sangue. Prima che gli andali arrivassero in Occidente, Casa Bracken regnava su questo fiume. Noi eravamo sovrani e i Blackwood nostri vassalli, ma ci tradirono e usurparono la corona. Ogni Blackwood nasce voltagabbana. Farai bene a ricordartene, quando tratterai con loro.»

«Lo farò» promise Jaime.

Mentre cavalcavano dal campo d'assedio di Bracken fino alle porte di Raventree, Jaime si fece precedere da Peck con una bandiera di tregua. Prima che arrivassero al castello, venti paia d'occhi li sorvegliavano dall'alto dei corpi di guardia. Jaime fermò Onore sull'orlo del fossato, un profondo scavo con le pareti di pietra, le acque verdastre soffocate dalla schiuma. Jaime stava per ordinare a ser Kennos di suonare il Corno di Herrock, quando il ponte levatoio cominciò a scendere.

Lord Tytos Blackwood gli andò incontro nella corte esterna, in sella a un destriero malconcio quanto lui. Altissimo e magrissimo, il lord di Raventree aveva il naso adunco, i capelli lunghi e un'ispida barba sale e pepe, più sale che pepe. Sulla piastra pettorale della corazza scarlatto brunito c'era, intarsiato in argento, un albero bianco e scheletrico, attorniato da uno stormo di corvi d'onice che spiccavano il volo. Una cappa di piume di corvo fluttuava alle sue spalle.

«Lord Tytos» salutò Jaime.

«Ser.»

«Grazie per avermi permesso di entrare.»

«Non dirò che sei il benvenuto. E non negherò di essermi augurato che tu potessi arrivare. Sei qui per la mia spada.»

«Sono qui per porre fine a questo assedio. I tuoi uomini hanno combattuto valorosamente, ma la guerra è perduta. Sei pronto a sottometterti?»

«Al re, non a Jonos Bracken.»

«Capisco.»

Blackwood esitò. «Desideri vedermi scendere da cavallo e piegare il ginocchio davanti a te qui e ora?»

Un centinaio d'occhi osservava la scena.

«Il vento è gelido e la corte è fangosa» rilevò Jaime. «Potrai piegare il ginocchio sul tappeto del tuo solarium, una volta che ci saremo accordati sulle condizioni.»

«Cavalleresco da parte tua» ribatté lord Tytos. «Vieni, ser. La mia casa può mancare di cibo, ma mai di cortesia.»

Il solarium di Blackwood era al primo piano di un cavernoso mastio di legno. Quando entrarono, il fuoco ardeva nel camino. La stanza era grande e ariosa, con grosse travi di quercia nera a sostenere l'alto soffitto. Arazzi di lana coprivano le pareti e due ampie porte a traliccio davano sul parco degli dèi. Attraverso i loro spessi pannelli romboidali di vetro giallo, Jaime scorse i rami nodosi dell'albero da cui il castello prendeva il nome. Era un albero-diga antico e colossale, dieci volte più grande di quello nel giardino di pietra di Castel Granito. Quest'albero però era nudo e morto.

«Sono stati i Bracken ad avvelenarlo» spiegò lord Tytos. «Da mille anni non fa una foglia. Fra un altro migliaio d'anni si sarà trasformato in pietra, dicono i maestri. Gli alberi-diga non marciscono.»

«E i corvi?» chiese Jaime. «Dove sono?»

«Arrivano al crepuscolo e rimangono appollaiati per tutta la notte. A centinaia. Ricoprono l'albero come delle foglie nere, ogni ramo grosso e piccolo. È così da migliaia di anni. Nessuno sa dire come e perché, ma l'albero li attira ogni notte.» Si accomodò su una sedia dall'alto schienale. «L'onore impone che ti chieda del mio lord, signore.»

«Ser Edmure è in viaggio per Castel Granito come mio prigioniero. Sua moglie rimarrà alle Torri Gemelle finché non avrà messo al mondo loro figlio. Poi lei e l'infante lo raggiungeranno. Fino a quando non tenterà la fuga o non tramerà ribellioni, Edmure avrà una lunga vita.»

«Lunga e amara. Una vita senza onore. Finché sarà vivo, la gente dirà che ha avuto paura di combattere.»

"Ingiustamente" pensò Jaime. "Ha avuto paura per suo figlio. E sapeva di chi sono figlio io, più della mia stessa zia." «La scelta è stata sua. Suo zio ci avrebbe fatto sputare sangue.»

«Su questo siamo d'accordo.» La voce di Tytos Blackwood non tradiva nulla. «Che cosa hai fatto con ser Brynden, se posso chiedere?»

«Gli ho offerto di prendere il nero. Invece è fuggito.» Jaime sorrise. «È per caso qui con te?»

«No.»

«Me lo diresti, se lo fosse?»

Questa volta fu Tytos Blackwood a sorridere.

Jaime intrecciò le mani, le dita d'oro con quelle di carne. «Forse è ora di parlare delle condizioni.»

«È qui che devo mettermi in ginocchio?»

«Se così ti compiace. Altrimenti, possiamo limitarci a dire che l'hai fatto.»

Lord Blackwood restò seduto. In breve raggiunsero un accordo sui punti principali: ammissione di colpa, atto d'omaggio, perdono, pagamento di una certa somma in oro e argento.

«Quali terre pretendi?» chiese lord Tytos.

Quando Jaime gli passò la mappa, diede un'occhiata e ridacchiò. «Ma certo, il voltagabbana deve avere la sua ricompensa.»

«Sì, ma più piccola di quello che crede, per un servigio più piccolo. Di quali delle terre qui segnate accetti di privarti?»

Lord Tytos rifletté un momento. «Arco di Legno, Collina della Balestra e Buckle.»

«Un cumulo di rovine, un crinale e qualche capanna? Andiamo, mio lord! Devi pagare il fio per il tuo tradimento. Pretenderà almeno un mulino.» I mulini erano una preziosa fonte di tasse. Il lord riceveva un decimo di tutto il grano che vi veniva macinato.

«Il Mulino del Lord, allora. Grano Spezzato è nostro.»

«E un altro villaggio. Cairns?»

«Alcuni dei miei antenati sono sepolti sotto quelle pietre.» Guardò di nuovo la mappa. «Puoi dargli Albero del Miele e i suoi alveari. Tutto quel dolce lo farà ingrassare e gli corroderà i denti.»

«D'accordo così, allora. C'è solo un'ultima cosa.»

«Un ostaggio.»

«Sì, mio lord. Hai una figlia, mi pare.»

«Bethany» lord Tytos parve colpito. «Ho anche due fratelli e una sorella. Due zie vedove. Nipoti maschi e femmine, cugini. Pensavo che avresti potuto consentirmi…»

«Dev'essere sangue del tuo sangue.»

«Bethany ha solo otto anni. È una bambina gentile, piena d'allegria. Non è mai stata a più di un giorno di cavallo da casa.»

«Perché non lasciarle vedere Approdo del Re? Sua grazia ha quasi la stessa età. Sarebbe contento di avere un'amica in più.»

«Da impiccare, se il padre lo dovesse indispettire?» replicò lord Tytos. «Ho quattro figli maschi. Non vorresti uno di loro al posto suo? Ben ha dodici anni ed è assetato d'avventure. Potrebbe farti da scudiero, se compiace al mio lord.»

«Ho più scudieri di quelli che mi servono. Ogni volta che vado a pisciare, s'azzuffano per il diritto di reggermi l'uccello. E tu, mio lord, hai sei figli, non quattro.»

«Una volta. Robert era il più giovane e il meno robusto. È morto nove giorni fa di dissenteria. Lucas è stato ucciso alle Nozze Rosse. La quarta moglie di Walder Frey era una Blackwood, ma la parentela conta solo per il diritto d'ospitalità nelle Torri Gemelle. Mi piacerebbe seppellire Lucas sotto l'albero, ma i Frey non hanno ritenuto opportuno rendermi le sue ossa.»

«Farò in modo che provvedano. Lucas era il maggiore?»

«Il secondogenito. Il maggiore e mio erede è Brynden. Poi viene Hoster. Un ragazzo appassionato di libri, purtroppo.»

«Ci sono molti libri anche ad Approdo del Re. Ricordo che mio fratello più piccolo li leggeva, di tanto in tanto. Forse anche a tuo figlio piacerebbe dare loro un'occhiata. Accetterò Hoster come ostaggio.»

Tytos mostrò un evidente sollievo. «Ti ringrazio, mio lord.» Esitò un momento. «Se posso avere l'ardire, faresti bene a chiedere un ostaggio anche a lord Jonos. Una delle sue figlie. Con tutte le sue fregole, non si è dimostrato abbastanza uomo da generare figli maschi.»

«Ha avuto un figlio bastardo che è morto in guerra.»

«Davvero? Harry era un bastardo, nessun dubbio, ma se sia stato generato proprio da Jonos è da vedersi. Era un ragazzo con i capelli biondi, piuttosto bello. Jonos non è né biondo né tanto meno bello.» Lord Tytos si alzò. «Mi fai l'onore di cenare con me?»

«Un'altra volta, mio lord.» Nel castello si moriva di fame; rubare cibo a quelle bocche non sarebbe stato bello da parte di Jaime. «Non posso trattenermi. Delta delle Acque mi aspetta.»

«Delta delle Acque, o Approdo del Re?»

«Entrambi.»

Lord Tytos non tentò di fargli cambiare idea. «Hoster può essere pronto a partire in un'ora.»

Così fu. Il ragazzo raggiunse Jaime nelle stalle. Aveva una coperta arrotolata in spalla e un fascio di pergamene sotto il braccio. Non poteva avere più di sedici anni, eppure era più alto del padre, quasi sette piedi di gambe, stinchi e gomiti; un ragazzo allampanato e goffo, con un ciuffo ribelle. «Lord comandante, sono il tuo ostaggio, Hoster. Loro mi chiamano "Hos".» Ridacchiò.

"Pensa che sia tutto uno scherzo?" «E chi sarebbero questi "loro"?»

«I miei amici. I miei fratelli.»

«Io non sono tuo amico e nemmeno tuo fratello.» Quelle parole cancellarono il sogghigno dalla faccia del ragazzo. Jaime si rivolse a lord Tytos. «Mio lord, evitiamo malintesi. Lord Beric Dondarrion, Thoros di Myr, Sandor Clegane, Brynden Tully, quella lady Stoneheart… sono tutti fuorilegge e ribelli, nemici del re e dei suoi leali sudditi. Se dovessi sapere che tu o i tuoi li state nascondendo, proteggendo o aiutando in qualsiasi modo, non esiterò a mandarti la testa di tuo figlio. Mi auguro che ti sia chiaro. E voglio che sia chiaro anche questo: io non sono Ryman Frey.»

«No.» Ogni traccia di calore aveva abbandonato la bocca di lord Blackwood. «So chi ho di fronte, lo Sterminatore di Re.»

«Vedi di ricordarlo.» Jaime montò in sella e diresse Onore verso la porta del castello. «Ti auguro buoni raccolti e la gioia della pace del re.»

Non andò lontano. Lord Jonos Bracken lo stava aspettando all'esterno di Raventree, appena fuori dalla portata di una buona balestra. Era in sella a un destriero con l'armatura, indossava cotta di maglia e piastre, e un grande elmo d'acciaio col cimiero di crine. «Li ho visti ammainare lo stendardo con il meta-lupo» disse, quando Jaime lo raggiunse. «È fatta?»

«Fatta e finita. Torna a casa e semina i tuoi campi.»

Lord Bracken alzò la visiera. «Spero di avere più campi da seminare di quanti ne avevo prima che tu entrassi in quel castello.»

«Buckle, Arco di Legno, Albero del Miele e tutti i suoi alveari.» Ne stava dimenticando uno. «Oh, e Collina della Balestra.»

«Un mulino» disse Bracken. «Devo avere un mulino.»

«Il Mulino del Lord.»

Lord Jonos sbuffò. «*Aye*, va bene. Per ora.» Indicò Hoster Blackwood, che cavalcava al fianco di Peck. «Ti ha dato lui come ostaggio? Sei stato gabbato, ser. Quel ragazzo è uno smidollato. Ha acqua nelle vene, non sangue. Anche se è alto, una qualsiasi delle mie figlie potrebbe spezzarlo come un ramo marcio.»

«Quante figlie hai, mio lord?» chiese Jaime.

«Cinque. Due dalla mia prima moglie e tre dalla terza.» Solo dopo si rese conto di aver parlato troppo.

«Mandane una a corte. Avrà il privilegio di prestare servizio alla regina reggente.»

Bracken si rabbuiò quando si rese conto del significato di quelle parole. «Così ripaghi l'amicizia di Stone Hedge?»

«È un grande onore essere al servizio della regina» ricordò Jaime a sua signoria. «Vedi di farglielo capire. Aspettiamo la ragazza entro la fine dell'anno.»

Non attese la risposta di lord Bracken, ma toccò leggermente Onore con gli speroni d'oro e si allontanò al trotto. I suoi uomini si incolonnarono e lo seguirono tra uno sventolare di vessilli. In breve, castello e accampamento si persero alle loro spalle, oscurati dalla polvere degli zoccoli.

Lungo il tragitto fino a Raventree non erano stati disturbati né dai banditi né dai lupi, così Jaime decise di ritornare per un'altra strada. Forse, col favore degli dèi, si sarebbe imbattuto nel Pesce Nero, o avrebbe spinto Beric Dondarrion a lanciarsi in un attacco sconsiderato.

Stavano costeggiando il Fiume della Vedova quando la giornata finì. Jaime fece avanzare l'ostaggio e gli chiese dove si trovava il guado più vicino, e il ragazzo ve li condusse. Mentre la colonna sguazzava nell'acqua bassa, il sole stava ormai calando dietro due colline erbose. «Le Tette» disse Hoster Blackwood.

Jaime ripassò mentalmente la mappa di lord Bracken. «Tra quelle colline deve esserci un villaggio.»

«Pennytree» confermò il ragazzo.

«Ci accamperemo là per la notte.» Se avessero incontrato gli abitanti del villaggio, forse avrebbero avuto notizie di ser Brynden o dei fuorilegge. «Lord Jonos ha fatto dei commenti su quelle tette» ricordò al giovane Blackwood, mentre cavalcavano verso le colline sempre più buie e le ultime luci del giorno. «I Bracken le chiamano con un nome e i Blackwood con un altro.»

«*Aye*, mio lord. Più o meno da un centinaio d'anni. Prima erano le Tette della Madre, o semplicemente le Tette. Sono due colline e si è pensato che assomigliassero...»

«Vedo benissimo a che cosa assomigliano.» Jaime si trovò a ripensare alla donna nella tenda, e a come aveva cercato di nascondere i suoi capezzoli grossi e scuri. «E che cosa è successo, un centinaio d'anni fa?»

«Aegon il Mediocre prese come amante Barba Bracken» rispose il ragazzo amante dei libri. «Era una ragazza molto formosa, dicono. Un giorno il re, mentre visitava Stone Hedge, andò a caccia, vide le Tette e…»

«… diede loro il nome della sua amante.» Aegon IV era morto molto tempo prima che Jaime nascesse, ma conosceva a sufficienza la storia del suo regno per immaginare quello che poi doveva essere avvenuto. «Solo che più tardi lasciò la giovane Bracken e si mise con una Blackwood, non è così?»

«Lady Melissa» confermò Hoster. «Veniva chiamata Missy. C'è una sua statua nel nostro parco degli dèi. Era molto più bella di Barba Bracken, ma esile, e qualcuno udì quest'ultima dire che Missy era piatta come un ragazzo. Quando re Aegon lo seppe…»

«… passò a lei le Tette di Barba» concluse Jaime, ridendo. «Come è iniziata, questa storia fra i Blackwood e i Bracken? I libri lo spiegano?»

«Sì, mio lord, ma alcune storie sono state scritte dai loro maestri e alcune dai nostri, secoli dopo gli eventi che dicono di raccontare. Risale all'Età degli Eroi. A quei tempi regnavano i Blackwood. I Bracken erano lord di secondo rango, famosi per l'allevamento di cavalli. Anziché pagare il dovuto al loro re, usarono l'oro ricavato con i cavalli per assoldare mercenari e lo rovesciarono.»

«Tutto questo quando è successo?»

«Cinquecento anni prima degli andali. Mille, se si presta fede alla *Storia vera*. Ma nessuno sa quando gli andali attraversarono il Mare Stretto. La *Storia vera* dice che da allora sono passati quattromila anni, ma secondo alcuni maestri sono soltanto duemila. Da un certo punto in poi, tutte le date si fanno nebulose e confuse, e la chiarezza della storia diventa la nebbia della leggenda.»

"Questo ragazzo piacerebbe a Tyrion. Potrebbero andare avanti a parlare dal tramonto all'alba, discutendo di libri." Per un momento, Jaime dimenticò la sua amarezza nei confronti del fratello, poi ricordò quello che il Folletto aveva fatto. «Quindi combattete per una corona che uno di voi tolse all'altro quando i Casterly occupavano ancora Castel Granito. È questo il punto? La corona di un reame che non esiste più da un migliaio di anni?» Ridacchiò. «Così tanti anni, così tante guerre, così tanti sovrani… verrebbe da pensare che qualcuno dovrebbe aver fatto pace.»

«Qualcuno l'ha fatto, mio lord. Anzi parecchi. Ci sono stati più di cento trattati di pace con i Bracken, molti dei quali suggellati da matrimoni. C'è sangue Blackwood in ogni Bracken e sangue Bracken in ogni Blackwood. La Pace del Vecchio Re è durata mezzo secolo. Ma poi si scatenava un nuovo contenzioso e le vecchie ferite si riaprivano e riprendevano a sanguinare. Succede sempre così, dice mio padre. Finché gli uomini ricordano i torti fatti ai loro progenitori, nessuna pace potrà mai durare. E così andiamo avanti, secolo dopo secolo: noi a odiare i Bracken e loro a odiare noi. Mio padre dice che non ci sarà mai fine.»

«Potrebbe esserci.»

«Come, mio lord? Le vecchie ferite non guariscono mai, dice mio padre.»

«Anche mio padre aveva una massima. Mai ferire un nemico, quando puoi ucciderlo. I morti non reclamano vendetta.»

«Ma i loro figli, sì» disse Hoster, in tono contrito.

«Non se uccidi anche loro. Chiedilo ai Casterly, se non mi credi. Chiedi a lord e lady Tarbeck o ai Reyne di Castamere. Chiedi al Principe di Roccia del Drago.» Per un momento le nubi rosso scuro che coronavano le montagne a occidente gli ricordarono i figli di Rhaegar, avvolti in mantelli cremisi.

«È per questo che hai ucciso tutti gli Stark?»

«Non tutti» precisò Jaime. «Le figlie di lord Eddard sono ancora vive. Una si è appena sposata. L'altra…» "Brienne, dove sei finita? L'hai trovata?" "L'altra, se gli dèi sono misericordiosi, dimenticherà di essere una Stark. Sposerà un fabbro ferraio nerboruto o un locandiere ben pasciuto, gli riempirà la casa di figli, e non dovrà mai temere che a un certo punto arrivi un cavaliere a sfracellare loro la testa contro un muro.»

«Gli dèi sono misericordiosi» disse l'ostaggio, esitante.

"Continua pure a crederci, ragazzo." Jaime diede di sprone a Onore.

Pennytree si rivelò un villaggio più grande di quello che sembrava. La guerra era passata anche di lì: frutteti anneriti e scheletri di case bruciate lo testimoniavano. Ma per ogni abitazione in rovina, altre tre erano state costruite. Nella luce del crepuscolo sempre più cupa, Jaime scorse una ventina di tetti di paglia fresca e porte di legno ancora verde. Fra uno stagno per le oche e la forgia di un fabbro vide l'albero che dava il nome al villaggio, una quercia vecchia e imponente. Le sue radici nodose si torcevano fuori e dentro la terra come un nido di lenti serpenti marroni, e sull'enorme tronco erano state inchiodate centinaia di monetine di rame.

Peck fissò l'albero e poi le case vuote. «Dove sono gli abitanti?»

«Nascosti» gli rispose Jaime.

All'interno delle case tutti i fuochi erano spenti, ma alcuni fumavano ancora e nessuno era freddo. La vecchia capra che Harry Merrell il Passionale trovò a brucare in un orto era l'unica creatura vivente in vista... ma il villaggio aveva un fortino, solido come tutti i fortini delle Terre dei Fiumi, con mura in pietra alte dodici piedi e Jaime capì dove avrebbe trovato gli abitanti del villaggio. "Quando arrivano i razziatori, si nascondono dietro quelle mura; per questo qui c'è ancora un villaggio. E adesso si stanno nascondendo da me."

Spinse Onore verso la porta del mastio. «Voi, nel fortino! Non abbiamo cattive intenzioni. Siamo uomini del re.»

Dal muro sopra il portale spuntarono alcune facce. «Erano uomini del re anche quelli che hanno bruciato il nostro villaggio» gridò un uomo. «E prima di loro, altri uomini del re si sono prese le nostre pecore. Erano di un re diverso, ma non ha fatto differenza per le nostre pecore. Uomini del re hanno ucciso Harsley e ser Ormond e hanno stuprato Lacey, fino a lasciarla senza vita.»

«Non i miei uomini» replicò Jaime. «Aprirete la porta?»

«Quando ve ne sarete andati.»

Ser Kennos si avvicinò. «Possiamo abbatterla abbastanza facilmente, o darle fuoco.»

«Mentre loro ci fanno piovere addosso le pietre e ci imbottiscono di frecce.» Jaime scosse la testa. «Sarebbe un'impresa sanguinosa, e a quale scopo? Questa gente non ci ha fatto niente. Troveremo riparo nelle case, ma non permetto saccheggi. Abbiamo le nostre provviste.»

Mentre nel cielo saliva una falce di luna, legarono i cavalli nello spiazzo centrale del villaggio e cenarono con montone salato, mele secche e formaggio duro. Jaime si accontentò di un pasto frugale e divise un otre di vino con Peck e Hos, l'ostaggio. Cercò di contare le monetine sul tronco della vecchia quercia, ma erano troppe e continuava a perdere il conto. "Perché le avranno inchiodate?" Il giovane Blackwood glielo avrebbe di certo spiegato, se lui l'avesse chiesto, ma avrebbe rovinato il mistero.

Jaime aveva messo delle sentinelle, in modo che nessuno oltrepassasse i confini del villaggio. Mandò anche degli esploratori in perlustrazione, per assicurarsi che il nemico non li cogliesse di sorpresa. Era quasi mezzanotte, quando due di essi tornarono con una donna che avevano preso prigioniera. «Si è avvicinata arditamente, milord, chiedendo di parlare con te.»

Jaime si alzò subito. «Mia lady. Non pensavo di rivederti così presto.» "Dèi misericordiosi, sembra dieci anni più vecchia dell'ultima volta che l'ho vista. E che cosa è successo al suo viso?" «Quella benda… Sei stata ferita…»

«Un morso.» Toccò l'impugnatura della spada che le aveva dato lui. *Giuramento.* «Mio lord, mi hai affidato una ricerca.»

«La ragazza. L'hai trovata?»

«L'ho trovata» rispose Brienne, la Vergine di Tarth.

«Dov'è?»

«A una giornata di cavallo da qui. Posso condurti da lei, ser, ma… devi venire da solo. Altrimenti il Mastino la ucciderà.»

«R'hllor» cantava Melisandre con le braccia alzate verso la neve che cadeva «tu sei la luce nei nostri occhi, il fuoco nel nostro cuore, il calore nei nostri lombi. Tuo è il sole che scalda i nostri giorni, tue le stelle che ci proteggono nelle tenebre della notte.»

«Lodato sia R'hllor, Signore della Luce» risposero in un coro dissonante gli invitati alle nozze, prima che una gelida raffica di vento portasse via le loro parole. Jon Snow sollevò il cappuccio del mantello.

Quel giorno la nevicata era leggera, una spolverata di fiocchi danzanti nell'aria, ma il vento lungo la Barriera soffiava da oriente, gelido come il respiro del Drago di Ghiaccio nei racconti della Vecchia Nan. Perfino il fuoco di Melisandre tremava: le fiamme si rannicchiavano nella fossa e scoppiettavano piano mentre la sacerdotessa rossa cantava. Solo Spettro pareva non sentire il gelo.

Alys Karstark si protese verso Jon. «Neve durante uno sposalizio significa matrimonio senza passione. Così diceva sempre la lady mia madre.»

Jon lanciò un'occhiata alla regina Selyse. "Di sicuro il giorno in cui lei e Stannis si sono sposati doveva esserci una bufera di neve." Rannicchiata sotto il mantello d'ermellino, circondata dalle dame di compagnia, dalle serve e dai cavalieri, la regina del Sud appariva una creatura fragile, pallida e rattrappita. Un sorriso artificiale si era congelato sulle sue labbra sottili, ma gli occhi erano colmi di venerazione. "Lei odia il freddo e ama le fiamme." A Jon era bastato uno sguardo per capirlo. "Una parola di Melisandre e lei camminerà dritta nel fuoco, abbracciandolo come un amante."

Non tutti gli uomini della regina parevano condividere quel fervore. Ser Brus sembrava mezzo ubriaco, ser Malegorn teneva la mano inguantata sul didietro della lady che aveva accanto, ser Narbert sbadigliava e ser Patrek della Montagna del Re aveva un'espressione rabbiosa. Jon Snow aveva cominciato a capire per quale motivo Stannis li avesse lasciati alla sua regina.

«La notte è oscura e piena di terrori» cantava Melisandre. «Soli siamo nati e soli moriamo, ma mentre attraversiamo questa nera valle traiamo forza l'uno dall'altro, e da te, nostro signore.» Le sue sete scarlatte vorticavano a ogni raffica di vento. «Due si sono presentati oggi per unire le loro vite e affrontare insieme le tenebre di questo mondo. Riempi di fuoco i loro cuori, mio Signore, affinché possano percorrere insieme il tuo luminoso sentiero, mano nella mano, per sempre.»

«Signore della Luce, proteggici» invocò la regina Selyse. Altre voci le fecero eco. I fedeli di Melisandre: pallide dame, serve tremanti, ser Axell e ser Narbert e ser Lambert, uomini d'armi in maglia di ferro e i thenn in corazze di bronzo, perfino alcuni confratelli in nero di Jon. «Signore della Luce, benedici i nostri figli.»

Melisandre, con le spalle alla Barriera, era vicino alla profonda fossa in cui ardeva il fuoco. La coppia da unire in matrimonio stava dalla parte opposta. Dietro di loro c'era la regina, con la figlia e il suo giullare tatuato. La principessa Shireen era avvolta in così tante pellicce da sembrare una palla: respirando emetteva bianche nuvolette attraverso la sciarpa che le copriva quasi tutta la faccia. Ser Axell Florent e i suoi uomini della regina circondavano il gruppo regale.

Anche se solo pochi guardiani della notte erano riuniti intorno alla fossa del fuoco, altri seguivano dalle finestre e dai gradini della grande scala amovibile. Jon prese nota di chi c'era e di chi non c'era. Alcuni confratelli erano di servizio; molti che erano appena smontati di guardia dormivano. Ma altri avevano scelto di non presentarsi in segno di disapprovazione. Othell Yarwyck e Bowen Marsh erano tra gli assenti. Septon Chayle era uscito brevemente dal tempio, rigirandosi fra le dita il cristallo a sette facce che portava al collo, per poi rientrare non appena erano iniziate le preghiere.

Melisandre alzò le mani e il fuoco dalla fossa salì verso le sue dita, come un grande cane rosso che salta per fare le feste. Un turbine di scintille si alzò incontro ai fiocchi di neve. «Oh, Signore della Luce, noi ti ringraziamo» la Donna Rossa cantò alle fiamme fameliche. «Ti ringraziamo per il coraggioso Stannis, nostro re per tua grazia. Guidalo e difendilo, R'hllor. Proteggilo dai tradimenti di uomini malvagi e concedigli la forza per sgominare i servi delle tenebre.»

«Concedigli la forza» risposero in coro la regina Selyse, i suoi cavalieri e le sue dame. «Concedigli il coraggio. Concedigli la saggezza.»

Alys Karstark infilò il braccio sotto quello di Jon. «Ancora per quanto, lord Snow? Se devo essere sepolta sotto questa neve, preferisco morire da donna maritata.»

«Ancora per poco, mia lady» la rassicurò Jon.

«Ti ringraziamo per il sole che ci scalda» salmodiò la regina. «Ti ringraziamo per le stelle che vigilano su di noi nel cuore della notte. Ti ringraziamo per i nostri focolari e per le nostre torce che tengono a bada il buio selvaggio. Ti ringraziamo per i tuoi vividi spiriti, i fuochi nei nostri lombi e nel nostro cuore.»

A quel punto Melisandre disse: «Vengano avanti coloro che saranno uniti». Le fiamme proiettarono l'ombra della sacerdotessa sulla Barriera alle sue spalle e il rubino scintillò contro il bianco della gola.

Jon si rivolse a Alys. «Mia lady, sei pronta?»

«Oh, sì.»

«Non hai paura?»

La ragazza sorrise in un modo che gli ricordò molto la sua sorellina, e quasi gli si spezzò il cuore. «È lui che deve avere paura di me.» I fiocchi di neve si scioglievano sulle sue guance, ma i capelli erano coperti da un velo con pizzo trovato chissà dove da Satin, su cui la neve aveva cominciato a depositarsi come una corona di brina. Le guance erano rosse d'entusiasmo e i suoi occhi brillavano.

«Lady dell'inverno.» Jon le diede una stretta alla mano.

Il maknar di Thenn attendeva accanto al fuoco, vestito come per andare in battaglia, con pellicce, cuoio e piastre di bronzo, e una spada di bronzo al fianco. Per via dell'incipiente calvizie, sembrava più vecchio della sua età, ma quando si girò a guardare la sposa che si avvicinava, Jon poté vedere il ragazzo in lui. I suoi occhi erano grandi come noci, però Jon non avrebbe saputo dire se a mettergli paura fosse il fuoco, la sacerdotessa o la donna. "Alys aveva più ragione di quello che credeva" pensò.

«Chi porta questa donna a essere maritata?» chiese Melisandre.

«Io la porto» rispose Jon. «Ecco Alys di Casa Karstark, donna adulta e fertile, di nobile sangue e di nobile nascita.» Le diede un'ultima stretta alla mano, e poi tornò indietro insieme agli altri.

«Chi viene avanti a reclamare questa donna?» chiese Melisandre.

«Io la reclamo» disse Sigorn, battendosi una mano contro il petto. «Maknar di Thenn.»

«Sigorn» chiese Melisandre «giuri di condividere il tuo fuoco con Alys e di scaldarla quando la notte è oscura e piena di terrori?»

«Lo giuro.» La promessa del maknar formò una nuvoletta bianca nell'aria. La neve gli chiazzava le spalle. Aveva le orecchie rosse. «Presso le fiamme del dio rosso, la scalderò per tutti i suoi giorni.»

«Alys, giuri di condividere il tuo fuoco con Sigorn e di scaldarlo quando la notte è oscura e piena di terrori?»

«Fino a fargli bollire il sangue.» Il suo mantello virginale era della lana nera dei guardiani della notte. Il sole raggiante di Casa Karstark cucito sulla schiena era fatto con la stessa pelliccia bianca.

Gli occhi di Melisandre brillavano, luminosi come il rubino che le pendeva sulla gola. «Allora venite a me, e diventate uno.» Mentre faceva loro cenno di avvicinarsi, una muraglia di fiamme si levò con un boato, lambendo i fiocchi di neve con calde lingue arancioni.

Alys prese la mano del suo maknar. L'uno di fianco all'altra balzarono oltre la fossa.

«Due sono entrati nelle fiamme.» Una raffica di vento sollevò le gonne scarlatte della sacerdotessa, finché le spinse di nuovo giù. «Uno ne emerge.» I capelli color rame le turbinavano attorno alla testa. «Ciò che il fuoco unisce, nessuno può dividere.»

«Ciò che il fuoco unisce, nessuno può dividere» giunse l'eco dagli uomini della regina e dai thenn e perfino da alcuni confratelli in nero.

"Tranne i sovrani e gli zii" pensò Jon Snow.

Cregan Karstark era comparso un giorno dopo sua nipote. Con lui erano arrivati quattro uomini d'armi a cavallo, un cacciatore e una muta di cani, che annusavano lady Alys come se fosse una cerbiatta. Jon Snow era andato loro incontro sulla Strada del Re, mezza lega a sud di Città della Talpa, prima che potessero presentarsi al Castello Nero, reclamare il diritto d'ospitalità o chiedere di parlamentare. Uno degli uomini di Karstark aveva scagliato un dardo di balestra contro Ty, ed era morto per questo. Così erano rimasti in quattro, più Cregan stesso.

Fortunatamente avevano una decina di celle di ghiaccio disponibili. "C'è spazio per tutti."

Come tante altre cose, l'araldica cessava di esistere alla Barriera. I thenn non avevano stemmi di casata, come era consuetudine fra i nobili dei Sette Regni, per cui Jon disse agli attendenti di improvvisare. Pensò che avevano fatto un buon lavoro. Il mantello nunziale che Sigorn mise attorno alle spalle di lady Alys riportava un disco di bronzo su campo di lana bianca, circondato da fiamme fatte con ciuffi di seta cremisi. Per quelli che si curavano di guardare, c'era il richiamo al sole raggiante dei Karstark, ma differenziato in modo che gli emblemi fossero appropriati a Casa Thenn.

Il maknar quasi strappò il manto verginale dalle spalle di Alys, ma quando l'avvolse nel mantello nunziale fu quasi tenero. Quando si chinò a baciarle la guancia, i loro respiri si mescolarono. Le fiamme ruggirono di nuovo. Gli uomini della regina intonarono un canto di lodi. Jon udì Satin bisbigliare: «Abbiamo finito?».

«Fatto e finito» borbottò Mully «e meno male. Loro sono sposati e io mezzo congelato.» Era intabarrato nelle sue migliori vesti nere, la lana era talmente nuova che non aveva avuto ancora occasione di sbiadire, ma il vento gli aveva fatto diventare le guance rosse come i capelli. «Hobb ha preparato del vino aromatizzato con cannella e chiodi di garofano. Ci scalderà un po'.»

«Quali chiodi?» chiese Owen il Muflone.

Ora la neve cadeva più fitta e il fuoco nella fossa si stava spegnendo. La folla cominciò a disperdersi e ad allontanarsi dal piazzale: uomini della regina, uomini del re e gente comune, tutti ansiosi di sottrarsi al vento e al gelo.

«Il mio lord viene a banchettare con noi?» chiese Mully a Jon Snow.

«Tra poco.» Se non si fosse fatto vedere, Sigorn avrebbe potuto offendersi. "E questo matrimonio, dopotutto, è opera mia" pensò. «Prima devo sistemare altre faccende.»

Attraversò la corte, in direzione della regina Selyse, con Spettro alle calcagna. I suoi stivali scricchiolavano sui cumuli di neve vecchia. Tenere aperti i sentieri fra un edificio e l'altro richiedeva sempre più tempo; gli uomini ricorrevano sempre più spesso ai passaggi sotterranei, i cosiddetti cunicoli.

«... Un rito magnifico» stava dicendo la regina. «Sentivo su di noi lo sguardo infuocato del nostro Signore. Oh, non puoi sapere quante volte ho supplicato Stannis di celebrare ancora il nostro matrimonio, una vera unione di corpo e spirito, benedetta dal Signore della Luce. So che potrei dare a sua grazia altri figli, se fossimo legati nel fuoco.»

«Per dargli altri figli dovresti innanzitutto averlo nel letto." Perfino alla Barriera era risaputo che Stannis Baratheon evitava ormai da anni la moglie. Si poteva benissimo immaginare come sua grazia avesse reagito all'idea di un secondo matrimonio nel bel mezzo di una guerra.

Jon rivolse un inchino alla regina. «Se compiace a vostra grazia, il banchetto è pronto.»

Selyse lanciò un'occhiata sospettosa a Spettro, poi alzò la testa verso Jon. «Certo. Lady Melisandre conosce la strada.»

La sacerdotessa rossa intervenne. «Io mi devo occupare dei miei fuochi, vostra grazia. Forse R'hllor mi concederà una breve visione di sua grazia, il re. Magari la visione di una grande vittoria.»

«Oh!» esclamò la regina Selyse. Parve colpita. «Certo… Preghiamo affinché il Signore della Luce ti mandi una visione…»

«Satin, mostra a sua grazia il suo scranno» disse Jon.

Ser Malegorn mosse un passo avanti. «Scorterò io sua grazia al banchetto. Non abbiamo bisogno del tuo… attendente.» Il modo in cui accentuò l'ultima parola confermò a Jon che aveva pensato un termine molto diverso. "Ragazzo? Favorito?"

Jon s'inchinò di nuovo. «Come preferisci. Vi raggiungo fra poco.»

Ser Malegorn le offrì il braccio, e la regina Selyse lo accettò, impettita. Posò l'altra mano sulla spalla della figlia. La processione reale li seguì attraverso il cortile, marciando al ritmo dei sonagli sul berretto del giullare. «In fondo al mare, le sirene banchettano con zuppa di stelle e tutti i servitori sono granchi» proclamò Macchia, mentre camminavano. «Io lo so, io lo so, oh oh oh.»

L'espressione di Melisandre s'incupì. «Quella creatura è pericolosa. Molte volte l'ho scorto nelle mie fiamme. A volte intorno a lui ci sono dei teschi, e le sue labbra sono rosse di sangue.»

"È un miracolo che tu non abbia messo quel poveraccio al rogo." Sarebbe bastata una parola all'orecchio della regina e anche Macchia sarebbe finito ad alimentare i fuochi sacri. «Nel tuo fuoco vedi giullari, ma nessuna traccia di Stannis?»

«Quando lo cerco, vedo soltanto della neve.»

"La solita inutile risposta." Clydas aveva mandato un corvo a Deepwood Motte per avvertire il re del tradimento di Arnolf Karstark, ma Jon non sapeva se l'alato messaggero avesse raggiunto sua grazia in tempo. Anche il banchiere braavosiano era alla ricerca di Stannis, scortato dalle guide che gli aveva dato Jon, ma fra la guerra e il maltempo sarebbe stato un miracolo se l'avesse trovato. «Lo sapresti, se il re fosse morto?» chiese Jon alla sacerdotessa rossa.

«Non è morto. Stannis è il prescelto del Signore, destinato a guidare la lotta contro le tenebre. L'ho visto nelle fiamme, ho letto di lui nell'antica profezia. Quando la rossa stella sanguinerà e le tenebre s'addenseranno, Azor Ahai rinascerà tra il fumo e il sale per risvegliare i draghi dalla pietra. La Roccia del Drago è un luogo di fumo e di sale.»

Jon aveva già ascoltato quella profezia. «Stannis Baratheon era il lord di Roccia del Drago, ma non è nato lì. È nato a Capo Tempesta, come i suoi fratelli.» Corrugò la fronte. «E che cosa mi dici di Mance? Che cosa mostrano i tuoi fuochi?»

«Lo stesso, purtroppo. Solo neve.»

"Neve." Jon sapeva che a sud stava nevicando molto. Aveva sentito dire che la Strada del Re, a soli due giorni di cavallo da lì, era ormai intransitabile. "Questo lo sa anche Melisandre." E a oriente una violenta tempesta infuriava nella Baia delle Foche. Secondo l'ultimo rapporto, la malandata flottiglia per soccorrere il popolo libero ad Aspra Dimora era ancora ammassata al Forte Orientale, confinata alla fonda dal mare in tempesta. «Vedi ceneri che danzano nei vapori del fuoco.»

«Vedo teschi. E vedo te. Ogni volta che scruto nelle fiamme mi appare il tuo viso. Il pericolo di cui ti ho avvertito è molto vicino adesso.»

«Pugnali nel buio. Lo so. Perdona i miei dubbi, mia lady. Una ragazza grigia su un cavallo moribondo, che fugge da un matrimonio: avevi detto così.»

«Non mi sbagliavo.»

«Alys non è Arya.»

«La visione era veritiera. Sono io che ne ho dato una lettura sbagliata. Sono un essere mortale come te, Jon Snow. Tutti i mortali possono sbagliare.»

«Anche i lord comandanti.» Mance Rayder e le sue mogli di lancia non erano tornati, e Jon non poteva non chiedersi se la Donna Rossa avesse mentito di proposito. "A che gioco sta giocando?"

«Farai bene a tenerti vicino il tuo lupo, mio lord.»

«Spettro si allontana di rado da me.» Il meta-lupo, udendo il proprio nome, alzò la testa. Jon gli diede una grattatina dietro le orecchie. «Ma ora, mia signora, devi scusarmi. Spettro, andiamo.»

Scavate nella base della Barriera e chiuse da pesanti porte di legno, le celle di ghiaccio andavano da piccole a minuscole. Alcune avevano dimensioni tali da permettere a un uomo di muovere qualche passo, altre erano così piccole da costringere i prigionieri a rimanere seduti; le più infami erano talmente anguste da non consentire nemmeno questo.

Jon aveva dato al capo dei prigionieri la cella più grande, un bugliolo in cui cacare, pellicce sufficienti per non congelare e un otre di vino. Le guardie ci misero un po' ad aprire la porta, perché si era formato del ghiaccio nel lucchetto. I cardini arrugginiti urlarono come anime dannate, quando Wick Whittlestick la socchiuse di quel tanto necessario per permettere a Jon di scivolare dentro. Fu accolto da un vago odore di feci, anche se meno intenso di quello che si era aspettato. Perfino la merda congelava, in quel freddo glaciale. Jon scorse la propria immagine vacua riflessa sulle pareti di ghiaccio.

In un angolo della cella, un mucchio di pellicce si ammassava quasi ad altezza d'uomo.

«Karstark» intimò Jon Snow. «Sveglia!»

Le pellicce sussultarono. Alcune erano saldate insieme, il ghiaccio e la brina che le ricoprivano luccicarono. Dal mucchio emerse un braccio, poi una faccia. Capelli castani striati di grigio, arruffati e ingarbugliati, due occhi fieri, quindi il naso, la bocca, la barba. Del ghiaccio incrostava i baffi del prigioniero; grumi di muco rappreso.

«Snow.» Il respiro dell'uomo si condensò nell'aria, il ghiaccio dietro la sua testa si appannò. «Non hai il diritto di tenermi qui. Le leggi dell'ospitalità...»

«Tu non sei mio ospite. Sei venuto alla Barriera senza il mio consenso, armato, per portare via tua nipote contro la sua volontà. Lady Alys ha ricevuto pane e sale. Lei è un'ospite, tu sei un prigioniero.» Jon lasciò aleggiare per qualche istante nell'aria quelle parole. «Ora tua nipote è maritata» aggiunse.

Le labbra di Cregan Karstark si incresparono, denudando i denti. «Alys era promessa a me.» Pur avendo passato i cinquanta, era ancora un uomo forte, quando era stato portato in quella cella. Il freddo lo aveva privato di quella forza, lasciandolo rigido e debole. «Il lord mio padre...»

«Tuo padre è un castellano, non un lord. E un castellano non ha diritto a stringere patti di matrimonio.»

«Mio padre Arnolf è lord di Karhold.»

«Secondo tutte le leggi che conosco, un figlio viene prima di uno zio.»

Cregan si mise in piedi, scostando con un calcio le pellicce intorno alle caviglie. «Harrion è morto.»

"O lo sarà presto." «Anche una figlia viene prima di uno zio. Se il fratello di lady Alys è morto, Karhold appartiene a lei, che ha concesso la sua mano a Sigorn, maknar di Thenn.»

«Un bruto, un lurido bruto assassino.» Cregan serrò i pugni. I guanti che li ricoprivano erano di cuoio, foderati di pelliccia come la cappa che pendeva, sgualcita e indurita, dalle sue ampie spalle. La sovratunica di lana nera recava l'emblema del sole bianco raggiante della sua casata. «So chi sei, Snow: mezzo lupo, mezzo bruto, nato bastardo da un traditore e da una puttana... E tu vorresti dare una fanciulla di nobile lignaggio in sposa a un selvaggio puzzolente. L'hai già provata tu per primo?» Scoppiò a ridere. «Se hai intenzione di uccidermi, fallo e sii maledetto come assassino di consanguinei. Stark e Karstark sono un sangue solo.»

«Io mi chiamo Snow.»

«*Bastardo*.»

«Colpevole. Almeno di questo.»

«Lascia che quel maknar venga a Karhold. Gli mozzeremo la testa e la ficcheremo in una latrina, così potremo pisciargli in bocca.»

«Sigorn è a capo di duecento thenn» lo avvertì Jon «e lady Alys crede che Karhold le aprirà le porte. Due dei tuoi uomini le hanno giurato fedeltà, e hanno confermato tutto ciò che lei aveva detto riguardo ai piani che tuo padre aveva fatto con Ramsay Snow. Mi è stato detto, che tu hai dei parenti stretti a Karhold. Una tua parola potrebbe salvare loro la vita. Cedi il castello. Lady Alys perdonerà le donne che l'hanno tradita e permetterà agli uomini di prendere il nero.»

Cregan scosse la testa. Tra i suoi capelli arruffati si erano formati dei grumi di ghiaccio, che tintinnavano debolmente quando lui si muoveva. «Mai» rispose. «Mai, mai, mai.»

"Potrei regalare la sua testa a lady Alys e al suo maknar come dono di nozze" pensò Jon, ma preferiva non correre quel rischio. I guardiani della notte non prendevano parte alle dispute del regno; alcuni avrebbero detto che lui aveva già aiutato Stannis anche troppo. "Se mozzo la testa a questo stolto, diranno che uccido gli uomini del Nord per dare le loro terre ai bruti. Se lo lascio andare, cercherà in ogni modo di distruggere tutto quello che ho fatto con lady Alys e il maknar." Si domandò come si sarebbe comportato suo padre, o come avrebbe affrontato il problema suo zio. Ma Eddard Stark era morto, Benjen Stark era disperso nelle gelide lande desolate al di là della Barriera. "Tu non sai niente, Jon Snow."

«"Mai" è un tempo molto lungo» osservò Jon. «Domani, o fra un anno, potresti pensarla diversamente. Comunque, prima o poi, re Stannis tornerà alla Barriera. E quando lo farà, ti metterà a morte… a meno che tu non abbia un mantello nero sulle spalle. Quando un uomo prende il nero, i suoi crimini vengono cancellati. "Perfino a un uomo come te." «Ora ti prego di scusarmi. Devo andare a un banchetto.»

Dopo il freddo brutale delle celle, il sotterraneo affollato era così caldo che Jon si sentì soffocare appena arrivò in fondo ai gradini. Nell'aria c'era odore di fumo, di carne arrosto e di vino caldo speziato. Quando Jon prese posto sulla piattaforma, Axell Florent stava facendo un brindisi. «A re Stannis e alla sua consorte, la regina Selyse, luce del Nord!» proclamò a gran voce. «A R'hllor, Signore della Luce, che ci protegga tutti quanti! Una sola terra, un solo dio, un solo re!»

«Una sola terra, un solo dio, un solo re!» fecero eco gli uomini della regina.

Jon brindò con gli altri. Non sapeva se Alys Karstark avrebbe trovato qualche gioia nel suo matrimonio, ma almeno quella notte bisognava festeggiare.

Gli attendenti cominciarono a servire il primo: zuppa di cipolle con carne di capra e carote. Non proprio un mangiare da re, ma era abbastanza buono, nutriente e scaldava la pancia. Owen il Muflone prese il suo strumento ad arco, e alcuni del popolo libero si unirono a lui con tamburi e cornamuse. "Gli stessi tamburi e le stesse cornamuse che suonarono per scatenare l'attacco di Mance Rayder contro la Barriera." Jon pensò che in quel momento la musica pareva più dolce. Insieme alla zuppa arrivarono forme di pane scuro appena sfornato. Sale e burro erano sui tavoli. Jon si incupì. Bowen Marsh gli aveva riferito che avevano abbondanti scorte di sale, ma prima del cambio della luna avrebbero esaurito il burro.

Al vecchio Flint e Norrey erano stati riservati i posti d'onore vicino alla piattaforma. Tutti e due erano troppo anziani per marciare con Stannis; in loro vece avevano mandato figli e nipoti. Ma erano stati molto veloci ad arrivare al Castello Nero per il matrimonio. Ognuno di loro aveva portato alla Barriera anche una balia. Quella di Norrey aveva quarant'anni, e il seno più grosso che Jon Snow avesse mai visto. La ragazza arrivata assieme al vecchio Flint aveva quattordici anni ed era piatta come un maschio, anche se non mancava di latte. Con loro, il neonato che Val chiamava Mostro pareva crescere sano e robusto.

Jon di questo era contento, ma non aveva creduto nemmeno per un istante che due guerrieri canuti e stagionati come Flint, detto anche Vecchia Selce, e Norrey si fossero affrettati a scendere dalle loro montagne per quell'unico motivo. Ciascuno si era portato dietro un seguito di combattenti: cinque nel caso di Flint, dodici per Norrey, tutti ricoperti di pelli lacere e cuoio borchiato, spaventosi come la faccia dell'inverno. Certi avevano la barba lunga, altri delle cicatrici, alcuni le une e le altre; tutti adoravano gli antichi dèi del Nord, gli stessi venerati dal popolo libero oltre la Barriera. Eppure se ne stavano seduti e brindavano a un matrimonio consacrato da un bizzarro dio rosso delle terre al di là del mare.

"Meglio così che rifiutarsi di bere." Né Vecchia Selce né Norrey avevano capovolto la coppa rovesciando il vino a terra. Questo poteva indicare una sorta di approvazione. "O forse soltanto il dispiacere di sprecare del buon vino del Sud. Non l'avranno gustato spesso tra le loro montagne pietrose."

Tra una portata e l'altra, ser Axell Florent accompagnò la regina Selyse in qualche passo di danza. Altri li imitarono; i cavalieri della regina e le sue dame per primi. Ser Brus fece fare il primo ballo alla principessa Shireen, poi invitò la madre. Ser Narbert danzò a turno con tutte le dame di Selyse.

Gli uomini della regina erano tre volte più numerosi delle dame, perciò anche le più umili servette furono coinvolte nelle danze. Dopo un paio di balli, alcuni confratelli in nero ricordarono passi imparati nelle corti e nei castelli della loro giovinezza, prima di essere mandati alla Barriera a scontare i loro peccati, e scesero in pista anche loro. Quel vecchio briccone di Ulmer di Bosco del Re si dimostrò abile nel ballo quanto lo era nel tiro con l'arco, intrattenendo senza dubbio le dame con le sue storie della fratellanza di Bosco del Re, quando ancora cavalcava con Simon Toyne e Ben il Pancione e aiutava Wenda la Cerbiatta Bianca a imprimere il marchio a fuoco sulle natiche dei suoi nobili prigionieri. Satin era tutto grazia, e danzò con tre domestiche di fila, senza mai osare avvicinarsi a una dama di nobili origini. Jon lo ritenne un comportamento saggio. Non gli piaceva però il modo in cui alcuni cavalieri della regina guardavano il suo attendente, in particolare ser Patrek della Montagna del Re. "Quello ha voglia di far scorrere del sangue" pensò. "Cerca un pretesto."

Quando Owen il Muflone si mise a ballare con Macchia il giullare, le risate echeggiarono sotto il soffitto a volta. La scena fece sorridere anche lady Alys. «Danzate spesso, qui a Castello Nero?»

«Ogni volta che c'è un matrimonio, mia lady.»

«Danza con me. Sarebbe gentile da parte tua. Hai già danzato con me in passato.»

«In passato?» la stuzzicò Jon.

«Quando eravamo bambini.» Alys staccò un pezzetto di pane e glielo tirò. «Come ben ti ricordi.»

«La mia lady dovrebbe ballare con suo marito.»

«Il maknar non è portato per il ballo, purtroppo. Se non vuoi ballare con me, almeno versami un po' di vino speziato.»

«Come tu comandi.» Jon fece cenno che gli portassero una caraffa.

«E dunque» riprese Alys mentre Jon le versava da bere «adesso sono una donna maritata. Un marito bruto con il suo piccolo esercito di bruti.»

«Loro chiamano se stessi "uomini liberi". La maggior parte di loro, quanto meno. I thenn, però, sono un popolo a parte. Molto antico.» Jon lo aveva appreso da Ygritte. "Tu non sai niente, Jon Snow." «Provengono da una remota valle all'estremo nord degli Artigli del Gelo, circondata da alti picchi, e per migliaia d'anni hanno fatto baratti più con i giganti che con altri esseri umani. Questo li ha resi diversi.»

«Diversi» annuì lei «ma più simili a noi.»

«*Aye*, mia lady. I thenn hanno i loro lord e le loro leggi.» "Sanno fare atto di sottomissione." «Estraggono stagno e rame per ricavarne bronzo, forgiano le loro armi e le loro corazze, invece di rubarle. Un popolo fiero e valoroso. Mance Rayder ha dovuto sconfiggere tre volte il vecchio maknar, prima che Styr lo accettasse come Re oltre la Barriera.»

«E adesso sono qui, dal nostro lato della Barriera. Spinti via dal loro covo fra i monti e nella mia camera da letto.» Alys fece un sorriso sardonico. «È colpa mia. Il lord mio padre mi aveva detto che dovevo ammaliare tuo fratello Robb, ma avevo solo sei anni e non sapevo come.»

"*Aye*, ma adesso ne hai quasi sedici, e dobbiamo pregare che saprai ammaliare il tuo nuovo marito." «Mia lady, come vanno le cose a Karhold, quanto a provviste di cibo?»

«Non bene» sospirò Alys. «Mio padre ha portato con sé al Sud così tanti uomini che per i raccolti sono rimaste solo le donne e i ragazzi. Loro, e gli uomini troppo vecchi o menomati per andare in guerra. I raccolti sono seccati nei campi o sono marciti nel fango delle piogge autunnali. E adesso è arrivata la neve. L'inverno sarà duro. Pochi vecchi lo supereranno, e anche molti bambini moriranno.»

Era una storia che ogni uomo del Nord conosceva fin troppo bene. «La nonna di mio padre era una Flint delle montagne da parte materna» le disse Jon. «Loro si definiscono i primi Flint. Dicono che gli altri Flint sono i discendenti dei figli più giovani, costretti a lasciare le montagne per trovare cibo, terra e mogli. La vita è sempre stata dura, lassù. Quando cadeva la neve e il cibo cominciava a scarseggiare, i loro ragazzi dovevano andare a Città dell'Inverno, oppure prendevano servizio in questo o quel castello. I vecchi raccoglievano le poche forze rimaste e dicevano di andare a caccia. Alcuni venivano ritrovati a primavera. Molti sparivano per sempre.»

«A Karhold accade più o meno lo stesso.»

Jon non ne fu sorpreso. «Quando le tue provviste cominceranno a scarseggiare, mia lady, ricordati di noi. Manda i tuoi vecchi alla Barriera, lascia che pronuncino i nostri voti. Almeno non moriranno da soli nella neve, scaldati soltanto dai ricordi. Manda anche i ragazzi, se hai dei ragazzi di cui puoi fare a meno.»

«Farò come tu dici.» Gli toccò la mano. «Karhold ricorda.»

Stavano trinciando l'alce. L'odore era migliore di quanto Jon non avesse ragione d'aspettarsi. Mandò una porzione a Leather, nella

Torre di Hardin, insieme a tre grossi vassoi di verdure arrosto per Wun Wun, poi mangiò una bella fetta di carne anche lui. "Hobb Tre Dita ha assolto bene il suo compito." Era stata una bella preoccupazione. Due sere prima, Hobb era andato da lui lamentandosi che era entrato nei guardiani della notte per uccidere i bruti, non per preparare loro da mangiare. «Inoltre non ho mai fatto banchetti nuziali, mio lord. I confratelli in nero non prendono mai moglie. È nei maledetti voti, lo giuro.»

Jon stava mandando giù l'arrosto con una sorsata di vino speziato, quando al suo fianco apparve Clydas. «Un corvo messaggero» annunciò, facendogli scivolare in mano una pergamena. Il plico era chiuso con della ceralacca nera. "Forte Orientale" capì subito Jon, prima ancora di rompere il sigillo. La lettera era stata scritta da maestro Harmune, Cotter Pyke non sapeva né leggere né scrivere. Ma le parole erano di Pyke, vergate così come lui le aveva pronunciate, semplici e dirette.

> Oggi mare calmo. Undici navi fanno vela per Aspra Dimora con la marea del mattino: tre braavosiane, quattro lyseniane, quattro nostre. Due delle lyseniane tengono a stento il mare. Rischiamo di far annegare più bruti di quanti ne potremo salvare. L'ordine è tuo. Venti corvi a bordo, più maestro Harmune. Manderemo rapporti. Io comando la *Artiglio*, Tattersalt è secondo sulla *Uccello nero*, ser Glendon tiene il Forte Orientale.

«Ali oscure, oscure parole?» chiese Alys Karstark.

«No, mia lady. Si tratta di una notizia da lungo tempo attesa.» "Anche se l'ultima parte mi preoccupa." Glendon Hewett era un uomo di grande esperienza e anche di polso, una scelta assennata per comandare in assenza di Cotter Pyke. Ma era anche un amico di cui Alliser Thorne si poteva vantare e, per quanto brevemente, era stato a stretto contatto con Janos Slynt. Jon ricordava ancora come Hewett l'aveva trascinato giù dal letto, la sensazione del suo stivale nel costato. "Non è l'uomo che avrei scelto io." Arrotolò la pergamena e se la infilò nel cinturone.

Fu servito il pesce, ma mentre il luccio veniva spinato, lady Alys trascinò il maknar nello spazio dedicato al ballo. Da come si muoveva, era chiaro che Sigorn non aveva mai ballato in vita sua, ma aveva bevuto abbastanza vino speziato da non curarsene.

«Una fanciulla del Nord e un guerriero dei bruti, uniti dal Signore della Luce.» Ser Axell Florent era scivolato sulla sedia lasciata libera da lady Alys. «Sua grazia approva. Sono un suo intimo, mio lord, perciò so come la pensa. Anche re Stannis approverà.»

"A meno che Roose Bolton non abbia infilato la sua testa mozzata su una picca."

«Ma non tutti, purtroppo, sono d'accordo» aggiunse ser Axell. La sua barba era un cespuglio arruffato sotto il mento cascante; peli ispidi gli spuntavano dalle orecchie e dalle narici. «Ser Patrek è convinto che lui sarebbe stato un partito migliore per lady Alys. Quando è venuto al Nord, ha perduto tutte le sue terre.»

«Parecchi in questa sala hanno perduto molto di più» disse Jon. «E altri, in numero ancora maggiore, hanno dato la vita al servizio del regno. Ser Patrek dovrebbe ritenersi fortunato.»

Axell Florent sorrise. «Il re probabilmente direbbe la stessa cosa, se fosse qui. Eppure bisogna pur provvedere in qualche modo ai leali cavalieri di sua grazia, vero? Lo hanno seguito molto lontano, e a costo di grandi sacrifici. E dobbiamo legare questi bruti al re e al regno. Questo matrimonio è un buon primo passo, ma so che compiacerebbe la regina vedere maritata anche la principessa dei bruti.»

Jon sospirò. Era stanco di spiegare che Val non era una vera principessa. Per quanto lui continuasse a ripeterlo, non parevano ascoltarlo. «Sei tenace, ser Axell, te lo riconosco.»

«Mi biasimi, mio lord? Un premio simile non è male. Una ragazza nubile, mi dicono, e non brutta a vedersi. Bei fianchi, un bel seno, adatta per partorire dei figli.»

«E chi sarà a generarli? Ser Patrek o tu?»

«Chi meglio di me? Noi Florent abbiamo il sangue degli antichi re di Alto Giardino nelle vene. Lady Melisandre potrebbe celebrare il rito, come ha fatto per lady Alys e il maknar.»

«Ti manca solo una moglie.»

«Facile rimediare.» Il sorriso di Florent era così falso da risultare penoso. «Dov'è, lord Snow? Hai spostato la ragazza in un altro dei tuoi castelli? A Guardia Grigia o alla Torre delle Ombre? Nel Tumulo della Puttana, con le altre sgualdrine?» Si sporse verso di lui. «Alcuni dicono che l'hai nascosta per il tuo piacere personale. A me non importa, purché non sia incinta. Avrò i miei figli da lei. E anche se l'hai già cavalcata, be'… siamo tutti e due uomini di mondo, no?»

Jon aveva ascoltato abbastanza. «Ser Axell, se davvero sei Primo Cavaliere della regina, compatisco sua grazia.»

Florent diventò paonazzo. «Allora è *vero*! Intendi tenerla per te, ora capisco. Il bastardo vuole lo scranno di suo padre.»

"Il bastardo rifiutò lo scranno di suo padre. Se il bastardo avesse voluto Val, non doveva fare altro che chiederla." «Dovete scusarmi, ser» disse Jon. «Ho bisogno di una boccata d'aria.»" "Qui dentro non si respira." Girò la testa. «Questo era un corno.»

Anche altri l'avevano udito. La musica e le risate si smorzarono di colpo. Le coppie smisero di ballare, impietrite, in attesa. Perfino Spettro drizzò le orecchie.

«Avete sentito?» chiese la regina Selyse ai suoi cavalieri.

«Un corno da guerra, vostra grazia» precisò ser Narbert.

La regina si portò la mano alla gola. «Siamo sotto attacco?»

«No, vostra grazia» disse Ulmer di Bosco del Re. «Sono le scolte sulla Barriera, tutto qui.»

"Un suono solo" pensò Jon Snow. "Ranger di ritorno."

Poi il corno suonò di nuovo. Parve riempire il sotterraneo.

«Due squilli» disse Mully.

Confratelli in nero, gente del Nord, popolo libero, thenn, uomini della regina, tutti rimasero in silenzio, in ascolto. Passarono cinque battiti di cuore. Dieci. Venti. Poi Owen il Muflone rise stupidamente e Jon Snow poté riprendere a respirare. «Due squilli» disse. «I bruti.» "Val."

Tormund Veleno dei Giganti era finalmente arrivato.

DAENERYS

La sala echeggiava di risate yunkai, canti yunkai, preghiere yunkai. I danzatori danzavano; i musici suonavano strane melodie con strumenti a percussione, ad arco, a fiato; i cantori cantavano antiche canzoni d'amore, nell'incomprensibile lingua dell'antica Ghis. Il vino scorreva; non quella roba chiara e leggera della Baia degli Schiavisti, ma le dolci e forti vendemmie pregiate di Arbor e il vino dei sogni di Qarth, insaporito da spezie particolari. Gli yunkai erano giunti su invito del re Hizdahr, per firmare la pace e presenziare alla riapertura delle celebri fosse da combattimento di Meereen. Il regale consorte aveva aperto la Grande Piramide per i festeggiamenti.

"Io odio tutto questo" pensò Daenerys Targaryen. "Com'è potuto accadere che io stia qui a sorridere, a brindare con uomini che invece preferirei vedere scuoiati?"

Furono serviti più di dieci tipi di carne e di pesce: cammello, coccodrillo, calamaro canterino, anatra laccata e bruchi spinosi, oltre a capra, prosciutto e cavallo per quelli che amavano gusti meno esotici. E cane: un banchetto ghiscariano non era completo senza una portata di carne di cane. I cuochi di Hizdahr prepararono la carne di cane in quattro modi diversi. «I ghiscariani mangiano tutto quello che nuota, vola o striscia, tranne l'uomo e i draghi» l'aveva avvertita Daario «e scommetto che mangerebbero anche la carne di drago, se solo ne avessero l'occasione.» La carne da sola però non fa un pasto, quindi c'erano anche frutta, granaglie e verdure. L'aria odorava di zafferano, cannella, chiodi di garofano, pepe e altre spezie costose.

Dany quasi non toccò cibo. "Questa è la pace" pensò. "È quello che volevo, che mi sono sforzata di ottenere, è il motivo per cui ho sposato Hizdahr. Allora perché sa così tanto di disfatta?"

«Durerà ancora poco, amore mio» l'aveva rassicurata Hizdhar. «A breve gli yunkai se ne andranno, con i loro alleati e mercenari. E noi avremo tutto ciò che desideravamo: pace, cibo, commercio. Il nostro porto è di nuovo aperto, e le navi hanno il permesso di entrare e di uscire.»

«Sì, hanno il permesso di farlo» replicò Dany. «Ma le loro navi da guerra sono rimaste. Possono stringerci ancora le dita intorno alla gola ogni volta che vogliono. Hanno aperto un mercato di schiavi entro la visuale delle mie mura!»

«Ma fuori delle nostre mura, dolce regina. Era una condizione della pace: che gli yunkai fossero liberi di commerciare come prima in schiavi, senza essere infastiditi.»

«Nella loro città, non sotto i miei occhi.» I Saggi Padroni avevano collocato i loro recinti degli schiavi e il palco dell'asta poco a sud dello Skahazadhan, dove l'ampio fiume marrone sfociava nella Baia degli Schiavisti. «Si stanno facendo apertamente beffe di me, vogliono far vedere che non posso fermarli.»

«Pose e posture» le garantì il suo nobile marito. «Una esibizione, proprio come hai detto tu. Lascia che inscenino le loro pantomime. Una volta che se ne saranno andati, venderemo un tanto alla libbra quello che avranno lasciato indietro.»

«Una volta che se ne saranno andati, certo» ripeté Dany. «E questo quando avverrà? Al di là dello Skahazadhan sono stati avvistati dei cavalieri. Esploratori dothraki, secondo Rakharo, seguiti da un intero khalasar. Avranno dei prigionieri: uomini, donne e bambini, doni per gli schiavisti.» I dothraki non compravano né vendevano, ma facevano doni e ne accettavano. «Ecco perché gli yunkai hanno allestito così in fretta quel mercato. Se ne andranno di qui con migliaia di schiavi nuovi.»

Hizdahr zo Loraq si strinse nelle spalle. «Ma se ne andranno. Questa è la cosa importante, amore mio. Yunkai commercerà in schiavi, Meereen no: così abbiamo concordato. Sopporta ancora per un po', e tutto passerà.»

Daenerys rimase in silenzio per l'intero pasto, avvolta da un tokar vermiglio e da pensieri neri, parlando solo quando le veniva rivolta la parola, rimuginando sugli uomini e sulle donne che venivano comprati e venduti fuori delle sue mura, perfino mentre loro erano lì a banchettare. Lasciò che fosse il suo nobile marito a tenere discorsi e ridere alle fiacche battute degli yunkai. Era un diritto di un re e anche un suo dovere.

Gran parte delle chiacchiere a tavola riguardava i combattimenti che si sarebbero svolti l'indomani. Barsena la Mora avrebbe affrontato un cinghiale, le zanne di uno contro la lama dell'altra. Khrazz sarebbe sceso in campo, e anche Gatto Maculato. E nell'incontro conclusivo della giornata, Goghor il Gigante avrebbe affrontato Belaquo Spaccateste. Prima del tramonto, uno dei due sarebbe morto. "Nessuna regina ha le mani pulite" pensò Dany. Ricordò la sorte di Doreah, Quaro, Eroeh… e di una bimba che non aveva mai conosciuto, di nome Hazzea. "Meglio che pochi muoiano nelle fosse piuttosto che migliaia alle porte della città. Questo è il prezzo della pace, lo pago di buon grado. Se mi volto indietro, sono perduta."

Yurkhaz zo Yunzak, comandante supremo yunkai, doveva essere nato all'epoca della conquista di Aegon, a giudicare dal suo aspetto: curvo, pieno di rughe e senza denti, era stato portato a tavola da due schiavi robusti. Gli altri lord yunkai non facevano un'impressione tanto migliore. Uno era piccolo e rachitico, anche se i soldati schiavi che lo assistevano erano grottescamente alti e slanciati. Il terzo era giovane, sano e vivace, ma talmente ubriaco che Dany non capiva una parola di quello che diceva. "Come ho fatto a lasciarmi ridurre così da queste creature?"

I mercenari erano un altro discorso. Ciascuna delle quattro compagnie libere al servizio degli yunkai aveva inviato il proprio comandante. La Compagnia del Vento era rappresentata dal nobile pentoshi noto come il Principe Straccione, le Lunghe Lance da Gylo Rhegan, che pareva più un ciabattino che un soldato e parlava a sussurri. Barba Insanguinata, della Compagnia del Gatto, faceva abbastanza rumore per lui e un'altra decina di guerrieri. Un uomo enorme, con una folta barba incolta e un prodigioso appetito di vino e di donne, gridava, ruttava e scoreggiava come un rombo di tuono e dava pizzicotti a tutte le servette che gli capitavano a tiro. Di tanto in tanto se ne prendeva una in grembo, per strizzarle le tette e frugarle tra le cosce.

La Compagnia dei Secondi Figli aveva due rappresentanti. "Se Daario fosse qui, questo banchetto finirebbe nel sangue." Nessuna promessa di pace avrebbe mai persuaso il suo capitano a permettere a Ben Plumm il Marrone di ritornare a Meereen e di uscirne vivo. Dany aveva giurato che ai sette inviati e comandanti non sarebbe stato fatto alcun male, ma questo per gli yunkai non era stato abbastanza: avevano voluto da lei anche degli ostaggi. Per bilanciare i tre nobili yunkai e i quattro capitani mercenari, Meereen aveva inviato sette dei suoi nel campo d'assedio: la sorella e due cugini di Hizdahr, Jhogo, cavaliere di sangue di Dany, l'ammiraglio Groleo, Eroe, il capitano degli Immacolati, e Daario Naharis.

«Ti lascio le mie ragazze» aveva detto il capitano, porgendo a

Daenerys il cinturone con i due pugnali dalle lascive impugnature dorate. «Tienile al sicuro per me, mia amata. Non vorremmo mai che combinassero qualche pasticcio fra gli yunkai.»

Non c'era neanche il Testarasata. La prima cosa che Hizdahr aveva fatto dopo l'incoronazione era stato di rimuoverlo dal comando delle Belve d'Ottone, sostituendolo con il proprio cugino, il grasso e molle Marghaz zo Loraq. "È a fin di bene. La Grazia Verde sostiene che esista una faida di sangue fra Loraq e Kandaq, e che il Testarasata non ha mai nascosto il suo disprezzo verso il lord mio marito. E Daario…"

Dopo le sue nozze, Daario era diventato ancora più incontrollabile. La pace di Daenerys non gli piaceva, il suo matrimonio men che meno ed era furioso di essere stato ingannato dai dorniani. Quando il principe Quentyn annunciò che gli altri occidentali avevano abbandonato la Compagnia dei Corvi della Tempesta per passare sotto il comando del Principe Straccione, solo l'intercessione di Verme Grigio e dei suoi Immacolati aveva impedito a Daario di ucciderli tutti quanti. I falsi disertori erano stati imprigionati nelle viscere della piramide… ma la rabbia di Daario continuava a crescere.

"Sarà più al sicuro come ostaggio. Il mio capitano non è fatto per la pace." Dany non poteva rischiare che Daario uccidesse Ben Plumm il Marrone, si prendesse gioco di Hizdahr davanti alla corte, provocasse gli yunkai o infrangesse in altro modo l'accordo per il quale lei aveva sacrificato così tanto. Daario era guerra e dolore. Quindi doveva tenerlo lontano dal suo letto, lontano dal suo cuore e lontano da lei. Se non l'avesse tradita, avrebbe preso il sopravvento su di lei. Dany non sapeva quale delle due possibilità fosse maggiormente da temere.

Quando la golosità fu soddisfatta e gli avanzi vennero portati via per essere dati, su insistenza della regina, ai poveri radunati alla base della piramide, alti calici di vetro vennero riempiti con un liquore speziato di Qarth, del colore dell'ambra. Poi iniziarono gli spettacoli.

Un coro di castrati yunkai di proprietà di Yurkhaz zo Yunzak cantò loro delle canzoni nella lingua arcaica dell'antico Impero, con voci alte e melodiose, d'incredibile purezza. «Avevi mai sentito cantare così, amore mio?» le chiese Hizdahr. «Hanno la voce degli dèi, vero?»

«Sì» rispose lei «però mi chiedo se non avrebbero preferito avere i frutti degli uomini.»

Tutti gli artisti erano schiavi. Rientrava negli accordi di pace, che i padroni di schiavi avessero il diritto di portare i loro beni mobili a Meereen senza il timore che venissero liberati. In cambio, gli yunkai avevano promesso di rispettare i diritti e le libertà degli schiavi precedentemente liberati da Dany. Secondo Hizdahr era un accordo equo, che però lasciava un sapore amaro nella bocca della regina. Dany bevve un'altra coppa di vino per sciacquarlo via.

«Se ti compiace, Yurkhaz sarà lieto di cederci quei cantori, non ne dubito» disse il suo nobile marito. «Un dono per sigillare la nostra pace, un ornamento per la nostra corte.»

"Ci cederà quei castrati" pensò Dany "e poi tornerà a casa e ne farà degli altri. Il mondo è pieno di bambini."

Nemmeno gli acrobati che vennero dopo riuscirono a emozionarla, anche se formarono una piramide umana di nove piani, con una ragazzina nuda in cima. "Vogliono forse riprodurre la mia piramide?" si domandò la regina. "E quella in cima sarei io?"

In seguito, il lord suo marito condusse gli ospiti nella terrazza inferiore, in modo che i visitatori della città gialla potessero ammirare Meereen di notte. Con le coppe di vino in mano, gli yunkai si aggiravano a piccoli gruppi per il giardino, sotto gli alberi di limone e tra i fiori che sbocciavano di notte, e Dany si ritrovò faccia a faccia con Ben Plumm il Marrone.

Lui le fece un profondo inchino. «Vostro splendore. Hai un aspetto magnifico. Be', come sempre. Nessuna yunkai ha la metà della tua bellezza. Pensavo di portarti un regalo di nozze, ma l'offerta è salita troppo per il vecchio Ben il Marrone.»

«Non voglio regali da te.»

«Quello forse l'avresti accettato: la testa di un vecchio nemico.»

«La tua?» disse lei dolcemente. «Tu mi hai tradito.»

«Oh, è un modo piuttosto crudo di mettere la cosa, se mi posso permettere.» Si grattò i favoriti brizzolati. «Siamo passati dalla parte del vincitore, tutto qui. Come già abbiamo fatto in passato. Tra l'altro non l'ho deciso io. Ho lasciato scegliere ai miei uomini.»

«Quindi sono stati *loro* a tradirmi, è questo che mi stai dicendo? Perché? Ho forse trattato male i Secondi Figli? Vi ho imbrogliato sulla paga?»

«No, mai» rispose Ben il Marrone. «Ma non è soltanto una questione di conio, vostra altezza e potenza. Questo l'ho imparato tanto tempo fa, nella mia prima battaglia. Il mattino dopo lo scontro, stavo frugando tra i morti, alla ricerca di qualche oggetto da depredare, come si usava fare. Sono incappato in un uomo morto: qualcuno con un'ascia gli aveva mozzato il braccio all'altezza della spalla. Il cadavere era ricoperto di mosche, incrostato di sangue secco, forse per questo nessuno l'aveva toccato, ma sotto le mosche e il sangue aveva un farsetto imbottito che pareva di un bel cuoio. Valutai che mi sarebbe andato bene, per cui scacciai le mosche e glielo presi. Quel maledetto affare, però, pesava molto più del dovuto. Sotto la fodera quell'uomo aveva cucito una fortuna in monete. *Oro*, eminenza, soave oro giallo. Sufficiente per vivere come un lord per il resto della vita. Ma lui, quale vantaggio ne aveva tratto? Con tutto il suo conio, se ne stava in una pozza di sangue e fango, senza un braccio. E questa è stata la lezione, comprendi? L'argento è nettare e l'oro è nostra madre, ma una volta che sei morto, valgono meno dell'ultima cacata che fai mentre tiri le cuoia. Già una volta ti ho detto che esistono mercenari vecchi e mercenari audaci, ma non esistono vecchi mercenari audaci. I miei ragazzi non volevano morire, tutto qui e, quando ho detto loro che non saresti stata in grado di scatenare i tuoi draghi contro gli yunkai, be'…»

"Mi hai dato per sconfitta" pensò Dany "e chi sono io per dirti che sbagliavi?" «Capisco» ammise. Avrebbe potuto porre subito fine al dialogo, ma era curiosa. «Oro sufficiente per vivere come un lord, hai detto. E che cosa ne hai fatto, di tutta quella ricchezza?»

Ben il Marrone scoppiò a ridere. «Da ragazzo stolto qual ero, ne parlai con un tizio che ritenevo essere mio amico, lui ne parlò con il nostro sergente, e i miei commilitoni pensarono bene di sgravarmi di quel fardello. Il sergente disse che ero troppo giovane e che avrei sperperato tutto in baldracche e cose del genere. Però mi lasciò il farsetto.» Sputò. «Mai fidarsi di un mercenario, milady. Mai.»

«Questo mi è chiaro. Un giorno vedrò di ringraziarti per la lezione.»

Ben socchiuse gli occhi. «Non occorre. So il tipo di ringraziamento cui stai pensando.» Fece un altro inchino e si allontanò.

Dany si voltò a guardare la città. Al di là delle mura, le tende gialle degli yunkai erano disposte in file ordinate vicino al mare, protette dalle trincee scavate per loro dagli schiavi. Due legioni di ferro provenienti da Nuova Ghis, addestrate e armate nella stessa maniera degli Immacolati, erano accampate a nord, sull'altra riva del fiume. Altre due legioni ghiscariane si erano accampate a est, bloccando la strada verso il Passo Khyzai. A sud c'erano le linee dei cavalli e i fuochi di bivacco delle compagnie libere. Di giorno, sottili pennacchi di fumo parevano quasi sospesi nel cielo, come laceri nastri grigi. Di notte, si potevano vedere fuochi in lontananza. In prossimità della baia c'era l'abominio, davanti alle sue porte il mercato di schiavi. Ora, essendo tramontato il sole, non poteva vederlo, ma Dany sapeva che era là. E questo la rendeva ancora più furibonda.

«Ser Barristan?» disse piano.

Il cavaliere bianco comparve all'istante. «Vostra grazia.»

«Che cosa hai sentito?»

«Quanto basta. Ben Plumm il Marrone ha ragione. Mai fidarsi di un mercenario.»

"Né di una regina" pensò Dany. «C'è qualcuno nella Compagnia dei Secondi Figli che potrebbe essere persuaso a… rimuovere… Ben il Marrone?»

«Così come Daario Naharis una volta rimosse gli altri capitani dei Corvi della Tempesta?» Il vecchio cavaliere pareva a disagio. «Può darsi. Non saprei, vostra grazia.»

"No" pensò lei "tu sei troppo onesto e troppo onorevole." «Altrimenti, gli yunkai hanno assoldato altre tre compagnie.»

«Canaglie e tagliagole, feccia di cento battaglie» la mise in guardia ser Barristan «con capitani sempre pronti a tradire, come Plumm.»

«Io sono solo una giovane fanciulla e non mi intendo di queste cose, ma mi pare che siamo proprio noi a *volere* che siano dei traditori. Una volta, se ben ricordi, convinsi i Secondi Figli e i Corvi della Tempesta a unirsi a noi.»

«Se vostra grazia desidera un colloquio privato con Gylo Rhegan o con il Principe Straccione, posso farli salire nei tuoi appartamenti.»

«Non è il momento. Troppi occhi, troppe orecchie. Anche se tu riuscissi a separarli con discrezione dagli yunkai, la loro assenza verrebbe notata. No, dobbiamo trovare un altro modo per arrivare a loro… non stanotte, ma nel giro di breve tempo.»

«Come tu comandi. Anche se temo di non essere la persona più adatta. Ad Approdo del Re questi lavori venivano lasciati a Lord Ditocorto o al Ragno Tessitore. Noi vecchi cavalieri siamo uomini semplici, buoni solo per combattere.» Diede un colpetto all'impugnatura della spada.

«I prigionieri» suggerì Dany. «Gli uomini dell'Occidente che hanno disertato la Compagnia del Vento insieme ai tre nobili dorniani. Sono ancora nelle nostre celle, giusto? Serviamoci di loro.»

«Vuoi dunque liberarli? Pensi che sia una mossa saggia? Sono stati mandati qui per cercare di ottenere la tua fiducia in modo da tradire vostra grazia alla prima occasione.»

«Allora hanno fallito. Non mi fido di loro, né mai mi fiderò.» Per la verità, Dany stava dimenticando che cosa volesse dire fidarsi di qualcuno. «Però li possiamo usare. Tra loro c'era una donna, Meris. Rimandala indietro come… un gesto di riguardo da parte mia. Se il loro capitano è intelligente, capirà.»

«Quella donna è la peggiore di tutti.»

«Tanto meglio.» Dany rifletté un momento. «Dovremmo sentire anche le Lunghe Lance. E la Compagnia del Gatto.»

«Barba Insanguinata.» Ser Barristan aggrottò la fronte. «Se compiace a vostra grazia, noi non vogliamo avere niente a che fare con lui. Vostra grazia è troppo giovane per ricordare la guerra dei Re da Nove Soldi, ma quel Barba Insanguinata è della stessa pasta. In lui non c'è onore, solo fame… di oro, di gloria, di sangue.»

«Tu conosci meglio di me quelli come lui, ser.» Se Barba Insanguinata era davvero il più disonorevole e il più avido dei mercenari, sarebbe stato anche il più facile da tirare dalla loro parte, ma lei non voleva andare contro il parere di ser Barristan in faccende simili. «Fa' ciò che ritieni più opportuno, ser. Ma fallo presto. Se la pace di Hizdahr dovesse infrangersi, voglio essere preparata. Non mi fido degli schiavisti.» "E non mi fido di mio marito." «Si getteranno su di noi al primo segno di debolezza.»

«Anche gli yunkai si stanno indebolendo. La dissenteria emorragica ha attecchito fra i toloshi, si dice, e si è diffusa anche oltre il fiume, alla terza legione dei ghiscariani.»

"La giumenta pallida" sospirò Daenerys. "Quaithe mi ha avvertito della giumenta pallida in arrivo. E mi ha detto anche del principe dorniano, il figlio del sole. Mi ha detto tante altre cose, ma tutto per enigmi." «Non posso confidare nella pestilenza per salvarmi dai nemici. Libera Meris la Bella. Subito.»

«Come tu comandi. Però… Vostra grazia, se posso avere l'ardire… ci sarebbe un'altra via…»

«La via dorniana?» sospirò Dany. I tre dorniani avevano presenziato al banchetto, come si addice al rango del principe Quentyn, anche se Reznak aveva provveduto a farli sedere il più lontano possibile dal re. Hizdahr non pareva di natura gelosa, ma a nessuno piacerebbe la presenza di un pretendente rivale al fianco della propria novella sposa. «Il ragazzo sembra gentile e raffinato, ma…»

«Casa Martell è antica e nobile, vostra grazia, e per più di un secolo è stata leale amica della Casa Targaryen. Ho avuto l'onore di servire col prozio del principe Quentyn nelle sette spade bianche di tuo padre. Il principe Lewyn era il più valoroso compagno d'armi che chiunque avrebbe potuto desiderare avere al fianco. Quentyn Martell è dello stesso sangue, se compiace a vostra grazia.»

«Mi compiacerebbe se si fosse presentato con quelle cinquantamila spade di cui parla. Invece porta due cavalieri e una pergamena. Potrà forse quest'ultima proteggere il mio popolo dagli yunkai? Se fosse venuto con una flotta…»

«Lancia del Sole non è mai stata una potenza marinara, vostra grazia.»

«No, certo» ammise Dany. Conosceva abbastanza la storia dell'Occidente per saperlo. Nymeria era approdata con diecimila navi sulle sabbiose spiagge di Dorne, ma una volta sposato il principe dorniano le aveva fatte bruciare, rinunciando per sempre al mare. «Dorne è troppo lontana. Per compiacere quel principe, dovrei abbandonare tutto il mio popolo. Faresti meglio a mandarlo a casa.»

«I dorniani sono notoriamente testardi, vostra grazia. Gli antenati del principe Quentyn hanno combattuto i tuoi antenati per quasi duecento anni. Non se ne andrà senza di te.»

"Allora morirà qui" pensò Daenerys "a meno che in lui non ci sia più di quanto io riesca a vedere." «È ancora nella sala?»

«Sta bevendo con i suoi cavalieri.»

«Portalo al mio cospetto. È tempo che lui conosca i miei figli.»

Un dubbio passò come un lampo sul lungo viso solenne di Barristan Selmy. «Come tu comandi.»

Il re stava ridendo con Yurkhaz zo Yunzak e gli altri lord yunkai. Dany non pensava che avrebbe sentito la sua mancanza, ma per ogni evenienza avvisò le sue ancelle di riferire, qualora avesse chiesto di lei, che stava rispondendo a un richiamo della natura.

Ser Barristan l'aspettava vicino ai gradoni in compagnia del principe dorniano. La faccia squadrata di Quentyn Martell era arrossata e rubiconda. "Troppo vino" concluse la regina, anche se lui faceva del proprio meglio per nasconderlo. A parte la fila di soli di rame che ornava il cinturone, il dorniano indossava abiti normali. "Lo chiamano Ranocchio" ricordò Dany. Poteva indovinare il perché. Quentyn Martell non era certo una bellezza.

Daenerys gli sorrise. «Mio principe, la strada per scendere è lunga. Sei sicuro di voler venire?»

«Se compiace a vostra grazia.»

«Allora andiamo.»

Due Immacolati li precedevano reggendo le torce; dietro di loro, invece, venivano due Belve d'Ottone, una con una maschera da pesce, l'altra da falco. Anche là, all'interno della sua stessa piramide, in quella serena notte di pace e di festa, ser Barristan voleva che avesse vicino delle guardie ovunque andasse. Il gruppetto scese in silenzio, fermandosi tre volte per rinfrescarsi lungo il tragitto.

«Il drago ha tre teste» disse Dany, quando arrivarono nel tratto finale. «Le mie nozze non devono necessariamente rappresentare la fine di tutte le tue speranze. Io so perché sei qui.»

«Per te» disse Quentyn, con goffa galanteria.

«No» disse Dany. «Per il fuoco e per il sangue.»

Uno degli elefanti barrì. Dal piano inferiore echeggiò un ruggito di risposta che fece avvampare Dany, per un'improvvisa ondata di calore. Il principe Quentyn alzò lo sguardo, allarmato. «I draghi sentono quando lei è vicina» gli disse ser Barristan.

"Ogni figlio riconosce la propria madre" pensò Dany. "Quando i mari si seccheranno e le montagne voleranno nel vento come foglie…" «Mi stanno chiamando. Vieni.»

Prese il principe Quentyn per mano e si diresse verso il pozzo dove erano confinati due dei suoi draghi. «Tu resta fuori» disse a ser Barristan, mentre gli Immacolati aprivano le pesanti porte di ferro. «Il principe Quentyn mi proteggerà.» Si fece accompagnare dentro dal principe dorniano, fin sul ciglio del baratro.

I draghi inarcarono il collo, fissandoli con occhi di brace. Viserion aveva distrutto una catena e fuso le altre. Si era appeso al soffitto come un enorme pipistrello bianco, con gli artigli affondati nei mattoni bruciati e sgretolati. Rhaegal, ancora incatenato, stava rosicchiando la carcassa di un bue. Lo strato di ossa sul fondo del pozzo era più alto dell'ultima volta che lei era scesa, e le pareti e il pavimento erano neri e grigi, più cenere che mattoni. Non avrebbero resistito a lungo… ma dietro c'erano soltanto terra e sassi. "I draghi possono scavare cunicoli nella roccia come i vermi di fuoco dell'antica Valyria?" Dany si augurò di no.

Il principe dorniano era diventato bianco come il latte. «Avevo… avevo sentito dire che erano tre.»

«Drogon è a caccia.» Non era necessario che lui sapesse il resto. «Quello bianco è Viserion, quello verde è Rhaegal. Ho dato loro i nomi dei miei fratelli.» La voce di Dany riecheggiò dai muri di pietra bruciati. Pareva esile: la voce di una bambina, non la voce di una regina e di una conquistatrice, neppure la voce gioiosa di una novella sposa.

Rhaegal ruggì in risposta e il pozzo si riempì di fuoco, una lancia di rosso e di giallo. Viserion replicò, con le sue fiamme oro e arancioni. Quando batté le ali, una nube di cenere grigia riempì l'aria. Le catene spezzate gli sferragliavano intorno alle zampe. Quentyn Martell fece un balzo indietro.

Una donna più crudele avrebbe magari riso di lui, Dany invece gli strinse la mano e disse: «Spaventano anche me. Non c'è da vergognarsi. Stando al buio i miei figli sono diventati feroci e rabbiosi».

«Intendi… cavalcarli?»

«Uno di loro. Tutto ciò che so dei draghi è quello che mio fratello mi raccontava quando ero piccola, e quello che ho letto nei libri. Pare che neppure Aegon il Conquistatore abbia mai osato montare Vhagar o Meraxes. E nemmeno le sue sorelle cavalcarono Balerion il Terrore Nero. I draghi vivono più degli uomini, alcuni anche centinaia d'anni, perciò, dopo la morte di Aegon, Balerion ebbe altri cavalieri... mai nessuno, però, ha montato due draghi.»

Viserion ruggì di nuovo. Del fumo gli salì fra i denti, e in fondo alla sua gola potevano vedere torcersi un fuoco dorato.

«Sono... creature spaventose.»

«Sono draghi, Quentyn.» Dany si alzò sulla punta dei piedi e gli diede due baci leggeri, uno per guancia. «E lo sono anch'io.»

Il giovane principe deglutì. «Anche... anche nelle mie vene scorre il sangue del drago, vostra grazia. La mia stirpe risale alla prima Daenerys, la principessa Targaryen sorella di re Daeron il Buono e moglie del principe di Dorne, il quale costruì per lei i Giardini dell'Acqua.»

«I Giardini dell'Acqua?» In effetti, Dany non sapeva molto né di Dorne né della sua storia.

«È il palazzo preferito di mio padre. Mi piacerebbe mostrarteli, un giorno. Sono tutti di marmo rosa, con stagni, fontane e con la vista sul mare.»

«Devono essere bellissimi.» Dany lo spinse ad allontanarsi dal pozzo. "Non appartiene a questo posto. Non sarebbe mai dovuto venire qui." «Dovresti tornare nella tua terra. La mia corte, purtroppo, non è un luogo sicuro per te. Hai più nemici di quanto tu stesso non immagini. Hai fatto fare a Daario la figura dello stolto, e non è il tipo che dimentica un simile affronto.»

«Ho i miei cavalieri. I miei scudi giurati.»

«Due cavalieri. Daario ha cinquecento Corvi della Tempesta. E faresti bene a guardarti anche dal lord mio marito. So che sembra un uomo mite e gentile, ma non farti ingannare. La corona di Hizdahr deriva dalla mia, e lui comanda la lealtà di alcuni fra i più terribili combattenti al mondo. Se uno di loro dovesse pensare di potersi guadagnare i suoi favori eliminando un rivale...»

«Sono un principe di Dorne, vostra grazia. Non scapperò davanti a schiavi e mercenari.»

"Allora, Principe Ranocchio, sei davvero un ingenuo." Dany diede un'ultima lunga occhiata ai suoi feroci figli. Mentre accompagnava il giovane principe alla porta, poteva sentire i draghi gridare e vedere i riverberi dei loro fuochi contro i mattoni. "Se mi volto indietro, sono perduta." «Ser Barristan ha predisposto due portantine per riportarci al banchetto, ma la salita sarà comunque faticosa.» Dietro di loro, la grande porta di ferro si chiuse con un fragoroso boato. «Parlami di quell'altra Daenerys. Conosco meno di quanto dovrei la storia del regno di mio padre. Crescendo, non ho mai avuto nessun maestro.» "Solo un fratello."

«Lo farò con piacere, vostra grazia» disse Quentyn.

Mezzanotte era passata da un pezzo quando gli ultimi ospiti si congedarono, e Dany si ritirò nei suoi appartamenti per raggiungere il suo lord e re. Hizdahr era soddisfatto, anche se decisamente alticcio.

«Io mantengo le mie promesse» disse a Dany, mentre Irri e Jhiqui li spogliavano per il letto. «Desideravi la pace, e ce l'hai.»

"E tu desideravi sangue, e presto ti dovrò accontentare" pensò Dany. Invece disse: «Te ne sono grata».

L'entusiasmo della giornata aveva infiammato le passioni di suo marito. Appena le ancelle si furono ritirate, lui le tolse la veste e la spinse supina sul letto. Dany lo circondò con le braccia e lo lasciò fare. Sapeva che, ubriaco com'era, non sarebbe stato dentro di lei a lungo.

E così fu. Poi si strofinò vicino al suo orecchio e le mormorò: «Vogliano gli dèi che stanotte abbiamo fatto un figlio».

Nella testa di Dany risuonarono le parole di Mirri Maz Duur: "Quando il sole sorgerà a occidente e tramonterà a oriente, quando i mari si seccheranno e le montagne voleranno nel vento come foglie, quando il tuo grembo sarà di nuovo fecondo e tu darai alla luce un figlio vivo, allora, e solo allora, egli farà ritorno". Il significato era abbastanza chiaro: era tanto probabile che il Khal Drogo tornasse dal mondo dei defunti, quanto che lei partorisse un figlio vivo. Ma c'erano alcuni segreti che Daenerys non poteva condividere, neppure con un marito, perciò lasciò a Hizdahr zo Loraq le sue speranze.

Il suo nobile marito si addormentò rapidamente. Daenerys poteva solo rigirarsi accanto a lui. Avrebbe voluto scuoterlo, svegliarlo, obbligarlo a stringerla, baciarla, fotterla ancora, ma se anche lui l'avesse fatto, dopo si sarebbe addormentato di nuovo, lasciandola da sola al buio. Dany si domandò che cosa stesse facendo Daario. Era inquieto anche lui? La stava pensando? L'amava davvero? La odiava per aver sposato Hizdahr? "Non avrei dovuto portarmelo a letto." Era solo un mercenario, non sarebbe mai potuto diventare il consorte di una regina, eppure…

"Questo l'ho sempre saputo, ma l'ho fatto ugualmente."

«Mia regina?» sussurrò una dolce voce nel buio.

Dany trasalì. «Chi c'è là?»

«Solo Missandei.» La piccola scriba naathi si accostò al letto. «Ti ho sentita piangere.»

«Piangere? Non stavo piangendo. Perché mai avrei dovuto? Ho la pace, ho il mio re, ho tutto quello che una regina potrebbe desiderare. Hai fatto un brutto sogno, null'altro.»

«Come tu dici, vostra grazia.» S'inchinò con deferenza e fece per allontanarsi.

«Resta» disse Dany. «Non voglio rimanere da sola.»

«Sua grazia è con te» rimarcò Missandei.

«Sua grazia sta sognando, invece io non riesco a dormire. Domani dovrò bagnarmi nel sangue. Il prezzo della pace.» Sorrise debolmente e batté con la mano sul bordo del letto. «Vieni, siediti. Parliamo.»

«Se così ti compiace» Missandei si sedette accanto a lei. «Di che cosa vuoi parlare?»

«Casa» disse Dany. «Di Naath, di farfalle e fratelli. Parlami delle cose che ti rendevano felice, di quelle che ti facevano ridere, di tutte le tue memorie più dolci. Ricordami che esiste ancora il bene al mondo.»

Missandei fece del proprio meglio. Stava ancora parlando, quando Dany finalmente si addormentò e fece strani sogni pieni di fumo e di fuoco.

Il mattino arrivò troppo presto.

THEON

Il giorno arrivò su di loro proprio come Stannis: senza essere visto.

Grande Inverno era sveglia da ore, gli spalti merlati e le torri brulicavano di uomini ricoperti di lana, maglia di ferro e cuoio, in attesa di un attacco che non arrivava mai. Quando il cielo cominciò a schiarirsi, il suono di tamburi era ormai svanito, anche se i corni da guerra si udirono altre tre volte, sempre più vicino. E continuava a nevicare.

«Oggi la bufera finirà» stava gridando con insistenza uno dei giovani stallieri sopravvissuti al crollo del tetto. «Perché non è nemmeno ancora inverno.»

Theon si sarebbe messo a ridere, se ne avesse avuto il coraggio. Ripensò alle storie che raccontava loro la Vecchia Nan, di tempeste che infuriavano per quaranta giorni e quaranta notti, per un anno, per dieci anni… tempeste che seppellivano castelli, città e interi regni sotto trenta piedi di neve.

Seduto in fondo alla sala grande, non lontano dai cavalli, Theon osservava Abel, Rowan e una scialba lavandaia dai capelli castani chiamata Scoiattolo addentare delle fette di scuro pane raffermo fritto nel grasso della pancetta. Theon fece invece colazione con un boccale di birra scura, torbida di lievito e densa al punto da poterla masticare. Ancora qualche boccale, e forse il piano di Abel non gli sarebbe poi sembrato così folle.

Entrò Roose Bolton con i suoi occhi pallidi e sbadigliando, accompagnato dalla moglie gravida, Walda la Grassa. Vari lord e capitani l'avevano preceduto, fra i quali Umber il Flagello delle puttane, Aenys Frey e Roger Ryswell. Verso il fondo del tavolo, Wyman Manderly divorava salsicce e uova bollite, mentre accanto a lui il decrepito lord Locke si cacciava nella bocca sdentata cucchiaiate di pappa d'avena.

Poco dopo comparve anche lord Ramsay, allacciandosi il cinturone della spada mentre raggiungeva la parte anteriore della sala. "Stamattina è di pessimo umore" Theon ne era certo. "I tamburi l'hanno tenuto tutta la notte sveglio" pensò. "Oppure qualcuno l'ha scontentato." Una parola sbagliata, un'occhiata di traverso, una risata inopportuna, una qualsiasi di queste cose poteva provocare la collera di sua signoria e costare una striscia di pelle. "Ti prego, milord, non guardare da questa parte." A Ramsay sarebbe bastata un'occhiata. "Me lo vedrà scritto in faccia. Saprà. Lui sa sempre tutto."

Theon si rivolse ad Abel. «Non funzionerà.» Parlò a voce così bassa che neppure i cavalli potevano averlo udito. «Verremo presi prima di lasciare il castello. Anche se fuggissimo, lord Ramsay ci darà la caccia. Lui, Ben Bones e le ragazze.»

«Lord Stannis è fuori delle mura, poco lontano, a giudicare dal suono dei corni. Dobbiamo solo raggiungerlo.» Le dita di Abel danzarono sulle corde del suo liuto. La barba del cantastorie era castana, mentre i lunghi capelli erano per lo più grigi. «Se il Bastardo ci corre dietro, vivrà abbastanza a lungo da pentirsene.»

"Pensa pure così" commentò fra sé e sé Theon. "Credici. Convinciti che è vero." «Ramsay userà le tue donne come prede» disse al bardo. «Darà loro la caccia, le stuprerà e le getterà in pasto alle sue cagne. Se gli offriranno una partita di caccia divertente, forse darà i loro nomi alla prossima cucciolata. E poi ti scuoierà. Per lui, Skinner e Damon-danza-per-me sarà come un gioco. Finché li supplicherai di ucciderti.» Con la mano menomata, strinse il braccio del bardo. «Hai giurato di non farmi cadere di nuovo nelle sue mani. Ho la tua parola.» Aveva bisogno di sentirselo ripetere.

«Parola di Abel» disse Scoiattolo. «Robusta come una quercia.» Abel, da parte sua, si limitò a stringersi nelle spalle. «Qualsiasi cosa accada, mio principe.»

Sulla piattaforma, Ramsay stava discutendo con suo padre. Theon era troppo distante per poter captare le parole, ma la paura sul viso rotondo e rosa di Walda la Grassa era più eloquente di qualsiasi discorso. Udì Wyman Manderly chiedere altre salsicce e Roger Ryswell ridere a una battuta di Harwood Stout, l'uomo con un braccio solo.

Theon si domandò se avrebbe mai visto le magioni sommerse del Dio Abissale, o se il suo spettro sarebbe rimasto lì a Grande Inverno. "Una volta morto sei morto. Meglio morto che Reek." Se il piano di Abel fosse andato storto, Ramsay avrebbe reso la loro morte lunga e difficile. "Questa volta mi scuoierà dalla testa ai piedi, e nessuna supplica riuscirà a porre fine al supplizio." Theon non aveva mai conosciuto una sofferenza che si avvicinasse all'agonia che Skinner sapeva evocare con una piccola lama da scuoiatore. Abel avrebbe imparato presto la lezione. E per che cosa? "Jeyne, il suo nome è Jeyne, e ha gli occhi del colore sbagliato." Una guitta che recita una parte. "Lord Bolton sa, e anche Ramsay, ma gli altri sono ciechi, anche questo maledetto bardo con i suoi sorrisi scaltri è cieco. State per cadere nello scherzo, Abel, tu e le tue puttane assassine. Morirete per la ragazza sbagliata."

Era stato sul punto di dire loro la verità, quando Rowan lo aveva consegnato ad Abel tra le rovine della Torre Bruciata, ma all'ultimo momento aveva tenuto a freno la lingua. Il bardo pareva deciso a fuggire con la figlia di Eddard Stark. Se però avesse saputo che la promessa sposa di lord Ramsay era solo la mocciosa di un attendente, be'…

La porta della sala grande si spalancò di colpo.

Entrò un turbine di vento freddo, e nell'aria scintillò un nembo di cristalli bianco azzurrognoli. Ser Hosteen Frey, coperto di neve fino alla cintola, varcò la soglia, reggendo un cadavere tra le braccia. Tutti gli uomini sulle panche posarono i boccali e i cucchiai, e si voltarono a guardare quello spettacolo sinistro. Nella sala calò il silenzio.

"Un altro omicidio."

La neve scivolava dalla cappa di ser Hosteen, mentre il cavaliere avanzava verso il tavolo principale. I suoi passi risuonarono sul pavimento. Una decina di cavalieri e uomini d'armi Frey entrò dietro di lui. Fra loro c'era un ragazzo che Theon conosceva, Grande Walder, il più piccolo dei due cugini, con il viso da volpe e magro come uno stecco. Il petto, le braccia e il mantello erano schizzati di sangue.

L'odore del sangue fece nitrire i cavalli. I cani uscirono da sotto i tavoli, ad annusare. Gli uomini si alzarono dalle panche. Il corpo tra le braccia di ser Hosteen scintillò alla luce delle torce, avvolto da una corazza di brina rosa. Il freddo all'esterno aveva gelato il suo sangue.

«Il figlio di mio fratello Merrett.» Hosteen Frey depose il cadavere sul pavimento alla base della piattaforma. «Macellato come una pecora e abbandonato sotto un cumulo di neve. Un ragazzo.»

"Piccolo Walder" pensò Theon. "Il più grande dei due." Lanciò un'occhiata a Rowan. "Sono in sei" pensò. "Potrebbe essere stata una qualsiasi di loro." Ma la lavandaia sentì il suo sguardo. «Non siamo state noi» disse.

«Taci» l'ammonì Abel.

Lord Ramsay scese dalla piattaforma e si avvicinò al ragazzo morto. Il padre si alzò più lentamente, con i suoi occhi pallidi, la faccia impietrita, l'aria solenne. «Un atto davvero ripugnante.» Per una volta la voce del padre di Ramsay fu abbastanza forte da essere udita in tutta la sala. «Dove è stato trovato?»

«Sotto il mastio in rovina, mio lord» rispose Grande Walder. «Quello con i vecchi gargoyle.» Il ragazzo aveva i guanti incrostati del sangue di suo cugino. «Gli avevo detto di non uscire da solo, ma mi ha risposto che doveva incontrare un uomo che gli doveva dell'argento.»

«Quale uomo?» chiese Ramsay. «Dimmi il suo nome. Indicami chi è, ragazzo, e ti farò un mantello con la sua pelle.»

«Non me l'ha detto, mio lord. So solo che il conio l'aveva vinto ai dadi.» Il ragazzo Frey esitò. «I giocatori erano di Porto Bianco. Non saprei chi, ma dev'essere stato uno di loro.»

«Mio lord» riprese Hosteen Frey con voce profonda. «Sappiamo chi è stato. Chi ha ucciso il ragazzo e tutto il resto. Non di sua mano, no. È troppo grasso e codardo per uccidere di persona. Ma con la sua parola.» Si girò verso Wyman Manderly. «Vuoi forse negare?»

Il lord di Porto Bianco spezzò una salsiccia in due con un morso. «Confesso…» si ripulì l'unto delle labbra sulla manica «… confesso di sapere poco di quel disgraziato ragazzo. Era lo scudiero di lord Ramsay, giusto? Quanti anni aveva?»

«Nove, il giorno del suo ultimo compleanno.»

«Così giovane» commentò Wyman Manderly. «Ma forse è stata una benedizione. Se fosse vissuto, sarebbe diventato anche lui un Frey.»

Ser Hosteen diede un calcio al tavolo, il piano cadde dai cavalletti e andò a sbattere contro il ventre debordante di lord Wyman. Coppe e piatti volarono, le salsicce si sparsero dappertutto, e una decina di uomini Manderly balzarono in piedi imprecando. Alcuni afferrarono coltelli, vassoi, boccali, qualsiasi cosa potesse servire come arma.

Ser Hosteen Frey sguainò la spada lunga e balzò verso Wyman Manderly. Il lord di Porto Bianco tentò di fuggire, ma il tavolo lo bloccava sul suo scranno. La lama gli aprì tre dei quattro menti, con uno spruzzo di sangue rosso vivido. Lady Walda lanciò uno strillo e afferrò il braccio del lord suo marito.

«Basta!» ringhiò Roose Bolton. «Basta con questa follia.»

I suoi uomini accorsero, mentre i Manderly scavalcavano le panche per arrivare ai Frey. Uno si lanciò verso ser Hosteen brandendo un pugnale, ma il grosso cavaliere ruotò su se stesso, calò la spada e gli mozzò il braccio all'altezza della spalla. Lord Wyman si alzò in piedi, ma crollò subito. Il vecchio lord Locke chiamò a gran voce un maestro, mentre Manderly si dibatteva a terra come un tricheco bastonato in una pozza di sangue sempre più grande. Intorno a lui i cani si disputavano le salsicce.

Fu necessario l'intervento di una quarantina di lancieri di Forte Terrore per dividere i combattenti e porre fine al mattatoio. Nel frattempo, sei uomini di Porto Bianco e due Frey giacevano a terra morti. Altri dieci erano feriti e uno dei Ragazzi del Bastardo, Luton, agonizzava invocando a gran voce la madre, mentre cercava di ricacciare nel ventre un groviglio di viscide budella. Lord Ramsay prese la lancia di uno degli uomini di Gambali d'Acciaio e lo azzittì conficcandogliela nel petto. Le travature della sala grande continuarono comunque a risuonare di grida, preghiere e imprecazioni, nitriti dei cavalli spaventati e ringhi delle cagne di Ramsay. Walton Gambali d'Acciaio dovette battere una decina di volte il fondo della lancia contro il pavimento prima che la sala si quietasse abbastanza da permettere di udire le parole di Roose Bolton.

«Vedo che siete tutti assetati di sangue» disse il lord di Forte Terrore.

Accanto a lui c'era maestro Rhodry, con un corvo sul braccio. Il piumaggio nero dell'uccello scintillava come olio di carbone alla luce delle torce. "È bagnato" Theon capì. "E tra le mani di sua signoria c'è una pergamena. Sarà bagnata anche quella. Ali oscure, oscure parole." «Anziché ammazzarvi a vicenda, potreste riservare le vostre spade per lord Stannis.» Srotolò la pergamena. «Il suo esercito è a tre giorni di cavallo da qui, bloccato nella neve e affamato, e io per primo sono stanco di aspettare i suoi comodi. Ser Hosteen, raduna i tuoi cavalieri e i tuoi uomini d'armi alle porte principali della fortezza. Visto che sei così ansioso di batterti, sarai tu a sferrare il primo attacco. Lord Wyman, raduna i tuoi uomini di Porto Bianco alla porta orientale. Partiranno anche loro.»

La spada di Hosteen Frey era lorda di sangue quasi fino all'elsa. Gocce di sangue gli punteggiavano le guance come lentiggini. Il cavaliere abbassò la lama e disse: «Come il mio lord comanda. Ma dopo averti consegnato la testa di Stannis Baratheon, finirò di mozzare quella di Lord Lardo».

Quattro cavalieri di Porto Bianco avevano formato un cerchio intorno a lord Wyman, mentre maestro Medrick si affannava per bloccare l'emorragia. «Prima dovrai vedertela con noi, ser» intimò il più anziano dei quattro, un uomo dalla barba grigia e dalla faccia dura, la cui sovratunica macchiata di sangue mostrava tre sirene argentee in campo viola.

«Con piacere. Uno alla volta o tutti insieme, per me è uguale.»

«Basta così!» ruggì lord Ramsay, brandendo la lancia insanguinata. «Un'altra minaccia e vi sventro io tutti quanti. Il lord mio padre ha parlato! Conservate la vostra collera per Stannis.»

Roose Bolton approvò con un cenno della testa. «Proprio così. Avrete tutto il tempo per combattervi l'un l'altro dopo che avremo sistemato Stannis.» Girò la testa, cercando con lo sguardo, finché i suoi occhi pallidi e gelidi non trovarono Abel accanto a Theon. «Bardo» chiamò. «Vieni a cantarci qualcosa che calmi gli animi.»

Abel s'inchinò. «Se compiace a sua signoria.» Con il liuto in mano, saltò sulla piattaforma e si sedette a gambe incrociate sul tavolo. Quando iniziò a cantare – un canto triste e delicato che Theon Greyjoy non conosceva – ser Hosteen, ser Aenys e gli altri Frey si voltarono per condurre i cavalli fuori della sala.

Rowan prese Theon per il braccio. «Il bagno. Bisogna agire adesso.»

Lui si divincolò con uno strattone. «Di giorno? Ci vedranno.»

«La neve ci nasconderà. Sei sordo? Bolton sta mandando fuori i suoi uomini. Dobbiamo raggiungere Stannis prima di loro.»

«Ma… Abel…»

«Abel può difendersi da solo» mormorò Scoiattolo.

"Questa è una follia, disperata, stupida e tragica." Theon finì la sua birra e si alzò con riluttanza. «Cerca le tue sorelle. Ci vuole un bel po' d'acqua per riempire la vasca della lady.»

Scoiattolo corse via, silenziosa come sempre. Rowan scortò Theon fuori della sala. Da quando lei e le sue sorelle lo avevano trovato nel parco degli dèi, una di loro l'aveva sempre seguito a ogni passo, senza mai perderlo di vista. Non si fidavano di lui. "Perché mai dovrebbero? Ero Reek prima e potrei essere Reek di nuovo. Reek, Reek, che fa rima con sneak, infido."

Fuori continuava a nevicare. I pupazzi di neve costruiti dagli scudieri erano cresciuti, diventando mostruosi giganti alti tre metri e orribilmente deformi. Bianche muraglie si ergevano ai due lati, mentre lui e Rowan raggiungevano il parco degli dèi; i camminamenti fra il mastio, la torre e la sala erano diventati un intrico di trincee ghiacciate, spalate ogni ora per mantenerli sgombri. Perdersi in quel labirinto congelato era facile, ma Theon Greyjoy conosceva ogni curva e ogni deviazione.

Anche il parco degli dèi stava diventando bianco. Uno strato di ghiaccio velava lo stagno sotto l'albero del cuore, e sul volto scolpito nel suo livido tronco erano spuntati dei baffi sottili. A quell'ora non potevano sperare di avere gli antichi dèi tutti per sé. Rowan trascinò Theon lontano dagli uomini del Nord che pregavano davanti all'albero e lo guidò in un punto appartato contro il muro dei baraccamenti, accanto a una pozza di fango caldo che emanava un tanfo di uova marce. Anche il fango stava cominciando a gelare lungo i bordi, notò Theon. «L'inverno sta arrivando…»

Rowan gli lanciò un'occhiata sprezzante. «Non hai il diritto di pronunciare il motto di lord Eddard. Non tu. Mai. Non dopo quello che hai fatto…»

«Anche tu hai ucciso un ragazzino.»

«Non siamo state noi, te l'ho già detto.»

«Le parole sono vento.» "Loro non sono migliori di me. Siamo della stessa pasta." «Avete ucciso gli altri, perché non lui? Dick Cazzo Giallo…»

«… puzzava quanto te. Un vero maiale.»

«E Piccolo Walder era un maialino. Ucciderlo ha spinto i Frey e i Manderly a mettere mano alle spade, una mossa astuta, voi…»

«Noi niente!» Rowan lo prese per la gola e lo spinse contro il muro del baraccamento, la faccia a qualche centimetro dalla sua. «Dillo ancora una volta e ti strappo quella lingua menzognera, assassino di consanguinei.»

Theon sorrise mostrando i denti rotti. «Non lo farai. Hai bisogno della mia lingua per passare davanti alle guardie. Hai bisogno delle mie menzogne.»

Rowan gli sputò in faccia. Poi lo lasciò andare e si ripulì i guanti strofinandosi le mani sulle gambe, come se solo a toccarlo se le fosse lordate.

Theon capì che non doveva farla arrabbiare. A modo suo, quella donna era pericolosa quanto Skinner o Damon-danza-per-me. Ma aveva freddo, era stanco, sentiva la testa pesante, non dormiva da giorni. «Ho fatto cose orribili… ho tradito la mia gente, ho voltato gabbana, ho ordinato la morte di uomini che si fidavano di me… ma non ho ucciso nessun consanguineo.»

«I ragazzi Stark non erano tuoi fratelli, aye. Lo sappiamo.»

Questo era vero, ma Theon intendeva un'altra cosa. "Non erano del mio stesso sangue, ma non ho comunque mai fatto loro alcun male. I due bambini che abbiamo uccisi erano solo i figli di un mugnaio." Theon preferiva non pensare alla loro madre. Conosceva da anni la moglie del mugnaio, se l'era anche portata a letto. "Grosse tette sode con larghi capezzoli scuri, una bocca dolce, la risata allegra. Gioie che non gusterò mai più."

Ma era inutile parlare di tutto questo con Rowan. Quella donna non avrebbe mai creduto alle sue smentite, come Theon non credeva a quelle di lei. «Le mie mani sono sporche di sangue, però non dei miei fratelli» disse stancamente. «E sono stato punito per questo.»

«Non abbastanza.» Rowan gli girò la schiena.

"Stupida femmina." Theon poteva anche essere un rottame, ma aveva comunque con sé un pugnale. Non gli sarebbe stato difficile estrarlo e conficcarglielo in mezzo alle scapole. Di questo era ancora capace, anche senza denti e tutto il resto. Forse le avrebbe perfino fatto un favore: una fine più rapida e pulita di quella che lei e le sue sorelle avrebbero avuto quando Ramsay le avesse catturate.

Reek avrebbe potuto farlo. L'avrebbe anzi fatto, nella speranza di compiacere lord Ramsay. Quelle puttane intendevano rubare la promessa sposa di Ramsay, Reek non poteva permetterlo. Ma gli antichi dèi lo avevano riconosciuto, lo avevano chiamato Theon. "Sono un uomo delle Isole di Ferro, figlio di Balon Greyjoy e legittimo erede di Pyke." Sentì prudere e torcersi i moncherini delle dita, ma tenne il pugnale nel fodero.

Quando Scoiattolo tornò, era accompagnata dalle altre quattro: la magra Myrtle con i capelli grigi, Willow Occhio-di-strega con la sua lunga treccia nera, Frenya grossa di vita e con il seno enorme, Holly con il coltello in pugno. Vestite come delle servette, con strati di ruvida stoffa grigia, indossavano mantelli di lana marrone foderati di coniglio bianco. "Niente spade" notò Theon. "Niente asce, mazze, armi, ma solo coltelli." Il mantello di Holly era fissato da una fibbia d'argento, e Frenya aveva una corda di canapa intrecciata intorno alla vita, dai fianchi fino a sotto il seno, che la faceva sembrare ancora più robusta di quello che era.

Myrtle aveva portato una veste da servetta per Rowan. «I cortili brulicano di quegli imbecilli» li avvertì. «Stanno per uscire a cavallo.»

«Gente che si inginocchia» disse Willow con una smorfia di disprezzo. «Il loro magnifico lord ha parlato, e loro devono ubbidire.»

«Vanno incontro alla morte» cinguettò Holly tutta felice.

«Loro e anche noi» disse Theon. «Quand'anche superassimo le guardie, come intendete far uscire lady Arya?»

Holly sorrise. «Sei donne entrano, sei donne escono. Chi vuoi che guardi delle serve? Vestiremo la ragazza Stark come Scoiattolo.»

Theon lanciò un'occhiata a Scoiattolo. "Sono quasi della stessa corporatura. Potrebbe funzionare." «E Scoiattolo come farà a uscire?»

Rispose quest'ultima. «Da una finestra, e poi giù fino al parco degli dèi. Avevo dodici anni la prima volta che mio fratello mi ha portato a fare una scorreria a sud della Barriera. È così che mi sono guadagnata il mio soprannome. Lui diceva che sembravo uno scoiattolo che corre sul tronco di un albero. Da allora ho scalato la Barriera sei volte, in un senso e nell'altro. Credo di potermi calare da una torre di pietra.»

«Contento, Voltagabbana?» chiese Rowan. «Su, muoviamoci.»

Le cucine cavernose di Grande Inverno occupavano un edificio a sé stante, ben separato dalle sale principali del castello e dalle fortezze in caso d'incendio. Dentro, gli odori cambiavano di ora in ora; un continuo alternarsi di profumi di carni arrosto, porri e cipolle, pane appena sfornato. Davanti alla porta delle cucine Roose Bolton aveva posto guardie. Con tutte quelle bocche da sfamare, ogni piccola quantità di cibo era prezioso. Anche le cuoche e gli sguatteri venivano tenuti sotto stretto controllo. Ma le guardie conoscevano Reek. Si divertivano a stuzzicarlo quando veniva a prendere l'acqua calda per il bagno di lady Arya. Nessuno di loro, però, osava spingersi oltre. Tutti sapevano che Reek era l'animale di compagnia di lord Ramsay.

«Il Principe della Puzza è venuto a prendere un po' d'acqua calda» annunciò una guardia, quando Theon e le serve gli comparvero davanti. Aprì loro la porta. «Presto, dentro, altrimenti tutta questa bell'aria calda scappa fuori.»

Una volta entrato, Theon afferrò per il braccio un garzone che stava passando. «Acqua calda per la lady, ragazzo» ordinò. «Sei secchi pieni, e che sia acqua pulita e bollente. Lord Ramsay vuole la moglie rosea e ben lavata.»

«*Aye*, milord» disse il garzone. «Subito, milord.»

Ma quel "subito" richiese più tempo di quanto Theon gradisse. Tutti i calderoni erano sporchi, per cui il garzone dovette lavarne uno, prima di riempirlo d'acqua. Poi sembrò volerci un'eternità perché l'acqua bollisse e un'altra eternità per riempire i sei secchi di legno. Intanto le donne di Abel aspettavano, con i visi celati sotto i cappucci. "Stanno sbagliando tutto" pensò Theon. Le vere servette stuzzicavano sempre i garzoni, facevano le smorfiose con i cuochi, ottenevano con moine un assaggio di questo, un bocconcino di quello. Rowan e le sue intriganti sorelle non volevano attirare l'attenzione, ma il loro cupo silenzio provocò presto occhiate dubbiose da parte delle guardie. «Dove sono Maisie, Jez e le altre ragazze?» chiese una guardia a Theon. «Quelle che vengono di solito.»

«Lady Arya è arrabbiata con loro» mentì Theon. «L'ultima volta l'acqua era già fredda prima di finire nella vasca.»

L'acqua calda formava nell'aria nuvole di vapore che scioglievano i fiocchi di neve mentre cadevano. La processione ripercorse il labirinto di trincee con pareti di ghiaccio. A ogni passo, l'acqua si raffreddava. I corridoi erano affollati: cavalieri con corazza e sovratunica di lana e mantello di pelliccia, armigeri con le lance di traverso sulle spalle, arcieri con gli archi allentati e le faretre piene di frecce, cavalieri erranti, stallieri che conducevano i destrieri per le briglie. Gli uomini Frey portavano l'emblema delle due torri, quelli di Porto Bianco sfoggiavano tritone e tridente. Si aprivano un varco nella tempesta in opposte direzioni, lanciandosi occhiate ostili quando si incrociavano, ma nessuno sguainò mai la spada. Almeno non lì. "Forse, una volta nel bosco le cose andranno in modo diverso."

Cinque o sei uomini di Forte Terrore erano di guardia alle porte della Grande Fortezza. «Un altro maledetto bagno?» disse il loro sergente, vedendo i secchi d'acqua fumante. Teneva le mani sotto le ascelle per difenderle dal freddo. «Ma l'ha già fatto ieri sera. Quanto riesce a sporcarsi una donna stando a letto?»

"Più di quanto non credi, se quel letto lo dividi con lord Ramsay" pensò Theon, ricordando la notte di nozze e le cose che lui e Jeyne erano stati costretti a fare. «Ordine di lord Ramsay.»

«Allora entra, prima che l'acqua geli» disse il sergente.

Due guardie spalancarono il doppio portale.

Nell'ingresso faceva freddo quasi quanto all'esterno. Holly batté i piedi per togliersi la neve dagli stivali e si abbassò il cappuccio. «Pensavo che sarebbe stato più difficile.» Il suo alito ghiacciò l'aria.

«Di sopra ci sono altre guardie, davanti alla camera da letto del mio lord» l'avvertì Theon. «Uomini di Ramsay.» Non osò chiamarli Ragazzi del Bastardo, non lì. Non sapevi mai chi potesse essere in ascolto. «Tenete la testa bassa e non toglietevi il cappuccio.»

«Fa' come dice, Holly» confermò Rowan. «Qualcuno potrebbe riconoscerti. Non abbiamo bisogno di guai.»

Theon fece loro strada su per le scale. "Sono passato mille volte per questi gradini." Da bambino li saliva di corsa e li scendeva tre alla volta, a balzi. Una volta era finito addosso alla Vecchia Nan, mandandola per terra: gli era costata la peggiore bastonatura che avesse mai preso a Grande Inverno, anche se quelle erano quasi carezze confronto alle botte che i suoi fratelli gli davano a Pyke. Lui e Robb avevano combattuto molte eroiche battaglie su quegli scalini, menando fendenti con le spade di legno. Fu un buon addestramento: fece loro capire quanto fosse difficile risalire una scala a chiocciola tenendo a bada un avversario ben determinato. Ser Rodrik amava dire che un solo uomo abile poteva tenerne a bada un centinaio che stavano più in basso.

Ma quello era successo molto tempo prima. Adesso erano tutti morti: Jory, il vecchio ser Rodrik, lord Eddard, Harwin e Hullen, Cayn, Desmond e Tom il Grasso, Alyn con il suo sogno di diventare cavaliere, Mikken che gli aveva forgiato la sua prima vera spada. Anche la Vecchia Nan, molto probabilmente.

E Robb. Robb che era stato per Theon un fratello, più di ogni altro figlio generato dai lombi di Balon Greyjoy. "Ucciso alle Nozze Rosse, macellato dai Frey. Avrei dovuto essere con lui. Invece dov'ero? Sarei dovuto morire al suo fianco."

Theon si fermò così all'improvviso, che Willow gli finì quasi addosso. Era arrivato davanti alla porta della camera da letto di Ramsay. E di guardia c'erano due Ragazzi del Bastardo, Alyn l'Acido e Grugnito.

"Gli antichi dèi sono dalla nostra parte." A Grugnito mancava la lingua e ad Alyn il cervello, come era solito dire lord Ramsay. Uno era brutale, l'altro malvagio, ma entrambi avevano trascorso gran parte della vita a Forte Terrore. Facevano quello che veniva ordinato loro di fare.

«Ho dell'acqua calda per lady Arya» disse loro Theon.

«Prova a lavarti un po' anche tu, Reek» ribatté Alyn l'Acido. «Puzzi come piscio di cavallo.» Grugnito grugnì in segno di approvazione. O forse quel verso voleva essere una risata. Alyn tolse comunque il catenaccio alla porta della camera da letto, e Theon fece cenno con la mano alle donne di entrare.

In quella stanza non era mai sorto il giorno. Le ombre coprivano tutto. Un ultimo ceppo scoppiettava debolmente fra le braci morenti nel focolare, e la fiamma di una candela tremolava sul tavolino accanto a un letto disfatto e vuoto. "La ragazza se n'è andata" pensò Theon. "In preda alla disperazione si sarà buttata giù da una finestra." Ma le finestre lì erano sbarrate per via della tormenta, sigillate da croste di neve soffiata dal vento e dal ghiaccio.

«Dov'è?» chiese Holly. Le sue sorelle vuotarono i secchi nel grande mastello rotondo. «Dov'è?» ripeté Holly.

Fuori suonò un corno. "Uno squillo. I Frey si radunano per la battaglia." Theon sentì un formicolìo dove un tempo aveva le dita.

Poi la vide: era rannicchiata nell'angolo più buio della camera da letto, per terra, raggomitolata su se stessa, sotto una pila di pelli di lupo. Theon la individuò solo perché tremava. Jeyne si era tirata addosso le pellicce, per nascondersi. "Da noi? O stava aspettando il lord suo marito?" Il pensiero che Ramsay potesse arrivare gli fece venire voglia di urlare.

«Mia lady.» Theon non poteva chiamarla Arya e non osava chiamarla Jeyne. «Non c'è bisogno che ti nascondi. Queste donne sono amiche.»

Le pellicce si mossero. Un occhio scrutò fuori, lucido di lacrime. "Scuro, troppo scuro. Un occhio marrone." «Theon?»

«Lady Arya» Rowan si avvicinò. «Devi venire con noi, e in fretta. Siamo venuti a prenderti per portarti da tuo fratello.»

«Fratello?» La faccia della ragazza sbucò da sotto le pelli di lupo. «Io… non ho fratelli.»

"Ha dimenticato chi è" pensò Theon. "Ha dimenticato il suo nome." «È vero» si affrettò a dire «ma un tempo li avevi. Erano tre: Robb, Bran e Rickon.»

«Sono morti. Adesso non ho fratelli.»

«Hai un fratellastro» disse Rowan. «Lord Corvo.»

«Jon Snow?»

«Ti porteremo da lui, ma devi venire subito.»

Jeyne si tirò su le pelli di lupo fino al mento. «No. È un inganno. È lui, il mio… il mio lord, il mio amato lord, che vi manda, è solo una prova per accertarsi che lo amo. Lo amo, lo amo, lo amo più di ogni cosa al mondo.» Una lacrima le scese sulla guancia. «Diteglielo, diteglielo. Farò tutto quello che vuole, qualsiasi cosa… con lui o con il cane o… per favore… non c'è bisogno che mi tagli i piedi, non cercherò di scappare, mai e poi mai, gli darò dei figli, lo giuro, lo giuro…»

Rowan emise un basso fischio. «Che gli dèi lo maledicano.»

«Sono una brava ragazza» gemette Jeyne. «Mi hanno educato bene.»

Willow si accigliò. «Qualcuno la faccia smettere di piangere. Quella guardia è muta, ma non sorda. Finiranno per sentirla.»

«Tirala su, Voltagabbana» disse Holly, con il coltello in mano. «Tirala su, o ci penso io. Dobbiamo andare! Metti in piedi quella puttanella e vedi di calmarla.»

«E se grida?» disse Rowan.

"Siamo tutti morti" pensò Theon. "Io l'avevo detto che era una follia, ma nessuno di loro ha voluto ascoltarmi." Abel li aveva condannati. Tutti i bardi sono mezzi matti. Nelle ballate l'eroe libera sempre la fanciulla dal castello del mostro, ma la vita non è una ballata, così come Jeyne non era Arya Stark. "Ha gli occhi del colore sbagliato. E qui non ci sono eroi, solo puttane." Comunque si inginocchiò accanto a Jeyne, tirò via le pellicce, le toccò la guancia. «Mi conosci. Sono Theon, ricordi? Io ti conosco. So il tuo nome.»

«Il mio nome?» Scosse la testa. «Il mio nome... è...»

Lui le mise un dito sulle labbra. «Possiamo parlarne più tardi. Adesso devi stare zitta. Vieni con noi. Con me. Ti porteremo via di qui. Lontano da lui.»

La ragazza spalancò gli occhi. «Vi prego» supplicò. «Oh, vi prego!»

Theon le prese la mano fra le sue. I monconi delle dita perdute gli formicolarono, mentre aiutava la ragazza a rimettersi in piedi. Le pelli di lupo le scivolarono di dosso. Sotto era nuda, i suoi piccoli seni pallidi erano coperti di segni di denti. Theon sentì una delle donne trattenere il fiato.

Rowan gli cacciò in mano un fagotto di vestiti. «Mettiglieli. Fuori fa freddo.» Scoiattolo era rimasta con la sola biancheria e stava frugando in una cassapanca di cedro intagliato per cercare qualcosa di caldo. Alla fine optò per uno dei farsetti imbottiti di lord Ramsay e un consunto paio di brache che le sbattevano intorno alle gambe come vele nella burrasca.

Con l'aiuto di Rowan, Theon fece indossare a Jeyne Poole gli abiti di Scoiattolo. "Se gli dèi sono misericordiosi e le guardie cieche, riuscirà a passare." «Adesso andiamo fuori e scendiamo le scale» disse a Jeyne. «Tieni la testa bassa e il cappuccio alzato. Segui Willow. Non correre, non piangere, non parlare, non guardare in faccia nessuno.»

«Stammi vicino» implorò Jeyne. «Non lasciarmi.»

«Sarò al tuo fianco» promise Theon, mentre Scoiattolo s'infilava nel letto di lady Arya e tirava su le coperte.

Frenya aprì la porta della camera da letto.

«Le hai dato una bella pulita, Reek?» chiese Alyn l'Acido mentre uscivano. Grugnito diede una rapida strizzata ai seni di Willow. Furono fortunati: se Grugnito avesse toccato Jeyne, probabilmente lei avrebbe strillato. Allora Holly gli avrebbe tagliato la gola, col coltello nascosto nella manica. Willow si limitò a scostarsi di lato e passò oltre.

Per un momento Theon si sentì quasi euforico. "Non hanno neanche guardato. Non hanno visto niente. Abbiamo fatto passare la ragazza sotto il loro naso!"

Ma lungo gli scalini sentì ritornare la paura. E se avessero incontrato Skinner o Damon-danza-per-me o Walton Gambali d'Acciaio? O Ramsay in persona? "Gli dèi mi salvino, non Ramsay, chiunque altro, ma non lui." A che cosa serviva far uscire la ragazza dalla camera da letto? Erano comunque nel castello, ogni porta era chiusa e sbarrata, le fortificazioni brulicavano di sentinelle. Quasi certamente le guardie fuori della fortezza li avrebbero fermati. Holly e il suo coltello sarebbero serviti a poco contro sei guardie in maglia di ferro, armate di spade e lance.

Invece le guardie erano rannicchiate accanto alla porta, con la schiena rivolta contro l'aria gelida e la neve soffiata dal vento. Anche il sergente si limitò a dare loro una rapida occhiata. Theon provò una fitta di compassione per lui e per i suoi uomini. Ramsay li avrebbe fatti scuoiare tutti, non appena avesse scoperto che la moglie era scomparsa, e non voleva pensare a quello che avrebbe fatto a Grugnito e ad Alyn l'Acido.

A meno di dieci iarde dalla porta, Rowan lasciò cadere il secchio vuoto, subito imitata dalle sue sorelle. La Grande Fortezza era già fuori vista alle loro spalle. Il cortile era una distesa bianca, pieno di rumori indistinti che echeggiavano stranamente sotto la tempesta. Le gelide pareti dei camminamenti si alzavano intorno a loro prima fino al ginocchio, poi fino alla cintola, poi oltre la testa. Erano nel cuore di Grande Inverno, circondati dal castello, di cui però non potevano vedere traccia. Avrebbero potuto benissimo essersi perduti nella Terra dell'Eterno Inverno, a migliaia di leghe oltre la Barriera. «Fa freddo» gemette Jeyne Poole, incespicando al fianco di Theon.

"E presto farà ancora più freddo." Fuori delle mura del castello, l'inverno li aspettava con le sue zanne di ghiaccio. "Se ci arriveremo." «Da questa parte» disse, quando giunsero all'incrocio di tre camminamenti.

«Frenya, Holly, andate con loro» disse Rowan. «Noi vi raggiungeremo con Abel. Non aspettateci.» Dopo di che si girò e si tuffò nella neve verso la sala grande. Willow e Myrtle si affrettarono a seguirla, i loro mantelli sbattevano nel vento.

"Una follia sempre più folle" pensò Theon Greyjoy. La fuga già gli era sembrata un'impresa poco fattibile con tutte e sei le donne di Abel; con due soltanto gli appariva impossibile. Ma ormai non potevano più riportare la ragazza nella sua camera da letto, fingendo che nulla fosse successo. Così afferrò Jeyne per un braccio e la trascinò lungo il passaggio che portava alla Porta Fortificata. "Solo una mezza porta" rammentò a se stesso. "Anche se le guardie ci lasciano passare, non c'è modo di varcare le mura esterne." Certe notti le guardie avevano permesso a Theon di passare, ma era da solo. Non sarebbe passato altrettanto facilmente con tre lavandaie a rimorchio e se le guardie avessero guardato sotto il cappuccio di Jeyne e riconosciuto la sposa di lord Ramsay...

Il camminamento curvò a sinistra. Davanti a loro, dietro un velo di neve, si apriva la Porta Fortificata, fiancheggiata da due guardie. Con tutta la lana, le pellicce e il cuoio addosso, sembravano grandi come orsi. Le loro lance erano lunghe otto piedi. «Chi va là?» gridò una. Theon non riconobbe la voce. Il viso era in gran parte nascosto dalla sciarpa. Si vedevano soltanto gli occhi. «Reek, sei tu?»

"Sì" intendeva rispondere. Invece sentì se stesso dire: «Theon Greyjoy. Ho… ho portato delle donne per voi».

«Poveri ragazzi, dovete avere un gran freddo» disse Holly. «Vieni, lascia che ti riscaldi.» Scivolò sotto la punta della lancia, allungò la mano verso il viso dell'uomo, scostò la sciarpa semicongelata e gli stampò un bacio sulla bocca. E mentre le loro labbra si toccavano, la sua lama penetrò nella carne del collo, appena sotto l'orecchio. Theon vide gli occhi dell'uomo spalancarsi. Quando Holly si scostò, aveva del sangue sulle labbra, e dell'altro sangue gocciolava dalla bocca di lui mentre cadeva.

Il secondo uomo di guardia stava ancora cercando di prendere fiato, confuso, quando Frenya afferrò l'asta della sua lancia. Lottarono per un momento, arrancando nella neve, finché Frenya gli strappò la lancia dalle mani e lo colpì con un calcio alla tempia. Mentre lui barcollava all'indietro, girò la lancia e gliela conficcò nel ventre con un grugnito.

Jeyne Poole lanciò uno strillo acuto.

«Oh, maledizione» imprecò Holly. «Questo ci tirerà addosso altre guardie. Corriamo!»

Theon mise una mano sulla bocca di Jeyne, con l'altra l'afferrò per il polso e la trascinò oltre il morto e il moribondo, attraverso la porta e al di là del fossato ghiacciato. Forse gli antichi dèi vegliavano ancora su di loro: il ponte levatoio era rimasto abbassato per consentire ai difensori di Grande Inverno di andare e venire più velocemente dalla fortificazione esterna. Da dietro giunsero allarmi e rumori di piedi che correvano, poi lo squillo di una tromba dagli spalti del muro interno.

Sul ponte levatoio, Frenya si fermò e si girò. «Andate avanti. Io tratterrò qui i soldati.» Stringeva ancora nelle sue grandi mani la lancia insanguinata.

Quando arrivò ai piedi delle scale, Theon barcollava. Si caricò la ragazza in spalla e cominciò a salire. A quel punto, Jeyne aveva smesso di dibattersi, inoltre era così minuta… ma i gradini erano resi scivolosi dal ghiaccio, sotto la neve farinosa, e a metà strada Theon perse l'appoggio e cadde rovinosamente su un ginocchio. Il dolore fu talmente forte che rischiò di lasciar cadere la ragazza, e per un attimo temette di essere arrivato alla fine. Ma Holly lo aiutò a rialzarsi, e insieme portarono Jeyne sugli spalti.

Mentre si appoggiava a uno dei merli, respirando a fatica, Theon sentì delle grida giungere dal basso: Frenya stava combattendo nella neve contro una mezza dozzina di guardie. «Da che parte?» gridò a Holly. «Dove andiamo? Come facciamo a uscire?»

Sul viso di Holly la furia si trasmutò in orrore. «Oh, maledizione, la fune!» Scoppiò in una risata isterica. «Ce l'ha Frenya.» Emise un gemito e si portò le mani alla pancia. Nel ventre le era spuntato un quadrello di balestra. Quando vi chiuse intorno la mano, del sangue le colò fra le dita. «Guardie sul muro interno…» ansimò; una seconda verga di balestra le spuntò fra i seni. Cercò di aggrapparsi al merlo più vicino, non ci riuscì, precipitò nel vuoto. La neve che aveva fatto cadere la seppellì con un tonfo soffice.

Delle grida risuonarono alla loro sinistra. Jeyne Poole stava fissando la coperta di neve sopra il corpo di Holly passare dal bianco al rosso. Theon sapeva che il balestriere sul muro interno stava ricaricando. Fece per andare a destra, ma c'erano degli uomini che arrivavano di corsa anche da quella parte, con le spade in pugno. Da nord, udì il suono lontano di un corno da guerra. "Stannis" pensò follemente. "Stannis è la nostra unica speranza… se riusciamo a raggiungerlo." Il vento ululava, e lui e la ragazza erano in trappola.

La balestra schioccò. Un quadrello passò a un piede di distanza da lui e frantumò la crosta di neve gelata che aveva ostruito lo spazio tra i due merli più vicini. Di Abel, Rowan, Scoiattolo e le altre non c'erano tracce. Lui e Jeyne erano soli. "Se ci prendono vivi" capì Theon "ci consegnano a Ramsay."

Prese Jeyne per la cintola e saltò nel vuoto.

Il cielo era di un blu spietato, senza neanche una nube in vista. "Presto i mattoni cuoceranno sotto il sole" pensò Dany. "Giù, sulla sabbia, i guerrieri sentiranno il caldo salire attraverso la suola dei sandali."

Jhiqui le sfilò la veste di seta dalla testa e Irri l'aiutò a entrare nella vasca. La luce dell'alba luccicò sull'acqua, spezzata dall'ombra dell'albero di cachi. «Anche se le fosse da combattimento saranno riaperte, vostra grazia deve proprio andarci?» chiese Missandei, lavando i capelli della regina.

«Mezza Meereen sarà là per vedere me, cuore gentile.»

«Vostra grazia» insisté Missandei «questa scriba chiede il tuo permesso di poter dire che mezza Meereen sarà là per vedere uomini sanguinare e morire.»

"Ha ragione" pensò la regina "ma non fa differenza."

In breve, Dany fu pulita come non era stata mai. Si alzò, sollevando schizzi leggeri. L'acqua le corse lungo le gambe e le imperlò i seni. Il sole saliva nel cielo, e presto la sua gente avrebbe cominciato a radunarsi. Dany avrebbe preferito starsene tutto il giorno in quell'acqua fragrante, a mangiare frutta gelata disposta su vassoi d'argento e a sognare una casa con la porta rossa. Ma una regina appartiene al suo popolo, non a se stessa.

Jhiqui portò un telo morbido per asciugarla.

«Khaleesi, quale tokar desideri indossare oggi?» chiese Irri.

«Quello di seta gialla.» La regina dei conigli non poteva certo mostrarsi senza le sue orecchie flosce. La seta gialla era fresca e leggera, e sarebbe stata accecante giù nella fossa da combattimento. "Le sabbie rosse bruceranno i piedi dei morituri." «E sopra, dei lunghi veli rossi.» I veli avrebbero impedito che il vento le soffiasse la sabbia in bocca. "Inoltre il rosso nasconderà gli schizzi di sangue."

Mentre Jhiqui le spazzolava i capelli e Irri le dipingeva le unghie, chiacchierarono allegramente degli incontri della giornata. Tornò Missandei. «Vostra grazia, il re chiede che lo raggiunga appena sarai vestita. E il principe Quentyn è qui con i suoi dorniani. Chiedono di parlarti, se ti compiace.»

"Già nelle prossime ora mi compiacerà" rifletté Dany. «Un altro giorno.»

Ser Barristan aspettava alla base della Grande Piramide con un palanchino scoperto riccamente ornato, circondato dalle Belve d'Ottone. "Ser Nonno" pensò Dany. Malgrado l'età, era alto e bello nella corazza che lei gli aveva donato. «Sarei più contento, vostra grazia, se oggi tu avessi attorno a te una guardia di Immacolati» dichiarò l'anziano cavaliere, mentre Hizdahr andava a dare il benvenuto al cugino. «Metà di queste Belve d'Ottone sono liberti mai messi alla prova.» Ed evitò di aggiungere: "E l'altra metà sono meerensi di dubbia fedeltà". Selmy diffidava di tutti i meerensi, inclusi i Testarasata.

«E tali rimarranno, se non li mettiamo alla prova.»

«Una maschera può nascondere molte cose, vostra grazia. L'uomo sotto la maschera è il medesimo gufo che ha vegliato su di te ieri e il giorno prima? Come possiamo saperlo?»

«Come potrà mai Meereen fidarsi delle Belve d'Ottone, se io stessa non lo faccio per prima? Sotto quelle maschere ci sono uomini validi e coraggiosi. Metto la mia vita nelle loro mani.» Dany gli sorrise. «Ti crucci troppo, ser. Avrò te vicino, di quale altra protezione ho bisogno?»

«Io sono vecchio, vostra grazia.»

«Con me ci sarà anche Belwas il Forte.»

«Come tu dici.» Poi ser Barristan abbassò la voce. «Vostra grazia, abbiamo liberato quella donna, Meris, come tu avevi ordinato. Prima di andare, ha chiesto di parlarti. L'ho ricevuta io al posto tuo. Sostiene che il Principe Straccione intendeva schierare la Compagnia del Vento dalla tua parte fin dall'inizio; che ha mandato qui lei per trattare con te in segreto, ma che i dorniani li hanno smascherati e traditi prima che lei potesse agire.»

"Tradimento su tradimento" pensò la regina stancamente. "Si arriverà mai alla fine?" «Quanto credito dai alle sue parole, ser?»

«Ben poco, vostra grazia, ma queste sono state le sue parole.»

«Si schiereranno con noi, se necessario?»

«Lei dice di sì. Ma a un prezzo.»

«Pagalo.» Meereen aveva bisogno di ferro, non di oro.

«Il Principe Straccione non si accontenterà del conio, vostra grazia. Meris dice che vuole Pentos.»

«Pentos?» Dany socchiuse gli occhi. «Come faccio a dargli Pentos? È molto distante da qui.»

«Meris dice che è disposto ad aspettare, finché non marceremo sull'Occidente.»

"E se non dovessi farlo mai?" «Pentos appartiene ai pentoshi. E a Pentos c'è magistro Illyrio. L'uomo che ha combinato il mio matrimonio con il Khal Drogo e mi ha dato le uova di drago. L'uomo che ha mandato al mio fianco te, Belwas e Groleo. Un uomo cui devo moltissimo. Non ripagherò il mio debito consegnando la sua città a un comandante mercenario. No.»

Ser Barristan chinò la testa. «Vostra grazia è saggia.»

«Hai mai visto un giorno così fausto, amore mio?» commentò Hizdahr zo Loraq, quando lei lo raggiunse. L'aiutò a salire sul palanchino, dove erano stati sistemati due alti troni affiancati.

«Fausto per te, forse. Meno per quelli che devono morire prima del tramonto.»

«Tutti gli uomini devono morire» rispose Hizdahr «ma non tutti possono morire in gloria, con gli applausi della città che risuonano nelle loro orecchie.» Alzò la mano per fare un cenno ai soldati alle porte. «Aprite.»

La piazza antistante la piramide era pavimentata con mattoni multicolori, e il calore si levava in ondate tremule. La gente sciamava da ogni parte. Alcuni si spostavano su lettighe o portantine, altri a dorso di mulo, molti erano a piedi. Nove su dieci andavano a ponente, lungo l'ampia via principale di mattoni che portava alla Fossa di Daznak. Quando scorsero il palanchino uscire dalla piramide, i più vicini acclamarono, e gli applausi si diffusero progressivamente all'intera piazza. "Che strano" pensò la regina. "Mi applaudono nella stessa piazza dove un tempo ho fatto impalare centosessantatré Grandi Padroni."

Un enorme tamburo precedeva il corteo reale, per sgomberare la strada. Fra un colpo e l'altro, un araldo testarasata con un'armatura di lucidi dischi di rame gridava alla folla di spostarsi. *Boom.* «Arrivano!» *Boom.* «Fate largo!» *Boom.* «La regina!» *Boom.* «Il re!» *Boom.* Dietro il tamburo, le Belve d'Ottone marciavano in fila per quattro. Alcuni impugnavano dei randelli, altri dei bastoni; tutti indossavano gonnellini a pieghe, sandali di cuoio e mantelli a scacchi di molti colori, che ricordavano i mattoni di Meereen. Le loro maschere luccicavano al sole: cinghiali e tori, falchi e aironi, leoni, tigri e orsi, serpenti dalla lingua biforcuta e orribili basilischi.

Belwas il Forte, che non aveva simpatia per i cavalli, camminava davanti a tutti, con la sua tunica trapuntata e l'ampio ventre bruno segnato da cicatrici che tremolava a ogni passo. Irri e Jhiqui seguivano a cavallo, con Aggo e Rakharo, poi Reznak su una portantina riccamente ornata, con un telo per riparargli la testa dal sole. Ser Barristan Selmy cavalcava al fianco di Dany, con la corazza scintillante al sole. Un lungo mantello gli fluttuava alle spalle, candido come ossa. Al braccio sinistro portava un grande scudo bianco. Un po' più indietro c'era Quentyn Martell, il principe dorniano, con i suoi due compagni.

Il corteo avanzava lentamente sulla lunga strada di mattoni. *Boom*. «Arrivano!» *Boom*. «La nostra regina!» *Boom*. «Il nostro re!» *Boom*. «Fate largo!»

Dany sentiva dietro di lei le sue ancelle discutere su chi avrebbe vinto lo scontro finale della giornata. Jhiqui teneva per il gigantesco Goghor, che sembrava più un toro che un uomo, con tanto di anello di bronzo al naso. Irri insisteva che il correggiato di Belaquo Spaccateste avrebbe avuto la meglio sul gigante. "Le mie ancelle sono dothraki" pensò Dany. "La morte cavalca insieme a ogni khalasar." Il giorno in cui aveva sposato il Khal Drogo, durante la festa di nozze gli arakh erano balenati e alcuni uomini erano morti mentre altri continuavano a bere e fornicare. Vita e morte andavano mano nella mano fra i signori del cavallo e una spruzzata di sangue si pensava benedisse un matrimonio. Ben presto il suo nuovo sposalizio avrebbe grondato sangue. Sarebbe stato altro che benedetto!

Boom, *boom*, *boom*, *boom*, *boom*, *boom* continuavano i tamburi più rapidi, a un tratto rabbiosi e impazienti. Ser Barristan sguainò la spada non appena il corteo si bloccò di colpo fra la piramide bianca e rosa di Pahl e quella verde e nera di Naqqan.

Dany si girò. «Perché ci siamo fermati?»

Hizdahr si alzò. «La via è ostruita.»

Un palanchino si era rovesciato di traverso sulla strada. Uno dei portatori era crollato sui mattoni, sopraffatto dal caldo. «Aiutate quell'uomo» ordinò Dany. «Toglietelo da lì prima che lo calpestino, e dategli cibo e acqua. Ha l'aspetto di uno che non mangia da due settimane.»

Ser Barristan lanciava occhiate a destra e a sinistra, inquieto. Sulle terrazze spuntarono facce ghiscariane: spiavano giù, con occhi freddi e indifferenti. «Vostra grazia, questa sosta non mi piace. Potrebbe essere una trappola. I Figli dell'Arpia...»

«... sono stati domati» dichiarò Hizdahr zo Loraq. «Perché mai dovrebbero nuocere alla mia regina, quando lei ha preso me come suo re e consorte? Ora aiutate quell'uomo, come la mia dolce regina ha comandato.» Prese la mano di Dany e sorrise.

Le Belve d'Ottone eseguirono l'ordine. Dany li guardò all'opera. «Quei portatori erano schiavi prima che io arrivassi. Li ho resi liberi, ma il palanchino non si è per questo alleggerito.»

«È vero» rispose Hizdahr «però adesso quegli uomini sono pagati per portarne il peso. Prima che tu arrivassi, l'uomo che è caduto si sarebbe trovato davanti un sorvegliante e sarebbe stato frustato a sangue. Oggi, invece, viene aiutato.»

Era vero. Una Belva d'Ottone con la maschera da cinghiale aveva offerto un otre d'acqua al poveretto. «Immagino di dover essere grata per le piccole vittorie» disse la regina.

«Un passo dopo l'altro, e presto correremo. Insieme creeremo una nuova Meereen.» La strada era finalmente stata sgombrata. «Vogliamo procedere?»

Che cosa avrebbe potuto fare, se non annuire? *Un passo dopo l'altro, ma dove sto andando?*

Alle porte della Fossa di Daznak, due guerrieri di bronzo torreggianti erano avvinti in un combattimento mortale. Uno impugnava una spada, l'altro un'ascia; lo scultore li aveva raffigurati nell'atto di uccidersi a vicenda, le loro lame e i loro corpi formavano un passaggio ad arco.

L'arte mortale pensò Dany.

Aveva visto varie volte le fosse da combattimento dalla sua terrazza. Quelle più piccole punteggiavano Meereen come foruncoli; quelle più grandi erano piaghe infiammate e purulente. Nessuna, però, era paragonabile alla Fossa di Daznak. Belwas il Forte e ser Barristan si misero ai due lati mentre Daenerys e il suo consorte passavano sotto i bronzi, per emergere in cima a una grande conca in mattoni con tante panche digradanti, ogni fila di un colore diverso.

Hizdahr zo Loraq la condusse giù, oltre il nero, il viola, il blu, il verde, il bianco, il giallo e l'arancione fino al rosso, dove i mattoni scarlatti avevano il colore delle sabbie sottostanti. Intorno a loro, i venditori ambulanti offrivano salsicce di cane, cipolle arrostite e spiedini con feti di cucciolo, ma Dany non ne aveva bisogno. Hizdahr aveva rifornito il loro palco con caraffe di vino ghiacciato e acqua addolcita, fichi, datteri, meloni e melagrane, noci pecan e peperoncini, e una grande ciotola di locuste sotto miele.

Belwas il Forte mugghiò: «Locuste!», poi prese la ciotola e cominciò a divorarle a manciate.

«Sono molto saporite» confermò Hizdahr. «Assaggiale, amore mio. Vengono infarinate nelle spezie prima di essere messe sotto miele, così sono al tempo stesso dolci e piccanti.»

«Il che spiega come mai Belwas stia sudando così» disse Dany. «Penso che mi accontenterò di fichi e datteri.»

Dall'altra parte della fossa sedevano le grazie, in abiti fluenti di vari colori, strette attorno all'austera figura di Galazza Galare, l'unica fra loro vestita di verde. I Grandi Padroni di Meereen occupavano le panche rosse e arancione. Le donne erano velate e gli uomini si erano pettinati e laccati i capelli a foggia di corna, mani e punte. I consanguinei di Hizdahr, dell'antica stirpe di Loraq, parevano prediligere i tokar viola, indaco e lilla, mentre quelli dei Pahl erano a strisce bianche e rosa. Gli inviati yunkai erano tutti in giallo e riempivano il palco accanto a quello del re, ognuno con un seguito di schiavi e servitori. I meerensi di nascita più umile affollavano le gradinate superiori, più lontano dalla scena del massacro. Le panche nere e viola, più alte e distanti dalla sabbia, erano gremite di liberti e gente comune. Anche i mercenari erano stati sistemati lassù, Daenerys vide i loro capitani seduti in mezzo ai soldati semplici. Scorse la faccia stagionata di Ben il Marrone e i baffi rosso vivo e le lunghe trecce di Barba Insanguinata.

Il lord suo marito si mise in piedi e sollevò le mani. «*Grandi Padroni!* La mia regina è venuta qui oggi per dimostrare il suo amore per voi, il suo popolo. Per sua grazia e col suo permesso io ora vi offro l'arte mortale. *Meereen!* Che la regina Daenerys ascolti il vostro amore!»

Diecimila gole ruggirono il loro ringraziamento, poi ventimila, poi tutti quanti. Non gridavano il suo nome, che pochi di loro riuscivano a pronunciare. «Madre!» urlavano invece; nell'antica lingua morta di Ghis la parola era "Mhysa". Batterono i piedi e si diedero manate sul ventre invocando «*Mhysa, Mhysa, Mhysa*», finché l'intera fossa non parve tremare. Dany si lasciò inondare da quel frastuono. "Non sono vostra madre" avrebbe potuto replicare "sono la madre dei vostri schiavi, di ogni bambino che è morto su quelle sabbie mentre vi ingozzavate di locuste sotto miele." Dietro di lei, Reznak si chinò a bisbigliarle all'orecchio: «Magnificenza, senti come ti amano!».

"No" lei sapeva "amano la loro arte mortale." Quando gli applausi cominciarono a scemare, Dany tornò a sedersi. Il loro palco era in ombra, ma lei sentiva la testa pulsare per il caldo. «Jhiqui» chiamò «dell'acqua addolcita, per cortesia. Ho la gola secca.»

«Khrazz avrà l'onore della prima uccisione della giornata» le disse Hizdahr. «Non c'è mai stato un combattente migliore.»

«Belwas il Forte era migliore» obiettò Belwas il Forte.

Khrazz era un meerense, di umili origini: alto, con un cespuglio di rigidi capelli rossi e neri al centro della testa. Il suo avversario era un lanciere delle Isole dell'Estate, con la pelle color ebano, i cui colpi di punta tennero a bada Khrazz per un po', ma appena egli riuscì a passare sotto la lancia, lo macellò con la sua spada corta. Alla fine, gli strappò il cuore dal petto, lo alzò sopra la testa, rosso e gocciolante, e ne staccò un morso.

«Khrazz crede che il cuore degli Uomini Coraggiosi possa accrescere la sua forza» spiegò Hizdahr. Jhiqui mormorò la sua approvazione. Dany una volta aveva mangiato il cuore di un destriero per dare forza al figlio mai nato... ma questo non aveva salvato Rhaego, quando la maegi glielo aveva assassinato nel grembo. "Tre tradimenti dovrai conoscere. Lei era stato il primo, Jorah il secondo, Ben Plumm il Marrone il terzo." Aveva quindi terminato, con i tradimenti?

«Ah» esclamò Hizdahr compiaciuto. «Adesso tocca a Gatto Maculato. Guarda come si muove, mia regina. Pura poesia.»

L'avversario che Hizdahr aveva trovato da schierare contro la poesia danzante era alto quanto Goghor e largo quanto Belwas, ma lento. I due stavano combattendo a due metri dal palco di Dany, quando Gatto Maculato sgarrettò l'avversario. Mentre l'uomo crollava in ginocchio, il Gatto gli mise un piede sulla schiena, gli passò una mano intorno alla testa e gli aprì la gola da un orecchio all'altro. Le sabbie rosse bevvero il suo sangue, il vento portò via le sue ultime parole. La folla gridò in segno d'approvazione.

«Brutto combattimento, bella morte» commentò Belwas il Forte. «A Belwas il Forte non piace quando gridano.» Aveva finito tutte le locuste sotto miele. Ruttò e bevve un'abbondante sorsata di vino.

Pallidi qarthiani, neri uomini delle Isole dell'Estate, dothraki dalla pelle ramata, tyroshi con le barbe blu, uomini agnello, jogos nhai, arcigni braavosiani, mezzi uomini striati delle giungle di Sothoros... arrivavano dai più remoti angoli del mondo per morire là, nella Fossa di Daznak.

«Questo promette bene, amore mio» disse Hizdahr di un giovane lyseniano con i lunghi capelli biondi sciolti al vento, ma il suo avversario afferrò una ciocca di quei capelli, lo fece sbilanciare e lo sventrò. Da morto sembrava ancora più giovane che con la spada in pugno.

«Un ragazzo» disse Dany. «Era solo un bambino.»

«Sedici anni» puntualizzò Hizdahr. «Un uomo fatto che ha liberamente scelto di rischiare la vita per l'oro e la gloria. Nessun bambino muore oggi nella Fossa di Daznak, proprio come la mia gentile regina ha decretato nella sua saggezza.»

"Un'altra piccola vittoria. Forse non posso rendere il mio popolo buono" si disse "ma devo quanto meno cercare di renderlo meno cattivo." Avrebbe voluto proibire i combattimenti fra donne, ma Barsena la Mora aveva protestato, sostenendo di avere il diritto di rischiare la vita come qualsiasi uomo. La regina avrebbe anche desiderato vietare le farse, comici scontri in cui storpi, nani e vecchie si affrontavano con mannaie, torce e martelli (più inetti erano i combattenti, più comica la farsa, si pensava), ma Hizdahr aveva detto che i suoi sudditi l'avrebbero amata di più se lei avesse riso con loro, e aggiunse che senza simili divertimenti gli storpi, i nani e le vecchie avrebbero patito la fame. Così Dany aveva ceduto.

Un tempo era consuetudine condannare i criminali alle fosse; Dany accettò di ripristinare tale pratica, ma solo per certi crimini. «Assassini e stupratori possono essere costretti a combattere, e così tutti quelli che persistono nello schiavismo, ma non i ladri né i debitori.»

Gli animali, però, erano ancora permessi. Dany guardò un elefante fare fuori in poco tempo un branco di sei lupi rossi. Poi un toro venne contrapposto a un orso in una battaglia sanguinosa che lasciò entrambi gli animali feriti e moribondi. «La carne non viene sprecata» disse Hizdahr. «I macellai usano le carcasse per fare uno stufato salutare per gli affamati. Chiunque si presenti alle Porte del Fato può averne una ciotola.»

«Una buona legge» disse Dany. "Ne hai così poche." «Dobbiamo accertarci che questa tradizione prosegua.»

Dopo gli scontri fra animali ci fu una battaglia simulata fra sei uomini a piedi e sei a cavallo: i primi armati di scudo e spada lunga, i secondi di arakh dothraki. Gli uomini a piedi indossavano usbergo di maglia di ferro, mentre i dothraki a cavallo non avevano corazza. Sulle prime i dothraki parvero avere la meglio, travolsero due avversari e mozzarono un orecchio a un terzo, ma poi gli avversari rimasti cominciarono ad attaccare i cavalli. Uno dopo l'altro i dothraki furono gettati a terra e uccisi, con grande disgusto di Jhiqui. «Quello non era un vero khalasar» disse.

«Mi auguro che queste carcasse non siano destinate al tuo stufato salutare» disse Dany, mentre i cadaveri venivano rimossi.

«I cavalli, sì» rispose Hizdahr. «Gli uomini, no.»

«Carne di cavallo e cipolle ti rendono più forte» assicurò Belwas.

La battaglia fu seguita dalla prima farsa del giorno, un torneo fra due nani offerti da uno dei lord yunkai che Hizdahr aveva invitato ai giochi. Uno cavalcava un cane, l'altro una scrofa. Le loro corazze di legno erano state dipinte di fresco: una mostrava il cervo dell'u- surpatore Robert Baratheon, l'altra il leone d'oro di Casa Lannister. Quella farsa era chiaramente in onore di Daenerys. I loro buffi gesti strapparono in breve grandi risate a Belwas, mentre il sorriso della regina era debole e forzato. Quando il nano rosso ruzzolò giù dalla sella e cominciò a inseguire la scrofa sulla sabbia, mentre quello sul cane gli galoppava dietro e con la spada di legno gli dava colpi sulle natiche, Dany disse: «Lo spettacolo è piacevole e divertente, ma…».

«Porta pazienza, amore mio» rispose Hizdahr. «Stanno per li- berare i leoni.»

Daenerys gli lanciò un'occhiata, perplessa. «I leoni?»

«Tre. I nani non se lo immaginano nemmeno.»

Dany corrugò la fronte. «I nani hanno spade di legno, corazze di legno, come ti aspetti che possano combattere dei leoni?»

«Malamente» disse Hizdahr «ma forse ci sorprenderanno. È più probabile che strillino, scappino e cerchino di arrampicarsi fuori della fossa. È questo che rende lo spettacolo una farsa.»

Dany non fu compiaciuta. «Lo proibisco.»

«Nobile regina, non vorrai deludere il tuo popolo.»

«Mi avevi giurato che i combattenti sarebbero stati uomini adul- ti che avevano liberamente acconsentito a rischiare la vita per l'o- ro e la gloria. Quei nani non hanno acconsentito a battersi contro i leoni con delle spade di legno. Blocca tutto, subito.»

Il re serrò le labbra. Per un istante Dany pensò di vedere un lampo d'ira in quegli occhi solitamente placidi. «Come tu coman- di» cedette Hizdahr. Chiamò con un cenno il maestro della fossa. «Niente leoni» disse, quando l'uomo si avvicinò di corsa, con la frusta in mano.

«Neanche uno, magnificenza? Ma allora dov'è il divertimento?»

«La mia regina ha parlato. Ai nani non sarà fatto alcun male.»

«Alla folla questo non piacerà.»

«Allora fa' entrare Barsena. Lei dovrebbe accontentarli.»

«Vostra eccellenza sa ciò che è meglio» rispose il maestro della fossa. Schioccò la frusta e impartì gli ordini. I nani furono spinti fuori, scrofa e cane e tutto, mentre gli spettatori fischiavano in se- gno di disapprovazione, lanciando sassi e frutta marcia.

Quando Barsena la Mora avanzò sulla sabbia, nuda a parte il perizoma e i sandali, si levò un boato. Alta e scura di pelle, sulla trentina, si muoveva con la grazia di una pantera.

«Barsena è molto amata» spiegò Hizdahr, mentre le grida di ac- clamazione riempivano l'arena. «La donna più coraggiosa che ab- bia mai visto.»

«Combattere contro delle donne non è tanto coraggioso» disse Belwas il Forte. «Combattere contro Belwas il Forte sarebbe coraggioso.»

«Oggi combatte contro un cinghiale» disse Hizdahr.

"*Aye*, ma solo perché non sei riuscito a trovare un'altra donna che l'affrontasse, per quanto gonfia fosse la borsa" pensò Dany. «E a quanto pare, non con una spada di legno.»

Il cinghiale era una bestia enorme, con le zanne lunghe quanto un avambraccio e piccoli occhi che roteavano furenti. Dany si domandò se il cinghiale che aveva ucciso Robert Baratheon avesse avuto un aspetto altrettanto feroce. "Una creatura terribile e una morte terribile." Per un istante provò quasi dispiacere per l'Usurpatore.

«Barsena è molto veloce» disse Reznak. «Danzerà col cinghiale, magnificenza, e quando gli passerà vicino lo farà a pezzi. La bestia sarà in un bagno di sangue prima di toccare terra, vedrai.»

Iniziò così come aveva detto. Il cinghiale caricò, Barsena si spostò rapidamente e la sua lama mandò barbagli argentei nel sole. «Ha bisogno di una lancia» disse ser Barristan, mentre Barsena evitava la seconda carica. «Quello non è il modo di affrontare un cinghiale.» Pareva un vecchio nonno pignolo, proprio come diceva sempre Daario.

La lama di Barsena si era tinta di rosso, ma ben presto il cinghiale si fermò. "È più furbo di un toro" capì Dany. "Non caricherà più."

Anche Barsena era giunta alla stessa conclusione. Si avvicinò al cinghiale lanciando delle grida e passandosi la daga da una mano all'altra. Il cinghiale arretrò, Barsena imprecò, vibrandogli un colpo sul muso per provocarlo... e ci riuscì. Questa volta balzò indietro con un attimo di ritardo, e una delle zanne le squarciò la gamba sinistra dal ginocchio all'inguine.

Un gemito salì da trentamila gole. Stringendo la gamba ferita, Barsena lasciò cadere il coltello e cercò di allontanarsi arrancando, ma non aveva fatto nemmeno due passi che il cinghiale le fu di nuovo addosso. Dany girò la faccia di lato. «È stata abbastanza coraggiosa?» chiese a Belwas il Forte, mentre un urlo risuonava sulla sabbia.

«Combattere i cinghiali è coraggioso, ma gridare così forte non è coraggioso. Fa male alle orecchie di Belwas il Forte.» L'eunuco si strofinò lo stomaco prominente, segnato da vecchie cicatrici chiare. «Fa anche venire il mal di pancia a Belwas il Forte.»

Il cinghiale affondò il grugno nel ventre di Barsena e cominciò a tirare fuori le viscere. L'odore fu più di quanto la regina potesse sopportare. Il caldo, le mosche, le grida della folla... "Non riesco a respirare." Sollevò il velo e lo lasciò volare via. Si tolse anche il tokar. Le perle tintinnarono debolmente mentre lei srotolava la seta.

«Khaleesi?» esclamò Irri. «Che cosa fai?»

«Mi tolgo le orecchie flosce.» Una decina di uomini con delle lance da cinghiale corsero fuori sulla sabbia per allontanare l'animale dal cadavere e riportarlo nel suo recinto. Il maestro della fossa era con loro, con in pugno un lungo flagello dalle punte uncinate. Mentre sferzava il cinghiale, la regina si alzò. «Ser Barristan, mi riporti per favore nel mio giardino?»

Hizdahr parve confuso. «Ci sono altri spettacoli. Una farsa, sei vecchie e poi altri tre incontri. Belaquo e Goghor!»

«Belaquo vincerà» dichiarò Irri. «Lo sanno tutti.»

«Non è vero» replicò Jhiqui. «Belaquo morirà.»

«O l'uno o l'altro morirà» disse Dany. «E quello che sopravvivrà, morirà un altro giorno. È stato tutto un errore.»

«Belwas il Forte ha mangiato troppe locuste.» L'eunuco aveva una strana espressione. «Belwas il Forte ha bisogno di latte.»

Hizdahr non gli badò. «Magnificenza, il popolo di Meereen è venuto a festeggiare la nostra unione. Li hai sentiti come ti acclamano. Non gettare via il loro amore.»

«Hanno acclamato le mie orecchie flosce, non me. Portami via da questo mattatoio, marito.» Poteva sentire il cinghiale che soffiava, le grida dei lancieri, gli schiocchi di frusta del maestro della fossa.

«Mia dolce regina, resta ancora un po'. Almeno per la farsa e per un ultimo incontro. Chiudi gli occhi, non se ne accorgerà nessuno. Guarderanno Belaquo e Ghogor. Non è il momento di...»

Un'ombra passò sul suo viso.

Il tumulto e le grida cessarono. Diecimila voci ammutolirono. Tutti gli occhi puntarono verso il cielo. Un vento caldo sfiorò le guance di Dany e, al di sopra del battito del suo cuore, la regina udì un rumore di ali. Due lancieri corsero al riparo. Il maestro della fossa rimase impietrito dove si trovava. Il cinghiale riprese a grufolare sul cadavere di Barsena. Belwas il Forte emise un gemito, si alzò dalla panca, barcollò e ricadde sulle ginocchia.

Sopra di loro, il drago virò, scuro contro il sole. Le sue scaglie erano nere, gli occhi, le corna e le piastre dorsali rosso sangue. Drogon, da sempre il più grosso dei tre, vivendo allo stato brado era cresciuto ancora di più. Le sue ali, nere come il giaietto, misuravano venti piedi da un'estremità all'altra. Le batté una volta sola, mentre planava sulla sabbia, e il rumore fu simile a un rombo di tuono. Il cinghiale alzò la testa, soffiando... e fu avvolto dalle fiamme, nero fuoco striato di rosso. Dany sentì la vampata di calore a trenta piedi di distanza. Il grido del cinghiale morente risuonò quasi umano. Drogon atterrò sulla carcassa e affondò gli artigli nella carne fumante. Cominciò a mangiare, senza fare distinzione fra Barsena e il cinghiale.

«Santi dèi» gemette Reznak, il siniscalco. «La sta divorando!» Si coprì la bocca.

Belwas il Forte vomitava rumorosamente.

Una strana espressione passò sul viso lungo e pallido di Hizdahr zo Loraq: in parte paura, in parte voluttà, in parte rapimento estatico. Si leccò le labbra. Dany vide i pahl risalire in massa le gradinate, tenendo stretti i loro tokar e inciampando nelle frange per la fretta di allontanarsi. Altri li seguirono. Alcuni correvano, spingendosi. I più restarono seduti sulle panche.

Un uomo si assunse il compito dell'eroe.

Era uno dei lancieri usciti per ricondurre il cinghiale nel recinto. Forse era ubriaco oppure pazzo. Forse aveva amato Barsena la Mora da lontano, o aveva udito parlare di Hazzea. Forse era solo un uomo comune che voleva essere ricordato nelle ballate dei bardi. Si avventò, con la lancia in resta. La sabbia rossa schizzò sotto i suoi piedi, grida risuonarono dagli spalti. Drogon sollevò la testa, con le zanne grondanti sangue. L'eroe gli saltò sulla schiena e conficcò la punta della lancia alla base del lungo collo ricoperto di scaglie.

Dany e Drogon gridarono all'unisono.

L'eroe premette sull'asta, usando il proprio peso per spingere a fondo la punta. Drogon s'inarcò verso l'alto con un sibilo di dolore. Sferzò l'aria con la coda, da una parte all'altra. Dany guardò la testa torcersi sul collo lungo e sinuoso, vide le nere ali dispiegarsi. L'uccisore di draghi perse l'appoggio e rotolò nella sabbia. Stava cercando di rimettersi in piedi, quando i denti del drago si chiusero con forza attorno al suo braccio. «No» fu tutto ciò che l'uomo ebbe il tempo di urlare. Drogon gli strappò l'arto dalla spalla e lo gettò da parte come un cane farebbe con un roditore.

«Uccidetelo!» gridò Hizdahr agli altri lancieri. «Ammazzate quella bestia!»

Ser Barristan tenne stretta Dany. «Non guardare, vostra grazia.»

«Lasciami!» protestò Dany, liberandosi dalla presa.

Il mondo sembrò rallentare, mentre lei scavalcava il parapetto. Quando atterrò nella fossa, perse un sandalo. Correndo, sentiva la sabbia fra le dita dei piedi, calda e ruvida. Ser Barristan la chiamava da dietro. Belwas il Forte continuava a vomitare. Dany accelerò la sua corsa.

Anche i lancieri correvano. Alcuni si dirigevano verso il drago, con le lance in mano. Altri scappavano, gettando via le armi nella fuga. L'eroe si agitava sulla sabbia, il sangue rosso vivo gli sgorgava dal moncherino della spalla. La sua lancia, incastrata sul dorso di Drogon, oscillò quando il drago batté le ali. Del fumo gli sgorgò dalla ferita. Mentre altre lance si avvicinavano, il drago sputò fuoco, inondando due uomini di fiamme nere. La coda sferzò di nuovo l'aria, colpì il maestro della fossa che si avvicinava e lo spezzò in due. Un altro attaccante fece per colpirlo agli occhi, ma il drago lo prese fra le mascelle e lo sventrò. I meerensi gridavano, imprecavano, urlavano. Dany sentì qualcuno arrivare dietro di lei. «Drogon» urlò allora. «Drogon!»

Il drago girò la testa. Dai denti uscì del fumo. Il suo sangue, quando gocciolava sulla sabbia, fumava. Il drago batté di nuovo le ali e sollevò una soffocante tempesta di sabbia scarlatta. Dany barcollò nella calda nube rossa, tossendo. Drogon fece per azzannarla.

«No» fu tutto quello che Dany ebbe il tempo di dire. "No, sono io, non mi riconosci?" I denti neri si chiusero a pochi centimetri dal suo viso. "Voleva staccarmi la testa." Aveva la sabbia negli occhi. Inciampò nel cadavere del maestro della fossa e cadde.

Drogon ruggì. Il suono riempì la fossa. Un vento da fornace avvolse Dany. Il lungo collo ricoperto di scaglie si protese verso di lei. Quando la bocca si aprì, Dany vide schegge di ossa spezzate e brandelli di carne bruciacchiata incastrati fra i denti neri. Gli occhi del drago erano metallo fuso. "Sto guardando negli inferi, ma non oso distogliere lo sguardo." Non era mai stata così sicura di qualcosa. "Se scappo via, mi brucia e mi divora." In Occidente i septon parlavano di Sette Inferi e di Sette Cieli, ma in quel momento i Sette Regni e i loro dèi erano molto lontani. Se fosse morta lì, si domandò Dany, il dio cavallo dei dothraki avrebbe aperto il mare d'erba e l'avrebbe portata nel suo khalasar stellare, affinché lei potesse cavalcare nelle Terre della Notte al fianco del figlio mai nato e del suo sole-e-stelle? O i rabbiosi dèi di Ghis avrebbero mandato le loro arpie a prendere la sua anima per trascinarla giù nel tormento?

Drogon le ruggì in faccia, il suo fiato era così caldo da far venire le vesciche sulla pelle. Lontano, alla sua destra, Dany sentì Barristan Selmy gridare: «Me, prendi me! Di qua. Prendi me!».

Dany vide la propria immagine riflessa nei profondi occhi di brace di Drogon. Come sembrava piccola, debole, fragile e spaventata! "Non posso lasciargli vedere la mia paura." Brancolò nella sabbia, spostò il cadavere del maestro della fossa e con le dita sfiorò l'impugnatura della sua frusta. Toccarla le diede più coraggio. Il cuoio era caldo, vivo. Drogon ruggì di nuovo: un suono così forte che Dany rischiò di lasciar cadere la frusta. I suoi denti cercarono di azzannarla.

Dany lo colpì. «No!» gridò, schioccando la frusta con tutta la forza che aveva.

Il drago ritrasse di scatto la testa.

«No» gridò di nuovo. «No!» Le punte uncinate gli raschiarono il muso. Drogon si sollevò, le sue ali la oscurarono. Dany frustò le scaglie del ventre, avanti e indietro, finché non cominciò a dolerle il braccio. Il lungo collo sinuoso s'incurvò come un arco. Con un sibilo, Drogon le sputò addosso del fuoco.

Dany corse sotto le fiamme, agitando la frusta e gridando: «No, no, no. Vieni giù!». Il ruggito di risposta era pieno di paura e rabbia, pieno di dolore. Le ali batterono una volta, due…

… e si ripiegarono. Il drago emise un ultimo sibilo e si adagiò sul ventre. Del sangue nero colava dalla ferita provocata dalla lancia e toccava la sabbia bruciacchiata e fumante. "È fuoco fatto carne" pensò Dany "come me."

Con un balzo, Daenerys Targaryen montò sulla schiena del drago, afferrò la lancia e la estrasse. La punta si era quasi fusa, il ferro era rosso incandescente. Dany la gettò via. Drogon si contorse sotto di lei, contrasse i muscoli per raccogliere le forze. L'aria era densa di sabbia. Dany non riusciva a vedere, non riusciva a respirare, non riusciva a pensare. Le ali nere scricchiolarono come un tuono, e all'improvviso la sabbia scarlatta sotto di lei si allontanò.

Dany chiuse gli occhi, stordita. Quando li riaprì, laggiù, oltre una cortina di lacrime e polvere, scorse i meerensi risalire le gradinate e poi riversarsi nelle strade.

Aveva ancora in mano la frusta. L'agitò contro il collo di Drogon e gridò: «Più in alto!».

L'altra mano si afferrò alle scaglie, cercò un appiglio con le dita. Le grandi ali nere di Drogon percuotevano l'aria. Dany sentiva il calore del drago tra le cosce. Il suo cuore pareva sul punto di esplodere.

"Sì" pensò "sì, sì, portami via… *vola!*"

Tormund Veleno dei Giganti non era alto, ma gli dèi gli avevano dato ampio torace massiccio e un ventre prominente. Mance Rayder lo aveva soprannominato Tormund Soffiatore di Corno per la potenza dei suoi polmoni, ed era solito dire che la sua risata poteva far staccare valanghe di neve dalla cima delle montagne. Quando era arrabbiato, le sue urla d'ira ricordavano a Jon i barriti di un mammut.

E quel giorno Tormund Veleno dei Giganti barrì spesso e forte. Ruggì, gridò, batté il pugno sul tavolo con tale vigore da rovesciare una caraffa d'acqua. Aveva sempre a portata di mano un corno d'idromele, perciò la saliva che schizzava quando faceva le sue minacce era addolcita dal miele. Definì Jon Snow un vigliacco, un mentitore e un voltagabbana, imprecò contro di lui dandogli del sottomesso dal cuore nero, ladro e corvo che si ciba di carogna, lo accusò di voler fottere il popolo libero. Per due volte gli tirò in testa il suo corno, ma solo dopo averlo svuotato. Tormund non era il tipo da sprecare del buon idromele. Jon lo lasciò sfogare. Non alzò mai la voce né rispose con minacce alle minacce, ma neppure cedette più terreno di quello che si era prefissato.

Alla fine, quando fuori della tenda le ombre del pomeriggio si erano allungate, Tormund Veleno dei Giganti, Grande Affabulatore, Soffiatore di Corno e Distruttore del Ghiaccio, Tormund Pugno di Tuono, Marito di Orse, Re della birra di Sala Fangosa, Voce degli Dèi e Padre di Eserciti, tese la mano.

«Allora siamo d'accordo, possano gli dèi perdonarmi. So già che centinaia di madri non lo faranno.»

Jon Snow strinse la mano che gli veniva tesa. Le parole del giuramento gli risuonavano nella testa. "Sono la spada nelle tenebre. Sono la sentinella che veglia sul muro. Sono il fuoco che arde contro il freddo, la luce che porta l'alba, il corno che risveglia i dormienti, lo scudo che protegge i regni degli uomini." E per lui un'aggiunta nuova: "Sono la scolta che ha aperto le porte e ha lasciato entrare il nemico". Avrebbe dato qualsiasi cosa per sapere se stava facendo la cosa giusta. Ma ormai non poteva più tornare sui suoi passi. «Siamo d'accordo» confermò.

La stretta di Tormund stritolava le ossa. In questo non era cambiato. Anche la barba era la stessa, per quanto la faccia sotto quel cespuglio di peli bianchi fosse notevolmente smagrita, e profonde rughe solcavano quelle guance rubiconde. «Mance avrebbe dovuto ucciderti quando ne ha avuto l'occasione» dichiarò Tormund, mentre faceva del proprio meglio per ridurre la mano di Jon in poltiglia. «Oro in cambio di cibo e ragazzi… un prezzo crudele. Cos'è accaduto al bravo giovanotto che conoscevo?»

"Lo hanno fatto lord comandante." «Un accordo equo scontenta entrambe le parti, ho sentito dire. Tre giorni?»

«Se vivo abbastanza a lungo. Alcuni dei miei mi sputeranno addosso, quando sapranno le condizioni.» Tormund lasciò andare la mano di Jon. «Anche i tuoi corvi mugugneranno, se ben li conosco. E mi sa di sì. Dei tuoi neri fetenti ne ho uccisi così tanti che ho perso il conto.»

«Sarà meglio che tu non lo dica così ad alta voce, quando verrai a sud della Barriera.»

«*Haaar!*» Tormund rise. Neanche in quello era cambiato: rideva ancora spesso e facilmente. «Parole sagge. Non voglio che voialtri corvi mi becchiate a morte.» Diede una manata sulla schiena a Jon. «Quando tutta la mia gente sarà al sicuro dietro la tua Barriera, divideremo un po' di carne e idromele. Fino ad allora…» Si tolse il bracciale dal braccio sinistro e lo tirò a Jon, poi fece lo stesso con quello al braccio destro. «Il tuo primo pagamento. Li ho avuti da mio padre, e lui dal suo. Adesso sono tuoi, brutto ladro nero bastardo.»

I bracciali erano d'oro vecchio, solido e pesante, con sopra incise le rune dei primi uomini. Tormund Veleno dei Giganti li portava da quando Jon lo conosceva; sembravano far parte di lui come la sua barba. «I braavosiani li fonderanno per l'oro. Sarebbe un peccato. Forse dovresti tenerli.»

«No, non voglio che si dica che Tormund Pugno di Tuono ha costretto il popolo libero a cedere i suoi tesori mentre lui si teneva i propri.» Ridacchiò. «Però mi tengo l'anello che porto intorno all'uccello. È molto più grosso di quei piccoli bracciali. Su di te sembrerebbe un collare.»

Jon non poté fare a meno di ridere. «Non cambi mai.»

«Oh, sì, invece.» Il sogghigno evaporò come la neve in estate. «Non sono più l'uomo che ero a Sala Fangosa. Ho visto troppe morti, e cose ancora peggiori. I miei figli…» Il dolore contrasse il suo viso in una smorfia. «Dormund è stato ucciso nella battaglia per la Barriera, ed era ancora un ragazzo. Un cavaliere del tuo re l'ha ammazzato: un bastardo tutto grigio, con delle falene sullo scudo. Ho visto il colpo di taglio, ma mio figlio era già morto prima che lo raggiungessi. E Torwyrd… se l'è portato via il freddo. È sempre stato gracile. Una notte si è alzato ed è morto. Ma non è stato quello il peggio: prima di sapere che era morto, si è rialzato, pallido con gli occhi azzurri. Ho dovuto provvedere io stesso a lui. È stata dura, Jon.» Lacrime gli rigarono le guance. «Non era un granché, per la verità, ma è sempre stato il mio piccolino e gli volevo bene.»

Jon gli mise una mano sulla spalla. «Mi dispiace molto.»

«Perché? Non è stata colpa tua. C'è sangue sulle tue mani, *aye*, come sulle mie. Ma non il suo.» Scosse la testa. «Ho ancora due figli robusti.»

«Tua figlia…?»

«Munda.» A quel pensiero gli tornò il sorriso. «Ha preso quel Ryk Lungapicca per marito, pensa un po'. Il ragazzo ha più uccello che cervello, se vuoi il mio parere, ma la tratta bene quanto basta. Gli ho detto che se le fa del male, gli strappo il cazzo e lo uso per fustigarlo a sangue.» Diede un'altra pacca a Jon. «È ora di tornare. Se ti trattengo più a lungo, i tuoi corvi sono capaci di pensare che ti abbiamo mangiato.»

«All'alba, allora. Tre giorni da oggi. Prima i ragazzi.»

«Ti ho sentito le prime dieci volte, corvo. Uno può pensare che fra noi non c'è fiducia.» Sputò. «Prima i ragazzi, *aye*. I mammut fanno il giro lungo. Tu ti accerti che il Forte Orientale li aspetti. Io mi accerto che non ci siano risse né corse alla tua maledetta porta. Saremo bravi e ordinati, come una fila di anatroccoli. E io sono la mamma anatra. *Haaar!*» Tormund accompagnò Jon fuori dalla tenda.

All'esterno il giorno era sereno e luminoso. Il sole era tornato a splendere dopo due settimane d'assenza, e a sud si ergeva la Barriera, bianca azzurrognola e scintillante. C'era un detto che Jon aveva sentito dagli anziani al Castello Nero: "La Barriera ha più umori di re Aerys il Folle". Oppure: "La Barriera ha più umori di una donna". Nelle giornate nuvolose pareva di roccia bianca. Nelle notti senza luna era nera come il carbone. Nelle bufere sembrava scolpita nella neve. Ma in giornate come quella era impossibile confonderla con qualsiasi cosa che non fosse ghiaccio. In giornate come quella scintillava vividamente come il cristallo di un septon, ogni fenditura e ogni crepaccio era delineato dalla luce del sole, mentre arcobaleni congelati danzavano e morivano dietro le increspature trasparenti. In giornate come quella la Barriera era magnifica.

Il figlio maggiore di Tormund era vicino ai cavalli, stava parlando con Cinghia. Fra il popolo libero veniva chiamato Toregg l'Alto. Anche se misurava solo un pollice più di Cinghia, superava suo padre di un piede. Hareth, il ragazzone di Città della Talpa chiamato Cavallo, se ne stava accoccolato vicino al fuoco, con la schiena rivolta agli altri due. Lui e Cinghia erano i soli che Jon aveva portato con sé a parlamentare: portarne di più avrebbe potuto essere considerato un segno di paura, e se Tormund avesse avuto intenzione di far scorrere sangue, venti uomini non sarebbero stati più utili di due. Spettro era l'unica protezione di cui Jon aveva bisogno: il meta-lupo sapeva fiutare i nemici, anche quelli che nascondevano la loro inimicizia dietro ai sorrisi.

Ma Spettro si era allontanato. Jon si sfilò un guanto, mise due dita in bocca e fischiò. «Spettro! Vieni qui.»

Dall'alto arrivò un improvviso fruscio di ali. Il corvo di Mormont svolazzò dal ramo di una vecchia quercia e venne ad appollaiarsi sulla sella di Jon. «*Grano*» gracchiò. «*Grano, grano, grano.*»

«Mi hai seguito anche tu?» esclamò Jon. Mosse la mano per scacciare il corvo, ma finì per accarezzargli le penne. Il corvo drizzò la testa per guardarlo. «*Snow*» mormorò, muovendo la testa con l'aria di chi la sa lunga. Poi Spettro sbucò tra due alberi, con Val al fianco.

"Sembrano andare molto d'accordo." Val era tutta vestita di bianco: brache di lana infilate negli alti stivali di cuoio sbiancato, un mantello di pelle d'orso bianco fermato sulla spalla da una fibbia di albero-diga intagliata a forma di faccia, una lunga veste bianca con bottoni d'osso. Anche il suo alito era bianco… ma gli occhi erano azzurri, la lunga treccia aveva il colore del miele scuro, le guance erano arrossate dal freddo. Era da molto tempo che Jon Snow non vedeva un'immagine così bella.

«Stavi cercando di rubare il mio lupo?» le chiese.

«Perché no? Se ogni donna avesse un meta-lupo, gli uomini sarebbero più gentili. Anche i corvi.»

«*Haaar!*» rise Tormund. «Non scambiare parole con lei, lord Snow. È troppo furba per quelli come te e me. Meglio rubarla in fretta, prima che Toregg si svegli e se la prenda per primo.»

Che cosa aveva detto di Val, quel guitto di Axell Florent? "Una ragazza nubile, e non brutta a vedersi. Bei fianchi, un bel seno, adatta per partorire dei figli." Era tutto vero, ma quella donna dei bruti era molto di più. L'aveva dimostrato trovando Tormund, quando esperti ranger dei guardiani della notte non c'erano riusciti. "Non sarà una principessa, ma sarebbe un'ottima moglie per qualsiasi lord."

Ma quel ponte era stato bruciato tanto tempo fa, ed era stato lo stesso Jon a gettare la torcia. «Toregg se la prenda pure» annunciò. «Io ho fatto un voto.»

«A lei non interessa. Vero?»

Val portò la mano al lungo coltello d'osso che teneva appeso al fianco. «Il Lord Corvo può infilarsi di nascosto nel mio letto quando vuole. Una volta castrato, gli sarà più facile mantenere i voti.»

«Haaar!» rise ancora Tormund. «Hai sentito, Toregg? Sta' alla larga da lei. Io ho già una figlia, non me ne serve un'altra.» Il capo dei bruti rientrò nella tenda scuotendo la testa.

Mentre Jon grattava Spettro dietro l'orecchio, Toregg le portò il cavallo. Val montava ancora il ronzino grigio che le aveva dato Mully quando aveva lasciato la Barriera: un animale ispido, rachitico, cieco da un occhio. Mentre lo girava verso la Barriera, Val chiese: «Come se la passa il piccolo mostro?».

«È due volte più grosso di quando te ne sei andata, e tre volte più rumoroso. Quando vuole la tetta, lo senti piangere fino dal Forte Orientale.» Jon montò in sella.

Val lo affiancò. «Allora... ti ho portato Tormund, come avevo detto. E adesso? Dovrò tornare nella mia vecchia cella?»

«La tua vecchia cella è occupata. La regina Selyse ha reclamato per sé la Torre del Re. Ricordi la Torre di Hardin?»

«Quella che pare sul punto di crollare?»

«È da un centinaio d'anni che dà quest'impressione. Ho fatto preparare il piano superiore per te, mia lady. Avrai più spazio che nella Torre del Re, anche se forse non starai altrettanto comoda. Nessuno l'ha mai chiamata il Palazzo di Hardin.»

«Da parte mia, sceglierei sempre la libertà a qualsiasi comodità.»

«Sarai libera di girare nel castello, ma purtroppo devi restare prigioniera. Ti prometto però che non sarai disturbata da ospiti indesiderati. La Torre di Hardin è sorvegliata dai miei uomini, non da quelli della regina. E Wun Wun dorme nell'ingresso.»

«Un gigante come protettore? Neppure Dalla potrebbe vantare un simile onore.»

I bruti di Tormund li guardarono passare, scrutando dalle tende e dai ripari sotto gli alberi spogli. Per ogni uomo in età da combattere Jon vide tre donne e altrettanti bambini: creature dal viso magro, con le guance incavate e lo sguardo fisso. Quando Mance Rayder aveva condotto il popolo libero verso la Barriera, i suoi seguaci avevano grandi mandrie di pecore, capre e maiali, ma adesso gli unici animali visibili erano i mammut. Senza dubbio, se non fosse stato per la fiera opposizione dei giganti, anche quelli sarebbero stati macellati. C'è molta carne sulle ossa di un mammut.

Jon vide anche segni di malattia. Questo lo rese molto inquieto. Se la gente di Tormund era ridotta alla fame e ammalata, che ne era delle migliaia che avevano seguito Madre Talpa ad Aspra Dimora? "Cotter Pyke dovrebbe raggiungerli presto. Se i venti sono stati favorevoli, la sua flotta potrebbe anzi già essere sulla via del ritorno al Forte Orientale, con tutti quelli che è riuscito a stipare a bordo."

«Com'è andata con Tormund?» chiese Val.

«Chiedimelo fra un anno. Il difficile deve ancora venire: convincere i miei a mangiare quello che ho cucinato per loro. Temo che non piacerà a nessuno.»

«Lascia che ti aiuti.»

«L'hai già fatto. Mi hai portato Tormund.»

«Posso fare di più.»

"Perché no?" pensò Jon. "Sono tutti convinti che lei sia una principessa." Val ne aveva l'aspetto e cavalcava come se fosse nata in sella. "Una principessa guerriera" decise Jon. "Non un'esile creatura che se ne sta in una torre, a spazzolarsi i capelli in attesa di un cavaliere che la porti in salvo." «Devo informare la regina di questo accordo» disse Jon. «Sarò lieto di fartela conoscere, se pensi di riuscire a inginocchiarti.» Non sarebbe stato bene offendere sua grazia prima ancora che Jon aprisse bocca.

«Posso ridere mentre mi genufletto?»

«No. Questo non è un gioco, Val. Fra i nostri due popoli scorre un fiume di sangue, antico, profondo e rosso. Stannis Baratheon è uno dei pochi favorevoli all'ammissione dei bruti nel reame. E per il patto che ho appena concluso, mi occorre il sostegno della regina.»

Val ritornò seria. «Hai la mia parola, lord Snow. Al cospetto della tua regina, sarò una principessa dei bruti irreprensibile.»

"Lei non è la mia regina" avrebbe potuto replicare Jon. "Per la verità, il giorno della sua partenza non arriverà mai troppo presto per me. E se gli dèi sono misericordiosi porterà Melisandre con sé."

Per il resto del viaggio cavalcarono in silenzio, con Spettro dietro di loro. Il corvo di Mormont li seguì fino alla porta, poi volò in alto, mentre loro smontavano. Cavallo li precedette con una torcia, per illuminare la via nel tunnel di ghiaccio.

Una piccola folla di confratelli in nero li attendeva all'uscita, quando Jon e i suoi compagni riemersero a sud della Barriera. Fra loro c'era anche Ulmer di Bosco del Re, e fu proprio l'anziano arciere a farsi avanti e parlare a nome di tutti. «Se compiace al mio lord, i ragazzi si fanno alcune domande. Sarà pace, mio lord? O sarà sangue e ferro?»

«Pace» rispose Jon Snow. «A tre giorni da oggi, Tormund Veleno dei Giganti guiderà il suo popolo oltre la Barriera. Come amici, non come nemici. Alcuni potranno anche ingrossare i nostri ranghi come confratelli. Toccherà a noi farli sentire i benvenuti. Ora torna ai tuoi compiti.» Passò a Satin le redini del cavallo. «Devo vedere la regina Selyse.» Sua grazia l'avrebbe ritenuta una mancanza di rispetto, se non fosse andato subito da lei. «Poi devo scrivere alcune lettere. Porta nei miei alloggi pergamena, penne d'oca e una boccetta dell'inchiostro dei maestri. Dopo di che convoca Marsh, Yarwyck, septon Cellador e Clydas.» Cellador sarebbe stato mezzo ubriaco e Clydas era uno scarso sostituto di un vero maestro, ma era tutto quello che aveva. "Finché non torna Sam." «Anche gli uomini del Nord: Flint e Norrey. Cinghia, dovresti esserci anche tu.»

«Hobb sta cucinando uno sformato di cipolle» disse Satin. «Devo chiedere che ti raggiungano per cena?»

Jon rifletté. «No, di' loro che ci vediamo in cima alla Barriera al tramonto.» Si voltò verso Val. «Mia lady. Seguimi, se ti compiace.»

«Il corvo comanda, la prigioniera deve ubbidire.» Il suo tono era scherzoso. «Questa vostra regina dev'essere molto feroce, se agli uomini adulti cedono le gambe quando la incontrano. Avrei forse dovuto indossare una maglia di ferro invece di lana e pelliccia? Questi abiti sono di Dalla, non vorrei macchiarli di sangue.»

«Se le parole facessero scorrere il sangue, avresti motivo di temere. Penso che le tue vesti siano al sicuro, mia lady.»

Si diressero verso la Torre del Re lungo camminamenti appena spalati fra cumuli di neve sporca. «Ho sentito dire che la tua regina ha una grande barba scura.»

Jon non riuscì a trattenere un sorriso. «Solo dei baffi. Molto radi. Puoi contare i peli.»

«Che delusione.»

Per quanto dicesse di volersi impadronire del suo seggio, Selyse Baratheon non pareva avere molta fretta di abbandonare le comodità del Castello Nero per le ombre del Forte della Notte. Aveva ovviamente delle guardie: quattro uomini alla porta, due all'esterno sugli scalini, due all'interno accanto al braciere. Erano comandati da ser Patrek della Montagna del Re, vestito con i suoi abiti da cavaliere, bianchi, blu e argento, con una spruzzata di stelle a cinque punte sul mantello. Quando fu presentato a Val, piegò il ginocchio per baciarle il guanto. «Sei ancora più bella di quanto mi sia stato riferito, principessa» dichiarò. «La regina mi ha parlato a lungo della tua avvenenza.»

«Strano, dal momento che non mi ha mai visto» rispose Val. Diede a ser Patrek un buffetto sulla testa. «Ora, su, in piedi, ser Genuflesso. Su, su.» Pareva che stesse parlando a un cane.

Jon riuscì a stento a non ridere. Con faccia di pietra, disse al cavaliere che chiedevano udienza alla regina. Ser Patrek mandò subito un armigero di corsa su per le scale a chiedere se sua grazia li poteva ricevere. «Il lupo, però, resta qui» precisò il cavaliere.

Jon se lo aspettava. Il meta-lupo metteva ansia alla regina Selyse, quasi quanto Wun Weg Wun Dar Wun. «Spettro, sta' qui!»

Trovarono sua grazia intenta a ricamare accanto al fuoco, mentre il giullare danzava su una musica che solo lui sentiva, facendo tintinnare le campanelle legate alle corna del cappello.

«Il corvo, il corvo» gridò Macchia, quando vide Jon. «Sotto il mare i corvi sono bianchi come la neve, io lo so, io lo so, oh oh oh.»

La principessa Shireen era rannicchiata su uno scranno vicino alla finestra, con il cappuccio abbassato per nascondere gli effetti del morbo grigio che le sfiguravano il viso.

Non c'era segno di lady Melisandre. Jon ne fu contento. Prima o poi avrebbe dovuto affrontare anche la sacerdotessa rossa, ma preferiva non avvenisse in presenza della regina. «Vostra grazia» e piegò il ginocchio. Val lo imitò.

La regina Selyse mise da parte il cucito. «Alzatevi pure.»

«Se compiace a vostra grazia, posso presentarti lady Val? Sua sorella Dalla era...»

«... la madre di quel bambino che strilla di continuo e ci tiene svegli la notte. So chi è, lord Snow.» Arricciò il naso. «Sei fortunato che sia tornata prima dell'arrivo del re mio marito, altrimenti le cose per te si sarebbero messe male, molto male.»

«Sei la principessa dei bruti?» chiese Shireen a Val.

«Alcuni mi chiamano così» replicò Val. «Mia sorella era la moglie di Mance Rayder, il Re oltre la Barriera. È morta nel dargli un figlio.»

«Anch'io sono una principessa» dichiarò Shireen «ma non ho mai avuto una sorella. Un tempo avevo un cugino, prima che salpasse a bordo di una nave. Era solo un bastardo, ma mi era simpatico.»

«Shireen, sono certa che il lord comandante non è venuto per sentir parlare dei figli illegittimi di Robert» disse sua madre. «Macchia, da bravo, accompagna la principessa nella sua stanza.»

Le campanelle sul berretto del giullare tintinnarono. «Via, via» cantò il buffone. «Vieni via con me sotto il mare, via, via.» Prese per mano la piccola principessa e saltellando la portò fuori della stanza.

«Vostra grazia» esordì Jon «il capo del popolo libero ha accettato le mie condizioni.»

La regina Selyse rispose con un quasi impercettibile cenno d'assenso. «È sempre stato desiderio del lord mio marito offrire ricovero a questi popoli selvaggi. Purché si attengano alla pace del re e alle leggi del re, sono benvenuti nel nostro reame.» Sporse le labbra. «Mi dicono che hanno con loro altri giganti.»

Rispose Val. «Quasi duecento, vostra grazia. E più di ottanta mammut.»

La regina rabbrividì. «Creature spaventose.» Jon non avrebbe saputo dire, se si riferiva ai mammut oppure ai giganti. «Anche se quelle bestie potrebbero essere utili al lord mio marito nelle sue battaglie.»

«È possibile, vostra grazia» disse Jon «ma i mammut sono troppo grossi per passare dalla nostra porta.»

«La porta non può essere allargata?»

«Non… non sarebbe saggio, ritengo.»

Selyse arricciò il naso. «Se lo dici tu. Senza dubbio sei pratico di queste cose. Dove intendi sistemare i bruti? Di certo Città della Talpa non è abbastanza grande per contenere… Quanti sono?»

«Quattromila, vostra grazia. Ci aiuteranno a presidiare i nostri castelli abbandonati, il modo migliore per difendere la Barriera.»

«Mi è stato spiegato che quei castelli sono in rovina. Luoghi tetri, vuoti e freddi, poco più che dei cumuli di macerie. Al Forte Orientale abbiamo sentito parlare di ratti e di ragni.»

"Il freddo ormai avrà ucciso i ragni" pensò Jon "e i ratti possono essere un'utile fonte di carne, quando sarà arrivato l'inverno." «Tutto vero, vostra grazia, ma anche le rovine offrono un certo riparo. E la Barriera starà fra loro e gli Estranei.»

«Vedo che hai ponderato tutto con cura, lord Snow. Sono certa che re Stannis sarà compiaciuto, quando farà il suo ritorno trionfale dalla battaglia.»

"Ammesso che ritorni."

«Ovviamente» proseguì la regina «i bruti dovranno per prima cosa riconoscere Stannis come loro re, e R'hllor come loro dio.»

"Ed eccoci, a faccia a faccia nell'angusto budello." «Vostra grazia, chiedo perdono. Non erano questi i termini che abbiamo concordato.»

L'espressione della regina s'indurì. «È un grave errore.» La vaga traccia di calore nella sua voce, se mai c'era stata, svanì di colpo.

«Il popolo libero non si genuflette» disse Val.

«Allora bisognerà costringerlo» dichiarò la regina.

«Provaci, vostra grazia, e alla prima occasione ci solleveremo» promise Val. «Con le armi in pugno.»

La regina strinse le labbra, il suo mento tremolò. «Sei un'insolente. Immagino che ce lo si debba aspettare da una donna dei bruti. Dobbiamo trovarti un marito che ti insegni la cortesia.» La regina spostò il suo sguardo su Jon. «Non approvo, lord comandante. E non approverà neppure il lord mio marito. Non posso impedirti di aprire quella porta, come entrambi sappiamo fin troppo bene, ma quando il re tornerà dalla battaglia ti garantisco che ne risponderai. Forse potresti ripensarci.»

«Vostra grazia» disse Jon e piegò di nuovo il ginocchio. Questa volta Val non lo imitò. «Sono dolente che le mie azioni ti abbiano contrariato. Ho agito nel modo che ritenevo migliore. Ho il tuo permesso di ritirarmi?»

«Ce l'hai. Immediatamente.»

Una volta fuori e ben lontano dagli uomini della regina, Val diede sfogo alla propria collera. «Hai mentito sulla sua barba. Quella ha più peli sul mento che io fra le gambe. E la figlia… la sua faccia…»

«Il morbo grigio.»

«Noi la chiamiamo la morte grigia.»

«Nei bambini non è sempre mortale.»

«A nord della Barriera, sì. La cicuta è un rimedio certo, ma vanno bene anche un guanciale o una lama. Se avessi messo al mondo io quella povera sventurata, le avrei concesso da tempo il dono della misericordia.»

Quella era una Val che Jon non aveva mai conosciuto prima. «La principessa Shireen è l'unica figlia della regina.»

«Compiango entrambe. La bambina è impura.»

«Se Stannis dovesse vincere la sua guerra, Shireen sarà l'erede del Trono di Spade.»

«Allora compiango i vostri Sette Regni.»

«I maestri dicono che il morbo grigio non è…»

«I maestri possono dire quello che vogliono. Chiedi a una strega dei boschi, se vuoi conoscere la verità. La morte grigia rimane silente, per poi risvegliarsi. La bambina è impura!»

«Sembra una brava fanciulla. Non puoi sapere…»

«Sì, invece. Tu non sai niente, Jon Snow.» Val gli afferrò il braccio. «Voglio che il mostro venga portato via di qui. Lui e le sue nutrici. Non posso lasciarli nella stessa torre con la ragazzina morta.»

Jon scostò la sua mano. «Non è morta!»

«Sì, invece. Sua madre non lo vede. E a quanto pare neppure tu. Tuttavia la morte è qui.» Si allontanò da lui, si fermò, tornò indietro. «Ti ho portato Tormund Veleno dei Giganti. Portami il mio mostro.»

«Appena posso, lo farò.»

«Portamelo. Sei in debito con me, Jon Snow.»

Jon la guardò allontanarsi. "Si sbaglia. Deve sbagliarsi. Il morbo grigio non è così mortale come lei dice, non nei bambini."

Spettro era sparito di nuovo. Il sole era basso a occidente. "Una tazza di vino caldo speziato mi farebbe bene in questo momento. Due, meglio ancora." Ma avrebbe dovuto aspettare. Aveva dei nemici da affrontare. Nemici della peggior specie: i confratelli in nero.

Trovò Cinghia che lo aspettava accanto alla gabbia dell'argano. Salirono insieme. Più salivano, più il vento aumentava. A cinquanta piedi d'altezza, la pesante gabbia cominciò a dondolare a ogni raffica. Ogni tanto sfregava contro la Barriera, provocando piccole frane di ghiaccio che cadendo scintillavano alla luce del sole. Superarono le torri del castello. A quattrocento piedi, il vento mordeva e tirava il mantello nero di Jon, facendolo sbattere rumorosamente contro le sbarre di ferro. A settecento, lo tagliava da parte a parte come una lama. "La Barriera è mia" si ripeté Jon mentre gli addetti all'argano tiravano su la gabbia "almeno per altri due giorni."

Jon saltò giù sul ghiaccio, ringraziò gli uomini dell'argano e rivolse un cenno di saluto ai due lancieri di guardia. Entrambi avevano i cappucci di lana abbassati sulla fronte, per cui si vedevano solo gli occhi, ma Jon riconobbe Ty dall'aggrovigliata fune di capelli neri e unti che gli ricadeva sulla schiena, e Owen dalla salsiccia infilata nel fodero sul fianco. Li avrebbe riconosciuti comunque anche solo dalla postura. «Un bravo lord deve conoscere i propri uomini» disse una volta suo padre a lui e Robb, ancora a Grande Inverno.

Jon raggiunse l'orlo della Barriera, guardò in basso il terreno di morte dove l'esercito di Mance Rayder era stato annientato. Si domandò dove fosse ora Mance. "Ti ha trovato, sorellina? O eri solo uno stratagemma che ha usato affinché lo lasciassi andare?"

Era passato così tanto tempo dall'ultima volta che aveva visto Arya. Che aspetto aveva adesso? L'avrebbe riconosciuta? "Arya Sempre-tra-i-piedi. Sempre con la faccia sporca." Chissà se aveva ancora Ago, la piccola spada che Jon aveva fatto forgiare da Mikken per lei. «Colpisci con la parte appuntita» le aveva detto. Un buon consiglio per la sua notte di nozze, se solo metà di quello che aveva udito di Ramsay Snow era vero. "Riportala a casa, Mance. Ho salvato tuo figlio da Melisandre, e adesso sto per salvare quattromila anime del tuo popolo libero. Mi sei debitore di quella ragazzina."

Nella Foresta Stregata, a nord, le ombre del pomeriggio strisciavano fra gli alberi. Il cielo a ovest era un tripudio di rosso, ma a est stavano sorgendo le prime stelle. Jon Snow contrasse le dita della mano della spada, ricordando tutto quello che aveva perduto. "Sam, caro sciocco ciccione, mi hai tirato uno scherzo crudele facendomi lord comandante. Un lord comandante non ha amici."

«Lord Snow?» disse Cinghia. «La gabbia sta salendo.»

«La sento.» disse Jon tornando verso il ciglio.

I primi ad arrivare furono i capoclan Flint e Norrey, vestiti di pelliccia e di ferro. Norrey sembrava una vecchia volpe: raggrinzito e di corporatura sottile, ma con gli occhi furbi e vivaci. Torghen Flint era più basso di mezza testa, ma doveva pesare almeno il doppio: un uomo robusto e rude, con le mani nodose, dalle nocche rosse, grandi come prosciutti, che s'appoggiava pesantemente a un bastone di prugnolo mentre zoppicava sul ghiaccio. Poi scese Bowen Marsh, infagottato in una pelle d'orso. Dopo di lui, Othell Yarwyck. Poi il septon Cellador, mezzo ubriaco.

«Seguitemi» disse loro Jon. Si incamminarono verso occidente lungo la Barriera, su sentieri ricoperti di ghiaia, incontro al tramonto. Quando furono a cinquanta iarde dalla baracca riscaldata, Jon disse: «Voi tutti sapete il motivo per cui vi ho convocato. Tre giorni da oggi, all'alba, il portale nord si aprirà per consentire a Tormund e alla sua gente di attraversare la Barriera. Ci sono molti preparativi da fare».

Le sue parole caddero nel silenzio. Poi Othell Yarwyck disse: «Lord comandante, ci saranno *migliaia*…».

«… di bruti ridotti pelle e ossa, stanchi, affamati, lontani da casa.» Jon indicò i fuochi dei loro accampamenti. «Sono là. Quattromila, dice Tormund.»

«Tremila, direi, a giudicare dai fuochi» valutò Bowen Marsh. Conti e misure erano la sua vita. «Più del doppio di quelli che sono ad Aspra Dimora con la strega dei boschi, pare. E ser Denys scrive di grandi accampamenti anche sulle montagne oltre la Torre delle Ombre…»

Jon non lo smentì. «Tormund dice che il Piagnone voleva tentare di nuovo il Ponte dei Teschi.»

Il Vecchio Melograno si toccò la cicatrice. Se l'era procurata difendendo il Ponte dei Teschi l'ultima volta che il Piagnone aveva tentato di attraversare la Gola. «Di certo il lord comandante non intenderà far passare anche quel... quel demonio.»

«Non volentieri» replicò Jon. Non aveva dimenticato le teste che il Piagnone gli aveva lasciato, con delle caverne sanguinolente al posto degli occhi. "Jack Bulwer il Nero, Hal il Peloso, Garth Piumagrigia. Non posso vendicarli, ma non dimentico i loro nomi." «Ma sì, mio lord, anche lui. Non possiamo scegliere a nostro piacimento fra il popolo libero, dicendo lui sì e lui no. Pace significa pace per tutti.»

Norrey si raschiò la gola e sputò. «Tanto vale fare la pace con i lupi e i corvi che si cibano di carogne.»

«Nelle mie segrete c'è molta pace» borbottò il vecchio Flint. «Dai il Piagnone a me.»

«Quanti ranger ha ucciso?» insisté Othell Yarwyck. «Quante donne ha stuprato, ucciso o rapito?»

«Tre della mia famiglia» disse il vecchio Flint. «E a quelle che non uccide, cava via gli occhi.»

«Quando un uomo prende il nero, i suoi crimini vengono cancellati» ricordò loro Jon. «Se vogliamo che il popolo libero combatta al nostro fianco, dobbiamo perdonare i loro crimini passati come faremmo con i nostri.»

«Il Piagnone non pronuncerà mai il voto» continuò Yarwyck. «Non indosserà mai il mantello nero. Anche gli altri predoni non si fidano di lui.»

«Non devi fidarti di un uomo per servirti di lui.» "Altrimenti come farei con tutti voi?" «Abbiamo bisogno sia del Piagnone sia di altri come lui. Chi conosce le terre selvagge meglio di un bruto? Chi conosce i nostri nemici meglio di chi li ha combattuti?»

«Il Piagnone conosce solo lo stupro e l'assassinio» replicò Yarwyck.

«Una volta attraversata la Barriera, i bruti saranno tre volte più numerosi di noi» rilevò Bowen Marsh. «E parlo solo della banda di Tormund. Aggiungi gli uomini del Piagnone e quelli ad Aspra Dimora, e avranno forze sufficienti per far fuori i guardiani in una notte.»

«I numeri da soli non vincono una guerra. Non li avete ancora visti. Metà sono dei morti in piedi.»

«Preferirei fossero dei morti in terra» disse Yarwyck. «Se questo compiace al mio lord.»

«Non mi compiace affatto.» La voce di Jon era fredda come il vento che flagellava i loro mantelli. «Ci sono dei bambini in quell'accampamento, centinaia di bambini, migliaia. E anche donne.»

«Mogli di lancia.»

«Alcune. Oltre a madri e nonne, vedove e fanciulle... Davvero li condanneresti tutti a morte, mio lord?»

«I confratelli non dovrebbero litigare fra loro» intervenne septon Cellador. «Inginocchiamoci e preghiamo la Vecchia di illuminarci la via della saggezza.»

«Lord Snow» disse Norrey «dove intendi mettere tutti quei bruti? Non nelle mie terre, voglio sperare.»

«*Aye*» dichiarò il vecchio Flint. «Tu li vuoi nel Dono, ed è questa la tua follia, ma fa' in modo che non sconfinino, altrimenti ti manderò indietro le loro teste. L'inverno è vicino, non voglio altre bocche da sfamare.»

«I bruti rimarranno sulla Barriera» li rassicurò Jon. «Per la maggior parte staranno nei fortilizi abbandonati.» La confraternita adesso aveva guarnigioni a Segno di Ghiaccio, Lungo Tumulo, Radura degli Zibellini, Guardia Grigia e Lago Profondo, tutti con presidi insufficienti, ma c'erano ancora dieci fortilizi vuoti e abbandonati. «Uomini con mogli e figli, orfane e orfani tutti sotto i dieci anni, donne anziane, madri vedove, donne che non sono interessate a combattere. Le mogli di lancia saranno mandate a Lungo Tumulo per unirsi alle loro sorelle, gli uomini scapoli negli altri fortilizi che abbiamo riaperto. Chi prenderà il nero, rimarrà qui o verrà assegnato al Forte Orientale o alla Torre delle Ombre. Tormund si stabilirà a Scudo di Quercia, così da averlo a portata di mano.»

Bowen Marsh sospirò. «Se non ci uccidono con la spada, lo faranno con le loro bocche. Di grazia, in quale modo il lord comandante propone di nutrire Tormund e le sue migliaia di anime?»

Jon aveva previsto quella domanda. «Attraverso il Forte Orientale. Faremo arrivare per nave tutto il cibo necessario. Dalle Terre dei Fiumi e dalle Terre della Tempesta, dalla Valle di Arryn, da Dorne e dall'Altopiano, anche dalle città libere al di là del Mare Stretto.»

«E quel cibo... come sarà pagato, se posso chiedere?»

"In oro, dalla Banca di Ferro di Braavos" avrebbe potuto rispondere Jon. Invece disse: «Ho concordato che il popolo libero potrà tenersi le loro pelli e pellicce: ne avranno bisogno per scaldarsi quando arriverà l'inverno. Ma dovranno cedere qualsiasi altro bene di valore: oro, argento, ambra, gemme grezze, statuette preziose. Spediremo tutto al di là del Mare Stretto e lo venderemo nelle città libere».

«Con la ricchezza dei bruti» disse Norrey «ci comprerai uno staio d'orzo, forse due.»

«Lord comandante, perché non chiedi ai bruti di cedere anche le armi?» chiese Clydas.

Cinghia scoppiò a ridere. «Voi volete che il popolo libero combatta al vostro fianco contro il nemico comune. Ma come facciamo senza armi? Volete che prendiamo i non-morti a palle di neve? O ci darete dei bastoni per colpirli?»

"La maggior parte dei bruti è armata poco più che con dei bastoni" pensò Jon. Randelli, asce di pietra, mazze, lance con la punta indurita sul fuoco, coltelli di osso, di pietra e di vetro di drago, scudi di vimini, corazze d'osso, cuoio bollito. I thenn lavoravano il bronzo e i predoni come il Piagnone usavano acciaio rubato e spade di ferro portate via a qualche cadavere... ma anche quelle spesso erano vecchie, ammaccate da anni d'uso intenso e punteggiate di ruggine.

«Tormund Veleno dei Giganti non disarmerà mai il suo popolo» disse Jon. «Non è il Piagnone, ma non è neppure un codardo. Se glielo avessi chiesto, si sarebbe arrivati al sangue.»

Norrey si tormentò la barba. «Metti pure i bruti in quei fortilizi in rovina, lord Snow, ma come li costringerai a restarci? Che cosa impedirà loro di migrare a sud, verso terre più belle e più calde?»

«Le *nostre* terre» precisò il vecchio Flint.

«Tormund mi ha dato la sua parola. Starà con noi fino a primavera. Il Piagnone e gli altri capitani dovranno fare lo stesso giuramento, altrimenti non li lasceremo passare.»

Il vecchio Flint scosse la testa. «Ci tradiranno.»

«La parola del Piagnone non ha alcun valore» aggiunse Othell Yarwyck.

«Sono dei selvaggi senza dio» sentenziò septon Cellador. «Perfino nel Sud l'infedeltà dei bruti è famosa.»

Cinghia incrociò le braccia. «E la battaglia là sotto? Io ero dalla parte opposta, ricordi? Adesso porto anch'io il nero e addestro i vostri ragazzi a combattere. Alcuni potrebbero chiamarmi voltagabbana. Può darsi... ma non sono più selvaggio di voi corvi. Anche noi abbiamo degli dèi, gli stessi che hanno a Grande Inverno.»

«Gli dèi del Nord, fin da prima che fosse eretta la Barriera» confermò Jon. «È su quegli dèi che Tormund ha giurato. E manterrà la parola. Lo conosco, come conoscevo Mance Rayder. Ho marciato per qualche tempo con loro, come forse ricorderete.»

«Io non l'ho dimenticato» disse il lord attendente.

"No" pensò Jon "non pensavo che l'avessi fatto."

«Anche Mance Rayder ha pronunciato un giuramento» proseguì Bowen Marsh. «Ha giurato di non portare corone, di non prendere moglie e di non generare figli. Poi ha voltato gabbana. Ha fatto tutte quelle cose e ha guidato un temibile esercito contro il reame. E sono i superstiti di quel medesimo esercito che ora aspettano al di là della Barriera.»

«Superstiti malconci.»

«Una spada malconcia può essere forgiata nuovamente. Una spada malconcia può uccidere.»

«Il popolo libero non ha né leggi né lord» disse Jon «però ama i propri figli. Questo lo riconoscete?»

«Non ci interessano i loro figli. Noi temiamo i padri, non i figli.»

«Anch'io. Per questo ho insistito per avere degli ostaggi.» "Non sono lo sciocco credulone che pensate… e non sono neppure mezzo bruto, qualsiasi cosa voi crediate." «Cento ragazzi fra gli otto e i sedici anni. Un figlio di ciascuno dei loro capi e capitani, e gli altri scelti a sorte. I ragazzi faranno da paggi e da scudieri, liberando i nostri uomini da quei servizi. Alcuni di quei ragazzi, un giorno, potrebbero decidere di prendere il nero. Non sarebbe la prima volta. Gli altri resteranno in ostaggio della lealtà dei genitori.»

I due uomini del Nord si scambiarono un'occhiata. «Ostaggi» rifletté Norrey. «Tormund ha accettato?»

"O accettava o guardava il suo popolo morire" pensò Jon. «L'ha chiamato il mio prezzo di sangue. Ma lo pagherà».

«Aye, e perché no?» Il vecchio Flint batté il bastone sul ghiaccio. «Li abbiamo sempre chiamati "protetti", quando Grande Inverno ci chiedeva dei ragazzi, ma erano degli ostaggi e non veniva loro fatto alcun male.»

«A parte quelli i cui genitori scontentavano i re di Grande Inverno» esclamò Norrey. «Quelli tornavano a casa più bassi di una testa. Perciò dimmi, ragazzo… se questi tuoi amici bruti si dimostreranno infedeli, avrai il fegato di fare ciò che va fatto?»

"Chiedilo a Janos Slynt." «Tormund Veleno dei Giganti sa che non deve mettermi alla prova. Ai tuoi occhi posso magari sembrare un ragazzo immaturo, lord Norrey, ma sono sempre figlio di Eddard Stark.»

Ma nemmeno questo calmò il lord attendente. «Dici che quei ragazzi serviranno come scudieri. Di certo il lord comandante non intende che saranno addestrati alle armi, vero?»

Jon s'infuriò. «No, mio lord, intendo metterli a cucire sottotuniche di pizzo. È ovvio che saranno addestrati alle armi. Zangoleranno il burro, taglieranno la legna, puliranno le stalle, svuoteranno i vasi da notte, consegneranno messaggi… e nel frattempo si alleneranno con lancia, spada e arco lungo.»

Marsh diventò ancora più paonazzo. «Il lord comandante deve perdonare la mia franchezza, ma non ho un modo più delicato per dirlo. Ciò che proponi è niente meno che tradimento. Per ottomila anni gli uomini dei guardiani della notte hanno presidiato la Barriera e si sono battuti contro quei bruti. Ora tu intendi lasciarli passare, ospitarli nei nostri fortilizi, nutrirli, vestirli e insegnare loro a combattere. Lord Snow, devo ricordartelo? Hai pronunciato un giuramento!»

«So che cosa ho giurato.» Jon ripeté il voto che aveva fatto: «"Sono la spada nelle tenebre. Sono la sentinella che veglia sul muro. Sono il fuoco che arde contro il freddo, la luce che porta l'alba, il corno che risveglia i dormienti." Sono le stesse parole che hai detto tu quando hai preso i voti?».

«Sì, come il lord comandante sa bene.»

«Sei proprio sicuro che io non abbia tralasciato qualcosa? La frase riguardante il re, le sue leggi e come dobbiamo difendere ogni piede di questa terra e restare attaccati a ogni fortilizio in rovina? Come dice quella parte?» Jon attese una risposta, che non arrivò. «"Sono lo scudo che protegge i regni degli uomini." Così recita il testo. Perciò dimmi, mio lord: che cosa sono quei bruti, se non degli uomini?»

Bowen Marsh aprì la bocca. Non uscì alcun suono. Un rossore gli risalì lentamente il collo.

Jon Snow voltò la faccia altrove. L'ultima luce del sole aveva cominciato a sbiadire. Vide le fenditure lungo la Barriera passare dal rosso al grigio al nero, da torrenti di fuoco a fiumi di ghiaccio nero. In basso, lady Melisandre stava per accendere il fuoco della notte e salmodiare: «Signore della Luce, difendici, perché la notte è oscura e piena di terrori».

«L'inverno sta arrivando» disse infine Jon, rompendo un silenzio imbarazzato «e con esso i non-morti. La Barriera è dove li fermiamo. La Barriera è stata eretta per fermarli... ma devono esserci uomini a sufficienza. Questa discussione è terminata. Abbiamo molto da fare prima di aprire quel portale. Tormund e il suo popolo dovranno essere nutriti, vestiti e ospitati. Alcuni sono ammalati, e andranno curati. Quello toccherà te, Clydas. Salvane più che puoi.»

Clydas batté le palpebre sugli occhi di un fioco colore rosa. «Farò del mio meglio, Jon. Mio lord, volevo dire.»

«Avremo bisogno di ogni carro e carretto disponibile per trasportare il popolo libero nelle nuove dimore. Othell, a questo provvederai tu.»

Yarwyck fece una smorfia. «*Aye*, lord comandante.»

«Lord Bowen, tu raccoglierai i tributi. Oro, argento, ambra, collari, bracciali e collanine. Smistali, contali e fa' in modo che arrivino sani e salvi al Forte Orientale.»

«Sì, lord Snow» disse Bowen Marsh.

"Melisandre diceva ghiaccio" pensò Jon Snow "e pugnali nel buio. Rosso sangue congelato e acciaio snudato." Contrasse la mano della spada. Si stava alzando nuovamente il vento.

Ogni notte sembrava più fredda della precedente.

La cella non aveva né camino né braciere. L'unica finestra era troppo in alto per consentirle di vedere e troppo stretta per passarci attraverso, ma abbastanza larga per far entrare il freddo. Cersei aveva strappato la prima sottotunica che le avevano dato, chiedendo di restituirle i suoi vestiti, ma aveva ottenuto solo di restare nuda a tremare. Quando le portarono un'altra sottotunica, la indossò, infilandola dalla testa, e ringraziò, smozzicando le parole.

La finestra lasciava entrare anche i suoni. Era l'unico modo per la regina di sapere che cosa stesse accadendo in città. Le septa che le portavano da mangiare non le avrebbero detto niente.

Per Cersei questo era insopportabile. Era certa che Jaime sarebbe venuto a salvarla, ma come avrebbe saputo del suo arrivo? Si augurava solo che non fosse così pazzo da voler precedere il suo esercito da solo. Avrebbe avuto bisogno di ogni spada per vedersela con la cenciosa orda di Reietti che circondava il Grande Tempio. Cersei chiedeva spesso del suo gemello, ma le carceriere non le rispondevano. Aveva chiesto anche di ser Loras. Nell'ultimo rapporto si riferiva che il Cavaliere di Fiori giaceva moribondo alla Roccia del Drago per le ferite riportate durante la conquista del castello. "Che muoia pure" pensò Cersei "e che faccia in fretta." La morte del ragazzo avrebbe significato un posto vuoto nella Guardia reale, e questo avrebbe potuto essere la sua salvezza. Ma le septa tenevano la bocca chiusa su Loras Tyrell come su Jaime.

Lord Qyburn era stato il suo unico e ultimo visitatore. Il mondo di Cersei aveva una popolazione di quattro anime: lei stessa e le tre carceriere, devote e inflessibili. Septa Unella era di ossatura robusta e aspetto mascolino, con mani callose e lineamenti sgraziati, sempre accigliata. Septa Moelle aveva capelli bianchi ispidi e piccoli occhi cattivi, perennemente socchiusi in un'espressione di sospetto, che scrutavano da una faccia grinzosa, affilata come la lama di una scure. Septa Scolera era larga di vita e bassa di statura, con seni pesanti, la pelle olivastra e un odore acre, come di latte che sta per andare a male. Le portavano cibo e acqua, le vuotavano il pitale e ogni due o tre giorni le portavano via la sottotunica per lavarla, lasciandola a raggomitolarsi, nuda, sotto la coperta, fino a quando non gliela restituivano. A volte, Scolera le leggeva qualche passo della *Stella a sette punte* o del *Sacro libro di preghiera*, ma per il resto nessuna di loro le rivolgeva mai la parola né rispondeva alle sue domande.

Cersei le odiava e le disprezzava tutte e tre, quasi quanto odiava e disprezzava gli uomini che l'avevano tradita.

Falsi amici, servi traditori, finti spasimanti che le avevano professato eterno amore, perfino del suo stesso sangue… *tutti* l'avevano abbandonata nell'ora del bisogno. Osney Kettleblack, quello smidollato, aveva ceduto sotto la frusta, rivelando all'Alto Passero segreti che lei invece si sarebbe portata nella tomba. I suoi fratelli, feccia dei bassifondi che lei aveva portato troppo in alto, sapevano solo starsene con le mani in mano. Aurane Waters, il suo ammiraglio, era fuggito in mare con i dromoni che lei stessa gli aveva fatto costruire. Orton Merryweather era tornato di corsa a Lunga Tavola, portandosi dietro la moglie, Taena, unica vera amica della regina in quei giorni terribili. Harys Swyft e il gran maestro Pycelle l'avevano abbandonata alla prigionia e avevano offerto il regno a quegli stessi uomini che avevano cospirato contro di lei. Meryn Trant e Boros Blount, i protettori giurati del re, erano scomparsi senza lasciare traccia. Perfino suo cugino Lancel, che un tempo sosteneva di amarla, era uno degli accusatori. Lo zio ser Kevan si era rifiutato di aiutarla a regnare, mentre lei lo avrebbe nominato Primo Cavaliere del re.

E Jaime…

No, non voleva crederlo, non l'avrebbe creduto mai. Jaime sarebbe arrivato lì non appena avesse saputo della condizione in cui si trovava. "Vieni subito" gli aveva scritto. "Aiutami. Salvami. Ho bisogno di te adesso, più di quanto non ne abbia mai avuto prima. Ti amo. Ti amo. Ti amo. Vieni immediatamente." Qyburn aveva giurato che avrebbe fatto in modo che la lettera arrivasse al suo gemello, laggiù, nelle Terre dei Fiumi con il suo esercito. Qyburn però non aveva più fatto ritorno. Per quanto lei ne sapeva, poteva essere morto, la sua testa essere stata impalata su una picca sopra le porte del mastio della città. O forse, invece, languiva in una delle celle nere nelle viscere della Fortezza Rossa e il suo messaggio non era mai stato recapitato. Cersei aveva chiesto centinaia di volte di lui, ma le sue carceriere non ne parlavano. La sola cosa che sapeva per certo era che Jaime non era arrivato.

"Non ancora" diceva a se stessa "ma presto. E quando arriverà, l'Alto Passero e le sue puttane canteranno ben altra canzone."

Odiava sentirsi impotente.

Aveva minacciato, ma le sue minacce erano state accolte con facce di pietra e orecchie sorde. Aveva ordinato, ma i suoi ordini erano stati ignorati. Aveva invocato la misericordia della Madre, appellandosi alla naturale simpatia fra donne, ma quando avevano pronunciato i voti le tre septa avvizzite dovevano aver messo da parte la loro femminilità. Aveva provato a incantarle, parlando in tono gentile, accettando con umiltà ogni nuovo oltraggio. Non avevano ceduto. Aveva offerto ricompense, promesso clemenza, onori, oro, posizioni a corte. Le sue promesse erano state accolte come le sue minacce.

E aveva pregato. Oh, quanto aveva pregato! Le preghiere erano quello che le septa volevano, e allora Cersei le accontentava, pregava in ginocchio come se fosse stata una prostituta qualsiasi e non una figlia di Castel Granito. Aveva pregato per avere conforto, per essere prosciolta, per Jaime. Aveva chiesto a gran voce agli dèi di difenderla nella sua innocenza; in silenzio aveva pregato che i suoi accusatori fossero colti da morti improvvise e dolorose. Aveva continuato a pregare fino ad avere le ginocchia scorticate e sanguinanti, la lingua talmente gonfia e pesante che le sembrava di soffocare. In quella cella, le erano tornate alla mente tutte le preghiere che le avevano insegnato da bambina, e all'occorrenza ne inventava di nuove, invocando la Madre e la Vergine, il Padre e il Guerriero, la Vecchia e il Fabbro. Aveva pregato anche lo Sconosciuto. "Qualsiasi dio in una tempesta…" Ma i Sette si dimostrarono altrettanto sordi dei loro servi terreni. Cersei rivolse loro tutte le parole che aveva dentro, ogni cosa tranne le lacrime. "Quelle non le avranno mai" si ripromise.

Odiava sentirsi debole.

Se gli dèi le avessero concesso la forza che avevano dato a Jaime e a quello zoticone di Robert, sarebbe fuggita da sola. "Oh, che cosa non darei per una spada e la capacità di maneggiarla." Cersei Lannister aveva un cuore da guerriero, ma gli dèi, nella loro cieca malizia, l'avevano costretta in un debole corpo di donna. All'inizio aveva tentato di lottare con le septa, ma l'avevano sopraffatta. Erano in tante e più forti di quello che sembrava. Brutte megere, tutte quante, ma tutte quelle preghiere, energiche purificazioni e bastonate alle novizie le avevano rese dure come radici.

E non la lasciavano riposare. Notte e giorno, appena chiudeva gli occhi per dormire, una delle carceriere arrivava a svegliarla e a chiederle di confessare i suoi peccati. Era accusata di adulterio, fornicazione, alto tradimento, anche di omicidio, perché Osney Kettleblack aveva confessato di avere soffocato l'ultimo Alto Septon dietro suo ordine. «Sono venuta qui per sentirti raccontare tutti i tuoi omicidi e le tue fornicazioni» borbottava septa Unella mentre la scuoteva per svegliarla. Septa Moelle le diceva che erano i suoi peccati a non farla dormire. «Solo l'innocente conosce la pace di un sonno sereno. Confessa i tuoi peccati e dormirai come un neonato.»

Veglia, sonno e ancora veglia, ogni notte era interrotta dalle mani rudi delle sue aguzzine, e ogni notte era più fredda e crudele della precedente. L'ora del gufo, l'ora del lupo, l'ora dell'usignolo, il sorgere e il calare della luna, il crepuscolo e l'alba, passavano barcollando come ubriachi. Che ora era? Che giorno era? Dove si trovava? Sognava o era sveglia? Le piccole schegge di sonno che le concedevano si trasformavano in rasoi, pronti a squarciarle la mente. Ogni giorno la trovava più prostrata del giorno precedente, esausta e febbricitante. Non sapeva da quanto tempo era prigioniera in quella cella, in cima a una delle sette torri del Grande Tempio di Baelor. "Invecchierò e morirò qui dentro" pensò Cersei, disperata.

Cersei non poteva permettere che ciò accadesse. Suo figlio aveva bisogno di lei. Il regno aveva bisogno di lei. Doveva andarsene da lì, a qualsiasi costo. Il suo mondo si era ridotto a una cella quadrata di sei piedi per lato, un vaso da notte, un giaciglio pieno di gobbe e una coperta di lana marrone sottile come la speranza, che le raschiava la pelle, ma lei era ancora l'erede di lord Tywin, una figlia di Castel Granito.

Sfinita dalla carenza di sonno, tremante per il freddo che ogni notte s'insinuava nella cella sulla torre, febbricitante e affamata a fasi alterne, Cersei finì per capire che doveva confessare.

Quella notte, quando septa Unella venne a strapparla al sonno, trovò la regina che l'aspettava in ginocchio. «Ho peccato» dichiarò Cersei. Aveva la lingua gonfia, le labbra screpolate. «Ho gravemente peccato. Ora me ne rendo conto. Come ho potuto essere cieca per così tanto tempo? La Vecchia è venuta da me, reggendo alta la sua lampada, e quella sacra luce mi ha fatto vedere la strada che devo percorrere. Voglio essere di nuovo pura. Desidero solo l'assoluzione. Ti prego, brava septa, ti supplico, portami dall'Alto Septon, in modo che io possa confessare i miei crimini e le mie fornicazioni.»

«Glielo riferirò, vostra grazia» rispose septa Unella. «Sua alta santità sarà molto compiaciuto. È solo tramite la confessione e il pentimento sincero che le nostre anime immortali possono essere salvate.»

E per il resto di quella lunga notte la lasciarono dormire. Ore di sonno benedetto. Il gufo, il lupo e l'usignolo transitarono per una volta senza essere notati, mentre Cersei era immersa in un bel sogno dove Jaime era suo marito e il loro bambino era ancora vivo.

La mattina seguente la regina sentì di essere quasi tornata se stessa. Quando le sue carceriere arrivarono, mormorò di nuovo frasi religiose e ripeté che era decisa a confessare i propri peccati e a farsi perdonare per tutto il male che aveva compiuto.

«Ci rallegra sentirlo» disse septa Moelle.

«Sentirai di toglierti un grande peso dall'anima» aggiunse septa Scolera. «Dopo starai molto meglio, vostra grazia.»

"Vostra grazia." Quelle due semplici parole la fecero rabbrividire. Durante la lunga prigionia, le sue carceriere spesso non si erano nemmeno curate di usare con lei la più semplice cortesia.

«Sua santità ti aspetta» annunciò septa Unella.

Cersei chinò la testa, umile e ubbidiente. «Mi è concesso prima di fare un bagno? Non sono nelle condizioni di presentarmi al suo cospetto.»

«Potrai lavarti più tardi, se sua santità lo permette» disse septa Unella. «Quella che adesso dovrebbe preoccuparti è la pulizia della tua anima immortale, non le vanità della carne.»

Le tre septa la condussero giù per la scala della torre: septa Unella davanti a lei, e septa Moelle e septa Scolera alle sue spalle, come se temessero che potesse fuggire.

«È passato così tanto tempo da quando ho ricevuto una visita» mormorò Cersei, mentre scendevano. «Il re sta bene? Lo chiedo solo come una madre, in pena per suo figlio.»

«Sua grazia è in buona salute» rispose septa Scolera «e ben protetto giorno e notte. La regina è sempre con lui.»

"Sono io la regina!" Cersei deglutì, sorrise e disse: «Mi rassicura saperlo. Tommen le vuole molto bene. Non ho mai creduto alle cose terribili che si dicevano sul suo conto». Margaery Tyrell era riuscita in qualche modo a sottrarsi alle accuse di fornicazione, adulterio e alto tradimento? «C'è stato un processo?»

«Ci sarà presto» spiegò septa Scolera. «Ma il di lei fratello…»

«Zitta!» Septa Unella si girò, lanciandole un'occhiata al di sopra la spalla. «Tu chiacchieri troppo, stupida vecchia. Non spetta a noi parlare di queste cose.»

Scolera chinò la testa. «Ti prego di perdonarmi.»

Fecero il resto della discesa in silenzio.

L'Alto Passero le ricevette nel suo studiolo privato: un'austera stanza ettagonale, dove le facce rozzamente scolpite dei Sette Dèi guardavano dalle pareti di pietra con espressioni quasi altrettanto acide e di disapprovazione di quelle di sua santità. Quando entrò, lui stava scrivendo seduto a un tavolo di legno grezzo. L'Alto Septon non era cambiato dall'ultima volta che Cersei era stata ammessa alla sua presenza, il giorno in cui l'aveva fatta arrestare e imprigionare. Era ancora un uomo dai radi capelli grigi, magro, l'aspetto duro, mezzo deperito, la faccia con i tratti marcati, piena di rughe, gli occhi sospettosi. Al posto delle ricche vesti dei suoi predecessori, indossava una tunica informe di lana grezza lunga fino alle caviglie. «Vostra grazia» esordì come saluto. «So che ti vuoi confessare.»

Cersei cadde in ginocchio. «È così, vostra santità. La Vecchia è venuta da me mentre dormivo, reggendo alta la sua lampada…»

«Non ne dubito. Unella, tu resta qui e prendi nota delle parole di sua grazia. Scolera, Moelle, avete il permesso di ritirarvi.» Il prelato unì la punta delle dita, lo stesso gesto che Cersei aveva visto fare migliaia di volte a suo padre.

Septa Unella si sedette dietro di lei, stese una pergamena, intinse la punta di una penna d'oca nell'inchiostro dei maestri. Cersei provò una fitta di paura. «Dopo aver confessato avrò il permesso di…»

«Vostra grazia avrà un trattamento confacente ai suoi peccati.»

"Quest'uomo è implacabile" pensò ancora una volta Cersei. Fece un momento di raccoglimento. «Che la Madre abbia compassione di me. Ho giaciuto con uomini al di fuori del legame del matrimonio. Lo confesso.»

«Con chi?» L'Alto Septon la fissava negli occhi.

Cersei sentiva alle sue spalle il debole suono della penna d'oca di Unella che raschiava la pergamena. «Lancel Lannister, mio cugino. E Osney Kettleblack.» Entrambi avevano già confessato di averla portata a letto; negarlo sarebbe stato controproducente. «Anche i suoi fratelli. Tutti e due.» Non aveva modo di sapere che cosa avessero detto Osfryd e Osmund. Meglio confessare troppo, anziché troppo poco. «So che non giustifica il mio peccato, vostra santità, ma ero sola e impaurita. Gli dèi mi hanno portato via re Robert, il mio amato e il mio protettore. Ero sola, circondata da complotti, falsi amici e traditori che cospiravano per la morte dei miei figli. Non sapevo di chi fidarmi, così… ho usato i soli mezzi che avevo per legare a me i Kettleblack.»

«Con questo intendi le tue parti femminili?»

«La mia carne.» Cersei si portò una mano al viso, ebbe un tremito. Quando riabbassò la mano, aveva gli occhi bagnati di lacrime. «Sì. Possa la Vergine perdonarmi. L'ho fatto per i miei figli, per il regno. Non ne ho tratto alcun piacere. I Kettleblack… sono uomini spietati e crudeli, mi hanno trattato duramente, ma che altro potevo fare? Tommen doveva essere attorniato da uomini di cui potessi fidarmi.»

«Sua grazia era protetto dalla Guardia reale.»

«La Guardia reale si dimostrò del tutto inutile quando suo fratello Joffrey morì, assassinato durante il suo banchetto nuziale. Ho visto un figlio morire, non potrei sopportare di perderne un altro. Ho peccato, ho commesso fornicazione, ma l'ho fatto per Tommen. Perdonami, vostra santità, ma aprirei le mie gambe a qualsiasi uomo di Approdo del Re, se fosse necessario per garantire la sicurezza dei miei figli.»

«Il perdono viene solo dagli dèi. Che cosa mi dici di ser Lancel, che era tuo cugino nonché scudiero del lord tuo marito? Hai forse accolto anche lui nel tuo talamo per conquistare la sua lealtà?»

«Lancel…» Cersei esitò. "Attenta" ammonì se stessa. "Lancel gli avrà già rivelato ogni cosa." «Lancel mi amava. Era poco più di un ragazzo, ma non ho mai dubitato della sua devozione verso di me o verso mio figlio.»

«Eppure tu lo hai traviato comunque.»

«Ero sola.» Soffocò un singhiozzo. «Avevo perso mio marito, mio figlio, il lord mio padre. Ero la regina reggente, ma una regina è pur sempre una donna, e le donne sono deboli vascelli, facili da indurre in tentazione… Vostra santità sa che è vero. Si sa che anche le sante septa hanno peccato. Ho tratto conforto da Lancel, lo ammetto. Era premuroso e gentile, e io avevo bisogno di qualcuno. Ho sbagliato, ne sono consapevole, ma non avevo nessun altro… Una donna ha *bisogno* di essere amata, ha bisogno di un uomo al suo fianco. Una donna ha…» Cominciò a singhiozzare in maniera incontrollabile.

L'Alto Septon non accennò a confortarla. Rimase seduto, con gli occhi duri fissi su di lei, a guardarla piangere, di pietra, come le statue dei Sette nel tempio sopra di loro. Lunghi momenti passarono: alla fine tutte le lacrime si furono asciugate. A quel punto Cersei aveva gli occhi rossi e gonfi, e si sentiva sul punto di svenire.

Ma l'Alto Passero non aveva ancora finito con lei. «Questi sono peccati comuni» riprese. «La depravazione delle vedove è ben nota, e tutte le donne sono capricciose nel cuore, indulgono nell'usare l'astuzia e l'avvenenza per imporre la propria volontà agli uomini. Non c'è tradimento, se non ti sei allontanata dal letto matrimoniale mentre sua grazia re Robert era ancora in vita.»

«Mai» mormorò Cersei, tremando. «Mai, lo giuro.»

Il sommo prelato non le prestò attenzione. «Ci sono altre accuse mosse a vostra grazia, crimini ben più gravi della semplice fornicazione. Tu ammetti che ser Osney Kettleblack è stato tuo amante, e ser Osney sostiene di aver soffocato il mio predecessore dietro tuo preciso ordine. Sostiene inoltre di avere deposto il falso contro la regina Margaery e le sue cugine, raccontando storie di fornicazione, adulterio e alto tradimento, anche in questo caso dietro tuo ordine.»

«No» disse Cersei. «Non è vero. Voglio bene a Margaery come a una figlia. Quanto al resto… Mi ero lamentata dell'Alto Septon, è vero. Era una creatura di Tyrion, un personaggio debole e corrotto, una macchia infamante sul nostro Sacro Credo. E questo vostra santità lo sa bene quanto me. Può darsi che Osney abbia pensato che la sua morte mi avrebbe compiaciuto. Se è così, accetto parte della colpa morale… Ma omicidio? No, di quello sono innocente. Portami al tempio, e di fronte al seggio del giudizio del Padre giurerò che è vero.»

«A tempo debito» disse l'Alto Septon. «Sei accusata anche di aver cospirato per l'omicidio del tuo stesso lord marito, il nostro compianto e amato re Robert Baratheon, il primo del suo nome.»

"Lancel" intuì Cersei. «Robert è stato ucciso da un cinghiale. Sarei diventata un metamorfo? Un lupo delle tenebre? Sono forse accusata anche di aver ucciso Joffrey, il mio amato figlio, il mio primogenito?»

«No, solo tuo marito. Lo neghi?»

«Lo nego, certo. Al cospetto degli dèi e degli uomini, io lo nego.»

L'Alto Septon annuì. «L'ultima accusa, e la peggiore di tutte: alcuni sostengono che i tuoi bambini non sono figli di re Robert, ma dei bastardi frutto di incesto e adulterio.»

«Questo lo dice Stannis Baratheon» replicò subito Cersei. «È una menzogna, una menzogna, una ripugnante menzogna. Stannis vuole il Trono di Spade per sé, ma di mezzo ci sono i figli di suo fratello, allora deve dichiarare che non sono nati da lui. Quella lettera disgustosa… non contiene un solo briciolo di verità. Lo nego.»

L'Alto Septon posò le mani sul tavolo e si alzò in piedi. «Bene. Lord Stannis è passato dalla verità dei Sette ad adorare un demone rosso, e il suo falso credo non ha posto nei Sette Regni.»

Parole quasi rassicuranti. Cersei annuì.

«Tuttavia» continuò sua santità «le accuse a tuo carico rimangono terribili, e il regno deve conoscere la verità. Se vostra grazia ha detto il vero, un processo dimostrerà senza dubbio la tua innocenza.»

"Un altro processo." «Io ho confessato…»

«… alcuni peccati, *aye*. Altri li neghi. Il processo separerà il vero dal falso. Chiederò ai Sette di perdonare i peccati che hai confessato, e pregherò che tu sia trovata innocente dalle altre accuse.»

Cersei si alzò lentamente dalla posizione in ginocchio. «Mi inchino alla saggezza di vostra santità» disse «ma se potessi supplicare anche soltanto una goccia della misericordia della Madre… È passato molto tempo dall'ultima volta che ho visto mio figlio…»

Gli occhi del vecchio erano schegge di selce. «Non sarebbe appropriato permetterti di avvicinare il re fino a quando non sarai mondata da tutta la tua malignità. Hai, però, compiuto il primo passo sulla via per tornare alla rettitudine, e alla luce di questo ti permetterò altre visite. Una al giorno.»

La regina scoppiò di nuovo a piangere. Questa volta le lacrime erano vere. «Sei troppo buono. Ti sono grata.»

«La Madre è misericordiosa. È a lei che dovresti essere grata.»

Moelle e Scolera aspettavano per riaccompagnarla nella sua cella in cima alla torre. Unella chiuse la fila mettendosi dietro di loro.

«Abbiamo pregato tutte per vostra grazia» disse septa Moelle mentre salivano.

«Sì» confermò septa Scolera «e devi sentirti molto più leggera adesso, pura e innocente come una vergine la mattina del suo matrimonio.»

"Fottevo Jaime la mattina del mio matrimonio" ricordò la regina. «Proprio così» disse. «Mi sento rinata, come se un bubbone infetto fosse stato inciso, e adesso posso finalmente cominciare a guarire. Potrei quasi volare.» Immaginò come sarebbe stato bello piantare una gomitata in faccia a septa Scolera e farla rotolare giù per la scala a chiocciola. Se gli dèi fossero stati misericordiosi, quella vecchia fregna avvizzita sarebbe andata a sbattere contro septa Unella e l'avrebbe trascinata giù insieme a lei.

«È bello vederti sorridere di nuovo» disse Scolera.

«Sua santità ha detto che potrò avere visite?»

«Sì» confermò septa Unella. «Se vostra grazia ci dirà chi vuole incontrare, noi porteremo il messaggio.»

"Jaime, mi serve Jaime." Ma se il suo gemello era in città, perché non era venuto da lei? Forse era più saggio non fare conto su

Jaime, almeno finché non avesse avuto notizie su quanto stava accadendo nel Grande Tempio di Baelor. «Mio zio» disse. «Ser Kevan Lannister, il fratello di mio padre. È in città?»

«Sì» rispose septa Unella. «Il lord reggente si è stabilito nella Fortezza Rossa. Lo avviseremo subito.»

«Vi ringrazio» disse Cersei, pensando: "È dunque diventato lord reggente?". Non poteva fingersi sorpresa.

Un cuore umile e contrito dimostrò di procurare benefici di molto superiori rispetto a un'anima mondata dal peccato. Quella sera la regina fu trasferita in una cella più grande due piani più in basso, con una finestra da cui poteva guardare fuori, e con calde coperte soffici per il letto. E quando fu ora di cena, invece di pane secco e porridge d'avena, le servirono cappone arrosto, una ciotola di verdure croccanti con sopra una spolverata di noci tritate, e una purea di rape annegate nel burro. Quella sera, per la prima volta da quando era stata rinchiusa, Cersei andò a letto con lo stomaco pieno, e dormì le ore più buie della notte indisturbata.

Il mattino dopo, insieme all'alba arrivò anche suo zio.

Cersei stava facendo colazione quando la porta si spalancò ed entrò ser Kevan Lannister.

«Lasciateci soli» disse Cersei alle carceriere.

Septa Unella spinse fuori Scolera e Moelle, e chiuse la porta. La regina si alzò.

Ser Kevan Lannister appariva più vecchio dell'ultima volta che l'aveva visto. Era un uomo di corporatura robusta, largo di spalle e grasso intorno alla vita; la barba bionda tagliata corta seguiva la linea della pesante mascella e i corti capelli biondi cominciavano ad arretrare sulla fronte. Indossava un pesante mantello di lana, color cremisi, fermato sulla spalla da una chiusura d'oro a forma di testa di leone.

«Grazie per essere venuto» disse la regina.

Ser Kevan corrugò la fronte. «È meglio che tu ti sieda. Ho delle cose da dirti…»

Cersei non volle sedersi. «Sei ancora arrabbiato con me. Lo sento dalla voce. Perdonami, zio. Ho sbagliato a rovesciarti addosso quel vino, ma…»

«Credi che io mi offenda per una coppa di vino? Lancel è mio figlio, Cersei. Il tuo unico nipote. Se sono in collera con te, è solo per questo. Avresti dovuto badare a lui, guidarlo, trovargli una brava ragazza di buona famiglia. E tu invece…»

«Lo so, lo so.» "Lancel mi desiderava più di quanto io non abbia mai desiderato lui. E mi desidera ancora, sarei pronta a scommetterci." «Ero sola, debole. Ti prego. Zio. Oh, zio. È così bello vedere il tuo viso, il tuo amorevole viso. Ho fatto cose orribili, lo so, ma non potrei sopportare di essere odiata da te.» Gli gettò le braccia al collo, lo baciò sulla guancia. «Perdonami. Perdonami.»

Ser Kevan subì passivamente l'abbraccio per qualche istante, prima di alzare le braccia per ricambiarlo. La sua stretta fu breve e goffa. «Basta così» disse con voce ancora fredda e distante. «Sei perdonata. Adesso siediti. Ti porto cattive notizie, Cersei.»

A quelle parole la regina si spaventò. «È successo qualcosa a Tommen? Spero di no! Sono così preoccupata per mio figlio. Nessuno mi dice niente. Ti prego, dimmi che Tommen sta bene.»

«Sua grazia sta bene. Chiede spesso di te.» Ser Kevan le posò le mani sulle spalle, tenendola a distanza di braccio.

«Jaime, allora? Si tratta di Jaime?»

«No, Jaime è ancora nelle Terre dei Fiumi, da qualche parte.»

«Da qualche parte?» Quell'espressione non la convinse.

«Ha preso Raventree e accettato la resa di lord Blackwood» precisò ser Kevan «ma sulla via del ritorno a Delta delle Acque ha lasciato il suo seguito e si è allontanato con una donna.»

«Con una donna?» Cersei lo fissava, senza capire. «Chi è? Dove sono andati?»

«Nessuno lo sa. Di lui non abbiamo altre notizie. La donna potrebbe essere l'erede di lord Selwyn, la Stella della Sera, lady Brienne.»

"Lei." Ricordava la Vergine di Tarth, un'enorme, brutta, dinoccolata creatura vestita con una cotta di maglia da uomo. "Jaime non mi abbandonerebbe mai per una come lei. Il mio corvo messaggero non è mai arrivato, altrimenti sarebbe venuto."

«Abbiamo informazioni su sbarchi di mercenari in tutto il sud del reame» diceva intanto ser Kevan. «Tarth, le Stepstones, Capo Furore… mi piacerebbe tanto sapere dove Stannis ha trovato il conio per assoldare una compagnia libera. Non ho forze militari sufficienti per affrontarli, non qui. Mace Tyrell potrebbe farlo, ma rifiuta di muoversi finché non sarà stata sistemata la questione di sua figlia.»

"Un boia potrebbe sistemare Margaery molto rapidamente." A Cersei non importava niente di Stannis e dei suoi mercenari. "Che gli Estranei si prendano lui e i Tyrell. Se si uccidono a vicenda, sarà tanto di guadagnato per il regno." «Ti prego, zio, portami via da qui.»

«E come? Con la forza?» Ser Kevan andò alla finestra e guardò fuori, aggrottando la fronte. «Dovrei trasformare questo luogo sacro in un mattatoio. E non ho abbastanza uomini. La maggior parte delle nostre forze è con tuo fratello a Delta delle Acque. Non ho avuto il tempo di raccogliere un nuovo esercito.» Si girò a guardarla. «Ho parlato con sua santità. Non ti rilascerà finché non avrai espiato i tuoi peccati.»

«Ho confessato.»

«Espiato, ho detto. Al cospetto della città. Una processione…»

«No.» Cersei sapeva che cosa suo zio stava per dire e non voleva sentirlo. «Mai. Diglielo, se gli parli ancora. Sono una regina, non una puttana d'angiporto.»

«Non ti costerebbe niente. Nessuno ti toccherà…»

«No» dichiarò Cersei, più decisa. «Piuttosto la morte.»

Ser Kevan rimase impassibile. «Se è questo che vuoi, potresti essere presto accontentata. Sua santità intende processarti per regicidio, deicidio, incesto e alto tradimento.»

«Deicidio?» Le venne quasi da ridere. «E quando avrei ucciso un dio?»

«L'Alto Septon parla a nome dei Sette sulla terra. Colpendo lui è come se colpissi gli dèi stessi.» Ser Kevan alzò la mano prima che lei cominciasse a protestare. «Non è il caso di parlare di queste cose. Non qui. Il momento giusto sarà durante il processo.» Si guardò intorno nella cella. La sua espressione era fin troppo esplicita.

"Qualcuno ci sta ascoltando." Neppure lì, in quel momento, Cersei poteva parlare liberamente. Trasse un profondo respiro. «Chi mi processerà?»

«Il Credo» rispose ser Kevan. «A meno che tu non chieda un processo per duello. In tal caso avrai come campione un cavaliere della Guardia reale. Ma a prescindere dall'esito, il tuo regno è finito, Cersei. Servirò come lord reggente fino a quando Tommen sarà adulto. Mace Tyrell è stato nominato Primo Cavaliere del re. Il gran maestro Pycelle e ser Harys Swyft andranno avanti come prima, mentre Paxter Redwyne è adesso lord ammiraglio e Randyll Tarly ha assunto i compiti di giudice supremo.»

"Entrambi sono alfieri dei Tyrell" pensò Cersei. L'intero governo del reame era stato passato nelle mani dei suoi nemici, amici e parenti della regina Margaery. «Anche Margaery è stata accusata, assieme alle sue cugine. Come mai i passeri hanno liberato lei e non me?»

«Randyll Tarly ha insistito. È stato il primo a raggiungere Approdo del Re quando si è scatenata questa tempesta, e ha portato il suo esercito con sé. Le giovani Tyrell saranno comunque processate, ma l'accusa contro di loro è debole, come ha ammesso sua santità. Tutti gli uomini indicati come amanti della regina hanno o negato l'accusa o ritrattato, tranne il tuo cantastorie menomato, che pare essere mezzo matto. Così l'Alto Septon ha dato le ragaz-ze in custodia a Tarly e lord Randyll ha giurato solennemente di riconsegnarle a tempo debito per il processo.»

«E gli accusatori di Margaery?» chiese la regina. «Quelli chi li trattiene?»

«Osney Kettleblack e il Bardo Blu sono qui, nei sotterranei del tempio. I gemelli Redwyne sono stati dichiarati innocenti e Hamish l'Arpista è morto. Gli altri sono nelle segrete della Fortezza Rossa, sotto la responsabilità del tuo uomo Qyburn.»

"Qyburn" pensò Cersei. Bella notizia, quello almeno era un ap-piglio cui potersi aggrappare. Lord Qyburn li aveva in custodia, e lord Qyburn sapeva fare meraviglie. "E orrori. Sa fare anche orrori."

«C'è dell'altro» continuò ser Kevan. «Di peggio. Vuoi sederti, per favore?»

«Sedermi?» Cersei scosse la testa. Che cosa poteva esserci di peggio? Stava per essere processata per alto tradimento, mentre la piccola regina e le sue cuginette svolazzavano libere come uc-cellini. «Sentiamo. Di che cosa si tratta?»

«Myrcella. Abbiamo ricevuto brutte notizie da Dorne.»

«Tyrion!» esclamò subito Cersei. Tyrion aveva mandato a Dorne la sua bambina, e lei aveva inviato ser Balon Swann per riportarla a casa. Tutti i dorniani erano serpi, e i Martell erano le peggiori. La Vipera Rossa aveva perfino osato difendere il Folletto, era arrivato a un soffio dalla vittoria che avrebbe permesso al nano di sfuggire all'accusa per l'assassinio di Joffrey. «È lui, è stato per tutto questo tempo a Dorne e adesso ha catturato mia figlia.»

Ser Kevan le lanciò un'altra occhiata torva. «Myrcella è stata as-salita da un cavaliere dorniano di nome Gerold Dayne. È viva, ma ferita. L'ha colpita in faccia e… sono dolente… tua figlia ha per-so un orecchio.»

«Un orecchio…» Cersei lo fissò, inorridita. "È solo una bambi-na, il mio piccolo tesoro. Ed era anche così bella." «Le ha mozzato l'orecchio. E il principe Doran e i suoi cavalieri dorniani dov'era-no? Non hanno saputo difendere una bambina? Dov'era ser Arys Oakheart?»

«È morto difendendola. Dicono che Dayne lo abbia ucciso.»

La Spada dell'Alba era un Dayne, ricordò Cersei, ma era morto da tempo. Chi era questo ser Gerold e perché aveva voluto fare del male a sua figlia? Non riusciva a trovare un senso, a meno che… «Tyrion ha perso metà naso nella Battaglia delle Acque Nere. Sfre-giarle la faccia, tagliarle via un orecchio… in questa storia ci sono di mezzo le luride dita del Folletto.»

«Il principe Doran non nomina tuo fratello. E Balon Swann scrive che Myrcella attribuisce tutta la colpa a quel Gerold Dayne. Stella Nera, lo chiamano.»

Cersei fece un'amara risata. «Comunque lo chiamino, è solo un burattino manovrato da mio fratello. Tyrion ha degli amici fra i dorniani. Il Folletto ha pianificato tutto. È stato lui a promettere in sposa Myrcella al principe Trystane. Ora capisco perché.»

«Tu vedi Tyrion in ogni ombra.»

«Lui è una creatura dell'ombra. Ha ucciso Joffrey, ha ucciso nostro padre. Credi che si fermerà qui? Io temevo che il Folletto fosse ancora ad Approdo del Re, a complottare contro Tommen, invece deve essere andato prima a Dorne a uccidere Myrcella.» Cersei camminò avanti e indietro nella cella. «Io devo restare vicino a Tommen. Quei cavalieri della Guardia reale sono inutili come dei capezzoli su una piastra pettorale.» Si girò verso lo zio. «Ser Arys è stato ucciso, hai detto?»

«Sì, per mano di quell'uomo, Stella Nera.»

«È proprio morto, ne sei certo?»

«Così ci hanno detto.»

«Allora nella Guardia reale c'è un posto vacante. Va colmato immediatamente. Tommen deve essere protetto.»

«Lord Tarly sta preparando un elenco di cavalieri meritevoli da sottoporre a tuo fratello, ma finché Jaime non ricompare…»

«Il re ha il potere di conferire il mantello bianco a qualcuno. Tommen è un bravo bambino. Digli chi nominare e lui lo farà.»

«E tu chi vorresti che nominasse?»

Cersei non aveva pronta una risposta. "Il mio campione dovrà avere un nome nuovo, oltre che un volto nuovo." «Qyburn lo saprà. Fidati di lui per questo. Tu e io abbiamo avuto delle controversie, zio, ma per il sangue che condividiamo e per l'amore che avevi per mio padre, per l'affetto verso Tommen e la sua povera sorellina deturpata, fa' come ti chiedo. Va' da lord Qyburn a nome mio, portagli un mantello bianco e digli che è giunta l'ora.»

LA GUARDIA DELLA REGINA

«Tu eri un uomo della regina» disse Reznak mo Reznak. «Il re vuole attorno a sé i propri uomini, quando tiene corte.»

"Io sono ancora un uomo della regina. Oggi, domani, sempre. Lo sarò fino al mio ultimo respiro, o al suo." Barristan Selmy si rifiutava di credere che Daenerys Targaryen fosse morta.

Forse era per questo motivo che era stato messo da parte. "A uno a uno, Hizdahr ci sta rimuovendo tutti."

Belwas il Forte stava per varcare la soglia della morte, nel tempio, fra le cure delle grazie azzurre... anche se Selmy aveva più il sospetto che stessero per completare l'opera che quelle locuste sotto miele avevano cominciato. Skahaz il Testarasata era stato rimosso dal suo incarico. Gli Immacolati si erano ritirati nei loro baraccamenti. Jhogo, Daario Naharis, l'ammiraglio Groleo ed Eroe, ufficiale degli Immacolati, erano ancora ostaggi degli yunkai. Aggo e Rakharo e il resto del khalasar di Daenerys erano stati inviati al di là del fiume a cercare la loro regina perduta. Perfino la piccola scriba Missandei era stata sostituita: il re non riteneva adeguato usare come proprio araldo una ragazzina, per di più una liberta naathi. "E adesso tocca a me."

Un tempo, forse, ser Barristan avrebbe considerato quella destituzione come una macchia sul suo onore. Ma questo accadeva in Occidente. In quella fossa di serpenti velenosi che era Meereen, l'onore appariva grottesco come un abito da guitto. E quella diffidenza era reciproca. Hizdahr zo Loraq poteva anche essere il consorte della sua regina, ma non sarebbe mai stato il suo re.

«Se sua grazia vuole che io mi allontani dalla corte...»

«Sua magnificenza» lo corresse il siniscalco. «No, no, no, ser, mi hai frainteso. Sua adorazione il re sta per ricevere una delegazione da Yunkai per discutere il ritiro dei loro eserciti. Potrebbero chiedere… una ricompensa per coloro che hanno perso la vita a causa della furia del drago. Una situazione delicata. Il re pensa che sarà meglio se vedono sul trono un re meerense, protetto da guerrieri meerensi. Sono certo, ser, che tu comprendi.»

"Comprendo molto più di quello che pensi." «E posso sapere quali uomini sua grazia ha scelto per proteggerlo?»

Reznak mo Reznak gli rivolse uno dei suoi viscidi sorrisi. «Impavidi combattenti che amano suo splendore. Goghor il Gigante. Khrazz. Gatto Maculato. Belaquo Spaccateste. Tutti eroi.»

"Tutti gladiatori delle fosse da combattimento." Ser Barristan non ne fu sorpreso. Hizdahr zo Loraq sedeva a disagio sul suo trono nuovo. Erano mille anni che Meereen non aveva un re, e alcuni, anche dell'antico sangue, pensavano che loro sarebbero stati una scelta migliore. All'esterno della città c'erano gli yunkai, i loro mercenari e i loro alleati; all'interno, c'erano i Figli dell'Arpia.

E i protettori del re diminuivano ogni giorno. Il grave errore commesso da Hizdahr con Verme Grigio gli era costato gli Immacolati. Quando sua grazia aveva tentato di porli sotto il comando di un cugino, come aveva fatto con le Belve d'Ottone, Verme Grigio aveva risposto al re che gli Immacolati erano uomini liberi e prendevano ordini solo dalla loro madre. Quanto alle Belve d'Ottone, erano per metà liberti e per metà testerasate, la cui lealtà forse andava ancora a Skahaz mo Kandaq. Contro un mare di nemici, l'unico sostegno affidabile di re Hizdahr erano i gladiatori delle fosse da combattimento.

«Possano quegli uomini difendere sua grazia contro tutte le minacce.» Il tono di ser Barristan non rivelò i suoi veri sentimenti; aveva imparato a nasconderli molti anni prima ad Approdo del Re.

«Sua *magnificenza*» ribadì Reznak mo Reznak. «Gli altri tuoi compiti rimangono inalterati, ser. Se questa pace dovesse fallire, suo splendore ti vorrebbe ancora al comando delle sue forze contro i nemici della nostra città.»

"Almeno questo ha un senso." Belaquo Spaccateste e Goghor il Gigante potevano servire a Hizdahr come scudo, ma l'idea che uno dei due guidasse l'esercito in battaglia era così ridicola da far quasi sorridere l'anziano cavaliere. «Sono agli ordini di sua grazia."

«Non *grazia*» si lamentò il siniscalco. «Questa è un'espressione usata in Occidente. Sua magnificenza, suo splendore, sua adorazione.»

"Sua vanità sarebbe la formula più adatta." «Come tu dici.»

Reznak si umettò le labbra. «Siamo d'accordo, quindi.» Questa volta il suo untuoso sorriso indicava congedo.

Ser Barristan chiese licenza di ritirarsi, lieto di lasciarsi alle spalle l'olezzante profumo del siniscalco. "Un uomo dovrebbe sapere di sudore, non di fiori."

La Grande Piramide di Meereen era alta ottocento piedi dalla base al vertice. Le stanze del siniscalco si trovavano al secondo piano. Gli appartamenti della regina e i suoi, erano in cima. "Una bella salita per un uomo della mia età" pensò ser Barristan, incamminandosi. Tutti sapevano che percorreva quelle scale cinque o sei volte al giorno per le commissioni della regina, come i dolori alle ginocchia e alla base della schiena stavano a dimostrare. "Verrà il giorno in cui non ce la farò più..." pensò "e sarà comunque prima di quando vorrei." Per allora, doveva assicurarsi che almeno alcuni dei suoi ragazzi fossero pronti a prendere il suo posto al fianco della regina. "Li farò io stesso cavalieri, quando saranno meritevoli, e darò a ciascuno di loro un cavallo e degli speroni d'oro.»

Gli appartamenti reali erano immersi nella quiete e nel silenzio. Hizdahr non si era stabilito lì, preferendo le sue stanze al centro della Grande Piramide, dove massicce pareti di mattoni lo circondavano da tutti i lati. Mezzara, Miklaz, Qezza e gli altri giovani coppieri della regina – in realtà degli ostaggi, ma sia Selmy sia la regina li avevano presi talmente in simpatia da trovare difficile ritenerli tali – avevano seguito il re, mentre Irri e Jhiqui erano partite con gli altri dothraki. Solo Missandei era rimasta, un piccolo fantasma disperato che vagava tra le stanze della regina in cima alla piramide.

Ser Barristan uscì sulla terrazza. Il cielo sopra Meereen era color carne di cadavere, bianco, opaco e pesante, una massa di nubi ininterrotta da un orizzonte all'altro. Il sole era nascosto dietro quella muraglia. Sarebbe tramontato senza essere visto da nessuno, come nessuno l'aveva visto sorgere quel mattino. La notte sarebbe stata calda; una notte fradicia, soffocante, appiccicosa, senza un alito di vento. Per tre giorni il cielo aveva minacciato, ma non era caduta neanche una goccia. "La pioggia sarebbe un sollievo. Potrebbe aiutare a ripulire la città."

Da lassù, ser Barristan poteva vedere quattro piramidi più piccole, le mura occidentali della città e gli accampamenti degli yunkai sulla riva della Baia degli Schiavisti, dove una grossa colonna di nero fumo oleoso si torceva verso l'alto come un mostruoso serpente. "Gli yunkai stanno bruciando i loro morti" capì l'anziano cavaliere. "La giumenta pallida continua a galoppare negli accampamenti d'assedio." Malgrado tutti gli sforzi compiuti dalla regina, il morbo si era diffuso sia dentro sia fuori le mura della città. I mercati di Meereen erano stati chiusi, le strade erano deserte. Re Hizdahr aveva concesso che le fosse da combattimento rimanessero aperte, ma il pubblico era scarso. I meerensi avevano cominciato a evitare anche il Tempio delle Grazie, a quanto si diceva.

"Gli schiavisti troveranno il modo per incolpare Daenerys anche di questo" pensò ser Barristan con amarezza. Gli pareva quasi di sentirli: Grandi Padroni, Figli dell'Arpia, ufficiali di Yunkai, tutti si ripetevano l'un l'altro che la regina era morta. Metà Meereen ci credeva, anche se nessuno aveva ancora il coraggio di dirlo ad alta voce. "Ma penso che presto lo faranno."

Ser Barristan si sentiva molto stanco, molto vecchio. "Dove sono andati tutti questi anni?" Negli ultimi tempi, ogni volta che si chinava per bere a una fonte, vedeva una faccia estranea che lo guardava dall'acqua. Quando gli erano comparse quelle zampe di gallina intorno agli occhi celesti? Quanto tempo fa i suoi capelli erano cambiati dal colore del sole a quello della neve? "Anni fa, vecchio, decenni fa."

Eppure, pareva ieri che era stato investito cavaliere, dopo il torneo ad Approdo del Re. Ricordava ancora il tocco della spada di re Aegon sulla spalla, leggero come il bacio di una fanciulla. Quando aveva pronunciato il giuramento, le parole gli erano rimaste impigliate nella gola. Quella sera, al banchetto dopo il torneo, aveva mangiato costolette di cinghiale, preparate alla maniera dorniana con i peperoncini drago, talmente piccanti da ustionargli la bocca. Quarantasette anni, eppure quel gusto permaneva ancora nella sua memoria, mentre non avrebbe saputo dire che cosa aveva mangiato dieci giorni prima per cena, neanche se da quello fosse dipesa la sorte dei Sette Regni. "Probabilmente cane bollito, o qualche altra pietanza altrettanto disgustosa."

Non era la prima volta che Selmy si interrogava sullo strano destino che lo aveva portato in quella terra remota; lui era un cavaliere dell'Occidente, un uomo delle Terre della Tempesta e degli acquitrini dorniani; il suo posto era nei Sette Regni, non sulle spiagge afose della Baia degli Schiavisti. "Sono venuto per riportare Daenerys a casa." Ma adesso l'aveva perduta, così come aveva perduto suo padre e suo fratello. "Anche Robert. Sono venuto meno anche a lui."

Forse Hizdahr era più saggio di quanto lui non immaginasse. "Dieci anni fa avrei intuito quello che Daenerys intendeva fare. Dieci anni fa sarei stato abbastanza rapido da fermarla." Invece, quando la regina era saltata nella fossa, lui era rimasto sconcertato, aveva gridato il suo nome, le era corso inutilmente dietro sulla sabbia scarlatta. "Sono diventato vecchio e lento." Non c'era da meravigliarsi se Naharis lo prendeva in giro chiamandolo ser Nonno. "E Daario sarebbe stato più rapido, se quel giorno fosse stato al fianco della regina?" Selmy pensava di conoscere la risposta, anche se non gli piaceva.

L'aveva sognato di nuovo la notte precedente: Belwas il Forte, in ginocchio, che vomitava bile e sangue a causa delle locuste avvelenate, Hizdahr che incitava ad uccidere il drago, uomini e donne che fuggivano terrorizzati lottando sulle gradinate, calpestandosi, gridando, urlando. E Daenerys…

"Aveva i capelli in fiamme. Teneva in pugno la frusta e gridava, e poi era sul dorso del drago in volo." La sabbia che Drogon aveva sollevato alzandosi da terra gli era entrata negli occhi, ma attraverso un velo di lacrime ser Barristan era comunque riuscito a vedere il drago levarsi dalla fossa, le sue grandi ali nere che si muovevano alle spalle dei guerrieri di bronzo delle porte d'ingresso.

Il resto l'aveva appreso più tardi. All'esterno c'era una fitta massa di persone. I cavalli, impazziti per l'odore del drago, si erano imbizzarriti, scalciando in modo folle con gli zoccoli rivestiti di ferro. Le bancarelle e i palanchini erano stati rovesciati, gli uomini sbalzati a terra e calpestati. Furono lanciate delle picche, scattarono le balestre. Alcuni dardi arrivarono a segno. Poi il drago si era contorto violentemente nell'aria, con le ferite fumanti, la fanciulla sempre aggrappata sulla schiena. A quel punto aveva soffiato fuoco.

Le Belve d'Ottone avevano impiegato il resto della giornata e gran parte della notte a raccogliere i cadaveri. Il conteggio finale fu di duecentoquattordici morti, tre volte tanti gli ustionati e i feriti. Drogon era ormai sparito dalla città, l'ultima volta era stato avvistato mentre sorvolava il fiume Skahazadhan, diretto a nord. Di Daenerys Targaryen non si era trovata traccia. Alcuni giuravano di averla vista cadere. Altri dicevano che il drago l'aveva portata via per divorarla. "Si sbagliano."

Ser Barristan sapeva sui draghi solo le storie che venivano raccontate a ogni bambino, ma conosceva i Targaryen. Daenerys aveva *cavalcato* quel drago, così come, in un tempo ormai remoto, Aegon il Conquistatore aveva cavalcato Balerion.

«Forse sta volando a casa» disse a se stesso ad alta voce.

«No» mormorò una debole voce alle sue spalle. «Non lo farebbe mai, ser. Non tornerebbe a casa senza di noi.»

Ser Barristan si voltò. «Missandei, bambina mia. Da quanto tempo sei qui?»

«Non molto. Questa scriba è dispiaciuta, se ti ha disturbato.» Esitò. «Skahaz mo Kandaq vuole parlare con te.»

«Il Testarasata? Lo hai incontrato?» Era molto imprudente. Tra Skahaz e il re correva una profonda inimicizia, e quella ragazza era abbastanza intelligente da saperlo. Skahaz aveva espresso pubblicamente il proprio dissenso nei confronti del matrimonio della regina, e Hizdahr non l'aveva dimenticato. «È qui? Nella piramide?»

«Quando vuole. Va e viene, ser.»

"Sì, è da lui." «Chi ti ha detto che vuole parlare con me?»

«Una Belva d'Ottone con una maschera da gufo.»

"Indossava una maschera da gufo quando ha parlato con te. Ma adesso potrebbe essere uno sciacallo, una tigre, un bradipo." Ser Barristan aveva odiato fin dall'inizio le maschere, adesso più che mai. Le persone oneste non hanno bisogno di nascondere la propria faccia. E il Testarasata…

"Che cosa avrà in mente?" Quando Hizdahr aveva affidato il comando delle Belve d'Ottone a suo cugino Marghaz zo Loraq, Skahaz era stato nominato Protettore del Fiume, responsabile di tutti i traghetti, le draghe e i canali d'irrigazione lungo lo Skahazadhan per cinquanta leghe, ma il Testarasata aveva rifiutato quella "antica e onorevole carica", secondo la definizione di Hizdahr, preferendo ritirarsi nella modesta piramide dei Kandaq. "Senza la regina a proteggerlo, Skahaz corre un grosso rischio a venire qui." E se ser Barristan fosse stato visto parlare con lui, la cosa avrebbe potuto far nascere dei sospetti.

Quella storia non gli piaceva. Puzzava d'inganno, di insinuazioni e di menzogne, di intrighi tramati nel buio, di tutte le cose che si era augurato di lasciarsi alle spalle insieme con il Ragno Tessitore, Lord Ditocorto e la loro genia. Barristan Selmy non era un amante dei libri, ma aveva sfogliato spesso il *Libro bianco*, dove erano riportate le imprese dei suoi predecessori. Alcuni erano stati degli eroi, altri degli smidollati, altri ancora delle canaglie oppure dei vigliacchi. La maggior parte erano solo degli uomini; più attenti e più forti di altri, più abili con la spada e con lo scudo, ma tuttavia preda di orgoglio, ambizione, lussuria, amore, rabbia, invidia, avidità d'oro, brama di potere e tutte le altre debolezze che affliggevano i bassi mortali. I migliori superavano i propri difetti, facevano il proprio dovere e morivano con la spada in pugno. I peggiori…

"I peggiori erano quelli che giocavano al gioco del trono." «Sapresti ritrovare quel gufo?» chiese a Missandei.

«Questa scriba ci può provare, ser.»

«Digli che parlerò con… il nostro amico… quando sarà buio,

vicino alle stalle.» Al tramonto le porte principali della piramide venivano chiuse e sbarrate. A quell'ora le stalle sarebbero state tranquille. «Accertati che sia lo stesso gufo.» Non era il caso che la Belva d'Ottone sbagliata venisse a conoscenza dell'incontro.

«Questa scriba ha capito.» Missandei fece per andarsene, poi esitò un istante e aggiunse: «Si dice che gli yunkai abbiano montato degli scorpioni tutto intorno alla città, per scagliare dardi di ferro nel cielo qualora Drogon tornasse».

L'aveva sentito dire anche ser Barristan. «Uccidere un drago in volo non è semplice. In Occidente tentarono in molti di abbattere Aegon e le sue sorelle. Nessuno ci è riuscito.»

Missandei annuì. Difficile dire se si sentisse rassicurata. «Pensi che riusciranno a trovarla, ser? Le praterie sono così vaste, e i draghi non lasciano tracce nel cielo.»

«Aggo e Rakharo sono sangue del suo sangue... e chi conosce il Mare Dothraki meglio dei dothraki?» Le strinse la spalla. «La troveranno, se può essere trovata.» "E se è ancora viva." C'erano altri khal che si aggiravano in cerca di prede nelle praterie, signori del cavallo con khalasar di decine di migliaia di guerrieri. Ma non era il caso di ricordarlo alla piccola scriba. «Tu le vuoi bene, lo so. La riporterò qui sana e salva, te lo giuro.»

Quelle parole parvero confortare un po' la ragazza. "Le parole sono vento" pensò ser Barristan. "Come posso proteggere la regina, se non sono vicino a lei?"

Barristan Selmy aveva conosciuto molti sovrani. Era nato durante il turbolento regno di Aegon l'Improbabile, re molto amato dalla gente comune, e aveva ricevuto il cavalierato dalle sue mani. Jaehaerys, figlio di Aegon, gli aveva posto sulle spalle il mantello bianco a ventitré anni, dopo che aveva ucciso Maelys il Mostruoso durante la guerra dei Re da Nove Soldi. Con quello stesso mantello aveva servito il Trono di Spade mentre la follia consumava Aerys, figlio di Jaehaerys. "Io c'ero, ho visto, ho udito, e tuttavia non ho fatto niente."

Ma no. Questo non era vero. Lui aveva fatto il suo dovere. Certe notti ser Barristan si domandava se non lo avesse fatto fin troppo bene. Aveva pronunciato promesse solenni al cospetto degli dèi e degli uomini, promesse che non avrebbe potuto infrangere onorevolmente... Ma negli ultimi anni del regno di Aerys il Folle mantenerle era diventato un arduo compito. Aveva visto cose che gli era penoso ricordare, e più di una volta si era domandato quanto di quel sangue lordasse anche le sue mani. Se non fosse andato a Duskendale a liberare Aerys dalla segrete di lord Darklyn, il re sarebbe potuto morire là sotto mentre Tywin Lannister saccheggiava la città. In tal caso sul Trono di Spade sarebbe salito il principe Rhaegar, forse per sanare il regno. Duskendale era stato il suo momento migliore, eppure quel ricordo aveva oggi un sapore amaro.

Ma a tormentarlo, di notte, erano i suoi fallimenti. "Jaehaerys, Aerys, Robert. Tre re morti. E poi Rhaegar, che sarebbe stato un re migliore di tutti loro. La principessa Elia e i suoi figli. Aegon ancora bambino, Rhaenys e i suoi gattini." Morti, tutti quanti, invece lui era ancora vivo, lui che aveva giurato di proteggerli. E ora Daenerys, la sua radiosa regina bambina. "Non è morta. Non ci crederò mai."

Il pomeriggio concesse a ser Barristan una breve tregua dai dubbi. Il cavaliere lo trascorse nella sala di addestramento al terzo piano della piramide, a lavorare con i suoi ragazzi, insegnando loro l'arte della spada e dello scudo, del cavallo e della lancia... e la cavalleria, il codice che rendeva un cavaliere qualcosa di più di un gladiatore delle fosse da combattimento. Daenerys, una volta che lui se ne fosse andato, avrebbe avuto bisogno di difensori della sua età, e ser Barristan era deciso a darglieli.

I giovani che addestrava andavano dagli otto ai vent'anni. Aveva iniziato con più di sessanta, ma per molti l'addestramento si era dimostrato troppo rigoroso. Di quel numero iniziale ora ne rimaneva meno della metà, ma alcuni sembravano molto promettenti. "Senza un re da proteggere, avrò più tempo per addestrarli" pensò, mentre passava da una coppia all'altra, guardandoli duellare con spade smussate e lance dalla punta arrotondata. "Ragazzi coraggiosi. Di umili origini, *aye*, ma alcuni diventeranno dei bravi cavalieri, e tutti amano la regina. Se non fosse stato per lei, sarebbero tutti finiti nelle fosse da combattimento. Re Hizdahr ha i gladiatori delle fossa da combattimento, invece Daenerys avrà dei cavalieri."

«Tenete alto lo scudo» gridò. «Fatemi vedere i colpi. Tutti insieme. Basso, alto, basso, basso, alto, basso...»

Quella sera, ser Barristan consumò la sua cena frugale all'aperto, sulla terrazza della regina, mentre il sole stava tramontando. Nel crepuscolo violaceo vide i fuochi accendersi l'uno dopo l'altro sulle piramidi a gradoni, e i mattoni multicolori che progressivamente viravano al grigio e poi al nero. Nelle strade e nei vicoli in basso le ombre si addensavano, formando pozze e fiumi di oscurità. Nel crepuscolo la città pareva un luogo ameno, addirittura bello. "È il morbo, non la pace" pensò l'anziano cavaliere, bevendo l'ultimo sorso di vino.

Non voleva dare nell'occhio, quindi una volta terminata la cena si tolse gli abiti da corte, e al posto del mantello bianco della Guardia della regina indossò una cappa marrone con il cappuccio come un qualsiasi viandante. Tenne però la spada e il pugnale. "Potrebbe anche essere una trappola." Aveva poca fiducia in Hizdahr e meno ancora in Reznak mo Reznak. Il siniscalco profumato poteva essere benissimo implicato in quella faccenda, tentando di adescarlo in un incontro segreto così da spazzare via lui e Skahaz con l'accusa di cospirare contro il re. "Se il Testarasata parla di tradimento, non mi lascerà altra scelta che arrestarlo. Hizdahr è pur sempre il consorte della mia regina, per quanto poco possa piacermi. Il mio dovere è verso di lui, non verso Skahaz."

Era davvero così?

Il primo dovere della Guardia reale era difendere il re da qualsiasi pericolo o minaccia. I cavalieri bianchi giuravano anche di ubbidire agli ordini del re, di mantenere i suoi segreti, di dargli consigli quando richiesto e non aprire bocca in caso contrario, di assecondare i suoi desideri e difendere il suo nome e il suo onore. A rigore, era una scelta del sovrano se estendere o no anche ad altri la protezione della Guardia reale, inclusi i congiunti di sangue reale. Alcuni sovrani ritenevano giusto e degno inviare la Guardia reale a servire e difendere le proprie mogli e i propri figli, parenti, zie, zii e cugini di diverso grado, a volte anche le innamorate, le amanti e i figli bastardi. Altri, invece, preferivano usare per quegli scopi cavalieri di corte e uomini d'armi, tenendo i sette come guardia personale, sempre al proprio fianco.

"Se la regina mi avesse ordinato di proteggere Hizdahr, non avrei potuto fare altro che ubbidire." Ma Daenerys Targaryen non aveva mai istituito una vera e propria Guardia della regina neanche per se stessa, né aveva dato ordini riguardo al suo consorte. "Il mondo era più semplice quando avevo un lord comandante che decideva queste cose" pensò Selmy. "Adesso sono io il lord comandante e non è facile capire qual è la strada giusta."

Quando finalmente arrivò in fondo all'ultima rampa di scale, si trovò da solo nei corridoi illuminati da torce all'interno delle massicce mura di mattoni della piramide. Le grandi porte erano chiuse e sbarrate, come previsto. Quattro Belve d'Ottone stavano di guardia all'esterno delle porte, altre quattro all'interno. Furono queste le guardie che l'anziano cavaliere incontrò: uomini robusti, con maschere da cinghiale, arvicola, orso e manticora.

«Tutto tranquillo, ser» disse l'orso.

«Fate in modo che continui così.» Non era insolito che ser

Barristan facesse delle ispezioni notturne per accertarsi che la piramide fosse sicura.

Più all'interno, altre quattro Belve d'Ottone sorvegliavano le porte di ferro del pozzo dove erano incatenati Viserion e Rhaegal. La luce della torcia scintillò sulle loro maschere: scimmia, ariete, lupo, coccodrillo.

«Sono stati nutriti?» chiese ser Barristan.

«*Aye*, ser» rispose la scimmia. «Una pecora per ciascuno.»

"E fino a quando basterà, mi chiedo." Man mano che i draghi crescevano, aumentava anche il loro appetito.

Era tempo di incontrare il Testarasata. Ser Barristan superò gli elefanti e la cavalla argento della regina, raggiungendo il retro delle stalle. Al suo passaggio, un asino ragliò e alcuni cavalli si agitarono alla luce della fiaccola. Per il resto, tutto era buio e silenzio.

Poi un'ombra emerse da uno stallatico vuoto e diventò un'altra Belva d'Ottone, con gonnellino a pieghe nero, gambali e piastra pettorale. «Un gatto?» chiese Barristan Selmy vedendo l'ottone sotto il cappuccio. Quando il Testarasata era al comando delle Belve d'Ottone, preferiva una maschera a testa di serpente, autoritaria e terrificante.

«I gatti vanno ovunque» replicò la voce familiare di Skahaz mo Kandaq. «Nessuno presta loro attenzione.»

«Se Hizdahr venisse a sapere che sei qui...»

«E chi dovrebbe dirglielo? Marghaz? Marghaz sa quello che io voglio che sappia. Le Belve sono ancora mie. Non dimenticarlo.» La voce del Testarasata era soffocata dalla maschera, ma Selmy percepì la sua collera. «Ho l'avvelenatore» disse Skahaz.

«Chi è?»

«Il pasticciere di Hizdahr. Il suo nome non ti direbbe niente. Quell'uomo è solo una pedina. I Figli dell'Arpia hanno preso sua figlia e hanno giurato che l'avrebbero restituita illesa alla morte della regina. Belwas e il drago hanno salvato Daenerys. Nessuno ha salvato la bambina. È stata restituita al padre nel cuore della notte, tagliata in nove pezzi: uno per ogni anno di vita.»

«Perché?» Ser Barristan era tormentato dal dubbio. «I Figli hanno interrotto le loro uccisioni. La pace di Hizdahr...»

«... è solo un inganno. All'inizio, no. Gli yunkai avevano paura della nostra regina, dei suoi Immacolati, dei suoi draghi. Queste terre hanno già conosciuto i draghi. Yurkhaz zo Yunzak ha letto i libri di storia, lui sa. Hizdahr anche. Perché non la pace? Daenerys la voleva, era evidente. Ma la regina la voleva troppo: avrebbe dovuto marciare su Astapor.» Skahaz si avvicinò. «Questo succedeva prima. Gli eventi nella fossa hanno cambiato tutto. Daenerys è scomparsa, Yurkhaz è morto. Al posto di un vecchio leone, un branco di sciacalli. Barba Insanguinata... quello non vuole nessuna pace. E c'è di peggio. Volantis ha inviato la sua flotta contro di noi.»

«Volantis.» Selmy sentì formicolare la mano della spada. "Abbiamo fatto la pace con Yunkai, non con Volantis." «Ne sei certo?»

«Certissimo. I Saggi Padroni lo sanno. E così i loro amici qui: l'Arpia, Reznak, Hizdahr. Il re aprirà le porte della città ai volantiani, quando arriveranno. Tutti quelli che Daenerys ha liberato diventeranno nuovamente schiavi. Anche alcuni che non lo sono mai stati saranno messi in catene. Potresti finire i tuoi giorni in una fossa da combattimento, vecchio. Khrazz ti mangerà il cuore.»

Si sentiva pulsare la testa. «Daenerys deve essere avvertita.»

«Prima bisogna trovarla.» Skahaz lo prese per il braccio. Le sue dita erano dure come il ferro. «Non possiamo restare ad aspettarla. Ho parlato con i Fratelli Liberi, con gli Uomini della Madre e con gli Scudi Coraggiosi. Non si fidano di Loraq. Dobbiamo sconfiggere gli yunkai. Ma per riuscirci, ci servono gli Immacolati. Verme Grigio ti ascolterà. Parla con lui.»

«A quale scopo?» "Sta parlando di tradimento. Di cospirazione."

«La vita.» Dietro la maschera da gatto, i suoi occhi erano due pozze nere. «Dobbiamo colpire prima che arrivino i volantiani. Rompere l'assedio, uccidere i lord schiavisti, far cambiare bandiera ai loro mercenari. Gli yunkai non si aspettano un attacco. Ho spie nei loro accampamenti. C'è la malattia, la dissenteria emorragica peggiora di giorno in giorno. La disciplina è andata in malora. I lord sono più ubriachi che sobri, s'ingozzano ai banchetti, parlano fra loro delle ricchezze che si divideranno quando Meereen cadrà, litigano per la supremazia. Barba Insanguinata e il Principe Straccione si disprezzano a vicenda. Nessuno si aspetta una battaglia. Non ora. La pace di Hizdahr ci ha cullati e assopiti, così credono.»

«Daenerys ha firmato quella pace» disse ser Barristan. «Non spetta a noi infrangerla senza il suo permesso.»

«E se fosse morta?» obiettò Skahaz. «Allora che cosa succederebbe, ser? Io dico che lei vuole che proteggiamo la sua città, i suoi figli.»

I suoi figli erano i liberti. "*Mhysa*, la chiamavano tutti quelli a cui ha spezzato le catene. Madre." Il Testarasata non aveva torto. Daenerys avrebbe voluto che i suoi figli fossero protetti. «E Hizdahr? È ancora il suo consorte, il suo re, suo marito.»

«Il suo avvelenatore.»

"Lo è veramente?" «Che prove ci sono?»

«La corona che porta è una prova sufficiente. Il trono su cui siede. Apri gli occhi, vecchio. Questo è tutto quello che lui voleva da Daenerys, tutto quello che ha sempre voluto da lei. Adesso che l'ha ottenuto, perché dividere il dominio?»

"Già, perché?" Faceva talmente caldo, in quella fossa da combattimento. Ser Barristan vedeva ancora l'aria luccicare al di sopra delle sabbie scarlatte, sentiva l'odore del sangue versato dagli uomini, morti per il loro divertimento. E sentiva ancora Hizdahr incitare la regina a mangiare le locuste sotto miele. "Assaggiale… sono al tempo stesso dolci e piccanti…" Però lui non ne aveva mangiata nemmeno una… Selmy si strofinò le tempie. "Non ho fatto alcun giuramento a Hizdahr zo Loraq. E se anche l'avessi fatto, mi ha messo da parte, proprio come Joffrey." «Questo… questo pasticciere, vorrei interrogarlo di persona. Da solo.»

«Vuoi fare così?» Il Testarasata incrociò le braccia sul petto. «D'accordo. Interrogalo pure.»

«Se… quello che ha da dire mi convince… se mi unisco a te in questa… voglio che nulla di male accada a Hizdahr zo Loraq, finché… a meno che… si possa dimostrare che è coinvolto.»

«Perché ti preoccupi tanto di Hizdahr, vecchio? Se non è l'Arpia in persona, di certo è il suo primogenito.»

«Io so solo che è il consorte della regina. Voglio la tua parola, altrimenti giuro che ti contrasterò.»

Skahaz fece un sorriso feroce. «Allora hai la mia parola. Nessun male verrà fatto a Hizdahr finché la sua colpa non sarà dimostrata. Ma quando avremo le prove, intendo ucciderlo con le mie stesse mani. Voglio cavargli le viscere e mostrargliele prima di lasciarlo morire.»

"No" pensò l'anziano cavaliere. "Se Hizdahr ha cospirato per uccidere la mia regina, provvederò io stesso, ma la sua morte sarà pulita e rapida." Gli dèi dell'Occidente erano molto lontani, ma ser Barristan Selmy si fermò un momento a recitare una preghiera silenziosa, chiedendo alla Vecchia di illuminargli la via della saggezza. "Per i figli" pensò. "Per la città. Per la mia regina."

«Parlerò con Verme Grigio» dichiarò.

La *Cordoglio* comparve solitaria all'alba, con le sue vele nere sta-
gliate contro il cielo rosa pallido del mattino.

"Cinquantaquattro" pensò cupamente Victarion Greyjoy, quando vennero a svegliarlo. "E questo è un vascello solo." Dentro di sé
maledì il Dio della Tempesta per la sua malignità, sentiva la rabbia come una pietra nera nello stomaco. "Dove sono le mie navi?"

Era salpato dalle Isole Scudo con novantatré navi delle cento che
un tempo avevano formato la Flotta di Ferro, una flotta che non
apparteneva a un singolo lord, ma allo stesso Trono del Mare, con
capitani ed equipaggi provenienti da tutte le isole. Erano barche
più piccole degli imponenti dromoni da guerra delle terre verdi,
certo, ma erano comunque tre volte più grandi di qualsiasi nave
lunga, con chiglie profonde e robusti speroni, adatte a scontrarsi
in battaglia con le flotte stesse del re.

Nelle Stepstones avevano caricato granaglie, selvaggina e acqua
dolce, dopo il lungo viaggio seguendo le brulle e desolate coste
di Dorne, pericolose per le secche e i gorghi. Laggiù la *Vittoria di
ferro* aveva catturato un ricco mercantile, la *Nobile dama*, una grande cocca diretta a Vecchia Città passando per Città del Gabbiano,
Duskendale e Approdo del Re, con un carico di merluzzo salato,
olio di balena e aringhe in salamoia. Il cibo era stata un'apprezzata
integrazione alle loro provviste. Altri cinque vascelli catturati negli
Stretti di Redwyne e lungo la costa dorniana – tre cocche, un ga-
leone e una galea – avevano portato il loro numero a novantanove.

Novantanove navi avevano lasciato le Stepstones in tre magnifiche flotte, con l'ordine di ritrovarsi ancora al largo del capo
meridionale dell'Isola dei Cedri. Quarantacinque erano finora
arrivate sul lato più remoto del mondo. Ventidue di quelle dello stesso Victarion si erano avvicinate con discrezione, a gruppi

di tre o di quattro, oppure da sole; quattordici di Ralf lo Zoppo; solo nove di Ralf Stonehouse il Rosso. Lo stesso Ralf il Rosso era fra i dispersi. La flotta aveva aggiunto al suo numero altri nove vascelli catturati in mare, arrivando così a cinquantaquattro unità... ma le navi catturate erano cocche, pescherecci, mercantili e vascelli per il trasporto di schiavi, non navi da guerra. In battaglia sarebbero stati ben miseri rimpiazzi per le navi perdute dalla Flotta di Ferro.

L'ultima a presentarsi, tre giorni prima, era stata la *Sventura della fanciulla*. Il giorno prima ancora, tre navi erano arrivate insieme da sud: la *Nobile dama*, catturata da Victarion, che avanzava a fatica fra la *Balia dei corvi* e la *Bacio di ferro*. Invece il giorno prima e quello prima ancora non c'erano stati arrivi, e in precedenza solo la *Jeyne decapitata* e la *Paura*, poi altri due giorni di mare deserto e di cieli tersi dopo la comparsa di Ralf lo Zoppo con i resti della sua flottiglia. La *Lord Quellon*, la *Vedova bianca*, la *Lamentazione*, la *Sventura*, la *Leviatano*, la *Lady di ferro*, la *Vento mietitore* e la *Mazza da guerra*, seguite da altre sei navi, due delle quali danneggiate dalla burrasca e rimorchiate.

«Tempeste» aveva borbottato Ralf lo Zoppo quando si era presentato al cospetto di Victarion. «Tre grandi tempeste, e nel mezzo venti sfavorevoli. Venti rossi da Valyria che puzzavano di cenere e di zolfo, e venti neri che ci spingevano verso la costa brulla. Questo viaggio è stato maledetto fin dal principio. Occhio di Corvo ti teme, mio lord, altrimenti perché mandarci così lontano? Non intende farci tornare.»

Victarion aveva pensato la stessa cosa, quando era incappato nella prima tempesta a un giorno da Vecchia Volantis. "Gli dèi odiano gli assassini di consanguinei" aveva riflettuto "altrimenti Euron Occhio di Corvo sarebbe morto una decina di volte per mano mia." Mentre il mare rumoreggiava intorno a lui, e il ponte si sollevava e ricadeva sotto i suoi piedi, aveva visto la *Banchetto di drago* e la *Marea rossa* cozzare così violentemente da esplodere entrambe riducendosi in schegge. "Opera di mio fratello" aveva pensato. Quelle erano state le prime due navi che aveva perso del terzo di flotta sotto il suo comando. Ma non le ultime.

Allora mollò due schiaffi allo Zoppo e disse: «Il primo è per le navi che hai perso, il secondo per i tuoi discorsi sulle maledizioni. Parlane ancora, e inchiodo la tua lingua all'albero maestro. Se Occhio di Corvo può fare dei muti, lo posso fare anch'io». La fitta di dolore alla mano sinistra rese le sue parole più aspre di quello che altrimenti sarebbero state, ma intendeva proprio fare come aveva detto. «Altre navi arriveranno. Le tempeste per ora sono cessate. E io avrò la mia flotta.»

Una scimmia in cima all'albero maestro schiamazzò deridendolo, quasi potesse sentire la sua frustrazione. "Lurida bestiaccia chiassosa." Avrebbe potuto mandare un uomo a darle la caccia, ma le scimmie parevano amare quel gioco e si erano dimostrate più agili dell'equipaggio. Quelle urla, però, gli rintronarono le orecchie e sembrarono rendere le fitte alla mano più dolorose.

«Cinquantaquattro» mugugnò. Sarebbe stato troppo sperare di avere l'intera flotta dopo un viaggio così lungo... ma settanta, anche ottanta navi, il Dio Abissale poteva pure concedergliele. "Avessimo avuto Capelli Bagnati con noi, o qualche altro sacerdote." Victarion aveva fatto un rito di sacrificio prima di salpare, e un secondo alle Stepstones, quando aveva deciso di dividere la flotta in tre, ma forse aveva pronunciato le preghiere sbagliate. "O forse, qui, il Dio Abissale non ha potere." Aveva via via cominciato a temere di essersi spinto troppo lontano, in mari strani dove anche gli dèi erano strani... ma questi dubbi li aveva confidati solo alla sua donna dalla pelle scura, che non aveva la lingua per ripeterli.

Quando comparve la *Cordoglio*, Victarion mandò a chiamare Wulfe Un-orecchio. «Voglio parlare con il Sorcio. Informa Ralf lo Zoppo, Tom il Fiacco e il Pastore Nero. Tutte le squadre di cacciatori devono essere richiamate, gli accampamenti sulla spiaggia vanno levati per le prime luci dell'alba. Caricate tutta la frutta che riuscite a raccogliere e spingete a bordo i maiali. Li macelleremo quando ce ne sarà bisogno. La *Squalo* rimarrà qui per comunicare alle navi disperse dove siamo andati.» L'imbarcazione avrebbe avuto bisogno di tempo per le riparazioni; le tempeste l'avevano ridotta a poco più di una carcassa in disarmo. Così il numero sarebbe sceso a cinquantatré, ma non c'era altro da fare. «La flotta parte domani, con la marea della sera.»

«Come tu comandi, lord capitano» disse Wulfe. «Ma un altro giorno potrebbe significare un'altra nave.»

«*Aye*. E dieci giorni potrebbero significare dieci navi, oppure nessuna. Abbiamo sprecato troppi giorni aspettando di avvistare delle vele. La nostra vittoria sarà ancora più dolce, se la otterremo con una flotta più piccola.» "E io devo raggiungere la Regina dei Draghi prima dei volantiani."

A Volantis aveva visto le galee imbarcare provviste. L'intera città sembrava ubriaca. Marinai, soldati e calderai erano stati visti ballare nelle vie insieme ai nobili e ai grassi mercanti, e in ogni locanda si brindava ai nuovi triarchi. Tutti i discorsi riguardavano l'oro, le gemme e gli schiavi che si sarebbero riversati su Volantis una volta che la Regina dei Draghi fosse morta. Un solo giorno di simili rapporti era tutto ciò che Victarion Greyjoy poteva sopportare; per cui pagò il prezzo di cibo e acqua in oro, anche se la cifra l'aveva fatto vergognare, e riportò le sue navi al largo.

Le tempeste avrebbero disperso e rallentato anche i volantiani, come era accaduto con le sue navi. Se la sorte gli sorrideva, molte delle loro navi da guerra sarebbero o affondate o arenate. Ma non tutte. Nessun dio era tanto misericordioso, e le galee verdi superstiti potevano avere già doppiato Valyria. "Staranno correndo a nord verso Meereen e Yunkai, grandi dromoni da guerra brulicanti di soldati schiavi. Se il Dio della Tempesta li ha risparmiati, a questo punto potrebbero avere raggiunto il Golfo della Sofferenza. Trecento navi, forse addirittura cinquecento." I loro alleati erano già sotto le mura di Meereen: yunkai e astaporiani, uomini di Nuova Ghis e di Qarth, di Tolos e solo il Dio della Tempesta sapeva da quali altri luoghi, oltre alle stesse navi da guerra meerensi, quelle fuggite dalla città prima della sua caduta. Contro tutte quel dispiegamento di forze, Victarion aveva cinquantaquattro navi. Cinquantatré, senza la *Squalo*.

Occhio di Corvo aveva fatto il giro di mezzo mondo, depredando e saccheggiando, da Qarth a Città degli Alberi Alti, facendo scalo in porti senza dio, dove andavano solo i dementi. Euron aveva sfidato perfino il Mare Fumante, ed era sopravvissuto per poterne parlare. "E tutto questo con una sola nave. Se Euron può prendersi gioco degli dèi, allora posso farlo anch'io."

«*Aye*, capitano» disse Wulfe Un-orecchio. Non valeva neanche la metà di Nute il Barbiere, ma Nute glielo aveva portato via Occhio di Corvo. Elevandolo al rango di lord di Scudo di Quercia, suo fratello si era assicurato l'uomo migliore di Victarion. «Ancora Meereen?»

«Dove, se no? La Regina dei Draghi mi aspetta a Meereen.» "La donna più bella del mondo, a quanto dice mio fratello. I suoi capelli sono oro e argento, gli occhi splendenti come ametiste."

Era davvero troppo sperare che per una volta Euron avesse detto il vero? "Forse." Con ogni probabilità la ragazza si sarebbe rivelata una sciattona brufolosa con le tette che le arrivano alle ginocchia, e i suoi "draghi" solo dei lucertoloni tatuati delle paludi di Sothoryos. "Se, però, è come dice Euron …" Avevano sentito parlare della bellezza di Daenerys Targaryen dai pirati sulle Stepstones e dai grassi mercanti di Vecchia Volantis. Poteva anche essere vero.

E comunque suo fratello non gliel'avrebbe di certo regalata; Occhio di Corvo la voleva per sé. "Mi ha mandato come un servo a prendergliela. Chissà come bercerà, quando la reclamerò per me." Che gli uomini degli equipaggi brontolassero pure: si erano spinti troppo lontano e avevano subìto troppe perdite perché lui tornasse a ovest senza Daenerys Targaryen, il suo trofeo.

Il capitano di ferro strinse la mano a pugno. «Fa' sì che i miei ordini vengano eseguiti. Trova il maestro, ovunque si nasconda, e fatelo subito venire nella mia cabina.»

«*Aye*» Wulfe si allontanò zoppicando.

Victarion Greyjoy tornò a girarsi verso prua, passò in rassegna con lo sguardo la flotta. Una miriade di navi lunghe riempiva il mare, con le vele arrotolate e i remi a bordo, ferme all'ancora o tirate in secca sulla sabbia chiara. "L'Isola dei Cedri." Ma dov'erano quei cedri? Annegati quattrocento anni prima, a quanto pareva. Victarion era sceso a terra una dozzina di volte, per andare a caccia di carne fresca, e non aveva visto neanche un cedro.

Il maestro che Euron gli aveva imposto in Occidente sosteneva che quel luogo un tempo era chiamato "Isola delle Cento Battaglie", ma gli uomini che avevano combattuto quelle battaglie erano ormai polvere da secoli. "Avrebbero dovuto chiamarla Isola delle Scimmie, altro che." C'erano anche dei maiali: i più grossi verri neri che qualsiasi abitante delle Isole di Ferro avesse mai visto, e un gran numero di maialini che squittivano nella boscaglia, coraggiose creature che non avevano paura dell'uomo. "Però stanno imparando." Le stive della Flotta di Ferro si riempivano via via di prosciutti affumicati, carne sotto sale e pancetta.

Le scimmie invece... le scimmie erano una vera dannazione. Victarion aveva proibito ai suoi uomini di portare quelle demoniache creature a bordo, eppure, chissà come, metà della flotta ne era infestata, anche la sua *Vittoria di ferro*. In quel momento ne vedeva alcune saltare da un pennone all'altro, e da una nave all'altra. "Come vorrei avere una balestra!"

Victarion non amava quel mare né quei cieli sconfinati senza nuvole né il sole abbagliante che picchiava sulla testa e scaldava i ponti finché le tavole diventavano così roventi da scottare le piante dei piedi. Non gli piacevano quelle tempeste che parevano levarsi dal nulla. I mari intorno a Pyke erano spesso burrascosi, ma laggiù almeno si riusciva a fiutare il maltempo in arrivo. Quelle tempeste del Sud erano traditrici come le donne. L'acqua stessa era del colore sbagliato: un turchese luccicante vicino alla riva, e al largo di un blu talmente scuro da sembrare nero. Victarion sentiva la mancanza delle acque di casa: grigioverdi, con le onde incappucciate di spuma.

Non gli piaceva neanche l'Isola dei Cedri. La caccia poteva anche essere buona, ma le foreste erano troppo verdi e troppo silenziose, piene di alberi contorti e strani fiori variopinti che nessuno dei suoi uomini aveva mai visto. E c'erano orrori in agguato fra le macerie dei palazzi e le statue in rovina della Velos annegata, mezza lega a nord del punto dove la flotta era all'ancora. L'ultima volta che aveva passato una notte a terra, Victarion aveva fatto sogni oscuri e inquietanti, e si era svegliato con la bocca piena di sangue. Il maestro aveva detto che si era morsicato la lingua nel sonno, ma lui l'aveva ritenuto un segno del Dio Abissale, un avvertimento: se si fosse trattenuto lì troppo a lungo, sarebbe morto soffocato dal suo stesso sangue.

Il giorno in cui il Disastro colpì Valyria, si diceva, una muraglia d'acqua alta trecento piedi si era rovesciata sull'isola, travolgendo centinaia di migliaia di uomini, donne e bambini, senza lasciare nessuno a raccontare quello che era successo, tranne alcuni pescatori che erano per mare, e un piccolo gruppo di lancieri velosiani di guardia in una robusta torre di pietra sulla collina più alta dell'isola che avevano visto le colline e le valli sotto di loro trasformarsi in un mare infuriato. La bella Velos, con i suoi palazzi di cedro e marmo rosa, era svanita in un attimo. Sul promontorio settentrionale dell'isola, le antiche mura di mattoni e le piramidi a gradoni del porto schiavista di Ghozai avevano subito lo stesso destino.

"Con tanti annegati, il Dio Abissale qui sarà molto potente" aveva pensato Victarion, quando aveva scelto l'isola come punto di riunione delle tre parti della flotta. Lui però non era un sacerdote. E se fosse stato vero il contrario? Forse era stato proprio il Dio Abissale, furibondo, ad avere distrutto l'isola. Suo fratello Aeron avrebbe avuto una risposta, ma Capelli Bagnati era rimasto sulle Isole di Ferro, a predicare contro Occhio di Corvo e il suo dominio. "Nessun uomo senza dio dovrebbe sedere sul Trono del Mare." Eppure, durante il concilio, i capitani e i re avevano acclamato Euron, preferendo lui a Victarion e ad altri uomini devoti.

Il sole del mattino brillava sull'acqua con increspature troppo abbaglianti. Victarion cominciò a sentire la testa pulsare, non sapeva se a causa del sole, della mano o dei dubbi che lo turbavano. Scese in cabina, dove l'aria era fresca e la luce soffusa. La donna dalla pelle scura capì quello che voleva senza che lui glielo chiedesse. Mentre Victarion si adagiava nella poltrona, prese un morbido telo bagnato dalla bacinella e glielo mise sulla fronte. «Bene» disse Victarion. «Bene. E ora la mano.»

La donna dalla pelle scura non rispose. Euron, prima di darla a lui, le aveva tagliato la lingua. Victarion non dubitava che Occhio di Corvo se la fosse anche portata a letto. Suo fratello era fatto così. "I regali di Euron sono avvelenati" aveva ricordato a se stesso quando la donna era salita a bordo. "Non voglio i suoi avanzi." Allora aveva deciso che le avrebbe tagliato la gola e l'avrebbe buttata in mare: un sacrificio di sangue al Dio Abissale. Ma per una qualche ragione, non si era mai deciso a farlo.

Da allora avevano fatto molta strada insieme. Victarion poteva parlare con la donna dalla pelle scura. Lei non tentava mai di rispondere. «Cordoglio è l'ultima» le disse, mentre si toglieva il guanto. «Le altre navi sono disperse, in ritardo o affondate.» Fece una smorfia, quando la donna infilò la punta del coltello sotto la lurida fascia di lino avvolta intorno alla mano dello scudo. «Alcuni diranno che non avrei dovuto dividere la flotta. Stolti. Avevamo novantanove navi… un bestione ingombrante da guidare per i mari fino all'altro capo del mondo. Se le avessi tenute insieme, le navi più veloci sarebbero state ritardate da quelle più lente. E dove trovare provviste per sfamare così tante bocche? Nessun porto vuole un tale numero di navi nelle sue acque. In ogni caso, le tempeste ci avrebbero separato comunque. Come foglie sparse sul Mare dell'Estate.»

Lui invece aveva diviso le navi in flottiglie, inviandole, ciascuna per una rotta diversa, alla Baia degli Schiavisti. Aveva dato a Ralf Stonehouse il Rosso le navi più veloci, per seguire la via dei corsari lungo la costa settentrionale di Sothoryos. Tutti i marinai lo sapevano: era meglio evitare le città morte che imputridivano su quella torrida, soffocante costiera, ma nelle città di fango e sangue delle Isole del Basilisco, gremite di schiavi fuggiaschi, schiavisti, conciatori, puttane, cacciatori, uomini striati e peggio ancora, c'erano sempre delle provviste per uomini che non avevano paura di pagare il prezzo del ferro.

Le navi più grandi, più pesanti e più lente fecero rotta su Lys, per vendere i prigionieri prelevati sulle Isole Scudo, le donne e i bambini della città di lord Hewett e di altre isole, oltre a quel genere di uomini che aveva preferito arrendersi piuttosto che morire. Per questi infami, Victarion provava soltanto disprezzo. Eppure il fatto di venderli gli lasciava un gusto amaro in bocca. Prendere un uomo come schiavo o una donna come moglie di sale era giusto e appropriato, ma le persone non erano capre o pollame da poter essere comprate e vendute in cambio di oro. Fu lieto di lasciare quel mercanteggio a Ralf lo Zoppo, il quale avrebbe usato il conio per caricare le sue grosse navi di provviste per il lungo e lento passaggio a oriente.

Le navi sotto il comando dello stesso Victarion avevano seguito le coste delle Terre Contese per imbarcare cibo, vino e acqua dolce a Volantis, prima di deviare a sud e doppiare Valyria. Quella era la rotta più comune per l'oriente e anche la più frequentata, con bottini da prendere e piccole isole dove rifugiarsi durante le tempeste, riparare le imbarcazioni e, se necessario, rinnovare le scorte.

«Cinquantaquattro navi sono troppo poche» disse alla donna dalla pelle scura. «Ma non posso aspettare ancora. L'unico modo...» Emise un grugnito quando lei gli tolse la fasciatura, staccando anche una crosta. La carne sotto era verdastra e nera, là dove lo aveva colpito la spada. «... L'unico modo è cogliere gli schiavisti di sorpresa, come ho fatto una volta a Lannisport. Arrivare dal mare e sbaragliarli, poi prendere la ragazza e tornare a casa prima che i volantiani ci siano addosso.» Victarion non era un codardo, ma neppure era uno stolto: con cinquantaquattro navi non poteva sconfiggerne trecento. «Lei sarà mia moglie, e tu la sua ancella.» Un'ancella senza lingua non poteva lasciarsi sfuggire alcun segreto.

Sarebbe andato avanti a parlare, ma in quel momento arrivò il maestro, bussando timidamente alla porta della cabina, come un topo. «Entra» berciò Victarion «e sbarra la porta. Sai perché sei qui.»

«Lord capitano.» Il maestro aveva anche l'aspetto di un topo, con la sua veste grigia e i lunghi baffi castano scuro. "Crede forse che lo facciano sembrare più virile?" Si chiamava Kerwin. Era molto giovane, aveva forse ventidue anni. Disse: «Posso vedere la tua mano?».

"Che razza di domanda." I maestri avevano la loro utilità, ma per quel Kerwin Victarion provava soltanto disprezzo. Con le sue guance lisce e rosa, le mani delicate e i capelli ricci castani, era più femmineo di molte ragazze. La prima volta che era salito a bordo della *Vittoria di ferro* aveva anche un sorrisetto furbesco, ma una sera, al largo delle Stepstones, aveva sorriso all'uomo sbagliato e Burton Humble gli aveva fatto saltare quattro denti. Poco tempo dopo maestro Kerwin era andato dal capitano a lamentarsi che quattro membri dell'equipaggio lo avevano trascinato sottocoperta e lo avevano usato come una donna. «Ecco come puoi porre fine a questa storia» gli aveva detto Victarion, sbattendo con violenza un pugnale sul tavolo fra loro due. Kerwin aveva preso il pugnale – troppo impaurito per rifiutarlo, pensò il capitano – ma non l'aveva mai usato.

«La mia mano è qui» disse Victarion. «Guardala pure quanto ti pare.»

Maestro Kerwin si inginocchiò per esaminare meglio la ferita. L'annusò anche, come un cane. «Dovrò far uscire di nuovo il pus. Il colore... lord capitano, la ferita non sta guarendo. Forse ti dovrò amputare la mano.»

Ne avevano già parlato. «Se mi tagli la mano, ti uccido. Prima, però, ti lego alla murata e regalo il tuo culo all'equipaggio. Procedi.»

«Farà male.»

«Come sempre.» "La vita è dolore, idiota. La gioia esiste solo nelle magioni sommerse del Dio Abissale." «Fa' quello che devi.»

Il ragazzo – era difficile pensare a un essere così roseo e molle come a un uomo – appoggiò la punta del coltello sul palmo della mano del capitano e incise. Il pus che sgorgò era denso e giallastro come latte inacidito. La donna dalla pelle scura arricciò il naso per l'odore, il giovane maestro quasi soffocò e perfino lo stesso Victarion si sentì rivoltare lo stomaco. «Incidi più a fondo. Fallo uscire tutto. Fammi vedere il sangue.»

Maestro Kerwin spinse il pugnale più in profondità. Questa volta fece male davvero, e insieme al pus venne fuori anche del sangue, così scuro che alla luce della lanterna sembrava nero.

Il sangue era bene. Victarion grugnì, approvando. Rimase seduto impassibile mentre il maestro, con delle pezze di morbida stoffa bollite nell'aceto, tamponava, drenava e rimuoveva il pus. Quando ebbe finito, l'acqua nella bacinella era una brodaglia ricoperta di schiuma. La sua vista avrebbe nauseato chiunque.

«Prendi quello schifo e vattene» disse Victarion. Con un gesto indicò la donna dalla pelle scura. «Ci penserà lei a fasciarmi.»

Il giovane scappò via, ma la puzza rimase. Ultimamente non c'era modo di sfuggirvi. Il maestro aveva suggerito che sarebbe stato meglio spurgare la ferita sul ponte, all'aria aperta e sotto il sole, ma Victarion non aveva voluto. Non era una cosa da mostrare all'equipaggio. Erano dall'altro capo del mondo, troppo lontani da casa per far vedere a quegli uomini che il loro capitano aveva cominciato a marcire.

La mano sinistra gli pulsava ancora, un dolore sordo, ma persistente. Quando strinse il pugno, aumentò, come se un coltello gli pugnalasse il braccio. "Non un coltello, una spada lunga. Una spada lunga impugnata da un fantasma." Serry, così si chiamava. Un cavaliere ed erede di Scudo del Sud. "L'ho ucciso, ma lui continua a perseguitarmi anche dalla tomba. Dal centro infuocato del malefico posto dove l'ho spedito, mi conficca il suo acciaio nella mano e ce lo gira dentro."

Victarion ricordava lo scontro, come se fosse avvenuto ieri. Lo scudo, ridotto a pezzi gli pendeva dal braccio, ormai inutilizzabile, così quando la spada lunga di Serry era calata come un lampo, lui aveva alzato la mano e l'aveva afferrata. Il giovane cavaliere era più forte di quanto non sembrasse. La sua lama aveva tranciato l'acciaio del guanto del capitano e trapassato l'imbottitura sottostante, fino alla carne del palmo. "Il graffio di un gattino" si era detto poi Victarion. Aveva lavato la ferita, vi aveva versato sopra dell'aceto bollente, l'aveva fasciata e non ci aveva pensato più, fiducioso che il dolore sarebbe svanito e che la mano, col tempo, sarebbe guarita da sola.

Invece la ferita si era infettata, finché Victarion aveva cominciato a chiedersi se la lama di Serry fosse stata avvelenata. Altrimenti perché il taglio non si decideva a guarire? Il pensiero lo fece infuriare. Un vero uomo non uccide col veleno. Al Moat Cailin i diavoli di palude scagliavano agli uomini frecce avvelenate, ma da creature così abiette c'era da aspettarselo. Serry era un cavaliere di nobile nascita. Il veleno era per i codardi, le donne e i dorniani.

«Se non Serry, chi?» chiese alla donna dalla pelle scura. «Non sarà stato quel topo di maestro? I maestri conoscono incantesimi e altri trucchi. Potrebbe averne usato uno per avvelenarmi, nella speranza che io gli permetta di mozzarmi la mano.» Più ci pensava, e più gli sembrava verosimile. «È stato Occhio di Corvo a farmi imbarcare quell'essere spregevole.» Euron aveva preso Kerwin a Scudo Verde, dove era al servizio di lord Chester, occupandosi dei suoi corvi e istruendo i suoi figli, o forse il contrario. E come aveva squittito, il topo, quando uno dei muti di Euron lo aveva portato a bordo della *Vittoria di ferro*, trascinandolo per la pratica catena che portava intorno al collo. «Se questa è la sua vendetta, il topo mi fa un torto. È stato Euron a insistere che lo prendessi, per impedirgli di combinare guai con i suoi corvi.» Suo fratello gli aveva anche dato tre gabbie di corvi, in modo che Kerwin potesse mandare notizie del viaggio, ma Victarion gli aveva proibito di liberarli. "Lasciamo che Occhio di Corvo si maceri nel dubbio e nell'incertezza."

La donna dalla pelle scura gli stava fasciando la mano con delle bende pulite, girandole sei volte intorno al palmo, quando Acqualunga Pyke bussò alla porta della cabina per dire che il capitano della *Cordoglio* era salito a bordo con un prigioniero. «Dice che ci ha portato uno stregone, capitano. Dice che l'ha pescato in mare.»

"Uno stregone?" Possibile che il Dio Abissale gli avesse mandato un dono laggiù, dall'altro capo del mondo? Suo fratello Aeron avrebbe capito, ma lui aveva visto la maestosità delle magioni sommerse del Dio Abissale sotto il mare, prima di tornare in vita. Victarion aveva un reverenziale timore del suo dio, come ogni uomo dovrebbe avere, ma confidava nell'acciaio. Flettè la mano ferita, con una smorfia di dolore, poi si infilò il guanto e si alzò. «Andiamo a vedere questo stregone.»

Il capitano della *Cordoglio* aspettava sul ponte. Era un uomo di bassa statura, irsuto e brutto, Sparr per nascita. I suoi uomini lo chiamavano il Sorcio. «Lord capitano» disse quando vide Victarion «lui è Moqorro. Un regalo per noi, da parte del Dio Abissale.»

Lo stregone era una specie di mostro, alto quanto lo stesso Victarion e due volte più largo, con una pancia come un macigno e una selva di capelli bianchi come ossa che gli contornava la faccia, tipo la criniera di un leone. La sua pelle era nera. Non color noce come quella dei nativi delle Isole dell'Estate sulle loro navi cigno, neppure bruno rossastra come i dothraki signori del cavallo e nemmeno color antracite come la sua donna dalla pelle scura, ma proprio nera. Più nera del carbone, più nera del giaietto, più nera delle ali di un corvo. "Bruciato" pensò Victarion "come un uomo che è stato arrostito sulle fiamme finché la sua carne non è diventa croccante, staccandosi fumante dalle ossa." I fuochi che lo avevano carbonizzato gli danzavano ancora sulle guance e sulla fronte: i suoi occhi scrutavano da una maschera di fiamme pietrificate. "Tatuaggi di schiavo" capì il capitano. "Marchi del male."

«L'abbiamo trovato aggrappato a un pennone spezzato» spiegò il Sorcio. «È rimasto dieci giorni in acqua, dopo che la sua nave è colata a picco.»

«Se fosse stato dieci giorni a mollo, sarebbe morto o impazzito per aver bevuto acqua di mare.»

L'acqua salmastra era sacra. Aeron Capelli Bagnati e altri sacerdoti la usavano per benedire e ogni tanto ne mandavano giù qualche sorso per rafforzare la propria fede, ma nessun uomo mortale poteva bere per giorni dal mare profondo e restare in vita.

«Dici di essere uno stregone?» chiese Victarion al prigioniero.

«No, capitano» rispose il nero, nella lingua comune. La sua voce era talmente profonda che pareva giungere dal fondo del mare. «Sono solo un umile servo di R'hllor, il Signore della Luce.»

"R'hllor. Un prete rosso, allora."

Victarion aveva visto uomini del genere in città straniere prendersi cura dei fuochi sacri. Quelli indossavano ricche vesti rosse di seta, velluto e lana d'agnello. Questo era ricoperto di stracci sbiaditi e macchiati di sale che si incollavano alle sue gambe grosse e gli pendevano a brandelli sul torso… ma quando il capitano li scrutò con maggiore attenzione, capì che forse un tempo erano stati rossi.

«Un sacerdote rosa» annunciò Victarion.

«Un sacerdote demone» disse Wulfe Un-orecchio. Sputò.

«Magari le sue vesti hanno preso fuoco e lui è saltato fuori bordo per spegnerle» suggerì Acqualunga Pyke, tra le risate generali. Anche le scimmie erano divertite. Vociavano in alto, e una lanciò una manata della sua propria merda a spiaccicarsi sulle assi.

Victarion Greyjoy diffidava delle risate. Quel suono lo lasciava sempre con la sgradevole impressione di poter essere il bersaglio di una battuta che non aveva capito. Euron Occhio di Corvo si burlava spesso di lui, quando erano ragazzi. Anche Aeron lo aveva fatto, prima di diventare Capelli Bagnati. Spesso le loro derisioni erano mascherate da elogi, e talvolta Victarion neppure si rendeva conto d'essere stato deriso. Finché non udiva le risate. Allora arrivava la collera, gli ribolliva in fondo alla gola e rischiava di soffocarlo con il suo sapore infame. Le scimmie gli facevano la stessa impressione. Le loro pagliacciate non strappavano mai neppure un sorriso al capitano, anche se il suo equipaggio rideva, schiamazzava e fischiava.

«Buttalo giù dal Dio Abissale, prima che ci tiri addosso qualche sventura» incitò Burton Humble.

«Una nave affonda e solo lui rimane aggrappato ai relitti» commentò Wulfe Un-orecchio. «Che fine ha fatto l'equipaggio? Quest'uomo ha forse evocato i demoni per farlo divorare? Che ne è stato della nave?»

«Una tempesta.» Moqorro incrociò le braccia. Non pareva spaventato, anche se intorno a lui c'era chi chiedeva la sua morte. Perfino le scimmie parevano non trovare simpatico quello stregone. Saltavano da una sartia all'altra, in alto, schiamazzando.

Victarion era incerto. "È emerso dal mare. Perché il Dio Abissale avrebbe dovuto portarlo a galla, se non per farcelo trovare?" Suo fratello Euron aveva i suoi stregoni prediletti. Forse il Dio Abissale voleva che anche lui ne avesse uno.

«Perché dici che è uno stregone?» chiese al Sorcio. «Io vedo solo un prete rosso cencioso.»

«Lo pensavo anch'io, capitano… ma *sa* diverse cose. Sapeva che siamo diretti alla Baia degli Schiavisti, prima che qualcuno glielo potesse dire, e sapeva che tu ti trovavi qui, al largo di questa isola.» Il Sorcio esitò. «Lord capitano, mi ha detto… mi ha detto che saresti sicuramente morto, se non lo portavamo da te.»

«Che sarei morto?» Victarion sbuffò. Era sul punto di dire: "Tagliategli la gola e buttatelo in mare", quando una fitta gli risalì il braccio fin quasi al gomito, un dolore così intenso che le parole gli si mutarono in bile nella gola. Barcollò e si afferrò al bordo di murata per non cadere.

«Lo stregone ha maledetto il capitano» disse una voce.

Altri presero a gridare. «Tagliategli la gola! Uccidetelo prima che faccia scendere i suoi demoni su di noi!» Acqualunga Pyke fu il primo a estrarre il pugnale.

«No!» tuonò Victarion. «State indietro! Tutti quanti. Pyke, rinfodera l'acciaio. Sorcio, torna sulla tua nave. Humble, porta lo stregone nella mia cabina. Gli altri, tornate ai vostri posti!»

Per un breve istante dubitò che avrebbero ubbidito. Se ne stavano lì a borbottare, metà con un'arma in pugno, e si guardavano a vicenda incerti. Le cacche di scimmia piovevano intorno a loro. Nessuno si muoveva, finché Victarion afferrò lo stregone per un braccio e lo trascinò verso il boccaporto.

Quando il capitano aprì la porta della cabina, la donna dalla pelle scura si voltò verso di lui, silenziosa e sorridente… ma appena vide il prete rosso, arricciò le labbra, snudò i denti e ringhiò presa da una furia improvvisa, sibilando come un serpente.

Victarion le mollò un manrovescio che la gettò a terra. «Sta' buona, donna. Vino per due.» Si rivolse all'uomo nero. «Il Sorcio ha detto il vero? Hai visto la mia morte?»

«Questo, e molto altro.»

«Dove? Quando? Morirò in battaglia?» Victarion aprì e chiuse la mano buona. «Se mi racconti delle menzogne, ti spacco la testa come un melone e lascio che le scimmie ti mangino il cervello.»

«La tua morte è già qui con noi, mio lord. Dammi la mano.»

«La mano. Che ne sai della mia mano?»

«Ti ho visto nei fuochi della notte, Victarion Greyjoy. Tu arrivi camminando tra le fiamme, arcigno e furente, con la tua grande ascia grondante sangue, cieco ai tentacoli che ti afferrano polso, collo e caviglia, quei neri fili che ti fanno danzare.»

«Danzare?» ripeté Victarion, rabbrividendo. «I tuoi fuochi della notte mentono. Io non danzo e non sono il burattino di nessuno.» Si tolse il guanto e mise la mano ferita davanti alla faccia del sacerdote. «Ecco. È questo che volevi?» Le bende nuove erano già lorde di sangue e pus. «L'uomo che mi ha fatto questo aveva una rosa sullo scudo. Mi sono graffiato con una spina.»

«Anche il più piccolo graffio può rivelarsi mortale, lord capitano, ma se me lo permetti, guarirò questa ferita. Avrò bisogno di una lama. Sarebbe meglio d'argento, ma andrà bene anche di ferro. Mi servirà anche un braciere. Devo accendere un fuoco. Farà male. Sarà un dolore terribile, come non hai mai provato. Ma quando avremo finito, la mano ti sarà restituita.»

"Sono tutti uguali, questi guaritori. Anche il topo mi aveva avvertito del dolore." «Sono nato nelle Isole di Ferro, prete. Io rido del dolore. Avrai ciò che chiedi… ma se fallisci e la mia mano non guarisce, ti taglierò io stesso la gola e ti consegnerò al mare.»

Moqorro fece un inchino, una luce vivida guizzò nei suoi occhi scuri. «Così sia.»

Il capitano di ferro per quel giorno non si vide più, ma col passare delle ore l'equipaggio della *Vittoria di ferro* riferì di avere sentito una folle risata giungere dalla sua cabina, una risata forte, oscura e demenziale. E quando Acqualunga Pyke e Wulfe Un-orecchio provarono ad aprire la porta, la trovarono sbarrata. Più tardi si udì un canto, uno strano lamento in una lingua che il maestro disse essere alto valyriano. Fu allora che le scimmie abbandonarono la nave e si gettarono in acqua schiamazzando.

Arrivò il tramonto; mentre il mare diventava nero come l'inchiostro e il sole tumefatto tingeva il cielo di un cupo rosso sangue, Victarion Greyjoy tornò sul ponte. Era nudo dalla cintola in su, con il braccio sinistro insanguinato fino al gomito. Mentre l'equipaggio si ammassava, bisbigliando e scambiandosi occhiate, alzò la mano bruciata e annerita. Fili di fumo scuro si levarono dalle sue dita, quando il capitano indicò il maestro.

«Lui. Tagliategli la gola e gettatelo in mare, e i venti ci saranno favorevoli per tutto il viaggio fino a Meereen.»

Moqorro l'aveva già visto questo nei suoi fuochi. Aveva visto anche che la ragazza drago si era maritata, ma che importava? Non sarebbe certo stata la prima donna che Victarion Greyjoy avrebbe reso vedova.

Il guaritore entrò nella tenda mormorando complimenti, ma gli bastò inspirare una boccata di quell'aria putrida e dare un'occhiata a Yezzan mo Qaggaz per interrompere le cortesie. «La giumenta pallida» disse a Dolcezza.

"Che sorpresa" pensò Tyrion. "Chi l'avrebbe mai detto? A parte chiunque abbia un naso... e io che ne ho solo metà." Yezzan bruciava di febbre, immerso nei propri escrementi. La sua merda era diventata una fanghiglia marrone striata di sangue... e toccava a Yollo e a Penny ripulire le sue natiche giallastre. Anche se aiutato, il loro padrone non riusciva a mettersi in piedi; aveva bisogno di tutte le sue forze, sempre più deboli, solo per girarsi su un fianco.

«Le mie arti non saranno di giovamento qui» annunciò il guaritore. «La vita del nobile Yezzan è nelle mani degli dèi. Alleviategli il caldo, se possibile. Secondo alcuni aiuta. Portategli dell'acqua.» Le persone infettate dalla giumenta pallida avevano sempre sete, bevevano galloni di liquidi fra una scarica e l'altra. «Acqua fresca e pulita, tutta quella che riesce a bere.»

«Non quella del fiume» disse Dolcezza.

«Assolutamente no.» Dopo di che il guaritore si dileguò.

"Dobbiamo dileguarci anche noi" pensò Tyrion. Era uno schiavo, con un collare di metallo dorato e delle campanelle che tintinnavano allegramente a ogni passo. "Uno dei tesori speciali di Yezzan. Un onore che suonava come un annuncio di morte." Yezzan zo Qaggaz amava tenersi vicino i suoi cari, così era toccato a Yollo, Penny, Dolcezza e agli altri suoi tesori occuparsi di lui quando si era ammalato.

"Povero vecchio Yezzan." Il Lord della Sugna non era così cattivo come la media dei padroni yunkai. Almeno in questo, Dolcezza aveva avuto ragione. Servendo ai suoi banchetti notturni, Tyrion si era ben presto reso conto che Yezzan era uno dei lord yunkai più favorevoli a rispettare la pace con Meereen. Gli altri per lo più si limitavano a prendere tempo, aspettando l'arrivo degli eserciti da Volantis. Alcuni volevano attaccare subito la città, nel timore che i volantiani li derubassero della gloria e della parte più cospicua del saccheggio. Yezzan non voleva essere coinvolto in questi piani. E non avrebbe neppure acconsentito a restituire gli ostaggi meerensi lanciandoli con le catapulte, come proponeva il mercenario Barba Insanguinata.

Ma in due giorni molte cose possono cambiare. Due giorni prima Balia era arzillo e in buona salute. Due giorni prima Yezzan non aveva udito il rumore spettrale degli zoccoli della giumenta pallida. Due giorni prima le flotte di Vecchia Volantis erano due giorni più lontano. Invece adesso…

«Yezzan morirà?» chiese Penny, con quella sua vocina da "per favore, dimmi di no".

«Tutti dobbiamo morire.»

«Intendevo per la dissenteria.»

Dolcezza lanciò a entrambi uno sguardo disperato. «Yezzan *non deve* morire.» L'ermafrodita accarezzò la fronte del loro gigantesco padrone, scostandogli i capelli madidi. Lo yunkai gemette, e un'altra ondata di liquido marrone gli sgorgò tra le gambe. Le lenzuola erano macchiate e maleodoranti, ma non c'era modo di spostare il malato.

«Alcuni padroni quando muoiono liberano i propri schiavi» disse Penny.

Dolcezza ridacchiò: un suono raccapricciante. «Solo i favoriti. Li liberano dalle calamità del mondo per accompagnare il loro amato padrone nella tomba e servirlo nella vita ultraterrena.»

"Dolcezza dovrebbe saperlo. La sua gola sarà quella che verrà tagliata per prima."

Il ragazzo-capra intervenne. «L'argentea regina…»

«… è morta» concluse Dolcezza. «Dimenticala! Il drago l'ha portata al di là del fiume. È annegata nel mare d'erba dothraki.»

«Non si può annegare nell'erba» obiettò il ragazzo-capra.

«Se fossimo liberi» disse Penny «potremmo trovare la regina. O quanto meno andarla a cercare.»

"Tu sul tuo cane e io sulla mia scrofa, a inseguire un drago nel Mare Dothraki." Tyrion si grattò la cicatrice per evitare di ridere. «Quel drago particolare ha già manifestato di gradire molto l'arrosto di maiale. E un nano arrosto è due volte più gustoso.»

«Era solo un desiderio» disse Penny pensierosa. «Potremmo andarcene. Ci sono di nuovo delle navi disponibili, ora che la guerra è finita.»

"Lo è davvero?" Tyrion tendeva a dubitarne. Erano state firmate delle pergamene, ma le guerre non venivano combattute sulle pergamene.

«Potremmo andare a Qarth» aggiunse Penny. «Mio fratello diceva sempre che laggiù le strade sono pavimentate di giada. Le mura della città sono una delle meraviglie del mondo. Quando daremo spettacolo a Qarth, oro e argento ci pioveranno addosso, vedrai.»

«Alcune delle navi al largo nella baia sono di Qarth» le ricordò Tyrion. «Lomas Passolungo ha visto le mura di quella città. I suoi libri mi bastano. Sono già andato a oriente, fin dove intendevo arrivare.»

Dolcezza tamponò la fronte di Yezzan con una pezza umida. «Yezzan deve vivere. Altrimenti moriremo tutti con lui. La giumenta pallida non si porta via tutti i cavalieri. Il padrone si riprenderà.»

Era una spudorata bugia. Sarebbe stato un miracolo se Yezzan fosse sopravvissuto un altro giorno. Il Lord della Sugna era già in fin di vita per qualche terribile morbo contratto a Sothorys, pensava Tyrion. Questo non faceva che affrettare la sua fine. "Una misericordia, tutto sommato." Ma non era la sorte che Tyrion si augurava per sé. «Il guaritore dice che ha bisogno di acqua fresca. Provvederemo noi a procurargliela.»

«Questo è bello da parte vostra.» Dolcezza pareva stordita. C'era qualcosa di più della paura che le tagliassero la gola: solo lei, fra i tesori di Yezzan, pareva davvero affezionata al suo immenso padrone.

«Penny viene con me.» Tyrion scostò la falda della tenda e spinse fuori la nana, nel caldo del mattino meerense. L'aria era afosa e opprimente, ma sempre meglio dei miasmi di sudore, merda e malattia che aleggiavano nel lussuoso padiglione di Yezzan.

«L'acqua gioverà al padrone» ripeté Penny. «L'ha detto il guaritore, quindi sarà vero. Buona acqua fresca.»

«L'acqua fresca non ha giovato a Balia.» "Povero vecchio Balia." I soldati di Yezzan lo avevano gettato la sera prima sul carro dei cadaveri, al crepuscolo: un'altra vittima della giumenta pallida. Quando c'è gente che muore ogni ora, nessuno presta troppa attenzione a un morto in più, soprattutto quando è così disprezzato come Balia. Gli altri schiavi di Yezzan si erano rifiutati di avvicinarsi al sorvegliante una volta che erano iniziati i crampi, così era toccato a Tyrion rinfrescarlo e portargli da bere. "Vino annacquato, acqua con limone e un po' di buona zuppa di coda di cane, con delle fettine di funghi nel brodo. Mandala giù, Balia: quella merda liquida che ti schizza dal culo deve essere rimpiazzata." L'ultima parola che Balia disse fu: «No». Le ultime parole che udì furono: «Un Lannister ripaga sempre i propri debiti».

Tyrion aveva nascosto a Penny questa verità, ma lei doveva capire come stavano le cose col loro padrone. «Mi stupirebbe se Yezzan dovesse vivere fino a vedere l'alba.»

Penny lo prese per un braccio. «Che ne sarà di noi?»

«Yezzan ha degli eredi, dei nipoti.» Quattro erano arrivati con lui da Yunkai per comandare i suoi soldati schiavi. Uno era morto, ucciso dai mercenari Targaryen durante una sortita. Gli altri tre si sarebbero quasi certamente divisi gli schiavi del colosso giallo. Meno certo era se i nipoti condividessero la passione di Yezzan per storpi, scherzi della natura ed esseri grotteschi. «Uno di loro potrebbe ereditarci. Oppure potremmo ritornare sul palco di un banditore d'asta.»

«No.» Penny sbarrò gli occhi. «Questo no, ti prego.»

«La prospettiva non alletta neppure me.»

A qualche iarda di distanza, sei soldati schiavi di Yezzan erano accoccolati nella polvere, a lanciare gli astragali e passarsi un otre di vino. Uno di loro era il sergente chiamato Cicatrice, un bruto dal pessimo carattere, con la testa liscia come un sasso e le spalle di un bue. "E anche l'intelligenza di un bue" rammentò Tyrion.

Si diresse con la sua andatura ondeggiante verso di loro. «Cicatrice» latrò «il nobile Yezzan ha bisogno d'acqua fresca e pulita. Prendi due uomini e porta tutti i secchi che riuscite a riempire. E fate in fretta.»

I soldati interruppero il gioco. Cicatrice si alzò, aggrottò le folte sopracciglia. «Che cos'hai detto, nano? Chi ti credi di essere?»

«Sai chi sono? Yollo, uno dei tesori del nostro padrone. E adesso fa' come ho detto.»

I soldati risero. «Muoviti, Cicatrice» sfottè uno «e cerca di sbrigarti. La scimmia di Yezzan ti ha dato un ordine.»

«Tu non dici ai soldati che cosa devono fare» replicò Cicatrice.

«Soldati?» Tyrion si finse perplesso. «Io qui vedo degli schiavi. Anche tu porti un collare come il mio.»

Cicatrice gli mollò un violento manrovescio che lo sbatté a terra e gli spaccò il labbro. «È il collare di Yezzan, non il tuo.»

Tyrion si asciugò col dorso della mano il sangue che usciva dalla ferita. Quando cercò di rialzarsi, la gamba gli cedette, e lui ricadde sulle ginocchia. Dovette ricorrere all'aiuto di Penny per rimettersi in piedi. «Dolcezza dice che il padrone deve avere dell'acqua» ripeté il nano, in tono piagnucoloso.

«Dolcezza può incularsi da sola. Ha tutto quello che gli serve, no? E comunque noi non prendiamo ordini da quello sgorbio della natura.»

"No" pensò Tyrion. Perfino tra gli schiavi c'erano lord e reietti, come aveva rapidamente imparato. L'ermafrodita era stato a lungo il preferito del padrone, trattato con indulgenza e favoritismi, e per questo gli altri schiavi del nobile Yezzan lo odiavano.

I soldati erano abituati a prendere ordini dai padroni e dai sorveglianti. Ma Balia era morto, e Yezzan era troppo malato per nominare un successore. Quanto ai tre nipoti, al primo rumore di zoccoli della giumenta pallida quegli arditi uomini liberi si erano ricordati di avere affari molto urgenti da sbrigare altrove.

«L'acqua» balbettò Tyrion, raggomitolandosi su se stesso. «Non l'acqua di fiume, ha detto il guaritore. Ma fresca, pulita acqua di pozzo.»

Cicatrice brontolò. «Andate a prenderla voi! E cercate di muovervi.»

«Noi?» Tyrion scambiò un'occhiata disperata con Penny. «L'acqua è pesante. Noi non siamo forti come voi. Possiamo... prendere il carro col mulo?»

«Prendete le vostre gambe.»

«Dovremo fare una decina di viaggi.»

«Anche un centinaio. Non m'importa niente.»

«Noi due da soli non riusciremo a portare tutta l'acqua di cui il padrone ha bisogno.»

«Allora prendete il vostro orso» suggerì Cicatrice. «Portare dei secchi è tutto ciò che di buono può fare.»

Tyrion arretrò. «Ai tuoi ordini, padrone.»

Cicatrice sogghignò. "Padrone" pensò Tyrion. "Oh, questa gli è piaciuta." «Morgo, porta le chiavi» ordinò Cicatrice. «Tu vai a riempire quei secchi e poi torni subito qui, nano. Sai che cosa succede agli schiavi che tentano di fuggire.»

«Prendi i secchi» disse Tyrion a Penny. Seguì Morgo per tirar fuori ser Jorah Mormont dalla gabbia.

Il cavaliere non si era adattato bene alla schiavitù. Chiamato a recitare la parte dell'orso che rapisce la damigella, si era dimostrato lento e riottoso, eseguendo i suoi passi senza brio, quando peraltro si degnava di prendere parte alla pantomima. Anche se non aveva mai tentato la fuga né reagito con violenza ai carcerieri, il più delle volte ignorava i loro ordini o rispondeva mormorando delle imprecazioni. Questo suo comportamento non piaceva a Balia, che aveva manifestato il proprio malcontento confinando

Mormont in una gabbia di ferro e facendolo bastonare ogni sera quando il sole calava nella Baia degli Schiavisti. Ser Jorah incassava le botte in silenzio; gli unici suoni erano le maledizioni mormorate agli schiavi che lo picchiavano e i colpi sordi dei loro bastoni contro la carne scorticata e pesta di ser Jorah.

"Quell'uomo è un guscio vuoto" pensò Tyrion la prima volta che vide bastonare il grosso cavaliere. "Avrei dovuto tenere a freno la lingua e lasciare che Zahrina lo comprasse. Forse avrebbe avuto una sorte migliore di questa."

Mormont emerse dagli stretti confini della gabbia, piegato in due, con gli occhi neri per i pestaggi e la schiena incrostata di sangue rappreso. La sua faccia era talmente gonfia e livida da non sembrare nemmeno umana. Era nudo, a parte il perizoma, una lurida pezza gialla. «Li aiuterai a portare l'acqua» gli disse Morgo.

L'unica risposta di ser Jorah fu uno sguardo astioso. "Alcuni uomini preferirebbero morire liberi che vivere da schiavi, immagino." Tyrion, da parte sua, non doveva risolvere quel dilemma, grazie agli dèi, ma se Mormont avesse ucciso Morgo, forse gli altri schiavi non avrebbero fatto distinzione. «Vieni» disse, prima che il cavaliere facesse qualche gesto eroico o inconsulto. Si incamminò ondeggiando, augurandosi che Mormont lo seguisse.

Per una volta gli dèi furono misericordiosi. Mormont lo seguiva.

Due secchi a Penny, due a Tyrion e quattro a ser Jorah, due per mano. Il pozzo più vicino era a sudovest della catapulta chiamata Strega, per cui s'incamminarono in quella direzione, con le campanelle dei collari che tintinnavano a ogni passo. Nessuno prestò loro alcuna attenzione. Erano soltanto degli schiavi che andavano a prendere l'acqua per il padrone. Portare un collare, in particolare un collare dorato con sopra inciso il nome di Yezzan zo Qaggaz, dava alcuni vantaggi. Il tintinnio delle campanelle proclamava il loro valore a chiunque avesse orecchi. Uno schiavo era importante solo quanto lo era il padrone: anche se aveva l'aspetto di un gigantesco lumacone giallo e puzzava di piscio, Yezzan era l'uomo più ricco della città gialla e aveva portato in guerra seicento soldati schiavi. I collari che indossavano davano loro il permesso di andare e venire come volevano all'interno dell'accampamento. "Almeno finché Yezzan sarà vivo."

I Lord Sferraglianti avevano i loro soldati schiavi in addestramento nel campo più vicino. Lo sbatacchiare delle catene che li legava produceva un'aspra musica metallica mentre i soldati schiavi marciavano a ranghi serrati sulla sabbia e si schieravano con le loro lance lunghe. Altrove, gruppi di schiavi ammassavano cumuli di pietre e sabbia sotto mangani e scorpioni, angolandoli verso il cielo, così da difendere meglio l'accampamento qualora il drago fosse tornato. Vederli sudare e imprecare mentre spingevano i pesanti macchinari sui piani inclinati fece sorridere il Folletto. Dovunque si vedevano anche molte balestre. Un soldato su due pareva averne una in pugno, con al fianco una faretra piena di dardi.

Se qualcuno si fosse preso la briga di chiedere il suo parere, Tyrion avrebbe risposto che era inutile darsi tanto da fare. A meno che uno dei lunghi dardi di ferro degli scorpioni non avesse centrato casualmente un occhio, il mostruoso animale da compagnia della regina non sarebbe stato scalfito da quei giocattoli. "Non è così facile uccidere un drago. Con quei dardi, riuscirete solo a farlo infuriare."

Gli occhi erano il punto più vulnerabile dei draghi. Gli occhi e il cervello dietro di essi. Non il ventre, come raccontavano certe favole: le scaglie in quella zona erano robuste quanto quelle sulla schiena e sui fianchi. E nemmeno la gola. Era follia. Tanto valeva che quegli aspiranti uccisori di draghi cercassero di domare un incendio con delle lance. "La morte esce dalla bocca del drago" aveva scritto septon Barth nella sua *Storia innaturale* "però non entra da quella medesima via."

Più avanti, due legioni arrivate da Nuova Ghis si stavano affrontando: un muro di scudi contro un muro di scudi, mentre i sergenti con mezzi elmi di ferro e cresta di crine ringhiavano ordini nel loro incomprensibile linguaggio. Osservandoli, i ghiscariani parevano più formidabili dei soldati schiavi yunkai, ma Tyrion nutriva dubbi in proposito. I legionari potevano anche essere armati e organizzati come degli Immacolati... ma gli eunuchi non conoscevano altra vita, mentre i ghiscariani erano liberi cittadini che servivano nell'esercito per tre anni.

La fila al pozzo era lunga un quarto di miglio.

C'era solo una manciata di pozzi nel raggio di un giorno di marcia da Meereen, quindi l'attesa era sempre lunga. La maggior parte dell'esercito yunkai prendeva l'acqua dal fiume Skahazadhan, ma Tyrion l'aveva ritenuta una cattiva idea anche prima del monito del guaritore. I più svegli stavano attenti a mettersi a monte delle latrine, ma erano comunque a valle della città.

Il fatto che ci fossero dei pozzi a un giorno di marcia dimostrava che Daenerys Targaryen era ancora un'ingenua riguardo agli assedi. "Avrebbe dovuto avvelenare tutti i pozzi" pensò Tyrion. "Così tutti gli yunkai sarebbero stati costretti a bere l'acqua del fiume. Sai quanto sarebbe durato allora l'assedio!" Era quello che avrebbe fatto il lord suo padre, Tyrion non aveva dubbi.

Le campanelle dei collari tintinnavano a ogni passo. "Un suono così allegro mi fa venir voglia di cavare gli occhi a qualcuno con un cucchiaio." Griff, Papero e Haldon il Mezzo-maestro dovevano ormai essere arrivati nel continente occidentale insieme al giovane principe Targaryen. "Potrei essere con loro... invece no, dovevo farmi una puttana. Assassinare consanguinei non mi bastava, avevo bisogno di fica e vino per sigillare la mia rovina. Ed eccomi qui, dall'altro capo del mondo, con un collare da schiavo e delle campanelle dorate ad annunciare il mio arrivo. Se ballo nel modo giusto, forse riesco a suonare *Le piogge di Castamere.*"

Non c'era posto migliore di un pozzo per ascoltare le voci e le ultime notizie. «So bene cosa ho visto» stava dicendo un vecchio schiavo dal collare di ferro arrugginito, mentre Tyrion e Penny erano in coda «e ho visto quel drago strappare braccia e gambe, squartare in due gli uomini, bruciarli fino a lasciare solo cenere e ossa. La gente ha cominciato a correre, per allontanarsi dalla fossa da combattimento, ma io ero andato per vedere uno spettacolo, e per tutti gli dèi di Ghis l'ho visto. Ero su nelle gradinate viola, perciò sapevo che il drago non mi avrebbe attaccato.»

«La regina è montata sul dorso del drago, ed è volata via» esclamò una donna alta dalla pelle bruna.

«Ci ha provato» aggiunse il vecchio «ma non è riuscita a restare in groppa. Le balestre hanno ferito il drago, e ho sentito dire che la regina è stata colpita proprio fra le sue belle tette rosa. Dopo di che è caduta. È morta in un canale di scolo, schiacciata dalle ruote di un carro. Conosco una ragazza che conosce un uomo che l'ha vista.»

In un simile consesso, il silenzio era l'atteggiamento più saggio, ma Tyrion non riuscì a trattenersi. «Il cadavere, però, non è mai stato trovato» obiettò.

Il vecchio aggrottò la fronte. «E tu cosa ne sai?»

«Loro c'erano» disse la donna bruna. «Sono i nani del torneo, quelli che giostravano per la regina.»

Il vecchio li squadrò, come se vedesse lui e Penny solo in quel momento. «Voi siete quelli che cavalcavano i maiali.»

"La nostra fama ci precede." Tyrion accennò un inchino, astenendosi dal puntualizzare che uno dei maiali era un cane. «La scrofa che cavalco è in realtà mia sorella. Abbiamo lo stesso naso, non te ne sei accorto? Uno stregone le ha fatto un sortilegio, ma se le dai un bacio appassionato, si trasformerà in una bella donna. Peccato che, quando l'avrai conosciuta, la vorrai baciare di nuovo per farla ritornare scrofa.»

Tutt'intorno scoppiarono delle risate. Anche il vecchio rise. «Tu, allora, l'hai vista» chiese il ragazzo con i capelli rossi dietro di loro. «Hai visto la regina. È davvero così bella come dicono?»

"Ho visto una ragazza snella con i capelli argentei, avvolta in un tokar" avrebbe potuto dire Tyrion. "Aveva il viso velato e non le sono arrivato abbastanza vicino per darle un'occhiata come si deve. Ero in bilico su una scrofa." Daenerys Targaryen era seduta nel palco padronale, al fianco del suo re ghiscariano, ma l'attenzione di Tyrion era stata catturata dal cavaliere con l'armatura bianca e oro dietro di lei. Anche se il suo viso era nascosto, il nano avrebbe riconosciuto Barristan Selmy ovunque. "Su questo magistro Illyrio quanto meno aveva ragione" pensò. "E Selmy mi avrà riconosciuto? E in caso affermativo che cosa farà?"

Era stato sul punto di rivelare la propria identità, così su due piedi, ma qualcosa l'aveva trattenuto; cautela, viltà, istinto, chiamalo come vuoi. Non poteva immaginare altro che ostilità da parte di Barristan il Valoroso. Selmy non aveva mai approvato la presenza di Jaime nella sua preziosa Guardia reale. Prima della ribellione, l'anziano cavaliere lo riteneva troppo giovane e poco addestrato; dopo, era noto il suo commento che lo Sterminatore di Re avrebbe dovuto scambiare il mantello bianco con uno nero. E i crimini commessi dal Folletto erano ancora peggiori. Jaime aveva ucciso un re folle. Tyrion aveva piantato un dardo di balestra nell'inguine del suo stesso padre, un uomo che ser Barristan conosceva e serviva da anni. Avrebbe potuto correre il rischio ugualmente, ma proprio in quel momento Penny gli aveva assestato un colpo sullo scudo, l'attimo se n'era andato e non si era più ripresentato.

«La regina ci ha guardato giostrare» stava dicendo Penny agli altri schiavi in fila «ma è l'unica volta che l'abbiamo vista.»

«Dovete aver visto il drago» insisté il vecchio.

"Magari." Gli dèi non gli avevano concesso nemmeno quello. Mentre Daenerys Targaryen si alzava in volo, Balia stava rimettendo loro le catene alle caviglie, per accertarsi che non tentassero di fuggire lungo la vita del ritorno. Se il sorvegliante si fosse limitato a consegnarli al mattatoio o fosse fuggito con gli altri schiavi quando il drago era calato dal cielo, i due nani se ne sarebbero potuti andare indisturbati. "O più probabilmente saremmo corsi via con un tintinnare di campanelle."

«C'era un drago?» chiese Tyrion, con una scrollata di spalle. «Io so solo che non sono state trovate regine morte.»

Il vecchio non era convinto. «Be', c'erano centinaia di cadaveri. Li hanno trascinati nel pozzo e li hanno bruciati, anche se metà era già carbonizzata. Forse non l'hanno riconosciuta, bruciata, insanguinata e maciullata com'era. O forse l'hanno riconosciuta, ma hanno preferito non dire niente per tenere tranquilli voi schiavi.»

«*Noi* schiavi?» ribatté la donna bruna. «Anche tu porti un collare.»

«Il collare di Ghazdor» si vantò il vecchio. «Lo conosco da quando è nato. Sono quasi un fratello per lui. Gli schiavi come voi, rifiuti di Astapor e di Yunkai… piagnucolate di voler essere liberi, ma io non darei mai il mio collare alla Regina dei Draghi, neanche se si offrisse di succhiarmi l'uccello per averlo. Ogni uomo ha il padrone che si merita.»

Tyrion non discusse. La cosa più insidiosa della schiavitù era la facilità con cui ci si abitua a essa. La vita della maggior parte degli schiavi non era molto diversa da quella di un servo di Castel Granito, a suo parere. Certo, alcuni padroni di schiavi e i loro sorveglianti erano brutali e crudeli, ma lo stesso valeva per molti lord dell'Occidente e i loro attendenti e fattori. La maggior parte degli yunkai trattava abbastanza bene i propri beni mobili, fintanto che questi facevano il loro dovere e non creavano guai… e quel vecchio dal collare arrugginito, con la sua fiera lealtà al suo padrone, Lord Guanciapendula, non era affatto un'eccezione.

«Ghazdor il Magnanimo?» chiese Tyrion, mellifluo. «Il nostro padrone Yezzan ha parlato spesso della sua arguzia.» In realtà i commenti di Yezzan erano stati del tipo: "Ho più intelligenza io nella mia natica sinistra che Ghazdor e i suoi fratelli messi insieme". Tyrion ritenne prudente non riferire le parole esatte.

Mezzogiorno era arrivato e passato, prima che lui e Penny arrivassero finalmente al pozzo, dove uno schiavo scheletrico con una gamba sola attingeva l'acqua. Li guardò socchiudendo gli occhi, sospettoso. «Viene sempre Balia a prendere l'acqua di Yezzan, con quattro uomini e un carretto tirato da un mulo» disse calando il secchio nel pozzo. Si udì un debole tonfo. L'uomo con una gamba sola lasciò che il secchio si riempisse, poi cominciò a tirarlo su. Aveva le braccia bruciate dal sole e spellate, magrissime ma muscolose.

«Il mulo è morto» disse Tyrion. «E anche Balia, poveretto. Ora Yezzan è montato pure lui sulla giumenta pallida, e sei dei suoi soldati hanno la diarrea. Posso riempire anche questi altri secchi?»

«Come vuoi.» Fu la fine delle chiacchiere oziose. "È rumore di zoccoli quello che sento?" La bugia sui soldati aveva indotto l'uomo con una gamba sola a muoversi più velocemente.

S'incamminarono sulla via del ritorno, ogni nano con due secchi pieni d'acqua fino all'orlo e ser Jorah con quattro, due per mano. Il giorno diventava sempre più caldo, l'aria era spessa e umida come lana bagnata, e i secchi sembravano farsi via via più pesanti. "Una strada lunga per delle gambe corte." L'acqua strabordava a ogni passo dai secchi, schizzando loro i piedi, mentre le campanelle scandivano un tempo di marcia. "Se avessi saputo di arrivare a questo punto, padre, forse ti avrei lasciato vivere." Mezzo miglio più a oriente uno scuro pennacchio di fumo si alzava da una tenda incendiata. "Bruciano i morti della notte scorsa." «Da questa parte» disse Tyrion, e con la testa fece cenno verso destra.

Penny gli lanciò un'occhiata perplessa. «Ma non è da dove siamo venuti.»

«Non ci conviene respirare quel fumo. È pieno di umori maligni.» Non era una bugia, almeno non del tutto.

In breve Penny fu esausta, per via del peso dei secchi. «Devo riposarmi un attimo.»

«Come tu desideri.» Tyrion posò i secchi a terra, grato per la sosta. Aveva i crampi alle gambe, così cercò una roccia adatta e si sedette a massaggiarsi le cosce.

«Posso farlo io» si offrì Penny.

«Io so dove sono le contratture.» Per quanto gli fosse simpatica, continuava a sentirsi a disagio quando lei lo toccava. Si rivolse a ser Jorah. «Ancora qualche bastonata e sarai più brutto di me, Mormont. Dimmi, in te è ancora rimasto un po' di spirito battagliero?»

Il grosso cavaliere alzò gli occhi pesti e lo guardò come si può guardare uno scarafaggio. «Quanto basta per torcerti il collo, Folletto.»

«Bene.» Tyrion riprese i suoi secchi. «Da questa parte, allora.»

Penny aggrottò la fronte. «No, a sinistra.» Indicò con il dito. «Là c'è la Strega.»

«E quella è la Sorella Crudele.» Tyrion fece un cenno nella direzione opposta. «Fidati di me» aggiunse. «La mia strada è più corta.» Si avviò, facendo tintinnare le sue campanelle. Sapeva che Penny l'avrebbe seguito.

A volte invidiava la ragazza per tutti i suoi bei sogni. Gli ricordava Sansa Stark, la moglie bambina che aveva sposato e perduto. Malgrado gli orrori patiti, Penny rimaneva fiduciosa. "Dovrebbe sapere come va il mondo. Ha più anni di Sansa. Eppure si comporta come se l'avesse dimenticato, come se fosse di nobili natali e di bell'aspetto, anziché una schiava in un grottesco serraglio." Di notte Tyrion la sentiva spesso pregare. "Parole sprecate. Se ci sono degli dèi in ascolto, sono dèi mostruosi che ci tormentano per il loro divertimento. Chi altri creerebbe un mondo così, pieno di schiavitù, sangue e sofferenze? Chi altri ci plasmerebbe in questo modo?" A volte avrebbe voluto prenderla a schiaffi, scuoterla, gridarle in faccia qualcosa per strapparla dai suoi sogni. "Nessuno ci salverà" avrebbe voluto gridarle. "Il peggio deve ancora arrivare." Eppure, per qualche motivo, non riusciva mai a pronunciare quelle parole. Invece di darle un sonoro ceffone su quella brutta faccia per toglierle i paraocchi, si ritrovava a stringerle una spalla o ad abbracciarla. "Ogni carezza è una menzogna. Le ho rifilato così tante monete false che pensa quasi di essere ricca."

Non le aveva detto la verità neanche sulla Fossa di Daznak.

"I leoni: stavano per farci attaccare dai leoni." Sarebbe stata un'ironia raffinata. Forse lui avrebbe avuto il tempo per una breve, amara risata, prima di essere sbranato.

Nessuno gli aveva rivelato quale fine era stata predisposta per loro, non a parole, ma non era stato difficile indovinarlo, giù fra i mattoni della Fossa di Daznak, nel mondo nascosto sotto gli spalti, nel tenebroso dominio dei lottatori e dei servi che li accudivano, da vivi e da morti; i cuochi che davano loro da mangiare, i mercanti di ferro che li armavano, i cerusici che li salassavano, li rasavano e ne ricucivano le ferite, le puttane che li sollazzavano prima e dopo i combattimenti, gli addetti che con ganci e catene trascinavano via dalla sabbia i cadaveri degli sconfitti.

La faccia di Balia aveva fatto sorgere in Tyrion il primo sospetto. Dopo lo spettacolo, lui e Penny erano tornati nel sotterraneo illuminato dalle torce dove i gladiatori si riunivano prima e dopo i combattimenti. Alcuni stavano seduti ad affilare le armi; altri facevano sacrifici a strane divinità, o s'intontivano col latte di papavero prima di andare incontro alla morte. Quelli che avevano combattuto e vinto giocavano a dadi in un angolo, ridendo come può fare solo chi ha appena affrontato la morte ed è sopravvissuto.

Balia stava dando delle monete d'argento a un uomo per una scommessa perduta, quando scorse Penny che teneva Scrocchio al guinzaglio. Il lampo di confusione nei suoi occhi durò solo un istante, ma a Tyrion era bastato per capire. "Balia non s'aspettava che ritornassimo." Aveva guardato le facce degli altri. "Nessuno di loro s'aspettava di vederci tornare. Saremmo dovuti morire là fuori." Aveva aggiunto l'ultimo tassello quando udì un addestratore di animali lamentarsi ad alta voce col maestro della fossa. «I leoni sono affamati. Sono due giorni che non mangiano. Mi era stato detto di non nutrirli, e così ho fatto. La regina dovrebbe pagarmi la carne.»

«Vaglielo a dire la prossima volta che tiene corte» replicò il maestro della fossa.

Anche allora, Penny non aveva sospettato niente. Quando parlava della fossa, la sua principale preoccupazione era che molti non avevano riso. "Se fossero stati liberati i leoni, si sarebbero fatti delle belle risate" fu sul punto di dirle Tyrion. Invece le strinse affettuosamente una spalla.

Penny si fermò di colpo. «Stiamo andando dalla parte sbagliata.»

«Nient'affatto.» Tyrion posò i secchi a terra. I manici gli avevano inciso dei solchi profondi nelle dita. «Quelle laggiù sono le tende che stiamo cercando.»

«I Secondi Figli?» esclamò ser Jorah, con uno strano sorriso. «Se pensi di trovare aiuto là, non conosci Ben Plumm il Marrone.»

«Oh, sì. Plumm e io abbiamo fatto cinque partite a cyvasse. Ben il Marrone è scaltro, tenace, non stupido... ma cauto. Gli piace lasciare che il suo avversario corra dei rischi, mentre lui aspetta e mantiene aperte le possibilità, reagendo alla battaglia via via che prende forma.»

«Battaglia? Quale battaglia?» Penny fece un passo indietro. «Dobbiamo tornare dal nostro padrone, ha bisogno d'acqua fresca. Se ci mettiamo troppo, saremo frustati. E Carina Porcellina e Scrocchio sono ancora là.»

«Dolcezza farà in modo che qualcuno se ne prenda cura» mentì Tyrion. Più probabilmente Cicatrice e i suoi amici avrebbero presto banchettato con prosciutto, pancetta e un saporito stufato di cane, ma non era necessario che Penny lo sapesse. «Balia è morto e Yezzan è agonizzante. Sarà buio prima che qualcuno si accorga della nostra assenza. Non avremo mai un'occasione migliore di questa.»

«No! Lo sai che cosa fanno quando prendono gli schiavi che tentano di fuggire. Lo sai benissimo. Ti prego, non ci permetteranno mai di lasciare l'accampamento.»

«Noi non lo vogliamo lasciare.» Tyrion riprese i secchi e si avviò a passo spedito, senza guardarsi indietro. Mormont gli si affiancò. Dopo un momento sentì Penny che si affrettava a seguirli, giù per un pendio sabbioso, verso il cerchio di tende sbrindellate.

La prima sentinella comparve mentre si avvicinavano alle linee dei cavalli: uno snello lanciere che la barba rossiccia si contraddistingueva come un tyroshi. «Chi va là? E che cosa avete in quei secchi?»

«Acqua» rispose Tyrion «se ti compiace.»

«Della birra mi compiacerebbe di più.» La punta di una lancia solleticò la schiena di Tyrion; una seconda sentinella era spuntata dietro di loro. Tyrion udì nella sua voce l'inflessione di Approdo del Re. "Feccia del Fondo delle Pulci." «Ti sei per caso perso, nano?» intimò la sentinella.

«Siamo qui per entrare nella vostra compagnia.»

A Penny scivolò un secchio, che si rovesciò. Metà dell'acqua andò perduta, prima che lei riuscisse a raddrizzarlo.

«Abbiamo già abbastanza guitti nella compagnia» rispose il tyroshi. «Perché dovremmo prenderne altri tre?» Con la punta della lancia toccò il collare di Tyrion, facendo tintinnare le campanelle dorate. «Quello che vedo è dunque uno schiavo in fuga. Tre schiavi in fuga. Di chi è questo collare?»

«Della Balena Gialla.» A parlare era stato un terzo uomo, attirato dalle loro voci: un tipo con la mascella non rasata e i denti macchiati di rosso dalle foglie amare. "Un sergente" capì Tyrion, dalla deferenza degli altri due. Aveva un uncino al posto della mano destra. "L'ignobile ombra bastarda di Bronn, o io sono Baelor il Benedetto." «Questi sono i nani che Ben aveva cercato di comprare all'asta» disse il sergente ai due lancieri, socchiudendo gli occhi «ma quello grosso… meglio portare anche lui. Tutti e tre.»

Il tyroshi fece segno con la lancia. Tyrion si spostò. L'altro mercenario – uno sbarbatello, poco più che ragazzino, con una rada peluria sulle guance e i capelli color paglia sporca – sollevò Penny e se la mise sottobraccio. «Oh, il mio ha le tette» disse ridendo. Infilò la mano sotto la tunica di Penny, per accertarsene.

«Tu portala e basta» ordinò, brusco, il sergente.

Lo sbarbatello si mise Penny in spalla. Tyrion avanzò con la rapidità che gli permettevano le sue gambette rachitiche. Sapeva dove stavano andando: nella grande tenda sul lato opposto della fossa del fuoco, con le pareti dipinte strappate e sbiadite da anni di sole e di pioggia. Alcuni mercenari si girarono a guardarli passare, una baldracca del seguito ridacchiò, ma nessuno cercò di intervenire.

All'interno della tenda trovarono degli sgabelli da campo e un tavolo con cavalletti, una rastrelliera di lance e alabarde, un pavimento coperto di tappeti consunti di una mezza dozzina di colori contrastanti, e tre ufficiali. Uno era snello ed elegante, con la barba a punta, una lama da bravaccio e un farsetto rosa a spacchi. Un altro era grasso e pelato, con macchie d'inchiostro sulle dita e una penna d'oca in mano.

Il terzo era l'uomo che Tyrion stava cercando. Si inchinò. «Capitano.»

«Li abbiamo sorpresi mentre cercavano di introdursi nel campo.» Lo sbarbatello scaricò Penny sul tappeto.

«Fuggiaschi» dichiarò il tyroshi. «Con dei secchi.»

«Dei secchi?» ripeté Ben Plumm stupito. E visto che nessuno osava dare spiegazioni, aggiunse: «Tornate alle vostre mansioni, ragazzi. E non una parola su questa storia, con nessuno». Quando se ne furono andati, sorrise a Tyrion. «Sei venuto per un'altra partita a cyvasse, Yollo?»

«Se proprio insisti. Mi piace batterti. Sento dire che sei due volte un voltagabbana, Plumm. Un uomo con il mio stesso sentire.»

Il sorriso di Ben il Marrone si smorzò prima di arrivare agli occhi. Studiò Tyrion come se si fosse trattato di una serpe parlante. «Perché sei qui?»

«Per avverare i tuoi sogni. Avevi tentato di comprarci all'asta, poi di vincerci a cyvasse. Neppure quando avevo ancora il naso ero così avvenente da provocare una simile passione… tranne in chi conoscesse per caso il mio vero valore. Be', eccomi qui, a tua disposizione. Adesso mostrati amico, chiama il fabbro e facci togliere questi collari. Sono stufo di tintinnare quando piscio.»

«Non voglio guai col tuo nobile padrone.»

«Yezzan ha problemi ben più urgenti di cui occuparsi, che tre schiavi scomparsi. Sta cavalcando la giumenta pallida. E perché mai dovrebbero pensare di venirci a cercare qui? Hai abbastanza spade da scoraggiare chiunque voglia curiosare in giro. Un piccolo rischio per un grosso guadagno.»

Il damerino con il farsetto rosa sibilò: «Hanno portato fra noi la malattia. Fin dentro le nostre tende». Si rivolse a Ben Plumm. «Devo tagliare loro la testa, capitano? Il resto lo possiamo buttare in una latrina.» Estrasse la spada, una sottile lama da bravaccio, con l'elsa ornata di gemme.

«Sta' attento, con la mia testa» disse Tyrion. «Non ti conviene avere addosso schizzi del mio sangue. Il sangue diffonde il morbo. E poi ti toccherebbe bollire le nostre vesti o bruciarle.»

«Ho in mente di bruciarle con te ancora dentro, Yollo.»

«Quello non è il mio vero nome, come sai. Lo sapevi fin dal primo momento in cui mi hai messo gli occhi addosso.»

«Può darsi.»

«Anch'io ti conosco, mio lord» continuò Tyrion. «Sei meno viola e più marrone dei Plumm in patria, ma se il tuo nome non è posticcio, sei un occidentale, per sangue se non per nascita. I Plumm hanno giurato fedeltà a Castel Granito, e si dà il caso che io conosca un po' della loro storia. Il tuo ramo è spuntato da un sasso tirato nel Mare Stretto, non c'è dubbio. Il figlio minore di Viserys Plumm, scommetto. I draghi della regina ti trovavano simpatico, vero?»

Il mercenario parve divertito da quelle parole. «Chi te l'ha detto?»

«Nessuno. La maggior parte delle storie che si sentono sui draghi sono biada per gli stolti. Draghi che parlano, draghi che accumulano oro e gemme, draghi con quattro zampe e il ventre grosso come elefanti, draghi che giocano agli indovinelli con le sfingi… tutte sciocchezze. Ma nei vecchi libri ci sono anche alcune verità. Non solo so che i draghi della regina ti sono affezionati, ma so anche per quale motivo.»

«Mia madre diceva che mio padre aveva una goccia di sangue del drago.»

«Due gocce. O un cazzo lungo sei piedi. Conosci la storia? Io, sì. Ora, tu sei un Plumm astuto, perciò sai che la mia testa vale una nomina a lord… in Occidente, dall'altro capo del mondo. Il tempo di arrivare là, e rimarrebbero solo ossa e larve. La mia cara sorella negherebbe che la testa è mia, rifiutandosi di darti la giusta ricompensa. Sai com'è, con le regine: sono fiche volubili, tutte quante. E Cersei più delle altre.»

Ben il Marrone si grattò la barba. «Allora potrei consegnarti vivo che ti dimeni. Oppure infilare la tua testa dentro una giara e metterla in salamoia.»

«Oppure puoi passare dalla mia parte. Sarebbe la mossa più saggia.» Tyrion sogghignò. «Sono nato per secondo. Questa compagnia mercenaria è nel mio destino.»

«I Secondi Figli non hanno posto per i guitti» disse il bravaccio in rosa, sprezzante. «A noi servono combattenti.»

«Ve ne ho portato uno» replicò Tyrion, e con il pollice indicò Mormont.

«Quella bestia?» rise il bravaccio. «Un orrido bruto, ma le cicatrici da sole non fanno un Secondo Figlio.»

Tyrion roteò gli occhi di colore diverso. «Lord Plumm, chi sono questi due tuoi amici? Quello rosa è irritante.»

Il bravaccio arricciò il labbro, mentre l'altro con la penna d'oca ridacchiò all'insolenza. Ma fu ser Jorah Mormont a pronunciare i loro nomi. «Calamaio è l'ufficiale pagatore della compagnia. Il pavone si fa chiamare Kasporio l'Astuto, anche se Kasporio il Fighetta sarebbe più appropriato. Un brutto tipo.»

Forse la faccia di Mormont era irriconoscibile per i lividi, ma la sua voce non era cambiata. Kasporio gli lanciò un'occhiata di sorpresa, mentre le rughe intorno agli occhi di Plumm s'increspavano per il divertimento. «Jorah Mormont? Sei proprio tu? Meno arrogante di quando sei scappato via, però. Dobbiamo ancora chiamarti ser?»

Ser Jorah contorse in un ghigno grottesco le labbra maciullate. «Dammi una spada e potrai chiamarmi come più ti aggrada, Ben.»

Kasporio arretrò. «Tu… lei ti mandò via…»

«Sono tornato. Forse sono uno stupido.»

"Uno stupido innamorato." Tyrion si schiarì la voce. «Potrete parlare dei vecchi tempi andati più tardi… dopo che avrò finito di spiegare perché la mia testa vi sarebbe più utile che mi restasse sulle spalle. Scoprirai, lord Plumm, che posso essere molto generoso con i miei amici. Se non ci credi, chiedi a Bronn. Chiedi a Shagga, il figlio di Dolf. Chiedi a Timett, il figlio di Timett.»

«E chi sarebbero?» chiese l'uomo chiamato Calamaio.

«Bravi uomini che impegnarono per me la loro spada e prosperarono molto per quel servizio.» Scrollò le spalle. «Be', in effetti ho mentito usando l'aggettivo "bravi". Sono dei bastardi sanguinari, come tutti voi.»

«Può darsi» disse Ben Plumm il Marrone. «Ma può anche darsi che tu ti sia inventato qualche nome. Shagga, hai detto? Non è un nome da donna?»

«Le sue tette sono grandi a sufficienza. La prossima volta che lo vedo, gli do un'occhiata nelle brache per sicurezza. Quello là è un tavolo da cyvasse? Preparalo, che facciamo una partita. Prima però, una coppa di vino. Ho la gola asciutta come un vecchio osso e vedo che mi toccherà parlare a lungo.»

Quella notte sognò bruti urlanti delle foreste, che avanzavano al lamento dei corni da guerra e al rombo dei tamburi. *Boom DOOM boom DOOM boom DOOM*, mille cuori con un unico battito. Alcuni avevano delle lance, altri brandivano archi o asce. Altri ancora arrivavano su carri fatti di ossa, trainati da mute di cani grandi come pony. Tra loro avanzavano pesantemente dei giganti, alti quaranta piedi, con delle mazze grandi come tronchi di quercia.

«Tenete la linea» gridò Jon Snow. «Ricacciateli indietro.» Si trovava sulla sommità della Barriera, da solo. «Fuoco» urlò «riempiteli di fuoco» ma non c'era nessuno ad ascoltarlo.

"Se ne sono andati tutti. Mi hanno abbandonato."

Frecce incendiarie sibilavano verso l'alto, lasciandosi dietro delle scie rosse. Confratelli spaventapasseri rotolavano giù, con i loro mantelli neri infuocati. "Snow" urlò un'aquila, mentre i nemici risalivano rapidamente il ghiaccio come ragni. Jon indossava un'armatura di ghiaccio nero, ma la lama che aveva in pugno era rosso fiamma. Quando i non-morti raggiungevano la cima della Barriera, Jon li scaraventava di nuovo giù a morire una seconda volta. Uccise un uomo dalla barba grigia e un ragazzo glabro, un gigante, un uomo macilento con i denti limati e una ragazza con folti capelli rossi, Ygritte, ma la riconobbe troppo tardi. Era svanita con la medesima rapidità con cui era apparsa.

Il mondo si dissolse in una bruma rossastra. Jon trafisse, falciò e mutilò. Abbatté Donal Noye e sventrò Dick Follard il Sordo. Qhorin il Monco crollò in ginocchio, tentando invano di arginare la fontana di sangue che gli eruttava dalla gola. «Io sono il lord di Grande Inverno!» urlò Jon. E adesso, davanti a lui, c'era Robb, con i capelli bagnati dalla neve sciolta. Lungo artiglio gli mozzò la testa. Poi una mano nodosa afferrò Jon per la spalla. Lui si girò...

... e si svegliò con un corvo che gli beccava il petto. *"Snow"* berciò l'uccello. Jon lo scacciò. Il corvo gracchiò il suo disappunto e volò su una delle colonne del letto, a scrutare Jon con malevolenza nell'oscurità prima dell'alba.

Il giorno era arrivato. Era l'ora del lupo. Presto sarebbe sorto il sole, e quattromila bruti avrebbero varcato la Barriera. "Una follia." Jon Snow si passò la mano ustionata fra i capelli, domandandosi per l'ennesima volta che cosa stesse facendo. Una volta che il portale fosse stato aperto, nulla più sarebbe stato come prima."Avrebbe dovuto essere il Vecchio Orso a negoziare con Tormund. Avrebbe dovuto essere Jaremy Rykker o Qhorin il Monco o Denys Mallister o qualcun altro dei veterani. Avrebbe dovuto essere mio zio." Ma ormai era troppo tardi per questi ripensamenti. Ogni scelta comporta dei rischi, ogni scelta ha delle conseguenze. Lui avrebbe giocato quella partita fino in fondo.

Si alzò e si vestì nel buio, mentre il corvo di Mormont brontolava dall'altra parte della stanza. *"Grano"* diceva l'uccello *"re"* e *"Snow, Jon Snow, Jon Snow"*. Era strano. Fino ad allora il corvo non aveva mai pronunciato il suo nome per intero.

Fece colazione nella sala comune insieme ai suoi ufficiali: pane fritto, uova fritte, salsicce di sanguinaccio e porridge d'orzo, il tutto annaffiato da una birra leggera. Mentre mangiavano, fecero ancora una volta il punto della situazione.

«Tutto a posto» gli assicurò Bowen Marsh. «Se i bruti rispettano i termini dell'accordo, ogni cosa andrà come tu hai ordinato.»

"Altrimenti, potrebbe finire nel sangue e in una strage." «Ricordate» disse Jon «la gente di Tormund avrà fame, freddo e paura. Alcuni di loro odiano noi, quanto alcuni di voi odiano loro. Stiamo danzando su del ghiaccio putrido, sia loro sia noi. Una crepa, e affoghiamo tutti. Se oggi dovesse scorrere del sangue, sarà bene che a sferrare il primo colpo non sia uno dei nostri uomini, o giuro sugli antichi dèi e su quelli nuovi che avrò la testa di quell'uomo.»

Gli risposero con un coro di *aye*, annuendo e mormorando frasi tipo "Come tu comandi", "Sarà fatto" e "Sì, mio lord." E uno dopo l'altro si alzarono, affibbiarono i cinturoni delle spade, indossarono i caldi mantelli neri e uscirono nel gelo.

L'ultimo ad alzarsi da tavola fu Edd Tollett l'Addolorato, che durante la notte era arrivato con sei carriaggi da Lungo Tumulo: i confratelli ora lo chiamavano Tumulo della Puttana. Edd era stato mandato là per reclutare tante mogli di lancia quante ne riusciva a caricare, e portarle al Castello Nero a raggiungere le loro consorelle. Jon lo osservò raccogliere con un tozzo di pane il condimento delle uova fritte. Era stranamente confortante rivedere la faccia tetra di Edd.

«Come stanno procedendo i lavori di ricostruzione?» chiese Jon al suo attendente di un tempo.

«Altri dieci anni e finiamo» replicò Tollett con la solita voce lugubre. «Quando siamo arrivati, il posto era invaso dai ratti. A sistemare quei fetenti ci hanno pensato le mogli di lancia. Adesso il posto è invaso dalle mogli di lancia. Certi giorni rimpiango i ratti.»

«Come ti trovi a servire Emmett il Ferrigno?» domandò Jon.

«Più che altro lo serve Maris la Nera, milord. Io mi occupo dei muli. Nettles dice che sono un loro parente. In effetti abbiamo lo stesso muso allungato, ma io non sono altrettanto testardo. E comunque non ho mai conosciuto le loro madri, sul mio onore.» Edd finì di lustrare il piatto e sospirò. «Le uova fritte mi piacciono proprio. E se compiace al mio lord, non permettere ai bruti di mangiarsi tutte le nostre galline.»

Fuori, nel cortile degli addestramenti, il cielo stava cominciando a schiarire. Non si vedeva neanche una nube. «Sembra che avremo una bella giornata, considerando quello che ci aspetta» osservò Jon. «Luminosa, calda e soleggiata.»

«La Barriera lacrimerà. E l'inverno è quasi arrivato. Questo è innaturale, milord. Un brutto segno, se posso dire.»

Jon sorrise. «E se invece nevicasse?»

«Sarebbe un segno ancora peggiore.»

«Per cui che tempo vorresti?»

«Quello per cui si rimane al coperto» rispose Edd l'Addolorato. «Se compiace al mio lord, devo tornare dai miei muli. Quando vado via sento la mia mancanza. Non posso dire altrettanto delle mogli di lancia.»

A quel punto si separarono: Tollett si avviò verso la strada orientale, dove lo aspettavano i suoi carriaggi, e Jon verso le stalle. Satin aveva già sellato e messo le briglie al suo cavallo, un focoso destriero grigio con la criniera nera e scintillante come l'inchiostro dei maestri. Non era il genere di cavalcatura che Jon avrebbe scelto per uscire di pattuglia, ma quella mattina doveva apparire imponente, e a tale scopo lo stallone era perfetto.

Anche la scorta era pronta. Jon non amava circondarsi di guardie, ma quel giorno ritenne prudente avere accanto degli uomini validi. Nelle loro maglie di ferro, con i mezzi elmi e i mantelli neri, le lance lunghe, le spade e i pugnali, avevano un aspetto opportunamente minaccioso. Per questo Jon aveva scartato i giovani imberbi e le barbe grigie al suo comando, scegliendo otto tra i guerrieri migliori: Ty e Mully, Lew il Mancino, il Grande Liddle, Rory, Fulk la Pulce, Garrett Lanciaverde. E Cinghia, il nuovo maestro d'armi del Castello Nero, per mostrare al popolo libero che anche un uomo che aveva combattuto per Mance Rayder nella battaglia sotto la Barriera poteva trovare un posto d'onore nei guardiani della notte.

Mentre il gruppo raggiungeva il portale di ghiaccio, a est era apparso un cupo rossore. "Le stelle stanno svanendo" notò Jon. Al loro ritorno avrebbero illuminato un mondo cambiato per sempre. Alcuni uomini della regina osservavano, raccolti attorno alle braci del fuoco notturno di lady Melisandre. Jon gettò uno sguardo alla Torre del Re: scorse un lampo rosso dietro una delle finestre. Nessuna traccia della regina Selyse.

Era giunto il momento. «Aprite il portale» disse Jon Snow con voce pacata.

«*APRITE IL PORTALE!*» ruggì il Grande Liddle. La sua voce era come un tuono.

Settecento piedi più in alto, le sentinelle lo udirono, portandosi alle labbra i corni da guerra. Il suono crebbe, echeggiando contro la Barriera e diffondendosi nel resto del mondo. *Ahooooooooooooooooooooooo.* Un solo, lungo ululato. Per mille anni e più, quel suono aveva significato ranger che rientrano. Quel giorno significava qualcosa di diverso. Quel giorno avrebbe portato i bruti verso le loro nuove dimore.

Alle due estremità del lungo tunnel, i cancelli vennero spalancati e le sbarre di ferro rimosse. La luce dell'alba si rifletteva in alto sul ghiaccio, rosa, oro e viola. Edd l'Addolorato non si era sbagliato. La Barriera avrebbe presto cominciato a lacrimare. "Vogliano gli dèi che sia la sola a lacrimare."

Satin li precedette lungo il tunnel scavato nel ghiaccio, scacciando le tenebre con una lanterna di ferro. Jon lo seguiva, tenendo il cavallo per le briglie. Poi le sue guardie. Dopo di loro Bowen Marsh e i suoi attendenti, una ventina, ciascuno con un proprio compito. In alto, Ulmer di Bosco del Re aveva il comando della Barriera. Con lui c'erano quaranta dei migliori arcieri del Castello Nero, pronti a rispondere con una pioggia di frecce a qualsiasi scontro si fosse verificato in basso.

A nord della Barriera, Tormund Veleno dei Giganti stava aspettando, in sella a un piccolo pony che sembrava decisamente troppo macilento per reggere il suo peso. Con lui c'erano i suoi due figli superstiti, Toregg l'Alto e il giovane Dryn, con una sessantina di guerrieri.

«*Haaar!*» esclamò Tormund. «Guardie, eh? Allora dov'è la fiducia, corvo?»

«Tu hai portato più uomini di me.»

«Sì. Vieni qui, ragazzo. Voglio che la mia gente ti veda. Migliaia di loro non sanno nemmeno com'è fatto un lord comandante, uomini adulti che da ragazzini si sono sentiti dire che, se non facevano i bravi, voi ranger li avreste mangiati vivi. Devono vederti come sei, un giovane dalla faccia lunga con addosso un vecchio mantello nero. Devono capire che dei guardiani della notte non c'è da avere paura.»

"Questo preferirei che non lo imparassero." Jon si tolse il guanto dalla mano ustionata, si portò due dita alla bocca e lanciò un fischio. Spettro arrivò di corsa dal portale. Il pony di Tormund indietreggiò così bruscamente che per poco il bruto non venne sbalzato giù dalla sella.

«Non c'è da avere paura» ripeté Jon. «Spettro. Fermo.»

«Sei proprio un bastardo dal cuore nero, Lord Corvo.» Tormund il Soffiatore di Corno portò il suo corno da guerra alle labbra. Il suono riverberò contro il ghiaccio come il boato di un tuono, e il popolo libero cominciò a dirigersi verso il portale.

Dall'alba fino al tramonto Jon Snow guardò i bruti passare. Per primi gli ostaggi: un centinaio di ragazzi fra gli otto e i sedici anni. «Il tuo prezzo di sangue, Lord Corvo» dichiarò Tormund. «Spero che i lamenti delle loro povere madri non vengano a tormentarti la notte in sogno.» Alcuni ragazzi erano stati accompagnati al portale dai genitori, altri dai fratelli maggiori. I più arrivavano da soli. Ragazzi di quattordici, quindici anni erano ormai quasi degli uomini, e non volevano essere visti attaccati alle sottane di una donna.

Due attendenti li contavano mentre passavano, annotando i nomi su lunghi rotoli di cartapecora. Un terzo attendente prendeva in consegna i loro oggetti di valore come pedaggio, prendendo nota anche di quelli. Quei ragazzi andavano in un posto dove nessuno di loro era mai stato, per entrare in un ordine guerriero che da migliaia di anni era stato nemico del loro popolo, eppure Jon non vide lacrime né udì madri gemere. "Questo è il popolo dell'inverno" ricordò a se stesso. "Là da dove vengono, le lacrime si gelano sulle guance." Non un solo ostaggio esitò, né cercò di sgattaiolare via quando arrivò il suo turno di entrare in quel tunnel buio.

Quasi tutti quei ragazzi erano magri, alcuni addirittura emaciati, con le giunture spigolose e le membra simili a rami secchi. Nulla di diverso da quello che Jon si era aspettato. Ce n'erano di tutti i tipi e di tutti i colori: ragazzi alti e ragazzi bassi, ragazzi con i capelli castani e ragazzi con i capelli neri, biondo miele, biondo platino e teste rosse baciate dal fuoco, come Ygritte. Vide ragazzi sfregiati, ragazzi storpi, ragazzi butterati. I più grandicelli avevano spesso le guance ricoperte da una leggera peluria ed esili baffi sul labbro superiore, ma uno aveva una barba folta come quella di Tormund. Certi indossavano morbide pellicce, altri cuoio bollito e pezzi di armatura, la maggior parte lana e pelli di foca, pochi erano coperti di stracci. Uno era nudo. Molti avevano con sé delle armi: lance appuntite, randelli con spuntoni, reti attorcigliate, qua e là si notava anche qualche vecchia spada smangiata dalla ruggine. I giovani piedi di corno camminavano con passo leggero e scalzi tra i tumuli di neve. Altri ragazzi calzavano zampe d'orso applicate agli stivali, spostandosi al di sopra di quegli stessi tumuli senza mai sfondarne la crosta. Sei ragazzi arrivarono a cavallo; due a dorso di mulo. L'ostaggio più grosso di tutti era alto sei piedi e mezzo, ma aveva un viso da bambino; il più piccolo diceva di avere nove anni ma non ne dimostrava più di sei.

Una particolare attenzione fu prestata ai figli di noti guerrieri. Tormund si curò di indicarli mentre passavano. «Quello è il figlio di Soren Spezzascudi» disse, indicando una ragazzo alto. «Lui, con i capelli rossi, è il piccolo di Gerrick Sanguereale. A sentire lui, discende da Raymun Barbarossa. Per la verità, da suo fratello minore.» Due ragazzi si assomigliavano al punto da sembrare gemelli, ma Tormund insisté che erano cugini, nati a un anno di distanza l'uno dall'altro. «Uno è figlio di Harle il Cacciatore, l'altro di Harle il Bello, entrambi nati dalla stessa donna. I padri si odiano. Fossi in te, ne manderei uno al Forte Orientale e l'altro alla Torre delle Ombre.»

Altri ostaggi furono indicati come figli di Howd il Viandante, Brogg, Devyn Scuoiatore di Foche, Kyleg Orecchio di legno, Morna Maschera Bianca, il Grande Tricheco…

«Il Grande Tricheco? Sul serio?»

«Hanno degli strani nomi lungo la Costa Congelata.»

Tre ostaggi erano figli di Alfyn Ammazzacorvi, un infame predone ucciso da Qhorin il Monco. O almeno così sosteneva Tormund. «Non sembrano fratelli» osservò Jon.

«Fratellastri, nati da madri diverse. Il membro di Alfyn era un affarino minuscolo, ancora più piccolo del tuo, ma lui non è mai stato timido quando si trattava d'infilarlo. Ha fatto un figlio in ogni villaggio.»

Di un ragazzino magro, con la faccia da topo, Tormund disse: «Quello, invece, è il figlio di Varamyr Seipelli. Te lo ricordi Varamyr, Lord Corvo?».

Jon se lo ricordava. «Il metamorfo.»

«*Aye*. Ed era anche un'infame canaglia. Adesso è morto, quasi di certo. Nessuno lo ha più visto dopo la battaglia.»

Due ragazzi in realtà erano delle ragazze. Jon se ne accorse e ordinò a Rory e al Grande Liddle di portargliele. Una venne piuttosto tranquillamente, l'altra scalciando e mordendo. "Qui può finire male."

«Queste due hanno dei padri famosi?»

«*Haaar!* Questi esseri pelle e ossa? Direi proprio di no. Fanno parte della massa.»

«Sono femmine.»

«Davvero?» Tormund le guardò dalla sella socchiudendo gli occhi. «Io e il Lord Corvo abbiamo fatto una scommessa su chi di voi due ce l'ha più grosso. Tiratevi giù le brache e fateci vedere.»

Una delle ragazze arrossì. L'altra fece la faccia feroce con aria di sfida. «Tu ci lasci in pace, Tormund Puzza dei Giganti. Lasciaci andare.»

«*Haaar!* Hai vinto tu, Lord Corvo. Sono in due ma non hanno neanche un cazzo. Quella più piccola, però, ha un bel paio di palle. Una futura moglie di lancia.» Tormund chiamò i suoi uomini. «Trovate degli abiti da femmina per queste due prima che lord Snow se la faccia nelle mutande.»

«Al loro posto, voglio due ragazzi.»

«E perché?» Tormund si grattò la barba. «Un ostaggio è un ostaggio, dico io. La tua spada grossa e affilata può tagliare la testa a una ragazza altrettanto facilmente che a un ragazzo. E un padre vuole altrettanto bene alle sue figlie. Be', la maggior parte dei padri…»

"Non è dei padri che mi preoccupo." «Mance Rayder ha mai cantato la canzone del *Coraggioso Danny Flint*?»

«Non che io ricordi. Chi era?»

«Una ragazza che si è travestita da uomo per poter entrare nei guardiani della notte. La sua canzone è triste e bella. La fine della ragazza no.» In certe versioni della ballata, lo spettro della fanciulla continuava a infestare il Forte della Notte. «Manderò le ragazze a Lungo Tumulo.» Gli unici uomini in quel fortilizio erano Edd l'Addolorato ed Emmett il Ferrigno, e Jon si fidava di entrambi. Non poteva dire lo stesso di tutti gli altri confratelli.

Il bruto comprese. «Brutti uccellacci, voialtri corvi.» Sputò. «Allora, altri due ragazzi. Li avrai.»

Quando novantanove ostaggi erano stati inghiottiti dal tunnel sotto la Barriera, Tormund Veleno dei Giganti presentò l'ultimo. «Mio figlio Dryn. Fa' in modo che sia trattato bene, corvo, altrimenti mi arrostisco il tuo fegato nero e me lo mangio.»

Jon osservò attentamente il ragazzo. "Ha l'età di Bran. O meglio, l'età che avrebbe avuto Bran se Theon non lo avesse ucciso." Dryn, però, non aveva niente della dolcezza di Bran. Era un ragazzo tozzo, con le gambe corte, le braccia grosse e una larga faccia rossa; una versione in miniatura di suo padre, con una folta criniera di capelli neri.

«Servirà come mio paggio» promise a Tormund.

«Sentito, Dryn? Per cui vedi di non montarti la testa.» Poi Tormund si rivolse a Jon. «Di tanto in tanto gli fa bene una bella battuta. Ma sta' attento ai denti, perché morde.» Quindi riprese il corno, lo sollevò e lanciò un altro squillo.

Questa volta, vennero avanti i guerrieri. E non erano soltanto cento. "Cinquecento" valutò Jon Snow, mentre uscivano da sotto gli alberi "forse anche mille." Uno su dieci era a cavallo, ma erano tutti armati. Di traverso sulla schiena portavano scudi di paglia intrecciata ricoperti di pelli o di cuoio bollito, con sopra dipinti ragni e serpenti, teste mozzate, mazze insanguinate, teschi sfondati, demoni. Alcuni indossavano pezzi di armatura rubate, resti segnati e ammaccati, evidentemente sottratti ai cadaveri dei ranger caduti. Altri erano armati di ossa, come Rattleshirt. Tutti indossavano pellicce e cuoio. Assieme a loro c'erano anche delle mogli di lancia, con i lunghi capelli sciolti al vento. Guardandole, Jon non poté fare a meno di pensare a Ygritte: al bagliore del fuoco che aveva nei capelli, all'espressione del suo viso quando si era spogliata davanti a lui nella caverna, al suono della sua voce. "Tu non sai niente, Jon Snow" gli aveva ripetuto centinaia di volte.

"È vero adesso come allora." «Avresti potuto mandare avanti prima le donne» disse a Tormund. «Le madri e le fanciulle.»

Il bruto gli lanciò un'occhiata astuta. «*Aye*, avrei potuto, certo. E magari voi corvi decidevate di chiudere quel portale. Un po' di guerrieri dall'altra parte e, guarda un po', il portale resta aperto, vero?» Sogghignò. «Ho comprato il tuo fottuto cavallo, Jon Snow. Ma questo non vuole dire che non gli contiamo i denti. Adesso però non cominciare a pensare che io e miei non abbiamo fiducia in te. Noi ci fidiamo di te quanto tu ti fidi di noi.» Tormund emise un grugnito. «Volevi dei guerrieri? Be', eccoli. E ognuno di loro vale sei dei tuoi corvi neri.»

Jon dovette sorridere. «Fintanto che riservano quelle armi al nostro comune nemico, a me sta bene.»

«Ti ho dato la mia parola, no? La parola di Tormund Veleno dei Giganti, che è forte come il ferro.» Si voltò e sputò.

Tra quel fiume di guerrieri c'erano i padri di molti ostaggi. Alcuni, passando, guardavano Jon con gelidi occhi morti, tastando l'impugnature delle spade. Altri invece gli sorridevano come fosse un consanguineo che non vedevano da molto tempo, anche se parecchi di quei sorrisi lo misero a disagio più di qualsiasi sguardo d'odio. Nessuno s'inginocchiò, ma molti prestarono giuramento. «Quello che Tormund ha giurato, lo giuro» dichiarò Brogg dai capelli scuri, uomo di poche parole. Soren Spezzascudi chinò appena il capo e ringhiò. «L'ascia di Soren è tua, Jon Snow, se mai un giorno ti servirà.» Gerrick Sanguereale dalla barba rossa portò tre figlie. «Saranno delle brave mogli e daranno ai loro mariti figli di sangue reale» si vantò. «Discendono come loro padre da Raymun Barbarossa, che è stato Re oltre la Barriera.»

La discendenza di sangue tra i bruti aveva poco o nessun valore, Jon lo sapeva. Glielo aveva spiegato Ygritte. Le figlie di Gerrick avevano i capelli rosso fuoco come lei, solo che i suoi erano un groviglio di ricci, mentre quelli delle tre ragazze erano lisci. "Baciate dal fuoco."

«Tre principesse, una più bella dell'altra» disse a loro padre. «Farò in modo che vengano presentate alla regina.»

Selyse Baratheon avrebbe accolto meglio queste tre ragazze di come aveva accolto Val, pensò Jon; erano più giovani e di certo meno minacciose. "Graziose d'aspetto, anche se il padre sembra un pazzo."

Howd il Viandante prestò giuramento sulla sua spada, il pezzo di ferro più graffiato e malridotto che Jon avesse mai visto. Devyn Scuoiatore di Foche gli offrì in dono un berretto di pelle di foca, Harle il Cacciatore una collana di artigli d'orso. Morna, la strega guerriera, si tolse la maschera di albero-diga il tempo necessario per baciare la mano guantata di Jon e giurò di essere il suo uomo, o la sua donna, come preferiva. E andò avanti così.

Passando, ogni guerriero si spogliava dei propri oggetti di valore e li gettava in uno dei carretti che gli attendenti avevano messo prima del portale. Pendenti d'ambra, monili d'oro, pugnali tempestati di gemme, spille d'argento ornate anch'esse di pietre, bracciali, anelli, coppe di niello e boccali d'oro, corni da guerra e corni per bere, un pettine di giada verde, una collana di perle d'acqua dolce… tutto consegnato a Bowen Marsh e registrato. Un bruto rinunciò a una giubba di scaglie d'argento, di certo appartenuta a qualche alto lord. Un altro cedette una spada spezzata con tre zaffiri incastonati nell'impugnatura.

Ma c'erano anche oggetti più insoliti: un mammut giocattolo fatto di pelame di vero mammut, un fallo d'avorio, un elmo ricavato dal cranio di un unicorno, completo di corno. Quanto cibo si sarebbe potuto comprare nelle città libere con quegli oggetti, Jon Snow non ne aveva idea.

Dopo i guerrieri, vennero gli uomini della Costa Congelata. Jon osservò una dozzina dei loro grossi carri da guerra fatti d'ossa passargli davanti l'uno dopo l'altro, sbatacchiando come Rattleshirt. Alcuni avevano ancora le ruote; invece altri erano sorretti da portatori. Questi ultimi scivolavano con facilità tra i tumuli di neve, mentre i carri su ruote affondavano e arrancavano.

I cani che trainavano i carri erano bestie impressionanti, grandi come dei meta-lupi. Le donne erano avvolte in pelli di foca, alcune avevano degli infanti al seno. I bambini più grandi caracollavano dietro alle madri, scrutando Jon con occhi scuri e duri come le pietre che serravano tra le dita. Alcuni uomini portavano delle corna di cervo sopra i loro cappelli, altri delle zanne di tricheco. I due gruppi, i cervi e i trichechi, non si amavano, come Jon ebbe ben presto modo di capire. Qualche renna scarna era di retroguardia, insieme a grossi cani da guardia che mordevano i garretti delle ritardatarie.

«Sta' attento a quelli là, Jon Snow» avvertì Tormund. «È gente selvaggia. Gli uomini sono cattivi, le donne peggio ancora.» Prese un otre di pelle dalla sella e lo offrì a Jon. «Prendi. Forse questo te li farà sembrare meno minacciosi. E ti scalderà per la notte. No, è per te: tienilo. Butta giù una bella sorsata.»

Nell'otre c'era dell'idromele così potente da far lacrimare gli occhi di Jon, mentre viticci infuocati gli serpeggiavano nel petto.

«Sei un brav'uomo, Tormund Veleno dei Giganti. Per essere un bruto.»

«Meglio dei più, forse, ma non come alcuni.»

Intanto i bruti continuavano a passare, e il sole avanzava nel limpido cielo azzurro. Poco prima di mezzogiorno, il flusso si arrestò quando un carro trainato da un bue si incagliò in una curva all'interno del tunnel. Jon Snow andò dentro a vedere di persona. Il carro era ormai incastrato in profondità. Gli uomini più indietro minacciavano di demolire a colpi d'accetta il carro e di macellare il bue, mentre il conducente e i suoi parenti giuravano di uccidere chiunque ci avesse provato. Con l'aiuto di Tormund e di suo figlio Toregg, Jon riuscì a evitare che i bruti arrivassero al sangue, ma ci volle quasi un'ora prima che la strada venisse riaperta.

«Tu avresti bisogno di un portale più grande» si lamentò Tormund, lanciando uno sguardo tetro al cielo, dove si erano addensate un po' di nubi. «Il passaggio è fottutamente lento. È come prosciugare il Fiumelatte aspirando con una canna. *Haaar!* Come mi piacerebbe avere il Corno di Joramun. Basterebbe dare una bella soffiata, e poi tutti quanti potremmo arrampicarci sulle macerie.»

«Melisandre lo ha bruciato.»

«Ah, davvero?» Tormund si diede una manata sulla coscia e ululò: «Ha bruciato un gran bel corno, *aye*. È un maledetto peccato. Aveva mille anni. Lo abbiamo trovato nella tomba di un gigante, e nessuno di noi aveva mai visto un corno così grande. Dev'essere stato per questo che a Mance è venuta l'idea di dirti che era quello di Joramun. Voleva far credere a voi corvi che aveva la possibilità di abbattere la vostra stramaledetta Barriera. Ma il vero corno non è mai stato trovato, anche se abbiamo scavato dappertutto. Altrimenti, ogni suddito dei Sette Regni avrebbe una scorta di ghiaccio da rinfrescarci il vino per tutta l'estate».

Jon si girò sulla sella, corrugando la fronte. "E Joramun aveva suonato il Corno dell'Inverno e svegliato i giganti nella terra." Quel corno enorme con le fasce d'oro antico, su cui erano incise rune ancestrali… Era stato Mance a mentirgli, oppure Tormund gli stava mentendo adesso? "Se il corno di Mance era solo un falso, dove si trova il *vero* Corno di Joramun?"

Nel pomeriggio il sole era svanito, e la giornata diventò grigia e ventosa.

«Un cielo da neve» annunciò Tormund in tono lugubre.

Anche altri sembravano aver visto il medesimo presagio in quelle nubi bianche e piatte. Questo parve spronarli a fare più in fretta. I nervi di alcuni iniziavano a logorarsi. Un uomo venne accoltellato mentre cercava di passare davanti ad altri che erano in fila da ore. Toregg strappò la lama dalla mano dell'aggressore, trascinò entrambi gli uomini fuori dalla calca e li rimandò all'accampamento dei bruti, a ripartire da zero.

«Tormund» disse Jon, osservando quattro donne anziane trascinare un carro pieno di bambini «parlami del nostro nemico. Voglio sapere tutto quello che c'è da sapere sugli Estranei.»

«L'anziano guerriero si passò la mano sulla bocca. «Non qui» borbottò «non da questo lato della tua Barriera.» Lanciò uno sguardo inquieto verso gli alberi ammantati di bianco. «Loro non sono mai lontano, sai? Di giorno non escono, quando fuori splende il nostro vecchio sole, ma non credere che ciò significhi che se ne sono andati. Le ombre non se ne vanno mai. Forse non le vedi, ma loro ti seguono sempre.»

170

«Vi hanno dato dei problemi nella vostra marcia verso sud?»

«Non sono mai arrivati in forze, se è questo che vuoi dire, ma erano comunque con noi, artigliandoci ai fianchi. Abbiamo perso più pattugliatori di quanti voglio ricordare, e se ti allontanavi o restavi indietro ti giocavi la pelle. Ogni sera, al calare delle tenebre, accendevamo dei fuochi tutto attorno ai nostri accampamenti. Loro non amano le fiamme, questo è certo. Però quando è arrivata la neve… con la neve, il ghiaccio e la pioggia è fottutamente difficile trovare della legna asciutta o far funzionare le esche, e poi il freddo… certe notti i nostri fuochi sembravano addirittura accartocciarsi e poi morire. In notti come quelle, quando viene il mattino scopri sempre che qualcuno è morto. A meno che non ti trovino prima loro. Quella notte in cui Torwyrd… il mio figliolo, lui…» Tormund si voltò dall'altra parte.

«Lo so» disse Jon Snow.

Tormund si girò di nuovo verso di lui. «Tu non sai niente. Hai ucciso un uomo morto, *aye*, questo l'ho sentito. Mance ne ha uccisi a centinaia. Un uomo può combattere un morto, ma quando arrivano i loro padroni, quando si levano le brume bianche… come fai a combattere la bruma, corvo? Ombre con i denti… un'aria talmente fredda che fa male anche solo respirare, come avere un coltello piantato nel petto… Tu non sai, tu non puoi sapere… La tua spada può tagliare il *freddo*?»

"Vedremo." Jon pensò alle cose che Samwell Tarly gli aveva detto su quello che aveva trovato in quei libri antichi. Lungo artiglio era stata creata nei fuochi dell'antica Valyria, forgiata nelle fiamme dei draghi e intrisa di sortilegi. "Sam lo chiamava 'acciaio di drago': più robusto del comune acciaio, più leggero, più resistente, più affilato…" Ma le parole in un libro sono una cosa. La prova decisiva si aveva in battaglia.

«Hai ragione» ammise Jon. «Io non so niente. E se gli dèi sono misericordiosi, non saprò *mai* niente.»

«Gli dèi raramente sono misericordiosi, Jon Snow.» Tormund accennò verso il cielo. «Le nubi si addensano. È già più buio, più freddo. La tua Barriera non lacrima più. Guarda.» Si voltò e ordinò a Toregg. «Torna all'accampamento e falli muovere. I malati, gli stremati, i pigri e i codardi, fa' in modo che si mettano sui loro fottuti piedi. Da' fuoco alle loro fottutissime tende, se necessario. Al calare delle tenebre, questo portale deve essere chiuso. Allora, chi non avrà attraversato la Barriera, deve solo pregare che siano gli Estranei a raggiungerlo prima di me. Mi hai sentito?»

«Ti ho sentito.» Toregg diede di speroni e partì al galoppo verso la coda della colonna.

Intanto i bruti continuavano ad arrivare. La giornata diventò più scura, proprio come aveva detto Tormund. Le nubi coprivano il cielo da orizzonte a orizzonte, e il calore svanì. Al portale c'era di nuovo ressa, con uomini, capre e manzi che si spintonavano a vicenda.

"Questa non è solo impazienza" si rese conto Jon. "Hanno paura. Guerrieri, mogli di lancia, predoni, hanno tutti paura di quelle foreste, delle ombre che scivolano tra gli alberi. Vogliono attraversare la Barriera prima che calino le tenebre."

Un fiocco di neve fluttuò nell'aria. Poi un altro. "Danza con me, Jon Snow" pensò. "Hai già danzato con me in passato."

E intanto i bruti continuavano ad arrivare. Alcuni avanzavano più spediti, affrettandosi ad attraversare quello che era stato un campo di battaglia. Altri – i vecchi, i giovani, i deboli – riuscivano a stento a muoversi. Quel mattino il campo era ricoperto da uno spesso strato di neve vecchia, la cui crosta bianca scintillava sotto il sole. Ora quello stesso campo era marrone, nero e scivoloso. Il passaggio del popolo libero aveva trasformato il terreno in fango e melma: ruote di legno e zoccoli di cavalli, pattini di ossa, corno e ferro, gente in groppa a maiali, stivali pesanti, zampe di vacche e manzi, scuri piedi nudi del clan dei piedi di corno, tutto questo aveva lasciato il segno. E quel suolo ora molle faceva sì che l'avanzata fosse ancora più lenta.

«Tu avresti bisogno di un portale più grande» si lamentò di nuovo Tormund.

Nel tardo pomeriggio la neve cadeva fitta, ma il fiume dei bruti si era ormai ridotto a un ruscello. Colonne di fumo si levavano dalle foreste, dove sorgeva il loro accampamento.

«È Toregg» spiegò Tormund. «Sta bruciando i morti. Ci sono sempre quelli che vanno a dormire e non si svegliano più. Li trovi nelle loro tende, raggomitolati su se stessi, congelati. Toregg sa quello che deve fare.»

Il ruscello era diventato poco più di un rigagnolo, quando Toregg riemerse dalle foreste. Era accompagnato da una dozzina di guerrieri a cavallo, tutti armati di lance e di spade.

«La mia retroguardia» spiegò Tormund con un sorriso dai denti mancanti. «Voi corvi avete i ranger. Anche noi. Li ho lasciati all'accampamento, nel caso loro ci avessero attaccato prima che fossimo passati tutti.»

«I tuoi uomini migliori.»

«O forse i peggiori. Ognuno ha ammazzato almeno un corvo.»

In mezzo agli uomini a cavallo ce n'era uno a piedi, con una bestia tozza che gli trottava dietro. "Un cinghiale" vide Jon. "Un cinghiale mostruoso." Grosso il doppio di Spettro, l'animale era coperto da una ruvida peluria nera, con zanne lunghe quanto il braccio di un uomo. Jon non aveva mai visto un cinghiale così immane e così brutto. Ma anche l'uomo vicino all'animale non era una bellezza: corpulento, con le sopracciglia cespugliose, il naso schiacciato, le mascelle quadrate coperte da un'ispida barba nera, gli occhi piccoli e ravvicinati.

«Borroq.» Tormund si girò e sputò.

«Un metamorfo.» Non era una domanda. Lui già *sapeva*.

Spettro si voltò. Fino a quel momento, la nevicata aveva coperto l'odore del cinghiale, ma adesso il meta-lupo albino l'aveva fiutato. Passò davanti a Jon, con le zanne snudate in un ringhio silenzioso.

«*No!*» scattò Jon. «Spettro, buono. Fermo. *Fermo!*»

«Cinghiali e lupi» intervenne Tormund. «Meglio che stanotte tieni la tua bestia sotto chiave. Farò in modo che Borroq faccia lo stesso con il suo porco.» Diede un altro sguardo al cielo che diventava sempre più scuro. «Loro sono gli ultimi, e meno male. Nevicherà tutta la notte, me lo sento. È tempo che anch'io dia un'occhiata a quello che c'è dall'altra parte di questo ghiaccio.»

«Va' avanti tu» disse Jon. «Voglio essere l'ultimo ad attraversare il tunnel. Ci vediamo al banchetto.»

«Banchetto? *Haaar!* Ecco una parola che mi piace sentire.» Il bruto voltò il cavallo verso la Barriera e gli diede una pacca sul posteriore.

Toregg e gli altri cavalieri lo seguirono, smontando prima del portale per condurre le loro cavalcature per le briglie. Bowen Marsh si trattenne abbastanza per sorvegliare mentre i suoi attendenti trascinavano gli ultimi carri nel tunnel. A quel punto rimanevano solo Jon Snow e le sue guardie.

Il metamorfo si fermò a una decina di iarde da loro. Il suo mostro raspò il terreno, annusando, soffiando. Uno strato di pulviscolo nevoso copriva lo scuro dorso ricurvo del cinghiale. L'animale emise un grugnito, abbassando la testa, e per un momento Jon pensò che stesse per caricare. Al suo fianco, i confratelli abbassarono le lance.

«Fratello» disse Borroq.

«È meglio che t'incammini anche tu. Stiamo per chiudere il portale.»

«Sì» rispose Borroq. «Chiudetelo e sprangatelo. *Loro* stanno arrivando, corvo.» Il metamorfo gli rivolse il sorriso più laido che Jon avesse mai visto, e si diresse verso la Barriera. Il cinghiale gli andò dietro. Ben presto la neve cancellò le loro impronte.

«Abbiamo finito» disse Rory una volta che il ghiaccio li ebbe inghiottiti.

"No" pensò Jon Snow "abbiamo appena cominciato."

Bowen Marsh lo aspettava sul lato sud della Barriera, con una pergamena piena di numeri.

«Oggi, tremilacentodiciannove bruti hanno varcato il portale» riferì il lord attendente. «Sessanta ostaggi sono stati trasferiti al Forte Orientale e alla Torre delle Ombre, dopo essere stati rifocillati. Edd Tollett sta portando sei carri carichi di donne a Lungo Tumulo. Il resto dei bruti rimarrà con noi.»

«Non per molto» gli promise Jon. «Tormund intende portare entro un paio di giorni il suo clan a Scudo di Quercia. Gli altri se ne andranno non appena avremo deciso dove metterli.»

«Come tu dici, lord Snow.» Le parole erano secche. E il tono suggeriva che Bowen Marsh avrebbe già saputo dove metterli.

La fortezza cui Jon fece ritorno era molto diversa dal luogo che aveva lasciato quella mattina. Da quando era arrivato, il Castello Nero era sempre stato un luogo di ombre e di silenzio, dove gli uomini in nero, un esiguo drappello, si muovevano come spettri fra le rovine di una cittadella che in passato ne aveva ospitati dieci volte tanti. Tutto questo era cambiato. Adesso erano illuminate finestre dietro le quali Jon Snow non aveva mai visto brillare una luce. Voci estranee echeggiavano negli spiazzi, e il popolo libero percorreva sentieri gelati che per lunghi anni avevano conosciuto solo gli stivali neri dei corvi. Davanti ai vecchi baraccamenti Flint, Jon incontrò una decina di uomini che ne bersagliava altrettanti a palle di neve. "Giocano" Jon era stupito. "Degli adulti che giocano come bambini, lanciandosi palle di neve, proprio come un tempo facevano Bran e Arya, e Robb e io prima di loro."

Per contro, la vecchia armeria di Donal Noye rimaneva come sempre immersa nelle tenebre e nel silenzio, e gli alloggi di Jon, sul retro della forgia fredda, erano ancora più tenebrosi. Ma appena si tolse il mantello, Dannell infilò la testa dalla porta, annunciando Clydas, che gli portava un messaggio.

«Fallo entrare.» Jon accese un'esca con le braci residue nel focolare, e tre candele con l'esca.

Clydas venne dentro, con gli occhi rossi e ammiccando, la pergamena stretta in una mano delicata. «Chiedo venia, lord comandante. So che devi essere stanco, ma ho ritenuto che avresti voluto vederlo immediatamente.»

«Hai fatto bene.» Jon lesse:

Ad Aspra Dimora, con sei navi. Mari tempestosi. La *Uccello nero* perduta con tutto il suo equipaggio, due navi lyseniane andate ad arenarsi su Skane, la *Artiglio* imbarca acqua. Situazione qui molto grave. I bruti divorano i propri morti. Cose morte nelle foreste. I capitani braavosiani imbarcheranno sulle loro navi solo donne e bambini. Le streghe dei clan ci chiamano schiavisti. Tentato arrembaggio alla *Corvo tempestoso* respinto, sei uomini dell'equipaggio caduti, molti bruti. Rimangono otto corvi messaggeri. Cose morte in acqua. Inviare rinforzi via terra, per mare impossibile a causa delle tempeste. Dalla *Artiglio*, scritto da maestro Harmune.

Cotter Pyke aveva aggiunto sotto la propria sigla rabbiosa.

«È grave, mio lord?» chiese Clydas.

«Abbastanza.» "Cose morte nelle foreste. Cose morte in acqua. Sei navi superstiti, di undici che sono salpate." Jon Snow arrotolò la pergamena, con la fronte corrugata. "Cala la notte" pensò "e adesso inizia la mia guerra."

«Tutti in ginocchio al cospetto di sua magnificenza Hizdahr zo Loraq, il quattordicesimo del suo nobile nome, re di Meereen, figlio di Ghis, ottarca dell'antico Impero, padrone dello Skahazadhan, consorte dei draghi e sangue dell'Arpia» ruggì l'araldo. La sua voce echeggiò sul pavimento di marmo e riverberò tra i pilastri.

Ser Barristan Selmy infilò una mano tra le pieghe del mantello e allentò la spada nel fodero. Nessuna lama era ammessa al cospetto del re, a parte quelle dei suoi protettori. A quanto pareva, lui era ancora considerato uno di loro, pur essendo stato congedato. Quanto meno, nessuno aveva tentato di togliergli la spada.

Daenerys Targaryen preferiva tenere corte seduta su una panca di ebano lucido, liscia e semplice, coperta dai cuscini che ser Barristan le aveva procurato per farla stare più comoda. Re Hizdahr aveva sostituito la panca con due imponenti troni di legno dorato, i cui alti schienali erano scolpiti a forma di drago. Il re sedeva sul trono di destra, con la corona d'oro in testa e lo scettro tempestato di gioielli nella sua pallida mano. Il secondo trono era vuoto.

"Il trono è importante" pensò ser Barristan. "Ma nessuno scranno a forma di drago può sostituire un *vero* drago, per quanto elaborate siano le sue incisioni."

Alla destra dei due troni gemelli torreggiava Goghor il Gigante, un colosso dal volto rude solcato di cicatrici. A sinistra c'era Gatto Maculato, con una pelle di leopardo di traverso sulla spalla. Dietro di loro Belaquo Spaccateste e Khrazz dallo sguardo freddo. "Tutti uomini abituati a uccidere" rimuginò Selmy "ma un conto è affrontare un avversario in una fossa da combattimento, annunciati da trombe e tamburi, un altro è scovare un assassino in agguato prima che possa colpire."

Era ancora mattino e faceva fresco, eppure ser Barristan si sentiva sfinito, come se avesse duellato tutta la notte. Più invecchiava, meno sembrava avere bisogno di sonno. Quando era uno scudiero, dormiva anche dieci ore per notte, e si ritrovava comunque a sbadigliare mentre incespicava sullo spiazzo degli addestramenti. All'età di sessantatré anni, aveva scoperto che cinque ore di sonno gli erano più che sufficienti. La notte prima non aveva quasi chiuso occhio. La sua camera da letto era una piccola stanza attigua agli appartamenti della regina, in origine l'alloggio degli schiavi; l'arredo consisteva in un letto, un pitale, un guardaroba per i vestiti e una sedia, nel caso in cui avesse voluto accomodarsi. Sul tavolino da notte, ser Barristan teneva una candela di cera d'api e una piccola scultura del Guerriero. Anche se non era un uomo pio, la statuetta lo faceva sentire meno solo in quella strana città forestiera, ed era a lei che si appellava nelle tenebrose guardie notturne. "Proteggimi dai dubbi che mi attanagliano" aveva pregato "e concedimi la forza per fare ciò che è giusto." Però né la preghiera né l'alba gli avevano portato la certezza.

La sala era affollata come ser Barristan Selmy non l'aveva mai vista, ma l'anziano cavaliere notò soprattutto le assenze: Missandei, Belwas il Forte, Verme Grigio, Aggo, Jhogo e Rakharo, Irri e Jhiqui, Daario Naharis. Al posto del Testarasata c'era un uomo grasso, con una piastra pettorale con i muscoli scolpiti e una maschera leonina, le sue gambe tozze spuntavano da sotto un gonnellino fatto con strisce di cuoio: Marghaz zo Loraq, cugino del re, nuovo comandante delle Belve d'Ottone. Selmy aveva subito provato un profondo disprezzo per quell'uomo. Aveva avuto modo di conoscere gente come lui ad Approdo del Re: viscido con i superiori, infame con i sottoposti, tanto inetto quanto roboante e pieno di sé.

"Potrebbe esserci anche Skahaz" valutò ser Barristan "con la sua brutta faccia celata dietro a una maschera." Una quarantina di Belve d'Ottone erano schierate tra i pilastri, le fiamme delle torce brillavano sull'ottone lucidato delle loro maschere. Il Testarasata poteva essere uno qualsiasi di loro.

La sala risuonava del brusio incessante di centinaia di voci, che echeggiava contro i pilastri e il pavimento di marmo. Un suono sinistro, rabbioso. A Selmy ricordava il ronzio prodotto da un nido di calabroni un attimo prima di lanciarsi all'attacco in un'orda ribollente. E sulle facce della folla, Selmy lesse rabbia, dolore, sospetto, paura.

Il nuovo araldo del re non aveva ancora finito di declamare l'ordine del giorno della corte, che la turpitudine iniziò. Una donna cominciò a lamentarsi di un fratello morto nella Fossa di Daznak, un'altra dei danni al suo palanchino. Un grassone si strappò le bende per mostrare alla corte il braccio ustionato, con la carne ancora esposta e grondante pus. E quando un uomo con un tokar azzurro e oro iniziò a parlare di Harghaz l'Eroe, un liberto alle sue spalle lo spintonò, gettandolo a terra. Ci vollero sei Belve d'Ottone per dividerli e trascinare entrambi fuori dalla sala. "Volpe, falco, foca, locusta, leone, rospo." Selmy si domandò se quelle maschere avessero un significato per gli uomini che le portavano. I medesimi uomini indossavano le medesime facce di metallo ogni giorno, oppure sceglievano una faccia nuova ogni mattina?

«Silenzio!» invocò Reznak mo Reznak. «Per favore! Vi risponderò solamente se voi...»

«È vero?» urlò una liberta. «La nostra madre è morta?»

«No, no, no» strillò Reznak. «La regina Daenerys farà ritorno a Meereen quando lo riterrà necessario, in tutta la sua potenza e la sua maestà. Fino ad allora, sua magnificenza il re Hizdahr sarà...»

«Lui non è certo il mio re» urlò un liberto.

Gli uomini cominciarono a spintonarsi a vicenda.

«*La regina non è morta*» proclamò il siniscalco. «I suoi cavalieri di sangue sono stati inviati al di là dello Skahazadhan per cercare sua grazia e riportarla al suo amorevole consorte e ai suoi leali sudditi. Ognuno di loro ha con sé dieci cavalieri scelti, e ogni uomo ha tre cavalli veloci, così che possano arrivare lontano e in fretta. La regina Daenerys verrà ritrovata!»

Fu quindi il turno di un ghiscariano di alta statura con una tunica di broccato, che parlò con voce tanto sonora quanto gelida. Il re Hizdahr cambiò posizione sul trono a forma di drago, la sua faccia sembrava di pietra, mentre faceva del proprio meglio per apparire partecipe ma al tempo stesso impassibile. Ancora una volta fu il siniscalco a rispondere.

Ser Barristan si lasciò scorrere addosso l'untuoso eloquio di Reznak. I suoi anni nella Guardia reale gli avevano insegnato il trucco di sentire senza ascoltare, particolarmente utile quando l'oratore era intento a dimostrare che le parole erano davvero vento. Verso il fondo della sala, vide il giovane principe dorniano e i suoi due compagni. "Non avrebbero dovuto venire. Martell non si rende conto del pericolo. Daenerys era l'unica amica che aveva in questa corte, e ora lei se n'è andata." Si domandò quanto capissero di quello che veniva detto. Anche lui non riusciva sempre a decifrare l'imbastardita lingua ghiscariana degli schiavisti, specie quando parlavano velocemente.

Il principe Quentyn, quanto meno, ascoltava con attenzione. "Quello è degno figlio di suo padre." Basso e tarchiato, dai lineamenti ordinari, sembrava un bravo ragazzo, sobrio, sensibile, rispettoso... ma non certo il tipo che fa battere il cuore a una fanciulla. E Daenerys Targaryen, ovunque fosse, era ancora una giovane fanciulla, come lei stessa diceva quando si divertiva a recitare la parte dell'innocente. Come tutte le brave regine anteponeva il suo popolo a se stessa – altrimenti non avrebbe mai sposato Hizdahr zo Loraq – ma la fanciulla che c'era dentro di lei anelava ancora alla poesia, alla passione, all'allegria. "Lei vuole il fuoco, e Dorne le ha mandato del fango."

Con il fango puoi fare un impacco per calmare la febbre. Nel fango puoi piantare dei semi e far crescere un raccolto per sfamare i tuoi figli. Il fango ti può nutrire, mentre il fuoco ti ridurrà in cenere, ma i folli, i bambini e le fanciulle scelgono sempre il fuoco.

Alle spalle del principe, ser Gerris Drinkwater stava bisbigliando qualcosa a Yronwood. Ser Gerris era tutto quello che il suo principe non era: alto, snello, attraente, con la grazia di uno spadaccino e l'astuzia di un cortigiano. Selmy non aveva dubbi che molte fanciulle dorniane dovevano avere passato le dita fra quei capelli schiariti dal sole e baciato quel sorriso seducente sulle sue labbra. "Se il principe fosse stato lui, forse le cose sarebbero andate diversamente" non poté fare a meno di pensare... anche se in Drinkwater c'era comunque qualcosa di fin troppo accattivante per i suoi gusti. "Conio falso" pensò l'anziano cavaliere. Aveva conosciuto molti uomini di quel genere.

Qualsiasi cosa stesse bisbigliando doveva essere divertente, perché il suo grosso amico calvo eruppe in un'improvvisa risata, talmente fragorosa che il re stesso voltò la testa verso i dorniani. Quando vide il principe Quentyn, Hizdahr zo Loraq si accigliò.

A ser Barristan non piacque la sua reazione. E quando il re fece cenno al cugino Marghaz di avvicinarsi, si protese in avanti e gli sussurrò qualcosa all'orecchio, gli piacque ancora meno.

"Io non ho giurato fedeltà a Dorne" si disse ser Barristan. Ma Lewyn Martell era stato un suo confratello giurato, questo nei giorni in cui il legame tra le spade bianche era ancora profondo. "Non ho potuto aiutare il principe Lewyn nella Battaglia del Tridente, ma posso aiutare suo nipote ora." Quentyn Martell stava danzando in un nido di vipere, e non vedeva nemmeno i serpenti. La sua permanenza a Meereen, dopo che Daenerys Targaryen era andata in sposa a un altro al cospetto degli dèi e degli uomini, era una provocazione per qualsiasi marito, e ora Quentyn non aveva più la regina a proteggerlo dalla rabbia di Hizdahr. "Anche se..."

Il pensiero colpì ser Barristan come uno schiaffo in piena faccia. Quentyn era cresciuto alla corte di Dorne. Complotti e veleni non erano per lui niente di nuovo. Né il principe Lewyn era stato il suo unico zio. "È parente della Vipera Rossa." Daenerys aveva scelto un altro come consorte, ma se Hizdahr fosse morto, lei sarebbe stata libera di sposarsi nuovamente. "E se il Testarasata si fosse sbagliato? Chi può dire che quelle locuste fossero per Daenerys? In fondo, si trovavano nel palco privato del re. E se invece fosse stato proprio *lui* la vittima designata?" La morte di Hizdahr avrebbe mandato all'aria quella fragile pace. I Figli dell'Arpia avrebbero ricominciato con i loro assassinii, gli yunkai con la loro guerra. Per Daenerys non avrebbe potuto esserci scelta migliore di Quentyn, con il suo patto nunziale.

Ser Barristan stava ancora lottando con quel sospetto, quando udì un rumore di stivali che salivano i ripidi scalini di pietra in fondo alla sala. Gli yunkai erano arrivati. Tre Saggi Padroni capeggiavano la processione della città gialla, ognuno con la sua scorta armata. Uno schiavista indossava un tokar di seta rossiccio con frange dorate, un altro un tokar a strisce indaco e arancione, il terzo una piastra pettorale con ricercate scene erotiche intarsiate in giaietto, giada e madreperla. Li accompagnava il capitano mercenario Barba Insanguinata, con una sacca di cuoio gettata di traverso sulla spalla massiccia, e sul viso un'espressione allegra e al tempo stesso assassina.

"Niente Principe Straccione in vista" notò Selmy. "Né Ben Plumm il Marrone." Ser Barristan lanciò una gelida occhiata a Barba Insanguinata. "Dammi anche solo mezza ragione di danzare con te, e vedremo chi ride ultimo."

Reznak mo Reznak avanzò come un verme. «Saggi Padroni, voi ci onorate. Suo splendore il re Hizdahr dà il suo benvenuto agli amici di Yunkai. Noi comprendiamo…»

«Comprendete *questo*.» Barba Insanguinata estrasse dalla sacca una testa mozzata e la lanciò al siniscalco.

Reznak emise uno squittio terrorizzato e schizzò da una parte. Il cranio rotolò oltre il punto in cui lui si trovava, lasciando una scia di sangue sul pavimento di marmo viola, fino a fermarsi contro il piede del trono a forma di drago del re Hizdahr. Da un capo all'altro della sala, le Belve d'Ottone abbassarono le lance. Goghor il Gigante avanzò pesantemente, mettendosi davanti al trono del re, mentre Gatto Maculato e Khrazz si schierarono ai lati, formando una barriera.

Barba Insanguinata rise. «Non morde. È morto.»

Con molta cautela il siniscalco si avvicinò alla testa e la sollevò delicatamente per i capelli. «L'ammiraglio Groleo.»

Ser Barristan spostò lo sguardo sul trono. Aveva servito così tanti re, che non poteva fare a meno d'immaginare come avrebbero reagito a una simile provocazione. Aerys si sarebbe tirato indietro inorridito, quasi certamente ferendosi con i rostri del Trono di Spade, dopo di che avrebbe ordinato ai suoi spadaccini di fare a pezzi gli yunkai. Robert avrebbe urlato che gli portassero la sua mazza da guerra, per ripagare Barba Insanguinata con la stessa moneta. Perfino Jaehaerys, ritenuto da molti un debole, avrebbe ordinato di arrestare Barba Insanguinata e gli schiavisti yunkai.

Re Hizdahr restò seduto immobile come una statua. Reznak sistemò la testa su un cuscino di raso ai piedi del re, poi si allontanò, la bocca distorta da una smorfia di ribrezzo. Ser Barristan poteva sentire il pesante profumo floreale del siniscalco a iarde di distanza.

Il morto aveva un'espressione di rimprovero. La barba era incrostata di sangue rappreso, anche se un filo rosso colava ancora dal collo reciso. A giudicare dal taglio, c'era voluto più di un colpo per spiccare la testa dal corpo. Sul fondo della sala, i questuanti cominciarono ad abbandonare la sala. Una delle Belve d'Ottone si tolse la maschera da falco e vomitò la colazione.

Per Barristan Selmy le teste mozzate non erano certo una novità. Questa però... Aveva solcato i mari di mezzo mondo insieme all'anziano navigatore, da Pentos a Qarth e poi di nuovo fino ad Astapor. "Groleo era un brav'uomo. Non si meritava questa fine. Tutto quello che voleva era tornare a casa." Il cavaliere tese i muscoli, restando in attesa.

«Questo» re Hizdahr disse alla fine «questo... non ci compiace, questo... che cosa significa questo... questo...»

Lo schiavista con il tokar rossiccio tirò fuori una pergamena. «Ho l'onore di portare questo messaggio da parte del concilio dei padroni.» Srotolò il documento. «Così è scritto: "In sette hanno fatto ingresso a Meereen per firmare gli accordi di pace e per presenziare ai giochi celebratori nella Fossa di Daznak. Come controparte per la loro salvaguardia, ci erano stati consegnati sette ostaggi. La città gialla piange la perdita del suo nobile figlio Yurkhaz zo Yunzak, il quale è perito crudelmente mentre era ospite di Meereen. Il sangue deve essere ripagato con il sangue".»

Groleo aveva una moglie a Pentos, figli, nipoti. "Perché, di tutti gli ostaggi, proprio lui?" Jhogo, Eroe, Daario Naharis, tutti comandavano dei guerrieri, mentre Groleo era stato un ammiraglio senza flotta. "Hanno tirato a sorte, oppure pensavano che fosse per noi quello cui tenevamo di meno, quello la cui morte difficilmente avrebbe causato una rappresaglia?" si domandava il cavaliere... Ma era più facile porsi quella domanda che trovare una risposta. "Non ho l'abilità necessaria per sciogliere simili enigmi."

«Vostra grazia» si fece avanti ser Barristan. «Se ti compiace ricordare, il nobile Yurkhaz è deceduto a causa di un incidente. È inciampato sui gradini mentre tentava di fuggire dal drago ed è stato calpestato dai suoi stessi schiavi e accompagnatori. Oppure il terrore gli ha fatto scoppiare il cuore. Era vecchio.»

«Chi è costui che osa parlare senza il consenso del re?» chiese il lord yunkai con il tokar a strisce; un uomo piccolo, con il mento sfuggente e denti troppo grossi per la sua bocca. A Selmy faceva venire in mente un coniglio. «I lord di Yunkai devono forse sopportare il berciare delle guardie?» Scosse le perle che ornavano le frange del suo tokar.

Hizdahr zo Loraq sembrava incapace di distogliere lo sguardo dalla testa mozzata. Soltanto quando Reznak gli bisbigliò qualcosa all'orecchio, tornò finalmente in sé. «Yurkhaz zo Yunzak era il vostro comandante supremo» disse. «Chi di voi parla adesso a nome di Yunkai?»

«Noi tutti» rispose il coniglio. «Il concilio dei padroni.»

Re Hizdahr trovò finalmente un po' di coraggio. «Allora tutti voi vi assumete la responsabilità di avere infranto la nostra pace.»

Gli rispose lo yunkai con la piastra pettorale. «La nostra pace non è stata infranta. Il sangue viene ripagato con il sangue, una vita con un'altra vita. Per dare prova della nostra buona fede, vi restituiamo tre dei vostri ostaggi.» Le schiere di ferro dietro di lui si aprirono. Tre meerensi vennero spinti avanti, stretti nei loro tokar: due donne e un uomo.

«Sorella» riconobbe Hizdahr zo Loraq, con freddezza. «Cugini.» Accennò alla testa che continuava a sanguinare. «Allontanatela dalla nostra vista.»

«L'ammiraglio era un uomo di mare» gli ricordò ser Barristan. «Forse vostra magnificenza potrebbe chiedere agli yunkai che ci venga restituito anche il suo corpo, così da potergli dare sepoltura sotto le onde.»

Il lord con i denti da coniglio fece un gesto con la mano. «Se questo compiace a vostro splendore, sarà fatto. Un ulteriore segno del nostro rispetto.»

Reznak mo Reznak si schiarì rumorosamente la gola. «Senza

intendere alcuna offesa, ma sembra che sua adorazione la regina Daenerys vi abbia dato… sette ostaggi. Gli altri tre…»

«Gli altri rimarranno nostri ospiti» annunciò il lord yunkai con la piastra pettorale «finché i draghi non saranno stati abbattuti.»

Il silenzio calò su tutta la sala. Poi ci furono mormorii e mugugni, maledizioni sussurrate, preghiere bisbigliate, i calabroni che si agitavano nel loro nido.

«I draghi…» riprese re Hizdahr.

«… sono dei mostri, come tutti hanno potuto constatare alla Fossa di Daznak. Nessuna pace è possibile, finché saranno in vita.»

Reznak replicò: «Sua magnificenza la regina Daenerys è la Madre dei Draghi. Lei sola può…».

Barba Insanguinata lo interruppe sprezzante. «Lei è morta. Bruciata e divorata. Le erbacce crescono attraverso il suo teschio spezzato.»

Queste parole furono accolte da un boato. Alcuni cominciarono a gridare e imprecare. Altri pestarono i piedi, fischiando in segno di approvazione. Le Belve d'Ottone furono costrette a battere il fondo delle loro lance sul marmo per riportare il silenzio nella sala.

Ser Barristan non staccò mai gli occhi di dosso da Barba Insanguinata. "È venuto qui per saccheggiare una città, e la pace di Hizdahr lo ha privato del bottino. Farà di tutto per dare inizio al massacro."

Lentamente, Hizdahr zo Loraq si alzò dal trono a forma di drago. «Devo consultarmi con il mio concilio. Questa corte si ritira.»

«Tutti in ginocchio al cospetto di sua magnificenza Hizdahr zo Loraq, il quattordicesimo del suo nobile nome, re di Meereen, figlio di Ghis, ottarca dell'antico Impero, padrone dello Skahazadhan, consorte dei draghi e sangue dell'Arpia» annunciò di nuovo l'araldo.

Le Belve d'Ottone si posizionarono tra i pilastri formando un'unica linea, quindi cominciarono ad avanzare lentamente a ranghi serrati, sospingendo i postulanti fuori dalla sala.

I dorniani non dovevano fare molta strada come la maggior parte degli altri. In virtù del suo rango e del suo lignaggio, a Quentyn Martell erano stati assegnati degli alloggi all'interno della Grande Piramide, due livelli più in basso; un bell'appartamento di svariate stanze con latrina privata e terrazza protetta da mura. Forse fu per quello che il principe e i suoi due compagni indugiarono, aspettando fino a quando la calca non fu diminuita, prima di avviarsi a loro volta verso le scale.

Ser Barristan li osservò, pensieroso. "Che cosa vorrebbe Daenerys?" si chiese. L'anziano cavaliere pensava di saperlo. Attraversò a lunghi passi la sala, con la lunga cappa bianca che fluttuava dietro di lui. Raggiunse i dorniani in cima alla scalinata. «La corte di tuo padre non è mai stata nemmeno lontanamente così eccitante» udì scherzare Drinkwater.

«Principe Quentyn» chiamò Selmy. «Posso scambiare una parola con te?»

Quentyn Martell si voltò. «Ser Barristan. Ma certo. I miei alloggi si trovano un livello più sotto.»

"No." «Non spetta a me darti consigli, principe Quentyn… ma se fossi in te, non farei ritorno ai tuoi alloggi. Tu e i tuoi amici fareste meglio a scendere quella scalinata fino in fondo e andarvene.»

Il principe Quentyn lo scrutò. «Andarcene dalla piramide?»

«Andarvene dalla città. Tornare a Dorne.»

I dorniani si scambiarono delle occhiate. «Le nostre armi e le nostre armature si trovano ancora nei nostri alloggi» disse Gerris Drinkwater. «Per non parlare della maggior parte del conio che ancora ci rimane.»

«Le spade possono essere sostituite» rispose ser Barristan. «Posso provvedere io al conio che vi serve per comprare un passaggio fino a Dorne. Principe Quentyn, oggi il re ti ha notato. E ha corrugato la fronte.»

Gerris Drinkwater rise. «Dovremmo quindi temere Hizdahr zo Loraq? Lo hai visto anche tu, poco fa. Di fronte a quegli yunkai se l'è fatta sotto. Loro gli hanno portato una testa, e lui non ha reagito.»

Quentyn Martell annuì. «Un uomo fa bene a riflettere prima di agire. Questo re… io non so che cosa pensare di lui. La regina mi ha messo in guardia da lui, è vero, ma…»

«Lei ti ha messo in guardia?» Selmy si accigliò. «E allora perché sei ancora qui?»

Il principe Quentyn arrossì. «Il patto nunziale…»

«… è stato stipulato da due uomini morti, e non dice una sola parola sulla regina o su di te. Promette la mano di tua sorella al fratello della regina, anche lui morto. È un patto senza valore. Prima del tuo arrivo, la regina non sapeva nemmeno della tua esistenza. Tuo padre sa tenere molto bene i segreti, principe Quentyn. Troppo bene, temo. Se la regina avesse saputo di questo patto quando ancora si trovava a Qarth, forse non si sarebbe mai diretta alla Baia degli Schiavisti, ma tu sei arrivato troppo tardi. Non voglio gettare sale sulle tue ferite, però sua grazia ha un marito recente e un precedente innamorato, e sembra preferire l'uno e l'altro a te.»

Un lampo di rabbia balenò negli occhi scuri del principe. «Quel signorotto ghiscariano non è un consorte degno della regina dei Sette Regni.»

«Non spetta a te giudicarlo.» Ser Barristan fece una pausa, domandandosi se non avesse già detto troppo. "No, digli anche il resto." «Quel giorno, alla Fossa di Daznak, una parte del cibo nel palco reale era avvelenato. È stato un caso che se lo sia mangiato tutto Belwas il Forte. Secondo le grazie azzurre, solo la sua mole e la sua forza disumana lo hanno salvato, comunque è andato vicino alla morte, e non è ancora fuori pericolo.»

Il principe Quentyn era visibilmente sconvolto. «Del veleno... per Daenerys?»

«Per lei o per Hizdahr. O forse per entrambi. Il palco però era suo. È stato sua grazia a predisporre tutti i preparativi. Se il veleno è opera sua... be', avrà bisogno di un capro espiatorio. Chi meglio di un rivale proveniente da una terra lontana, senza amici a corte? Chi meglio di un pretendente respinto dalla stessa regina?»

Quentyn Martell impallidì. «*Io*? Non avrei mai... non puoi pensare che io...»

"O è sincero, o è un maestro dei guitti." «Altri potrebbero pensarlo» rispose ser Barristan. «La Vipera Rossa era tuo zio. E tu avresti ottime ragione per volere il re Hizdahr morto.»

«Come tanti altri» suggerì Gerris Drinkwater. «Daario Naharis, per citarne uno, che della regina era...»

«... l'innamorato» completò ser Barristan, prima che il cavaliere dorniano potesse dire qualcosa di compromettente per l'onore della regina. «È così che li chiamate a Dorne, o sbaglio?» Non attese una risposta. «Il principe Lewyn era mio confratello. A quell'epoca, nella Guardia reale c'erano pochi segreti. So che anche lui aveva un'innamorata. E non riteneva ci fosse alcuna vergogna in questo.»

«No» disse Quentyn, rosso in viso «ma...»

«Daario avrebbe ucciso Hizdahr in un attimo, se avesse voluto» continuò ser Barristan. «Ma non con il veleno, mai. E comunque Daario non è qui. Certamente Hizdahr sarebbe ben contento di addossare a lui la colpa delle locuste avvelenate... ma il re potrebbe ancora aver bisogno dei Corvi della Tempesta, e se dovesse apparire complice della morte del loro capitano li perderebbe. No, mio principe. Se a sua grazia il re dovesse servire un avvelenatore, guarderà *a te.*» A quel punto, ser Barristan aveva detto tutto quello che poteva dire. Ancora qualche giorno, se gli dèi erano propizi, e Hizdahr zo Loraq non avrebbe più governato Meereen... Ma perché far annegare anche il principe Quentyn nel bagno di sangue in arrivo? «Se proprio vuoi rimanere a Meereen, è meglio se resti lontano dalla corte, sperando che Hizdahr si dimentichi di te» concluse ser Barristan «anche se, mio principe, un vascello diretto a Volantis sarebbe di certo la scelta più saggia. Quale che sia la tua decisione, ti auguro ogni bene.»

Non aveva ancora fatto neppure tre passi che Quentyn Martell lo apostrofò. «Barristan il Valoroso, vero?»

«Alcuni mi chiamano così.»

Selmy si era conquistato quell'appellativo a dieci anni, appena nominato scudiero, eppure talmente vanesio, orgoglioso e stolto che si era messo in testa di poter affrontare abili cavalieri veterani nella quintana. Così, prese a prestito un cavallo da guerra, un'armatura dall'armeria di lord Dondarrion e si iscrisse alla quintana di Blackhaven come cavaliere misterioso. "Anche l'araldo si mise a ridere. Le mie braccia erano così sottili che quando abbassai la lancia riuscii solo a far sì che la punta non si piantasse nel terreno." Lord Dondarrion avrebbe avuto tutte le ragioni per tirarlo giù dalla sella e sculacciarlo, ma il Principe delle Libellule aveva avuto pietà di quel ragazzetto coperto con pezzi d'armatura scompagnati e gli aveva accordato il rispetto per aver affrontato una simile sfida. Un unico ingaggio fu più che sufficiente. Dopo di che il principe Duncan lo aiutò a scendere e gli tolse l'elmo. «Un ragazzo» annunciò alla folla «un ragazzo *valoroso*.» "Cinquantatré anni fa. Quanti degli uomini che erano allora a Blackhaven saranno ancora vivi?"

«Quale nome pensi mi darebbero, se dovessi tornare a Dorne senza Daenerys?» chiese il principe Quentyn. «Quentyn il Cauto? Quentyn il Codardo? Quentyn il Coniglio?»

"Il principe che arrivò troppo tardi" pensò l'anziano cavaliere… ma se c'è una cosa che un cavaliere della Guardia reale impara, è a tenere a freno la lingua.

«Quentyn il Saggio» suggerì, sperando che fosse la verità.

L'ora degli spettri li aveva quasi raggiunti quando ser Gerris Drinkwater fece ritorno alla piramide, riferendo di aver trovato Fagioli, Libri e il vecchio Bill Osso in una delle bettole più malfamate di Meereen, intenti a bere vino giallo e a godersi lo spettacolo di schiavi nudi che si uccidevano a mani nude e con i denti limati.

«Fagioli ha tirato fuori una lama e ha proposto una scommessa per capire se i disertori avevano le viscere piene di melma gialla» riferì ser Gerris «così gli ho gettato un dragone e gli ho chiesto se l'oro giallo andava bene. Lui ha dato un morso alla moneta e ha domandato che cosa volevo comprare. Quando gliel'ho detto, ha fatto sparire il pugnale e mi ha chiesto se ero ubriaco o pazzo.»

«Che pensi pure quello che vuole, basta che consegni il messaggio» disse Quentyn.

«Lo farà. E scommetto che avrai il tuo incontro. Alla peggio, il Principe Straccione ti farà strappare il fegato da Meris la Bella per poi friggerlo con le cipolle. Dovremmo dare retta a Selmy. Perché quando Barristan il Valoroso dice di scappare, chi è saggio infila gli stivali e inizia a correre. Dovremmo trovare una nave diretta a Volantis finché il porto è ancora aperto.»

Al solo udire quelle parole, le guance di ser Archibald virarono al verde. «Basta navi, preferisco saltellare fino a Volantis su un piede solo.»

"Volantis" pensò Quentyn. "Poi Lys, poi casa. Ritorno da dove sono arrivato, a mani vuote. Tre uomini valorosi morti… e per che cosa?"

Sarebbe stato bello rivedere il Sangue Verde, visitare Lancia del Sole e i Giardini dell'Acqua e respirare l'aria dolce e pulita delle montagne di Yronwood, invece di tutti quei torridi, umidi, viscidi umori della Baia degli Schiavisti. Suo padre non avrebbe detto una sola parola di rimprovero, Quentyn lo sapeva, ma nel suo sguardo avrebbe comunque letto il disappunto. Sua sorella si sarebbe sentita oltraggiata, le Serpi delle Sabbie lo avrebbero sbeffeggiato con sorrisi più taglienti delle spade; quanto a lord Yronwood, il suo secondo padre, che aveva addirittura mandato suo figlio per proteggerlo…

«Non vi voglio trattenere» disse Quentyn ai suoi amici. «Mio padre ha affidato questa missione a me, non a voi. Tornate a casa, se è questo che volete, con i mezzi che preferite. Io rimango.»

Il bestione scrollò le spalle. «Allora rimaniamo anche Drink e io.»

La notte successiva, Denzo D'han si presentò alla porta del principe Quentyn a prendere degli accordi. «Lui è disposto a incontrarti domani, al mercato delle spezie. Cerca una porta con il simbolo del loto viola. Bussa due volte e di' la parola *libertà*.»

«D'accordo» replicò Quentyn. «Con me ci saranno Arch e Gerris. Anche lui potrà portare due uomini. Non di più.»

«Come compiace al mio principe.» Le parole erano abbastanza cortesi, ma il tono di Denzo era intriso di perfidia, e gli occhi del poeta guerriero scintillavano di derisione. «Vieni al tramonto. E fa' in modo di non essere seguito.»

I dorniani lasciarono la Grande Piramide un'ora prima del tramonto, con cauto anticipo qualora avessero sbagliato strada oppure avessero avuto difficoltà a trovare il loto viola. Quentyn e Gerris indossavano i cinturoni con la spada. Il bestione portava la sua mazza da guerra di traverso sulla schiena.

«Siamo ancora in tempo ad abbandonare questa follia» dichiarò Gerris mentre percorrevano un vicolo fetido, diretti verso il vecchio mercato delle spezie. Nell'aria c'era odore di piscio, e davanti a loro riecheggiava il frastuono di un carro per il trasporto dei cadaveri con le ruote rivestite di ferro. «Il vecchio Bill Osso soleva dire che Meris la Bella può far durare la morte di un uomo un intero ciclo lunare. Noi abbiamo *mentito* loro, Quent. Li abbiamo usati per arrivare fin qui, dopo di che siamo passati ai Corvi della Tempesta.»

«Così come ci era stato ordinato.»

«Stracci, però, non pensava che noi avremmo ubbidito sul serio» intervenne il bestione. «E gli altri suoi ragazzi, ser Orson e Dick Paglia, Hungerford, Will dei Boschi, tutta quella banda, be', stanno ancora marcendo in qualche segreta grazie a *noi*. E questo, a Cenci Vecchi, non deve essere piaciuto.»

«No» ammise il principe Quentyn «però l'oro gli piace sempre.»

Gerris rise. «Peccato che noi non ne abbiamo. Tu ti fidi di questa pace, Quentyn? Io no. Mezza città considera un eroe l'uccisore di draghi, e l'altra mezza sputa al solo udire il suo nome.»

«Harzoo» precisò il bestione.

Quentyn aggrottò la fronte. «Si chiamava Harghaz.»

«Hizdahr, Humzum, Hagnag, che differenza fa? Per me sono tutti Harzoo. Lui non ha ucciso nessun drago. Si è solo fatto arrostire il culo, nero e croccante.»

«È stato coraggioso.» "Io avrei avuto il coraggio di affrontare quel mostro armato solo di una lancia?"

«È morto in modo coraggioso, volevi dire.»

«È morto urlando» disse Arch.

Gerris mise una mano sulla spalla di Quentyn. «Anche se la regina dovesse tornare, sarà ancora sposata.»

«Non se io dessi a re Harzoo una carezza con la mia mazza da guerra» suggerì il bestione.

«Hizdahr» lo corresse nuovamente Quentyn. «Si chiama Hizdahr.»

«Una carezza della mia mazza, e a nessuno interesserà più sapere come si chiamava.»

"Non capiscono." I suoi amici avevano perso di vista il vero motivo per cui erano lì. "La strada passa *attraverso* di lei, non porta *a* lei. Daenerys Targaryen è solo il mezzo per raggiungere lo scopo, non lo scopo in sé."

«"Il drago ha tre teste" mi ha detto la regina. "Le mie nozze non devono necessariamente rappresentare la fine di tutte le tue speranze" e ha aggiunto "io so perché sei qui. Per il fuoco e per il sangue." Dentro di me scorre sangue Targaryen, lo sapete. Io posso far risalire alla mia discendenza fino…»

«In culo, la tua discendenza» lo interruppe Gerris. «Sai ai draghi quanto gliene fotte del tuo sangue, se non forse per il sapore. Non puoi domare un drago recitando una lezione di storia. Sono dei mostri, non dei maestri. Quent, è davvero questo che vuoi fare?»

«È davvero questo che *devo* fare. Per Dorne, per mio padre, per Cletus, Will e il maestro Kedry.»

«Ormai sono morti» replicò Gerris. «A loro non importa più.»

«Sono tutti morti» concordò Quentyn. «E per che cosa? Per portarmi qui, affinché io potessi sposare la Regina dei Draghi. Una grande avventura, la chiamava Cletus. Strade dei demoni e mari in tempesta, e alla fine la più bella donna del mondo. Una storia da raccontare ai nostri nipoti. Ma Cletus non avrà mai figli, a meno che non abbia lasciato un bastardo nella pancia di quella donzella da taverna che gli piaceva. E Will non celebrerà mai il suo matrimonio. Le loro morti meritano di avere un senso.»

Gerris indicò un cadavere accasciato contro un muro di mattoni, attorniato da una nube di scintillanti mosche verdastre. «Secondo te, la sua morte ha un senso?»

Quentyn guardò quel corpo con disgusto. «È morto di dissenteria. Stai lontano da lui.» La giumenta pallida era dentro le mura della città. Non c'era da meravigliarsi che le strade apparissero così vuote. «Gli Immacolati faranno venire un carro per i cadaveri.»

«Certo. Ma la mia domanda non era questa. Sono le vite degli uomini ad avere un senso, non le loro morti. Anch'io volevo bene a Will e a Cletus, ma questo non ce li restituirà. Stai commettendo un errore, Quent. Non puoi fidarti dei mercenari.»

«Sono uomini come tutti gli altri. Vogliono oro, gloria, potere. È solamente di questo che mi fido.» "Di questo, e del mio destino. Io sono un principe di Dorne, e il sangue dei draghi scorre nelle mie vene."

Il sole era calato oltre le mura della città quando trovarono il loto viola, dipinto sul legno consumato dal tempo della porta di una casupola di mattoni, mescolata in mezzo ad altre all'ombra della Grande Piramide gialla e verde di Rhazdar. Quentyn bussò due volte, secondo le istruzioni. Una voce roca rispose, ringhiando qualcosa di incomprensibile nel linguaggio imbastardito della Baia degli Schiavisti, uno sgradevole misto di antico ghiscariano e alto valyriano. Il principe rispose nel medesimo linguaggio. «Libertà.»

La porta venne aperta. Gerris entrò per primo, per sicurezza, Quentyn subito dietro di lui e il bestione di retroguardia. All'interno, l'aria era invasa da fumi bluastri, il cui dolce aroma non riusciva a coprire il ben più forte olezzo di piscio, vino inacidito e carne marcescente. Lo spazio era molto più vasto di come sembrava dall'esterno, prolungandosi a destra e a sinistra nelle strutture adiacenti. Quelle che dalla strada apparivano come una dozzina di costruzioni attigue, in realtà erano un unico, grande locale.

A quell'ora, la sala era semideserta. Alcuni clienti degnarono i dorniani di sguardi annoiati, ostili o curiosi. Gli altri erano ammassati attorno alla fossa in fondo, dove due uomini nudi si affrontavano al coltello, con gli spettatori che li incitavano.

Quentyn non vide traccia degli uomini che erano venuti a incontrare. Poi, una porta che prima non aveva notato si spalancò, e comparve una vecchia, una figura rinsecchita in un tokar rosso scuro ornato da frange che terminavano in piccoli teschi d'oro. La sua pelle era bianca come il latte di cavalla, i capelli talmente radi che si vedeva il cuoio capelluto.

«Dorne» disse la vecchia. «Io Zahrina. Loto viola. Andare giù di qua e trovare loro.» Tenne la porta aperta, facendo loro cenno di entrare.

Oltrepassata la soglia, c'era una scala di legno, ripida e contorta. Questa volta il bestione scese per primo e Gerris fece da retroguardia, con il principe nel mezzo. "Uno scantinato." Fu una discesa lunga e talmente buia che Quentyn brancolò per evitare di scivolare. Verso la fine, ser Archibald Yronwood estrasse il pugnale.

Arrivarono in una cripta di mattoni grande tre volte la taverna sovrastante. Enormi tini di legno si allineavano lungo le pareti fino a dove poteva spingersi lo sguardo del principe. Una lanterna rossa era appesa subito dopo la porta e una candela unta e nera tremolava sopra un barile rovesciato che fungeva da tavolo. Era l'unica luce che c'era.

Caggo l'Ammazzacadavere passeggiava avanti e indietro vicino alle tinozze di vino, con il suo arakh nero appeso al fianco. Meris la Bella era seduta con in grembo una balestra, i suoi occhi erano freddi e morti come due pietre grigie. Una volta che i dorniani furono entrati, Denzo D'han sbarrò la porta, e poi vi si piazzò davanti, con le braccia incrociate sul petto.

"Ce n'è uno di troppo" pensò Quentyn.

Il Principe Straccione era seduto al tavolo, stava sorseggiando una coppa di vino. Al chiarore della candela, i suoi capelli grigio argento parevano quasi dorati, ma le borse sotto agli occhi somigliavano a grosse bisacce da sella. Indossava una cappa da viandante di lana marrone, sotto cui scintillava una cotta di maglia argento. Era la promessa di un'imboscata, o semplice prudenza? "Un mercenario vecchio è un mercenario cauto."

Quentyn si avvicinò al tavolo. «Mio lord. Sembri diverso senza il tuo mantello.»

«Senza il mio straccio?» Il pentoshi alzò le spalle. «Un indumento senza valore... eppure quegli stracci riempiono i miei nemici di paura. E sul campo di battaglia, la vista dei miei cenci agitati dal vento incita i miei uomini più di qualsiasi vessillo. E se voglio spostarmi senza essere notato, basta che me li tolga di dosso per diventare ordinario e anonimo.» Accennò alla panca di fronte a lui. «Siedi. Ho sentito dire che sei un principe. Avrei voluto saperlo prima. Qualcosa da bere? Zahrina prepara anche da mangiare. Il pane è secco e lo stufato immondo. Grasso e sale, con qualche pezzetto di carne. Cane, dice lei, ma io credo che sia più probabilmente ratto. Comunque non ti ammazzerà. Ho scoperto che bisogna diffidare solo del cibo allettante. Gli avvelenatori scelgono invariabilmente i piatti più appetitosi.»

«Hai portato tre uomini» rilevò ser Gerris, con una punta di acredine. «L'accordo era di due uomini per parte.»

«Meris non è un uomo. Meris, dolcezza, apriti la giubba e fagli vedere.»

«Non è necessario» decise Quentyn. Se le storie che aveva udito rispondevano a verità, sotto quella giubba Meris la Bella aveva solamente le cicatrici lasciate dagli uomini che le avevano mozzato i seni. «Meris è una donna, concordo. Comunque sia, non hai rispettato i termini dell'accordo.»

«Straccione e sleale, che razza di carogna sono. Tre contro due non è un grande vantaggio, bisogna ammetterlo, ma è pur sempre qualcosa. In questo mondo, bisogna imparare a soppesare tutti i doni che gli dèi scelgono di concederci. È una lezione che ho appreso a duro prezzo. Te la regalo, in segno della mia buona fede.» Il Principe Straccione indicò nuovamente la sedia. «Siediti, e di' quello che sei venuto a dire. Prometto che non ti farò uccidere finché non ti avrò ascoltato fino in fondo. È il minimo che possa fare per un principe mio pari. Quentyn, vero?»

«Quentyn della nobile Casa Martell.»

«*Ranocchio* ti si adatta di più. Non è mia abitudine bere con i bugiardi e i disertori, ma tu stuzzichi la mia curiosità.»

Quentyn si sedette. "Una parola sbagliata, e in un attimo tutto finisce in un bagno di sangue." «Chiedo il tuo perdono per l'inganno. Le uniche navi in partenza per la Baia degli Schiavisti erano quelle che tu avevi noleggiato per andare alla guerra.»

Il Principe Straccione scrollò le spalle. «Ogni traditore ha una storia da raccontare. Non siete certamente i primi ad avermi giurato fedeltà sulle vostre spade, e ad avere preso il mio conio, per poi scappare. E tutti avevano delle motivazioni. "Il mio figlioletto è malato" oppure "Mia moglie mi fa le corna" o anche "Tutti mi costringono a succhiargli l'uccello". L'ultimo era un ragazzo molto affascinante, ma non gli ho perdonato comunque la sua diserzione. Un altro mi ha detto che il mio rancio era talmente fetido che era scappato prima di ammalarsi, così gli ho fatto mozzare un piede, l'ho arrostito e gliel'ho fatto mangiare. Dopo di che l'ho degradato a cuciniere della compagnia. La qualità del rancio è migliorata, e una volta finito l'ingaggio, ha addirittura firmato per restare. Tu, invece… molti dei miei uomini migliori marciscono nelle segrete della regina per la tua lingua da mentitore, e dubito che saresti capace di cucinarla.»

«Io sono un principe di Dorne» rispose Quentyn. «Ho un dovere nei confronti di mio padre e del mio popolo. Esisteva un patto nuziale segreto.»

«Così ho sentito dire anch'io. E quando l'argentea regina ha visto quel pezzo di pergamena ti è caduta fra le braccia?»

«No» intervenne Meris la Bella.

«No? Ora ricordo… La tua sposa è volata via in groppa a un drago. Be', quando torna, non dimenticare d'invitarci alle nozze. Gli uomini della mia compagnia non aspettano altro che brindare alla tua felicità, e io adoro i matrimoni occidentali. Soprattutto la parte relativa alla prima notte, ma… oh, aspetta un po'…» Il Principe Straccione si voltò verso Denzo D'han. «Denzo, non mi avevi detto che la Regina dei Draghi ha sposato un ghiscariano?»

«Un nobile di Meereen. Ricco.»

Il Principe Straccione si voltò di nuovo verso Quentyn. «Ma sarà vero? Certamente no. Che fine ha fatto il tuo patto nuziale?»

«Lei gli ha riso in faccia» disse Meris la Bella.

"Daenerys non ha mai riso." Il resto di Meereen poteva forse considerarlo una stranezza, come quel principe delle Isole dell'Estate in esilio che re Robert Baratheon teneva ad Approdo del Re, ma la Regina dei Draghi si era sempre rivolta a lui con gentilezza.

«Siamo arrivati troppo tardi» disse Quentyn.

«Un vero peccato che tu non abbia disertato prima.» Il Principe Straccione sorseggiò del vino. «Per cui… niente matrimonio reale per il Principe Ranocchio. È per questo che sei saltellato di nuovo da me? I miei tre valorosi ragazzi dorniani hanno deciso di onorare il loro contratto?»

«No.»

«Che peccato.»

«Yurkhaz zo Yunzak è morto.»

«Notizia stantia. Io stesso l'ho visto morire. Quel vecchio scemo ha visto un drago ed è inciampato mentre cercava di scappare, dopo di che è stato calpestato da circa un migliaio dei suoi amici più cari. Senza dubbio la città gialla sarà inondata dalle lacrime. Volevi forse incontrarmi per brindare alla sua memoria?»

«No. Gli yunkai hanno scelto un nuovo comandante in capo?»

«Il concilio dei padroni non ha ancora raggiunto un accordo. Yezzan zo Qaggaz aveva l'appoggio della maggioranza, ma adesso anche lui ha tirato le cuoia. I Saggi Padroni si stanno avvicendando a turno al comando supremo. Oggi il nostro condottiero è uno dei tuoi amici, il Conquistatore Sbronzo. Domani ci sarà Lord Guanciapendula.»

«Il Coniglio» precisò Meris. «Guanciapendula era ieri.»

«Mi correggo e ti ringrazio, dolcezza. I nostri amici yunkai sono stati così cortesi da fornirci un calendario. Devo sforzarmi di essere più assiduo nel consultarlo.»

«Ma tu eri stato assoldato da Yurkhaz zo Yunzak.»

«Esatto. Aveva firmato il contratto con noi a nome della sua città.»

«Meereen e Yunkai hanno fatto pace. L'assedio è stato tolto, gli eserciti dispersi. Non ci sarà nessuna battaglia, nessun massacro, nessuna città da saccheggiare e depredare.»

«Il mondo è pieno di delusioni.»

«Per quanto tempo ancora pensi che gli yunkai continueranno a pagare l'ingaggio per quattro compagnie libere?»

Il Principe Straccione bevve un altro sorso di vino. «Una domanda difficile. Ma noi uomini delle compagnie libere mercenarie viviamo così. Una guerra finisce, un'altra inizia. Fortunatamente, c'è sempre qualcuno che combatte qualcun altro da qualche parte. Forse qui. Anche adesso, mentre noi sorseggiamo del vino, Barba Insanguinata sta facendo pressioni sui nostri amici yunkai perché portino un'altra testa mozzata al re Hizdahr. Liberti e schiavisti si guatano le gole a vicenda e affilano le lame, i Figli dell'Arpia complottano nelle loro piramidi, la giumenta pallida continua a mietere indifferentemente schiavi e lord, i nostri amici della città gialla scrutano il mare, e da qualche parte nelle praterie un drago assapora le tenere carni di Daenerys Targaryen. Chi domina Meereen questa notte? Chi la governerà domani?» Il guerriero pentoshi alzò le spalle. «Di una cosa sono certo: qualcuno avrà bisogno delle nostre spade.»

«Io ho bisogno delle vostre spade. Dorne è pronta a ingaggiarvi.»

Il Principe Straccione lanciò uno sguardo a Meris la Bella. «Al nostro Principe Ranocchio non manca certo l'audacia. Devo rinfrescargli la memoria? Mio caro principe, l'ultimo contratto che abbiamo firmato tu l'hai usato per pulirti il tuo bel culetto rosa.»

«Qualsiasi somma gli yunkai ti paghino, io offro il doppio.»

«E pagherai in oro alla firma del contratto?»

«Pagherò una parte quando arriveremo a Volantis, il resto quando sarò di ritorno a Lancia del Sole. Avevo con me dell'oro quando ci siamo imbarcati, ma poiché una volta arruolati sarebbe stato difficile nasconderlo, l'ho affidato alle banche. Posso mostrarti i documenti.»

«Ah, dei documenti. Ma noi verremmo pagati il *doppio*.»

«Con il doppio dei documenti» disse Meris la Bella.

«Avrete il resto a Dorne» insisté Quentyn. «Mio padre è uomo d'onore. Se appongo il mio sigillo su un accordo, lui lo rispetterà. Hai la mia parola su questo.»

Il Principe Straccione finì il vino, rovesciò la coppa e la posò sul tavolo in mezzo a loro. «Quindi, vediamo se ho capito bene.

Un comprovato bugiardo e spergiuro vuole stipulare un contratto con noi, con una promessa di pagamento. E per quali servizi, mi domando? La mia Compagnia del Vento deve forse vincere gli yunkai e saccheggiare la città gialla? Sconfiggere un khalasar dothraki in campo aperto? Scortarti a casa da tuo padre? Oppure vorresti che ti portassimo la regina Daenerys pronta e disponibile nel tuo talamo? Dimmi la verità, Principe Ranocchio, che cosa vuoi da me e dai miei uomini?»

«Mi serve il vostro aiuto per rubare un drago.»

Caggo l'Ammazzacadavere ridacchiò. Meris la Bella increspò le labbra in un mezzo sorriso. Denzo D'han fischiò.

Il Principe Straccione si limitò a lasciarsi andare un po' all'indietro sullo sgabello. «Il doppio non basta per i draghi, principino» disse. «Anche un ranocchio dovrebbe saperlo. I draghi costano cari. E gli uomini che pagano con delle promesse dovrebbero avere quanto meno il buonsenso di promettere *di più*.»

«Se vuoi ti offro il triplo…»

«Quello che voglio» dichiarò il Principe Straccione «è Pentos.»

Mandò per primi gli arcieri.

Balaq il Nero era al comando di mille archi. In gioventù, Jon Connington aveva condiviso il disprezzo che molti cavalieri nutrono nei confronti degli arcieri, ma nel tempo dell'esilio era diventato più saggio. A modo suo, una freccia era altrettanto letale di una spada, quindi nel corso della traversata aveva insistito che Harry Strickland il Senzacasa dividesse gli uomini agli ordini di Balaq in dieci compagnie di cento uomini ciascuna, da imbarcare su navi diverse.

Sei di quelle navi erano rimaste insieme fino a scaricare i loro guerrieri sulle spiagge di Capo Furore (le altre quattro erano rimaste indietro, ma prima o poi sarebbero arrivate, assicuravano i volantiani, anche se Griff ormai le dava per disperse, o approdate chissà dove), lasciando quindi la compagnia con seicento arcieri. Duecento si rivelarono sufficienti.

«Cercheranno di inviare dei corvi messaggeri» disse Griff a Balaq il Nero. «Tenete d'occhio la torre del maestro. Qui.» Indicò la mappa che aveva tracciato nel fango del loro accampamento. «Abbattete tutti gli uccelli che vedrete levarsi in volo dal castello.»

«Lo faremo» rispose l'uomo delle Isole dell'Estate.

Un terzo degli uomini di Balaq usava balestre, un altro terzo archi di corno e tendine a doppia convessità tipici dell'Oriente. Meglio di questi erano gli archi lunghi di legno di tasso impugnati dagli arcieri di sangue occidentale, e i migliori in assoluto erano i grandi archi di legno dorato molto apprezzati dallo stesso Balaq il Nero e dai suoi cinquanta arcieri delle Isole dell'Estate. Solamente un arco di ossa di drago poteva superare la gittata di uno di legno dorato. Comunque, qualsiasi arco impugnassero, tutti gli uomini di Balaq erano dei veterani esperti dalla mira infallibile, che avevano già dato prova della loro abilità in centinaia di battaglie, incursioni, schermaglie. Così fecero anche al Posatoio del Grifone.

Il castello si ergeva sulle coste di Capo Furore, sopra un massiccio sperone di roccia rosso scuro, circondato su tre lati dalle acque turbolenti del Golfo dei Naufragi. L'unica via di accesso era difesa da un corpo di guardia, dietro al quale si estendeva la lunga salita brulla che i Connington chiamavano "la gola del grifone". Varcare la gola poteva tramutarsi in un bagno di sangue, in quanto rendeva gli attaccanti vulnerabili alle lance, alle pietre e alle frecce dei difensori attestati sui due torrioni cilindrici ai lati dei portali principali della fortezza. E una volta che gli attaccanti fossero giunti a quei portali, gli uomini all'interno potevano riversare loro dell'olio bollente sulla testa. Griff si aspettava di perdere un centinaio di uomini, forse più.

Ne perse quattro.

La vegetazione era stata lasciata crescere oltre il corpo di guardia, così Franklyn Flowers poté servirsene come copertura e portò i suoi uomini fino a una distanza di venti iarde dai portali prima di uscire allo scoperto con l'ariete che avevano costruito all'accampamento. Lo schianto del legno contro il legno strappò due uomini dal sonno e li fece accorrere sulle fortificazioni superiori. Gli arcieri di Balaq il Nero li abbatterono entrambi prima che avessero il tempo di sfregarsi via il sonno dagli occhi. Il portale risultò essere chiuso ma non sprangato; cedette al secondo colpo d'ariete. Gli uomini di ser Franklyn avevano già risalito metà della gola prima che un corno da guerra desse l'allarme dal castello vero e proprio.

Il primo corvo si alzò in volo mentre i loro grappini disegnavano un arco oltre la muraglia esterna, il secondo pochi attimi dopo. Nessuno dei due uccelli aveva percorso cento iarde prima di essere abbattuto da una freccia. Una guardia all'interno rovesciò un secchio d'olio sui primi uomini che avevano raggiunto il portale, ma non avendo avuto il tempo di scaldare l'olio, il secchio causò più danni che il suo contenuto. Il clangore delle spade echeggiava in almeno una mezza dozzina di punti diversi delle fortificazioni. Gli uomini della Compagnia Dorata si arrampicarono tra i merli e corsero lungo i camminamenti urlando «Un grifone! Un grifone!», l'antico grido di battaglia della Casa Connington, lasciò i difensori ancora più confusi.

Tutto finì nel giro di pochi minuti. Griff risalì la gola in sella a un destriero bianco, con al fianco Harry Strickland il Senzacasa. Avvicinandosi al castello, vide un terzo corvo spiccare il volo dalla torre del maestro, solo per essere abbattuto da Balaq il Nero in persona. «Non ci sono stati altri messaggi» riferì a Franklyn Flowers nello spiazzo del castello. Il successivo oggetto volante a provenire dalla torre del maestro fu il maestro. Da come sbatteva le braccia, lo si sarebbe potuto scambiare per un altro uccello.

Quella fu la fine di qualsiasi resistenza. Le guardie rimaste avevano tutte gettato le armi. E, in breve, il Posatoio del Grifone fu nuovamente suo, e Jon Connington diventò di nuovo un lord.

«Ser Franklyn» disse «setaccia la fortezza e le cucine, e rastrella tutti quelli che trovi. Malo, la stessa cosa nella torre del maestro e nell'armeria. Ser Brendel, stalle, tempio e baraccamenti. Portate tutti qui fuori nel cortile e cercate di non ammazzare nessuno che non insista a voler morire. Vogliamo conquistare le Terre della Tempesta, certo, ma non per forza con una carneficina. Controllate anche sotto l'altare della Madre: là c'è una scala che conduce a una botola segreta. E ce n'è un'altra anche sotto la torre di nordovest, che porta direttamente al mare. Nessuno deve fuggire.»

«Non accadrà, milord» promise Franklyn Flowers.

Connington li osservò correre via, poi si rivolse al Mezzo-maestro. «Haldon, tu prendi possesso dell'uccelliera. Avrò dei messaggi da inviare questa notte.»

«Speriamo che ci abbiano lasciato qualche corvo.»

Perfino Harry Senzacasa era impressionato dalla rapidità della loro vittoria. «Non pensavo che sarebbe stato così facile» ammise il capitano generale, mentre entravano nella sala grande per dare un'occhiata al Posatoio del Grifone, il trono scolpito e dorato dove cinquanta generazioni di Connington si erano sedute e avevano regnato.

«Da adesso in poi sarà più difficile. Finora li abbiamo colti di sorpresa. Questo non può durare per sempre, nemmeno se Balaq il Nero tira giù tutti i corvi messaggeri del reame.»

Strickland studiò gli arazzi sbiaditi alle pareti, le finestre ad arco con i loro tasselli di vetro rosso e bianco a losanghe, le rastrelliere di lance, spade e mazze da guerra. «Che vengano pure. Questo posto può resistere a eserciti venti volte più numerosi del nostro, almeno finché avremo vettovaglie sufficienti. E dicevi che c'è una via per arrivare al mare?»

«Sotto di noi. Un'insenatura nascosta sotto lo sperone roccioso, che affiora solo con la bassa marea.»

Ma Connington non aveva la minima intenzione di lasciare "che venissero pure". Il Posatoio del Grifone era solido ma piccolo e, finché fossero rimasti arroccati là, anche loro sarebbero stati piccoli. Ma c'era un altro castello poco lontano, molto più grande e inaccessibile. "Prendi quel castello, e l'intero reame vacillerà."

«Devi scusarmi, capitano generale. Il lord mio padre è sepolto sotto il tempio, e sono passati troppi anni dall'ultima volta che ho pregato per lui.»

«Certo, mio lord.»

Ma quando si furono separati, Jon Connington non andò verso il tempio. I suoi passi lo condussero sul tetto della torre est, la più alta del Posatoio del Grifone. Mentre saliva, ricordò le altre volte che era stato lì in passato: un centinaio in compagnia del lord suo padre, al quale piaceva ammirare le foreste, il mare e le rocce, e sapere che tutto quello che vedeva apparteneva alla Casa Connington, e una volta (una soltanto!) con Rhaegar Targaryen. Il principe Rhaegar era di ritorno da Dorne, e lui e il suo seguito si erano fermati lì per due settimane. "Era così giovane a quel tempo, e io più giovane ancora. Due ragazzi, sia lui sia io." Al banchetto di benvenuto, il principe aveva preso la sua arpa dalle corde d'argento e aveva suonato per loro. "Un canto d'amore e di morte" ricordava Jon Connington "e quando il principe posò l'arpa, tutte le donne nella sala piangevano." Gli uomini no, ovviamente. Soprattutto non il lord suo padre, il cui unico amore era la propria terra. Lord Armond Connington trascorse l'intera serata cercando di convincere il principe a schierarsi con lui in una disputa con lord Morrigen.

La porta del tetto della torre era così dura, che evidentemente nessuno doveva aprirla da anni. Dovette prenderla a spallate. Ma quando Jon Connington uscì sulle fortificazioni più elevate, il paesaggio era ipnotico esattamente come lui se lo ricordava: lo sperone con le rocce scolpite dal vento e i rostri frastagliati, il mare sotto che ruggiva e schiumava ai piedi del castello come una belva inquieta, infinite leghe di cielo e di nubi, il bosco con i suoi colori autunnali. «Le terre di tuo padre sono magnifiche» gli aveva detto il principe Rhaegar, esattamente nel punto in cui Jon si trovava in quel momento. «Un giorno saranno mie» aveva risposto il ragazzo di allora. "Come se quelle parole avessero potuto impressionare un principe che era erede dell'intero reame, da Arbor alla Barriera."

Il Posatoio del Grifone era effettivamente stato suo, a un certo punto, anche se solo per pochi anni. Da quella fortezza, Jon Connington aveva dominato un vasto territorio esteso per molte leghe a ovest, nord e sud, proprio come suo padre e il padre di suo padre prima di lui. Ma suo padre e il padre di suo padre quelle stesse terre non le avevano mai perdute. Lui sì. "Sono salito troppo in alto, ho amato troppo intensamente, ho osato troppo. Ho cercato di afferrare una stella, ma mi sono sporto troppo in avanti e sono caduto."

Dopo la Battaglia delle Campane, quando Aerys Targaryen lo aveva spogliato dei suoi titoli e lo aveva mandato in esilio in uno dei suoi deliri di ingratitudine e di sospetto, le terre e il titolo di lord erano comunque rimasti in Casa Connington, passando a suo cugino ser Ronald, l'uomo che Jon aveva nominato castellano quando era andato ad Approdo del Re per stare al fianco del principe Rhaegar. Dopo la guerra, Robert Baratheon aveva portato a compimento la distruzione dei grifoni. Al cugino Ronald era stato concesso di tenere il castello e la testa, ma aveva perso il titolo di lord, rimanendo in seguito solamente il cavaliere del Posatoio del Grifone, e nove decimi delle terre tolte alla Casa Connington erano quindi state spartite fra i lord vicini che avevano appoggiato la pretesa di Robert al trono.

Ronald Connington era morto da anni. Si diceva che suo figlio Ronnet, attuale cavaliere del Posatoio del Grifone, fosse ancora in guerra nelle Terre dei Fiumi. Il che andava benissimo. Jon Connington sapeva per esperienza che gli uomini erano disposti a combattere per le cose che ritenevano proprie, anche per quelle di cui si erano impossessati con il furto. Non desiderava affatto celebrare il proprio ritorno assassinando qualcuno del suo stesso sangue. Il padre di Ronnet il Rosso aveva subito approfittato della caduta del lord suo cugino, era vero, ma all'epoca suo figlio era solo un bambino. Jon Connington non aveva neppure odiato il defunto Ronald quanto avrebbe potuto. La colpa, in fondo, era sua.

Aveva perso tutto a Tempio di Pietra, con la sua arroganza.

Robert Baratheon si stava nascondendo da qualche parte in città, solo e ferito. Jon Connington lo sapeva, così come sapeva che la testa di Robert in cima a una picca avrebbe posto fine alla ribellione, ovunque. Ma era giovane e pieno d'orgoglio. Come non esserlo? Re Aerys lo aveva nominato Primo Cavaliere e gli aveva affidato il comando di un esercito, e lui voleva dimostrare di essere degno di quella fiducia, dell'affetto di Rhaegar. Avrebbe ucciso il ribelle, procurandosi così un posto in tutte le storie dei Sette Regni.

Così calò su Tempio di Pietra, isolò la città e cominciò a passarla al setaccio. I suoi cavalieri andarono casa per casa, sfondarono ogni porta, perlustrarono tutti gli scantinati. Mandò addirittura degli uomini a strisciare nelle fogne. Eppure, in qualche modo Robert continuava a sfuggirgli. La popolazione lo *nascondeva*. Lo facevano spostare di continuo da una botola segreta all'altra, sempre un passo avanti rispetto agli uomini del re. L'intera città era un covo di traditori. Alla fine avevano individuato l'usurpatore nascosto in un bordello. Che razza di re era mai quello, che cercava rifugio dietro le gonne delle puttane? Tuttavia, mentre era in corso quella caccia all'uomo, Eddard Stark e Hoster Tully avevano marciato sulla città alla testa di un esercito ribelle. Suonarono le campane e ci fu battaglia, e Robert Baratheon emerse dal bordello con l'acciaio in pugno, e stava quasi per sgozzare Jon sui gradini dell'antico tempio che dava il nome alla città.

Negli anni successivi, Jon Connington continuò a ripetersi che non era stata colpa sua, che aveva fatto tutto il possibile. I suoi soldati avevano frugato ogni buco, ogni catapecchia, lui aveva offerto perdoni e ricompense, aveva preso degli ostaggi e li aveva appesi dentro alle gabbie dei corvi, e giurò che non avrebbero avuto né acqua né cibo finché Robert non gli fosse stato consegnato. Tutto invano. «Neppure Tywin Lannister stesso avrebbe potuto fare di più» aveva ripetuto una notte a Cuore Nero, durante il suo primo anno di esilio.

«È qui che ti sbagli» aveva risposto Myles Toyne. «Lord Tywin non si sarebbe preso la briga di cercare. Avrebbe bruciato la città con tutti i suoi abitanti. Uomini e fanciulli, infanti che ancora venivano allattati, nobili cavalieri e sacri septon, porci e puttane, ratti e ribelli, li avrebbe bruciati *tutti*. E una volta che i fuochi si fossero estinti, e non fosse rimasto altro che ceneri e braci, avrebbe mandato i suoi uomini a cercare le ossa di Robert Baratheon. E in seguito, quando gli Stark e i Tully fossero arrivati con il loro esercito, avrebbe offerto a entrambi il perdono reale, e loro avrebbero accettato, tornandosene a casa con la coda tra le gambe.»

"Non aveva torto" rifletté Jon Connington, appoggiandosi alle fortificazioni dei suoi antenati. "Io volevo la gloria di uccidere Robert in singolar tenzone, e non volevo essere definito un macellaio. Così Robert mi è sfuggito, e poi ha sconfitto Rhaegar sul Tridente."

«Ho deluso il padre» disse Jon Connington ad alta voce «ma non deluderò il figlio.»

Quando fu sceso dal torrione, i suoi uomini avevano raggruppato la guarnigione e gli abitanti superstiti nello spiazzo del castello. Se anche Ronnet il Rosso era effettivamente da qualche parte nel Nord con Jaime Lannister, il Posatoio del Grifone era tutt'altro che sguarnito di grifoni. Tra i prigionieri c'erano Raymund, fratello minore di Ronnet, la sorella Alynne e il figlio naturale di lui, un ragazzino fiero dai capelli rossi, che veniva chiamato Ronald Storm. Tutti loro si sarebbero rivelati utili ostaggi, se e quando Ronnet il Rosso fosse tornato a riprendersi il castello che suo padre aveva rubato. Connington ordinò di confinarli nella torre ovest, sotto sorveglianza. La fanciulla allora cominciò a piangere e il ragazzo bastardo cercò di mordere il lanciere più vicino.

«Basta, tutti e due» urlò Jon. «Non vi verrà fatto alcun male, a meno che Ronnet il Rosso non si comporti da stolto.»

Solo pochi dei prigionieri avevano servito all'epoca in cui Jon Connington era stato lord del castello: un vecchio sergente, cieco da un occhio; un paio di lavandaie; uno stalliere che durante la Ribellione di Robert era ancora un ragazzino; un cuoco, diventato enormemente grasso; l'armiere della fortezza. Nel corso della traversata, Griff si era lasciato crescere la barba, per la prima volta da molti anni, ed era rimasto lui stesso sorpreso nel vederla spuntare per lo più rossa, anche se qua e là il fuoco era disseminato di cenere. Avvolto in una lunga tunica rossa e bianca, con i due grifoni gemelli rampanti della sua casata ricamati sul petto che si affrontano, Jon Connington pareva una versione più vecchia e più seria di quel giovane lord che era stato amico e compagno d'armi del principe Rhaegar... ma gli uomini e le donne del Posatoio del Grifone continuavano comunque a considerarlo un estraneo.

«Alcuni di voi mi conoscono» disse ai prigionieri. «Gli altri mi conosceranno. Io sono il vostro lord di diritto, tornato dall'esilio. I miei nemici vi hanno detto che ero morto. È falso, come potete vedere. Servitemi fedelmente come avete servito mio cugino, e a nessuno di voi verrà fatto alcun male.»

Li fece venire avanti, uno per volta, chiese a ognuno il proprio nome, poi li fece inginocchiare e fece loro giurare fedeltà. Tutto procedette speditamente. I soldati della guarnigione – solo quattro erano sopravvissuti all'attacco: il vecchio sergente e tre ragazzi – deposero le spade ai suoi piedi. Nessuno esitò. Nessuno morì.

Quella notte, nella sala grande, i vincitori festeggiarono con carni arrostite e pesce appena pescato, il tutto annaffiato dai robusti vini rossi delle cantine del castello. Jon Connington dominava la scena dal Posatoio del Grifone, condividendo il tavolo sulla piattaforma con Harry Strickland, Balaq il Nero, Franklyn Flowers e i tre giovani grifoni che avevano preso prigionieri. I ragazzi erano sangue del suo sangue e Jon voleva cercare di fare la loro conoscenza, ma quando il piccolo bastardo annunciò: «Mio padre ti ucciderà», Jon decise che quanto già sapeva era sufficiente, ordinò che venissero portati in cella e si congedò.

Haldon il Mezzo-maestro non era presente al banchetto. Lord Jon lo trovò nella torre del maestro, chino su una pila di pergamene, con tante mappe disseminate attorno a lui.

«Speri di scoprire dove si trova il resto della compagnia?» gli chiese Connington.

Diecimila uomini d'armi erano salpati da Volon Therys, con tutte le loro armi, tutti i loro elefanti e i loro cavalli. A quanto si sapeva, neppure la metà era approdata sul continente occidentale nel punto di sbarco previsto, o nelle vicinanze, un tratto di costa deserto al margine del Bosco delle Piogge… terre che Jon Connington conosceva bene, perché un tempo erano state sue.

Fino a pochi anni prima, non avrebbe mai osato tentare uno sbarco a Capo Furore: i lord della Tempesta erano troppo fieramente leali alla Casa Baratheon e a re Robert. Ma adesso che sia Robert sia suo fratello Renly erano stati assassinati, tutto era cambiato. Stannis era troppo freddo e brutale per ispirare quel tipo di lealtà, anche se non fosse stato dall'altro capo del mondo e le Terre della Tempesta avevano poche ragioni per amare la Casa Lannister. "Alcuni dei lord più anziani si ricorderanno ancora di me, e i loro figli avranno udito storie che mi riguardano. E tutti loro avranno sentito parlare di Rhaegar, e del suo figlioletto, la cui testa è stata sfracellata contro un freddo muro di pietra."

Fortunatamente, il vascello su cui lui si trovava era stato uno dei primi a giungere a destinazione. Poi si era trattato solo di decidere dove accamparsi, radunare gli uomini quando arrivavano a terra e muoversi in fretta, prima che i signorotti locali avessero sentore del pericolo. E lì la Compagnia Dorata aveva dato prova della propria tempra. Non ci fu traccia del caos che inevitabilmente avrebbe intralciato la marcia di un esercito raccogliticcio, composto da cavalieri locali e armigeri a loro fedeli. I guerrieri della Compagnia Dorata erano i discendenti di Acreacciaio, e per loro la disciplina era come il latte materno.

«Domani, a quest'ora, dobbiamo aver preso altri tre castelli» disse. Le forze con cui avevano conquistato il Posatoio del Grifone costituiva un quarto di quelle a loro disposizione; ser Trystan Rivers si era nel frattempo messo in marcia per Nido dei Corvi, sede della Casa Morrigen, e Laswell Peake per Castello della Pioggia, la fortezza dei Wylde, ognuno di loro con una forza militare di entità comparabile. Il resto degli uomini era rimasto all'accampamento per difendere il punto di sbarco e il loro giovane principe, sotto il comando dell'ufficiale pagatore della compagnia di Volantis, Gorys Edoryen. La speranza era che il loro numero continuasse ad aumentare; ogni giorno arrivavano altre navi. «Abbiamo ancora troppo pochi cavalli.»

«E neanche un elefante» gli ricordò il Mezzo-maestro. Nessuno dei grandi cargo che trasportavano gli elefanti era ancora apparso. L'ultima volta che li avevano avvistati era stato a Lys, prima che la tempesta disperdesse metà della flotta.

«I cavalli, in Occidente, li possiamo trovare. Gli elefanti...»

«... non sono fondamentali» dichiarò Connington. Quelle grandi bestie sarebbero state utili in una guerra di posizione, certo, ma ci sarebbe voluto del tempo prima che riacquistassero le forze per affrontare il nemico sul campo.

«Queste pergamene ti hanno rivelato qualcosa di utile?»

«Oh, di tutto e di più, mio lord.» Haldon gli rivolse un debole sorriso. «I Lannister sono molto bravi nel farsi dei nemici, ma sembrano trovare più difficile conservarsi gli amici. A giudicare da quello che leggo qui, la loro alleanza con i Tyrell sta vacillando. La regina Cersei e la regina Margaery lottano per il piccolo re come due cagne per un osso di pollo, e sono entrambe accusate di tradimento e fornicazione. Mace Tyrell ha tolto l'assedio a Capo Tempesta per tornare a marciare su Approdo del Re e salvare sua figlia, lasciando solamente una forza simbolica per bloccare gli uomini di Stannis dentro la fortezza.»

Connington si sedette. «Dimmi di più.»

«A nord, i Lannister fanno conto sui Bolton e nelle Terre dei Fiumi sui Frey: due case ampiamente rinomate per tradimenti e crudeltà. Lord Stannis Baratheon rimane in aperta ribellione e anche gli uomini di ferro hanno eletto un loro re. Nessuno sembra mai citare la Valle, il che mi fa dedurre che gli Arryn non abbiano preso parte a questi conflitti.»

«E Dorne?» La Valle di Arryn era lontana, Dorne era vicina.

«Il figlio più giovane del principe Doran è stato promesso sposo alla principessa Myrcella, il che suggerirebbe che i dorniani si siano schierati con la Casa Lannister, ma hanno un esercito sulla Strada delle Ossa e un altro al Passo del Principe, in attesa...»

«In attesa...» Connington corrugò la fronte. «Di che cosa?» Senza Daenerys e i suoi draghi, Dorne rimaneva centrale per la loro strategia. «Scrivi a Lancia del Sole. Doran Martell deve sapere che il figlio di sua sorella è ancora vivo, ed è tornato per reclamare il trono di suo padre.»

«Come tu dici, mio lord.» Il Mezzo-mestro diede un'occhiata a un'altra pergamena. «Il tempismo del nostro sbarco non avrebbe potuto essere migliore. Abbiamo potenziali amici e alleati ovunque volgiamo lo sguardo.»

«Ma nessun drago» disse Jon Connington «quindi per portare questi alleati dalla nostra parte, dobbiamo offrire loro qualcosa.»

«Oro e terre sono gli incentivi tradizionali.»

«Se soltanto li avessimo. Le promesse di oro e terre potrebbero andare bene per alcuni, ma Strickland e i suoi uomini si aspettano di poter scegliere i terreni e i castelli migliori, vale a dire quelli che erano stati tolti ai loro antenati quando questi furono costretti all'esilio. No.»

«Il mio lord ha però una ricompensa da offrire.» Haldon il Mezzo-maestro la indicò. «La mano del principe Aegon. Un'alleanza nuziale, per portare alcune delle grandi casate sotto i nostri vessilli.»

"Una sposa per il nostro radioso principe." Jon Connington ricordava molto bene le nozze del principe Rhaegar. "Elia non è mai stata degna di lui. Era fragile e malaticcia fin dall'inizio, e il parto l'ha ulteriormente indebolita." Dopo aver dato alla luce la principessa Rhaenys, aveva dovuto stare a letto per sei mesi, e la nascita del principe Aegon l'aveva portata a un passo dalla tomba. I maestri dissero poi al principe Rhaegar che non sarebbe stata in grado di avere altri figli.

«Daenerys Targaryen potrebbe ancora fare ritorno a casa, un giorno» Connington disse al Mezzo-maestro. «Aegon deve quindi essere libero di sposare lei.»

«Il mio lord sa ciò che è più giusto» rispose Haldon. «In questo caso, potremmo considerare di offrire ai nostri potenziali amici una ricompensa inferiore.»

«Qual è il tuo suggerimento?»

«*Tu*, mio lord. Non sei sposato. Un grande lord, ancora virile e senza eredi, a parte quei cugini che sono stati appena esautorati, discendente di un'antica casata, con un magnifico castello e vaste terre fertili che senza dubbio verranno restituite e forse ampliate da un grande re riconoscente, quando avremo trionfato. Hai fama di essere un guerriero, e quale Primo Cavaliere del re Aegon parlerai in sua vece e dominerai l'intero reame in suo nome. Penso che molti lord ambiziosi non vedranno l'ora di promettere le loro figlie in sposa a un uomo così. Forse, anche il principe di Dorne.»

La risposta di Jon Connington fu un lungo sguardo glaciale. Certe volte il Mezzo-maestro lo irritava quanto quell'infame nanerottolo. "La morte grigia sta lentamente risalendo il mio braccio. Nessuno lo deve sapere, tanto meno mia moglie." Si alzò in piedi. «Prepara la lettera per il principe Doran.»

«Come il mio lord comanda.»

Quella notte Jon Connington dormì negli appartamenti del lord, nel letto che un tempo era stato di suo padre, sotto un baldacchino polveroso di velluto rosso e bianco. Si svegliò all'alba, con il suono della pioggia che cadeva martellante e il timido bussare di un servitore, ansioso di sapere che cosa il suo nuovo lord desiderava per colazione.

«Uova bollite, pane fritto e fagioli. E una caraffa di vino. Il peggiore che c'è in cantina.»

«Il... peggiore, milord?»

«Mi hai sentito.»

Quando gli vennero portati cibo e vino, Jon Connington sbarrò la porta, svuotò la caraffa in una bacinella e vi immerse la mano. Impacchi e bagni d'aceto erano i trattamenti che lady Lemore aveva prescritto al nano, quando temeva che fosse stato infettato dal morbo grigio, ma chiedere ogni mattina una caraffa d'aceto sarebbe stato sospetto. Il vino era quindi l'unica alternativa, però era inutile sprecare le annate migliori. Le unghie di tutte le dita erano diventate nere, tranne il pollice. Nel dito medio, il grigio era avanzato fino alla seconda falange. "Dovrei mozzarle" pensò "ma come potrei giustificare le dita mancanti?" Non osava rivelare di avere contratto il morbo grigio. Per quanto potesse sembrare strano, uomini pronti ad andare in battaglia e a rischiare la vita per salvare un compagno ferito, avrebbero abbandonato immediatamente quello stesso compagno se avessero saputo che era affetto dal morbo grigio. "Avrei dovuto lasciare annegare quel maledetto nano."

Più tardi quel giorno, infilati di nuovo tunica e guanti, Connington fece un'ispezione del castello e mandò a dire a Harry Strickland il Senzacasa e ai suoi capitani di raggiungerlo per un consiglio di guerra. Si radunarono in nove nel solarium: Connington e Strickland, Haldon il Mezzo-maestro, Balaq il Nero, ser Franklyn Flowers, Malo Jayn, ser Brendel Byrne, Dick Cole e Lymond Pease. Il Mezzo-maestro portava buone nuove. «Abbiamo ricevuto notizie da Marq Mandrake. I volantiani lo hanno fatto sbarcare in un luogo che poi è risultato essere Estermont, con circa cinquecento uomini. Ha preso Pietraverde.»

Estermont era un'isola al largo di Capo Furore, non era mai stato uno dei loro obiettivi.

«Quegli stramaledetti volantiani sono così ansiosi di sbarazzarsi di noi, da scaricarci sulla prima costa che capita a tiro» protestò Franklyn Flowers. «Scommetto che abbiamo uomini disseminati su metà delle dannate Stepstones.»

«Insieme ai miei elefanti» aggiunse Harry Strickland il Senzacasa, in tono mesto. Sentiva la loro mancanza.

«Mandrake non ha con sé degli arcieri» intervenne Lymond Pease. «Sappiamo se Pietraverde ha inviato dei corvi messaggeri, prima di cadere?»

«Immagino di sì» intervenne Jon Connington «ma quali messaggi avrebbero potuto portare? Al massimo, un confuso resoconto di predoni provenienti dal mare.» Ancora prima di salpare da Volon Therys, aveva dato ordine ai capitani di non innalzare alcun vessillo in questi primi attacchi: né il drago a tre teste del principe Aegon Targaryen né i suoi grifoni né i teschi e gli stendardi d'oro della compagnia. «Lasciamo che i Lannister pensino a Stannis Baratheon, ai pirati delle Stepstones, a fuorilegge usciti dalle foreste o a chiunque altro. Se le notizie che arrivano ad Approdo del Re sono confuse e contraddittorie, tanto meglio. Più il Trono di Spade sarà lento a reagire, più tempo impiegheranno a raccogliere le forze e trovare degli alleati. A Estermont devono esserci delle navi: è un'isola. Haldon, manda un messaggio a Mandrake di lasciare lì una guarnigione e di trasferire il resto dei suoi uomini a Capo Furore, con tutti i prigionieri di nobile lignaggio che ha catturato.»

«Come tu comandi, mio lord. In effetti, la Casa Estermont ha legami di sangue con entrambi i re. Ottimi ostaggi.»

«Ottimi ostaggi» ripeté Harry il Senzacasa, tutto contento.

«È anche tempo di mandare a prendere il principe Aegon» annunciò lord Jon. «Sarà più al sicuro qui, all'interno delle mura del Posatoio del Grifone, che non all'accampamento.»

«Invierò una staffetta a cavallo» rispose Franklyn Flowers «ma ti dico già che a quel ragazzo l'idea di stare al sicuro non piacerà tanto. Lui vuole essere al centro dell'azione.»

"Tutti lo volevamo, alla sua età" pensò lord Jon, rammentando il passato.

«È arrivato il tempo d'innalzare il suo vessillo?» chiese Pease.

«Non ancora. Lasciamo che Approdo del Re continui a pensare che questi attacchi sono solo di un lord tornato dall'esilio con alcune spade mercenarie per reclamare il suo diritto di nascita. Una storia vecchia e risaputa. Arriverò anche a scrivere a re Tommen, dicendo questo e chiedendo il perdono reale e la restituzione delle mie terre e dei miei titoli. Questo darà loro qualcosa su cui rimuginare, almeno per un po'. E mentre si arrovellano, noi invieremo messaggi segreti ai nostri possibili amici nelle Terre della Tempesta e sull'Altopiano. E a Dorne.» Quello era il punto cruciale. I lord minori potevano schierarsi con loro per timore di ritorsioni o nella speranza di profitti, ma soltanto il principe di Dorne aveva le forze per sconfiggere la Casa Lannister e i suoi alleati. «Prima di tutti, dobbiamo avere dalla nostra Doran Martell.»

«Ci sono scarse possibilità che ciò accada» esclamò Strickland. «Il dorniano ha paura della sua stessa ombra. Non è propriamente un temerario.»

"E nemmeno tu." «Il principe Doran è un uomo cauto, questo è vero. Non si unirà a noi finché non sarà convinto della vittoria finale. Quindi, l'unico modo per persuaderlo è dargli una dimostrazione della nostra forza.»

«Se Peake e Rivers hanno successo, controlleremo la maggior parte di Capo Furore» argomentò Strickland. «Quattro castelli in quattro giorni, un ottimo inizio, ma abbiamo ancora solo metà della nostra forza militare. Dobbiamo aspettare il resto dei miei uomini. Ci mancano anche i cavalli, e gli elefanti. Aspettiamo, dico io. Raduniamo i nostri uomini, convinciamo alcuni lord minori a schierarsi con noi, lasciamo che Lysono Maar mandi in giro le sue spie a scoprire tutto quello che possiamo scoprire sui nostri nemici.»

Connington lanciò un'occhiata glaciale al grassoccio capitano generale. "Quest'uomo non è Cuore Nero né Acreacciaio né Maelys. Se lui potesse, aspetterebbe finché i Sette Inferi non saranno congelati pur di evitare qualche altra vescica." «Non abbiamo attraversato mezzo mondo per stare ad aspettare. La tattica migliore per noi è colpire con decisione e rapidità, prima che Approdo del Re sappia chi siamo. Intendo prendere Capo Tempesta. Una fortezza pressoché impenetrabile, e ultima testa di ponte di Stannis Baratheon nel Sud. Presa quella, avremo una solida base di appoggio, dove poterci rifugiare in caso di necessità, e conquistarla sarà la riprova della nostra forza.»

I capitani della Compagnia Dorata si scambiarono alcuni sguardi. «Se Capo Tempesta è ancora in mano a uomini leali a Stannis» obiettò Brendel Byrne «sarà a lui che la toglieremo, non ai Lannister. Perché invece non fare causa comune con lui contro i Lannister?»

«Stannis è fratello di Robert, della stessa genia che ha portato la Casa Targaryen alla rovina» gli ricordò Jon Connington. «Inoltre, Stannis si trova a mille leghe di distanza, assieme alle misere forze che comanda. Ci vorrebbero sei mesi solo per raggiungerlo, e ha poco o niente da offrirci.»

«Se Capo Tempesta è così impenetrabile, come pensi di prenderla?» chiese Malo.

«Con l'inganno.»

Harry Strickland non era d'accordo. «Meglio aspettare.»

«E noi aspetteremo.» Jon Connington si alzò. «Dieci giorni. Non di più. È il tempo necessario per prepararci. La mattina dell'undicesimo giorno, partiremo per Capo Tempesta.»

Il principe del drago li raggiunse quattro giorni più tardi, alla testa di una colonna di cento uomini a cavallo, con tre elefanti che arrancavano di retroguardia. Con lui c'era lady Lemore, avvolta nelle sue tuniche bianche da septa. Davanti a loro, ser Rolly Duckfield, con la cappa bianca come la neve che fluttuava alle sue spalle.

"Un uomo affidabile, e fedele" pensò Connington guardando Papero smontare di sella "ma non per questo degno di far parte della Guardia reale." Aveva cercato di dissuadere il principe dal conferire la cappa a Duckfield, sottolineando che sarebbe stato meglio riservare quell'onore a guerrieri con una maggiore reputazione, la cui fedeltà avrebbe aggiunto lustro alla loro causa, e ai figli più giovani di alti lord, di cui necessitavano l'appoggio nella lotta che li aspettava, ma il ragazzo non aveva voluto saperne. «Papero sarebbe pronto a morire per me, se necessario» aveva risposto «e questa è l'unica cosa che chiedo alla Guardia reale. Anche lo Sterminatore di Re era un guerriero di grande reputazione, e figlio di un alto lord.»

"Quanto meno sono riuscito a convincerlo a lasciare vacanti gli altri sei posti, altrimenti Papero si ritroverebbe con sei paperotti che lo seguono, uno più ciecamente inadeguato dell'altro." «Scortate sua grazia nel mio solarium» ordinò Connington. «Subito.»

Tuttavia, il principe Aegon Targaryen non era certo malleabile come lo era stato Griff il Giovane. Ci volle quasi un'ora prima che facesse finalmente la sua comparsa nel solarium, con Papero al suo fianco. «Lord Connington» esordì «il tuo castello mi piace.»

"Le terre di tuo padre sono magnifiche, aveva detto Rhaegar. I suoi capelli argento ondeggiavano al vento e i suoi occhi erano di un viola profondo, più scuri di quelli di questo ragazzo." «Anche a me, vostra grazia. Prego, accomodati. Ser Rolly, non abbiamo più bisogno della tua presenza, per ora.»

«No, io voglio che Papero rimanga.» Il principe si sedette. «Abbiamo parlato con Strickland e Flowers. Ci hanno detto di questo attacco a Capo Tempesta che stai preparando.»

Jon Connington non lasciò trapelare la sua collera. «E Harry il Senzacasa ha cercato di convincerti a rinviarlo?»

«In effetti, ci ha provato» rispose il principe «ma io non intendo ascoltarlo. Harry è solo una vecchia zitella, vero? Hai pienamente ragione, mio lord. Voglio che l'attacco venga compiuto… con un'unica variante. Voglio essere *io* a comandarlo.»

Gli uomini della regina eressero la pira sul prato del villaggio.

"O, meglio, sul *ghiacciaio* del villaggio?" La neve arrivava ovunque fino al ginocchio, tranne nei punti dove gli uomini l'avevano spalata, per praticare dei fori nel terreno congelato a colpi d'ascia, vanga e piccone. Il vento turbinava da ovest, portando altra neve ancora lungo la superficie gelata dei laghi.

«Tu preferisci non guardare» disse Aly Mormont.

«No, ma lo farò comunque.» Asha Greyjoy era la figlia della piovra, non una verginella viziata incapace di reggere la vista dell'orrore.

Era stato un giorno tetro, gelido, famelico, esattamente come quello precedente, e quello prima ancora. Lo avevano trascorso per lo più sul ghiaccio, tremando vicino a un paio di fori che avevano scavato sulla superficie del lago gelato più piccolo, con le lenze da pesca strette fra le mani maldestre per via dei guanti senza dita. Non molto tempo prima, potevano contare di prendere un paio di pesci a testa, e gli uomini della Foresta del Lupo, più esperti nella pesca nel ghiaccio, arrivavano a prenderne anche quattro o cinque. Quel giorno, Asha era tornata indietro soltanto con un gran freddo fin dentro le ossa. Ad Aly Mormont non era andata meglio. Erano ormai tre giorni che nessuna delle due pescava nemmeno un pesce.

L'Orsa tornò alla carica. «Non è necessario che io guardi.»

"Non sei tu che gli uomini della regina vogliono bruciare." «E allora allontanati. Hai la mia parola che non tenterò la fuga. Per andare dove, poi? A Grande Inverno?» Asha rise. «È solo a tre giorni di cavallo, dicono.»

Sei uomini della regina stavano cercando di infilare due enormi pali di legno di pino nelle buche che altri sei uomini della regina avevano scavato. Non c'era bisogno che Asha domandasse il perché. Lo sapeva. "Pali da rogo." Presto la notte sarebbe calata su di loro, e il dio rosso doveva essere nutrito. "Un'offerta di sangue e fuoco" la chiamavano gli uomini della regina "affinché il Signore della Luce volga su di noi il suo sguardo infuocato e sciolga queste nevi maledette."

«Perfino in questo luogo di paura e di oscurità, il Signore della Luce ci protegge» dichiarò ser Godry Farring agli uomini che si erano raccolti a guardare, mentre i pali venivano conficcati a colpi di mazza nel terreno.

«E il vostro Dio del Sud che cosa ha a che fare con la *neve*?» domandò Artos Flint. La sua barba nera era incrostata di ghiaccio. «Questa è la rabbia che ci gettano addosso gli antichi dei. È loro che dobbiamo placare.»

«*Aye*» concordò Wull Grosso Secchio. «Il vostro Rahloo Rosso non significa nulla qui. Farete solo arrabbiare ancora di più gli antichi dèi, che ci guardano dalle loro isole.»

Il villaggio di contadini si ergeva tra due laghi, il più grande dei quali era punteggiato di isolette boscose che spuntavano dal ghiaccio come i pugni congelati di un gigante annegato. Su una di quelle isolette torreggiava un albero-diga antico e ritorto, il tronco e i rami erano bianchi come le nevi circostanti. Otto giorni prima, Asha era andata fin là a piedi sul ghiaccio con Aly Mormont per guardare più da vicino quegli occhi rossi a feritoia e quella bocca insanguinata. "È solo resina" si era detta "la resina rossa che scorre all'interno degli alberi-diga." Ma i suoi occhi non erano convinti: vedere per credere, e quello che i suoi occhi vedevano era sangue congelato.

«Siete stati voi uomini del Nord a scatenare queste nevi su di noi» insisté Corliss Penny. «Voi e i vostri alberi demoniaci. R'hllor ci salverà.»

«R'hllor ci porterà alla rovina» ribatté Artos Flint.

"Che tutti i vostri dèi crepino di sifilide" pensò Asha Greyjoy.

Ser Godry lo Sterminatore di Giganti verificò i pali, ne scosse uno per assicurarsi che fosse piantato a fondo. «Bene, bene, terranno. Ser Clayton, porta qui il sacrificio.»

Ser Clayton Suggs era il braccio destro di ser Godry. "O meglio la sua mano avvizzita." Asha non amava affatto ser Clayton. Mentre Farring sembrava fieramente devoto al dio rosso, Suggs era soltanto crudele. Asha lo aveva osservato attorno ai fuochi notturni, che scrutava con le labbra dischiuse e gli occhi avidi. "Lui non ama il dio, ma le fiamme" concluse. Quando aveva chiesto a ser

Justin Massey se ser Clayton era sempre stato così, lui aveva fatto una smorfia. «Alla Roccia del Drago scommetteva con gli aguzzini e dava loro una mano a torturare i prigionieri, specialmente quando erano giovani donne.»

Asha non ne fu sorpresa. Suggs avrebbe provato un piacere speciale nel bruciarla, non aveva alcun dubbio. "A meno che non si plachino le bufere."

Era da diciannove giorni che erano inchiodati a tre giorni da Grande Inverno. "Cento leghe tra Deepwood Motte e Grande Inverno. Trecento miglia a volo di corvo." Ma nessuno di loro era un corvo, e il maltempo non dava tregua. Asha si svegliava ogni mattina con la speranza di vedere il sole, per poi ritrovarsi con un altro giorno di neve. La tormenta aveva sommerso qualsiasi capanna o baracca sotto un manto di neve sporca, e ben presto i cumuli sarebbero stati così alti da inghiottire anche la sala lunga del villaggio.

E non c'era cibo, a parte i loro cavalli ormai in agonia, i pesci pescati dai laghi (sempre meno ogni giorno che passava) e le poche cose commestibili che i foraggieri riuscivano a trovare in quelle gelide e morte foreste. Con i cavalieri del re e i lord che volevano fare la parte del leone con la carne di cavallo, per gli uomini comuni rimaneva poco o nulla. Nessuna meraviglia che avessero cominciato a nutrirsi dei loro stessi morti.

Asha era rimasta inorridita come gli altri quando l'Orsa le aveva detto che quattro armigeri di Peasebury erano stati sorpresi a macellare un caduto del defunto lord Fell, staccando pezzi di carne dalle cosce e dalle natiche del cadavere mentre un avambraccio arrostiva sul fuoco infilzato in un bastone, ma non poté fingersi sorpresa. Sarebbe stata pronta a scommettere che quei quattro non erano i primi ad assaggiare la carne umana in quella marcia maledetta, erano solamente i primi a essere stati scoperti.

Per ordine del re, i quattro al servizio di Peasebury avrebbero pagato quel festino con la vita… bruciando sul rogo per porre fine alla tempesta, chiedevano gli uomini della regina. Asha Greyjoy non aveva fede nel loro dio rosso, eppure pregava che venissero accontentati. Altrimenti, ci sarebbero state altre pire, e magari ser Clayton Suggs avrebbe soddisfatto il desiderio che covava nel cuore.

I quattro mangiatori di carne umana erano nudi quando ser Clayton li portò fuori, con i polsi legati dietro la schiena da lacci di cuoio. Il più giovane piangeva arrancando nella neve. Gli altri due camminavano come uomini già morti, con gli occhi fissi a terra. Asha fu sorpresa nel vedere come avessero un aspetto ordinario. "Non sono dei mostri" capì "solo degli uomini."

Il più anziano dei quattro era il loro sergente. L'unico a ostentare un atteggiamento di sfida, sputando veleno contro gli uomini della regina, che lo pungolavano con le lance ad avanzare. «Andatevene a fare in culo tutti quanti, e anche il vostro dio rosso!» diceva «Mi hai sentito, Farring? Sterminatore di Giganti? Mi sono fatto una grassa risata quando tuo cugino del cazzo è crepato, Godry. Avremmo dovuto mangiarci anche lui, aveva proprio un buon odore, quando lo hanno arrostito. Scommetto che era un ragazzo buono e tenero. Gustoso.» Un colpo con l'asta di una lancia lo fece cadere in ginocchio, ma non lo ridusse al silenzio. Quando si rimise in piedi, sputò un paio di denti rotti e ricominciò. «E la parte migliore è il cazzo, bello croccante sullo spiedo. Un salsicciotto grasso.» Continuò a farneticare anche quando gli misero le catene. «Corliss Penny, vieni un po' qua. Che genere di nome è Penny? È forse la tariffa di tua madre? E tu Suggs, razza di putrido bastardo, tu...»

Ser Clayton Suggs non disse neanche una parola. Un rapido fendente aprì la gola del sergente, facendogli colare una cascata di sangue sul petto.

L'uomo che piangeva pianse più forte, il suo corpo si scuoteva a ogni singhiozzo. Era così magro che Asha poteva contare ogni costola. «No» implorò «vi prego. Era morto, era morto e noi avevamo fame, *vi prego*...»

«Il sergente è stato furbo» disse Asha ad Aly Mormont. «Ha provocato Suggs per farsi uccidere.» Si domandò se il trucco avrebbe funzionato anche una seconda volta, qualora fosse arrivato il suo turno.

Le quattro vittime vennero incatenate schiena contro schiena, due per palo. E là restarono, tre uomini vivi e un uomo morto, mentre i devoti del Signore della Luce ammucchiavano ceppi e rami spezzati ai loro piedi, irrorando la legna con dell'olio per lanterne. Dovevano fare in fretta. La neve continuava a cadere fitta, come sempre, e la legna presto sarebbe stata fradicia.

«Dov'è il re?» chiese ser Corliss Penny.

Quattro giorni prima, uno degli scudieri del re era morto di freddo e di fame, un ragazzo di nome Bryen Farring, parente di ser Godry. Stannis Baratheon aveva assistito con la faccia cupa, vicino alla pira funeraria, mentre il corpo del ragazzo veniva consegnato alle fiamme. Poi, il re si era ritirato nella sua torre di guardia. Non era più uscito da allora... anche se, di quando in quando, sua grazia era stato avvistato sul tetto della torre, stagliato contro il fuoco di allerta che ardeva giorno e notte sulla sommità. "Parla con il dio rosso" dicevano alcuni. "Chiama lady Melisandre" sostenevano altri. Comunque sia, Asha Greyjoy aveva l'impressione che il re fosse perduto e invocasse aiuto.

«Canty, va' a cercare il re e digli che tutto è pronto» ordinò ser Godry all'uomo d'armi di fianco a lui.

«Il re è qui.» Era la voce di ser Richard Horpe.

Sopra l'armatura a piastre e maglia di ferro, ser Richard indossava il suo farsetto imbottito, ornato da tre falene testa di morto in campo cenere e osso. Re Stannis camminava al suo fianco. Dietro di loro, avanzava con fatica Arnolf Karstark zoppicando, appoggiato al suo bastone di prugnolo selvatico. Lord Karstark li aveva raggiunti otto giorni prima. Il guerriero del Nord aveva portato un figlio, tre nipoti, quattrocento picche, quaranta arcieri, una dozzina di lancieri a cavallo, un maestro e una gabbia di corvi messaggeri… ma provviste appena sufficienti per sostenere i suoi.

In realtà, Karstark, non era un vero lord, come Asha aveva avuto modo di capire; era solo il castellano di Karhold fintanto che il lord di diritto rimaneva prigioniero dei Lannister. Scavato, curvo e storto, con la spalla sinistra visibilmente più alta della destra, aveva il collo esile e rugoso, gli occhi grigi ammiccanti e i denti gialli. Un po' di capelli bianchi era tutto quello che lo separava dalla calvizie; la sua barba biforcuta era grigia e bianca in egual misura, ma comunque ispida. Asha pensava che ci fosse qualcosa di acido nei suoi sorrisi. Eppure, a prestar fede alle voci, sarebbe stato Karstark a tenere Grande Inverno se fosse stata conquistata. In un remoto passato, la Casa Karstark era nata da una diramazione della Casa Stark, e lord Arnolf era stato il primo degli alfieri di Eddard Stark a giurare fedeltà a Stannis.

A quanto Asha sapeva, i Karstark avevano gli antichi dèi del Nord, come i Wull, i Norrey, i Flint e gli altri clan delle colline. Si domandò se lord Arnolf fosse lì a presenziare al rogo su richiesta del re, così da essere personalmente testimone della potenza del dio rosso.

Nel vedere Stannis, due degli uomini incatenati ai pali si misero a implorare misericordia. Il re ascoltò in silenzio, con la mascella contratta. Poi, disse a Godry Farring: «Procedete».

Lo Sterminatore di Giganti alzò le braccia. «Signore della Luce ascoltaci.»

«Signore della Luce difendici» cantarono gli uomini della regina «perché la notte è oscura e piena di terrori.»

Ser Godry levò la testa verso il cielo che imbruniva. «Noi ti ringraziamo per il sole che ci riscalda e ti preghiamo affinché tu lo faccia tornare a risplendere su di noi, o Signore, che possa illuminarci la strada che conduce ai tuoi nemici.» Fiocchi di neve si scioglievano a contatto con il suo viso. «Noi ti ringraziamo per le stelle che vegliano su di noi la notte e ti preghiamo di lacerare questo velo che le cela, cosicché possiamo gloriarci ancora una volta della loro vista.»

«Signore della Luce, proteggici» invocarono gli uomini della regina «e respingi queste tenebre terribili.»

Ser Corliss Penny fece un passo avanti, reggendo la torcia con entrambe le mani. La fece vorticare sopra la testa, alimentando le fiamme. Uno dei prigionieri cominciò a mugolare.

«R'hllor» riprese ser Godry «noi ti consegniamo quattro uomini malvagi. Con cuore lieto e sincero, li consegniamo alle tue fiamme purificatrici, per eliminare l'oscurità delle loro anime. Che la loro carne corrotta venga bruciata e annerita, che i loro spiriti possano elevarsi liberi e puri per ascendere nella luce. Accetta il loro sangue, o Signore, e sciogli le catene di ghiaccio che imprigionano i tuoi servi. Ascolta la loro sofferenza, e concedi la forza alle nostre spade affinché possiamo versare il sangue dei nostri nemici. Accetta questo sacrificio e mostraci la via per Grande Inverno, affinché possiamo annientare i miscredenti.»

«Signore della Luce, accetta questo sacrificio» fecero eco un centinaio di voci.

Ser Corliss accese la prima pira con la torcia, che poi gettò sulla legna ammassata alla base della seconda. Si levarono esili tentacoli di fumo. I prigionieri cominciarono a tossire. Apparvero le prime fiamme, timorose come vergini, saltando e danzando da un ceppo all'altro. Pochi attimi, e i due pali furono avvolti dalle fiamme.

«Era *morto!*…» continuava a urlare piangendo il ragazzo, mentre le fiamme gli lambivano le gambe. «Lo abbiamo trovato già morto… vi prego… noi… avevano *fame*…» Il fuoco raggiunse i suoi testicoli. Quando i peli del pube cominciarono a bruciare, la sua invocazione si dissolse in un lungo urlo senza suono.

Asha Greyjoy sentì il sapore della bile in fondo alla gola. Sulle Isole di Ferro aveva visto preti della sua gente tagliare la gola alle vecchie e gettare i loro corpi in mare per onorare il Dio Abissale. Per quanto brutale fosse quel rito, questo era peggio ancora.

"Chiudi gli occhi" ripeté a se stessa. "Chiudi gli occhi. Guarda altrove. Non devi necessariamente guardare." Gli uomini della regina stavano levando un peana di lode al rosso R'hllor, ma lei non riusciva a distinguere le parole al di sopra delle urla. Il calore delle fiamme investì il suo viso, eppure anche così continuava a tremare. L'aria si appesantì dell'odore di carne bruciata, e uno dei corpi si contorceva ancora sotto le catene incandescenti che lo legavano al palo.

Dopo un po' le urla cessarono.

Senza dire una parola, re Stannis si allontanò, tornò alla solitudine della sua torre di guardia. "Torna al suo fuoco di allerta" Asha ne era certa "a scrutare nelle fiamme alla ricerca di risposte." Arnolf Karstark fece per arrancare dietro di lui, ma ser Richard Horpe lo prese per un braccio e lo indirizzò verso la sala lunga. I presenti al sacrificio cominciarono a disperdersi, ognuno verso il proprio fuoco, e la miserabile cena che vi poteva trovare.

Clayton Suggs le scivolò accanto furtivamente. «La puttana di ferro ha gradito lo spettacolo?» Il suo alito puzzava di birra e di cipolla. "Ha occhi da maiale" notò Asha. Erano in tema: sullo scudo e sulla sovratunica era disegnato un maiale con le ali. Suggs avvicinò così tanto la faccia che Asha gli contò le verruche sul naso e disse: «La folla sarà ancora maggiore quando sarai *tu* a contorcerti contro un palo».

Non aveva torto. I lupi del Nord non l'amavano; era una donna delle Isole di Ferro, e doveva rispondere dei crimini commessi dal suo popolo, per il Moat Cailin, Deepwood Motte e Piazza di Torrhen, per interi secoli di razzie lungo la Costa Pietrosa, per tutto quello che Theon aveva fatto a Grande Inverno.

«Lasciami andare, ser.»

Ogni volta che Suggs le parlava, Asha rimpiangeva le sue asce da combattimento. Nella danza delle dita era brava come qualsiasi guerriero maschio delle isole, e aveva dieci dita a dimostrarlo. "Come vorrei danzare con questo maiale." Certi uomini hanno facce che esigono la barba. La faccia di Clayton Suggs esigeva un'ascia conficcata in mezzo agli occhi. Ma al momento non c'erano asce a portata di mano, per cui tutto quello che poté fare fu cercare di divincolarsi dalla stretta. Il che portò ser Clayton a stringerla ancora più forte: le sue dita guantate affondavano nel suo braccio come artigli di ferro.

«La mia lady ti ha chiesto di lasciarla andare» intervenne Aly Mormont. «E tu, farai bene ad ascoltarla. Lady Asha non è destinata al rogo.»

«Lo sarà» rispose Suggs. «Abbiamo tollerato questa adoratrice di demoni tra noi fin troppo a lungo.» Ma lasciò comunque andare la presa. Non era il caso di provocare l'Orsa senza motivo.

Fu in quel momento che ser Justin Massey fece la sua apparizione. «Il re ha altri piani per questa preziosa prigioniera» disse con un sorriso conciliante e con le guance arrossate dal freddo.

«Il re, oppure *tu*?» Suggs emise un grugnito di disprezzo. «Va' pure avanti con i tuoi piccoli complotti, Massey. Lei finirà comunque sul rogo, lei e il suo sangue reale. C'è potere nel sangue di re, soleva dire la Donna Rossa. Potere per compiacere il nostro Signore.»

«Che R'hllor sia compiaciuto dei quattro che gli abbiamo appena mandato.»

«Quattro miserabili reietti. Un'offerta da poco. Feccia come quella non fermerà certo le nevi. Lei potrebbe farlo.»

L'Orsa intervenne di nuovo. «E se la bruci, e poi le nevi continuano a cadere, chi sarà il prossimo? Io?»

Asha non poté più tenere a freno la lingua. «Perché non ser Clayton? Forse R'hllor gradirebbe uno dei suoi. Un uomo devoto che canterà le sue lodi mentre le fiamme gli lambiscono il cazzo.»

Ser Justin rise. Suggs era meno divertito. «Goditi la tua risata, Massey. Se la neve continua a cadere, vedremo chi riderà.» Diede uno sguardo ai cadaveri carbonizzati contro i pali, sorrise e andò a raggiungere ser Godry e gli altri uomini della regina.

«Mio campione» disse Asha a Justin Massey. Se lo meritava, qualsiasi fossero le sue motivazioni. «Grazie per essere venuto in mio soccorso, ser.»

«Questo non ti procurerà amici tra gli uomini della regina» aggiunse l'Orsa. «Hai forse perso la fede nel rosso R'hllor?»

«Ho perso la fede in molto di più» disse Massey, il suo respiro era una bruma pallida nell'aria «ma continuo a credere nella cena. Mi farete compagnia, mie lady?»

Aly Mormont scosse la testa. «Non ho appetito.»

«Nemmeno io. Ma faresti bene a mandare giù un po' di carne di cavallo, o ben presto rimpiangerai di non averlo fatto. Avevamo ottocento cavalli quando ci siamo messi in marcia da Deepwood Motte. La notte scorsa, il conto arrivava a sessantaquattro.»

La notizia non sconvolse Asha. Quasi tutti i loro grandi destrieri non ce l'avevano fatta, compreso quello di Massey. Anche la maggior parte dei palafreni se n'era andata. E adesso, perfino i ronzini degli uomini del Nord cominciavano a vacillare per mancanza di foraggio. Ma in fondo, a che cosa servivano i cavalli? Stannis non stava più marciando da nessuna parte. Il sole, la luna, le stelle erano svaniti da così tanto tempo che Asha cominciò a domandarsi se li aveva sognati.

«Mangerò» disse.

Aly scosse di nuovo la testa. «Io no.»

«Allora consenti che sia io a vegliare su lady Asha» disse ser Justin. «Non le permetterò di fuggire, hai la mia parola.»

L'Orsa diede il proprio assenso controvoglia, ignorando il suo tono scherzoso. Si separarono, Aly andò in tenda, Asha e ser Justin si diressero verso la sala lunga. Non era lontana, ma i tumuli di neve erano alti, il vento soffiava a raffiche e i piedi di Asha erano come due blocchi di ghiaccio. La caviglia le lanciava fitte a ogni passo.

Pur essendo piccola e squallida, la sala lunga era la costruzione più grande del villaggio, per cui lord e comandanti se n'erano impadroniti, mentre Stannis si era sistemato nella torre di guardia in pietra sulla riva del lago. L'ingresso era sorvegliato da due armigeri, appoggiati alle loro lunghe lance. Uno dei due sollevò per Massey il drappo bisunto davanti alla porta, e ser Justin scortò Asha nell'agognato calore dell'interno.

Panche e tavoli con cavalletti erano disposti su entrambi i lati della stanza, che poteva ospitare una cinquantina di uomini… ma dove se n'erano stipati almeno il doppio. Al centro del pavimento di terra battuta era stata ricavata una buca per il fuoco, con una serie di fori nel tetto sovrastante per la fuoriuscita del fumo. I lupi del Nord si erano sistemati da un lato della buca, i cavalieri e i lord del Sud su quello opposto.

Gli uomini del Sud avevano un aspetto malconcio, notò Asha; scarni e con le guance scavate, alcuni pallidi e ammalati, altri con le facce arrossate ed escoriate dal vento. Invece gli uomini del Nord sembravano arzilli e in salute, massicci e rudi con le barbe spesse come cespugli, ricoperti di ferro e di pellicce. Potevano anche avere freddo e fame, ma per loro, e per i loro ronzini con le zampe d'orso, quella marcia era comunque stata più agevole.

Asha si tolse i guanti di pelliccia senza dita, socchiudendo gli occhi mentre fletteva le dita. Il dolore le salì lungo le gambe mentre i piedi semicongelati cominciavano a riscaldarsi nel tepore. I contadini del villaggio fuggendo si erano lasciati dietro una buona scorta di torba, per cui l'aria era densa di fumo, impregnata dell'odore penetrante della terra bruciata. Dopo aver scosso il mantello dalla neve che vi era rimasta attaccata, Asha lo appese a un piolo vicino alla porta.

Ser Justin trovò un paio di posti liberi su una panca e andò a prendere la cena per entrambi: birra di malto e tranci di carne di cavallo, abbrustolita fuori e rossa dentro. Asha bevve un sorso di birra e si avventò sulla carne. La porzione era più piccola dell'ultima che aveva mangiato, ma il suo stomaco rumoreggiò al sentirne l'aroma.

«I miei ringraziamenti, ser» disse, mentre sangue e grasso le colavano lungo il mento.

«Justin, insisto.» Massey tagliò a pezzi la carne e infilzò un boccone con il pugnale.

Più avanti lungo il tavolo, Will Foxglove stava dicendo agli uomini attorno a lui che entro tre giorni Stannis avrebbe ripreso a marciare su Grande Inverno. Foxglove lo aveva sentito dire da uno degli stallieri che si occupavano dei cavalli del re. «Sua grazia ha visto la vittoria nelle fiamme» aggiunse Foxglove «una vittoria di cui si canterà per mille anni, dai castelli dei lord fino alle capanne dei contadini.»

Justin Massey alzò lo sguardo dalla carne di cavallo che aveva davanti. «La notte scorsa, la conta del freddo ha raggiunto quota ottanta.» Si tolse un frammento di tendine rimasto incastrato fra due denti e lo lanciò al cane più vicino. «Se marciamo ancora, moriremo a centinaia.»

«Se restiamo qui, moriremo a migliaia» ribatté ser Humfrey Clifton. «Avanzare o morire, dico io.»

«Avanzare *e* morire, rispondo io. E se anche raggiungessimo Grande Inverno...? Una metà dei nostri uomini è talmente debole che quasi non riesce più a mettere un piedi davanti all'altro. Vuoi forse far loro assaltare le mura, o costruire delle torri d'assedio?»

«Dovremmo restare qui finché il tempo non migliora» intervenne ser Ormund Wylde, un vecchio cavaliere cadaverico, la cui natura contrastava con il nome, che suonava come *wild*, selvaggio. Asha aveva sentito dire che alcuni uomini d'armi avevano cominciato a scommettere su quale dei grandi cavalieri e dei lord avrebbe tirato le cuoia per primo. Ser Ormund era il grande favorito. "E chissà quanto conio è stato scommesso su di *me*" pensò Asha. "Forse sono ancora in tempo per fare una puntata." «Qui per lo meno abbiamo un riparo» insisteva Wylde «e ci sono pesci nei laghi.»

«Troppo poco pesce e troppi pescatori» commentò cupamente lord Peasebury. Aveva i suoi buoni motivi per essere cupo: quelli che ser Godry aveva appena bruciato erano suoi uomini, e nella sala c'era chi sosteneva che Peasebury stesso fosse al corrente di quello che facevano, e forse aveva anche partecipato ai loro festini.

«Non ha torto» mugugnò Ned Woods, uno degli esploratori di Deepwood. Ned il Senzanaso, lo chiamavano: due inverni prima, un inizio di congelamento gli era costato la punta del naso. Woods conosceva la Foresta del Lupo forse meglio di chiunque altro. Anche i più alteri lord del re avevano imparato ad ascoltarlo, quando parlava. «Io conosco bene questi laghi. E voi gli andate sopra come vermi su una carogna putrefatta. Avete scavato talmente tanti buchi nel ghiaccio che c'è da meravigliarsi che non ci siate ancora cascati dentro. Vicino all'isola, ci sono dei punti che sembrano pezzi di formaggio divorati dai sorci.» Scosse la testa. «I laghi sono finiti. Avete pescato tutti i pesci.»

«Ragione di più per proseguire» insisté Humfrey Clifton. «Se la morte è il nostro destino, che morte sia... ma con la spada in pugno.»

La stessa discussione della notte precedente, e di quella prima ancora. "Andare avanti e morire, restare qui e morire, tornare indietro e morire."

«Sei libero di morire come vuoi, Clifton» disse Justin Massey. «Per quanto riguarda me, preferisco vivere e vedere un'altra primavera.»

«Qualcuno potrebbe definirla un'affermazione da codardo» intervenne lord Peasebury.

«Meglio codardo che cannibale.»

La faccia di Peasebury diventò una maschera di furore. «*Tu...*»

«La morte fa parte della guerra, Justin.» Ser Richard Horpe era in piedi sulla soglia, con i capelli scuri bagnati dalla neve che si stava sciogliendo. «Quelli che marceranno con noi avranno la loro parte di tutto il bottino che prenderemo a Bolton e al suo bastardo, e una parte ancora maggiore di gloria sempiterna. Invece, quelli troppo deboli per marciare dovranno cavarsela da soli. Ma avete la mia parola che quando avremo preso Grande Inverno, vi manderemo del cibo.»

«*Voi non prenderete Grande Inverno!*»

«*Aye*, lo prenderemo» replicò una voce roca dal tavolo in fondo, dove Arnolf Karstark sedeva accanto al figlio Arthor e tre nipoti. Lord Arnolf si mise in piedi, come un avvoltoio che si solleva dalla preda. Con una mano chiazzata, si puntellò alla spalla del figlio. «Noi prenderemo Grande Inverno per Ned e per sua figlia. *Aye*, e anche per il Giovane Lupo, così crudelmente assassinato. Io e i miei apriremo la strada, se necessario. Questo ho dichiarato a sua grazia il re Stannis. Marciamo, gli ho detto, e prima che la luna abbia compiuto il suo ciclo, tutti noi potremo immergerci nel sangue dei Frey e dei Bolton.»

Gli uomini cominciarono a pestare i piedi, picchiare i pugni sui tavoli. Erano quasi tutti uomini del Nord, notò Asha. Dall'altra parte della buca con le fiamme, i lord del Sud sedevano sulle panche in silenzio.

Justin Massey attese finché il clamore non si fu calmato. «Il tuo coraggio è ammirevole, lord Karstark, ma il coraggio da solo non basta per fare breccia nelle mura di Grande Inverno. Per cui, di grazia, come intendi prendere la fortezza? Con le palle di neve?»

A rispondere fu uno dei nipoti di lord Arnolf. «Abbatteremo degli alberi e faremo degli arieti per sfondare le porte.»

«E morirete.»

Un altro nipote fece udire la sua voce. «Costruiremo delle scale e assalteremo le mura.»

«E morirete.»

Parlò Arthor Karstark, figlio minore di lord Arnolf. «Erigeremo delle torri d'assedio.»

«E morirete, morirete, morirete.» Ser Justin guardò in alto. «Gli dèi siano misericordiosi, voi Karstark siete tutti matti?»

«Gli *dèi?*» ritorse ser Richard Horpe. «Stai perdendo il controllo di te, Justin. Noi, qui, abbiamo un unico dio. Non parlare di demoni in questo consesso. Solo il Signore della Luce può salvarci, ora. Non sei d'accordo?» Horpe pose la mano sull'impugnatura della spada, quasi a enfatizzare il concetto, ma i suoi occhi non si spostarono mai dalla faccia di Justin Massey.

E sotto quello sguardo, ser Justin crollò. «Il Signore della Luce, *aye*. La mia fede, Richard, è profonda quanto la tua, lo sai.»

«È il tuo coraggio che metto in discussione, Justin, non la tua fede. Da quando abbiamo lasciato Deepwood Motte, non hai fatto altro che predicare la sconfitta. Mi domando da che parte stai.»

Un improvviso rossore risalì il collo di Massey. «Non rimarrò qui a farmi insultare.» Tolse con tale brutalità il mantello fradicio dal piolo vicino alla porta che Asha udì la stoffa lacerarsi, poi passò davanti a Horpe con passi rigidi e se ne andò. Una ventata d'aria gelida entrò nella sala, sollevando le ceneri dalla buca e facendo brillare un po' più vivide le fiamme.

"Spezzato in un attimo" rifletté Asha. "Il mio campione è fatto di sugna." Eppure, ser Justin rimaneva uno dei pochi che avrebbero potuto obiettare se gli uomini della regina avessero deciso di bruciarla. Così Asha si alzò, rimise il mantello e lo seguì nella tormenta.

Si perse nel nulla prima ancora di avere percorso dieci iarde. Asha riusciva a vedere il fuoco che ardeva sulla cima della torre di guardia del re, un debole chiarore arancione fluttuante nell'aria. Per il resto, il villaggio era svanito. Era sola in un mondo bianco di neve e di silenzio, arrancando tra cumuli alti fino alla coscia.

«*Justin?*» chiamò.

Nessuna risposta. Da qualche parte alla sua sinistra, udì nitrire un cavallo. "Quel povero animale sembra spaventato. Forse sa di essere la cena di domani." Asha si avvolse ancora più stretta nel mantello.

Senza volere, tornò nello spiazzo centrale del villaggio. I pali di legno si ergevano ancora, anneriti, ma non del tutto consumati. Ormai le catene attorno ai condannati si erano raffreddate, però continuavano a cingere i cadaveri nel loro ferreo abbraccio. Un corvo era appollaiato su uno dei morti, a beccare i frustoli di carne bruciacchiata attaccati alla scatola cranica. La neve trasportata dal vento aveva ricoperto la cenere alla base della pira e arrivava fino alle caviglie del morto. "Gli antichi dèi vogliono seppellirlo" pensò Asha. "Questa non è stata opera loro."

«Guarda bene, puttana» disse la voce profonda di Clayton Suggs, dietro di lei. «Anche tu avrai quell'aspetto quando ti avremo arrostita. Dimmi un po', i calamari sanno urlare?»

"Dio dei miei padri, se riuscite a udirmi nelle vostre magioni sommerse sotto le onde, concedetemi una sola, piccola ascia da lancio." Il Dio Abissale non rispose. Raramente lo faceva. Quello era un problema generale con tutti gli dèi. «Hai visto ser Justin?»

«Quell'idiota impertinente? Che cosa vuoi da lui, puttana? Se vuoi essere chiavata, io sono più uomo di Massey.»

"Puttana, ancora?" Era strano che uomini come Suggs usassero quella parola per offendere le donne, quando era l'unica cosa che volevano da loro. E Suggs era ancora peggio di Medio Liddle. "Quando usa una parola, intende proprio quella." «Il tuo re, gli stupratori li castra» gli ricordò Asha.

Ser Clayton ridacchiò. «Il re a forza di guardare nelle fiamme è diventato mezzo cieco. Ma non avere paura, puttana, non intendo stuprarti. Perché dopo dovrei ucciderti, e invece preferisco vederti *bruciare*.»

"Ecco, di nuovo quel cavallo." «Hai sentito?»

«Sentito che cosa?»

«Un cavallo. Anzi, dei *cavalli*. Sono più di uno.» Asha voltò la testa, tendendo le orecchie. La neve giocava strani scherzi con i suoni. Era difficile sapere da che parte arrivavano.

«Che cos'è, un giochetto da calamari? Io non sento...» Suggs cambiò di colpo espressione. «Inferi maledetti! Dei cavalieri!» Armeggiò con il cinturone, le sue mani erano impacciate dai guanti di cuoio, e finalmente riuscì a estrarre la spada lunga dal fodero.

Ma a quel punto i cavalieri erano già su di loro.

Emersero dalla tormenta come una legione di spettri, uomini grossi su piccoli cavalli, uomini resi ancora più grossi dalle pellicce che indossavano. Le spade ai loro fianchi producevano il canto sommesso dell'acciaio che sbatte nei foderi. Asha vide un'ascia da combattimento, attaccata alla sella di uno di quei guerrieri e una mazza da guerra di traverso sulla schiena di un altro. Avevano anche degli scudi, ma erano talmente incrostati di neve e di ghiaccio che non si riusciva a decifrarne gli emblemi. Nonostante tutti i suoi strati di lana, pelliccia e cuoio bollito, Asha si sentiva nuda. "Un corno" pensò. "Mi serve un corno per dare l'allarme all'accampamento."

«Corri, stupida puttana!» le gridò ser Clayton. «Va' ad avvertire il re: lord Bolton ci è addosso!» Clayton Suggs era un uomo brutale, però non difettava di coraggio. Con la spada in pugno, avanzò nella neve, mettendosi fra i cavalieri e la Torre del Re, il cui fuoco sulla cima scintillava dietro di lui come l'occhio arancione di una strana divinità. «Chi va là? Fermi! *Fermi!*»

Il cavaliere che guidava il drappello fermò il cavallo davanti a lui. Alle sue spalle ce n'erano molti altri, forse una ventina. Asha non fu in grado di contarli. E centinaia potevano seguire alle loro spalle, celati dalla tormenta. Forse l'intero esercito di Roose Bolton stava calando su di loro, nascosto dall'oscurità e dalla neve vorticante. Solo che quei cavalieri…

"Sono troppi per essere degli esploratori e troppo pochi per formare un'avanguardia." E due di loro erano vestiti tutti di nero. "guardiani della notte" realizzò Asha all'improvviso. «Chi siete?» chiese loro.

«Amici» le rispose una voce in parte familiare. «Ti siamo venuti a cercare a Grande Inverno, ma abbiamo incontrato solo Umber Cibo di Corvo che batteva i tamburi e suonava i corni. C'è voluto del tempo per trovarti.»

Il cavaliere volteggiò dalla sella, abbassò il cappuccio e s'inchinò. La sua barba era talmente folta e incrostata di ghiaccio che in un primo momento Asha non lo riconobbe. Poi realizzò. «*Tris?*…»

«Mia lady.» Tristifer Botley mise un ginocchio nella neve. «C'è anche Qarl la Fanciulla. E Rogon, Linguatetra, Dita, Rook… siamo in sei, quelli in grado di cavalcare. Cromm è morto a causa delle ferite.»

«Ma che significa tutto questo?» ringhiò Clayton Suggs. «Tu saresti uno dei *suoi*? Come avete fatto a uscire dalle segrete di Deepwood Motte?»

Tris si rialzò, togliendosi la neve dal ginocchio. «A Sybelle Glover è stato offerto un ingente riscatto per la nostra libertà, e lei ha accettato, in nome del re.»

«Un riscatto? E chi sarebbe disposto a pagare del solido conio per una simile feccia dei mari?»

«*Io*, ser.» L'uomo che aveva parlato avanzò, in sella al proprio cavallo. Era altissimo e magrissimo, con le gambe così lunghe che c'era da stupirsi che i piedi non strisciassero per terra. «Avevo bisogno di una scorta per raggiungere il re, e lady Sybelle voleva disfarsi di un po' di bocche da sfamare.»

Una sciarpa nascondeva i suoi lineamenti, ma l'uomo portava in testa il cappello più bizzarro che Asha avesse mai visto dall'ultima volta che aveva fatto vela per la città libera di Tyrosh: una torre di morbido tessuto, senza falda, come tre cilindri, l'uno sopra l'altro.

«Mi è stato riferito che avrei potuto trovare re Stannis qui. È estremamente urgente che io conferisca con lui.»

«Ma per tutti i Sette Inferi fetenti, e tu chi sei?»

L'uomo alto smontò con eleganza dal ronzino, si tolse quel bizzarro copricapo e fece un inchino. «Ho l'onore di essere Tycho Nestoris, umile servitore della Banca di Ferro della città libera di Braavos.»

Di tutte le strane creature che potevano essere portate dalla notte, l'ultima che Asha Greyjoy si sarebbe mai aspettata era un banchiere braavosiano. Era assurdo. Non poté trattenere una risata. «Re Stannis si è acquartierato nella torre di guardia. Sono sicura che ser Clayton sarà ben lieto di farti strada.»

«Sarebbe un gesto di estrema cortesia. Il tempo è essenziale.» Il banchiere la scrutò con scuri occhi scaltri. «Se non mi inganno, tu sei lady Asha della Casa Greyjoy.»

«Sono Asha della Casa Greyjoy, *aye*. Sul fatto che io sia anche una lady oppure no, le opinioni sono discordanti.»

Il braavosiano sorrise. «Ti abbiamo portato un regalo.» Fece cenno agli uomini dietro di lui. «Ci aspettavamo di trovare il re a Grande Inverno. Questa tormenta ha inghiottito anche il castello, ahimè. Sotto le mura della fortezza, abbiamo incontrato Mors Umber con un drappello di giovani armigeri inesperti in attesa dell'arrivo del re. Ecco che cosa ci ha dato.»

"Una ragazzina e un vecchio" pensò Asha, quando le due figure le vennero brutalmente scaricate davanti. La ragazza tremava, anche se era avvolta nelle pellicce. Se non fosse stata così terrorizzata, si sarebbe potuta definire graziosa, anche se la punta del naso era nera per un principio di congelamento. Quanto al vecchio... no, nessuno l'avrebbe definito avvenente. Asha aveva visto in passato certi spaventapasseri che erano più in carne di lui. La sua faccia era un teschio ricoperto di pelle, i capelli erano bianchi come ossa e luridi. E puzzava. Solo a guardarlo, Asha provò un senso di ribrezzo.

Il vecchio sollevò lo sguardo. «Sorella. Vedi, questa volta ti ho riconosciuto.»

Il cuore di Asha si fermò. *Theon?*

Le labbra del teschio si tesero in quello che poteva essere un sorriso. Metà dei denti erano caduti, e metà di quelli che restavano erano rotti e scheggiati.

«Theon» ripeté. «Il mio nome è Theon. Devi ricordare il tuo *nome*.»

Il mare era nero e la luna color argento, quando la Flotta di Ferro calò sulla preda.

L'avevano avvistata negli stretti fra l'Isola dei Cedri e le aspre colline nell'entroterra di Astapor, proprio come Moqorro, il prete nero, aveva profetizzato.

«I ghiscariani!» urlò Acqualunga Pyke dalla coffa sull'albero maestro.

Dal castello di prua, Victarion Greyjoy osservò la vela farsi più grande. In breve, sarebbe stato in grado di distinguere i remi sollevarsi e abbassarsi, e la lunga scia bianca scintillare al chiarore della luna, come una cicatrice nel mare.

"Non è una vera nave da battaglia" riconobbe Victarion. "Si tratta di una galea commerciale, e di quelle grosse." Mandò il segnale agli altri capitani: inseguire. Avrebbero abbordato la nave e se ne sarebbero appropriati.

Nel frattempo, il comandante della galea si era reso conto del pericolo. Virò, puntando a ovest, verso l'Isola dei Cedri, forse nella speranza di trovare rifugio in una baia nascosta o di far incagliare i suoi inseguitori nelle secche rocciose lungo la costa nordorientale dell'isola. La sua galea, però, era a pieno carico, e gli uomini di ferro avevano il vento in favore. La *Cordoglio* e la *Vittoria di ferro* tagliarono la rotta alla preda a prua, mentre la *Falco-stornello* e l'agile *Danzatrice delle dita* incrociarono a poppa. Ma neppure allora il comandante ghiscariano abbassò i vessilli. Quando anche la *Lamentazione* si avvicinò alla galea, strusciando contro la fiancata e spaccandole i remi, i due scafi erano talmente vicini alle rovine di Ghozai da poter udire i richiami delle scimmie, mentre la prima luce dell'alba si rifletteva sulle piramidi in rovina della città.

La preda si chiamava *Alba ghiscariana*, disse il comandante, una volta che venne portato da Victarion in catene. Erano salpati da Nuova Ghis e vi stavano facendo ritorno, passando per Yunkai, dopo aver fatto degli scambi a Meereen. L'uomo non parlava alcun idioma comprensibile, a parte una gutturale parlata ghiscariana, piena di ringhi e sibili, il linguaggio più brutto che Victarion Greyjoy avesse mai udito. Moqorro tradusse le parole del comandante nella lingua comune dei Sette Regni dell'Occidente. La guerra a Meereen era vinta, dichiarò il comandante; la Regina dei Draghi era morta, e ora un ghiscariano di nome Hizdak dominava la città.

Per quella menzogna, Victarion gli fece strappare la lingua. Daenerys Targaryen non era morta, gli assicurò Moqorro: il dio rosso R'hllor gli aveva mostrato il viso della regina nelle sue sacre fiamme. Quanto a Victarion, se c'era una cosa che non sopportava erano le menzogne. Per cui fece legare il comandante ghiscariano mani e piedi, e lo fece gettare in mare, come sacrificio al Dio Abissale.

«Il tuo dio rosso avrà quanto gli spetta» promise a Moqorro «ma i mari sono governati dal mio Dio Abissale.»

«Non esiste altro dio all'infuori di R'hllor e dell'Estraneo, il cui nome non può essere pronunciato.» Il prete negromante era vestito di nero, a parte un po' di filo d'oro lungo il collo, ai polsi e sul bordo in fondo. Non c'erano stoffe rosse a bordo della *Vittoria di ferro*, ma sarebbe stato sconveniente che Moqorro se ne andasse in giro con gli stracci incrostati di sale che indossava quando il Sorcio lo aveva ripescato dalle acque, così Victarion aveva dato ordine a Tom Tidewood di cucirgli delle vesti nuove usando il materiale a disposizione, donando a tale scopo alcune delle sue tuniche. Queste erano nere e oro, perché l'emblema della Casa Greyjoy era una piovra d'oro in campo nero, lo stesso riportato sui vessilli e sulle vele delle loro navi. Le tuniche cremisi e scarlatte dei preti rossi erano sconosciute agli uomini di ferro, ma Victarion coltivava la speranza che i suoi uomini potessero accettare Moqorro più facilmente con addosso i colori dei Greyjoy.

Una speranza vana. Vestito di nero dalla testa ai piedi, con una maschera di fiamme rosse e arancioni tatuata sul volto, il prete aveva un aspetto più sinistro che mai. L'equipaggio si teneva a distanza quando compariva sul ponte, e gli uomini sputavano se la sua ombra si proiettava per caso su di loro. Perfino il Sorcio, che aveva ripescato il prete rosso dalle onde, aveva chiesto a Victarion di consegnarlo al Dio Abissale.

Ma Moqorro conosceva quelle strane coste che agli uomini di ferro erano ignote, e anche i segreti della stirpe del drago. "Occhio di Corvo ha i suoi stregoni, perché non dovrei averne uno anch'io?" Lo stregone nero di Victarion era più potente dei tre di Euron messi assieme nello stesso calderone. Capelli Bagnati avrebbe disapprovato, ma in quelle acque Aeron e i suoi anatemi erano molto lontani.

Per cui Victarion serrò la mano ustionata in un pugno poderoso, e disse: «*Alba ghiscariana* non è un nome degno di una nave della Flotta di Ferro. In tuo onore, stregone, io la ribattezzo *Furia del dio rosso*».

Lo stregone chinò il capo. «Come il capitano decide.»

E da quel momento in poi, i vascelli della Flotta di Ferro tornarono a essere quarantacinque.

Il giorno seguente vennero investiti da un'improvvisa tempesta, come Moqorro aveva profetizzato. Quando le piogge si furono spostate, tre navi erano scomparse. Victarion non aveva modo di sapere se fossero affondate, incagliate o finite fuori rotta.

«Sanno dove siamo diretti» disse al suo equipaggio. «Se sono ancora a galla, poi ci raggiungeranno.»

Il comandante di ferro non aveva tempo da sprecare in attesa dei ritardatari. Non con la sua promessa sposa circondata dai nemici. "La più bella donna del mondo ha urgente bisogno della mia ascia."

Inoltre, Moqorro gli aveva garantito che quelle tre navi non erano perdute. Ogni notte, sul castello di prua della *Vittoria di ferro*, il prete stregone accendeva un fuoco rituale, camminando attorno alle fiamme e levando preghiere. La luce del fuoco faceva scintillare la sua pelle nera come onice levigato, e in certi momenti Victarion sarebbe stato pronto a giurare che anche le fiamme tatuate sulla faccia di Moqorro danzavano, si contorcevano e s'incurvavano, fondendosi le une nelle altre, e i loro colori mutavano a ogni movimento della testa del prete.

"Il mago nero sta chiamando a raccolta i demoni contro di noi" aveva detto un rematore. Quando queste parole gli furono riferite, Victarion ordinò che l'uomo venisse flagellato finché la sua schiena non grondò sangue dalle spalle alle natiche. Così, quando Moqorro disse: «Le tue pecorelle smarrite faranno ritorno al gregge in un'isola chiamata Yaros», il capitano rispose: «Prega che sia così, prete. Altrimenti, potresti essere il prossimo ad assaggiare la frusta».

Il mare era blu e verde, e il sole dardeggiava da un cielo azzurro e vuoto, quando la Flotta di Ferro conquistò il suo secondo trofeo, nelle acque a nordovest di Astapor.

Questa volta si trattava della *Colomba*, un cargo della città libera di Myr in rotta da Nuova Ghis a Yunkai con un carico di tappeti, vini verdi dolci e merletti di Myr. Il capitano possedeva un occhio di Myr, che faceva apparire vicine le cose lontane; due lenti di cristallo in una serie di tubi di bronzo abilmente collocati in modo da scorrere l'uno nell'altro, finché lo strumento non era più lungo della lama di un pugnale. Victarion tenne per sé questo tesoro. Ribattezzò la cocca con il nome di *Shrike*. L'equipaggio sarebbe stato tenuto in ostaggio, decretò il capitano. Non erano né schiavi né schiavisti, ma uomini liberi di Myr e consumati marinai. Uomini che potevano valere buon conio. Salpata da Myr, la *Colomba* non portò loro novità né su Meereen né su Daenerys, solamente notizie stantie: cavalieri dothraki lungo la Rhyone, la Compagnia Dorata in marcia e altre cose di cui Victarion era già a conoscenza.

«Che cosa vedi?» chiese il capitano quella notte al prete nero, quando Moqorro si mise di fronte al suo falò notturno. «Che cosa ci attende domani? Altra pioggia?» La sentiva nell'aria.

«Cieli grigi e forti venti» rispose Moqorro. «Niente pioggia. Dietro arrivano le tigri. Davanti il tuo drago attende.»

"Il tuo drago." A Victarion piacque il suono di quelle parole. «Dimmi qualcosa che non so, prete.»

«Il capitano comanda e io ubbidisco» disse Moqorro. L'equipaggio aveva iniziato a chiamarlo Fiamma Nera, un nome che gli era stato affibbiato da Steffar Stammerer, che non riusciva a dire "Moqorro". Con qualsiasi nome venisse chiamato, il prete aveva dei poteri. «La costa, qui, va da ovest verso est» disse a Victarion. «Nel punto in cui devia verso nord, incontrerai altre due lepri. Veloci, con molte zampe.»

E così accadde. Questa volta, la preda si rivelò essere una coppia di galee, lunghe, snelle e veloci. Ralf lo Zoppo fu il primo ad avvistarle, ma non ci volle molto perché distanziassero la *Sventura* e la *Tenue speranza*, così Victarion lanciò al loro inseguimento la *Ala di ferro*, la *Falco-stornello* e la *Bacio del kraken*. Erano i tre vascelli più veloci della flotta. L'inseguimento si protrasse per gran parte della giornata, ma alla fine entrambe le galee vennero abbordate e catturate, dopo brevi scontri brutali. Le due galee erano vuote, scoprì Victarion, in rotta verso Nuova Ghis per caricare armi e logistica per i ghiscariani accampati davanti a Meereen... e per portare legionari freschi in guerra, a rimpiazzare quelli che erano morti. «Morti in battaglia?» chiese Victarion. La risposta degli equipaggi delle galee fu negativa: le perdite erano state causate dalla dissenteria emorragica. La giumenta pallida, la chiamavano. Inoltre, come già aveva detto il comandante della *Alba ghiscariana*, anche i capitani delle due galee ripeterono la menzogna che Daenerys Targaryen era morta.

«E allora, quando la incontrerete negli inferi, datele un bacio da parte mia.» Victarion si fece portare un'ascia e mozzò la testa a entrambi. Poi mise a morte anche gli equipaggi, risparmiando solo gli schiavi incatenati ai remi. Spezzò le loro catene e disse che da quel momento erano uomini liberi, e che avrebbero avuto il privilegio di remare per la Flotta di Ferro, un onore che rappresentava il sogno di ogni bambino delle Isole di Ferro.

«La Regina dei Draghi libera gli schiavi e così faccio anch'io» proclamò.

Le due galee furono ribattezzate *Spettro* e *Ombra*. «Perché la mia intenzione è che esse tornino a tormentare quegli yunkai» disse alla donna dalla pelle scura quella notte, dopo avere giaciuto con lei. Ormai erano vicini alla meta, sempre di più ogni giorno che passava. «Piomberemo loro addosso come la folgore» disse, strizzando uno dei seni della donna. Si domandò se anche suo fratello Euron si sentiva così quando il Dio Abissale gli parlava. Poteva quasi udire la voce del dio emergere dalle profondità del mare. "Tu mi servirai bene, mio capitano" sembravano dire le onde. "È per questo che ti ho creato."

Ma Victarion doveva nutrire anche il dio rosso, il dio del fuoco venerato da Moqorro. Il braccio che il prete aveva risanato era orribile a vedersi, come la cotenna di un maiale dal gomito fino alla punta delle dita. A volte, quando Victarion chiudeva la mano a pugno, la pelle si spaccava e fumava, eppure il braccio era più poderoso di quanto non fosse mai stato prima. «Adesso ho due dèi con me» disse alla donna dalla pelle scura. Poi la fece voltare di schiena e la prese di nuovo.

Quando le Scogliere di Yaros apparvero oltre la prua di babordo, trovò le sue tre navi disperse ad aspettarlo proprio come Moqorro aveva promesso. Victarion diede al prete una spirale d'oro quale ricompensa.

A quel punto, doveva compiere una scelta: affrontare i rischi negli stretti, oppure circumnavigare l'isola con la Flotta di Ferro? I ricordi di Isola Bella continuavano a tormentare la memoria del capitano: Stannis Baratheon era calato sulla Flotta di Ferro contemporaneamente da nord e da sud mentre loro si trovavano intrappolati nel canale tra l'isola e la terraferma, infliggendo a Victarion Greyjoy la sua più schiacciante sconfitta. Ma girare attorno a Yaros gli sarebbe costato giorni preziosi. Con Yunkai così vicina, affrontare gli stretti era molto pericoloso, ma Victarion non si aspettava d'incontrare navi yunkai finché non fossero arrivati in prossimità di Meereen.

"Che cosa farebbe Occhio di Corvo?" Ci rimuginò sopra per un po', alla fine mandò il segnale ai suoi capitani. «Attraversiamo gli stretti.»

Altri tre trofei vennero presi prima che Yaros svanisse a poppa delle loro navi. Una grossa galea per il Sorcio e la *Cordoglio*, e un vascello commerciale per Manfryd Merlyn della *Aquilone*. Le stive erano strapiene di merci, vini e sete e spezie, legni pregiati e aromi ancora più pregiati, ma i veri trofei erano le navi stesse. Più tardi, in quella stessa giornata, venne catturata una barca da pesca dalla *Sette teschi* e dalla *Veleno della megera*. Era un'imbarcazione piccola, lenta e malconcia, abbordarla era stato quasi uno spreco di energie. Victarion non fu contento nell'apprendere che c'erano volute due delle sue navi per costringere i pescatori alla resa. Eppure, fu proprio dalle loro labbra che apprese del ritorno del drago nero. «L'argentea regina se n'è andata» gli disse il capitano del peschereccio. «È volata via con il suo drago oltre il Mare Dothraki.»

«E dov'è questo Mare Dothraki?» chiese Victarion. «Lo attraverserò con la mia Flotta di Ferro e troverò la regina, ovunque sia.»

Il pescatore scoppiò in una sonora risata. «Sarebbe proprio uno spettacolo da vedere. Il Mare Dothraki è fatto di erba, idiota.»

Questo il pescatore non avrebbe dovuto dirlo. Victarion gli serrò la mano ustionata attorno alla gola e lo sollevò di peso. Lo mandò a sbattere di schiena contro l'albero maestro, e continuò a stringere finché la faccia del pescatore yunkai non diventò nera come le dita che affondavano nella sua carne. L'uomo scalciò e si contorse per un po', cercando inutilmente di allentare la presa del capitano. «Nessun uomo dà dell'idiota a Victarion Greyjoy e vive per vantarsene.» Quando aprì la mano, il corpo inerte del pescatore si afflosciò sulla tolda. Acqualunga Pyke e Tom Tidewood lo gettarono oltre la murata: un'altra offerta al Dio Abissale.

«Il tuo Dio Abissale è un demone» affermò più tardi Moqorro, il prete nero. «Non è altro che uno strumento dell'Estraneo, il dio oscuro, il cui nome non può essere pronunciato.»

«Sta' attento, prete» lo ammonì Victarion. «A bordo di questa nave ci sono uomini di fede che sarebbero pronti a strapparti la lingua all'udire simili bestemmie. Il tuo dio rosso avrà quanto gli spetta, lo giuro. La mia parola è di ferro. Chiedilo pure a uno qualsiasi dei miei uomini.»

Il prete nero chinò la testa. «Non è necessario. Il Signore della Luce mi ha già mostrato il tuo valore, lord capitano. Ogni notte, nei miei fuochi, vedo immagini della gloria che ti attende.»

Quelle parole compiacquero enormemente Victarion Greyjoy, come egli raccontò quella notte alla donna dalla pelle scura. «Mio fratello Balon era un grande uomo» le disse «ma io farò quello che lui non ha potuto fare. Le Isole di Ferro saranno nuovamente libere, e l'Antica Via tornerà. Non ci è riuscito neppure Dagon.» Erano trascorsi quasi cento anni da quando Dagon Greyjoy si era seduto sul Trono del Mare, eppure gli uomini di ferro narravano ancora storie delle sue incursioni e delle sue battaglie. All'epoca di Dagon, sul Trono di Spade c'era un re debole, che teneva i suoi occhi umidi fissi sul Mare Stretto, dove bastardi ed esiliati complottavano la ribellione. E così lord Dagon salpò da Pyke, per conquistare il Mare del Tramonto. «Affrontò il leone nella sua stessa tana e fece nodi alla coda del meta-lupo, ma nemmeno lui riuscì a sconfiggere il drago. Io, invece, prenderò la Regina dei Draghi e la farò mia. Condividerà il mio talamo e mi darà molti figli vigorosi.»

Quella notte, le navi della Flotta di Ferro erano sessanta.

Strane vele si fecero più frequenti a nord di Yaros. Adesso erano molto vicini a Yunkai, e la costa fra la città gialla e Meereen doveva quasi certamente brulicare di mercantili e navi di rifornimento che andavano e venivano, per cui Victarion fece spostare la Flotta di Ferro in acque più profonde, fuori vista da terra. Ma perfino là rischiavano di incontrare altri vascelli. «Che nessuno ci sfugga per dare l'allarme ai nostri nemici» fu l'ordine del capitano. E così fu.

Il mare era verde e il cielo grigio la mattina in cui la *Cordoglio*, la *Donzella guerriera* e la *Vittoria di ferro* dello stesso Victarion catturarono la galea schiavista di Yunkai nelle acque a nord della città gialla. Nelle sue stive c'erano venti fanciulli profumati e ottanta ragazze destinate alle case di piacere della città libera di Lys. L'equipaggio della galea non avrebbe mai pensato di incontrare il pericolo così vicino alle proprie acque, e gli uomini di ferro non dovettero faticare molto per avere la meglio. La galea venne ribattezzata *Fanciulla arrendevole*.

Victarion fece passare gli schiavisti a fil di spada, poi mandò i suoi uomini sottocoperta a spezzare le catene dei rematori. «Voi ora remerete per me. Remate con vigore e prospererete.» Le ragazze vennero suddivise tra i capitani. «I lyseniani avrebbero fatto di voi delle puttane» disse loro Victarion «ma noi vi abbiamo salvato. Adesso dovrete servire un uomo solo, invece di soddisfarne molti. Quelle di voi che compiaceranno i loro capitani potrebbero essere prese quali mogli di sale, un ruolo onorevole.» Quanto ai fanciulli profumati, Victarion li avvolse in catene e li gettò nell'abisso. Erano creature contro natura, e una volta liberata dalla loro presenza, la nave aveva un odore migliore.

Victarion prese per sé le sette ragazze migliori. Una aveva i capelli ramati e le lentiggini sulle tette. Un'altra era tutta rasata. Una aveva i capelli e gli occhi castani, ed era molto timida. Una aveva i seni più grandi che Victarion avesse mai visto. La quinta era minuta, con i capelli neri lisci e la pelle dorata; i suoi occhi avevano il colore dell'ambra. La sesta era bianca come il latte, con anelli d'oro ai capezzoli e alle piccole labbra. La settima era nera come inchiostro di seppia. Gli schiavisti di Yunkai le avevano istruite nell'arte dei sette sospiri, ma non era questo che Victarion voleva da loro. La donna dalla pelle scura bastava a soddisfare i suoi appetiti finché non fosse approdato a Meereen a rivendicare la sua regina. Nessuno ha bisogno di candele, quando c'è il sole ad attenderlo.

La galea venne ribattezzata *Urlo dello schiavista*. Con essa, le navi della Flotta di Ferro diventarono sessantuno. «Ogni vascello che catturiamo ci rende più forti» proclamò Victarion ai suoi uomini di ferro «ma da adesso in poi sarà più difficile. Domani, o forse dopodomani, incontreremo delle navi da guerra. Stiamo entrando nelle acque di Meereen, dove ci aspettano le flotte dei nostri nemici. Incontreremo navi di tutte e tre le città schiaviste, navi di Tolos, Elyria e Nuova Ghis, incontreremo anche navi di Qarth.» Evitò accuratamente di parlare delle galee verdi di Vecchia Volantis che quasi certamente stavano attraversando il Golfo della Sofferenza proprio in quel momento. «Questi schiavisti sono creature deboli; avete visto come scappano davanti a noi, avete sentito come belano quando li passiamo a fil di spada. Ognuno di voi vale venti di loro, perché noi siamo di ferro. Ricordatevelo, quando avvisteremo le vele della prossima nave schiavista. Non usate e non aspettatevi misericordia. Che bisogno abbiamo, noi, di misericordia? Noi siamo uomini di ferro, e due dèi vegliano su di noi. Noi prenderemo le loro navi, frantumeremo le loro speranze, renderemo rosso di sangue il loro golfo.»

Un grande urlo si levò a quelle parole. Il capitano rispose con un cenno del capo, l'espressione del volto cupa, quindi ordinò che le sette ragazze che aveva scelto per sé, le più belle di quelle trovate a bordo della *Fanciulla arrendevole*, venissero portate sul ponte. Victarion baciò ognuna di loro sulla guancia e spiegò quale fosse l'onore che le attendeva, anche se nessuna comprese le sue parole. Dopo di che, le fece salire a bordo del peschereccio che avevano catturato, mollò gli ormeggi e diede fuoco allo scafo.

«Con questo dono di innocenza e bellezza, noi onoriamo entrambi gli dèi» declamò Victarion Greyjoy, mentre i vascelli della Flotta di Ferro superavano a remi la carcassa in fiamme. «Che queste fanciulle rinascano nella luce, incontaminate dalla lussuria dei mortali, oppure che discendano nelle magioni sommerse del Dio Abissale, a festeggiare, danzare e divertirsi finché i mari non si seccheranno.»

Verso la fine, prima che il relitto fumante venisse inghiottito dalle onde, le urla delle sette fanciulle che ardevano vive diventarono un canto gioioso, o almeno così parve a Victarion Greyjoy. Poi si levò un forte vento, che gonfiò le loro vele, spingendoli a nordest e di nuovo a nord, verso Meereen e le sue piramidi di mattoni multicolori. "Sulle ali di questo canto io volo da te, Daenerys" pensò il comandante di ferro.

Quella notte, per la prima volta, Victarion tirò fuori il corno di drago che Occhio di Corvo aveva trovato tra i resti fumanti della grande Valyria. Era un oggetto ritorto, lungo sei piedi da un estremo all'altro, nero scintillante, con delle fasce d'oro rosso e scuro acciaio di Valyria. "Il corno degli inferi di Euron." Victarion vi fece scorrere sopra la mano. Il corno era caldo e liscio come le cosce della donna dalla pelle scura, così lucido che nelle sue arcane profondità poteva distinguere le proprie fattezze distorte. Strani simboli magici erano incisi nelle fasce che lo cingevano.

«Geroglifici valyriani» li aveva definiti Moqorro.

Victarion già lo sapeva. «Che cosa significano?»

«Oh, tante cose.» Il prete nero indicò una delle fasce dorate. «Qui viene annunciato il nome del corno: "Io sono l'Evocatore-di-draghi" dice. Hai mai sentito il suo suono?»

«Una volta.» Uno dei muti al seguito di suo fratello Euron aveva suonato il corno degli inferi all'acclamazione di re a Vecchia Wyk. Era un uomo mostruoso, gigantesco e con la testa rasata, portava anelli di oro, giada e giaietto attorno alle braccia muscolose e un grande falco tatuato sul torace. «Il suo suono… bruciava, per così dire. Come se le mie ossa stessero andando a fuoco, consumando la carne dall'interno. Quei simboli risplendevano al calor rosso, poi al calor bianco, dolorosi a guardarsi. Sembrava che quel suono non dovesse finire mai. Era come un lungo urlo. Come mille urla, tutte fuse in un urlo solo.»

«E l'uomo che suonò il corno, che ne è stato di lui?»

«È morto. Gli erano venute delle piaghe sulle labbra. Anche il suo uccello sanguinava.» Victarion si percosse il petto. «Il falco era tatuato proprio qui. Ogni piuma grondava sangue. E ho sentito dire che quell'uomo era bruciato anche dentro, ma forse questa è solo una leggenda.»

«Una leggenda vera.» Moqorro ruotò il corno degli inferi, esaminando le bizzarre iscrizioni sulla seconda fascia dorata. «Qui dice: "Nessun uomo mortale può suonarmi e continuare a vivere".»

Con amarezza, Victarion rimuginò sulla crudeltà dei fratelli. "I regali di Euron sono sempre avvelenati." «Occhio di Corvo giurò che questo corno mi avrebbe permesso di evocare i draghi a mio piacimento, draghi a me fedeli. Ma che uso ne posso mai fare, se il prezzo è la morte?»

«Tuo fratello non ha mai suonato questo corto. Non farlo nemmeno tu.» Moqorro indicò la fascia d'acciaio. «Qui c'è scritto: "Sangue in cambio di fuoco, fuoco in cambio di sangue". Non importa chi è il suonatore del corno degli inferi. I draghi accorreranno dal suo possessore. Tu devi *conquistare* il corno. Con il sangue.»

LA FANCIULLA DAL VOLTO SPEZZATO

Undici servitori del Dio dai Mille Volti si riunirono quella notte nei sotterranei del tempio, più di quanti la fanciulla ne avesse mai visti tutti assieme. Solo il signorotto e il compare grasso entrarono dall'ingresso principale; tutti gli altri arrivarono da passaggi segreti, attraverso tunnel e transiti nascosti. Indossavano le loro tuniche bianche e nere, ma quando ebbero preso posto ognuno abbassò il cappuccio per rivelare la faccia che aveva scelto di mostrare quel giorno. I loro alti scranni erano scolpiti in ebano e legno di albero-diga, come i portali del tempio che c'era sopra. Gli scranni di albero-diga avevano scolpito sullo schienale un volto in ebano, mentre gli scranni di ebano avevano scolpito un volto in albero-diga.

Uno degli accoliti era in piedi sul fondo della sala con una caraffa di vino rosso scuro in mano. Lei aveva la caraffa con l'acqua. Quando uno dei servitori del dio desiderava bere, si limitava ad alzare gli occhi o a flettere un dito, e uno di loro due oppure entrambi provvedevano a riempirgli la coppa. Ma per la maggior parte del tempo, l'accolito e la fanciulla rimanevano in piedi ad aspettare cenni che non arrivavano mai. "Io sono una statua, come quelle dei Signori del Mare lungo il Canale degli Eroi" pensò la fanciulla. L'acqua nella caraffa pesava, ma le sue braccia erano forti.

I servitori del dio usavano la lingua di Braavos, anche se una volta si espressero per parecchi minuti in alto valyriano. La fanciulla comprendeva le parole, quasi tutte, ma i servitori del dio parlavano a bassa voce, e lei non sempre riusciva a sentire.

«Io conosco quest'uomo» udì che diceva un servitore del dio con la faccia da vittima del morbo. «Io conosco quest'uomo» fece eco il compare grasso, mentre la fanciulla gli riempiva la coppa. Per contro l'uomo di bell'aspetto disse: «Io concederò il dono a quest'uomo, io non lo conosco». Più tardi, l'individuo che ammiccava disse la stessa cosa di qualcun altro.

Dopo tre ore di vino e di parole, i servitori del dio se ne andarono... tutti tranne l'uomo gentile, l'orfana e l'uomo sul cui volto c'erano le stigmate del morbo. Le sue guance erano coperte di piaghe purulente, aveva perso i capelli. Da una narice colava del sangue e altro sangue aveva formato delle croste agli angoli degli occhi.

«Il nostro confratello vorrebbe scambiare qualche parola con te, bambina» disse l'uomo gentile alla fanciulla. «Accomodati, prego.»

La fanciulla si sedette su uno scranno di albero-diga con il volto di ebano. Le piaghe purulente non la impressionavano. Era da troppo tempo nella Casa del Bianco e del Nero per farsi spaventare da una falsa faccia.

«Chi sei?» le domandò la faccia piagata, una volta che furono soli.

«Nessuno.»

«Non proprio. Tu sei Arya della Casa Stark, che si morde il labbro e non è capace di mentire.»

«Lo ero. Adesso non più.»

«Perché sei qui, mentitrice?»

«Per servire. Per apprendere. Per mutare la mia faccia.»

«Per prima cosa devi mutare il tuo cuore. Il dono del Dio dai Mille Volti non è un gioco per bambini. Tu uccidi per un tuo scopo, per un tuo piacere. Lo neghi?»

La fanciulla si morse il labbro. «Io...»

L'uomo la schiaffeggiò.

Il colpo le lasciò la guancia in fiamme, ma la fanciulla sapeva di esserselo meritato. «Ti ringrazio.» Abbastanza schiaffi, e forse sarebbe riuscita anche a smettere di mordersi il labbro. Era una cosa che faceva Arya, non il lupo della notte. «Lo nego.»

«Tu stai mentendo. Posso vedere la verità nei tuoi occhi. Tu hai occhi da lupo e brama di sangue.»

"Ser Gregor" la fanciulla non poté fare a meno di pensare "Dunsen, Raff Dolcecuore, ser Ilyn, ser Meryn, regina Cersei." Se avesse parlato, avrebbe dovuto mentire, per cui rimase in silenzio.

«Tu eri una gatta, mi dicono. Vagavi per i vicoli puzzolenti di pesce, vendendo vongole e mitili in cambio di conio. Una vita limitata, molto adatta a una creatura limitata come te. Basta che tu chieda, e quella vita ti sarà restituita. Spingi il tuo carretto, offri le tua merce, sii soddisfatta. Il tuo cuore è troppo tenero perché tu possa essere una di noi.»

"Ha intenzione di mandarmi via." «Io non ho cuore. Ho soltanto un buco. Ho ucciso molta gente. Se volessi, potrei uccidere anche te.»

«Questo ti darebbe piacere?»

La fanciulla non conosceva la risposta giusta. «Forse.»

«Allora tu non appartieni a questo posto. La morte non comporta alcun piacere in questa casa. Noi non siamo guerrieri, non siamo soldati, non siamo arroganti mercenari gonfi di orgoglio. Noi non uccidiamo per servire un lord né per ingrossare le nostre borse né per solleticare la nostra vanità. Noi non concediamo mai il dono per compiacere noi stessi. Noi non scegliamo chi uccidere. Noi siamo solo servitori del Dio dai Mille Volti.»

«*Valar dohaeris.*» "Tutti gli uomini devono servire."

«Tu conosci le parole, ma sei troppo orgogliosa per servire. Un servitore deve essere umile e ubbidiente.»

«Io ubbidisco. E posso essere più umile di chiunque altro.»

Questo lo fece ridacchiare. «Sarai la dea dell'umiltà in persona, ne sono sicuro. Ma puoi pagare il prezzo?»

«Quale prezzo?»

«Il prezzo sei tu. Il prezzo è tutto quello che hai e che potresti un giorno sperare di avere. Ti abbiamo portato via gli occhi e poi te li abbiamo restituiti. La prossima volta ti porteremo via le orecchie, e tu camminerai nel silenzio. Ci darai le tue gambe e striscerai. Sarai figlia di nessuno, moglie di nessuno, madre di nessuno. Il tuo nome sarà una menzogna, e la faccia stessa che mostrerai non sarà la tua.»

La fanciulla stava quasi per mordersi di nuovo il labbro, ma questa volta se ne accorse e si fermò in tempo. "Il mio viso è uno stagno oscuro, cela tutto, non rivela niente." Ripensò a tutti i nomi che aveva avuto: Arry, Donnola, Squab, la Gatta dei Canali. Ripensò a quella stupida ragazzetta di Grande Inverno chiamata Arya Faccia-da-cavallo. I nomi non avevano importanza.

«Posso pagare il prezzo. Dammi una faccia.»

«Le facce bisogna guadagnarsele.»

«Dimmi come.»

«Da' a un certo uomo un certo dono. Lo puoi fare?»

«A quale uomo?»

«Nessuno che conosci.»

«Non conosco tanta gente.»

«Lui è uno di loro. Un estraneo. Nessuno che ami, nessuno che odi, nessuno che tu abbia mai incontrato. Lo ucciderai?»

«Lo ucciderò.»

«Allora, domani mattina tu sarai di nuovo Cat, la Gatta dei Canali. Indossa quella faccia, osserva, ubbidisci. E a quel punto giudicheremo se davvero sei in grado di servire il Dio dai Mille Volti.»

Così il mattino dopo la fanciulla tornò da Brusco e dalle sue figlie nella casa sul canale. Quando Brusco la vide, sbarrò gli occhi e Brea restò per un attimo senza fiato.

«*Valar morghulis*» disse Cat, come formula di saluto.

«*Valar dohaeris*» rispose Brusco.

Dopo di che fu come se lei non fosse mai andata via.

Diede la prima occhiata all'uomo che più tardi quella mattina doveva uccidere, spingendo il suo carretto lungo le strade acciottolate del Porto Viola. Era un uomo in età, ben oltre i cinquant'anni. "Ha vissuto anche troppo" Cat cercò di convincere se stessa. "Perché lui deve avere così tanti anni, quando mio padre ne ha avuti così pochi?" Ma la Gatta dei Canali non aveva padre, quindi si tenne quel pensiero per sé.

«Vongole, mitili e molluschi» gridò Cat mentre l'uomo passava. «Ostriche, scampi e grasse cozze verdi.» Cat gli fece addirittura un sorriso. A volte, bastava un semplice sorriso per farli fermare a comprare qualcosa. Ma l'uomo anziano non rispose al suo sorriso. Anzi, fece la faccia scura e tirò dritto, camminando dentro una pozzanghera. Lo schizzo le bagnò i piedi.

"Non ha alcuna cortesia" Cat lo osservò allontanarsi. "La sua faccia è dura e cattiva." Il vecchio aveva il naso stretto e affilato, le labbra sottili, gli occhi piccoli e ravvicinati. I suoi capelli erano diventati grigi, ma la barbetta a punta alla fine del mento era ancora nera. Cat pensò che doveva essere tinta, e si domandò come mai non si fosse tinto anche i capelli. Inoltre, aveva una spalla più alta dell'altra, che gli dava un aspetto curvo.

«È un uomo malvagio» annunciò Cat quella sera, quando tornò alla Casa del Bianco e del Nero. «Ha le labbra crudeli, gli occhi cattivi e una barba da farabutto.»

L'uomo gentile ridacchiò. «È un uomo come tutti gli altri, dentro di lui c'è luce e oscurità. Non è compito tuo giudicarlo.»

Questa risposta la indusse a fare una pausa. «Sono stati quindi gli dèi a giudicarlo?»

«Alcuni di loro, forse. E a che cosa servono gli dèi, se non a giudicare gli uomini? Il Dio dai Mille Volti, però, non soppesa le anime degli uomini. Egli dà il proprio dono agli uomini migliori così come a quelli peggiori. Se non fosse così, i migliori vivrebbero in eterno.»

La parte peggiore dell'uomo in età erano le mani, decise Cat il giorno successivo, scrutandolo da dietro il carretto. Le sue dita lunghe e ossute erano sempre in movimento, a grattargli la barba, tirargli un orecchio, tamburellare sul tavolo, contorcersi, storcersi, ritorcersi. "Le sue mani sembrano due ragni bianchi." Più le osservava, più le risultavano odiose.

«Muove troppo le mani» disse a quelli del tempio. «Dev'essere pieno di paure. Il dono gli darà la pace.»

«Il dono dà la pace a tutti.»

«Quando lo ucciderò, mi guarderà negli occhi e mi ringrazierà.»

«Se farà così, allora avrai fallito. La cosa migliore è che lui nemmeno si renda conto della tua esistenza.»

L'uomo anziano era una specie di mercante, concluse Cat dopo averlo osservato per alcuni giorni. Il suo commercio aveva a che fare con il mare, anche se lei non lo aveva mai visto mettere piede su una nave. L'uomo trascorreva le sue giornate in una taverna nei pressi del Porto Viola, con un'immancabile tazza di brodo di cipolle che gli si raffreddava accanto, mentre lui era intento a controllare documenti, imprimere sigilli di ceralacca e parlare con voce aspra a schiere di comandanti, armatori e altri mercanti, nessuno dei quali sembrava nutrire grande simpatia per lui.

Eppure, tutti gli portavano conio: sacche di cuoio rigonfie d'oro e d'argento e delle monete di ferro quadrate di Braavos. L'uomo anziano contava con cura, separando le varie monete e impilandole bene, divise per tipo. Non guardava mai le monete. Invece le mordeva, sempre sul lato sinistro della bocca, quello dove c'erano ancora i denti. Di tanto in tanto, ne faceva vorticare una sul tavolo, ascoltando il suono metallico che faceva prima di fermarsi.

E una volta che tutte le monete erano state contate e morsicate, l'uomo anziano scribacchiava qualcosa su una pergamena, vi apponeva il suo sigillo e la consegnava al capitano. Altrimenti, scuoteva la testa e spingeva di nuovo il conio dall'altra parte del tavolo. Ogni volta che faceva così, l'altro uomo reagiva diventando tutto rosso in faccia e arrabbiato, oppure pallido e impaurito.

Cat non capiva.

«Lo pagano con oro e argento, ma lui dà loro in cambio solo qualcosa di scritto. Sono stupidi?»

«Alcuni forse sì. I più sono semplicemente prudenti. Alcuni pensano di blandirlo. Ma non è un uomo che si fa blandire facilmente.»

«Ma che cosa vende loro?»

«A ognuno un contratto diverso. Se le loro navi si perdono in una tempesta o vengono prese dai pirati, lui s'impegna a ripagare il valore del vascello e di tutto ciò che trasporta.»

«È una specie di scommessa?»

«Qualcosa di simile. Che ogni capitano si augura di perdere.»

«Sì, ma se invece vincono…»

«… perdono la nave, e a volte anche la vita. I mari sono pericolosi, soprattutto in autunno. Senza dubbio molti capitani, mentre affondavano in una tempesta, hanno tratto qualche consolazione da quella scommessa fatta a Braavos, consapevoli che le loro mogli e i loro figli non sarebbero morti di fame.» Un sorriso mesto increspò le labbra dell'uomo gentile. «Un conto però è stipulare un contratto del genere, un altro conto è onorarlo.»

Ora Cat capiva. "Uno di loro deve odiarlo. Uno di loro è venuto alla Casa del Bianco e del Nero, pregando che il dio venga a prenderlo." Lei domandò chi era stato, ma l'uomo gentile rifiutò di dirglielo.

«Non spetta a te ficcare il naso in queste faccende» le disse. «Tu chi sei?»

«Nessuno.»

«Nessuno non fa domande.» Le prese le mani. «Se non te la senti, basta che tu lo dica. Non c'è da vergognarsi. Alcuni sono fatti per servire il Dio dai Mille Volti e altri no. Di' solo una parola, e io ti solleverò da questo compito.»

«Lo farò. Ho detto che l'avrei fatto, e lo farò.»

"Ma *come*?" Quella era la parte più difficile.

L'uomo anziano aveva delle guardie. Erano due, uno alto e magro, l'altro basso e tozzo. Lo accompagnavano per ogni dove, da quando usciva di casa al mattino fino a quando vi faceva ritorno la sera. Non permettevano a nessuno di avvicinarsi a lui senza il suo consenso. Una volta, mentre usciva dalla taverna, un ubriaco gli stava per andare addosso, ma quello alto si era messo in mezzo e gli aveva dato uno spintone buttandolo per terra. Nella taverna, quello basso assaggiava sempre per primo il brodo di cipolle. L'uomo anziano aspettava che il brodo si fosse raffreddato prima di berne un sorso, in modo da accertarsi che la sua guardia non ne avesse risentito.

«Ha paura» si rese conto Cat «oppure sa che qualcuno vuole ucciderlo.»

«Non lo sa» rispose l'uomo gentile «ma lo sospetta.»

«Le guardie lo seguono perfino nella latrina» continuò Cat «ma quando tocca a loro, lui non ci va. Quello alto è il più veloce. Aspetto che lui vada alla latrina, entro nella taverna e pianto un pugnale nell'occhio dell'uomo anziano.»

«E la seconda guardia?»

«L'altro è lento e stupido. Posso uccidere anche lui.»

«Che cosa sei, un macellaio in un campo di battaglia, che fa a pezzi tutti quelli che si trova davanti?»

«No.»

«Lo spero proprio. Tu servi il Dio dai Mille Volti, e noi che serviamo il Dio dai Mille Volti concediamo il dono solo a quelli che sono stati segnati e scelti.»

Cat adesso comprendeva. "Devo uccidere lui, *solamente* lui."

Ci vollero altri tre giorni di osservazione prima che la fanciulla trovasse il modo, e un altro giorno ancora per completare l'addestramento con la lama sottile. Roggo il Rosso le aveva insegnato come usarla, ma la fanciulla non aveva più tagliato una borsa da quando le erano stati presi gli occhi. Voleva essere certa di sapere ancora come si fa. "Devo essere fluida e rapida" ripeté a se stessa facendo scivolare la piccola lama fuori dalla manica, ancora, ancora e ancora. Quando si ritenne soddisfatta di riuscire di nuovo a padroneggiare la lama, l'affilò su una pietra da cote, finché il taglio d'acciaio non scintillò di un azzurro argenteo alla luce della candela. L'altra parte del piano era la più difficile, ma l'orfana le venne in aiuto.

«Domani concederò il dono all'uomo» annunciò il giorno dopo la fanciulla a colazione.

«Il Dio dai Mille Volti sarà compiaciuto.» L'uomo gentile si alzò. «Ma sono in molti a conoscere Cat, la Gatta dei Canali. Se venisse vista concedere il dono, ciò potrebbe mettere nei guai Brusco e le sue figlie. È tempo che tu abbia un'altra faccia.»

La fanciulla non sorrise, ma dentro di sé era compiaciuta. Aveva perso Cat già una volta, e le era dispiaciuto. Non voleva perderla di nuovo. «Che aspetto avrò?»

«Brutto. Quando ti vedranno, le donne distoglieranno lo sguardo. I bambini ti fisseranno e ti indicheranno. Gli uomini forti avranno compassione di te, e c'è chi arriverà a versare una lacrima. Ma di tutti coloro che ti vedranno, nessuno potrà dimenticarti. Vieni.»

L'uomo gentile staccò la lanterna di ferro dall'uncino e le fece strada oltre la vasca dall'acqua nera e i simulacri di divinità oscure e silenziose, fino alle scale sul retro del tempio. Mentre scendevano, l'orfana li seguì. Nessuno di loro parlò. L'unico suono era il debole fruscio dei piedi avvolti nelle pantofole. Diciotto gradini li portarono nelle cripte, dove cinque passaggi ad arco si aprivano come le dita di una mano. Qui i gradini diventavano più ripidi e stretti, ma la fanciulla aveva percorso quei gradini in su e in giù migliaia di volte, per cui non le facevano paura. Altri ventidue scalini ed erano nel sotterraneo sotto le cripte. Là sotto, i tunnel erano angusti e ritorti, come nere gallerie scavate dai vermi nel cuore della grande roccia. Un passaggio era chiuso da una pesante porta di ferro. Il prete appese la lanterna a un gancio, fece scivolare la mano sotto la tunica ed estrasse una chiave decorata.

La fanciulla sentì la pelle d'oca sulle braccia. "Il *sancta sanctorum*." Stavano scendendo ancora più in basso, nelle stanze segrete cui solamente i servitori del dio potevano accedere.

La serratura scattò tre volte, molto debolmente, mentre l'uomo gentile faceva girare la chiave. La porta si aprì, ruotando su cardini ben oliati, senza emettere alcun rumore. Al di là, c'erano altri scalini, scolpiti nella roccia. Il prete prese nuovamente la lanterna e continuò a fare strada. La fanciulla seguì la luce, contando i gradini man mano che scendeva. "Quattro, cinque, sei, sette." Si trovò a pensare che le dispiaceva non avere con sé il suo bastone. "Dieci, undici, dodici." Sapeva quanti scalini c'erano fra il tempio e le cripte, fra le cripte e il sotterraneo, aveva addirittura contato gli scalini della stretta scala a spirale che saliva al torrione del tempio, e anche i pioli della ripida scaletta di pietra che portava fino al tetto e alla ventosa terrazza esterna.

Quella scala nella roccia, però, le era sconosciuta, il che la rendeva pericolosa. "Ventuno, ventidue, ventitré." A ogni passo, l'aria sembrava farsi un po' più fredda. Quando arrivò a trenta, la fanciulla capì che si trovavano sotto dei canali. "Trentatré, trentaquattro." Ma a che profondità stavano andando?

Era arrivata a cinquantaquattro, quando finalmente gli scalini finirono davanti a un'altra porta di ferro. Questa non era chiusa a chiave. L'uomo gentile l'aprì e varcò la soglia. La fanciulla lo seguì, e l'orfana si mise subito dietro di lei. I loro passi echeggiarono nell'oscurità. L'uomo gentile alzò la lanterna e ne aprì gli sportelli. La luce inondò le pareti attorno a loro.

E mille volti fissarono la fanciulla.

Erano appesi alle pareti, davanti a lei e dietro di lei, in alto e in basso. Volti ovunque lei guardasse, in qualsiasi direzione si voltasse. La fanciulla vide facce vecchie e facce giovani, facce pallide e facce scure, facce lisce e facce rugose, facce con lentiggini e facce con cicatrici, facce attraenti e facce ordinarie, uomini e donne, ragazzi e ragazze, perfino infanti, facce sorridenti, facce corrucciate, facce piene di rapacità, lussuria e furore, facce glabre e facce coperte di peli. "Maschere" disse a se stessa "non sono altro che maschere", ma nell'attimo stesso in cui quel pensiero le attraversava la mente, la fanciulla capì che non era esatto. Erano *pelli*.

«Ti spaventano, bambina?» le chiese l'uomo gentile. «Non è troppo tardi perché tu decida di lasciarci. È davvero questo che vuoi?»

Arya si morse il labbro. Non sapeva che cosa voleva. "Ma se anche rinuncio, dove vado?" Aveva lavato e spogliato centinaia di cadaveri, i morti non la spaventavano. "Li portano qua sotto e rimuovono dunque le loro facce?" Lei era il lupo della notte, un brandello di pelle non poteva farle paura. "Dei cappucci di cuoio, sono semplicemente questo, non possono farmi del male."

«Proseguiamo» riuscì a dire.

L'uomo gentile la condusse attraverso quel locale, oltre una serie di tunnel che si diramavano lateralmente. La luce della lanterna li illuminò uno dopo l'altro. Un tunnel aveva le pareti piene di ossa umane, il soffitto era sostenuto da pilastri fatti di teschi. Un altro conduceva a degli scalini nella roccia che scendevano ancora più in profondità. "Quanti sotterranei esistono, qua sotto? Scendono all'infinito?"

«Siediti» ordinò il prete. La fanciulla si sedette. «Ora, piccola, chiudi gli occhi.» La fanciulla li chiuse. «Ti farà male» l'avvertì l'uomo gentile «ma il dolore è il prezzo del potere. Non muoverti.»

"Immobile come la pietra" pensò. Non si mosse. Il taglio fu rapido, la lama affilata. In effetti, l'acciaio avrebbe dovuto risultare gelido contro la carne, invece era caldo. La fanciulla sentì il sangue scorrere sul viso, una tenda rossa fluttuante che le scendeva dalla fronte, dalle guance, dal mento, e comprese per quale motivo l'uomo gentile le aveva detto di chiudere gli occhi. Quando le arrivò alle labbra, sapeva di sale e di rame. Lei lo leccò e rabbrividì.

«Portami la faccia» disse l'uomo gentile.

L'orfana non rispose, ma la fanciulla udì le sue pantofole mormorare sul pavimento di pietra.

Rivolto a lei, disse: «Bevi questo» e le mise in mano una coppa. La fanciulla la svuotò all'istante. Era molto aspro, come quando si addenta un limone. Mille anni prima, conosceva una ragazzina che amava le torte al limone. "No, non ero io, quella era solamente Arya."

«I guitti mutano la loro faccia servendosi di artifici» stava dicendo l'uomo gentile «gli stregoni usano trucchi, intrecciano luce, ombra e desiderio per creare illusioni che ingannano l'occhio. Puoi apprendere queste... ma quello che noi facciamo qui va più in profondità. Gli uomini saggi possono riconoscere gli artifici, e davanti a un occhio attento i trucchi si dissolvono, ma il volto che tu stai per indossare sarà reale e solido come quello con cui sei nata. Continua a tenere gli occhi chiusi.» La fanciulla sentì le sue dita spingerle indietro i capelli. «Resta immobile. Avrai una sensazione strana. Potresti anche avere un senso di vertigine, ma non ti devi muovere.»

Sentì la pelle tirare e udì un debole fruscio mentre la faccia nuova veniva calata sopra quella vecchia. Le pelle le raschiava la fronte, secca e rigida, ma appena si fu imbevuta del suo sangue, si ammorbidì e diventò flessibile. Le guance si scaldarono, arrossirono. La fanciulla sentiva il cuore martellarle nel petto, e per un lungo momento non riuscì a respirare. Delle mani si strinsero attorno alla sua gola, mani dure come la roccia, mani che la strangolavano. Le mani di lei si sollevarono per afferrare le braccia dell'aggressore, ma non c'era nessuno. Fu pervasa da un senso di paura, e udì un suono spaventoso, come di qualcosa che si rompe, accompagnato da un dolore lancinante. Una faccia stava fluttuando davanti a lei, grassa, barbuta, brutale, la bocca distorta dall'ira.

Udì il prete dire: «Respira, piccola. Butta fuori la paura. Scaccia le ombre. Lui è morto. Anche lei è morta. Il dolore che provava è svanito. *Respira*».

La fanciulla riuscì a fare un bel respiro, e si rese conto che era vero. Nessuno la stava strangolando, nessuno la stava assalendo. Tuttavia, quando si portò la mano al viso, sentì che tremava. Grumi di sangue secco caddero al contatto con le sue dita, neri alla luce della lanterna. La fanciulla si tastò le guance, toccò gli occhi, seguì la linea della mascella.

«La mia faccia è ancora la stessa.»

«Ah, sì? Ne sei sicura?»

Ne era davvero sicura? Non aveva percepito alcun cambiamento, ma forse non era qualcosa che si può percepire. Si passò una mano sulla faccia, dall'alto verso il basso, come aveva visto fare a un uomo chiamato Jaqen H'ghar, nella fortezza di Harrenhal. Solo che quando Jaqen aveva fatto quel gesto, tutta la sua faccia si era corrugata ed era cambiata. Quando lo fece lei, non accadde nulla.

«Sembra la stessa.»

«A te» disse il prete. «Ma il suo aspetto è diverso.»

«Per altri occhi, il tuo naso e la tua mascella sono spezzati» disse l'orfana. «Una parte del viso è infossata, là dove lo zigomo è stato mandato in frantumi, e non hai più metà dei denti.»

La fanciulla esplorò l'interno della bocca con la lingua ma non trovò né buchi né denti mancanti. "Stregoneria" pensò. "Ho una faccia nuova. Un volto brutto, spezzato."

«Per qualche tempo potresti fare brutti sogni» l'avvertì l'uomo gentile. «Suo padre la picchiava con tale ferocia che lei non è mai stata realmente libera dal dolore o dalla paura, finché non è venuta da noi.»

«Lo avete ucciso?»

«Lei ha chiesto il dono per se stessa, non per il padre.»

"Avreste dovuto uccidere lui."

L'uomo gentile pareva averle letto pensiero. «La morte, alla fine, è arrivata anche per lui, come per tutti. E come per un certo uomo arriverà domani mattina.» Sollevò di nuovo la lanterna. «Qui abbiamo finito.»

"Per ora." Mentre tornavano verso i gradini nella pietra, le orbite vuote delle maschere di pelle appese ai muri parvero seguirla. Per un attimo, la fanciulla poté quasi vedere le loro labbra muoversi, sussurrando l'una all'altra umidi segreti oscuri con parole troppo flebili per essere udite.

Il sonno, quella notte, non arrivò facilmente. Avvolta nelle coperte, lei continuava a girarsi e rigirarsi nella stanza buia e gelida, ma da qualsiasi parte si voltasse continuava a vedere le facce. "Non hanno occhi, ma possono vedermi." Vide il volto di suo padre, là su quel muro di pietra. Accanto, c'era il volto della lady sua madre, e sotto di loro quelli dei suoi tre fratelli, l'uno dopo l'altro. "No, quella era un'altra ragazzina. Io non sono nessuno, e i miei unici fratelli indossano tuniche bianche e nere." Ma ecco là il cantastorie dalla pelle scura, ecco il ragazzo di stalla che lei aveva ucciso infilzandolo con Ago, ed ecco lo scudiero foruncoloso della locanda all'angolo, e laggiù la guardia che aveva sgozzato per far uscire i suoi amici da Harrenhal. C'era anche Messer Sottile, appeso a quel muro, e le orbite nere che erano state i suoi occhi traboccavano di malvagità. La sua vista le riportò alla memoria la sensazione della daga in pugno quando lo aveva trafitto alla schiena, più e più volte.

Quando finalmente il giorno tornò a Braavos, era un giorno grigio, tetro e opprimente. La fanciulla aveva sperato nella bruma, ma gli dèi avevano ignorato le sue preghiere, come fanno spesso gli dèi. L'aria era fredda e tersa, e il vento infuriava ostile. "Un buon giorno per morire." I nomi le salirono spontaneamente alle labbra. "Ser Gregor, Dunsen, Raff Dolcecuore, ser Ilyn, ser Meryn, regina Cersei." I nomi dell'odio, ripetuti silenziosamente. Nella Casa del Bianco e del Nero non sapevi mai se c'era qualcuno che ti stava ascoltando.

Le cripte erano piene di abiti vecchi, appartenuti a quelli che erano venuti alla Casa del Bianco e del Nero ad attingere la pace dalla scura vasca del tempio. Si poteva trovare di tutto, dagli stracci del mendicante alle sete e ai velluti del ricco. "Una fanciulla brutta deve indossare abiti brutti" decise, così scelse una cappa marrone macchiata con gli orli sdruciti, una tunica verde ammuffita che puzzava di pesce e un paio di stivali pesanti. Infine, sistemò nel palmo della mano la lama sottile.

Non c'era fretta, così decise di prendere la strada più lunga che girava attorno al Porto Viola. Superò il ponte che portava all'Isola degli Dèi. Cat, la Gatta dei Canali, veniva a vendere vongole e mitili fra quei templi, quando Talea, una delle figlie di Brusco, aveva il ciclo e doveva restare a letto. Quasi si aspettava di incontrarla quel giorno, magari davanti al Cratere, dove tutte le divinità dimenticate avevano i loro piccoli e miseri simulacri, ma era un pensiero ingenuo. La giornata era troppo fredda, e Talea non amava alzarsi così presto dal letto. La statua all'esterno del sacrario della Signora Piangente di Lys stava versando lacrime argentee quando la fanciulla dal volto spezzato le passò davanti. Nei Giardini di Gelenei c'era un albero dorato, alto circa cento piedi, con le foglie d'argento istoriato. La luce delle torce scintillava dietro le finestre con i vetri a mosaico del tempio ligneo del Signore dell'Armonia, rivelando una cinquantina di tipi diversi di farfalle di tutti i colori.

Un tempo, ricordò la fanciulla, la Moglie del Marinaio l'aveva portata in giro, raccontandole le storie degli strani dèi della città. «Quello è il tempio del Grande Pastore. Il Tricefalo ha quella torre con tre torrette. La prima testa divora i morenti, e i rinati emergono dalla terza testa. La testa di mezzo non so che cosa dovrebbe fare. Quelle sono le Pietre del Dio Silente, e invece laggiù c'è il Labirinto del Costruttore del Cammino. Solamente coloro che imparano a percorrerlo nel modo giusto possono arrivare alla saggezza, sostengono i preti del Cammino. Più avanti, lungo il canale, c'è il tempio di Aquan il Toro Rosso. Ogni tredicesimo giorno, i suoi preti sgozzano un vitello bianco, e poi offrono coppe di sangue ai mendicanti.»

Quel giorno, evidentemente, non era il tredicesimo giorno: gli scalini del Toro Rosso erano deserti. Gli dèi fratelli Semosh e Selloso sognavano in templi gemelli sulle rive opposte del Canale Nero, collegati da un ponte di pietra scolpita. La fanciulla lo attraversò, si diresse verso i moli, poi attraversò il Porto degli Stracci e superò le guglie a spirale e le cupole semisommerse della Città Annegata.

Un gruppo di marinai lyseniani arrivava barcollando dal Porto Felice, ma la fanciulla non vide nessuna delle baldracche. La Nave era chiusa e deserta, la sua compagnia di guitti stava senza dubbio ancora dormendo. Ma più avanti, sul molo a cui era attraccata una baleniera di Ibben, la fanciulla notò uno dei vecchi amici di Cat, Tagganaro, che lanciava e rilanciava una palla a Casso, Re delle Foche, mentre il suo ultimo tagliaborse si lavorava la folla degli spettatori. Quando la fanciulla si fermò a osservare, Tagganaro la guardò senza riconoscerla, mentre Casso latrava battendo le pinne. "Mi riconosce" pensò la fanciulla "o forse sente l'odore del pesce." Si affrettò a rimettersi in marcia.

Quando raggiunse il Porto Viola, l'uomo anziano era nella taverna, al solito tavolo, intento a contare conio mentre berciava con il capitano di una nave. Il tipo alto e magro era alle sue spalle; quello basso e tozzo sedeva vicino alla porta, da dove poteva vedere bene tutti quelli che entravano. Non aveva importanza. La fanciulla non aveva intenzione di entrare. Andò invece ad appollaiarsi in cima a un palo d'ormeggio a una ventina di iarde di distanza, con il vento gelido che le strattonava la cappa con dita spettrali.

Perfino in una giornata grigia e fredda come quella, il porto era un posto pieno di attività. La fanciulla vide marinai a caccia di puttane, e puttane a caccia di marinai. Un paio di bravacci passarono oltre, vestiti in abiti eleganti ma stazzonati, appoggiandosi l'uno all'altro mentre arrancavano oltre i magazzini, con le spade sferraglianti al fianco. Un prete rosso la superò a passo svelto, le sue tuniche cremisi e scarlatte schioccavano nel vento.

Era quasi mezzogiorno quando la fanciulla finalmente avvistò l'uomo che cercava: un prospero armatore che aveva già visto tre volte fare affari con l'uomo anziano. Grosso e calvo, corpulento, indossava un pesante mantello di ottimo velluto marrone bordato di pelliccia, e una cintura di cuoio marrone ornata da stelle e lune d'argento. Un incidente doveva averlo lasciato con una gamba rigida. L'armatore camminava lentamente, appoggiandosi a un bastone.

Quell'uomo avrebbe fatto al caso suo come chiunque e meglio dei più, decise la fanciulla spezzata. Saltò giù dal palo d'ormeggio e si mise a seguirlo. Dopo una dozzina di passi, gli era alle spalle, con la lama sottile pronta. Lui portava la borsa con il conio sul fianco destro, infilata nella cintura, ma in mezzo c'era il mantello. La lama sottile balenò, rapida e fluida, un affondo deciso attraverso il velluto e l'uomo non si accorse di nulla. Roggo il Rosso avrebbe sorriso se fosse stato presente. La fanciulla infilò la mano nello squarcio, tagliò la borsa con la lama sottile, prese una manciata d'oro...

L'uomo grosso e calvo si voltò. «Ma che cosa...»

Quel movimento le intrappolò il braccio nelle pieghe del mantello mentre stava ritirando la mano. Il conio tintinnò ai loro piedi.

«Al ladro!» L'uomo corpulento sollevò il bastone per colpirla.

La fanciulla gli mollò un calcio alla gamba rigida facendogli perdere l'equilibrio, scartò di lato e mentre lui cadeva corse via, passando davanti a una madre con il bambino in braccio. Altro conio le scivolò tra le dita, rimbalzando sull'acciottolato. «*Al ladro! Al ladro!*» quel grido echeggiava dietro di lei. Un locandiere dal ventre prominente tentò goffamente di afferrarla per un braccio, ma la fanciulla gli girò attorno, schizzò davanti a una puttana che rideva e si infilò nel vicolo più vicino.

Cat, la Gatta dei Canali, conosceva quei vicoli, e la fanciulla dal volto spezzato se li ricordava. Deviò a sinistra, scavalcò un muretto, saltò al di là di un piccolo canale e, infilandosi in una porta socchiusa, entrò in un magazzino polveroso. Ormai, tutti i rumori dell'inseguimento erano svaniti, ma era meglio essere sicuri. La fanciulla si rannicchiò dietro alcune casse e aspettò, con le braccia strette attorno alle ginocchia. Aspettò per quasi un'ora, poi decise che era tempo di andare, scavalcò il muro esterno dell'edificio e passò da un tetto all'altro fin quasi al Canale degli Eroi. A quel punto, l'armatore aveva di certo raccolto le sue monete, ripreso il bastone e raggiunto la taverna con il suo passo zoppicante. Magari stava bevendo proprio allora una tazza di brodo caldo, lamentandosi con l'uomo anziano di una brutta fanciulla che aveva cercato di rubargli la borsa.

L'uomo gentile la stava aspettando alla Casa del Bianco e del Nero, seduto sul bordo della vasca del tempio.

La fanciulla dal volto spezzato sedette accanto a lui e appoggiò una moneta in mezzo a loro, sul bordo della vasca. Era d'oro, con un drago su una faccia e un re sull'altra.

«Un dragone d'oro dell'Occidente» rilevò l'uomo gentile. «E come ne sei venuta in possesso? Noi non siamo ladri.»

«Non l'ho rubato. Ho preso questa moneta, ma al suo posto gliene ho lasciata una delle nostre.»

L'uomo gentile comprese. «Con quella moneta e altre nel borsellino, ha pagato un certo uomo. Poco dopo però, il cuore di quel certo uomo ha ceduto. Quindi è andata così? Molto triste.» L'uomo gentile prese la moneta e la gettò nella vasca. «Hai ancora molto da apprendere, bambina, ma forse non sei del tutto senza speranza.»

Quella notte, le ridiedero il volto di Arya Stark.

Le portarono anche una tunica, la morbida tunica spessa degli accoliti, bianca da un lato e nera dall'altro.

«Metti questa, quando sei qui» disse l'uomo gentile «sappi però che non avrai tanto bisogno d'indossarla per il momento. Domani mattina andrai da Izembaro, per iniziare il tuo primo addestramento. Scegli pure i vestiti che vuoi nelle cripte. La guardia cittadina sta cercando una certa fanciulla dal volto spezzato, avvistata più volte al Porto Viola, quindi è meglio che tu abbia un volto nuovo.» Le prese il mento fra le dita, le fece ruotare il viso da una parte e dall'altra, annuendo. «Un viso grazioso questa volta, penso. Quanto il tuo vero volto. Tu chi sei, piccola?»

«Nessuno» rispose.

L'ultima notte della sua prigionia, la regina non riuscì a dormire. Ogni volta che chiudeva gli occhi, la sua mente era assediata da timori ed elucubrazioni sull'indomani. "Avrò delle guardie" si diceva. "Terranno indietro la folla. Nessuno mi potrà toccare." L'Alto Passero le aveva promesso almeno quello.

Eppure, aveva ugualmente paura. Il giorno in cui Myrcella era salpata alla volta di Dorne, quando c'era stata la rivolta del pane, i mantelli dorati erano stati disposti lungo tutto il percorso della processione, ma le orde avevano forzato gli sbarramenti, facendo a pezzi il vecchio, grasso Alto Septon e stuprando una cinquantina di volte Lollys Stokeworth. E se quella pallida creatura flaccida dalla mente incerta poteva eccitare gli animali pur essendo completamente vestita, che genere di lussuria avrebbe ispirato una regina?

Cersei camminava avanti e indietro nella sua cella, inquieta come i leoni in gabbia che vivevano nelle profondità di Castel Granito quando lei era bambina, un retaggio del tempo di suo nonno. Lei e Jaime solevano sfidarsi l'un l'altro a entrare nella loro gabbia, e una volta Cersei si fece abbastanza coraggio da infilare la mano tra le sbarre e toccare una di quelle grandi fiere dal pelo fulvo. Era sempre stata più temeraria di suo fratello. Il leone aveva voltato la testa, fissandola con i suoi enormi occhi dorati. Poi le aveva leccato le dita. La sua lingua era ruvida come una raspa, ma neppure allora lei aveva ritirato la mano finché Jaime non l'aveva presa per le spalle e allontanata dalla gabbia.

«Tocca a te» gli aveva poi detto Cersei. «Tiragli la criniera, ti sfido a farlo.» "Ma lui non l'ha mai fatto. La spada avrei dovuto portarla io, non lui."

Camminava a piedi nudi, tremante, con una sottile coperta sulle spalle. Era in ansia per il giorno a venire. La sera sarebbe stato tutto finito. "Un breve tratto di strada e sarò a casa. Sarò di nuovo con Tommen, nelle mie stanze nel Fortino di Maegor." Suo zio Kevan diceva che non aveva altro modo per salvarsi. Ma era vero? Non poteva fidarsi di suo zio, come non si fidava dell'Alto Septon. "Potrei ancora opporre un rifiuto. Potrei insistere sulla mia innocenza e affrontare i rischi di un processo."

Ma non poteva permettere che a giudicarla fosse il Credo, come stava facendo Margaery Tyrell. Poteva andare bene per quella rosellina di Alto Giardino, ma Cersei aveva pochi amici tra le septa e i Reietti che attorniavano il nuovo Alto Septon. La sua unica speranza era un processo per duello, ma per questo doveva avere un campione.

"Se Jaime non avesse perduto la mano…"

Quella strada, però, non portava da nessuna parte: Jaime aveva perduto la mano della spada, e adesso si era perduto anche lui, svanito con Brienne chissà dove nelle Terre dei Fiumi. La regina doveva trovare un altro difensore, oppure l'ordalia di quel giorno sarebbe stata l'ultima delle sue fatiche. I nemici l'accusavano di tradimento. Doveva raggiungere Tommen, a ogni costo. "Tommen mi ama. Non rinnegherà sua madre. Joff era testardo e imprevedibile, ma Tommen è un bravo bambino, un bravo piccolo re. Farà quello che gli viene detto." Se fosse rimasta lì, avrebbe finito per soccombere, e l'unico modo per tornare alla Fortezza Rossa era a piedi. L'Alto Passero era stato inflessibile, e ser Kevan non aveva alzato neanche un dito per contrastarlo.

«Oggi non mi accadrà niente di male» disse Cersei quando la prima luce del giorno sfiorò le sue finestre. «Sarà soltanto il mio orgoglio a soffrire.» Parole che però suonarono vuote alle sue orecchie. "Jaime potrebbe ancora arrivare." Lo immaginò a cavallo nelle brume del mattino, con la sua armatura dorata scintillante ai primi raggi del sole. "Jaime, se mi hai mai amato…"

Quando le sue carceriere vennero a prenderla, le tre septa, Unella, Moelle e Scolera aprivano la processione. Con loro c'erano quattro novizie e due sorelle del silenzio. La vista delle sorelle del silenzio, con le loro tonache grigie, riempì la regina di un improvviso terrore. "Perché sono qui? Devo forse morire?" Le sorelle del silenzio si occupavano dei defunti.

«L'Alto Septon ha promesso che non mi verrà fatto alcun male.»

«E così sarà.» Septa Unella fece un cenno alle novizie. Le portarono del sapone caustico, un bacile pieno d'acqua calda, un paio di forbici e un lungo rasoio dritto. Alla vista di quella lama Cersei fu percorsa da un tremito. "Intendono rasarmi. Un'altra piccola

umiliazione, l'ultimo acino d'uva sul mio porridge avvelenato."
Ma non avrebbe dato loro la soddisfazione di sentirla implorare.
"Io sono Cersei della Casa Lannister, sono un leone di Castel Gra-
nito, la regina di diritto dei Sette Regni, figlia legittima di Tywin
Lannister. E i capelli ricrescono."

«Procedete» disse loro.

La più anziana delle due sorelle del silenzio impugnò le forbici. Barbiera esperta, senza dubbio: il suo ordine spesso ripuliva i
cadaveri dei nobili caduti in battaglia prima di restituirli ai loro
consanguinei, spuntare barbe e tagliare capelli rientrava in quelle mansioni. La donna mise innanzitutto a nudo il cranio della regina. Cersei rimase immobile come una statua mentre le forbici
ticchettavano. Ciocche di capelli dorati fluttuavano sul pavimento. Reclusa in quella cella, Cersei non aveva potuto occuparsene
come avrebbe voluto, ma perfino sporchi e arruffati, scintillavano
dove venivano toccati dal sole. "La mia corona" pensò la regina.
"Prima mi hanno preso l'altra corona, e adesso mi tolgono anche
questa." Quando tutti i suoi riccioli e boccoli furono ammucchiati
ai suoi piedi, una delle novizie le insaponò la cute e la sorella del
silenzio tolse con il rasoio gli ultimi peli rimasti.

Cersei sperava che questa fosse la fine del supplizio, invece no.

«Togliti la tunica, vostra grazia» ordinò septa Unella.

«Qui?» domandò la regina. «Per quale motivo?»

«Devi essere tosata.»

"Come una pecora" pensò. Cersei si sfilò la sottotunica dalla
testa e la gettò per terra. «Fate quello che dovete.»

E si procedette di nuovo con il sapone, l'acqua calda e il rasoio.
Poi fu la volta dei peli sotto le ascelle, sulle gambe. Da ultimo, la
fine peluria dorata che copriva il suo monticello. Quando la sorella del silenzio si avvicinò tra le sue gambe con il rasoio in pugno,
Cersei ripensò a tutte le volte che Jaime si era inginocchiato davanti a lei come stava facendo quella donna in grigio, disseminando
di baci l'interno delle sue cosce, facendola bagnare. I baci di Jaime
erano sempre caldi. L'acciaio del rasoio era freddo come il ghiaccio.

Una volta completate anche quelle operazioni, Cersei era nuda
e vulnerabile come può esserlo una donna. "Nemmeno un pelo
dietro al quale nascondersi." Una piccola risata le uscì dalle labbra, tetra e amara.

«Vostra grazia trova tutto questo divertente?» chiese septa Scolera.

«No, septa.» "Ma un giorno ti farò strappare la lingua con delle tenaglie roventi, e allora sì che ci sarà da ridere."

Una delle novizie le aveva portato una tunica, una morbida tunica bianca da septa affinché si coprisse mentre scendeva i gradini della torre e attraversava il tempio, per risparmiare ai fedeli la visione della carne esposta. "Sette Dèi, salvateci tutti: come sono ipocriti."

«Mi sarà concesso di indossare dei sandali?» chiese Cersei. «Le strade sono sudice.»

«Mai sudice quanto i tuoi peccati» ribatté septa Moelle. «Sua alta sacralità ha dato ordine che tu ti mostri così come gli dèi ti hanno creato. Avevi forse i sandali ai piedi quando sei uscita dal grembo della lady tua madre?»

«No, septa» fu costretta a rispondere la regina.

«Pertanto, ecco la tua risposta.»

Una campana cominciò a suonare. La lunga incarcerazione della regina stava per concludersi. Cersei si strinse nella tunica, grata del suo calore, e disse: «Andiamo». Suo figlio l'attendeva dall'altra parte della città. Prima si fosse incamminata, prima lo avrebbe rivisto.

La pietra ruvida le raschiava le piante dei piedi, mentre Cersei Lannister scendeva gli scalini. Era arrivata al Grande Tempio di Baelor da regina, su un palanchino. Lasciava quello stesso tempio tosata e a piedi nudi. "Ma me ne sto andando. Questa è l'unica cosa che conta."

Le campane della torre stavano suonando, chiamando l'intera città ad assistere alla sua umiliazione. Il Grande Tempio di Baelor era affollato di fedeli venuti per le preghiere dell'alba, le loro preghiere echeggiavano nella cupola sovrastante, ma quando comparve la processione della regina, calò un improvviso silenzio e mille occhi si voltarono a guardare mentre Cersei percorreva il corridoio centrale, superando il punto dove era stata esposta la salma del lord suo padre dopo il suo assassinio. Cersei camminava, senza guardare né a destra né a sinistra. I suoi piedi nudi schioccavano contro il freddo del marmo. Poteva percepire gli sguardi. Da dietro l'altare, anche i Sette Dèi la fissavano.

Nella Sala delle Lanterne, una dozzina di Figli del Guerriero stava aspettando il suo arrivo. Sulle loro spalle erano drappeggiati mantelli con i colori dell'arcobaleno, e i cristalli che ornavano i loro grandi elmi scintillavano nella luce delle lanterne. Le loro armature erano rivestite d'argento lucidato a specchio, ma sotto, come Cersei sapeva, indossavano una giubba imbottita. I loro scudi elaborati riportavano tutti il medesimo emblema: una spada di cristallo scintillante nelle tenebre, antico simbolo di coloro che la gente del popolo chiamava "le Spade".

Il loro comandante s'inginocchiò davanti a lei. «Forse vostra grazia si ricorda di me. Sono ser Theodan il Sincero. Sua alta sacralità mi ha affidato il comando della tua scorta. I miei confratelli e io ti faremo attraversare la città senza pericolo.»

Lo sguardo di Cersei passò in rassegna gli uomini dietro di lui. Ed eccolo, Lancel Lannister, suo cugino, figlio di ser Kevan, che un tempo aveva spergiurato di amarla, prima di decidere di amare molto di più gli dèi. "Mio sangue e mio traditore." Cersei non avrebbe dimenticato nemmeno lui.

«Puoi alzarti, ser Theodan. Io sono pronta.»

Il cavaliere si rimise in piedi, si voltò, sollevò una mano. Due dei suoi uomini si diressero verso i portali del tempio e li aprirono; Cersei varcò la soglia e uscì all'aperto, ammiccando alla luce del sole come una talpa strappata dalla sua tana.

Le raffiche di vento facevano schioccare l'orlo inferiore della tunica, spingendo la stoffa contro le sue gambe. L'aria del mattino era impregnata delle vecchie puzze familiari di Approdo del Re. Cersei inspirò gli odori di vino inacidito, pane appena sfornato, pesce marcio e pitali, fumo, sudore e piscio di cavallo. Nessun fiore aveva mai avuto un profumo così dolce. Avvolta nella sua tunica, Cersei si fermò in cima agli scalini di marmo, mentre i Figli del Guerriero si schieravano attorno a lei.

D'un tratto, le tornò in mente che era già stata esattamente in quel punto, il giorno in cui lord Eddard Stark aveva perso la testa. "Non avrebbe dovuto accadere: Joff avrebbe dovuto risparmiargli la vita ed esiliarlo alla Barriera." Il figlio maggiore di Eddard gli sarebbe succeduto come lord di Grande Inverno, mentre Sansa sarebbe rimasta a corte come ostaggio. Varys e Ditocorto avevano preso gli accordi, e Ned Stark aveva ingoiato il suo prezioso onore e confessato il tradimento per salvare la testolina vuota di sua figlia. "Avrei dato a Sansa un buon matrimonio. Con un Lannister. Non Joff, ovviamente, ma Lancel sarebbe potuto andare bene, oppure uno dei suoi fratelli minori." Petyr Baelish si era offerto di sposare lui la ragazza, ricordava, ma questo ovviamente era impossibile, Ditocorto era troppo di basso lignaggio. "Se Joff si fosse limitato a fare come gli era stato detto, Grande Inverno non sarebbe andata in guerra, e il lord mio padre si sarebbe poi occupato dei fratelli di Robert."

Invece Joff aveva dato ordine di mozzare la testa a Stark, e lord Janos Slynt e ser Ilyn Payne si erano affrettati a ubbidire. "È accaduto proprio qui" pensò la regina, guardando quel posto. Janos Slynt aveva sollevato la testa mozzata di Ned Stark per i capelli, mentre il sangue fluiva lungo i gradini, e da quel momento non fu più possibile tornare indietro.

Quei ricordi ora sembravano così lontani. Joffrey era morto, tutti i figli di Stark erano morti. Anche suo padre, lord Tywin, era morto. Lei, invece, eccola lì, di nuovo in piedi sulla scalinata del Grande Tempio... solo che questa volta la folla stava fissando lei, invece di Eddard Stark.

La grande piazza lastricata di marmo davanti al tempio era gremita come il giorno della decapitazione di Eddard Stark. Ovunque la regina volgesse lo sguardo vedeva soltanto occhi. La folla sembrava essere composta in egual misura da uomini e da donne. Alcuni avevano i bambini sulle spalle. Mendicanti e ladri, tavernieri e mercanti, conciatori, guitti e stallieri, la più infima categoria di baldracche, tutta la feccia del mondo era accorsa a vedere una regina denigrata. E mescolati a loro, c'erano i Reietti: luride creature irsute armate di lance e asce, protetti da parti scompagnate di armature malconce, maglie di ferro arrugginite, cuoio fessurato, il tutto coperto da rozze sovratuniche ritinte di bianco e ornate dalla stella a sette punte del Credo. L'armata cenciosa dell'Alto Passero.

Una parte di Cersei continuava a sperare che Jaime apparisse per salvarla da quella umiliazione, ma suo fratello gemello non si vedeva. E nemmeno suo zio Kevan. La cosa non la sorprendeva. L'ultima volta che le aveva fatto visita, ser Kevan aveva espresso chiaramente la sua posizione: la vergogna di Cersei non avrebbe dovuto lordare l'onore di Castel Granito. Nessun leone sarebbe stato al suo fianco quel giorno. L'ordalia era sua, e soltanto sua.

Septa Unella era alla sua destra, septa Moelle alla sua sinistra, septa Scolera dietro di lei. Se la regina avesse tentato di fuggire, o avesse esitato, le tre megere l'avrebbero trascinata di nuovo nel tempio, e questa volta avrebbero fatto in modo che non lasciasse mai più la sua cella.

Cersei rialzò la testa. Oltre la piazza, al di là del mare di occhi famelici, bocche sdentate e facce luride, dall'altra parte della città, in lontananza si ergeva l'Alta Collina di Aegon, le torri e le fortificazioni della Fortezza Rossa parevano sfumate di rosa nella luce dell'alba. "Non è poi così lontano." Una volta raggiunte le porte del castello, il peggio era passato. Cersei avrebbe avuto di nuovo suo figlio. Avrebbe avuto il suo campione. Suo zio glielo aveva promesso. "Tommen mi sta aspettando. Il mio piccolo re. Posso farcela, devo farcela."

Septa Unella si fece avanti. «Una peccatrice si para davanti a voi» annunciò alla folla. «È Cersei dalla Casa Lannister, regina reggente, madre di sua grazia il re Tommen, vedova di sua grazia il re Robert, che si è macchiata di gravi menzogne e fornicazioni.»

Septa Moelle si spostò alla destra della regina. «Questa peccatrice ha confessato i propri peccati, implorando assoluzione e perdono. Sua alta sacralità le ha quindi comandato di dare dimostrazione del suo pentimento mettendo da parte tutto l'orgoglio e tutta la pompa, e presentandosi al cospetto della brava gente della città così come gli dèi l'hanno creata.»

Septa Scolera concluse. «Ecco che ora questa peccatrice viene a voi con cuore umile, senza segreti e sotterfugi, nuda davanti agli occhi degli dèi e degli uomini, pronta a percorrere il cammino del pentimento.»

Cersei aveva un anno quando era morto suo nonno. Il primo ordine che il lord suo padre aveva dato all'atto dell'insediamento era stato espellere da Castel Granito l'amante del defunto, una donna avida e di infimo lignaggio. Le sete e i velluti di cui lord Tytos l'aveva colmata e i gioielli di cui la donna si era impossessata le erano stati strappati di dosso, e fu costretta a percorrere le strade di Lannisport nuda, in modo che tutto l'Occidente potesse vederla per quello che era.

Anche se era troppo piccola per assistere a quello spettacolo, Cersei crescendo ne aveva sentito i racconti dalle bocche delle lavandaie e degli armigeri che ne erano stati testimoni. Raccontavano di come la donna avesse pianto e implorato, della disperazione con cui si era aggrappata ai suoi abiti quando le era stato ordinato di spogliarsi, dei suoi inutili sforzi di coprirsi i seni e il sesso con le mani mentre arrancava per le strade nuda e scalza verso l'esilio. «Prima era vanesia e impettita» ricordava di aver sentito dire da una delle guardie «talmente superba che pensavi avesse dimenticato che veniva dal fango. Ma una volta che le abbiamo tolto i vestiti di dosso, be', era solo una puttana qualsiasi.»

Se ser Kevan e l'Alto Passero credevano che sarebbe successo lo stesso con lei, be', si sbagliavano di grosso. In lei scorreva il sangue di lord Tywin. "Io sono una leonessa. E non intendo tremare davanti a loro."

La regina si tolse la tunica.

Espose se stessa con un solo movimento fluido, senza fretta, come se si stesse spogliando per fare il bagno nei suoi appartamenti con solamente le servette presenti. Quando il vento freddo sfiorò la sua pelle, Cersei rabbrividì violentemente. Dovette fare appello a tutta la sua forza di volontà per non cercare di coprirsi con le mani, come aveva fatto la puttana di suo nonno. Strinse la mano a pugno, le unghie affondarono nella carne. Tutti quegli occhi famelici la stavano guardando. Ma che cosa vedevano? "Io sono bella." Quante volte Jaime glielo aveva ripetuto? Perfino Robert glielo diceva, quando si presentava nel loro talamo ubriaco fradicio, a renderle omaggio con il proprio uccello.

"Ma avranno guardato anche Ned Stark così?"

Doveva muoversi. Nuda, tosata, scalza. Cersei scese gli ampi gradini di marmo con lentezza. La pelle d'oca le risalì lungo le gambe e le braccia. Tenne alto il mento, come si addice a una regina, e la sua scorta si allargò a ventaglio attorno a lei. I Reietti spingevano indietro la gente, aprendo un varco tra la folla, mentre le Spade erano schierate ai lati della regina. Septa Unella, septa Scolera e septa Moelle la seguivano. Dietro di loro venivano le novizie in bianco.

«Puttana!» gridò qualcuno. Una voce di donna. Le donne erano sempre le più crudeli nei confronti delle altre donne.

Cersei la ignorò. "Ci saranno altri insulti, anche peggiori di questo. Queste creature non hanno gioia più grande nella vita che ringhiare contro chi è meglio di loro." Cersei non poteva farli stare zitti, per cui doveva far finta di non sentire. Avrebbe tenuto lo sguardo fisso sull'Alta Collina di Aegon, dall'altro capo della città, sui torrioni della Fortezza Rossa illuminati dal sole. Era là che avrebbe trovato la salvezza, se suo zio Kevan aveva tenuto fede all'accordo.

"È stato lui a volere questo. Lui e l'Alto Passero. E anche la rosellina Tyrell, non ho dubbi al riguardo. Ho peccato e devo fare penitenza, devo esporre la mia vergogna davanti agli occhi di ogni mendicante della città. Loro pensano che questo spezzerà il mio orgoglio, che segnerà la mia fine, ma si sbagliano."

Septa Unella e septa Moelle avanzavano al passo con lei, septa Scolera arrancava dietro di loro, suonando una campanella. «Vergogna» ragliava la vecchia megera. «Vergogna, peccatrice! Vergogna, vergogna!»

Ma da qualche parte a destra, un'altra voce le faceva da contrappunto, il grido del garzone di un fornaio. «Pasticcio di carne, tre soldi, pasticcio di carne caldo!»

Il marmo sotto i piedi era freddo e viscido, e Cersei doveva avanzare con cautela, per non scivolare. Il tragitto li portò oltre la statua di Baelor il Benedetto, alto e sereno sul suo plinto, il volto era uno studio di benevolenza. Osservando quei lineamenti di pietra, non avresti mai immaginato che stolto era stato in realtà. La dinastia Targaryen aveva generato buoni re e cattivi re, ma nessuno era benvoluto come Baelor, il pio e gentile re septon che amava in egual misura il popolino e gli dèi, anche se imprigionò entrambe le sue sorelle. Era un miracolo che la sua statua non si fosse sgretolata alla vista dei seni nudi della regina. Tyrion diceva sempre che re Baelor era terrorizzato dal suo stesso cazzo. Una volta, ricordò Cersei, Baelor aveva espulso tutte le baldracche da Approdo del Re. Le cronache narrano che pregava per loro mentre venivano spinte fuori dalle porte della città, ma non le volle vedere.

"Meretrice!" gridò una voce. Un'altra donna.

Qualcosa volò dalla folla. Della verdura marcia. Marrone e grondante, passò sopra la testa di Cersei finendo sui piedi di uno dei Reietti. "Io non ho paura. Io sono una leonessa." Continuò ad avanzare. «Pasticcio di carne caldo» berciava il garzone di un fornaio. «Venite a mangiare il pasticcio di carne caldo.» Septa Scolera suonava la sua campanella, ripetendo: «Vergogna, vergogna. Vergogna, peccatrice! Vergogna, vergogna!». I Reietti aprivano la strada, spingendo indietro la gente, creando uno stretto passaggio con gli scudi. Cersei avanzava, con la testa rigida, gli occhi fissi in lontananza. Ogni passo la portava più vicina alla Fortezza Rossa. Ogni passo la portava più vicina a suo figlio e alla salvezza.

Sembrò volerci un secolo per attraversare la piazza, ma finalmente il marmo sotto i piedi di Cersei fu sostituito dall'acciottolato, le botteghe, gli stallatici e le case si strinsero attorno a loro mentre iniziavano la discesa della Collina di Vysenia.

Qui la processione rallentò. La strada era ripida e stretta, la folla fittamente ammassata. I Reietti respingevano quelli che bloccavano il passaggio, solo che non c'era abbastanza spazio, e quelli dietro rispondevano alle spinte con altre spinte. Cersei cercava di tenere alta la testa, ma finì per scivolare su qualcosa di viscido, che le fece perdere l'equilibrio. Sarebbe caduta, se septa Unella non l'avesse presa per un braccio, tenendola in piedi. «Sua grazia deve guardare dove mette i piedi.»

Cersei si divincolò. «Certo, septa» rispose con voce mite, ma dentro era così rabbiosa da sputarle in faccia.

La regina continuò a camminare, vestita solo di pelle d'oca e orgoglio. Cercò con lo sguardo la Fortezza Rossa, ma il grande castello adesso era celato, nascosto dagli alti edifici in legno che si susseguivano su entrambi i lati della strada. «Vergogna, vergogna» ragliava septa Scolera, scuotendo la campanella. Cersei cercò di accelerare il passo, ma ben presto si ritrovò a ridosso delle Spade che la precedevano e dovette rallentare di nuovo. Proprio davanti a lei, un uomo con un carretto vendeva degli spiedini di carne, e la processione si fermò mentre i Reietti lo facevano spostare. Le sembrarono fatti con carne di ratto, ma il loro aroma impregnava l'aria e, prima che il carretto si spostasse, metà della gente stava masticando con il bastoncino di mano. «Ne vuoi un pezzo anche tu, vostra grazia?» gridò un uomo. Era un tizio grande e grosso, con gli occhi porcini, il ventre prominente, la barba nera arruffata che le ricordò quella di Robert. Distolse lo sguardo con disgusto; l'uomo le lanciò lo spiedino, che le rimbalzò contro la gamba e rotolò per strada, ma la carne mezza cruda le lasciò striature di grasso e sangue sulla coscia.

Le urla lì risuonavano molto più forti che nella piazza, forse perché la gente era più vicina. "Puttana" e "peccatrice" erano gli appellativi più frequenti, ma spesso si sentiva anche "chiavatrice di tuo fratello", "fica immonda" e "traditrice", e ogni tanto Cersei udì qualcuno gridare anche il nome di Stannis e di Margaery. I ciottoli erano sudici, e c'era così poco spazio per muoversi che la regina non riuscì a evitare di camminare in una pozzanghera. "Nessuno è mai morto per i piedi bagnati." Voleva credere che fosse solo acqua piovana, ma sapeva che doveva trattarsi di piscio di cavallo.

Altro pattume piovve dalle finestre e dai balconi: frutta mezza marcia, secchiate di birra, uova che spaccandosi sul selciato emanavano un odore di zolfo. Poi qualcuno lanciò un gatto morto contro i Reietti e i Figli del Guerriero. La carcassa batté così forte sul lastricato che si squarciò, lordando la parte inferiore delle gambe della regina con viscere e vermi della putrefazione.

Cersei proseguì. "Io sono cieca e sorda, quelli sono solo dei vermi." «Vergogna, vergogna!» ripeteva la septa. «Castagne, castagne calde arrosto!» urlava un venditore. «Alla regina Succhiacazzi» proclamò con solennità un ubriaco da una balconata, sollevando la coppa in un brindisi di scherno. «Inchiniamoci tutti alle tette reali!» "Le parole sono vento. Le parole non possono farmi del male."

A metà discesa della Collina di Vysenia la regina cadde per la prima volta scivolando su qualcosa che potevano essere feci notturne. Quando septa Unella la rimise in piedi, Cersei aveva un ginocchio escoriato e sanguinante. Una sonora risata percorse la folla; in parecchi si offrirono di baciare la ferita per farla guarire. Cersei guardò indietro. Poteva ancora vedere la possente cupola e le sette torri del Grande Tempio di Baelor sulla sommità dell'altura alle sue spalle. "Ho dunque fatto così poca strada?" Ma la cosa peggiore, cento volte peggiore, era avere perso di vista la Fortezza Rossa. "Dove... dove?..."

«Vostra grazia.» Il capitano della scorta si avvicinò. «Devi continuare.» Cersei non ricordava più il suo nome. «La folla sta diventando inquieta.»

"Già" pensò "inquieta." «Io non ho paura.»

«Invece dovresti averne.» Il cavaliere la prese per un braccio, trascinandola per un tratto.

Cersei barcollò giù per la collina, giù, sempre più giù, socchiudendo gli occhi a ogni passo, lasciandosi sostenere da lui. "Dovrebbe esserci Jaime al mio fianco." Lui avrebbe snudato la sua spada dorata e aperto un solco diritto in quella folla infame, strappando gli occhi dalla testa a tutti gli uomini che avessero osato guardarla.

Le pietre della pavimentazione erano rotte, sconnesse, scivolose e ruvide sotto i piedi delicati di Cersei. Qualcosa di appuntito le perforò il tallone: una pietra oppure un coccio. Cersei emise un grido di dolore. «Avevo chiesto dei sandali» sibilò a septa Unella. «Avreste potuto darmeli, o era chiedere troppo?» Il cavaliere la tirò per un braccio, come se fosse stata una serva qualsiasi. "Ha forse dimenticato chi sono?" Lei era la regina dell'Occidente, quell'uomo non aveva il diritto di metterle le mani addosso a quel modo.

Verso il fondo della collina, la discesa si fece meno ripida e la strada cominciò ad allargarsi. Cersei poté nuovamente vedere la Fortezza Rossa, che scintillava cremisi nel sole del mattino sulla cima dell'Alta Collina di Aegon. "Devo continuare a camminare." Si liberò dalla presa di ser Theodan. «Non serve che mi trascini, ser.» Avanzò zoppicando, lasciando una fila di orme insanguinate sulle pietre alle sue spalle.

Camminò tra il fango e lo sterco, sanguinando, con la pelle d'oca, barcollando. Attorno a lei c'era una cacofonia di suoni. «Mia moglie ha delle tette più belle di quelle» gridò un uomo. Un trasportatore imprecò quando uno dei Reietti gli ordinò di spostare il suo carro. «Vergogna, vergogna. Vergogna, peccatrice!» salmodiavano le septa. «Guardate qui» gridò una puttana dal balcone di un bordello sollevando le gonne rivolta agli uomini in strada «questa non ha preso nemmeno la metà dei cazzi della sua.» Le campanelle suonavano, suonavano, suonavano. «Quella non può essere la regina» disse un ragazzo «è più flaccida di mia mamma.» "È la mia penitenza" si ripeté Cersei. "Ho gravemente peccato, e questa è la mia espiazione. Presto sarà tutto finito, sarà alle mie spalle, poi potrò dimenticare."

La regina cominciò a vedere delle facce familiari. Un uomo calvo dai favoriti cespugliosi la guardava da una finestra, con la fronte aggrottata come suo padre, e per un istante assomigliò così tanto a lord Tywin che Cersei inciampò di nuovo. Una fanciulla sedeva sul bordo di una fontana, avvolta da una nuvola d'acqua nebulizzata, e la fissava con lo sguardo accusatorio di Melara

Hetherstone. Vide Ned Stark, e al suo fianco la piccola Sansa con i capelli ramati e un cane grigio dal pelo arruffato che forse era il suo lupo. Ogni bambino che cercava di farsi largo tra la folla diventò suo fratello Tyrion, che sogghignava come la notte in cui era morto Joffrey. Ed ecco anche lui, suo figlio, il suo primogenito, il suo splendido ragazzo con i riccioli d'oro e il sorriso soave, aveva delle labbra così belle...

La regina cadde per la seconda volta. Quando la rimisero in piedi, tremava come una foglia. «Ti prego... Madre, abbi pietà. Ho confessato.»

«Certo» rispose septa Moelle. «Questa è la tua espiazione.»

«Non manca ancora molto» disse septa Unella. «Vedi?» indicò. «Ancora quella collina, e basta.»

"Ancora quella collina, e basta." Era vero. Erano ai piedi dell'Alta Collina di Aegon, il castello incombeva sopra di loro.

«Puttana!» urlò qualcuno.

«Ti scopi tuo fratello» aggiunse qualcun altro. «Abominio!»

«Vuoi succhiare anche questo, vostra grazia?» Un uomo con un grembiule da macellaio tirò fuori il cazzo dalle brache, sogghignando.

Non aveva importanza. Lei era a casa. Era quasi a casa.

Cersei cominciò a salire.

Se possibile, gli scherni e le grida diventarono ancora più crudeli. Il cammino dell'espiazione non era passato per il Fondo delle Pulci, così i suoi abitanti si erano accalcati alla base dell'Alta Collina di Aegon per godersi lo spettacolo. Le facce che le sogghignavano da dietro gli scudi e le picche dei Reietti le sembravano distorte, mostruose, orribili. Porci e bambini nudi erano sempre in mezzo ai piedi, mendicanti storpi e tagliaborse brulicavano nella calca come scarafaggi. Cersei vide uomini i cui denti erano stati limati a punta, megere con gozzi grandi quanto la loro testa, una baldracca con un enorme serpente striato avvolto attorno ai seni e alle spalle, un uomo con le guance e la fronte coperte di piaghe da cui grondava del pus grigiastro. Tutti sogghignavano, si inumidivano le labbra e le ululavano dietro mentre passava zoppicando, con i seni che si sollevavano per l'affanno della salita. Alcuni gridavano proposte oscene, altri insulti. "Le parole sono vento. Le parole non possono farmi del male. Io sono bella, la donna più bella di tutto il continente occidentale, Jaime me lo dice sempre, e Jaime non oserebbe mai mentirmi. Perfino Robert, che non mi ha mai amato, vedeva che ero bella, e mi desiderava."

Cersei, però, non si sentiva affatto bella. Si sentiva vecchia, logora, sudicia e imbruttita. Sul ventre aveva delle smagliature per via dei figli che aveva partorito e i suoi seni non erano più sodi come quando era giovane. Senza un corpetto a sostenerli, si affloscavano. "Non avrei mai dovuto accettare. Io ero la loro regina, ma adesso hanno visto, hanno visto, hanno visto. Non avrei mai dovuto permettere che mi vedessero." Vestita e incoronata, Cersei era una regina. Nuda, insanguinata e zoppicante era soltanto una donna, non molto diversa dalle loro mogli, molto più simile alle loro madri che alle loro graziose figliole. "Che cosa ho fatto?"

Aveva qualcosa negli occhi che bruciava e le offuscava la vista. Ma non poteva piangere, non doveva piangere, quei vermi non l'avrebbero vista piangere. Cersei si fregò gli occhi con il palmo della mano. Un soffio di vento freddo la fece tremare con violenza.

E all'improvviso la megera era là, in mezzo alla folla, con le sue tette cascanti e la pelle verdognola piena di verruche, sogghignante come gli altri, con la malvagità che scintillava nei suoi cisposi occhi giallastri. «Regina tu sarai» le sibilò la megera «fino a quando un'altra, più giovane e più bella, non arriverà ad abbatterti e a portarti via tutto ciò che ti è caro.»

E a quel punto fu impossibile fermare le lacrime. Scendevano lungo le guance della regina, brucianti come acido. Cersei lanciò uno strillo stridulo, si coprì i capezzoli con un braccio, portò l'altra mano davanti al sesso e iniziò a correre, aprendosi un varco tra i Reietti, piegata in avanti mentre risaliva la collina come un granchio deforme. A metà della salita inciampò e cadde, si rialzò, cadde di nuovo dieci passi più avanti. E poi si ritrovò a strisciare, arrancando su per la collina a quattro zampe come un cane, con la gente di Approdo del Re che le faceva ala, ridendo, incitandola e applaudendo.

Tutto d'un colpo, la folla si aprì e parve come dissolversi, e davanti a lei c'erano i portali di un castello e una fila di lancieri con i mezzi elmi smaltati e i mantelli cremisi. Cersei udì la voce dura e familiare di suo zio Kevan ringhiare degli ordini, e intravide dei lampi bianchi ai suoi fianchi quando ser Boros Blount e ser Meryn Trant le vennero incontro con le loro armature bianche e le cappe candide come la neve.

«Mio figlio!» Cersei urlava. «Dov'è mio figlio? Dov'è Tommen?»

«Non qui. Nessun figlio dovrebbe assistere all'umiliazione di sua madre.» La voce di ser Kevan era aspra. «Copritela.»

Poi Jocelyn si chinò su di lei, avvolgendola in una morbida coperta di lana verde, per celare la sua nudità. Un'ombra scivolò su di loro, oscurando la luce del sole. La regina sentì il gelido acciaio sotto il suo corpo, e un paio di grandi braccia protette dall'armatura la sollevarono da terra, librandola nell'aria con la medesima facilità con cui lei alzava Joffrey quando ancora era un infante. "Un gigante..." pensò Cersei, confusa, mentre veniva trasportata a grandi passi verso il corpo di guardia. Aveva sentito dire che i giganti esistevano ancora nelle terre senza dio a nord della Barriera. "Ma quella è solo una leggenda. Sto forse sognando?"

Non stava sognando. Il suo salvatore era reale. Alto otto piedi, o forse più, con le gambe grosse come un tronco d'albero, un torace largo come quello di un cavallo da tiro e delle spalle che avrebbero fatto impallidire un toro. Sopra una maglia di ferro smaltata, indossava un'armatura a piastre d'acciaio, anch'essa smaltata di bianco e splendente come le speranze di una vergine. La celata dell'elmo nascondeva il suo volto. Sulla cresta ondeggiavano sette piume di seta nei colori dell'arcobaleno del Credo. Il suo mantello era fissato all'altezza delle spalle da una coppia di fermagli dorati a forma di stella a sette punte.

"Un mantello bianco."

Ser Kevan aveva rispettato l'accordo. Tommen, il suo delicato piccolo Tommen, aveva nominato il campione di Cersei della Guardia reale.

La regina non vide da quale parte arrivò Qyburn, ma d'un tratto era lì accanto a loro, facendo del suo meglio per tenere dietro alla poderosa falcata del campione.

«Vostra grazia» disse «lieto di averti di nuovo tra noi. Posso avere l'onore di presentarti il membro più recente della Guardia reale? Ser Robert Strong.»

«Ser Robert» sussurrò Cersei mentre superavano il portale della fortezza.

«Se compiace vostra grazia, ser Robert ha fatto il giuramento del silenzio» continuò Qyburn. «Ha giurato di non proferire parola fino a quando tutti i nemici di sua grazia non saranno morti, e fino a quando il male non sarà stato sradicato dal reame.»

"Sì" pensò Cersei Lannister. "Oh, sì!"

La pila di pergamene era incredibilmente alta. Tyrion Lannister la osservò ed emise un sospiro. «Da quello che avevo capito, eravate un gruppo di fratelli. Sarebbe quindi questo l'amore che il fratello nutre verso il fratello? Che fine ha fatto la fiducia? Che fine hanno fatto l'amicizia, il rispetto sincero, l'affetto profondo che solamente uomini che hanno combattuto e versato assieme il loro sangue possono conoscere?»

«Ogni cosa a suo tempo» rispose Ben Plumm il Marrone.

«E comunque, dopo che avrai firmato» aggiunse Calamaio, lisciando una penna d'oca.

Kasporio l'Astuto passò la mano sull'impugnatura della spada. «Se invece preferisci cominciare subito a sanguinare, sarò ben lieto di accontentarti.»

«Un'offerta gentile da parte tua» rispose Tyrion. «Ma penso di no.»

Calamaio gli mise davanti la pergamena e gli porse la penna d'oca. «E qui c'è l'inchiostro. Questo viene da Vecchia Volantis. Durerà quanto il nero dei maestri. Tu devi solo firmare e passarmi la promessa di pagamento. Del resto mi occupo io.»

Tyrion gli rivolse un sogghigno distorto. «Posso almeno leggere, prima?»

«Se lo desideri. Sono tutte uguali, in buona sostanza. Tranne quelle in fondo, ma ce ne occuperemo a suo tempo.»

"Oh, certo." La maggioranza degli uomini non pagavano nulla per arruolarsi in una compagnia mercenaria, ma Tyrion Lannister non faceva parte della maggioranza. Intinse la punta della penna d'oca nel calamaio, si chinò sulla prima pergamena, si fermò, alzò lo sguardo. «Preferisci che firmi Yollo o Hugor Hill?»

Ben il Marrone strinse le palpebre. «Preferisci essere restituito agli eredi di Yezzan, o essere decapitato subito?»

Il Folletto rise e firmò il documento come "Tyrion della Casa Lannister". Mentre lo passava alla sua destra a Calamaio, diede una scorsa alle pergamene successive. «Ma quante sono? Cinquanta? Sessanta. Pensavo che i Secondi Figli fossero cinquecento.»

«Cinquecentotredici, al momento» precisò Calamaio. «Quando avrai firmato il nostro registro, saremo cinquecentoquattordici.»

«Nel senso che solo uno su dieci riceve una promessa di pagamento? Non mi sembra equo. Pensavo che nelle compagnie libere si spartisse tutto in parti uguali.» Firmò un altro foglio.

Ben il Marrone ridacchiò. «Be', per spartire spartiamo. Ma non in parti uguali. I Secondi Figli non sono poi tanto diversi da una famiglia…»

«… e ogni famiglia ha i suoi cugini che sbavano» Tyrion firmò un altro documento. Quando lo allungò all'ufficiale pagatore, la pergamena scricchiolò. «Nelle viscere di Castel Granito, c'erano delle segrete dove il lord mio padre gettava i peggiori di noi.» Intinse di nuovo la penna d'oca. "Tyrion della Casa Lannister" firmò ancora, promettendo di pagare cento dragoni d'oro al portatore. "Ogni tratto della penna mi rende un po' più povero… o mi renderebbe più povero, se non fossi già un pezzente." Un giorno, avrebbe rimpianto tutte quelle firme. "Ma non oggi." Soffiò sull'inchiostro ancora bagnato, passò la pergamena all'ufficiale pagatore e firmò quella sottostante. E poi un'altra, e ancora, e ancora. «Questo mi ferisce nel profondo, voglio che lo sappiate» disse tra una firma e l'altra. «Nel continente occidentale, la parola di un Lannister è considerata buona come l'oro.»

«Qui non siamo nel continente occidentale» Calamaio alzò le spalle. «Su questa sponda del Mare Stretto, le promesse le mettiamo per iscritto.» Su ogni pergamena che gli veniva passata, l'ufficiale pagatore spargeva della sabbia fine per asciugare l'eccesso d'inchiostro, quindi la scuoteva e la metteva da parte. «I debiti scritti nel vento tendono a essere… dimenticati, vogliamo dire così?»

«Non da noi.» Tyrion firmò un'altra pergamena. E un'altra ancora. A quel punto, aveva trovato il ritmo giusto. «Un Lannister ripaga sempre i propri debiti.»

Plumm ridacchiò di nuovo. «*Aye*, ma la parola di un mercenario non ha alcun valore.»

"Be', la tua no di certo" pensò Tyrion. "E lode agli dèi per questo." «Vero, ma io non sarò un mercenario finché non avrò firmato il vostro registro.»

«Il che accadrà presto» ritorse Ben il Marrone. «Dopo le promesse di pagamento.»

«Sto facendo più in fretta che posso.»

Il Folletto aveva voglia di farsi una risata, ma questo avrebbe rovinato il gioco. Plumm si stava divertendo e Tyrion non intendeva guastargli il divertimento. "Che continui pure a pensare di avermi messo a pecorella e di fottermi il culo, mentre io andrò avanti a ingaggiare spade d'acciaio pagando con dragoni di carta." Se mai fosse riuscito a tornare nel continente occidentale a reclamare i suoi diritti di successione, avrebbe avuto a disposizione tutto l'oro di Castel Granito per onorare le sue promesse. In caso contrario, be', sarebbe morto, e i suoi nuovi confratelli avrebbero potuto pulirsi il culo con quelle pergamene. Forse alcuni di loro sarebbero addirittura andati ad Approdo del Re con quei brandelli in mano, sperando di convincere la sua cara sorellina a pagare. "Come vorrei essere uno scarafaggio tra le lenzuola, per godermi lo spettacolo."

A circa metà della pila di pergamene, il testo cambiava. Le note di pagamento da cento dragoni erano tutte per i sergenti. Sotto, l'ammontare diventava molto più consistente. Tyrion ora firmava perché al portatore venissero pagati mille dragoni d'oro. Scosse la testa, rise, firmò, ancora, ancora e ancora.

«Quindi» disse continuando a scribacchiare il proprio nome «quali saranno i miei doveri nella compagnia?»

«Sei troppo brutto per diventare la femminella di Bokkoko» rispose Kasporio «ma potresti andare bene come carne da freccia.»

«Meglio di quanto non ti aspetteresti» Tyrion rifiutò di abboccare all'amo. «Un piccolo uomo con un grande scudo farà impazzire gli arcieri. Me l'ha insegnato un uomo molto più saggio di te.»

«Lavorerai con Calamaio» dichiarò Ben Plumm il Marrone.

«Lavorerai *per* Calamaio» precisò Calamaio. «Tenere i libri contabili, conteggiare il conio, redigere contratti e scrivere lettere.»

«Volentieri» concordò Tyrion. «Io adoro i libri.»

«Che altro vorresti fare?» Kasporio sogghignò. «Guardati. Non sei certo adatto al combattimento.»

«In passato ho avuto il compito di occuparmi di tutti gli scarichi di Castel Granito» rievocò Tyrion con modestia. «Alcuni condotti erano intasati da anni, ma non ci misi molto per fare sì che riprendessero a defluire magnificamente.» Intinse di nuovo la penna nell'inchiostro. Ancora un'altra dozzina di pergamene, e aveva finito. «Forse potrei sovrintendere alle baldracche al seguito delle truppe. Non possiamo certo permettere che siano i nostri uomini a intasarsi, giusto?»

Ben Plumm il Marrone non apprezzò la battuta. «Tieniti alla

larga dalle baldracche» lo avvertì. «La maggior parte di loro ha la sifilide, e parla troppo. Non sei certo il primo schiavo fuggiasco che entra nella compagnia, ma non vedo ragioni di diffondere la notizia ai quattro venti. Rimani in tenda il più possibile, caca dentro nel secchio. Ci sono sempre troppi occhi nelle latrine. E non allontanarti mai dal campo senza il mio permesso. Possiamo addobbarti con il ferro degli scudieri, e far finta che tu sia il culetto di Jorah Mormont, ma alcuni non ci cascheranno. Una volta che Meereen sarà stata presa e noi saremo tornati nel continente occidentale, potrai andartene in giro come vorrai in oro e cremisi. Ma fino ad allora...»

«... me ne starò infrattato sotto una roccia e non farò rumore. Hai la mia parola.» Tyrion della Casa Lannister firmò ancora, concludendo con un ghirigoro. Era l'ultima pergamena. Rimanevano solamente tre altre promesse di pagamento, diverse da tutte le altre. Due erano vergate su una pergamena più pregiata e intestate per nome. A Kasporio l'Astuto, diecimila dragoni. Stessa somma per Calamaio, il cui vero nome risultò essere Tybero Istarion. «Tybero?» commentò Tyrion. «Sembra quasi un nome da Lannister. Non sarai per caso un cugino alla lontana?»

«Chissà. Anch'io ripago sempre i miei debiti. È quello che ci si aspetta da un ufficiale pagatore. E adesso firma.»

Lui firmò.

Infine arrivò quella di Ben il Marrone. Era scritta su un rotolo di cartapecora. "Centomila dragoni d'oro, cinquanta acri di terra fertile, un castello e il titolo di lord. Bene, bene: questo Plumm non si offre certo a buon mercato." Tyrion si grattò la cicatrice che aveva in faccia, domandandosi se esibire o meno la propria indignazione. Quando si oltraggia qualcuno, ci si aspetta che emetta quanto meno un belato, o anche due. Tyrion avrebbe potuto imprecare, maledire, ringhiare contro una simile ruberia, rifiutarsi di firmare per un po', per poi cedere con riluttanza, ma continuando a lamentarsi e a protestare. Ma ormai era stufo delle guittate, per cui si limitò a una smorfia, firmò e restituì il rotolo a Ben il Marrone.

«Il tuo cazzo è davvero grosso come si favoleggia» gli disse. «Considerami inculato alla grande, *lord* Plumm.»

Ben il Marrone alitò sulla firma. «Il piacere è tutto mio, Folletto. E ora, facciamo di te uno dei nostri. Calamaio: il libro.»

Il libro in questione era rilegato in cuoio con cerniere di ferro, abbastanza mastodontico da poterci cenare sopra. All'interno delle pesanti copertine di legno, c'erano pagine fitte di nomi e date che risalivano fino a un secolo prima.

«I Secondi Figli sono una delle compagnie libere più antiche» spiegò Calamaio voltando le pagine. «Questo è il quarto libro. Sono scritti i nomi di tutti gli uomini che hanno prestato servizio: quando si sono arruolati, dove hanno combattuto, per quanto tempo hanno servito, come sono morti: in questo libro c'è tutto. Vi troverai nomi celebri, alcuni dei tuoi Sette Regni. Aegon Rivers ha servito per un anno con noi prima di staccarsi e fondare la Compagnia Dorata. Tu lo chiameresti Acreacciaio. Aerion Targaryen, il Principe Splendente, era un Secondo Figlio. E anche Rodrik Stark, il Lupo Errante. No, non con quell'inchiostro. Ecco, usa questo.»

Aprì un'altra boccetta e la piazzò sul tavolo.

Tyrion inclinò la testa di lato. «Inchiostro rosso?»

«È una tradizione della compagnia» spiegò Calamaio. «Un tempo gli uomini vergavano i propri nomi con il proprio sangue, che però è un inchiostro di pessima qualità.»

«I Lannister adorano le tradizioni. Prestami il tuo pugnale.»

Calamaio inarcò un sopracciglio, alzò le spalle, estrasse la daga dal fodero e gliela porse dalla parte dell'impugnatura. "Fa ancora male, Mezzo-maestro, e con tante grazie" pensò Tyrion, pungendo il polpastrello del pollice. Lasciò cadere una grossa goccia di sangue nel calamaio, restituì la daga in cambio di una penna d'oca pulita, quindi vergò Tyrion della Casa Lannister, lord di Castel Granito a spesse lettere arroganti, appena sotto la firma ben più modesta di Jorah Mormont.

"E con questo abbiamo finito." Il Folletto si spinse all'indietro sullo sgabello da campo. «Tutto qui quello che mi viene richiesto? Non devo fare giuramento? Uccidere un infante? Succhiare il cazzo al capitano?»

«Succhia pure quello che vuoi.» Calamaio ruotò il libro verso di sé e sparse sulla pagina una misura di sabbia fine. «Per la maggior parte di noi basta la firma, ma non vorrei deludere un nuovo confratello d'armi. Benvenuto nei Secondi Figli, lord Tyrion.»

"Lord Tyrion." Al Folletto piacque molto come suonava. I Secondi Figli non potevano vantare la scintillante reputazione della Compagnia Dorata, ma nel corso dei secoli avevano comunque riportato grandi vittorie sul campo. «Ci sono altri lord che hanno servito nella compagnia?»

«Lord senza terra» disse Ben il Marrone. «Proprio come te, Folletto.»

Tyrion saltò giù dallo sgabello. «Il mio fratello precedente si è rivelato del tutto insoddisfacente. Mi aspetto di più dai miei nuovi fratelli. Dove vado a procurarmi armi e armatura?»

«Vuoi anche una scrofa da cavalcare?» lo schernì Kasporio.

«Ma guarda, non immaginavo che tua moglie facesse parte della compagnia» ribatté Tyrion. «Gentile da parte tua offrirmela, ma preferisco un cavallo.»

Il mercenario diventò paonazzo, ma Calamaio rise forte e Ben il Marrone ridacchiò. «Calamaio, accompagnalo ai carriaggi. Che scelga quello che vuole dall'acciaio della compagnia. Anche la ragazza. Mettile addosso un elmo, una maglia di ferro, e magari qualcuno la prenderà per un maschio.»

«Lord Tyrion, vieni con me.» Calamaio sollevò il lembo della tenda, lasciando che Tyrion uscisse per primo con la sua andatura ondeggiante. «Dirò a Lesto di accompagnarti ai carriaggi. Va' a prendere la tua donna, e vi incontrerete vicino alla tenda del cuoco.»

«Non è la mia donna. Forse dovresti andarla a prendere tu. Negli ultimi tempi, non fa altro che dormire e lanciarmi occhiate velenose.»

«Devi picchiarla più forte e chiavarla più spesso» suggerì l'ufficiale pagatore. «Portala, lasciala, fa quello che vuoi. A Lesto non importa. Torna da me una volta presa l'armatura, e ti indicherò i tuoi compiti.»

«Come tu desideri.»

Tyrion trovò Penny che dormiva in un angolo della tenda, raggomitolata su un pagliericcio sotto un cumulo di lenzuola luride. Tyrion la toccò appena con la punta dello stivale. Lei si girò, ammiccò, sbadigliò. «Hugor? Che cosa succede?»

«Quindi abbiamo ricominciato a parlare, giusto?» Sempre meglio del tetro mutismo. "E tutto per avere abbandonato un cane e un maiale. Ho salvato entrambi dalla schiavitù: un po' di gratitudine non guasterebbe." «Se vai avanti a dormire così, ti perderai la guerra.»

«Sono triste.» Penny sbadigliò di nuovo. «E stanca, tanto stanca.»

"Stanca o malata?" Tyrion mise un ginocchio a terra, vicino al pagliericcio. «Sei pallida.» Le mise una mano sulla fronte. "Qui c'è qualcosa che scotta… o è solo un po' di febbre?" Domanda che non osò porre ad alta voce. Perfino uomini duri come i Secondi Figli avevano il terrore della giumenta pallida. Se avessero pensato che Penny era contagiata, l'avrebbero espulsa dal campo senza la minima esitazione. "Potrebbero anche rimandarci tutti e due dagli eredi di Yezzan, pergamene o non pergamene." «Ho firmato il loro libro. Alla vecchia maniera: con il sangue. Adesso sono un Secondo Figlio.»

Penny si mise a sedere, stropicciandosi gli occhi. «E io? Posso firmare anch'io?»

«Penso di no. Certe compagnie libere arruolano anche le donne, ma… be', loro non si chiamano le Seconde Figlie.»

«*Noi*» lo corresse Penny. «Se ne fai parte, devi dire *noi*, non *loro*. C'è qualcuno che ha visto Carina Porcellina? Calamaio dice che avrebbe chiesto in giro. E Scrocchio, sappiamo nulla di Scrocchio?»

"Solamente se ti fidi di Kasporio." Il non-così-astuto secondo in comando di Plumm sosteneva che tre yunkai cacciatori di schiavi stavano percorrendo gli accampamenti mercenari alla ricerca di due nani fuggiaschi. Da come Kaspo la raccontava, uno di loro portava una lunga picca sulla cui punta era infilzata la testa mozzata di un cane. Notizie che ben difficilmente avrebbero indotto Penny ad alzarsi dal letto.

«Ancora niente» mentì Tyrion. «Vieni. Dobbiamo trovare un'armatura per te.»

«Un'armatura?» Penny gli lanciò un'occhiata sospettosa. «E perché?»

«Questo me l'ha insegnato il mio vecchio maestro d'armi. "Mai andare in battaglia nudo, ragazzo." L'ho sempre preso in parola. Inoltre, adesso che sono una spada in vendita, be', dovrei quanto meno avere una spada da offrire.»

Penny non accennava a muoversi. Tyrion l'afferrò per un polso e la trascinò in piedi, gettandole in faccia una manciata di abiti. «Ora vestiti. Metti un mantello, tieni il cappuccio sollevato e sta' a testa bassa. Noi siamo due ragazzi volenterosi, qualora i cacciatori di schiavi siano là fuori.»

Quando i due nani arrivarono, con mantelli e cappucci, Lesto li aspettava vicino alla tenda del cuoco, masticando delle foglie amare. «Ho sentito dire che voi due combatterete con noi» disse il sergente. «Chissà come se la stanno facendo sotto a Meereen. Almeno uno di voi ha mai ammazzato un uomo?»

«Io sì» rispose Tyrion. «Li schiaccio come mosche.»

«E con che cosa?»

«Ascia o pugnale. Anche se è quando tiro di balestra che sono veramente letale.»

Lesto si grattò la barba ispida con la punta del suo uncino. «Un'arma difficile, la balestra. Quanti ne hai fatti fuori con quella?»

«Nove.» Suo padre contava almeno così. Lord di Castel Granito, Protettore dell'Ovest, scudo di Lannisport, Primo Cavaliere del re, marito, fratello, padre, padre, padre.

«Nove.» Lesto emise un grugnito e sputò un grumo di morchia rossastra. Forse aveva mirato ai piedi di Tyrion, ma colpì il suo ginocchio. Evidentemente era il suo commento a quel "nove". Le dita del sergente erano chiazzate di un rosso screziato per via del succo delle foglie amare che masticava di continuo. Se ne mise due in bocca ed emise un fischio. «Kem! Vieni qua, fottuto pisciasotto.» Kem arrivò di corsa. «Porta lord e lady Folletto giù ai carriaggi, vedi che Martello metta loro addosso un po' d'acciaio di ordinanza.»

«Martello potrebbe stare smaltendo la sbornia» avvertì Kem.

«E tu pisciagli in faccia, e vedrai che si sveglia.» Lesto tornò a voltarsi verso Tyrion e Penny. «Di nani non ne abbiamo avuti mai, però ci sono sempre stati tanti ragazzi. Figli di una puttana o di un'altra, piccoli scemi scappati di casa in cerca d'avventura, frocetti, scudieri, e via dicendo. Magari un po' della loro merda può andarvi bene. È quello che indossavano quando sono crepati. Ma so che questo a dei duri come voi non fa niente, vero? Nove, hai detto, eh?» Scosse la testa e se ne andò.

I Secondi Figli custodivano le armature della compagnia in sei grossi carriaggi sistemati vicino al centro dell'accampamento. Kem fece strada, facendo ondeggiare la picca come un bastone da passeggio.

«Com'è finito un ragazzo di Approdo del Re in una compagnia libera?» chiese Tyrion.

Kem gli lanciò un'occhiata obliqua. «Chi ti ha detto che sono di Approdo del Re?»

«Nessuno.» "Ogni parola che ti esce dalla bocca puzza di Fondo delle Pulci." «È l'arguzia in tutto quello che dici. Nessuno è più arguto di un cittadino di Approdo del Re, dicono.»

La lusinga sembrò fare effetto. «E chi lo dice?»

«Tutti.» "Io."

«E da quando?»

"Da quando me lo sono inventato." «Da tempo immemore» mentì il Folletto. «Mio padre si vantava di ripeterlo in continuazione. Conoscevi lord Tywin, Kem?»

«Il Primo Cavaliere. Una volta l'ho visto che cavalcava su per la collina. I suoi uomini portavano dei mantelli rossi e avevano piccoli leoni sull'elmo.» Kem strinse le labbra. «I loro elmi mi piacevano. Però il Primo Cavaliere non mi è mai piaciuto. Ha saccheggiato la città. E poi ci ha sconfitto alle Acque Nere.»

«Tu c'eri?»

«Ho combattuto con Stannis. Lord Tywin ci è piombato addosso con il fantasma di Renly, attaccandoci al fianco. Io ho mollato la mia picca e sono scappato, ma davanti alle navi, quel cavaliere fottuto ha detto: "Dov'è la tua picca, ragazzo? Qui non c'è posto per i codardi". Così se ne sono andati lasciandomi a terra, con migliaia di altri. Poi ho sentito che tuo padre li mandava a combattere con Stannis alla Barriera, allora ho attraversato il Mare Stretto e mi sono arruolato nei Secondi Figli.»

«E Approdo del Re ti manca?»

«Ogni tanto. Mi manca quel ragazzo, lui… lui era mio amico. E mio fratello, Kennet, che però è morto sul ponte di una nave.»

«Troppi bravi uomini sono morti quel giorno.» La cicatrice gli prudeva in modo terribile. Tyrion se la grattò con un'unghia.

«Mi manca anche il cibo» aggiunse Kem con aria di rimpianto.

«I piatti che ti preparava tua madre?»

«Quello che cucinava mia madre non se lo mangiavano nemmeno i ratti. Però c'era una taverna. Nessuno sa fare lo stufato come lo fanno loro. È così denso che il cucchiaio stava in piedi da solo, con pezzi di questo e di quello. Tu hai mai mangiato uno stufato come si deve, Mezzo-uomo?»

«Un paio di volte. Lo chiamavo "stufato del cantastorie".»

«E come mai?»

«Perché era così buono che mi faceva venire voglia di mettermi a cantare.»

Kem apprezzò l'idea. «Voglio mangiarlo anch'io, la prossima volta che torno al Fondo delle Pulci. Invece a te che cosa manca, Mezzo-uomo?»

"Jaime" pensò Tyrion. "Shae. Tysha. Mia moglie, mi manca mia moglie, la moglie che non ho quasi conosciuto." «Vino, puttane e ricchezza» rispose Tyrion. «Specialmente la ricchezza, perché ti permette di comprare il vino e le puttane.» "Non solo: ti permette di comprare anche le spade, e tutti i Kem che ci vogliono per brandirle."

«È vero che a Castel Granito le latrine sono d'oro massiccio?» domandò Kem.

«Non devi credere a tutto quello che dice la gente. Specialmente quando riguarda la Casa Lannister.»

«Dicono che i Lannister sono un groviglio di serpenti.»

«Serpenti?» Tyrion rise. «Il rumore che senti è mio padre che si rivolta nella tomba. Noi siamo leoni, o almeno così ci piace dire. Ma non fa differenza, Kem. Calpesta un serpente o la coda di un leone, e sei morto comunque.»

A quel punto avevano raggiunto l'armeria, per quello che era. Il fabbro, il leggendario Martello, si rivelò essere una specie di gigante mostruoso con il braccio sinistro che era il doppio del destro.

«Il più delle volte è ubriaco» spiegò Kem. «Ben il Marrone lascia correre, ma un giorno o l'altro avremo un vero armiere.» L'apprendista di Martello era un ragazzo magro con i capelli rossi chiamato Chiodo. "Certo, e come se no?" rifletté Tyrion.

In effetti, quando raggiunsero la forgia, Martello stava smaltendo l'ennesima sbornia, proprio come Kem aveva profetizzato. Comunque, Chiodo non sollevò obiezioni a che i due nani frugassero nei carriaggi. «È quasi tutta ferraglia» li avvertì il ragazzo «ma prendete pure qualsiasi cosa pensiate di usare.»

Sotto delle coperture di legno ricurvo e cuoio ispessito, sui pianali dei carri erano ammucchiate pile di vecchie armi e vecchie armature. Tyrion, ricordando le rastrelliere di spade, lance e alabarde scintillanti nell'armeria dei Lannister sotto Castel Granito, diede un'occhiata e sospirò. «Ci vorrà un po' di tempo» dichiarò.

«C'è anche del valido acciaio, qui… se riesci a trovarlo» grugnì una voce profonda. «Non bello a vedersi, ma fermerà una spada.»

Un cavaliere alto, ricoperto dalla testa ai piedi dall'acciaio della compagnia, smontò dal retro di un carro. Aveva il gambale sinistro diverso dal destro, la gorgiera era chiazzata dalla ruggine, gli avambracci ricchi e ornati erano intarsiati con motivi floreali di niello. La mano destra era protetta da un guanto di acciaio lamellare, la sinistra da un guanto di ferro arrugginito senza le dita. Due anelli pendevano dai capezzoli sulla piastra pettorale. Dal grande elmo si diramavano delle corna di bufalo, una delle quali era spezzata.

Quando il cavaliere se lo tolse, spuntò la faccia giallognola di Jorah Mormont.

"A guardarlo, sembra un vero mercenario, e non quell'essere malconcio che abbiamo tirato fuori dalla gabbia di Yezzan" rifletté Tyrion. Le tumefazioni erano ormai quasi sparite, e il gonfiore del volto si era quasi riassorbito, per cui Mormont aveva di nuovo un aspetto quasi umano… anche se solo vagamente simile a se stesso. La maschera da demone che gli schiavisti gli avevano impresso a fuoco sulla guancia destra, marchiandolo come schiavo pericoloso e riottoso, non sarebbe mai più andata via. Ser Jorah non era mai stato un uomo attraente. Quel marchio a fuoco aveva trasformato la sua faccia in qualcosa che metteva paura.

Tyrion sogghignò. «Finché sono più bello di te, non mi lamento.» Poi si rivolse a Penny. «Tu comincia da quel carro, che io inizio da questo.»

«Se guardiamo assieme, facciamo prima.» Penny pescò un mezzo elmo arrugginito, fece una risatina, se lo infilò in testa. «Ho un aspetto abbastanza minaccioso?»

"Come una guitta con una pentola in testa." «Quello è un mezzo elmo. A te invece serve un elmo intero.» Tyrion gliene trovò uno e si riprese il mezzo elmo.

«È troppo grande.» La voce di Penny rimbombava dentro l'acciaio. «Non vedo niente.» Si tolse l'elmo e lo gettò da un lato. «Che cosa c'è che non va nel mezzo elmo?»

«Il viso resta scoperto.» Tyrion le diede un pizzicotto sul naso. «A me piace il tuo naso. Preferirei che ti rimanesse attaccato lì dove sta.»

Penny spalancò gli occhi. «Ti piace il mio naso?»

"Oh, Sette, salvatemi." Tyrion si girò e cominciò a frugare tra i mucchi di vecchie armature verso il fondo del carro.

«Ci sono altre parti di me che ti piacciono?» insisté Penny.

Forse voleva essere giocosa, invece suonò solo mesta. «Mi piacciono tutte le parti di te» disse Tyrion, sperando di porre fine a quel dialogo «e le mie ancora di più.»

«Ma perché ci serve un'armatura? Siamo solamente dei guitti. Noi facciamo *finta* di combattere.»

«Tu fingi molto bene.» Tyrion esaminò una maglia di ferro così piena di buchi che sembrava divorata dalle tarme. "Ma quali tarme mangerebbero della maglia di ferro?" «Fingersi morti è un modo per sopravvivere in battaglia. Avere una buona armatura è un altro.» "Anche se temo che qui ce ne siano ben poche." Sulla Forca Verde del Tridente, Tyrion aveva combattuto protetto da pezzi di armatura scompagnati trovati nei carriaggi di lord Lefford, con un elmo a rostro che lo faceva sembrare come se qualcuno gli avesse rovesciato un secchio sulla testa. L'acciaio dei Secondi Figli era peggio ancora. Non soltanto vecchio e fuori misura, ma anche ammaccato, fessurato e corroso. "E questa che roba è? Sangue secco, o solo ruggine?" Annusò, ma continuava a non essere sicuro.

«Qui c'è una balestra.» Penny gliela mostrò.

Tyrion diede un'occhiata. «Non posso usare un perno da staffa. Le mie gambe non sono abbastanza lunghe. Un argano a manovella sarebbe più utile.» Ma per la verità, lui non voleva una balestra. Ci voleva troppo tempo per ricaricarla. Se anche si fosse appostato nel fossato delle latrine, aspettando che un nemico arrivasse a cacare, avrebbe avuto scarse possibilità di lanciare più di un dardo.

Prese invece una stella del mattino, la fece roteare, poi la rimise giù. "Troppo pesante." Ignorò una mazza da guerra (troppo lunga), una mazza chiodata (anche quella troppo pesante) e una mezza dozzina di spade lunghe prima di trovare finalmente un pugnale di suo gradimento, un malefico pezzo d'acciaio con la lama a sezione triangolare. «Questo va bene.» La lama aveva un po' di ruggine, il che la rendeva ancora più minacciosa. Trovò anche un fodero di legno e cuoio della misura giusta e vi infilò dentro il pugnale.

«Una piccola spada per un piccolo uomo?» scherzò Penny.

«È un pugnale, ed è fatto per un grande uomo.» Tyrion le mostrò una vecchia spada lunga. «Questa invece è una spada. Provala.»

Penny la impugnò, provò un colpo di taglio, aggrottò la fronte. «È troppo pesante.»

«L'acciaio pesa più del legno. Ma con quella puoi tranciare il collo di un uomo, e vedrai che la sua testa non diventa un melone.» Riprese la spada e la esaminò con maggiore attenzione. «Acciaio da poco. E anche scheggiato. Vedi? Ritiro quello che ho detto. Per staccare delle teste ti serve una lama migliore.»

«Io non voglio staccare delle teste.»

«Non è detto che tu lo debba fare. Tieni i tuoi colpi sotto il ginocchio. Polpaccio, tendine, caviglia… perfino i giganti cadono se mozzi loro i piedi. E una volta che sono a terra, non sono più grandi di te.»

Penny sembrava sul punto di mettersi a piangere. «Questa notte ho sognato che mio fratello era ancora vivo. Stavamo giostrando davanti a un alto lord, cavalcando Carina Porcellina e Scrocchio, e la gente ci lanciava delle rose. Eravamo così felici…»

Tyrion le diede una sberla.

Fu quasi una carezza, tutto sommato; una piccola torsione del polso, con pochissima forza. Non le lasciò nemmeno il segno sulla guancia. Ma gli occhi di Penny si riempirono comunque di lacrime.

«Se hai voglia di sognare, torna pure a dormire» disse Tyrion. «Ma quando ti sveglierai, saremo ancora degli schiavi fuggiaschi in mezzo a un assedio. Scrocchio è morto. E probabilmente anche la scrofa. Adesso trovati un'armatura e mettitela anche se ti stringe da qualche parte. La farsa è finita. Combatti, nasconditi o cacati addosso, vedi tu, ma qualsiasi cosa deciderai di fare, la farai ricoperta d'acciaio.»

Penny si toccò la guancia dove era stata colpita. «Non avremmo mai dovuto scappare. Noi non siamo spade in vendita. Non siamo spade di alcun tipo. Non si stava poi così male con Yezzan. Certe volte Balia era crudele, è vero, ma Yezzan non lo è stato mai. Noi eravamo i suoi favoriti… i suoi… i suoi…»

«Schiavi. La parola che cerchi è "schiavi".»

«Schiavi» ripeté Penny arrossendo. «Ma eravamo i suoi schiavi *speciali*. Come Dolcezza. I suoi tesori.»

"I suoi animali da compagnia" pensò Tyrion. "E Yezzan ci amava così tanto da scaraventarci in una fossa da combattimento, per essere divorati dai leoni."

Eppure Penny non aveva del tutto torto. Gli schiavi di Yezzan mangiavano meglio di tanti contadini dei Sette Regni, e difficilmente sarebbero morti di fame durante l'inverno. Gli schiavi erano dei beni mobili, *aye*. Potevano essere comprati e venduti, frustati e marchiati, usati per i piaceri carnali dei loro padroni, costretti a generare altri schiavi. In questo senso, non erano meglio dei cani o dei cavalli. Ma la maggior parte dei lord trattavano bene i loro cani e i loro cavalli. Uomini gonfi d'orgoglio potevano dire che è meglio morire liberi che vivere da schiavi, ma l'orgoglio è merce a buon mercato. E quando l'acciaio colpisce la silice, uomini del genere erano rari come i denti di un drago, altrimenti il mondo non sarebbe stato così pieno di schiavi. "Non è mai esistito uno schiavo che non abbia scelto di esserlo" rifletté il Folletto. "La scelta può anche essere fra la cattività e la morte, ma è pur sempre una scelta."

Tyrion Lannister stesso non faceva eccezione. La sua lingua lunga gli aveva procurato, all'inizio, alcune frustate sulla schiena, ma nel giro di poco aveva imparato come compiacere Balia e il nobile Yezzan. Jorah Mormont si era battuto più a lungo e più duramente, ma alla fine era arrivato anche lui alla medesima conclusione.

"Quanto a Penny, be'…" Da quando suo fratello Groat aveva perso la testa, Penny era alla ricerca di un nuovo padrone. "Quello che vuole è una persona che si prenda cura di lei, qualcuno che le dica che cosa fare."

Ma dirle così sarebbe stato troppo crudele. Allora Tyrion dichiarò: «Gli schiavi speciali di Yezzan non sono stati risparmiati dalla giumenta pallida. Sono morti tutti. Dolcezza è stato il primo ad andarsene». Il loro colossale padrone era morto il giorno della loro fuga, aveva detto Ben Plumm il Marrone. Né lui né Kasporio né nessuno degli altri mercenari sapeva quale fosse stata la sorte degli altri componenti della grottesca parata di Yezzan… ma se Penny aveva bisogno di menzogne per smetterla di lagnarsi, lui gliele avrebbe raccontate. «Se proprio ci tieni a essere una schiava, una volta che questa guerra sarà finita ti troverò un padrone buono e gentile, e ti venderò a lui in cambio di abbastanza oro per tornare a casa» le promise Tyrion. «Ti troverò un bravo yunkai che ti metterà un altro bel collare d'oro, con tante belle campanelle che tintinneranno ovunque andrai. Però, dovrai riuscire a sopravvivere fino ad allora. Nessuno compra guitti morti.»

«Né nani morti» intervenne Jorah Mormont. «Quando questa

battaglia sarà finita, saremo probabilmente tutti in pasto ai vermi. Gli yunkai hanno già perso, anche se ci metteranno un po' a capirlo. Meereen ha un esercito di Immacolati, la migliore fanteria del mondo. E poi ha i draghi. Tre draghi, quando la regina avrà fatto ritorno. E lei farà ritorno, deve fare ritorno. Da parte nostra ci sono soltanto una quarantina di signorotti yunkai, ognuno con i suoi uomini scimmia male addestrati. Schiavi sui trampoli, schiavi in catene, magari anche truppe di uomini ciechi e bambini epilettici, perché no?»

«Eh, lo so» ribatté Tyrion. «I Secondi Figli sono schierati dalla parte perdente. Devono voltare di nuovo gabbana, e presto.» Sogghignò. «A questo ci penso io.»

Un'ombra chiara e una scura: i due cospiratori s'incontrarono nella quiete dell'armeria al secondo piano della Grande Piramide, tra rastrelliere di lance, faretre di dardi e pareti coperte da trofei di battaglie dimenticate.

«Questa notte» disse Skahaz mo Kandaq. Sotto il cappuccio della cappa di tante stoffe spuntava una maschera da pipistrello sanguinario. «Tutti i miei uomini saranno al proprio posto. La parola d'ordine è "Groleo".»

«Groleo.» "Mi sembra giusto." «Sì. Quanto gli è stato fatto… c'eri anche tu a corte, quel giorno?»

«Una guardia in mezzo ad altre quaranta. Tutti ad aspettare che il guscio vuoto seduto sul trono desse l'ordine, per poter fare a pezzi Barba Insanguinata e tutti gli altri. Pensi che gli yunkai avrebbero osato offrire la testa di un ostaggio a Daenerys?»

"No" pensò Barristan Selmy. «Hizdahr mi è sembrato sconvolto.»

«Tutta ipocrisia. La genia dei Loraq è stata restituita illesa. Lo hai visto anche tu. Gli yunkai hanno recitato una farsa da guitti, orchestrata dal nobile Hizdahr. Il punto della questione non è mai stato Yurkhaz zo Yunzak. Gli schiavisti avrebbero calpestato volentieri quel vecchio idiota. Tutta la messinscena è stata allestita solo per dare a Hizdahr il pretesto di uccidere i draghi.»

Ser Barristan ci rimuginò sopra. «Oserebbe farlo?»

«Ha osato attentare alla sua regina. Perché non abbattere i suoi amati animali? Se non interveniamo, Hizdahr esiterà per un po', per dare prova della sua riluttanza e permettere ai Saggi Padroni di liberarlo del capitano dei Corvi della Tempesta e del cavaliere di sangue della regina che ancora tengono in ostaggio. Dopo di che agirà. Vogliono i draghi morti prima dell'arrivo della flotta di Volantis.»

"*Aye.*" Aveva senso. Questo non voleva dire che a ser Barristan piacesse. «Non accadrà.» La sua regina era la Madre dei Draghi; non avrebbe permesso che ai figli di Daenerys venisse fatto alcun male. «L'ora del lupo. La parte più buia della notte, quando tutti dormono.» Aveva udito quelle parole per la prima volta da Tywin Lannister, davanti alle mura di Duskendale. "Mi concesse una giornata per portare fuori Aerys. Se non fossi tornato assieme al re prima dell'alba del giorno seguente, mi disse, avrebbe messo la città a ferro e fuoco. Era l'ora del lupo quando entrai, ed era di nuovo l'ora del lupo quando il Re Folle e io uscimmo." «Verme Grigio e gli Immacolati saranno pronti a sbarrare le porte della città alle prime luci dell'alba.»

«Meglio sarebbe invece *attaccare* alle prime luci dell'alba» ribatté Skahaz. «Erompere dalle porte, sciamare nelle linee d'assedio e annientare gli yunkai mentre ancora si stanno svegliando.»

«No.» Era una discussione che avevano già fatto altre volte. «C'è un trattato di pace, firmato e suggellato da sua grazia la regina. Non saremo noi i primi a infrangerlo. Quando avremo preso Hizdahr, formeremo un concilio che regni in sua vece, e chiederemo che gli yunkai ci restituiscano gli ostaggi e ritirino i loro eserciti. Se dovessero rifiutare, allora, e solamente allora, li informeremo che la pace è infranta, e procederemo a dare battaglia. La tua strategia è disonorevole.»

«E la tua è stupida» ribatté il Testarasata. «L'ora è perfetta. I nostri liberti sono pronti. E sono affamati.»

Questo era vero, e Selmy lo sapeva. Symon Schiena Striata dei Fratelli Liberi e Mollono Yos Dob degli Scudi Coraggiosi anelavano entrambi alla battaglia, decisi a dar prova del proprio valore e a lavare tutti i torti subiti con una marea di sangue yunkai. Marselen degli Uomini della Madre era l'unico a condividere i dubbi di ser Barristan.

«Ne abbiamo già discusso. Ti eri detto d'accordo a seguire il mio piano.»

«Mi ero detto d'accordo» brontolò il Testarasata «ma questo era prima di Groleo, della sua testa mozzata. Gli schiavisti non hanno onore.»

«Noi invece sì» ribadì ser Barristan.

Il Testarasata mugugnò qualcosa in ghiscariano, poi disse: «Come tu desideri. Anche se penso che prima della fine malediremo il tuo onore da vecchio cavaliere. E le guardie di Hizdahr?».

«Quando dorme, sua grazia ha vicino a sé due dei suoi uomini. Uno sulla porta della camera da letto e l'altro all'interno, in un disimpegno attiguo. Questa notte saranno Khrazz e Pelle d'acciaio.»

«Khrazz» borbottò il Testarasata. «Questo non mi piace.»

«Non deve necessariamente finire nel sangue» disse ser Barristan. «Ho intenzione di parlare con Hizdahr. Se capisce che non intendo ucciderlo, potrebbe ordinare alle sue guardie di arrendersi.»

«E qualora non lo facesse? Hizdahr non ci deve sfuggire.»

«Non ci sfuggirà.»

Selmy non temeva Khrazz, ancora meno Pelle d'acciaio. Non erano altro che gladiatori delle fosse da combattimento. La minacciosa parata di ex schiavi combattenti di Hizdahr era formata da guardie del corpo mediocri. Erano rapidi, forti e feroci, e dimostravano anche una certa abilità con le armi, ma i giochi al massacro costituivano un addestramento insufficiente per proteggere un sovrano. Nelle fosse, i loro avversari erano preceduti da corni e tamburi, e una volta che lo scontro si era concluso, i vincitori venivano medicati e bevevano latte di papavero per lenire il dolore, sapendo che la minaccia era alle loro spalle e che erano quindi liberi di bere, godersela e lupanare fino al combattimento successivo. Invece, per un cavaliere della Guardia reale, la battaglia non finiva mai. Le minacce potevano arrivare sempre e da qualsiasi parte, in ogni momento del giorno e della notte. Non c'erano squilli di tromba ad annunciare l'avversario: vassalli, servitori, amici, fratelli, figli, perfino mogli, chiunque di loro poteva avere una lama nascosta sotto la tunica e l'assassinio celato nel cuore. Per ogni ora di combattimento, un cavaliere della Guardia reale passava diecimila ore di guardia, in attesa, appostato in silenzio nell'ombra. I campioni delle fosse da combattimento di Hizdahr si stavano già annoiando e stancando dei nuovi compiti che erano stati loro affidati, e degli uomini annoiati sono torpidi, lenti a reagire.

«A Khrazz ci penso io» riprese ser Barristan. «Tu però dovrai assicurarti che io non mi debba occupare delle altre Belve d'Ottone.»

«Non temere. Ridurrò Marghaz in catene prima che possa nuocere. Te lo ripeto: le Belve d'Ottone sono mie.»

«Hai detto che hai degli uomini tra gli yunkai.»

«Informatori e spie. Reznak ne ha anche di più.»

"Ma di Reznak non c'è da fidarsi. Ha un odore troppo buono e dentro è troppo marcio." «Bisogna che qualcuno liberi i nostri ostaggi. Se non riusciamo a riavere i nostri uomini, gli yunkai li useranno contro di noi.»

Skahaz grugnì dai fori del naso della maschera. «Parlare di liberare gli ostaggi è facile, più difficile è farlo. Che gli schiavisti minaccino pure.»

«E se non si limitassero alle minacce?»

«Ti mancherebbero così tanto, vecchio? Un eunuco, un barbaro e un mercenario?»

"Eroe, Jhogo e Daario." «Jhogo è uno dei cavalieri di sangue della regina Daenerys, sangue del suo sangue. Hanno attraversato il Deserto Rosso insieme. Eroe è il secondo in comando di Verme Grigio. E Daario…» "La regina è innamorata di lui." Ser Barristan glielo aveva letto negli occhi quando lo guardava, lo aveva sentito nella sua voce quando parlava di lui. «Daario è fatuo e impetuoso, ma è caro a sua grazia. Deve essere salvato, e prima che i Corvi della Tempesta decidano di agire per conto proprio. Si può fare. Una volta sono riuscito a portare in salvo il padre della regina fuori da Duskendale, dove era tenuto prigioniero da un lord ribelle, ma…»

«… Non sperare di riuscire a passare inosservato tra gli yunkai. Tutti ormai conoscono la tua faccia.»

"Potrei coprirla, come fai tu" pensò Selmy. Ma sapeva che il Testarasata aveva ragione. Duskendale risaliva a un'infinità di tempo prima. Lui ormai era troppo vecchio per simili atti di valore.

«Allora dobbiamo trovare un altro modo. Un altro salvatore. Qualcuno che gli yunkai conoscono, la cui presenza tra le loro file non venga notata…»

«Daario ti chiama ser Nonno» gli ricordò Skahaz. «Preferisco non dirti come chiama me. Se gli ostaggi fossimo tu e io, credi davvero che rischierebbe l'osso del collo per noi?»

"Probabilmente, no" pensò ser Barristan, invece disse: «Magari sì».

«Tutt'al più Daario potrebbe pisciarci addosso mentre bruciamo sul rogo. Per il resto, non aspettarti altro da lui. Lasciamo che i Corvi della Tempesta si scelgano un nuovo capitano, uno che sa stare al proprio posto. Se la regina non dovesse fare ritorno, al mondo ci sarà un mercenario in meno. Chi ne porterà il lutto?»

«E quando lei avrà fatto ritorno?»

«Piangerà, si strapperà i capelli e maledirà gli yunkai. Non noi. Non abbiamo sangue sulle nostre mani. Tu la potrai confortare. Raccontarle qualche aneddoto dei tempi andati, di quelli che a lei piacciono tanto. Povero Daario, il suo coraggioso capitano… lei non lo dimenticherà mai, no… ma meglio per tutti noi se muore, no? Meglio anche per Daenerys.»

"Meglio per Daenerys e per l'Occidente." Daenerys Targaryen amava il suo capitano, ma ad amarlo era la fanciulla che c'era in lei, non la regina. "Il principe Rhaegar amava la sua lady Lyanna, e migliaia di uomini morirono per questo. Daemon Blackfyre amava la prima Daenerys e, quando gli fu negata, iniziò una ribellione. Acreacciaio e Corvo di Sangue amavano entrambi Shiera Stella marina, e i Sette Regni sanguinarono. Il Principe delle Libellule amava così tanto Jenny di Vecchie Pietre da rinunciare alla corona, e l'Occidente pagò la sposa in cadaveri." Tutti e tre i figli del quinto Aegon si erano sposati per amore, sfidando i desideri del padre. E per avere a sua volta seguito il cuore nello scegliere la sua regina, quell'improbabile monarca permise alla progenie di fare a modo loro, facendosi acerrimi nemici laddove avrebbe potuto avere validi amici. Erano seguiti tradimenti e sommosse, così come la notte segue il giorno, il tutto per concludersi a Sala dell'Estate con stregonerie, fiamme e lutti.

"L'amore di Daenerys per Daario è un veleno. Più lento di quello sparso sulle locuste, ma altrettanto letale." «C'è anche Jhogo» disse ser Barristan. «Lui ed Eroe. Entrambi preziosi per sua grazia.»

«Anche noi abbiamo degli ostaggi» gli ricordò il Testarasata. «Se gli schiavisti uccidono uno dei nostri, noi uccideremo uno dei loro.»

Per un momento ser Barristan non capì che cosa intendesse. «I coppieri della regina?»

«Gli *ostaggi*» ribadì Skahaz mo Kandaq. «Grazhar e Qezza sono consanguinei della Grazia Verde. Mezzara è una merreq, Kezmya una pahl, Azzak è dei Ghazeen. Bhakaz è un loraq, come Hizdahr. Sono tutti figli e figlie delle piramidi. Zhak, Quazzar, Uhlez, Hazkar, Dhazak, Yherizan, sono tutti figli dei Grandi Padroni.»

«Fanciulle innocenti e bei ragazzi.» Ser Barristan aveva avuto modo di conoscerli tutti nel periodo in cui aveva servito la regina. Grazhar con i suoi sogni di gloria, la timida Mezzara, il pigro Miklaz, la graziosa e vanesia Kezmya, Qezza con i suoi grandi occhi dolci e quella voce angelica, Dhazzar la danzatrice, tutti gli altri. «Figli.»

«Figli dell'Arpia. Il sangue viene ripagato solo con il sangue.»

«Così disse lo yunkai che portò la testa mozzata di Groleo.»

«Non aveva torto.»

«Io non lo permetterò.»

«A che cosa servono gli ostaggi se non possono essere toccati?»

«Magari potremmo offrire tre fanciulli in cambio di Daario, Eroe e Jhogo» concesse ser Barristan. «Sua grazia…»

«… non è qui. Spetta quindi a noi decidere. E tu sai che ho ragione.»

«Il principe Rhaegar aveva due figli» disse ser Barristan. «Rhaenys era una bambina, Aegon un infante. Quando Tywin Lannister prese Approdo del Re, i suoi uomini li uccisero entrambi. Lord Tywin offrì poi le loro teste mozzate su mantelli cremisi, come dono per il nuovo re.»

"E Robert Baratheon quando le vide come reagì? Forse sorrise?" Barristan Selmy era rimasto gravemente ferito nella Battaglia del Tridente, per cui la scena del dono di lord Tywin gli era stata risparmiata, ma se l'era chiesto spesso. "Se l'avessi visto sorridere davanti ai resti dei figli di Rhaegar, nessun esercito di questa terra sarebbe riuscito a impedirmi di ucciderlo."

«Non intendo sopportare una strage di bambini. O così, Skahaz, o io mi tiro fuori da tutto.»

Skahaz ridacchiò. «Sei un vecchio testardo. I tuoi bei ragazzi crescendo diventeranno dei Figli dell'Arpia. O li uccidi adesso o li ucciderai poi, che differenza fa?»

«Le persone si uccidono per i delitti che hanno commesso, non per quelli che potrebbero commettere un giorno.»

Il Testarasata staccò un'ascia dalla parete, la esaminò, emise un grugnito. «E sia. Non verrà fatto del male a Hizdahr né ai nostri ostaggi. Contento, ser Nonno?»

"Niente di tutto questo mi renderà contento." «D'accordo. L'ora del lupo, ricorda.»

«Dubito di potermene dimenticare, ser.» Anche se la bocca di ottone del pipistrello sanguinario non si muoveva, ser Barristan poté percepire comunque il sogghigno sotto la maschera. «Da lungo tempo i Kandaq hanno atteso questa notte.»

"È proprio quello che temo." Se re Hizdahr era innocente, quanto stavano per fare sarebbe stato alto tradimento. Ma come poteva essere innocente? Selmy lo aveva udito con le proprie orecchie insistere con Daenerys perché assaggiasse le locuste avvelenate, poi urlare ai suoi uomini di uccidere il drago. "Se non interveniamo, Hizdahr ucciderà i draghi e aprirà le porte della città ai nemici della regina. Non abbiamo altra scelta." Eppure, comunque guardasse e considerasse la cosa, l'anziano cavaliere non riusciva a trovarvi nulla di onorevole.

Il resto di quella estenuante giornata trascorse rapido quanto l'incedere di una lumaca.

Altrove, ser Barristan Selmy lo sapeva, re Hizdahr si stava consultando con Reznak mo Reznak, Marghaz zo Loraq, Galazza Galare e gli altri consiglieri meerensi, decidendo come meglio rispondere alle richieste degli yunkai… ma lui non faceva più parte di quei concili. Né aveva più un re sul quale vegliare. Allora perlustrò la piramide da cima a fondo, per accertarsi che le sentinelle fossero tutte ai loro posti. Impiegò quasi l'intera mattina. Poi trascorse il pomeriggio con i suoi orfani, prese addirittura spada e scudo per far fare di persona degli allenamenti più impegnativi ad alcuni dei ragazzi più grandi.

Alcuni di loro si stavano addestrando per le fosse da combattimento, quando Daenerys Targaryen aveva conquistato Meereen e li aveva liberati dalle catene. Quelli avevano una buona dimestichezza con spada, scudo e ascia da battaglia già prima che ser Barristan si occupasse di loro. Certi sarebbero stati pronti. "Per esempio, il ragazzo delle Isole del Basilisco, Tumco Lho." Con la pelle nera come l'inchiostro dei maestri della Cittadella, forte e rapido, quel giovane era il miglior spadaccino *naturale* che ser Barristan avesse mai incontrato dopo Jaime Lannister. "E anche Larraq, la Frusta." Ser Barristan non approvava il suo stile di combattimento, tuttavia non dubitava della sua abilità di guerriero. Larraq aveva ancora davanti a sé anni di pratica prima di arrivare a padroneggiare le armi del cavaliere, lancia, spada e mazza ferrata, ma con la frusta e il tridente era già letale. L'anziano cavaliere lo aveva messo in guardia sul fatto che la frusta si sarebbe rivelata inutile contro un nemico con l'armatura… finché non aveva visto Larraq in azione avvolgerla attorno alle gambe degli avversari facendoli stramazzare a terra. "Non ancora un cavaliere, ma comunque un temibile combattente."

Larraq e Tumco erano i suoi allievi migliori. Dopo di loro, c'era quel ragazzo di Lhazar che gli altri chiamavano l'Agnello Rosso, anche lui tutto furore e poca tecnica. E forse anche i tre fratelli ghiscariani di umili origini, dati in schiavitù per riscattare i debiti del padre.

Sei in tutto. "Sei su ventisette." Selmy avrebbe sperato in qualcuno di più, ma era già un buon inizio. Gli altri erano quasi tutti più giovani, e avvezzi a maneggiare telai, aratri e pitali piuttosto che spade e scudi, però erano volenterosi e imparavano in fretta. Qualche anno come scudieri, e ser Barristan avrebbe avuto altri sei cavalieri da offrire alla sua regina. Quanto a quelli che non sarebbero mai stati pronti, be', non tutti i ragazzi erano destinati a diventare cavalieri. "Il reame ha bisogno anche di fabbricanti di candele, locandieri e armaioli." Questo era vero tanto a Meereen quanto nell'Occidente.

Mentre li guardava addestrarsi, ser Barristan ponderò se non concedere subito il cavalierato a Tumco e Larraq, e forse anche all'Agnello Rosso. Per nominare un cavaliere ci voleva un altro cavaliere e, se quella notte qualcosa fosse andato storto, all'alba lui poteva essere o morto o in fondo a qualche segreta. E allora, chi si sarebbe occupato dei suoi scudieri? D'altro canto, però, la reputazione di un giovane cavaliere derivava almeno in parte dall'onore dell'uomo che gli conferiva l'investitura. E i suoi ragazzi non avrebbero tratto alcun giovamento dall'aver ricevuto i loro speroni da un traditore, e sarebbero potuti finire nella segreta accanto alla sua. "Meritano di meglio" decise ser Barristan. "È meglio una lunga vita da scudiero, che una breve vita da cavaliere disonorato."

Quando il pomeriggio si dissolse nella sera, ser Barristan disse ai suoi ragazzi di deporre spade e scudi, e di avvicinarsi. Parlò loro di che cosa significa essere cavalieri. «È la cavalleria che rende un uomo cavaliere, non la spada» disse. «Senza onore, un cavaliere non è altro che un comune assassino. È meglio morire con onore che vivere senza onore.» I ragazzi lo guardavano in modo strano, pensò, ma un giorno avrebbero compreso.

Più tardi, una volta tornato in cima alla piramide, ser Barristan trovò Missandei fra pile di rotoli di pergamena e di volumi, intenta a leggere. «Rimani qui questa notte, piccola» le disse. «Qualsiasi cosa accada, qualsiasi cosa tu veda o senta, non lasciare gli appartamenti della regina.»

«Questa scriba ti ha udito» rispose la ragazzina. «Se posso domandare…»

«È meglio di no.»

Ser Barristan uscì da solo nei giardini pensili. "Non sono fatto per questo genere di cose" rifletté, osservando l'estensione della città. Le piramidi si stavano svegliando, l'una dopo l'altra; torce e lanterne si accendevano, mentre le ombre crescevano nelle strade sottostanti. "Complotti, cospirazioni, sussurri, menzogne, segreti dentro altri segreti, e in qualche modo anch'io ne sono diventato parte."

Ormai avrebbe dovuto esserci abituato. Anche la Fortezza Rossa aveva i suoi segreti. "Perfino Rhaegar ne aveva." Il Principe di Roccia del Drago non aveva mai nutrito nei suoi confronti la fiducia che riponeva in Arthur Dayne. Harrenhal ne era stata la prova. "L'anno della falsa primavera."

Quel ricordo riempiva ancora ser Barristan di amarezza. L'anziano lord Whent aveva annunciato il torneo poco dopo la visita del fratello, ser Oswell Whent della Guardia reale. Con Varys che gli sussurrava all'orecchio, re Aerys si era convinto che suo figlio stesse cospirando per deporlo, e che il torneo di Whent fosse solo una scusa per fornire a Rhaegar il pretesto di incontrarsi con quanti più alti lord potessero essere radunati insieme. Aerys non era più uscito dalla Fortezza Rossa dall'epoca di Duskendale, ma all'improvviso annunciò che avrebbe accompagnato Rhaegar ad Harrenhal, e da lì in poi tutto era andato storto.

"Se fossi stato un cavaliere migliore… Se nell'ultima quintana avessi disarcionato il principe, come ne avevo disarcionati tanti altri, allora avrei scelto io la regina dell'amore e della bellezza…"

Rhaegar aveva scelto Lyanna Stark di Grande Inverno. La scelta di Barristan Selmy sarebbe stata diversa. Non la regina Rhaella, che non era presente, né Elia di Dorne, anche se era buona e gentile; se la scelta fosse caduta su di lei, molti lutti e conflitti sarebbero stati evitati. Ser Barristan avrebbe scelto una fanciulla non da lungo tempo a corte, una delle dame di compagnia di Elia, anche se… confronto ad Ashara Dayne, la principessa di Dorne sembrava una servetta delle cucine.

Anche dopo così tanti anni, ser Barristan ricordava ancora il sorriso di Ashara, il suono della sua risata. Per vederla, gli bastava chiudere gli occhi: i lunghi capelli scuri che le scendevano sulle spalle e quegli ipnotici occhi viola… "Daenerys ha gli occhi come i suoi." E a volte, quando la Regina dei Draghi lo guardava, aveva come l'impressione di essere osservato dalla figlia di Ashara…

Ma la figlia di Ashara era nata morta, e la sua splendida lady poco tempo dopo si era gettata da una torre, straziata dal dolore per l'infante che aveva perduto, e forse anche per l'uomo che l'aveva disonorata ad Harrenhal. Ashara era morta senza mai sapere che ser Barristan l'amava. "E come avrebbe potuto immaginarlo?" Lui era un cavaliere della Guardia reale, che aveva prestato giuramento di celibato. Non sarebbe accaduto nulla di buono, anche se lui le avesse rilevato i propri sentimenti. "Ma non è accaduto nulla di buono neanche rimanendo in silenzio. Se avessi disarcionato Rhaegar e incoronato Ashara come regina dell'amore e della bellezza, lei avrebbe guardato me invece di Stark?"

Non l'avrebbe mai saputo. Ma di tutti i suoi fallimenti, nessuno lo assillava come quello.

Il cielo era coperto, l'aria torrida, umida, opprimente, eppure c'era qualcosa che gli dava un pizzicore lungo la schiena. "Pioggia" pensò. "Sta arrivando un temporale. Se non questa notte, domani." Ser Barristan si domandò se sarebbe vissuto abbastanza per vederlo. "Se Hizdahr ha un suo Ragno Tessitore, sono già morto." Ma se era questo il suo destino, allora era determinato a morire com'era vissuto, con la spada lunga in pugno.

Quando le ultime luci del giorno furono svanite a occidente, dietro le vele dei vascelli che incrociavano nella Baia degli Schiavisti, ser Barristan rientrò, chiamò due servitori e disse loro di scaldare dell'acqua per il bagno. Duellare con gli allievi nel calore del pomeriggio lo aveva lasciato con una sensazione di sporcizia e di sudore.

Quando l'acqua venne portata, era solamente tiepida, ma Selmy indugiò nella vasca finché non diventò fredda, e si strofinò a fondo la pelle. Pulito come non era stato mai, si alzò, si asciugò e si vestì di bianco. Calze, mutande, tunica di seta, farsetto imbottito, il tutto lavato di fresco e sbiancato. Sopra, indossò l'armatura che la regina gli aveva regalato come segno della sua stima. La cotta di maglia era dorata, finemente lavorata, gli snodi flessuosi come cuoio pregiato; la piastra pettorale smaltata, dura come il ghiaccio e candida come la neve appena caduta. Con il pugnale su un fianco, la spada lunga sull'altro, le due lame appese a un cinturone di cuoio bianco con le fibbie dorate. E per finire, indossò il lungo mantello bianco, che fissò sulle spalle.

L'elmo lo lasciò al suo posto. La sottile fessura della celata gli limitava la visione, e lui aveva bisogno di vedere quello che lo aspettava. Di notte, le sale della piramide erano immerse nell'oscurità, e i nemici potevano arrivare da qualsiasi direzione. Inoltre, anche se le elaborate ali di drago che ornavano l'elmo erano splendide a vedersi, potevano troppo essere facilmente prese a bersaglio da una spada o da un'ascia. Le avrebbe conservate per il prossimo torneo, se i Sette glielo avessero concesso.

Armato e corazzato, l'anziano cavaliere attese seduto nella penombra del suo piccolo alloggio adiacente agli appartamenti della regina. I volti di tutti i re che aveva servito ma che non era riuscito a proteggere gli fluttuavano davanti nelle tenebre, insieme a quelli dei confratelli che avevano servito con lui nella Guardia reale. Si domandò quanti di loro avrebbero fatto ciò che lui stava per fare. "Alcuni, sicuramente, ma non tutti. Certi non avrebbero esitato a bollare il Testarasata quale traditore." All'esterno della piramide cominciò a piovere. Ser Barristan rimase seduto a lungo nel buio, in ascolto. "Sembrano lacrime" pensò. "Sembra che i re morti stiano piangendo."

Poi arrivò il momento di andare.

La Grande Piramide di Meereen era stata costruita sull'esempio della Grande Piramide di Ghis, di cui un tempo Lomas Passolungo aveva visitato le colossali rovine. Come il suo illustre modello, le cui sale di marmo rosso erano ora dominio di ragni e pipistrelli, la piramide meerense si ergeva su trentatré livelli, numero sacro agli dèi di Ghis. Ser Barristan iniziò da solo la lunga discesa, con la sua cappa bianca che fluttuava dietro di lui. Usò le scale dei servi, non le grandi scalinate di marmo venato, ma le rampe più strette, ripide e dirette scale nascoste fra gli spessi muri di mattoni.

Dodici livelli più in basso, trovò ad aspettarlo il Testarasata, i cui lineamenti brutali erano celati sotto la medesima maschera che indossava al mattino, il pipistrello sanguinario. Con lui c'erano sei Belve d'Ottone. Tutti avevano delle maschere da insetto, identiche fra loro.

"Locuste" si rese conto Selmy. «Groleo» disse.

«Groleo» rispose una delle locuste.

«Ho altre locuste, se ti servono» annunciò Skahaz.

«Dovrebbero bastare. E gli uomini alle porte?»

«Sono tutti miei. Non avrai intralci.»

Ser Barristan afferrò il Testarasata per un braccio. «Non versare sangue, a meno di non essere costretto. Domani mattina convocheremo un concilio e diremo alla città che cosa abbiamo fatto, e perché.»

«Come tu dici. Buona sorte a te, vecchio.»

Le loro strade si divisero. Le sei Belve d'Ottone seguirono ser Barristan che proseguiva nella discesa.

Gli appartamenti del re erano proprio nel cuore della piramide, al sedicesimo e diciassettesimo livello. Quando Selmy arrivò a quei piani, scoprì che le porte verso l'interno della piramide erano chiuse con delle catene, e che due Belve d'Ottone montavano la guardia. Sotto i cappucci delle loro cappe di tante stoffe, uno portava una maschera da ratto, l'altro da toro.

«Groleo» disse ser Barristan.

«Groleo» replicò il toro. «La terza sala a destra.»

Il ratto sbloccò la catena. Ser Barristan e la sua scorta imboccarono un corridoio di servizio lungo e stretto illuminato dalle torce, con le pareti di mattoni rossi e neri. I loro passi echeggiarono sul pavimento mentre superavano due sale, per poi dirigersi in una terza sala a destra.

All'esterno dei portali di legno lavorato degli appartamenti reali c'era Pelle d'acciaio, un giovane gladiatore delle fosse da combattimento non ancora considerato un campione. Le sue guance e la fronte erano segnate da intricati tatuaggi verdi e neri, antichi simboli negromantici valyriani che si supponeva rendessero la carne e la pelle dure come l'acciaio. Decori della medesima natura ricoprivano anche le sue braccia e il petto, ma se avrebbero effettivamente fermato una spada o un'ascia rimaneva da dimostrare.

Anche senza quei tatuaggi, Pelle d'acciaio aveva comunque un aspetto temibile: giovane, snello e asciutto, superava di almeno mezzo piede ser Barristan in altezza. «Chi va là?» intimò, facendo scivolare lateralmente l'ascia lunga a sbarrare il passaggio. Vide ser Barristan, le locuste dietro di lui, e abbassò l'arma. «Vecchio ser.»

«Se compiace al re, ho bisogno di conferire con lui.»

«L'ora è tarda.»

«L'ora è tarda, ma la necessità è urgente.»

«Posso chiedere.»

Pelle d'acciaio batté con il manico dell'ascia lunga contro la porta degli appartamenti del re. Si aprì una feritoia. Apparve l'occhio di un bambino. Una voce di bambino parlò da dietro la porta. Pelle d'acciaio rispose. Ser Barristan udì il suono di una pesante sbarra metallica che scorreva. La porta venne spalancata.

«Solo tu, vecchio ser» disse Pelle d'acciaio. «Loro aspettano qui.»

«Come vuoi.» Ser Barristan rivolse un cenno del capo alle locuste. Uno di loro rispose al suo cenno. Selmy varcò la soglia da solo.

Oscure e senza finestre, circondate da tutti i lati da mura di mattoni spesse otto piedi, le stanze del re erano ampie e lussuose. Grandi travi di quercia nera sostenevano gli alti soffitti. I pavimenti erano ricoperti di tappeti di seta di Qarth. Sulle pareti c'erano arazzi di valore inestimabile, antichi e molto sbiaditi, che illustravano la gloria dell'antico Impero di Ghis. Quello più grande rappresentava gli ultimi superstiti dello sconfitto esercito valyriano che passavano sotto un giogo e venivano incatenati. L'arco che conduceva alla stanza da letto reale era sorvegliata da una coppia di amanti in legno di sandalo, modellati, levigati e oliati. Ser Barristan trovò le sculture disgustose, anche se avrebbero dovuto essere eccitanti. "Prima ce ne andremo da questo posto, meglio sarà."

L'unica luce proveniva da un braciere di ferro. Lì accanto, c'erano Draqaz e Qezza, due coppieri della regina. «Miklaz è andato a svegliare il re» disse Qezza. «Posso offrirti del vino, cavaliere?»

«No, ti ringrazio.»

«Accomodati pure» Draqaz indicò una panca.

«Preferisco rimanere in piedi.» Ser Barristan poteva udire delle voci provenire dalla stanza da letto. Una di esse era quella del re.

Ci volle un po' di tempo prima che re Hizdahr zo Loraq, il quattordicesimo del suo nobile nome, emergesse sbadigliando e annodandosi la cintura della vestaglia. Era una vestaglia di raso verde, riccamente ornata di perle e fili d'argento. Sotto di essa, il re era nudo. Buona cosa. Gli uomini nudi si sentono vulnerabili, e meno inclini a compiere atti di eroismo suicida.

La donna di cui ser Barristan ebbe solo una visione fugace attraverso l'arco, dietro i sottili tendaggi, era nuda anche lei, con i seni e i fianchi solo in parte celati dalle sete fluttuanti.

«Ser Barristan» Hizdahr sbadigliò di nuovo. «Che ore sono? Ci sono notizie della mia dolce regina?»

«Nessuna, vostra grazia.»

Hizdahr sospirò. «"Vostra magnificenza", per cortesia. Anche se a quest'ora, vostra sonnolenza sarebbe più appropriato.» Il re si diresse verso una credenza e fece per versarsi una coppa di vino, ma nella caraffa ne era rimasto solo un goccio. Un lampo di irritazione alterò i suoi lineamenti. «Miklaz, del vino. Subito.»

«Sì, vostra adorazione.»

«E porta Draqaz con te. Una caraffa di dorato di Arbor e una di quel rosso dolce. Niente del nostro piscio giallastro, grazie tante. E la prossima volta che trovo la caraffa vuota, mi potrebbe venire voglia di farmi un giro sulle tue belle chiappette rosa.» Il ragazzo scappò a gambe levate, mentre il re tornava a rivolgersi a Selmy. «Ho sognato che avevi trovato Daenerys.»

«I sogni possono essere mendaci, vostra grazia.»

«"Vostro splendore" andrebbe meglio. E allora, cavaliere, che cosa ti porta da me a quest'ora? Qualche problema in città?»

«La città è tranquilla.»

«Ah, davvero?» Hizdahr parve confuso. «E allora perché sei qui?»

«Per farti una domanda. Vostra magnificenza Hizdahr, sei tu l'Arpia?»

La coppa di vino scivolò dalle dita di Hizdahr, rimbalzò sul tappeto e rotolò via. «Tu... tu ti presenti nella mia stanza da letto nel cuore della notte per chiedermi questo? Sei forse impazzito?» Solo allora il re parve rendersi conto che ser Barristan indossava l'armatura e la maglia di ferro, e aveva la spada lunga al fianco. «Che cosa... perché... come osi...»

«Il veleno, vostra magnificenza Hizdahr, è stato opera tua?»

Re Hizdahr arretrò di un passo. «Vuoi dire... le locuste? Quello... è stato il dorniano. Quentyn, il sedicente principe. Chiedi a Reznak, se non mi credi.»

«Ne hai le prove? Ce le ha Reznak?»

«No, altrimenti li avrei fatti imprigionare. Forse dovrei farlo comunque. Marghaz li farà confessare, non ho alcun dubbio. Sono tutti avvelenatori, quei dorniani. Reznak dice che adorano i serpenti.»

«Loro *mangiano* i serpenti» precisò ser Barristan. «Era la tua fossa da combattimento, il *tuo* palco, i *tuoi* scranni. Vino dolce e morbidi cuscini, fichi, meloni e locuste al miele. Hai organizzato tutto tu. Hai insistito con sua grazia la regina perché assaggiasse le locuste, ma tu non le hai nemmeno toccate.»

«Io… non amo i cibi particolarmente speziati. Lei era mia moglie, la mia regina, perché avrei voluto avvelenarla?»

"Dice 'era'. Crede sia morta." «Tu solo puoi dare una risposta, vostra magnificenza. Forse perché volevi mettere al suo posto un'altra donna.» Ser Barristan annuì alla ragazza che cercava timidamente di sbirciare dalla stanza da letto. «Magari, quella?»

Il re si guardò attorno come un animale in gabbia. «Lei? Lei non è nessuno. Una schiava da letto.» Alzò entrambe le mani. «No, mi sono espresso male. Non una schiava. Una donna libera. Addestrata per il piacere. Anche un re ha le proprie necessità, lei… lei non è cosa che ti riguardi, cavaliere. Io non farei mai del male a Daenerys. Mai.»

«Hai insistito perché la regina assaggiasse le locuste. Ti ho udito io stesso.»

«Pensavo che le potessero piacere.» Hizdahr arretrò di un altro passo. «Al tempo stesso dolci e piccanti.»

«Dolci e piccanti e avvelenate. Ti ho udito con le mie orecchie ordinare agli uomini nella fossa di uccidere Drogon. Hai dato loro quell'ordine.»

Hizdahr si umettò le labbra. «La bestia divorava i resti di Barsena. I draghi sono ghiotti di carne umana. Quella creatura stava seminando terrore, stava bruciando…»

«… stava bruciando uomini che volevano fare del male alla tua regina. Probabilmente Figli dell'Arpia. Tuoi amici.»

«Non sono miei amici.»

«Lo dici tu, eppure quando hai chiesto loro di smettere con le uccisioni, loro l'hanno fatto. Per quale motivo ti avrebbero ubbidito, se tu non fossi uno di loro?»

Hizdahr scosse la testa. Questa volta non rispose.

«Dimmi la verità» disse ser Barristan «l'hai mai amata realmente, anche solo un po'? O bramavi soltanto la corona?»

«Brama? Osi parlare a me di brama?» La rabbia distorse la bocca del re. «Io bramavo la corona, *aye*… ma neanche la metà di quanto lei bramava il suo mercenario. Forse è stato proprio lui a cercare di avvelenarla, per essere stato messo da parte. E se avessi mangiato anch'io quelle locuste, be', tanto meglio.»

«Daario è un uomo che uccide ma non avvelena.» Ser Barristan si avvicinò al re. «Sei tu l'Arpia?» Questa volta mise la mano sull'impugnatura della spada lunga. «Dimmi la verità, e ti prometto che avrai una morte rapida, pulita.»

«Tu presumi troppe cose, cavaliere» ribatté Hizdahr. «Ne ho abbastanza delle tue domande, e anche di te. Sei licenziato dal mio servizio. Lascia Meereen immediatamente e ti farò salva la vita.»

«Se non sei l'Arpia, allora rivelami il suo nome.» Ser Barristan estrasse la spada dal fodero. La sua lama affilata riverberò i bagliori dal braciere, diventando una linea di fuoco arancione.

Hizdahr cedette. «Khrazz!» urlò con voce stridula, barcollando all'indietro verso la stanza da letto. «Khrazz! *Khrazz!*»

Da qualche parte alla sua sinistra, ser Barristan udì aprirsi una porta. Si voltò in tempo per vedere Khrazz spuntare da dietro uno degli arazzi. Si muoveva lentamente, ancora intontito dal sonno, ma stringeva in pugno la sua arma preferita: un arakh dothraki, lungo e ricurvo. Una lama cruenta, concepita per vibrare colpi profondi dalla sella di un cavallo. "Una lama micidiale contro avversari mezzi nudi, in una fossa da combattimento o su un campo di battaglia." Ma lì, in quell'ambiente ristretto, la lunghezza dell'arakh sarebbe stata di impedimento, e Barristan Selmy indossava armatura e maglia di ferro.

«Sono qui per Hizdahr» disse il cavaliere. «Getta l'acciaio e fatti da parte, e non ti verrà fatto del male.»

Khrazz rise. «Vecchio. Io ti mangerò il cuore.»

I due uomini erano alti uguali, ma Khrazz pesava venti libbre di più e aveva quarant'anni di meno, con la carnagione pallida, gli occhi spenti e una cresta di capelli rossi e neri rigidi che dalla fronte scendeva fino al collo.

«Allora vieni» lo sfidò Barristan il Valoroso.

Khrazz andò.

Per la prima volta in quella lunga giornata, Selmy ebbe una certezza. "Questo è ciò per cui io esisto" pensò. "La danza, il dolce suono dell'acciaio, una spada in pugno e un nemico di fronte a me."

Il gladiatore delle fosse da combattimento era veloce, guizzante come la folgore, rapido come nessuno degli uomini contro cui ser Barristan aveva duellato. In quelle grandi mani, l'arakh diventava un'ombra sibilante, una tempesta d'acciaio che pareva abbattersi sull'anziano cavaliere provenendo da tre direzioni diverse nel medesimo istante. La maggior parte dei fendenti mirava alla testa. Khrazz non era uno sprovveduto: senza elmo, Selmy era più vulnerabile al di sopra del collo.

Ser Barristan bloccava tutti i colpi con calma, la sua spada lunga intercettava l'arakh e lo deviava. Le lame si scontrarono più volte.

Ser Barristan indietreggiò. Ai margini del suo campo visivo, notò i coppieri che osservavano lo scontro con occhi grandi come uova di gallina. Khrazz imprecò e trasformò un fendente alto in uno basso, oltrepassando per una volta la barriera della lama dell'anziano cavaliere, ma riuscì solo a raschiare inutilmente la piastra toracica. Il fendente di risposta di Selmy colpì Khrazz alla spalla sinistra, lacerando il lino sottile per aprire un sorriso nella carne sottostante. La tunica gialla virò al rosso.

«Solo i codardi si vestono di ferro» dichiarò Khrazz, girandogli intorno.

Nelle fosse da combattimento, nessuno portava l'armatura. Le folle venivano per il sangue: morte, smembramenti e urla di agonia, la musica delle sabbie scarlatte.

Ser Barristan si spostava insieme a lui. «Questo codardo sta per ucciderti, ser.»

Quell'uomo non era un cavaliere, ma il suo coraggio meritava almeno tale cortesia. Khrazz non sapeva come combattere contro un uomo in armatura. Ser Barristan glielo leggeva nello sguardo: dubbio, confusione, un inizio di paura. Il gladiatore si avventò di nuovo, questa volta urlando, come se il suono potesse uccidere l'avversario, visto che l'acciaio non ci riusciva. L'arakh falciò basso, alto, di nuovo basso.

Selmy bloccava i colpi alla testa, lasciando che l'armatura facesse il resto. Nel frattempo la sua lama squarciò la guancia del gladiatore dall'orecchio alla bocca, e poi tracciò un solco purpureo sul suo petto. Il sangue sgorgava dalle ferite di Khrazz. Questo parve solo inferocirlo ancora di più. Afferrò il braciere con la mano libera e lo rovesciò, scaraventando i tizzoni incandescenti ai piedi di Selmy. Ser Barristan li scavalcò. Khrazz falciò e riuscì a colpire ser Barristan al braccio, ma l'arakh poté solo scalfire lo smalto prima di incontrare l'acciaio sottostante.

«Nella fossa quel braccio te lo avrei staccato, vecchio.»

«Non siamo nella fossa.»

«*Togliti quell'armatura!*»

«Non è troppo tardi per gettare il tuo acciaio. Arrenditi.»

«Muori!» Khrazz sputò... ma quando sollevò in aria l'arakh, la punta si agganciò a uno degli arazzi e rimase impigliata. Ser Barristan non aspettava altro. Aprì il ventre del gladiatore, parò l'arakh che tornava a calare, poi finì con un affondo dritto al cuore di Khrazz, mentre le sue budella si rovesciavano fuori come un groviglio di viscide anguille.

Sangue e viscere lordarono i tappeti di seta del re. Selmy fece un passo indietro. La spada lunga che aveva in mano era rossa per metà. Qua e là i tappeti avevano cominciato a fumare, dove erano caduti alcuni dei carboni ardenti. Ser Barristan udì i singhiozzi della povera Qezza.

«Non temere» la rassicurò l'anziano cavaliere. «Non intendo farti alcun male, bambina. Voglio solamente il re.»

Ripulì la lama della spada su una tenda ed entrò nella stanza da letto, dove trovò Hizdahr zo Loraq, il quattordicesimo del suo nobile nome, nascosto dietro un arazzo.

«Risparmiami» piagnucolò il re. «Non voglio morire.»

«Pochi lo vogliono. Eppure muoiono comunque tutti.» Ser Barristan rinfoderò la spada e trascinò in piedi Hizdahr. «Vieni. Ti scorterò in una cella.» A quel punto, le Belve d'Ottone dovevano avere già disarmato Pelle d'acciaio. «Sarai tenuto prigioniero fino al ritorno della regina. Se non ci saranno prove contro di te, non ti faremo alcun male.»

Prese il re per un braccio e lo trascinò fuori dalla stanza da letto, sentendosi la testa stranamente leggera, come se fosse ubriaco. "Ero un cavaliere della Guardia reale. E adesso? Che cosa sono?"

Miklaz e Draqaz avevano portato il vino al re. Erano inchiodati sulla soglia, con le caraffe strette al petto, gli occhi sbarrati fissi sul cadavere di Khrazz. Qezza stava ancora piangendo, ma Jezhene sembrava riuscire a confortarla. Abbracciava la fanciulla più giovane, accarezzandole i capelli. Alcuni degli altri coppieri erano in piedi dietro di loro, a osservare la scena.

«Vo… vostra magnificenza» balbettò Miklaz «il nobile Reznak mo Reznak dice di dirti di venire subito.»

Il ragazzo si rivolgeva al re come se ser Barristan non fosse là, e nemmeno il morto, il cui sangue tingeva di rosso i tappeti di seta. "Secondo i piani, Skahaz avrebbe dovuto prendere Reznak in custodia fino a quando non fossimo stati certi della sua lealtà. Che qualcosa sia andato storto?"

«Venire dove?» chiese ser Barristan al ragazzo. «Dove vuole il siniscalco che sua grazia vada?»

«Fuori.» Miklaz parve accorgersi solo in quel momento della presenza di ser Barristan. «Fuori, ser. Sulla te… terrazza. A vedere.»

«Vedere cosa?»

«I d… draghi. I draghi sono stati liberati, ser.»

"Sette, salvateci tutti" pensò l'anziano cavaliere.

IL DOMATORE DI DRAGHI

La notte avanzò con passi lenti e tenebrosi. L'ora del pipistrello lasciò il posto all'ora dell'anguilla, e l'ora dell'anguilla all'ora degli spettri. Il principe giaceva a letto, con gli occhi fissi al soffitto, sognando a occhi aperti, ricordando, immaginando, rivoltandosi sotto la coperta di lino, con la mente agitata da pensieri di fuoco e di sangue.

Alla fine, non riuscendo a dormire, Quentyn Martell decise di salire nel suo solarium, dove si versò una coppa di vino che poi bevve nell'oscurità. Il sapore portò un dolce sollievo alla sua lingua, così accese una candela e si versò una seconda coppa. "Il vino mi aiuterà a dormire" disse a se stesso, anche se sapeva che era una bugia.

Rimase a lungo a fissare la candela, poi posò la coppa e mise il palmo sopra la fiamma. Dovette ricorrere a tutta la sua forza di volontà per abbassarla finché il fuoco non lambì la carne e, quando ciò accadde, tirò indietro la mano con un grido di dolore.

«Quentyn! Ma sei impazzito?»

"No, solo spaventato. Non voglio bruciare." «Gerris?»

«Ti ho sentito che camminavi.»

«Non riuscivo a dormire.»

«E le ustioni sono una cura per l'insonnia? Un po' di latte caldo e una ninna nanna ti aiuterebbero di più. O meglio ancora, posso accompagnarti al Tempio delle Grazie e cercarti una ragazza.»

«Una puttana, vuoi dire.»

«Qui le chiamano "grazie". Sono di diversi colori. Quelle rosse sono le uniche che scopano.» Gerris si sedette dall'altra parte del tavolo. «Anche le septa delle nostre parti dovrebbero adottare questa usanza, se vuoi sapere come la penso io. Hai notato che tutte le septa vecchie hanno un aspetto da prugne avvizzite? Quello è il risultato di una vita di castità.»

Quentyn spostò lo sguardo sulla terrazza, dove le ombre della notte sotto gli alberi erano più scure. Poteva udire il suono leggero dell'acqua che cadeva. «Sta piovendo? Le tue puttane se ne saranno andate.»

«Non tutte. Nei giardini del piacere ci sono delle piccole alcove, e ogni notte loro aspettano là dentro che un uomo vada a sceglierle. Quelle che non vengono scelte devono comunque restare là fino all'alba, sole e abbandonate. Le potremmo consolare.»

«Loro potrebbero consolare me, intendi dire.»

«Anche.»

«Non è il genere di consolazione che cerco.»

«Non sono d'accordo. Daenerys Targaryen non è l'unica donna al mondo. Vuoi dunque morire ancora verginello?»

Quentyn Martell non voleva morire e basta. "Voglio tornare a Yronwood e baciare le tue sorelle. Voglio sposare Gwyneth Yronwood, vedere la sua bellezza sbocciare, avere un bambino con lei. Voglio partecipare ai tornei, andare a caccia con il falcone, andare a trovare mia madre a Norvos, leggere alcuni dei libri che mi manda mio padre. Voglio che Cletus, Will e maestro Kedry siano ancora vivi." «Pensi che Daenerys sarebbe compiaciuta se sapesse che mi sono portato a letto una puttana?»

«Forse, sì. Agli uomini piacciono le fanciulle vergini, ma alle donne piacciono gli uomini che, una volta arrivati in camera da letto, sanno che cosa fare. È un altro genere di duello. Per diventare bravi bisogna esercitarsi.»

La battuta colpì nel segno. Quentyn non si era mai sentito così ragazzino come il giorno in cui si era trovato al cospetto di Daenerys Targaryen, chiedendo la sua mano. Il solo pensiero di andarci a letto lo terrorizzava, quasi quanto lo terrorizzavano i suoi draghi. E se non fosse riuscito a darle piacere?

«Daenerys ha un amante» rispose lui, sulle difensive. «Mio padre non mi ha mandato qui per farla divertire in camera da letto. Sai perché siamo venuti.»

«Non la puoi sposare. La regina ha già un marito.»

«Lei non ama Hizdahr zo Loraq.»

«Che cosa c'entra l'amore con il matrimonio? Un principe dovrebbe essere più assennato. Tuo padre si è sposato per amore, si dice. E quanta gioia ne ha avuto?»

"Poca o nessuna." Doran Martell e la sua consorte originaria di Norvos avevano trascorso metà del loro matrimonio separati e l'altra metà a litigare. Era stata l'unica decisione d'impulso che il principe di Dorne avesse mai preso, a quanto si diceva, l'unica volta che aveva seguito il cuore invece della testa, per poi pentirsene amaramente.

«Non tutti i rischi portano alla rovina» insisté Quentyn. «Questo è il mio dovere, questo è il mio destino.» "Tu dovresti essermi amico, Gerris. Perché continui a ridere delle mie speranze? Ho già abbastanza dubbi per conto mio, senza che anche tu ti metta a gettare olio sul fuoco delle mie paure." «Questa è la mia grande impresa.»

«Nelle grandi imprese gli uomini muoiono.»

Non aveva torto. Era così anche nelle storie. L'eroe parte con amici e compagni, affronta i pericoli e torna a casa vincitore. Solo che alcuni dei suoi compagni non tornano affatto. "L'eroe, però, non muore mai. E l'eroe devo essere io." «Devo solo avere un po' di coraggio. Vuoi che Dorne mi ricordi come un fallito?»

«Probabilmente Dorne non ricorderà a lungo nessuno di noi.»

Quentyn passò la lingua sul punto della mano ustionato. «Dorne ricorda ancora Aegon e le sue sorelle. I draghi non si dimenticano facilmente. Si ricorderanno anche di Daenerys.»

«Non se lei è morta.»

«È viva.» "Deve esserlo." «È dispersa, ma io la posso ritrovare.» "E allora, lei mi guarderà nello stesso modo in cui guarda il suo mercenario. Perché le avrò dimostrato di essere degno di lei."

«E come? A dorso di drago?»

«Cavalco da quando avevo sei anni.»

«E due o tre volte sei stato disarcionato.»

«Ma questo non mi ha mai impedito di rimontare in sella.»

«Non sei mai stato disarcionato da mille piedi d'altezza» incalzò Gerris. «E a quanto mi risulta i cavalli non trasformano i loro cavalieri in ossa annerite e ceneri.»

"Conosco i pericoli." «Non intendo più parlare di questo. Hai il mio permesso di ripartire, Gerris. Cercati una nave e torna a casa.» Il principe si alzò, soffiò sulla candela e s'infilò nel letto, tra le sue lenzuola madide di sudore. "Avrei dovuto baciare una delle gemelle Drinkwater, forse entrambe. Avrei dovuto baciarle finché ne avevo la possibilità. Sarei dovuto andare a Norvos a trovare mia madre, a vedere dove è nata, per farle comprendere che non mi sono dimenticato di lei." Udiva la pioggia fuori che batteva contro i mattoni esterni.

Quando l'ora del lupo li raggiunse, la pioggia continuava a cadere, come un torrente freddo che in poco tempo avrebbe trasformato le strade di Meereen in fiumi. I tre dorniani fecero colazione nell'aria gelida prima dell'alba: un pasto semplice di frutta, pane e formaggio, accompagnato da latte di capra. Quando Gerris fece per versarsi una coppa di vino, Quentyn lo fermò.

«Niente vino. Ci sarà tutto il tempo per bere più tardi.»

«Speriamo» rispose Gerris.

Il bestione guardò in direzione della terrazza. «Sapevo che sarebbe piovuto» disse in tono tetro. «La notte scorsa mi facevano male le ossa. Succede sempre così prima che piova. Ai draghi non piacerà. Fuoco e acqua non vanno d'accordo, si sa. Accendi un bel fuoco, lo alimenti come si deve, poi comincia a piovere e in un attimo la legna è fradicia e le fiamme sono morte.»

Gerris ridacchiò. «I draghi non sono fatti di legno, Arch.»

«Alcuni, sì. Il vecchio re Aegon, quello un po' balordo, per conquistarci costruì dei draghi di legno. Quella cosa, però, finì male.»

"Potrebbe finire male anche questa." Non erano certo le follie e i fallimenti di Aegon il Mediocre ad angustiare Quentyn, ma il principe era pieno di dubbi e di incertezze. Quello scambio di battute con i suoi amici gli fece solo venire il mal di testa. "Loro non capiscono. Saranno anche dorniani, ma io sono Dorne. A distanza di anni, quando sarò morto, questa sarà la canzone che comporranno su di me." Si alzò di colpo. «È ora.»

I suoi amici si alzarono. Ser Archibald Yronwood finì di bere il latte di capra e si pulì i folti baffi con il dorso della sua grande mano. «Vado a prendere i nostri costumi da guitti.»

Tornò con il mucchio di vestiti che il Principe Straccione aveva dato loro alla fine del secondo colloquio. In mezzo al resto, tre lunghi mantelli con il cappuccio fatti con una miriade di quadratini di stoffa cuciti insieme, tre randelli, tre spade corte, tre maschere d'ottone lucidato: un toro, un leone e un gorilla.

Tutto il necessario per diventare delle Belve d'Ottone.

«Potrebbero chiedervi la parola d'ordine» li aveva avvertiti il Principe Straccione, consegnando loro i vestiti. «È "cane".»

«Ne sei sicuro?» gli aveva chiesto Gerris.

«Abbastanza da scommetterci sopra una vita.»

Quentyn aveva colto l'allusione. «La mia.»

«Quella potrebbe essere una.»

«E come l'hai saputa?»

«Siamo incappati in alcune Belve d'Ottone e Meris l'ha chiesta loro gentilmente. Ma un principe sa che certe domande è meglio non farle. A Pentos abbiamo un proverbio: "Non domandare mai al fornaio che cosa ha messo nel pasticcio di carne: mangia e basta".»

"Mangia e basta." Doveva esserci una certa saggezza in questo, pensò Quentyn.

«Io faccio il toro» dichiarò Arch.

Quentyn gli passò la maschera da toro. «Per me il leone.»

«Per cui io sarò la scimmia.» Gerris si appoggiò la maschera da gorilla sulla faccia. «Ma come si fa a respirare qui dentro?»

«Indossala e basta.» Il principe non era in vena di scherzi.

In mezzo ai vestiti c'era anche una frusta, una semplice striscia di vecchio cuoio con un'impugnatura di osso e ottone, abbastanza resistente da spellare un bue.

«E quella?» disse Arch.

«Daenerys ha usato una frusta per tenere a bada il mostro nero.» Quentyn arrotolò la frusta e se la infilò nel cinturone. «Arch, porta anche la tua mazza da guerra. Potrebbe servirci.»

Non era facile entrare di notte nella Grande Piramide di Meereen. Ogni sera, al tramonto, le porte venivano chiuse e sbarrate, e così rimanevano fino all'alba. C'erano delle guardie a ogni ingresso, e altre che pattugliavano la terrazza più in basso, da dove si vedeva la strada. Prima quelle guardie erano degli Immacolati, adesso erano Belve d'Ottone. E questo avrebbe fatto la differenza, sperava Quentyn.

Il turno cambiava al sorgere del sole, ma mancava ancora mezz'ora all'alba quando i tre dorniani imboccarono le scale dei servi. I muri attorno a loro erano di mattoni di almeno cinquanta colori diversi, che le ombre però appiattivano in un grigio uniforme finché non venivano investiti dalla luce della torcia portata da Gerris. Nella lunga discesa non incontrarono nessuno. L'unico suono era il fruscio degli stivali sui mattoni consunti sotto i loro piedi.

L'ingresso principale della piramide si apriva sulla piazza centrale di Meereen, ma i dorniani si diressero verso un ingresso secondario in un vicolo laterale. Era uno degli accessi che un tempo usavano gli schiavi per sbrigare le faccende per conto dei loro padroni e da cui la gente comune e i mercanti entravano e uscivano e facevano le consegne.

Le porte erano di bronzo massiccio, sprangate da spesse sbarre di ferro. Davanti a esse c'erano due Belve d'Ottone, armate di randelli, lance e spade corte. La luce della torcia si rifletté sulle loro maschere d'ottone lucidato: un ratto e una volpe. Quentyn fece cenno al bestione di restare indietro, nell'ombra. Lui e Gerris avanzarono insieme.

«Siete in anticipo» disse la volpe.

Quentyn alzò le spalle. «Ce ne possiamo anche andare, se così vi aggrada. Potete fare voi il nostro turno.» Sapeva di non poter essere scambiato per un ghiscariano, ma metà delle Belve d'Ottone erano liberti di tutte le provenienze, per cui il suo accento non venne notato.

«Te lo puoi scordare» ritorse il ratto.

«La parola d'ordine di oggi» intimò la volpe.

«Cane» rispose Quentyn.

Le due Belve d'Ottone si scambiarono un'occhiata. Per alcuni interminabili istanti, Quentyn temette che ci fosse qualcosa che non andava, che per qualche motivo Meris la Bella e il Principe Straccione avessero avuto la parola sbagliata. Poi la volpe emise un grugnito.

«Cane, dunque» disse. «La porta è vostra.»

Quando si allontanarono, il principe riprese a respirare.

Non avevano molto tempo. Tra poco sarebbero arrivate di certo le vere guardie.

«Arch» chiamò Quentyn, e il bestione comparve: la luce della torcia si rifletteva sulla maschera da toro. «La sbarra, presto.»

La sbarra di ferro era spessa e pesante, ma ben oliata. Ser Archibald non ebbe problemi a sollevarla. Mentre la sistemava in verticale, Quentyn aprì le porte e Gerris passò per primo, facendo luce con la torcia. «Portatelo dentro. Fate in fretta.»

Il carro del macellaio era in attesa nel vicolo. Il conduttore diede un secco colpo di frusta al mulo e le ruote si misero rumorosamente in moto, i loro cerchi di ferro battevano contro i mattoni. Sul pianale c'erano un quarto di bue e le carcasse di due pecore. Sei figure entrarono a piedi. Cinque indossavano le maschere e i mantelli delle Belve d'Ottone. Meris la Bella, invece, non si era presa quel disturbo.

«Dov'è il tuo lord?» le chiese Quentyn.

«Io non ho nessun *lord*» rispose lei. «Se intendi il tuo amico principe, è qui vicino, con cinquanta uomini. Tu porta fuori il drago, che lui pensa al resto, come promesso. Qui è Caggo che ha il comando.»

Ser Archibald osservò il carro del macellaio con uno sguardo fosco. «Ma questo trabiccolo sarà in grado di reggere il peso di un drago?»

«Dovrebbe. Ha già trasportato due buoi.» Caggo l'Ammazza-cadavere era vestito da Belva d'Ottone: la sua faccia cosparsa di cicatrici era nascosta dietro una maschera da cobra, ma il famigerato arakh nero che portava al fianco non lasciava adito a dubbi. «Ci hanno detto che queste bestie sono più piccole del mostro nero della regina.»

«Stare in quel pozzo ha rallentato la loro crescita.» Quentyn aveva appreso dai libri che lo stesso era accaduto anche nei Sette

Regni. Nessuno dei draghi nati e cresciuti nel Pozzo del Drago di Approdo del Re era mai riuscito neppure ad avvicinarsi alle dimensioni di Vhagar o di Meraxes, men che meno a quelle del Terrore Nero, il mostro di re Aegon. «Avete portato abbastanza catene?»

«Quanti draghi hai?» chiese Meris la Bella. «Sotto la carne ne abbiamo per dieci draghi.»

«Molto bene.»

Quentyn Martell si sentiva la testa leggera. Niente gli sembrava reale. Un momento tutto pareva un gioco, il momento dopo un incubo, un brutto sogno in cui si era ritrovato ad aprire una porta, sapendo che dall'altra parte lo attendevano orrore e morte, eppure per qualche motivo non poteva fermarsi. Aveva i palmi delle mani madidi di sudore. Se li asciugò sulle gambe e disse: «Ci saranno altri uomini di guardia prima del pozzo».

«Lo sappiamo» rispose Gerris.

«Dobbiamo essere pronti ad affrontarli.»

«Lo siamo» rispose Arch.

Quentyn ebbe un crampo al ventre. All'improvviso, sentì l'impellente bisogno di sgombrarsi le viscere, ma sapeva di non potersi allontanare in un momento simile.

«Venite, da questa parte.» Poche volte si era sentito un ragazzino come allora. Eppure, lo seguirono: Gerris e il bestione, Meris, Caggo e gli altri mercenari della Compagnia del Vento. Due di loro avevano estratto delle balestre da qualche posto recondito del carro.

Oltre le stalle, il pianterreno della Grande Piramide diventava un labirinto, ma Quentyn Martell ci era già stato al fianco della regina e ricordava il percorso. Superarono tre enormi archi di mattoni, poi scesero una ripida rampa di pietra, passarono dalle segrete e dalle stanze di tortura, oltre un paio di profonde cisterne, anch'esse di pietra. I loro passi rimbombavano in echi ottusi, e il carro sferragliava dietro di loro. Il bestione staccò una torcia da una nicchia a parete per fare strada.

Alla fine, si trovarono davanti due pesanti porte di ferro corrose dalla ruggine e dall'aspetto sinistro, chiuse da una catena i cui anelli erano grossi quanto il braccio di un uomo. Le dimensioni e lo spessore di quelle porte erano tali che Quentyn Martell cominciò a dubitare dell'esito dell'impresa. Peggio ancora: i due battenti erano stati evidentemente ammaccati dall'interno, da qualcosa che aveva cercato di uscire. Il ferro massiccio risultava fessurato, spaccato in tre punti, e l'angolo superiore di sinistra della porta era parzialmente fuso.

A guardia delle porte c'erano quattro Belve d'Ottone. Tre di loro impugnavano lunghe lance. Il quarto, il sergente, era armato di spada corta e pugnale. La sua maschera riproduceva la testa di un basilisco. Gli altri tre indossavano maschere da insetti.

"Locuste" si rese conto Quentyn. «Cane» disse.

Il sergente si irrigidì.

Tanto bastò per dare a Quentyn Martell la certezza che c'era qualcosa che non andava. «Prendeteli» gorgogliò, mentre il basilisco cercava di estrarre la spada.

Il sergente fu veloce. Il bestione fu più veloce di lui. Scagliò la torcia contro la locusta più vicina e afferrò la mazza da guerra che portava appesa dietro la schiena. La lama del basilisco non era ancora uscita dal fodero di cuoio che il rostro della mazza da guerra si abbatté contro la sua tempia, sfondando l'esile strato di ottone della maschera e lacerando la carne e l'osso sotto di essa. Il sergente barcollò di mezzo passo prima che le sue ginocchia cedessero e il suo corpo crollasse a terra, scosso da sussulti grotteschi.

Quentyn guardava pietrificato, con il ventre in subbuglio. La sua lama era ancora nel fodero. Non aveva neppure fatto il gesto di estrarla. Lo sguardo era inchiodato sul sergente, sui suoi ultimi spasmi d'agonia. La torcia era caduta per terra, la fiamma languiva, generando una danza delle ombre simile a una mostruosa parodia degli spasmi dell'uomo morente. Il principe di Dorne non vide la picca della locusta che stava per colpirlo, finché Gerris non si avventò su di lui, scaraventandolo di lato. La punta sfiorò la guancia della testa di leone che indossava. Tuttavia, l'impatto fu talmente violento che per poco non gli portò via la maschera. "Mi avrebbe trafitto la gola da parte a parte" pensò il principe, confuso.

Gerris imprecò, mentre le locuste si chiudevano attorno a lui. Quentyn udì un rumore di piedi che corrono. Poi dei mercenari uscirono dalle ombre. Una delle locuste distolse lo sguardo per quell'attimo che bastò a Gerris per penetrare la sua guardia di lancia. Affondò la spada appena sotto il bordo inferiore della maschera, dritto in gola. La seconda locusta aveva già un dardo di balestra conficcato nel petto.

L'ultima locusta gettò la lancia. «Mi arrendo! Mi arrendo!»

«No, muori.» Caggo gli staccò la testa con un colpo di arakh; l'acciaio di Valyria squarciò carne, ossa e tendini come fossero grasso di maiale. «Troppo rumore» si lamentò l'Ammazzacadavere. «Chiunque con delle orecchie avrà udito.»

«Cane» ripeté Quentyn. «La parola d'ordine di oggi avrebbe dovuto essere "cane". Perché non ci hanno lasciato passare? Ci era stato detto…»

«Vi era stato detto che il vostro piano era una pazzia, te ne sei forse dimenticato?» lo interruppe Meris la Bella. «Ora fa' quello che sei venuto a fare.»

"I draghi" pensò il principe Quentyn. "Sì, siamo venuti qui per i draghi." Stava per sentirsi male. "Ma che cosa ci faccio qui? Padre, perché? Quattro uomini morti nel giro di poco, e per che cosa?" «Fuoco e sangue» sussurrò «fuoco e sangue...» Il sangue ai suoi piedi stava formando una pozza, infradiciando il pavimento di mattoni. E oltre quelle porte, c'era il fuoco. «Le catene... non abbiamo la chiave...»

Arch rispose: «Eccola qui, la chiave». Roteò la mazza da guerra con forza e rapidità. Quando i rostri colpirono il lucchetto ci fu un'esplosione di schegge. E poi ancora, ancora e ancora. Al quinto colpo, il lucchetto andò in pezzi e la catena scivolò via e cadde con uno sferragliare così assordante che Quentyn era certo che mezza piramide l'avesse sentito.

«Portate il carro» ordinò il principe. I draghi sarebbero stati più docili una volta nutriti. "Che s'ingozzino pure di montone arrostito."

Archibald Yronwood afferrò i battenti delle porte di ferro e li spalancò. I cardini arrugginiti emisero un paio di striduli lamenti, giusto per tutti quelli che non si erano svegliati mentre il lucchetto veniva schiantato. Un'ondata di calore torrido li investì, mescolato all'odore di cenere, zolfo e carne bruciata.

Oltre le porte era tutto nero, le cupi tenebre dello Stige sembravano vive e minacciose, affamate. Quentyn percepiva che nell'oscurità c'era qualcosa in attesa, in agguato. "Guerriero, concedimi il coraggio" pregò. Non avrebbe voluto farlo, ma ormai non aveva altra scelta. "Perché altrimenti Daenerys mi avrebbe mostrato i draghi? Vuole che io le dimostri il mio valore."

Gerris gli tese una torcia.

Varcò la soglia per primo.

"Quello verde è Rhaegal, quello bianco Viserion" rammentò a se stesso. "Chiamali per nome, da' loro degli ordini, parla in modo calmo ma deciso. Domali... come Daenerys ha domato Drogon nella fossa da combattimento." La fanciulla era da sola, avvolta in sete leggere, eppure non ha avuto paura. "Nemmeno io devo avere paura. Se c'è riuscita lei, posso riuscirci anch'io." L'importante è non mostrare di avere paura. "Gli animali riescono a fiutare la paura, e i draghi..." Ma lui che cosa ne sapeva dei draghi? "Che cosa ne sapevano gli altri dei draghi? Che sono scomparsi dalla faccia della terra oltre un secolo fa."

L'orlo del pozzo era proprio davanti a lui. Quentyn avanzò lentamente, muovendo la torcia da una parte e dall'altra. Le pareti, il pavimento e il soffitto bevevano la luce. "Sono come carbonizzati" notò Quentyn. "I mattoni sono diventati neri, ridotti in cenere." L'aria diventava a ogni passo più calda. Cominciò a sudare.

Davanti a lui spuntarono due occhi.

Erano di bronzo, più scintillanti degli scudi lucidati, resi incandescenti da un calore interno, fiammeggianti dietro il velo di fumo che saliva dalle narici del drago. La luce della torcia di Quentyn inondò scaglie color verde scuro, il verde del muschio nel profondo di una foresta al tramonto poco prima dello svanire dell'ultima luce del giorno. Poi il drago aprì le fauci, e luce e calore investirono tutti quanti. Dietro una palizzata di affilati denti neri, Quentyn intravide il bagliore della fornace, il barbaglio di un fuoco dormiente cento volte più luminoso della sua torcia. La testa del drago era più grossa di quella di un cavallo, e il collo sembrava allungarsi all'infinito, srotolandosi come un grande serpente verde, finché i due occhi di bronzo lo stavano osservando dall'alto in basso.

"Le sue scaglie sono verdi" pensò il principe. «Rhaegal» chiamò. La voce gli si impigliò nella gola, e uscì un verso roco. "Mi sto di nuovo trasformando in Ranocchio." «Cibo» gracidò, riscuotendosi. «Portate il cibo.»

Il bestione lo udì. Arch sollevò la carcassa di una delle pecore dal carro prendendola per le zampe, poi roteò su se stesso e la lanciò nel pozzo.

Rhaegal la prese al volo. Le sue fauci si aprirono, e scaturì una fiammata, una turbinante tempesta di fuoco arancione e giallo con striature verdi. La pecora bruciava ancora prima di iniziare a cadere. La carcassa fumante non arrivò neppure a toccare i mattoni, che già i denti del drago si erano serrati su di essa. Un nembo di fiamme l'avvolgeva. L'aria puzzava di lana bruciata e di zolfo. "Puzza di drago."

«Pensavo che fossero due» disse il bestione.

"Viserion. Sì. Dov'è Viserion?" Il principe abbassò la torcia, per cercare di illuminare l'oscurità sotto di loro. Vide il drago verde che faceva a brandelli la carcassa fumante della pecora, con la lunga coda che si spostava da una parte all'altra mentre mangiava. Attorno al collo, aveva uno spesso collare di ferro con attaccati tre piedi di catena spezzata. Altri anelli spezzati erano disseminati sul fondo del pozzo, tra le ossa carbonizzate: pezzi di metallo deformato, parzialmente fuso. "L'ultima volta che sono stato qui, Rhaegal era incatenato al pavimento e alle pareti" ricordò il principe "mentre Viserion era appeso al soffitto." Quentyn fece un passo indietro, sollevò la torcia, rovesciò la testa all'indietro.

All'inizio vide solo i mattoni anneriti delle arcate in alto, bruciati dal fuoco dei draghi. Un filo di cenere attirò il suo sguardo, tradendo una presenza. Qualcosa di pallido, mezzo nascosto, si agitava. "Si è scavato una tana" dedusse il principe. "Una grotta nei mattoni." Le fondazioni della Grande Piramide di Meereen erano spesse e massicce per reggere il peso dell'enorme struttura sovrastante; anche le pareti interne erano grosse tre volte le mura perimetrali di qualsiasi castello dell'Occidente. Ma Viserion era riuscito a scavarsi da solo al loro interno, con fuoco e artigli, una cavità abbastanza grande da dormirci dentro.

"E noi lo abbiamo appena svegliato." Quentyn vide qualcosa di simile a una specie di gigantesco serpente bianco che si srotolava nella cavità in alto, dove la parete s'incurvava diventando soffitto. Altra cenere scese fluttuando, poi cadde un frammento di mattoni sbriciolati. Il serpente si trasformò in un collo e una coda, poi apparve la testa del drago, con delle lunghe corna, e i suoi occhi scintillavano nelle tenebre come braci dorate. Le ali frusciarono, si allargarono.

Tutte le elaborate strategie nella mente di Quentyn Martell cessarono di esistere. Dietro di lui, udì Caggo l'Ammazzacadavere sbraitare ordini ai mercenari. "Le catene, sta facendo preparare le catene" pensò il principe dorniano. Il piano era di nutrire le bestie e poi di incatenarle mentre erano intorpidite dal cibo, proprio come aveva fatto la regina. Prendere un drago, o meglio entrambi.

«Altra carne» disse Quentyn. "Una volta che le bestie avranno mangiato, diventeranno più lente." Aveva visto che funzionava così con i serpenti di Dorne, ma qui, con quei mostri... «Portate...»

Viserion si lanciò giù dal soffitto, le pallide ali membranose si allargarono, si spalancarono. La catena spezzata che gli pendeva dal collo oscillava in modo incontrollato. Il getto di fuoco illuminò tutto il pozzo, pallido oro percorso da tentacoli rossi e arancioni, e l'aria stagnante esplose in una nube di cenere incandescente e zolfo, mentre le ali bianche battevano una volta, e poi ancora.

Una mano afferrò Quentyn per la spalla. La torcia gli cadde, rimbalzò sul pavimento, e poi volò nel pozzo, continuando ad ardere. Quentyn si ritrovò faccia a faccia con un gorilla di ottone. "Gerris."

«Quent! Non funzionerà! Sono troppo selvatici, sono...»

Il drago calò tra i dorniani e le porte di ferro con un ruggito pari a quello di cento leoni in corsa. La sua testa si mosse da una parte all'altra, scrutando gli intrusi: dorniani, mercenari, Caggo. Da ultimo, e più a lungo, il mostro fissò Meris la Bella, annusando.

"Donna" capì Quentyn. "Sa che è una femmina. Sta cercando Daenerys. Vuole sua madre, e non capisce perché non è qui."

Quentyn si liberò dalla presa di Gerris. «Viserion» chiamò. "Quello bianco è Viserion." Per un attimo temette di avere sbagliato. «Viserion» chiamò di nuovo, armeggiando con la frusta che aveva infilato nella cintura. "Daenerys ha domato il drago nero solo con la frusta. Devo fare lo stesso."

Il drago riconobbe il proprio nome. Voltò la testa, e per tre lunghi istanti il suo sguardo si fissò sul principe dorniano. Pallidi fuochi ardevano dietro le scintillanti daghe nere dei suoi denti. Gli occhi erano due laghi d'oro fuso, e dalle narici usciva del fumo.

«Giù» disse Quentyn. Poi tossì, tossì ancora.

L'aria era densa di fumo e la puzza di zolfo era soffocante.

Viserion perse interesse. Il drago si voltò di nuovo verso gli uomini della Compagnia del Vento, e guardò in direzione delle porte. Forse percepiva l'odore del sangue delle guardie morte, o la carne sul carro del macellaio. O forse, più semplicemente, aveva visto solo in quel momento che la via d'uscita era aperta.

Quentyn udì i mercenari urlare. Caggo voleva che venissero portate le catene, e Meris la Bella stava gridando a qualcuno di togliersi di mezzo. Il drago avanzò goffamente a terra, come un uomo che striscia sui gomiti e sulle ginocchia, molto più rapido di quello che il principe dorniano avrebbe immaginato. Quando i mercenari tardarono a farsi da parte, Viserion emise un secondo ruggito. Quentyn udì il raschiare della catena, poi il colpo secco di una balestra.

«No!» esclamò. «No, non fatelo! No!» ma era troppo tardi. "Che idiota!" fu l'unica cosa che riuscì a pensare, mentre il dardo colpiva di striscio il collo di Viserion e finiva nel pozzo. Una linea di fuoco balenò sulla sua scia: sangue di drago, oro e rosso scintillante.

L'uomo con la balestra stava cercando di caricare un altro dardo, quando le fauci di Viserion si chiusero attorno al suo collo. L'uomo indossava una maschera delle Belve d'Ottone: la temibile riproduzione di una tigre. Quando lasciò cadere l'arma e tentò di allargare le mascelle di Viserion, dalla bocca della tigre scaturì una fiammata. Gli occhi dell'uomo scoppiarono con un leggero schiocco. L'ottone attorno cominciò a colare. Il drago strappò un brandello di carne, la maggior parte del collo del mercenario, e deglutì, mentre il cadavere fiammeggiante crollava sui mattoni.

Gli altri mercenari batterono in ritirata. Era troppo perfino per lo stomaco di Meris la Bella. La testa con le corna di Viserion oscillò tra loro e la preda, ma un attimo dopo il mostro si dimenticò dei mercenari e chinò il collo per strappare un altro boccone dal cadavere. Questa volta la parte inferiore di una gamba.

Quentyn srotolò la frusta. «Viserion» chiamò, questa volta più forte. Ce la poteva fare, ce la doveva fare. Suo padre lo aveva mandato dall'altro capo del mondo per questo, non lo avrebbe deluso. «*VISERION!*»

Fece schioccare la frusta in aria, il suono secco riecheggiò dai muri anneriti.

La pallida testa si sollevò. I suoi grandi occhi dorati si strinsero. Viticci di fumo si levarono a spirale dalle narici del drago.

«Giù» comandò il principe. "Non devi fargli sentire l'odore della paura!" Ritirò la frusta e assestò un colpo di traverso sul muso del drago. Viserion sibilò.

Poi un vento torrido lo investì, Quentyn udì il suono di ali membranose, e l'aria si riempì di cenere e braci, un ruggito mostruoso riverberò contro i mattoni bruciati e tenebrosi. Egli sentì i suoi amici urlare selvaggiamente. Gerris gridò più volte il suo nome, e Arch Yronwood era come invasato: «Dietro di te! Dietro di te! *Dietro di te!*».

Quentyn si voltò, con il braccio sinistro alzato per proteggere gli occhi da quel vento da fornace. "Rhaegal" ricordò a se stesso. "Quello verde è Rhaegal!"

Quando sollevò la frusta, vide che era in fiamme. Anche la sua mano era in fiamme. Tutto il suo corpo era in fiamme.

"Oh" pensò, e poi cominciò a urlare.

«Lasciali morire» disse la regina Selyse.

Era la risposta che Jon Snow si attendeva. "Questa regina non finisce mai di deludermi." Ma per qualche motivo, quel pensiero non attenuò il colpo. «Vostra grazia» insisté Jon «ad Aspra Dimora migliaia di persone stanno morendo di fame. Ci sono tante donne…»

«… e bambini, sì. È molto triste.» La regina attirò a sé la figlia e la baciò sulla guancia. "Quella non intaccata dal morbo grigio" non poté fare a meno di notare Jon. «Siamo dolenti per quei piccoli sventurati, certo, ma dobbiamo essere pragmatici. Non abbiamo cibo per loro, e sono troppo giovani per aiutare il re mio marito in battaglia. Meglio che rinascano nella luce.»

Era solo un modo più gentile per dire "lasciali morire".

La stanza era affollata. La principessa Shireen era in piedi al fianco della madre, con Macchia seduto a gambe incrociate ai suoi piedi. Dietro alla regina incombeva ser Axell Florent. Melisandre di Asshai stava vicino al fuoco, il rubino che portava alla gola scintillava ogni volta che respirava. Anche la sacerdotessa rossa aveva suoi attendenti: lo scudiero Devan Seaworth e due degli armigeri lasciati dal re.

La scorta della regina Selyse era allineata lungo le pareti, scintillanti cavalieri bene in fila: ser Malegorn, ser Benethon, ser Narbert, ser Patrek, ser Dorden, ser Brus. Con tutti quei bruti assetati di sangue che ora infestavano il Castello Nero, Selyse si teneva vicino le sue spade giurate notte e giorno. Quando Tormund Veleno dei Giganti l'aveva saputo, aveva ringhiato: «Paura di essere presa e portata via, vero? Spero che tu non le abbia detto quanto è grosso il mio membro, Jon Snow, è una cosa che spaventa tutte le donne. Ho sempre voluto una donna con i baffi. *Haaar!*». Poi si era messo a ridere di gusto.

"Adesso non riderebbe."

Jon aveva sprecato abbastanza tempo. «Mi dispiace di avere importunato sua grazia. Saranno i guardiani della notte a occuparsi della questione.»

Le narici della regina si dilatarono. «Intendi comunque andare a cavallo fino ad Aspra Dimora. Te lo leggo in faccia. *Lasciali morire*, ho detto, ma tu insisterai comunque in questa follia. Non negarlo.»

«Devo fare ciò che ritengo giusto. Con tutto il rispetto, vostra grazia, la Barriera è mia, e anche questa decisione.»

«Certo» ammise Selyse «e tu ne risponderai al ritorno del re. E così anche delle altre decisioni che hai preso, temo. Ma vedo che sei sordo al buonsenso. Fa' ciò che devi.»

Fu ser Malegorn a parlare. «Lord Snow, chi guiderà questa spedizione?»

«Ti stai forse offrendo volontario, ser?»

«Ho l'aspetto così da stolto?»

Macchia balzò in piedi. «La guido io!» Le campanelle sul suo cappello tintinnarono allegramente. «Marceremo dentro il mare e poi di nuovo fuori dal mare. Sotto le onde, cavalcheremo i cavallucci marini, e le sirene soffieranno nelle conchiglie per annunciare il nostro arrivo, oh oh oh.»

Tutti risero. Perfino la regina Selyse si permise un accenno di sorriso.

Jon era molto meno divertito. «Non chiederò ai miei uomini di fare qualcosa che io stesso non farei. Sarò quindi io a guidare la spedizione.»

«Che valoroso» esclamò la regina. «Approviamo. In futuro un bardo comporrà su di te una canzone gloriosa, non ne dubito. Quanto a noi, avremo un lord comandante più prudente.» Bevve un sorso di vino. «E ora, parliamo d'altro. Axell, porta qui il re bruto, per cortesia.»

«Subito, vostra grazia.» Ser Axell uscì da una porta e ritornò un attimo dopo con Gerrick Sanguereale. «Gerrick della Casa Barbarossa» annunciò. «Re dei bruti.»

Gerrick Sanguereale era un uomo alto, con le gambe lunghe e le spalle ampie. La regina, a quanto pareva, lo aveva vestito con dei vecchi abiti del re Stannis. Ripulito e ben pettinato, con del velluto verde e una corta mantella di ermellino, i lunghi capelli rossi appena lavati e la barba spuntata, il bruto sembrava in tutto e per tutto un lord del Sud. "Potrebbe camminare tranquillamente nella sala del trono di Approdo del Re, e nessuno batterebbe ciglio" rifletté Jon.

«Gerrick è per diritto il vero re dei bruti» dichiarò la regina «discendente tramite una linea maschile ininterrotta del loro grande re Raymun Barbarossa, mentre l'usurpatore Mance Rayder è stato generato da una donna del volgo e uno dei vostri confratelli in nero.»

"No" avrebbe potuto rispondere Jon. "Gerrick è discendente di un fratello minore di Raymun Barbarossa." Per il popolo libero, questo contava quanto discendere dal cavallo di Raymun Barbarossa. "Non sanno niente, Ygritte. E, peggio ancora, non impareranno."

«Gerrick ha graziosamente acconsentito a concedere la mano di sua figlia maggiore al mio amato Axell, per essere uniti nel sacro vincolo del matrimonio dal Signore della Luce» continuò la regina Selyse. «Quel giorno andranno spose anche le altre sue figlie: la secondogenita a ser Brus Buckler e la più giovane a ser Malegorn di Redpool.»

«Miei ser.» Jon chinò la testa agli uomini appena nominati. «Possiate trovare la felicità al fianco delle vostre promesse spose.»

«Sotto il mare, gli uomini sposano i pesci.» Macchia eseguì qualche passo di danza, facendo tintinnare le sue campanelle. «È così, oh, sì, sì.»

La regina Selyse si irrigidì. «Organizzare quattro matrimoni invece di tre fa poca differenza. È tempo che quella donna, Val, si sistemi, lord Snow. Pertanto ho deciso che vada in sposa al mio valente e leale cavaliere ser Patrek della Montagna del Re.»

«Val ne è al corrente, vostra grazia?» chiese Jon. «Nel popolo libero, quando un uomo desidera una donna la ruba, dando così prova della propria forza, della propria astuzia e del proprio coraggio. Se il pretendente viene colto sul fatto dai consanguinei della donna, rischia un duro pestaggio, e ancora peggio se la donna stessa lo ritenesse non adatto a lei.»

«Un'usanza da selvaggi» sentenziò ser Axell.

Ser Patrek si limitò a ridacchiare. «Nessun uomo ha mai avuto motivo di mettere in discussione il mio coraggio. E nessuna donna mai l'avrà.»

La regina Selyse protese le labbra. «Lord Snow, dal momento che lady Val ignora le nostre usanze, ti prego di mandarla cortesemente da me, affinché possa istruirla sui doveri di una lady nei confronti del lord suo marito.»

"Sarà un vero successo, lo sento." Jon si domandò se la regina sarebbe stata altrettanto pronta a far sposare Val a uno dei suoi cavalieri, se avesse saputo quello che lei pensava della principessa Shireen. «Come tu desideri» disse «però, se ho licenza di parlare liberamente...»

«No, grazie. Hai licenza di andartene.»

Jon Snow piegò il ginocchio, chinò il capo e si ritirò.

Fece gli scalini due alla volta, rivolgendo un cenno alle guardie della regina man mano che scendeva. Sua grazia aveva messo degli uomini a ogni pianerottolo, perché la proteggessero dai bruti assassini.

A metà della discesa, una voce lo chiamò dall'alto. «Jon Snow.» Jon si voltò. «Lady Melisandre.»

«Dobbiamo parlare.»

«Ah, sì?» "Penso di no." «Mia lady, il dovere mi attende.»

«È precisamente di quello che vorrei parlarti.» La Donna Rossa scese le scale, le sue gonne scarlatte frusciavano sui gradini. Melisandre pareva quasi fluttuare. «Dov'è il tuo meta-lupo?»

«Nei miei alloggi, che dorme. Sua grazia non ammette Spettro alla sua presenza: dice che spaventa la principessa. E finché Borroq e il suo cinghiale resteranno al Castello Nero, io non oso lasciarlo andare in giro.» Quando i carri che avevano trasportato il clan di Devyn Scuoiatore di Foche a Guardia Verde fossero rientrati, il metamorfo avrebbe accompagnato Soren Spezzascudi a Porta di Pietra. Fino ad allora, Borroq alloggiava in una delle vecchie tombe vicino al terreno di sepoltura del castello. Sembrava preferire la compagnia degli uomini defunti a quella dei vivi, e il suo cinghiale doveva essere ben contento di aggirarsi tra le tombe, a prudente distanza dagli altri animali. «Quel cinghiale ha le dimensioni di un toro, e zanne lunghe come spade. Se Spettro fosse libero, lo andrebbe a cercare, e uno dei due, oppure entrambi, non sopravviverebbe allo scontro.»

«Borroq è l'ultimo dei tuoi problemi. Questa spedizione...»

«Una tua parola potrebbe far cambiare parere alla regina.»

«Ma Selyse ha ragione, lord Snow. *Lasciali morire.* Non puoi salvarli. Le tue navi sono perdute...»

«Ne rimangono sei. Più di metà della flotta.»

«Le tue navi sono perdute. *Tutte.* Nessuno farà ritorno. L'ho visto nelle mie fiamme.»

«Si sa che le tue fiamme mentono.»

«Ho commesso degli errori, l'ho anche ammesso, ma...»

«Una ragazza grigia su un cavallo moribondo. Pugnali nel buio. Un principe in ascesa, nato tra il fumo e il sale. A me sembra, mia lady, che tu abbia commesso *solo* errori. Dov'è Stannis? Dove sono Rattleshirt e le sue mogli di lancia? *Dov'è mia sorella?*»

«Tutte le tue domande troveranno risposta. Osserva i cieli, lord Snow. E quando avrai le risposte, chiamami. L'inverno ormai è quasi arrivato, e io sono la tua unica speranza.»

«Una speranza da stolti.» Jon le voltò le spalle e se ne andò.

Cinghia stava pattugliando lo spiazzo esterno. «Toregg è tornato» annunciò, quando apparve Jon. «Suo padre ha sistemato la loro gente a Scudo di Quercia, e questo pomeriggio tornerà con ottanta uomini combattenti. Che cos'ha detto la regina barbuta?»

«Sua grazia non può fornire nessun aiuto.»

«È troppo impegnata a strapparsi i peli dal mento, vero?» Cinghia sputò. «Non importa. Gli uomini di Tormund e i nostri saranno abbastanza.»

"Forse per arrivare là." Quello che preoccupava Jon Snow, però, era il viaggio di ritorno. Rientrando, sarebbero stati rallentati da migliaia del popolo libero, molti dei quali ammalati e denutriti. "Un fiume umano, che si muove ancora più lentamente di un fiume di ghiaccio." Questo li avrebbe resi vulnerabili. "Cose morte nelle foreste. Cose morte in acqua."

«Quanti uomini sono abbastanza?» chiese a Cinghia. «Cento? Duecento? Cinquecento? Mille?» "Devo prendere con me più uomini, oppure meno?" Un contingente piccolo avrebbe raggiunto Aspra Dimora più in fretta… ma a che cosa servivano delle spade senza il cibo? Madre Talpa e la sua gente era già arrivati al punto di mangiare i propri morti. Per sfamarli, Jon avrebbe dovuto portare carri e carriaggi, più gli animali da soma per trainarli: cavalli, buoi, cani. Invece di volare attraverso le foreste, sarebbero stati costretti a strisciare.

«Ci sono ancora molte cose da decidere» riprese Jon. «Diffondi la notizia. Voglio tutti gli uomini in comando riuniti nella Sala degli Scudi quando inizia il turno di guardia serale. Per allora, Tormund dovrebbe essere arrivato. Dove posso trovare Toregg?»

«Col piccolo mostro, quasi di certo. Gli piace una di quelle che allattano, ho sentito dire.»

"A lui piace Val. Sua sorella era una regina, perché quindi non lei?" Un tempo, Tormund aveva pensato di proclamarsi Re oltre la Barriera, questo prima che Mance si rivelasse migliore di lui. Toregg l'Alto poteva benissimo accarezzare il medesimo sogno. "Sarebbe di certo meglio lui che non quel guitto di Gerrick Sanguereale."

«Lasciamoli in pace. Con Toregg posso parlare più tardi.» Jon diede un'occhiata oltre la Torre del Re. La Barriera era di un bianco opaco, il cielo al di sopra appariva ancora più bianco. "Un cielo da neve." «Preghiamo solo che non arrivi un'altra tormenta.»

Fuori dell'armeria, Mully e la Pulce montavano la guardia intirizziti dal freddo.

«Ma perché non state dentro, al riparo da questo vento?» chiese loro Jon.

«Ci piacerebbe, mio lord» disse Fulk la Pulce «ma oggi il tuo lupo non è in vena di compagnia.»

«Ha anche provato a mordermi» aggiunse Mully.

«*Spettro?*» Jon era stupito.

«A meno che sua signoria non abbia un altro lupo albino, *aye*. Non l'ho mai visto così, milord. Così selvaggio, intendo.»

Non aveva torto, come Jon stesso scoprì quando entrò. Il grande lupo albino non stava mai fermo. Passeggiava da un capo all'altro dell'armeria, fino alla forgia spenta e di nuovo indietro.

«Spettro, tranquillo» chiamò Jon. «Giù. Seduto, Spettro. *Giù.*» Quando cercò di toccarlo, il lupo drizzò il pelo e snudò le zanne. "È quel dannato cinghiale: Spettro sente il suo odore."

Anche il corvo di Mormont pareva agitato. «*Snow*» continuava a gracchiare. «*Snow, snow, snow.*» Jon lo scacciò, ordinò a Satin di accendere il fuoco, poi gli disse di andare a chiamare Bowen Marsh e Othell Yarwick. «E porta anche una caraffa di vino speziato.»

«Tre coppe, mio lord?»

«Sei. Mully e la Pulce hanno bisogno di qualcosa di caldo. E anche tu.»

Quando Satin se ne andò, Jon si sedette a dare un'altra occhiata alle mappe delle terre a nord della Barriera. La via più breve per raggiungere Aspra Dimora era lungo la costa… dal Forte Orientale. Vicino al mare, le foreste erano più rade, il terreno quasi pianeggiante, ondeggianti colline e acquitrini salati. E quando si scatenavano le tempeste autunnali, sulla costa cadeva pioggia gelata e grandine invece che neve. "Al Forte Orientale ci sono i giganti, e Cinghia sostiene che alcuni di loro potrebbero esserci d'aiuto." Dal Castello Nero, invece, il percorso era più difficile, proprio nel mezzo della Foresta Stregata. "Se la neve è così alta alla Barriera, lì quanto sarà?"

Marsh entrò col naso gocciolante, Yarwick tetro. «Un'altra tormenta» annunciò il Primo Costruttore. «Come facciamo a lavorare con questo tempo? Mi servono altri costruttori.»

«Usa il popolo libero» disse Jon.

Yarwick scosse la testa. «Quelli fanno più guai che altro. Pasticcioni, pigri, distratti… qualche buon lavoratore si trova anche, non dico di no, ma mattonieri quasi nessuno, e men che meno fabbri. Hanno schiene robuste, ma non fanno quello che gli si chiede. E noi abbiamo tutte queste rovine da rendere di nuovo abitabili. Non ce la si può fare, mio lord, lascia che te lo dica. È la verità. Non ce la si può fare.»

«Invece bisogna farcela» insisté Jon «altrimenti quella gente vivrà nelle rovine.»

Un comandante aveva bisogno di avere accanto uomini su cui poter contare per un onesto consiglio. Marsh e Yarwick non erano certo dei leccapiedi, e questo andava bene... ma raramente gli erano di aiuto. Sempre più spesso, Jon sapeva in anticipo quello che gli avrebbero risposto.

Specialmente per quanto riguardava il popolo libero, dove la loro disapprovazione arrivava fino al midollo. Quando Jon aveva deciso di mandare Soren Spezzascudi a Porta di Pietra, Yarwick si era lamentato che era troppo isolato. Come potevano sapere quali malefatte Soren avrebbe perpetrato, da solo tra quelle colline? Quando aveva affidato Scudo di Quercia a Tormund Veleno dei Giganti e Porta della Regina a Morna Maschera Bianca, Marsh aveva obiettato che con quella scelta il Castello Nero si trovava stretto fra due avversari in grado di tagliarlo facilmente fuori dal resto della Barriera. Riguardo a Borroq, secondo Othell Yarwick i boschi a nord di Porta di Pietra erano pieni di cinghiali selvatici. Come facevano a essere certi che il metamorfo non avrebbe messo assieme un esercito di maiali?

Collina Bianca e Porta della Brina erano ancora senza guarnigioni, così Jon aveva chiesto quali dei capi bruti e dei signori della guerra restanti, a loro parere, sarebbero stati più adatti ad assumerne il comando.

«Abbiamo Brogg, Gavin il Mercante, il Grande Tricheco... Howd il Viandante sta per conto suo, dice Tormund, ma ci sono ancora Harle il Cacciatore, Harle il Bello, Doss il Cieco... Ygon Vecchiopadre ha un suo seguito, anche se per lo più sono figli e nipoti. Quali di questi...»

«Nessuno» aveva tagliato corto Bowen Marsh. «So quello che hanno fatto questi uomini. Dovremmo mettere loro un cappio al collo, non affidargli i nostri castelli.»

«*Aye*» Othell Yarwick aveva approvato. «Male, peggio e pessimo sono una ben misera scelta. È come se il mio lord ci mettesse davanti un branco di lupi, chiedendo di indicargli da quale di loro farci azzannare.»

Era lo stesso anche con Aspra Dimora. Satin versò da bere mentre Jon riferiva del suo incontro con la regina. Marsh ascoltò attentamente, ignorando il vino speziato, invece Yarwick si scolò subito una coppa e poi un'altra. Ma appena Jon finì, il lord attendente disse: «Sua grazia è saggia. Lasciamoli morire».

Jon si appoggiò allo schienale. «È l'unico consiglio che hai da darmi, mio lord? Tormund sta portando qui ottanta uomini. Quanti ne dovremmo mandare? Dovremmo chiedere aiuto anche ai giganti? Alle mogli di lancia di Lungo Tumulo? Portare con noi delle donne, potrebbe facilitare le cose con la gente di Madre Talpa.»

«E allora manda le donne, manda i giganti, manda gli infanti. È questa la risposta che il mio lord preferisce sentire?» Bowen Marsh si grattò la cicatrice sul mento, ricordo del Ponte dei Teschi. «Manda tutti. Più ne perdiamo, meno bocche avremo da sfamare.»

Yarwick non gli fu di maggiore aiuto. «Se i bruti di Aspra Dimora devono essere salvati, lascia che siano i bruti a soccorrerli. Tormund conosce la strada. A sentire lui, può salvarli tutti da solo con quel suo membro enorme.»

"Discutere così è inutile" capì Jon. "Inutile, insensato, indegno." «Grazie dei vostri suggerimenti, miei lord.»

Satin li aiutò a rimettersi i mantelli. Mentre attraversavano l'armeria, Spettro li annusò, con la coda dritta e il pelo irto. "I miei confratelli." I guardiani della notte avevano bisogno di comandanti con la saggezza del maestro Aemon, l'erudizione di Samwell Tarly, il coraggio di Qhorin il Monco, la caparbietà del Vecchio Orso, la compassione di Donal Noye. E invece, la confraternita aveva loro.

Fuori, la neve cadeva fitta.

«Vento da sud» osservò Yarwick. «Sta trasportando la neve proprio contro la Barriera. Vedi?»

Aveva ragione. Le rampe di scale verso la sommità della muraglia erano sepolte fino al primo ballatoio, constatò Jon, e le porte di legno delle celle di ghiaccio e dei magazzini erano scomparse dietro una muraglia bianca. «Quanti uomini abbiamo rinchiusi nelle celle di ghiaccio?» domandò a Bowen Marsh.

«Quattro vivi e due morti.»

"I cadaveri." Jon se n'era quasi dimenticato. Sperava di poter scoprire qualcosa dai corpi che aveva portato indietro dalla radura degli alberi-diga, ma gli uomini morti erano rimasti caparbiamente morti. «Dobbiamo disseppellire quelle celle.»

«Dieci attendenti e dieci pale dovrebbero bastare» valutò Marsh.

«Usate anche Wun Wun.»

«Come tu comandi.»

Dieci attendenti e un gigante rimossero rapidamente i tumuli di neve, ma anche dopo che le porte furono sgombrate, Jon non era soddisfatto. «Domani mattina quelle celle saranno sepolte di nuovo. Dovremmo spostare i prigionieri prima che soffochino.»

«Anche Karstark, milord?» chiese Fulk la Pulce. «Quello non lo possiamo lasciare a tremare fino a primavera?»

«Mi piacerebbe tanto.»

Cregan Karstark aveva preso l'abitudine di ululare nel cuore della notte, gettando feci congelate contro chi gli portava da mangiare. Un'abitudine che non lo aveva certo reso il beniamino delle guardie.

«Portatelo nella Torre del Lord comandante. Nella cripta inferiore.»

Pur essendo in parte crollato, l'antico alloggio del Vecchio Orso sarebbe stato comunque più caldo delle celle di ghiaccio. E i suoi scantinati erano sostanzialmente intatti.

Quando le guardie aprirono la porta e lo afferrarono, Cregan Karstark diede calci e spintoni, e si contorse, cercando di mordere. Ma il freddo lo aveva indebolito, e gli uomini di Jon erano più grossi, più giovani e più robusti. Lo portarono fuori mentre continuava a lottare e lo trascinarono nella sua nuova dimora attraversando la neve alta fino alla coscia.

«Che cosa il lord comandante desidera che facciamo dei suoi cadaveri?» chiese Marsh una volta che i vivi erano stati spostati.

«Lasciateli lì dove sono.»

Se la tormenta li avesse sepolti, tanto meglio. Alla fine, Jon avrebbe dovuto bruciarli, non c'erano dubbi, ma per il momento erano legati con catene di ferro in quelle segrete di ghiaccio. Questo, e il fatto di essere morti, avrebbe dovuto bastare a renderli inoffensivi.

Tormund Veleno dei Giganti arrivò puntuale, con grande strepito, insieme ai suoi guerrieri, giusto quando si era finito di scavare. Solo cinquanta, invece degli ottanta uomini che Toregg aveva promesso a Cinghia, ma non per niente Tormund era chiamato anche il Grande Affabulatore. Il capo bruto arrivò rosso in faccia, chiedendo a gran voce un corno di birra e qualcosa di caldo da mangiare. Aveva il ghiaccio nella barba e anche sui baffi.

Qualcuno aveva già riferito a Pugno di Tuono di Gerrick Sanguereale, e del suo nuovo aspetto. «Re dei bruti?» ruggì Tormund. «*Haaar!* Re del mio Peloso Buco del Culo!»

«Comunque il portamento regale ce l'ha» disse Jon.

«Ha un piccolo cazzo rosso come i suoi capelli del cazzo, ecco che cos'ha! Raymun Barbarossa e i suoi figli sono morti a Lago Lungo, grazie ai tuoi fottuti Stark e al Gigante Ubriaco. Non, però, il fratello minore. Ti sei mai chiesto perché lo chiamavano il Corvo Rosso?» La bocca di Tormund si aprì in un sogghigno dai denti mancanti. «È stato il primo a volarsene via dalla battaglia, poi ci hanno scritto sopra anche una canzone.» Si pulì il naso. «Se i cavalieri della regina vogliono quelle sue ragazze, be', facciano pure.»

«*Ragazze*» gracchiò il corvo di Mormont. «*Ragazze, ragazze.*»

Questo suscitò un altro scoppio di ilarità di Tormund. «Ecco un uccello di buonsenso. Quanto vuoi per vendermelo, Snow? Io ti ho dato un figlio, il minimo che potresti fare è darmi in cambio quel pennuto.»

«Te lo darei anche» ribatté Jon «ma so che finiresti per mangiartelo.»

Tormund esplose in un'altra risata.

«*Mangiare*» ripeté cupamente il corvo, battendo le sue nere ali. «*Grano? Grano? Grano?*»

«Dobbiamo parlare della spedizione» riprese Jon. «Voglio che siamo dello stesso parere quando ci riuniremo nella Sala degli Scudi, noi...» S'interruppe quando Mully fece capolino dalla porta, con espressione cupa, annunciando che Clydas aveva portato un messaggio.

«Digli di consegnarlo a te, lo leggerò più tardi.»

«Come tu dici, milord, solo... Clydas non sembra più lui... è più bianco che rosa, non so se mi spiego... e trema tutto.»

«Ali oscure, oscure parole» borbottò Tormund «Non è così che dite voialtri genuflessi?»

«Diciamo anche: "Salassati con il raffreddore, ma banchetta con la febbre".» gli rispose Jon. «E: "Mai bere con i dorniani quando c'è la luna piena". Diciamo una quantità di cose.»

Mully diede il suo contributo. «La mia nonna materna ripeteva sempre: "Le amicizie estive si sciolgono come la neve d'estate, invece quelle invernali restano per sempre".»

«Direi che come saggezza, al momento, può bastare» disse Jon Snow. «Fa' entrare Clydas, per cortesia.»

Mully aveva ragione: l'anziano attendente tremava tutto, il suo volto era pallido come la neve. «Sarò anche sciocco, lord comandante, ma... questa lettera mi spaventa. Vedi?»

"Bastardo" era l'unica parola scritta all'esterno del rotolo. Non "lord Snow" né "lord comandante". Semplicemente "Bastardo". E il messaggio era chiuso da uno sgorbio di ceralacca rosa sporco.

«Hai fatto bene a venire subito» disse Jon. "E fai bene ad avere paura." Spezzò il sigillo, appiattì il rotolo e lesse.

Il tuo falso re è morto, bastardo. Lui e tutto il suo esercito sono stati annientati in sette giorni di combattimento. Ho la sua spada magica. Dillo alla sua puttana rossa.

Anche gli amici del tuo falso re sono morti. Le loro teste mozzate sono sulle mura di Grande Inverno. Vieni a vederle, bastardo. Il tuo falso re mentiva, e anche tu. Hai detto al mondo di avere bruciato il Re oltre la Barriera. Invece lo hai mandato a Grande Inverno a rubare la mia sposa.

La voglio indietro. Se vuoi riavere Mance Rayder, vieni a prenderlo. L'ho messo in una gabbia, in modo che tutto il Nord lo possa vedere, a riprova delle tue menzogne. La gabbia è fredda, ma gli ho fatto cucire un mantello caldo con le pelli delle sei puttane che sono venute con lui a Grande Inverno.

Voglio indietro la mia sposa. Voglio la regina del falso re. Voglio sua figlia e la sua strega rossa. Voglio la sua principessa dei bruti. Voglio il suo piccolo principe, l'infante bruto. E voglio il mio Reek. Se me li rimandi tutti, bastardo, non darò fastidi né a te né ai tuoi corvi neri. Altrimenti vengo a strapparti il tuo cuore bastardo e me lo mangio.

Era firmato: Ramsay Bolton, vero lord di Grande Inverno.

«Snow?» disse Tormund Veleno dei Giganti. «Hai una faccia come se la testa del tuo maledetto padre fosse appena rotolata fuori da quella pergamena.»

Jon Snow non rispose subito. «Mully, aiuta Clydas a rientrare nei suoi alloggi» disse alla fine. «La notte è buia, e la neve rende i camminamenti scivolosi. Satin, va' anche tu con loro.» Tese il rotolo a Tormund Veleno dei Giganti. «Ecco, leggi tu stesso.»

Il capo bruto diede un'occhiata dubbiosa al messaggio e glielo restituì. «Ha un brutto aspetto, ma… Tormund Pugno di Tuono ha avuto di meglio da fare che non permettere a degli scritti di parlargli. Non hanno mai niente di buono da dire, o forse sbaglio?»

«Spesso è così» ammise Jon Snow. "Ali oscure, oscure parole." Forse, in quei detti antichi c'era più verità di quello che pensava. «È stato inviato da Ramsay Bolton. Ti leggo che cosa dice.»

Quando ebbe finito, Tormund emise un fischio. «È un vero infame. Ma che cos'è quella storia di Mance? Ce l'ha quindi lui, dentro una gabbia? Ma come è possibile, se centinaia di persone hanno visto la tua strega rossa che lo bruciava?»

"Quello era Rattleshirt" stava per dire Jon. "È stata stregoneria. Un sortilegio, lo ha chiamato Melisandre." «"Osserva i cieli" ha detto la Donna Rossa…» Posò la lettera. «Un corvo nella tempesta. Lei lo ha visto arrivare.» "E quando avrai le risposte, chiamami."

«Ma forse è tutto un otre di menzogne» Tormund si grattò il mento sotto la barba. «Se mi dai una bella piuma d'oca e una boccetta d'inchiostro dei maestri, gli scrivo che il mio uccello è lungo e grosso quanto un braccio, facciamo così.»

«È in possesso di Portatrice di luce. Parla di teste mozzate sulle mura di Grande Inverno. Sa delle mogli di lancia e conosce il loro numero." "Sa di Mance Rayder." «No. C'è del vero nelle sue parole.»

«Non volevo dire che ti sbagliavi. Che cosa pensi di fare, corvo?»

Jon contrasse le dita della mano della spada. "I guardiani della notte non prendono parte alcuna." Richiuse il pugno e lo aprì di nuovo. "Ciò che proponi non è niente meno che tradimento." Pensò a Robb, con i fiocchi di neve che gli si scioglievano tra i capelli. "Uccidi il ragazzo e permetti all'uomo di nascere." Pensò a Bran, mentre scalava un torrione, agile come una scimmia. Pensò al piccolo Rickon, a quando rideva fino a rimanere senza fiato. Pensò a Sansa, la rivide accarezzare Lady mormorando una canzone. "Tu non sai niente, Jon Snow." Pensò ad Arya, ai suoi capelli arruffati come un nido d'uccello. "Gli ho fatto cucire un mantello caldo con le pelli delle sei puttane che sono venute con lui a Grande Inverno... Voglio indietro la mia sposa... Voglio indietro la mia sposa... Voglio indietro la mia sposa."

«Penso che dovremo cambiare i nostri piani» disse Jon Snow.

Parlarono per quasi due ore.

Intanto, davanti alla porta dell'armeria, Cavallo e Rory avevano dato il cambio della guardia a Mully e alla Pulce.

«Con me» Jon disse loro, quando fu giunta l'ora.

Sarebbe andato anche Spettro, ma appena fece per seguirli, Jon lo prese per la collottola e lo trascinò di nuovo dentro. Alla riunione nella Sala degli Scudi avrebbe potuto esserci anche Borroq. L'ultima cosa di cui Jon Snow aveva bisogno in quel momento era che il meta-lupo sbranasse il cinghiale del metamorfo.

La Sala degli Scudi era una delle parti più antiche del Castello Nero: una lunga sala di pietra scura attraversata da correnti d'aria gelida, con le travature di quercia annerite dal fumo di secoli. All'epoca in cui i guardiani della notte erano molto più numerosi, sulle sue pareti erano allineati scudi di legno dai vivaci colori. Allora come ora, quando un cavaliere entrava nella confraternita, per tradizione abbandonava le proprie insegne per prendere l'anonimo scudo nero della fratellanza. Tutti quegli emblemi inutilizzati venivano appesi nella Sala degli Scudi.

Centinaia di cavalieri significavano centinaia di scudi. Falchi e aquile, draghi e grifoni, soli e cervi, lupi e draghi a due zampe, manticore, tori, alberi e fiori, arpe, lance, granchi e piovre, leoni rossi, leoni dorati e leoni maculati, gufi, agnelli, sirene e tritoni, stalloni, stelle, secchi e fibbie, uomini scuoiati, uomini impiccati e uomini bruciati, asce, spade lunghe, tartarughe, unicorni, orsi, penne d'oca, ragni, serpenti e scorpioni, e cento altri simboli araldici avevano adornato le pareti della Sala degli Scudi, esibendo più colori di qualsiasi arcobaleno.

Ma quando uno di quei cavalieri moriva, il suo scudo veniva tolto, per poter essere deposto con lui sulla pira funeraria o nella tomba. Con l'andare del tempo, sempre meno cavalieri erano entrati nella confraternita. E alla fine arrivò il giorno in cui non ebbe più senso per i cavalieri del Castello Nero mangiare in un locale a parte. La Sala degli Scudi venne abbandonata. Negli ultimi cento anni era stata usata molto di rado. Come luogo di banchetti, lasciava parecchio a desiderare: era buia, sporca, fredda, difficile da riscaldare in inverno, con gli scantinati infestati dai ratti, le massicce travature rose dai tarli, drappeggiata dalle ragnatele.

Però era abbastanza lunga e larga da far sedere almeno duecento persone, più altre cento stando un po' più stretti. Quando Jon e Tormund entrarono, un brusio percorse la sala, come dei calabroni che si agitano dentro un favo. I bruti superavano i corvi cinque a uno, a giudicare da quanto poco nero Jon vide. Appesi alle pareti rimanevano meno di una dozzina di scudi, malinconiche reliquie grigie dai colori sbiaditi, con il legno spaccato da lunghe fenditure. Ma nuove torce ardevano sui supporti di ferro lungo i muri, e Jon aveva dato ordine di portare tavoli e panche. Gli uomini seduti comodamente sono più inclini ad ascoltare, gli aveva detto una volta maestro Aemon, mentre quelli costretti a restare in piedi tendono di più a gridare.

In fondo alla sala c'era una piattaforma malandata. Jon vi salì, con Tormund Veleno dei Giganti al suo fianco, e sollevò le mani per chiedere silenzio. Il ronzare dei calabroni aumentò. Allora Tormund portò alle labbra il corno da guerra e soffiò. Il suono riempì la sala, riverberandosi contro le travature sovrastanti. Calò il silenzio.

«Vi ho qui riuniti per fare dei piani per soccorrere Aspra Dimora» esordì Jon Snow. «Migliaia di persone del popolo libero sono là, bloccate e stremate dalla fame. Abbiamo ricevuto rapporti di cose morte nelle foreste.»

Alla sua sinistra, Jon vide Marsh e Yarwick. Othell Yarwick era circondato dai suoi costruttori, mentre Bowen Marsh era spalleggiato da Wick Whittlestick, Lew il Mancino e Alf di Runnymudd al fianco. Alla sua destra, Soren Spezzascudi sedeva con le braccia incrociate sul petto. Più indietro, vide Gavin il Mercante e Harle il

Bello che bisbigliavano tra loro. Ygon Vecchiopadre sedeva tra le sue mogli, Howd il Viandante era da solo. Borroq era appoggiato al muro in un angolo oscuro, per fortuna senza cinghiale.

«Le navi che ho mandato per recuperare Madre Talpa e la sua gente sono andate disperse a causa delle tempeste. Dobbiamo quindi inviare l'aiuto che possiamo via terra, o lasciarli morire.»

Erano venuti anche due cavalieri della regina Selyse, notò Jon. Ser Narbert e ser Benethon erano in piedi vicino alla porta d'ingresso. Mentre il resto degli uomini della regina brillava per la sua assenza.

«Speravo di poter guidare io stesso la spedizione e riportare indietro tutti coloro che fossero stati in grado di affrontare il viaggio.» L'occhio di Jon colse un bagliore rosso in fondo alla sala: era arrivata anche lady Melisandre.

«Adesso, però, scopro di non poter andare ad Aspra Dimora. La spedizione sarà quindi guidata da Tormund Veleno dei Giganti, che tutti voi conoscete. Gli ho promesso tutti gli uomini che vorrà.»

«E tu, corvo, dove sarai?» tuonò Borroq. «Nascosto qui al Castello Nero, con il tuo cane albino?»

«No. Io cavalcherò a sud.» Poi Jon Snow lesse ad alta voce la pergamena inviata da Ramsay Bolton.

La Sala degli Scudi impazzì.

Tutti si misero a urlare nel medesimo istante. Balzarono in piedi, mostrando i pugni. "Alla faccia del potere calmante delle panche." Furono brandite delle spade, le asce vennero pestate contro gli scudi. Jon lanciò un'occhiata a Tormund. Il Veleno dei Giganti soffiò di nuovo nel corno da guerra, un suono lungo il doppio del primo e due volte più assordante.

«I guardiani della notte non prendono parte alcuna alle guerre dei Sette Regni» ricordò Jon, quando si ristabilì una sorta di quiete. «Non è compito nostro opporci al Bastardo di Bolton, vendicare Stannis Baratheon, difendere la sua vedova e sua figlia. Ma questa *creatura*, che tesse mantelli con pelli di donne scuoiate, giura di venire a divorarmi il cuore. Di queste minacce risponderà a me personalmente... quindi non chiederò ai miei confratelli di violare il loro giuramento. I guardiani della notte marceranno su Aspra Dimora. Io cavalcherò fino a Grande Inverno da solo, a meno che...» Jon fece una pausa «... c'è qualcuno qui che vuole venire con me?»

Il ruggito che si levò dalla Sala degli Scudi fu quanto di meglio Jon potesse sperare, il tumulto fu talmente possente che due vecchi scudi si staccarono dalle pareti. Soren Spezzascudi era in piedi, e anche Howd il Viandante. Toregg l'Alto, Brogg, Harle il Cacciatore e Harle il Bello, Ygon Vecchiopadre, Doss il Cieco, perfino il Grande Tricheco. "Ho le mie spade" pensò Jon Snow "e stiamo venendo a prenderti, bastardo!"

Jon vide Yarwick e Marsh uscire quasi di soppiatto, seguiti da tutti i loro uomini. Non aveva importanza. Non aveva bisogno di loro adesso. Non li voleva. "Nessuno potrà dire che ho spinto i miei confratelli a rinnegare il loro giuramento. Se questo significa rompère il giuramento, allora il crimine è mio e soltanto mio."

Tormund gli diede grandi pacche sulla schiena, con un sogghigno sdentato da un orecchio all'altro. «Ben detto, corvo. Adesso, tira fuori la birra di malto! Falli tuoi e ubriacali, è così che si fa. Faremo di te un bruto, ragazzo mio! *Haaar!*»

«Mando a prendere la birra» rispose Jon, distratto. Melisandre se n'era andata, notò, e anche i cavalieri della regina. "Avrei dovuto prima consultarmi con Selyse: ha il diritto di sapere che il suo lord è morto."

«Devi scusarmi, Tormund. Falli ubriacare tu per me.»

«*Haaar!* È un compito che mi si adatta, corvo. Va' pure!»

Jon lasciò la Sala degli Scudi tallonato da Cavallo e Rory.

"Dopo aver visto la regina, è bene che parli con Melisandre. Se è riuscita a vedere un corvo nella tempesta, può trovare anche Ramsay Snow per me."

Poi udì le urla... e un ruggito così terribile che parve scuotere la Barriera.

«Viene dalla Torre di Hardin, milord» disse Cavallo.

Stava per aggiungere qualcosa, ma un altro grido lo interruppe.

"Val" fu il primo pensiero di Jon Snow. Ma non era una voce di donna. "È un uomo in agonia." Si mise a correre. Cavallo e Rory dietro di lui.

«Sono i non-morti?» chiese Rory.

Se lo chiedeva anche Jon. Che i cadaveri fossero riusciti a liberarsi dalle catene?

Quando arrivarono alla Torre di Hardin le urla erano cessate, ma Wun Weg Wun Dar Wun stava ancora ruggendo. Il gigante faceva ciondolare un cadavere tenendolo per una gamba, nelle stesso modo in cui Arya da piccola faceva ciondolare la sua bambola di pezza oscillandola come una mazza ferrata quando era minacciata dalle piante di Grande inverno. "Solo che Arya non ha mai fatto a brandelli le sue bambole di pezza..." Il braccio della spada del morto era a iarde di distanza, la neve attorno stava diventando rossa.

«Lascialo andare!» gridò Jon. «Wun Wun, *lascialo andare*!»

Wun Wun non sentiva, o forse non capiva. Anche il gigante perdeva sangue, aveva delle ferite di spada al ventre e al braccio. Sbatté il cadavere del cavaliere contro la pietra grigia della torre, ancora e ancora, finché la testa dell'uomo non fu rossa e sugosa come l'interno di un'anguria. Il mantello del morto schioccava nell'aria fredda. Era di lana bianca, bordato di fili d'argento e disseminato di stelle azzurre. Sangue e frammenti d'osso volavano da tutte le parti.

Gli uomini accorsero dai manieri e dai torrioni. Uomini del Nord, popolo libero, uomini della regina…

«Formate una linea!» ordinò Jon Snow. «Fateli stare indietro, specialmente gli uomini della regina.»

Il morto era ser Patrek della Montagna del Re. Della sua testa non restava molto, ma le sue insegne lo identificavano al posto della faccia. Jon non voleva rischiare che ser Malegorn o ser Brus, o qualsiasi altro uomo della regina cercasse di vendicarlo.

Wun Weg Wun Dar Wun urlò ancora, fece ruotare l'altro braccio di ser Patrek e tirò. Lo divelse dalla spalla con uno spruzzo di vivido sangue rosso. "Come un bambino che stacca i petali di una margherita…"

«Cinghia, parlagli, calmalo. L'antica lingua, lui capisce l'antica lingua. E voi, *state indietro*. Mettete via l'acciaio, lo stiamo spaventando.»

Non lo vedevano che il gigante era ferito? Jon doveva porre fine a tutto questo o altri uomini sarebbero morti. Non avevano idea della forza di Wun Wun. "Un corno, ho bisogno di un corno." Jon colse il lampeggiare dell'acciaio, si voltò in quella direzione.

«*Niente lame!*» urlò. «Wick, quel pugnale, mettilo…»

… *via*, avrebbe voluto dire. Wick Whittlestick gli assestò un fendente alla gola, e l'ultima parola si tramutò in un grugnito.

Jon scartò di lato. Quanto bastava per essere preso solo di striscio. "Mi ha attaccato." Portò la mano al collo, il sangue gli ruscellò tra le sue dita. «*Perché?*»

«Per la confraternita!»

Wick fece per colpirlo di nuovo.

Questa volta Jon gli prese il polso e glielo torse fino a costringere Wick a lasciar cadere la lama. Il goffo attendente arretrò, con le mani alzate, quasi a dire: "Non sono stato io, non c'entro". Gli uomini stavano urlando. Jon strinse l'impugnatura di Lungo artiglio, ma le sue dita erano diventate rigide, impacciate. Per qualche motivo non riuscì a estrarre la spada dal fodero.

E poi davanti a lui venne a ergersi Bowen Marsh, con le guance rigate dalle lacrime. «Per la confraternita!»

Affondò la lama nel ventre di Jon. Quando ritirò la mano, il pugnale restò là dove era stato conficcato.

Jon Snow crollò in ginocchio. Trovò a tastoni il manico del pugnale ed estrasse l'acciaio. Nella gelida aria notturna, la sua ferita *fumava*.

«Spettro…» sussurrò.

La sofferenza lo inondò. "Colpisci con la parte appuntita."

Quando il terzo pugnale penetrò fra le sue scapole, Jon Snow grugnì e cadde di faccia nella neve.

Non sentì mai la quarta lama. Soltanto il gelo…

Il principe di Dorne restò tre giorni in agonia.

Esalò l'ultimo respiro rantolante nella tetra oscurità prima dell'alba, mentre la pioggia fredda sibilava da un cielo nero, trasformando in fiumi le strade in mattoni dell'antica città. La pioggia aveva estinto gran parte degli incendi, ma fili di fumo continuavano a levarsi dalle rovine incandescenti di quelle che erano state la Piramide di Hazkar e la Grande Piramide nera di Yherizan, dove Rhaegal aveva scavato la propria tana, raggomitolato nelle tenebre come una donna obesa ornata di scintillanti gioielli arancioni.

"Forse gli dèi, dopotutto, non sono sordi" rifletté ser Barristan Selmy, osservando quelle braci in lontananza. "Se non fosse stato per la pioggia, a quest'ora il fuoco avrebbe divorato tutta Meereen."

L'anziano cavaliere non vide segno dei draghi, né si aspettava di vederne. I draghi non amano la pioggia. Un sottile squarcio rosso era apparso all'orizzonte, dove in breve sarebbe dovuto apparire il sole. A Selmy, fece venire in mente il primo sangue che sgorga da una ferita. Spesso, anche nel caso di un taglio profondo, il sangue arrivava prima del dolore.

Ser Barristan stava in piedi dietro il parapetto a scrutare il cielo dall'ultimo piano della Grande Piramide, come ogni mattina, sapendo che presto sarebbe arrivata l'alba e sperando che avrebbe portato con sé anche la sua regina. "Lei non ci ha abbandonato, non abbandonerebbe mai la sua gente" ripeteva a se stesso, quando udì il rantolo di morte del principe provenire dagli appartamenti della regina.

Ser Barristan rientrò. La pioggia sgocciolava dal mantello bianco, e gli stivali lasciavano tracce umide su pavimenti e tappeti. Dietro suo ordine, Quentyn Martell era stato adagiato sul letto della regina. Era stato sia un cavaliere sia un principe di Dorne. Gli era quindi sembrato un atto di cortesia concedergli di morire in quel letto che aveva attraversato mezzo mondo per raggiungere. Lenzuola, coperte, cuscini e materasso erano irrecuperabili, intrisi di sangue e cenere, ma ser Barristan era certo che Daenerys lo avrebbe perdonato.

Missandei sedeva al capezzale del morente. Era stata con il principe notte e giorno, occupandosi di tutte le necessità che egli riusciva a esprimere, dandogli acqua e latte di papavero quando aveva la forza di bere, ascoltando le poche, torturate parole che poteva emettere, leggendo per lui quando era tranquillo, dormendo su uno scranno al suo fianco. Ser Barristan aveva chiesto aiuto anche ad alcuni coppieri della regina, ma la vista dell'uomo ustionato era stata insostenibile anche per i più temerari. E le grazie azzurre non erano mai venute, sebbene lui le avesse mandate a chiamare quattro volte. Forse, le ultime di loro erano state portate via dalla giumenta pallida.

Quando lui si avvicinò, la piccola scriba naathi sollevò lo sguardo. «Onorevole cavaliere, ora il principe è al di là del dolore. I suoi dèi dorniani lo hanno riportato a casa. Vedi? Sorride.»

"Come fai a dirlo, piccola? Non ha più le labbra." Sarebbe stato meglio se i draghi lo avessero divorato. Per lo meno, la sua fine sarebbe stata rapida. Invece… "Il fuoco è un modo di morire atroce. Non c'è da meravigliarsi che metà degli inferi siano di fiamme."

«Coprilo» disse l'anziano cavaliere.

Missandei tirò la coperta sul volto del principe. «Che cosa ne sarà di lui, ser? È così lontano da casa.»

«Farò in modo che venga riportato a Dorne.» "Ma in che forma? Come ceneri?" Questo avrebbe richiesto altro fuoco, e lo stomaco di ser Barristan non l'avrebbe retto. "Dovremo rimuovere la carne dalle ossa. Scarafaggi, invece della bollitura." Nell'Occidente ci avrebbero pensato le sorelle del silenzio, ma lì erano nella Baia degli Schiavisti. La sorella del silenzio più vicina era a diecimila leghe di distanza. «Ora è tempo che tu vada a dormire, piccola. Nel tuo letto.»

«Se questa scriba può avere l'ardire, ser, dovresti farlo anche tu. Non hai dormito per tutta la notte.»

"Questo non accade da molti anni, piccola. Dalla Battaglia del Tridente." Una volta, il gran maestro Pycelle gli aveva detto che gli anziani non hanno bisogno di dormire quanto i giovani, ma c'era dell'altro. Ser Barristan aveva raggiunto l'età in cui non gli piaceva chiudere gli occhi, per il timore di non riaprirli mai più. Altri magari desiderano morire nel sonno, ma quella non era una morte adatta a un cavaliere della Guardia reale.

«Le notti sono troppo lunghe» disse a Missandei «e ci sono sempre tante cose da fare. Qui, come nei Sette Regni. Ma tu hai fatto abbastanza, piccola. Va' a riposare.» "E se gli dèi sono misericordiosi, non sognerai draghi."

Dopo che la fanciulla se ne fu andata, l'anziano cavaliere rimosse la coperta per dare un ultimo sguardo al volto di Quentyn Martell, o a ciò che ne rimaneva. Era stata portata via così tanta carne, che si vedevano le ossa del cranio. I suoi occhi erano delle pozze purulente. "Avrebbe dovuto restare a Dorne. Avrebbe dovuto restare un ranocchio. Non tutti gli uomini possono danzare con i draghi." Mentre copriva di nuovo il ragazzo, si trovò a domandarsi se ci sarebbe stato qualcuno a coprire la sua regina, o se il cadavere sarebbe rimasto insepolto fra l'erba alta del Mare Dothraki, a fissare il cielo con occhi ciechi finché la carne non si fosse staccata dalle ossa.

«No» disse ad alta voce. «Daenerys non è morta. Ha cavalcato il suo drago, l'ho visto con i miei occhi.» Ser Barristan se l'era già ripetuto centinaia di volte… ma ogni giorno che passava diventava sempre più difficile crederci. "I suoi capelli erano in fiamme, ho visto anche questo. Stava bruciando… e anche se io non l'ho vista cadere, centinaia di persone giurano che è andata così."

Il giorno era arrivato lentamente sulla città. La pioggia continuava a cadere, ma un chiarore più diffuso avvolgeva il cielo a oriente. E con il sole, arrivò anche il Testarasata.

Skahaz indossava il suo abbigliamento consueto: gonnellino a pieghe nero e piastra pettorale con i muscoli scolpiti. La maschera d'ottone che teneva sottobraccio, invece, era nuova: la testa di un lupo con la lingua di fuori.

«Quindi» esordì come saluto «il giovane stolto è morto, è così?»

«Il principe Quentyn è spirato poco prima dell'alba.» Selmy non fu sorpreso che Skahaz ne fosse già informato. Le notizie viaggiavano rapidamente, dall'interno della piramide. «Il concilio è riunito?»

«Attendono la compiacenza del Primo Cavaliere.»

"Io non sono il Primo Cavaliere" avrebbe voluto urlare una parte di lui. "Sono un cavaliere e basta, a protezione della regina. Non l'ho mai voluto essere." Ma con la regina dispersa e il re in catene, qualcuno doveva governare, e ser Barristan non si fidava del Testarasata. «Ci sono notizie della Grazia Verde?»

«Non è ancora tornata in città.» Skahaz era contrario all'idea di inviare la sacerdotessa. E la stessa Galazza Galare non aveva accettato l'incarico. Sarebbe andata, accondiscese, in nome della pace, ma per negoziare con i Saggi Padroni di Yunkai era più adatto Hizdahr zo Loraq. Ser Barristan, però, non aveva ceduto, e alla fine la Grazia Verde aveva chinato il capo, giurando che avrebbe fatto del proprio meglio.

«Qual è la situazione in città?» chiese Selmy.

«Tutte le porte sono chiuse e sbarrate, come tu hai comandato. Stiamo dando la caccia a tutti i mercenari e gli yunkai rimasti in città, espellendo o arrestando quelli che catturiamo. I più sembrano essersi nascosti, senza dubbio all'interno delle piramidi. Gli Immacolati pattugliano le mura e le torri, pronti a qualsiasi assalto. Ci sono duecento cittadini di alto lignaggio raccolti nella piazza, immobili sotto la pioggia nei loro tokar, che reclamano a gran voce di avere udienza. Vogliono Hizdahr libero e me morto, e che tu uccida quei draghi. Qualcuno ha detto loro che i cavalieri sono bravi in questo. Intanto dalla Piramide di Hazkar continuano a essere estratti cadaveri. I Grandi Padroni di Yherizan e Uhlez hanno abbandonato le loro piramidi ai draghi.»

Tutto questo ser Barristan lo sapeva già. «E l'ammontare della carneficina?» chiese, temendo la risposta.

«Ventinove.»

«*Ventinove?*» Peggio di quello che si aspettava. Due giorni prima, i Figli dell'Arpia avevano ripreso la loro guerra fantasma. Tre omicidi la prima notte, nove la seconda. Ma passare da nove a ventinove in una notte sola...

«Prima di mezzogiorno saremo a trenta. Perché quella faccia lunga, vecchio? Che cosa ti aspettavi? L'Arpia vuole Hizdahr libero, così ha mandato di nuovo per le strade i suoi figli con il coltello in pugno. I caduti sono tutti liberti e testerasate, come prima. Uno di loro è una Belva d'Ottone. Vicino ai corpi è stato lasciato il segno dell'Arpia, tracciato con il gesso per terra o scalfito sui muri. C'erano anche dei messaggi: "I draghi devono morire" hanno scritto, e "Harghaz l'Eroe". E prima che la pioggia cancellasse le scritte, è stato visto anche un "Morte a Daenerys".»

«La tassa di sangue...»

«Duemilanovecento pezzi d'oro per ogni piramide, *aye*» brontolò Skahaz. «Verrà raccolta... ma un po' di conio non potrà fermare la mano dell'Arpia. Solamente il sangue può riuscirci.»

«Questo lo dici tu.» "Ancora gli ostaggi. Fosse per lui, li sterminerebbe tutti." «Me lo hai già detto cento volte. No.»

«Primo Cavaliere della regina» grugnì Skahaz, con disgusto. «Una vecchia donnicciola, ecco quello che penso, debole e rugosa. Prego che Daenerys torni al più presto.» Si sistemò sul volto la sua maschera d'ottone a forma di lupo. «Il tuo concilio starà diventando inquieto.»

«È il concilio della regina, non il mio.»

Selmy sostituì il mantello fradicio di pioggia con uno asciutto, affibbiò il cinturone della spada e si diresse con il Testarasata giù per le scale.

Nella sala delle colonne quella mattina non c'era nessun postulante. Per quanto avesse assunto il titolo di Primo Cavaliere della regina, ser Barristan non intendeva tenere corte in assenza della sovrana, né avrebbe permesso che lo facesse Skahaz mo Kandaq. I grotteschi troni a forma di drago voluti da Hizdahr erano stati rimossi per ordine suo, anche se non aveva ripristinato la semplice panca con i cuscini prediletta dalla regina. Al suo posto, al centro della sala aveva fatto mettere una grande tavola rotonda, circondata da alti scranni, dove i membri del concilio potevano conferire da pari a pari.

Quando ser Barristan scese gli ultimi gradini di marmo, con al fianco Skahaz, tutti si alzarono in piedi. Era presente Marselen degli Uomini della Madre, con Symon Schiena Striata dei Fratelli Liberi. Gli Scudi Coraggiosi avevano scelto un nuovo comandante, un uomo delle Isole dell'Estate dalla pelle nera chiamato Tal Toraq; il loro precedente capitano, Mollono Yos Dob, era stato portato via dalla giumenta pallida. C'era Verme Grigio in rappresentanza degli Immacolati, scortato da tre sergenti eunuchi con gli elmi a rostro. I Corvi della Tempesta erano rappresentati da due mercenari veterani: un arciere di nome Jokin, e lo sfregiato e cupo guerriero d'ascia noto solamente come il Vedovo. Avevano assunto insieme il comando della compagnia, in assenza di Daario Naharis. La maggior parte del khalasar della regina era andato con Aggo e Rakharo alla sua ricerca nel Mare Dothraki, ma come portavoce dei guerrieri rimasti era presente Rommo, lo strabico *jaqqa rahn* dalle gambe arcuate.

Di fronte a ser Barristan sedevano quattro delle guardie personali improvvisate di re Hizdahr: i gladiatori delle fosse da combattimento Goghor il Gigante, Belaquo Spaccateste, Camarron del Conteggio e Gatto Maculato. Selmy aveva insistito sulla loro presenza, nonostante le obiezioni di Skahaz il Testarasata. Avevano aiutato Daenerys Targaryen a prendere la città, e questo non andava dimenticato. Anche se bruti e assassini grondanti sangue, a modo loro erano rimasti leali… a re Hizdahr, certo, ma anche alla regina.

Per ultimo, entrò con passo malfermo anche Belwas il Forte.

L'eunuco aveva visto la morte in faccia, talmente vicina che avrebbe potuto baciarne le labbra. Ne portava il segno. Sembrava avesse perso almeno venti libbre, e la pelle marrone scuro un tempo tesa su un torace e un ventre massicci, solcata da centinaia di cicatrici chiare, ora gli pendeva addosso in morbide pieghe, afflosciata e tremolante, come una tunica di tre misure troppo grande. Anche i suoi passi erano più lenti e sembravano un po' incerti.

Eppure, vederlo riscaldò il cuore dell'anziano cavaliere. Un tempo aveva attraversato il mondo in compagnia di Belwas il Forte e, qualora si fosse passati alle spade, sapeva di poter contare su di lui.

«Barbabianca» Belwas sorrise. «Dov'è il fegato con le cipolle? Belwas il Forte non è più forte come prima, deve mangiare, diventare di nuovo grosso. Hanno fatto ammalare Belwas il Forte. Qualcuno deve morire.»

"E qualcuno morirà. Probabilmente tanti qualcuno." «Siediti, amico mio.» Ser Barristan attese che Belwas si fosse accomodato, con le braccia conserte, poi proseguì. «Quentyn Martell è morto questa mattina, poco prima dell'alba.»

Il Vedovo rise. «Il domatore di draghi.»

«Lo stolto, dico io» aggiunse Symon Schiena Striata.

"No, solamente un ragazzo." Ser Barristan non aveva dimenticato le follie della propria giovinezza. «Non parlate male del defunto. Il principe ha pagato un prezzo terribile per ciò che ha fatto.»

«E gli altri dorniani?» chiese Tal Toraq.

«Prigionieri, per il momento.»

I due dorniani non avevano opposto resistenza. Quando le Belve d'Ottone lo avevano trovato, Archibald Yronwood teneva fra le braccia il corpo ustionato e fumante del principe Quentyn Martell; come le sue ferite dimostravano, aveva cercato di spegnere con le mani le fiamme che lo avvolgevano. Quanto a Gerris Drinkwater, li proteggeva brandendo la spada, che però aveva lasciato cadere appena erano apparse le locuste.

«Condividono la medesima cella» aggiunse ser Barristan.

«Facciamo in modo che condividano anche la medesima forca» disse Symon Schiena Striata. «Hanno liberato due draghi in città.»

«Aprite le fosse da combattimento e date loro delle spade» insisté Gatto Maculato. «Li ucciderò entrambi mentre Meereen scandisce il mio nome.»

«Le fosse da combattimento resteranno chiuse» tagliò corto Selmy. «Sangue e frastuono servirebbero solo ad attirare i draghi.»

«Magari tutti e tre» suggerì Marselen. «Il mostro nero è già venuto una volta, perché non di nuovo? Questa volta con la nostra regina in groppa.»

"O senza di lei." Se Drogon fosse tornato a Meereen senza Daénerys sulla schiena, la città sarebbe esplosa in un delirio di fuoco e fiamme, di questo ser Barristan era certo. Gli stessi uomini ora seduti a quel tavolo si sarebbero scagliati l'uno contro l'altro con l'acciaio in pugno. Anche se era solo una fanciulla, Daenerys Targaryen era l'unica persona che li teneva uniti.

«Sua grazia farà ritorno quando avrà deciso di tornare» disse ser Barristan. «Abbiamo radunato un migliaio di pecore nella Fossa di Daznak, riempito di vitelli la Fossa di Ghrazz, stipato la Fossa Dorata con gli animali che Hizdahr zo Loraq aveva ammassato per i combattimenti.»

Fino ad allora, entrambi i draghi si erano dimostrati particolarmente ghiotti di carne ovina, tornando alla Fossa di Daznak ogni volta che erano affamati. Se uno dei due aveva dato la caccia a esseri umani, dentro o fuori le mura della città, a ser Barristan non ne era ancora giunta notizia. Gli unici meerensi che i draghi avevano ucciso dopo Harghaz l'Eroe erano stati gli schiavisti tanto idioti da insorgere quando Rhaegal aveva deciso di rifugiarsi in cima alla Piramide di Hazkar.

«Abbiamo argomenti più pressanti da discutere» riprese ser Barristan. «Ho inviato la Grazia Verde dagli yunkai a negoziare il rilascio dei nostri ostaggi. Attendo il suo ritorno per mezzogiorno, con le loro risposte.»

«Con delle parole» disse il Vedovo. «I Corvi della Tempesta conoscono gli yunkai. Le loro lingue sono vermi che si contorcono di qua e di là. La Grazia Verde tornerà con delle parole viscide come vermi, non con il nostro capitano.»

«Se al Primo Cavaliere della regina compiace ricordare, gli yunkai detengono anche il nostro Eroe» intervenne Verme Grigio. «Più il guerriero Jhogo, cavaliere di sangue della regina.»

«Sangue del suo sangue» sottolineò il dothraki Rommo. «Jhogo deve essere liberato. L'onore del khalasar lo impone.»

«Lo libereremo» dichiarò ser Barristan «ma prima dobbiamo vedere se la Grazia Verde è riuscita a concludere...»

Skahaz il Testarasata batté il pugno sul tavolo. «La Grazia Verde non concluderà niente. In questo preciso istante, potrebbe stare cospirando con gli yunkai. "Negoziare", dici? Prendere degli accordi? Quale genere di accordi?»

«Il riscatto» precisò ser Barristan. «Il peso di ogni uomo in oro.»

«I Saggi Padroni non hanno bisogno del nostro oro, ser» ribatté Marselen. «Ognuno di loro è più ricco di tutti i vostri lord dell'Occidente.»

«I loro mercenari, però, vogliono l'oro. Che senso hanno degli ostaggi, per i mercenari? Se gli yunkai rifiutano, la decisione pianterà una lama tra loro e i soldati a pagamento.»

"O almeno, così spero." Era stata Missandei a suggerirgli quella strategia. A lui non sarebbe mai venuto in mente. Ad Approdo del Re la corruzione era dominio di Ditocorto, mentre lord Varys aveva il compito di fomentare la divisione tra i nemici della corona. I doveri di Selmy erano sempre stati quanto mai lineari. "Solamente undici anni di età, eppure Missandei è intelligente come la metà degli uomini seduti a questo tavolo, e più saggia di tutti loro."

«Ho dato istruzione alla Grazia Verde di pronunciare l'offerta solo quando tutti i comandanti yunkai saranno radunati ad ascoltarla.»

«Rifiuteranno comunque» insisté Symon Schiena Striata. «Diranno che vogliono i draghi morti e il re restaurato.»

«Prego gli dèi che tu sia in errore.» "Anche se temo che tu abbia ragione."

«Gli dèi sono lontani, ser Nonno» ribatté il Vedovo. «Non credo che sentano le tue preghiere. E quando gli yunkai ti rimanderanno indietro la vecchia a sputarti in un occhio, che cosa farai?»

«Fuoco e sangue» rispose ser Barristan in un soffio.

Per un lungo momento nessuno parlò. Poi Belwas il Forte si diede una manata sul ventre. «Meglio del fegato con le cipolle!» Mentre Skahaz, guardando attraverso le fessure della sua maschera da lupo, disse: «Infrangeresti dunque la pace del re Hizdahr, vecchio?».

«Sarei pronto a frantumarla.» Una volta, tanto tempo prima, un principe lo aveva chiamato Barristan il Valoroso. Una parte di quel ragazzo esisteva ancora dentro di lui. «Abbiamo preparato un grande falò sulla cima della piramide, dove un tempo sorgeva l'Arpia. Legna secca imbevuta di olio per lanterne, tenuta coperta per ripararla dalla pioggia. Se l'ora dovesse scoccare, e io prego che non accada, accenderemo quel falò. Le fiamme saranno il segnale per riversarvi fuori dalle porte della città e attaccare gli yunkai. Ognuno di voi avrà un proprio compito, ecco perché è importante essere pronti in ogni istante, giorno o notte. Distruggeremo i nostri nemici, oppure saremo distrutti da loro.» Fece un cenno con la mano ai suoi giovani scudieri in attesa. «Ho fatto preparare delle mappe che illustrano la dislocazione dei nostri nemici, i loro accampamenti, le loro linee di assedio, le catapulte. Se riusciremo a stroncare gli schiavisti, i loro mercenari li abbandoneranno. So che avrete domande e obiezioni. Date loro voce adesso. Quando lasceremo questo tavolo, dobbiamo essere tutti d'accordo e avere un unico obiettivo.»

«Allora è meglio far arrivare cibo e bevande» suggerì Symon Schiena Striata. «Ci vorrà un bel po' di tempo.»

In effetti ci volle il resto della mattinata, più metà del pomeriggio. Capitani e comandanti si accapigliarono sulle mappe come pescivendole davanti a un secchio di granchi. Punti di debolezza e punti di forza, come impiegare al meglio le loro piccole compagnie di arcieri, se gli elefanti andassero usati per spezzare le linee degli yunkai o se invece tenerli di riserva, chi avrebbe avuto l'onore di condurre il primo assalto, se la cavalleria dovesse essere dispiegata sui fianchi o in avanguardia.

Ser Barristan lasciò che ognuno esprimesse il proprio pensiero. Tal Toraq sosteneva che, una volta rotto l'assedio, bisognava marciare direttamente su Yunkai; la città gialla sarebbe stata pressoché sguarnita, sicché gli yunkai non avrebbero avuto altra scelta se non togliere l'assedio e ritirarsi. Gatto Maculato propose di lanciare una sfida al nemico perché inviasse un campione, che poi lui stesso avrebbe affrontato in singolar tenzone. L'idea piacque a Belwas il Forte, solo che avrebbe dovuto essere lui a combattere al posto del Gatto. Camarron del Conteggio illustrò una tattica per impossessarsi delle navi ormeggiate lungo la riva del fiume, e usare poi lo Skahazadhan per trasportare trecento gladiatori delle fosse da combattimento attorno alla retroguardia degli yunkai. Tutti concordavano sul fatto che gli Immacolati erano le truppe migliori, ma non su come impiegarli. Il Vedovo voleva usare i soldati eunuchi come un pugno di ferro per attaccare il cuore delle difese yunkai. Marselen, invece, riteneva che sarebbe stato meglio collocarli ai due estremi del fronte d'attacco principale, così da respingere qualsiasi tentativo di aggiramento da parte del nemico. Symon Schiena Striata voleva dividerli in tre contingenti separati, da accorpare alle tre compagnie di liberti. I Fratelli Liberi erano ansiosi di combattere, dichiarò, ma senza gli Immacolati di rinforzo temeva che i suoi soldati al battesimo del sangue non avrebbero avuto sufficiente disciplina per affrontare dei mercenari veterani. Verme Grigio si limitò a dire che gli Immacolati avrebbero ubbidito, qualsiasi cosa fosse stata loro ordinata.

E una volta che tutto questo fu discusso, dibattuto e deciso, Symon Schiena Striata sollevò un'ultima questione. «Da schiavo a Yunkai ho aiutato il mio padrone a negoziare con le compagnie libere e ho anche visto le pergamene dei loro compensi. Io conosco i mercenari e so che gli yunkai non sono in grado di pagarli per affrontare il fuoco dei draghi. Quindi vi chiedo… se la pace dovesse finire e iniziare la battaglia… i draghi arriveranno? Si lanceranno nella mischia?»

"Sì, arriveranno" avrebbe potuto rispondergli ser Barristan. "Saranno attirati dal frastuono, dalle grida e dalle urla, dall'odore del sangue. Tutto questo li porterà sul campo di battaglia, così come il boato della Fossa di Daznak ha attirato Drogon su quelle sabbie scarlatte. Ma una volta che saranno arrivati, come potranno distinguere una parte dall'altra?" Per cui, tutto quello che disse fu: «I draghi faranno quello che faranno. Ma se dovessero arrivare, forse l'ombra delle loro ali sarà sufficiente a scoraggiare gli schiavisti e indurli alla fuga».

Poi ringraziò tutti e li congedò.

Verme Grigio fu l'unico ad attardarsi, mentre gli altri se n'erano già andati. «I miei uomini saranno pronti, quando le fiamme del falò appariranno. Ma il Primo Cavaliere è senz'altro consapevole che quando noi attaccheremo, gli yunkai uccideranno gli ostaggi.»

«Farò tutto il possibile per evitarlo, amico mio. Ho… un piano. Ma ora ti prego di scusarmi. È tempo di portare ai dorniani la notizia che il loro principe è morto.»

Verme Grigio chinò il capo. «Questo soldato ubbidisce.»

Ser Barristan portò con sé nelle segrete due dei suoi cavalieri freschi di investitura. È noto che dolore e senso di colpa possono portare anche uomini valenti alla follia, e sia Archibald Yronwood sia Gerris Drinkwater avevano entrambi avuto un ruolo importante nella morte dell'amico. Ma quando arrivarono alla cella, l'anziano cavaliere disse a Tum e all'Agnello Rosso di aspettare fuori, ed entrò quindi da solo per dire ai dorniani che l'agonia del principe era finita.

Ser Archibald, grosso e calvo, non disse niente. Rimase seduto sul bordo del pagliericcio, a fissarsi le mani avvolte nelle bende di lino. Ser Gerris batté un pugno contro il muro. «Gli avevo detto che era una follia. L'ho implorato di tornare a casa. Quella puttana della vostra regina non sapeva che cosa farsene di lui, lo vedeva chiunque. Ha attraversato il mondo per offrirle il suo amore e la sua fedeltà, e lei gli ha riso in faccia.»

«La regina non ha mai riso» disse Selmy. «Se tu la conoscessi, lo sapresti.»

«Lo ha respinto. Lui le ha offerto il suo cuore, e lei glielo ha gettato indietro ed è andata a chiavare quel suo mercenario.»

«Sarà meglio che tieni a freno la lingua, ser.» Ser Barristan non aveva simpatia per quel Gerris Drinkwater e non gli avrebbe permesso di offendere Daenerys. «La morte del principe Quentyn è stata responsabilità sua, e vostra.»

«*Nostra?* E noi che colpa ne avremmo, ser? Quentyn era nostro amico, certo. Per alcuni versi era anche uno sciocco, per così dire, come tutti i sognatori. Ma innanzitutto era il nostro principe. E noi gli dovevamo ubbidienza.»

Barristan Selmy non ebbe nulla da obiettare a quella verità. Aveva trascorso metà della vita ubbidendo agli ordini di ubriaconi e dementi. «È arrivato troppo tardi.»

«Le ha offerto il suo cuore» ripeté ser Gerris.

«Lei ha bisogno di spade, non di cuori.»

«Le avrebbe dato tutte le lance di Dorne.»

«Vorrei che lo avesse fatto.» Nessuno aveva desiderato che Daenerys guardasse con favore al principe dorniano più di Barristan Selmy. «Però è arrivato troppo tardi, e questa follia poi… assoldare mercenari, liberare due draghi in città, questo era delirio puro, anzi peggio: è stato tradimento.»

«Ciò che Quentyn ha fatto, lo ha fatto per amore della regina Daenerys» insisté Gerris Drinkwater. «Per dimostrarle di essere degno della sua mano.»

L'anziano cavaliere aveva ascoltato abbastanza. «Ciò che il principe Quentyn ha fatto, lo ha fatto per Dorne. Mi prendete forse per un vecchio rimbambito? Ho passato la vita fra re, regine e principi. Lancia del Sole intende prendere le armi contro il Trono di Spade. No, non disturbatevi a negarlo. E Doran Martell non è uomo da schierare le sue lance senza una speranza di vittoria. È stato il dovere a portare qui il principe Quentyn. Dovere, onore, sete di gloria… non amore. Quentyn era qui per i draghi, non per Daenerys.»

«Tu non lo conoscevi, ser. Lui…»

«… è morto, Drink.» Archibald Yronwood si alzò in piedi. «E le parole non lo riporteranno certo in vita. Cletus e Will sono morti anche loro. Quindi chiudi quella maledetta bocca, prima che ci cacci dentro un pugno.» Il grosso cavaliere si girò verso Selmy. «Che cosa intendi fare di noi?»

«Skahaz il Testarasata vuole impiccarvi. Avete ucciso quattro dei suoi uomini. Quattro uomini della *regina*. Due erano dei liberti che avevano seguito sua grazia fin da Astapor.»

Yronwood non parve sorpreso. «Gli uomini bestia, *aye*. Io ne ho ucciso solo uno, la testa di basilisco. Gli altri li hanno liquidati i mercenari. Ma questo non ha importanza, lo so.»

«Stavamo proteggendo Quentyn» disse Drinkwater. «Noi…»

«Sta' *zitto*, Drink, lui lo sa.» Il grosso cavaliere disse a ser Barristan: «Se dovevi impiccarti, non c'era ragione di venire qui a parlare. Per cui c'è dell'altro, o sbaglio?».

«Non sbagli.» "Ecco uno che potrebbe non essere corto di cervello come sembra." «Da vivi mi siete più utili che da morti. Voi servite me, e io poi vi procuro una nave che vi riporti a Dorne, con le ossa del principe Quentyn da restituire al lord suo padre.»

Ser Archibald fece una smorfia. «Perché ci sono sempre di mezzo le navi? Qualcuno, però, deve riportare Quent a casa. E tu che cosa vuoi da noi, ser?»

«Le vostre spade.»

«Hai già migliaia di spade.»

«I liberti della regina non hanno ancora avuto il battesimo del sangue. Dei mercenari non mi fido. Gli Immacolati sono bravi soldati… ma non sono dei guerrieri, non sono dei *cavalieri*.» Ser Barristan fece una pausa. «Che cosa è successo quando avete tentato di prendere i draghi? Raccontatemi.»

I due dorniani si scambiarono un'occhiata. Poi Drinkwater iniziò: «Quentyn aveva detto al Principe Straccione che lui poteva domarli. Ce l'aveva nel sangue, diceva. Sangue Targaryen».

«Sangue del drago.»

«Esatto. I mercenari avrebbero dovuto aiutarci a incatenare i draghi, per poi trasportarli fino al molo.»

«Lo Straccione aveva predisposto una nave» intervenne Yronwood. «Piuttosto grossa, qualora li avessimo presi tutti e due. E Quent ne avrebbe cavalcato uno.» Abbassò lo sguardo sulle mani bendate. «Solo che appena siamo entrati là dentro abbiamo capito che niente sarebbe andato per il verso giusto. I draghi erano troppo agitati. Le catene… c'erano pezzi di catene dappertutto, catene grosse, anelli grandi come la tua testa, in mezzo a tutte quelle ossa scheggiate e spaccate. E Quent, che i Sette Dèi lo salvino, sembrava sul punto di cacarsi nelle brache. Caggo e Meris non sono ciechi, anche loro se ne sono accorti. Poi uno dei balestrieri ha lanciato un dardo. Forse avevano sempre avuto l'intenzione di ucciderli, e si sono serviti di noi per arrivare a loro. Con lo Straccione non si sa mai. Comunque sia, non è stata una mossa astuta. Quel dardo li ha fatti inferocire, non che prima fossero granché di buonumore. Poi… le cose si sono messe peggio.»

«Quelli della Compagnia del Vento si sono volatilizzati» riprese ser Gerris. «Quent urlava, avvolto dalle fiamme, e loro sono scappati. Caggo, Meris la Bella, tutti quanti tranne il morto.»

«E che cos'altro ti aspettavi, Drink? Il gatto ammazza il topo, il maiale si rotola nella merda e il mercenario se la batte proprio quando c'è più bisogno di lui. Non si può biasimarlo: è la natura della bestia.»

«Non ha torto» disse ser Barristan. «E il principe Quentyn che cosa aveva promesso al Principe Straccione in cambio del suo aiuto?»

Nessuna risposta. Ser Gerris guardò ser Archibald. Ser Archibald guardò le proprie mani, il pavimento, la porta.

«Pentos» scandì ser Barristan. «Gli aveva promesso Pentos. Ditelo. Le vostre parole non possono più fare né male né bene al principe Quentyn.»

«*Aye*» ammise ser Archibald, con aria afflitta. «Pentos. L'hanno anche messo per iscritto, i due.»

"Intravedo una possibilità." «Abbiamo ancora gli uomini della Compagnia del Vento nelle segrete. Quei finti disertori.»

«Me li ricordo» disse Yronwood. «Hungerford, Paglia, quella banda. Certi non erano così male, per essere dei mercenari. Altri invece, be', potrebbero magari resistere un po' alla morte. Che intenzioni hai con loro?»

«Rimandarli dal Principe Straccione. E voi con loro. Sarete due in mezzo a migliaia. La vostra presenza nell'accampamento yunkai dovrebbe passare inosservata. Voglio che portiate un messaggio al Principe Straccione. Ditegli che vi mando io, che parlo con la voce della regina. E ditegli che se ci consegna i nostri ostaggi, incolumi e integri, sono pronto a pagare il prezzo che chiede.»

Ser Archibald serrò la mascella. «Più facile che Cenci e Stracci ci getti in pasto a Meris la Bella. Non ci starà.»

«E perché no? Il compito è abbastanza semplice.» "Rispetto a rubare due draghi." «Una volta sono riuscito a portare il padre della regina fuori da Duskendale.»

«Ma quello è stato in Occidente» disse Gerris Drinkwater.

«E questa è Meereen.»

«Arch non può nemmeno impugnare una spada, con le mani che si ritrova.»

«Non è necessario che lo faccia. E se non mi inganno sul suo conto, avrete i mercenari dalla vostra.»

Gerris Drinkwater si passò la mano fra i capelli schiariti dal sole. «Possiamo avere il tempo per discuterne tra noi?»

«No» rispose Selmy.

«Io ci sto» dichiarò Archibald Yronwood «basta che non ci sia di mezzo nessuna fottutissima nave. E ci sta anche Drink.» Sogghignò. «Ancora non lo sa, ma ci sta.»

E così finì.

"Quanto meno la parte semplice" valutò Barristan Selmy, mentre risaliva la lunga salita verso la sommità della piramide. La parte difficile l'aveva lasciata nelle mani dei dorniani. Suo nonno ne sarebbe rimasto sconvolto. I dorniani erano cavalieri, per lo meno di nome, anche se l'unico che aveva dato a ser Barristan l'impressione di avere dentro del vero acciaio era Yronwood. Drinkwater aveva un bell'aspetto, la lingua pronta e tanti capelli biondi.

Quando l'anziano cavaliere giunse finalmente negli appartamenti della regina in cima alla piramide, il cadavere del principe Quentyn era stato portato via. Al suo arrivo sei giovani coppieri stavano giocando a un gioco fanciullesco: seduti in cerchio sul pavimento, facevano ruotare a turno un pugnale. Quando il pugnale si fermava, al ragazzo indicato dalla punta della lama veniva tagliata una ciocca di capelli. Anche ser Barristan aveva giocato in adolescenza a un gioco simile con i suoi cugini, a Sala del Raccolto... ma nell'Occidente, come ricordava, nel gioco c'erano di mezzo anche i baci.

«Bhakaz» chiamò ser Barristan «una coppa di vino, per cortesia. Grazhar, Akkaz, la porta è vostra. Sto aspettando la Grazia Verde. Fatela entrare appena arriva. Altrimenti, non desidero essere disturbato.»

Akkaz balzò in piedi. «Come tu comandi, lord Primo Cavaliere.»

Ser Barristan uscì sulla terrazza. La pioggia era cessata, anche se un velo di nubi grigio antracite celava il sole al tramonto che scendeva sulla Baia degli Schiavisti. Alcuni fili di fumo continuavano a levarsi dalle pietre annerite di Hazdar, ritorti dal vento come nastri evanescenti. In lontananza verso oriente, oltre le mura della città, scorse pallide ali muoversi sopra una remota linea di colline. "Viserion." Forse era a caccia, oppure volava semplicemente per il gusto di volare. Si domandò dove potesse essere Rhaegal. Fino a quel momento, il drago verde si era dimostrato molto più pericoloso del drago bianco.

Quando Bhakaz gli versò il vino, l'anziano cavaliere bevve una lunga sorsata, poi chiese al ragazzo di andargli a prendere dell'acqua. Qualche coppa di vino poteva aiutarlo a dormire, ma aveva bisogno di essere completamente lucido quando Galazza Galare fosse tornata del suo incontro con il nemico. Per cui bevve il vino abbondantemente annacquato, mentre attorno a lui calavano le tenebre. Era molto stanco e assillato dai dubbi. I dorniani, Hizdahr, Reznak, l'attacco... stava davvero prendendo le decisioni giuste? Stava facendo quello che Daenerys avrebbe voluto? "Non ero fatto per queste cose." Altri cavalieri della Guardia reale avevano ricoperto la carica di Primo Cavaliere prima di lui. Non molti, ma alcuni. Aveva letto di loro nel *Libro bianco*. Si trovò a domandarsi se anche loro si erano sentiti persi e confusi quanto lui.

«Lord Primo Cavaliere.» Grazhar era in piedi sulla soglia, con una candela in mano. «La Grazia Verde è arrivata. Avevi chiesto di essere subito avvertito.»

«Falla entrare e accendi altre candele.»

Galazza Galare aveva al seguito quattro grazie rosa. Attorno a lei pareva aleggiare un'aura di saggezza e di dignità che ser Barristan non poté fare a meno di ammirare. "Ecco una donna di grande forza interiore, ed è sempre stata un'amica fedele di Daenerys."

«Lord Primo Cavaliere» esordì Galazza Galare, con il viso celato dietro verdi veli scintillanti. «Mi posso sedere? Queste ossa sono vecchie e stanche.»

«Grazhar, uno scranno per la Grazia Verde.»

Le grazie rosa si disposero dietro di lei, con gli occhi bassi, le mani intrecciate in grembo.

«Posso offrirti una bevanda rinfrescante?»

«Accetto con estremo piacere, ser Barristan. Ho la gola secca a causa del gran parlare. Magari un succo?»

«Come tu desideri.»

Ser Barristan fece cenno a Kezmya che servisse alla sacerdotessa del succo di limone addolcito con miele. Per berlo, la Grazia Verde dovette rimuovere il velo, e Selmy si ricordò di quanto fosse vecchia. "Vent'anni più di me, o forse più."

«Se la regina fosse qui, sono certo che si unirebbe a me nel ringraziarti per tutto quello che hai fatto per noi.»

«Sua magnificenza è sempre stata molto cortese.» Galazza Galare finì di bere e si risistemò i veli. «Ci sono novità riguardo alla nostra dolce regina?»

«Ancora nessuna.»

«Pregherò per lei. E del re Hizdahr, se posso avere l'ardire? Quando mi sarà consentito di vedere suo splendore?»

«Presto, spero. È illeso, te lo assicuro.»

«Sono compiaciuta di apprenderlo. I Saggi Padroni di Yunkai hanno chiesto di lui. E non sarai sorpreso nell'udire che essi desiderano che il nobile Hizdahr venga immediatamente restaurato nel posto che gli spetta di diritto.»

«Così sarà, se verrà dimostrato che egli non ha tentato di assassinare la nostra regina. Fino ad allora, però, Meereen sarà governata da un concilio formato da persone giuste e leali. In questo concilio c'è già un posto anche per te. So quanto tu abbia da insegnare a tutti noi, vostra benevolenza. Abbiamo bisogno della tua saggezza.»

«Temo, lord Primo Cavaliere, che tu mi stia adulando con delle vuote cortesie» rispose la Grazia Verde. «Se davvero mi ritieni saggia, ascoltami: libera il nobile Hizdahr e restauralo sul trono.»

«Questo può farlo solo la regina.»

Dietro ai suoi veli, la Grazia Verde sospirò. «La pace, che così duramente ci siamo adoperati per raggiungere, trema come una foglia nel vento autunnale. Questi sono giorni difficili. La morte avanza sulle nostre strade, cavalcando la giumenta pallida di Astapor, sia essa tre volte maledetta. I draghi dominano i cieli, banchettando con le carni dei bambini. A centinaia si stanno imbarcando per Yunkai, Tolos, Qarth, verso qualsiasi rifugio li possa accogliere. La Piramide di Hazkar è ridotta a un cumulo di rovine fumanti, e molti di quell'antica dinastia giacciono morti sotto quelle pietre annerite. Le piramidi di Uhlez e Yherizan sono diventate antri di mostri, i loro possessori mendicanti senza dimora. La mia gente ha perso qualsiasi speranza, e si è rivoltata contro gli dèi, trascorre le notti dedicandosi all'ebbrezza e alla fornicazione.»

«E all'omicidio. Solo la notte trascorsa, i Figli dell'Arpia hanno commesso trenta delitti.»

«Mi addolora udirlo. Ciò conferma la necessità di liberare il nobile Hizdahr zo Loraq, che già una volta ha fermato le uccisioni.»

"E come c'è riuscito, a meno di non essere lui stesso l'Arpia?"

«Sua grazia la regina Daenerys ha concesso la propria mano a Hizdahr zo Loraq, lo ha reso suo re e consorte, ha reintrodotto l'arte mortale come lui voleva. In cambio, lui le ha dato delle locuste avvelenate.»

«In cambio, lui le ha dato la pace. Non gettarla via, ser, ti scongiuro. La pace è una perla che non ha prezzo. Hizdahr è un Loraq. Non lorderebbe mai le sue mani con del veleno. È innocente.»

«Come puoi esserne certa?» "A meno che tu non sappia chi è l'avvelenatore."

«Me lo hanno detto gli dèi di Ghis.»

«I miei dèi sono i Sette, e i Sette non si sono pronunciati in proposito. Vostra saggezza, hai presentato la mia offerta?»

«A tutti i lord e a tutti i capitani di Yunkai, come tu mi avevi comandato, tuttavia... temo che la loro risposta non sarà di tuo gradimento.»

«Hanno rifiutato?»

«Hanno rifiutato. Nessuna quantità d'oro potrà ricomprare i

340

tuoi uomini, mi è stato detto. Solo il sangue dei draghi potrà ridare loro la libertà.»

Era la risposta che ser Barristan Selmy si aspettava, anche se non quella che aveva sperato. Le sue labbra si irrigidirono.

«So che non sono queste le parole che desideravi ascoltare» riprese Galazza Galare. «Eppure, da parte mia, capisco. Quei draghi sono bestie feroci. Yunkai li teme… e per valide ragioni, non puoi negarlo. La nostra storia parla dei signori dei draghi della terribile Valyria, delle devastazioni che essi portarono fra le genti dell'antica Ghis. Anche la tua giovane regina, la bionda Daenerys che si proclamava Madre dei Draghi… l'abbiamo vista bruciare, quel giorno, nella fossa. Anche lei non è riuscita a scampare alla furia del drago.»

«Sua grazia non è… lei…»

«… è morta. Possano gli dèi donarle l'eterno riposo.» Delle lacrime scintillarono dietro i veli. «Che quindi muoiano anche i suoi draghi.»

Selmy stava ancora cercando una risposta, quando udì un suono di passi pesanti. La porta si spalancò di colpo, e Skahaz mo Kandaq fece irruzione, seguito da quattro Belve d'Ottone. Quando Grazhar cercò di sbarragli la strada, Skahaz lo scaraventò da una parte.

Ser Barristan balzò in piedi all'istante. «Che cosa succede?»

«Le catapulte» ringhiò il Testarasata. «Tutte e sei.»

Anche Galazza Galare si alzò. «È in tale guisa che Yunkai risponde alla tua offerta, cavaliere. Ti avevo avvisato che la risposta non sarebbe stata di tuo gradimento.»

"Quindi hanno scelto la guerra. E così sia." Ser Barristan Selmy si sentì stranamente sollevato. La guerra era una cosa che lui comprendeva. «Se credono di poter spezzare Meereen lanciando delle pietre…»

«Non sono pietre.» La voce dell'anziana sacerdotessa era carica di tristezza e di paura. «Sono cadaveri.»

La collina era un'isola rocciosa in un mare di verde.

Dany impiegò tutta la mattina per scendere a valle. Quando arrivò in fondo, era senza fiato. Aveva i muscoli doloranti, le sembrava che le stesse per venire la febbre. Le rocce le avevano scorticato le mani. "Comunque sono meglio di prima" pensò, toccandosi una vescica scoppiata. La pelle era rosa e sensibile, dai palmi fessurati colava un liquido lattiginoso, ma le ustioni stavano guarendo.

Vista dal basso, la collina pareva più incombente. Dany aveva cominciato a chiamarla la Roccia del Drago, come l'antica cittadella dove era nata. Non aveva memoria di quella Roccia del Drago, ma difficilmente avrebbe dimenticato questa. Ciuffi d'erbacce e rovi coprivano le pendici inferiori; più in alto, un frastagliato groviglio di nuda roccia si protendeva, ripido e improvviso, verso il cielo. Là, fra massi spezzati, creste affilate come rasoi e guglie sottili, Drogon si era stabilito in una caverna poco profonda. Doveva abitare lì da un po' di tempo, pensò Dany la prima volta che vide la collina. Nell'aria aleggiava odore di cenere, le rocce e gli alberi della zona erano tutti bruciati e anneriti, il terreno era disseminato di ossa carbonizzate e spezzate, eppure per il drago quella era la sua casa.

Dany conosceva il richiamo di casa.

Due giorni prima, scalando una guglia rocciosa, aveva avvistato dell'acqua a sud, una linea sottile che scintillò per qualche istante al calare del sole. "Un ruscello" aveva pensato Dany. Piccolo, ma che doveva portare a un corso d'acqua più grande, che a sua volta sarebbe confluito in un piccolo fiume, e in quella parte del mondo tutti i fiumi erano affluenti dello Skahazadhan. E una volta che avesse trovato lo Skahazadhan, doveva solo seguire la corrente per arrivare alla Baia degli Schiavisti.

Avrebbe preferito fare ritorno a Meereen sulle ali del drago, certo. Ma Drogon non sembrava condividere il medesimo desiderio.

I signori dei draghi dell'antica Valyria controllavano le loro cavalcature tramite sortilegi e corni magici. Daenerys aveva solo la voce e la frusta. Una volta montata sul dorso del drago, le era sembrato di dover reimparare a cavalcare. Quando frustava la sua purosangue argentata sul fianco destro, la puledra andava a sinistra, perché il primo istinto per un cavallo è quello di allontanarsi dal pericolo. Invece, colpendo il fianco destro di Drogon, il drago virava a destra, perché il primo istinto per un drago è sempre quello di attaccare. Certe volte, però, non sembrava avere importanza da che lato lo colpiva: Drogon andava dove voleva, portandola con sé. Se Drogon non voleva girare, nessuna parola e nessuna frusta al mondo sarebbero servite. La frusta, più che fargli male, lo irritava, aveva notato: le sue scaglie erano diventate più dure delle corna.

E non aveva nemmeno importanza quanto arrivasse lontano; al calare della notte un istinto lo riportava alla Roccia del Drago. "Casa sua, non mia." La casa di Dany era a Meereen, con suo marito e il suo amante. Lei apparteneva a quel posto, certo.

"Devo continuare a camminare. Se mi volto indietro, sono perduta."

Con lei, camminavano anche le memorie. Nubi viste dall'alto. Cavalli piccoli come formiche che galoppavano nelle praterie. Una luna argentea, talmente vicina che la poteva quasi toccare. In basso, fiumi che scorrevano vividi e azzurri, scintillanti sotto il sole. "Rivedrò mai paesaggi del genere?" Sul dorso di Drogon sentiva di essere *completa*. E là, nel cielo, i dolori di questo mondo non potevano raggiungerla. Come poteva abbandonare tutto questo?

Ma ormai era giunto il tempo. Una ragazzina poteva trascorrere le sue giornate a giocare, ma lei era una donna, una regina, una moglie, una madre con migliaia di figli. E i suoi figli avevano bisogno di lei. Drogon si era piegato alla frusta. Lo stesso doveva fare lei. Doveva mettersi di nuovo la corona in testa e tornare sulla sua panca d'ebano, e fra le braccia del suo nobile marito.

"Hizdahr, dai tiepidi baci."

Quel mattino il sole era caldo, il cielo azzurro e senza nuvole. Era una buona cosa. I vestiti di Dany erano poco più che degli stracci e offrivano scarso riparo dal freddo. Un sandalo l'aveva perduto durante il suo folle volo da Meereen, e l'altro l'aveva lasciato cadere nell'antro di Drogon, preferendo muoversi a piedi nudi piuttosto che con un'andatura zoppicante. Il tokar e i veli li aveva abbandonati nella fossa da combattimento, e la sottotunica di lino non era certo stata concepita per affrontare i giorni caldi e le notti fredde del Mare Dothraki. Era macchiata di sudore, erba, terriccio, e Dany aveva strappato una striscia in basso per fasciarsi uno stinco. "Devo avere un aspetto miserevole e affamato, ma se le giornate restano calde, non congelerò."

Era stato un soggiorno solitario, e per la maggior parte del tempo aveva avuto dei dolori e fame... eppure, nonostante tutto, Dany lì si era sentita stranamente felice. "Qualche dolore, lo stomaco vuoto, brividi di freddo la notte... ma che cosa importa, quando si può *volare*? Rifarei tutto da capo."

Jhiqui e Irri la stavano aspettando sulla cima della piramide, pensava. E anche la sua dolce scriba Missandei, e le sue piccole pagine. Le avrebbero portato da mangiare, e lei avrebbe potuto fare il bagno nella vasca sotto l'albero di cachi. Sarebbe stato piacevole sentirsi di nuovo pulita. Non aveva bisogno di uno specchio per sapere quanto era sporca.

Era anche affamata. Una mattina, aveva trovato a metà del pendio sud delle cipolle selvatiche, e più tardi, quello stesso giorno, una pianta dalle larghe foglie rossastre che sembrava una specie di cavolo. Qualsiasi cosa fosse, non le aveva fatto male. Oltre a questo, e a un pesce pescato nella pozza alimentata da una sorgente vicino alla grotta di Drogon, era sopravvissuta in qualche modo nutrendosi degli avanzi del drago, ossa bruciate e pezzi di carne mezza carbonizzata e mezza cruda. Avrebbe dovuto mangiare di più, lo sapeva. Un giorno aveva dato un calcio con il piede nudo al teschio spaccato di una pecora, facendolo rotolare giù per il fianco della collina. Osservandolo rimbalzare sul ripido pendio verso il mare d'erba sottostante, aveva capito di doverlo seguire.

Dany si era addentrata nel mare d'erba con passo veloce. Sentiva la terra calda sotto i piedi. L'erba era alta quanto lei. "Non mi era mai sembrata così alta quando ero in sella alla mia purosangue argentata, cavalcando al fianco del mio sole-e-stelle alla testa del suo khalasar." Camminando, si colpiva ritmicamente la coscia con la frusta appartenuta al guardiano della fossa da combattimento. Quella, e gli stracci che aveva addosso, era tutto quello che le era rimasto di Meereen.

Anche se camminava in una specie di regno vegetale, si rese conto che non era più il verde rigoglioso dell'estate. Anche là si cominciava a sentire l'arrivo dell'autunno. L'inverno non si sarebbe fatto attendere. L'erba era più pallida di come la ricordava, un verde sbiadito e malaticcio ormai al limite del giallo. E dopo il giallo, sarebbe arrivato il marrone. L'erba stava morendo.

Daenerys Targaryen conosceva bene il Mare Dothraki, il grande oceano d'erba che si estendeva dalla Foresta di Qohor fino alla Madre delle Montagne e al Grembo del Mondo. Lo aveva visto per la prima volta quando ancora era una ragazzina, poco dopo aver sposato il Khal Drogo e in viaggio verso Vaes Dothrak, per essere presentata alle anziane del *dosh khaleen*. La vista di tutta quell'erba davanti a lei le aveva tolto il respiro. "Il cielo era blu, l'erba era verde e io ero piena di speranze." Al suo fianco aveva ser Jorah Mormont, quel burbero vecchio orso. C'erano Irri, Jhiqui e Doreah a prendersi cura di lei, e il suo sole-e-stelle ad abbracciarla di notte, mentre il figlio che portava in grembo cresceva. "Rhaego. Lo avrei chiamato Rhaego, e il *dosh khaleen* aveva detto che sarebbe stato lo Stallone che Monta il Mondo." Era dai giorni in cui viveva a Pentos, nella casa dalla porta rossa, che Dany non era così felice.

Ma nel Deserto Rosso, tutta la sua gioia si era tramutata in cenere. Il suo sole-e-stelle era caduto da cavallo, la maegi Mirri Maz Duur aveva assassinato Rhaego nel suo grembo, e Dany aveva soffocato con le proprie mani il guscio vuoto che un tempo era stato il Khal Drogo. Dopo di che, il suo grande khalasar era andato in frantumi. Ko Pono aveva chiamato se stesso Khal Pono, prendendo con sé molti guerrieri e anche molti schiavi. Ko Jhaqo si era proclamato Khal Jhaqo e se n'era andato con un seguito ancora maggiore. Mago, il suo cavaliere di sangue, aveva stuprato e quindi ucciso Eroe, la fanciulla che tempo prima Daenerys aveva salvato proprio da lui. Solamente la nascita dei suoi draghi, tra il fuoco e il fumo della pira funeraria del Khal Drogo, aveva risparmiato Dany dall'essere trascinata di nuovo a Vaes Dothrak, a trascorrere il resto dei suoi giorni tra le vecchie del *dosh khaleen*.

"Il fuoco mi bruciò i capelli, ma per il resto mi lasciò illesa." Stessa cosa era accaduta nella Fossa di Daznak. Era tutto ciò che riusciva a ricordare, il resto era avvolto dalla nebbia. "Tutta quella gente che urlava, che si spingeva." Ricordava i cavalli come impazziti, un carretto che si era rovesciato spargendo dei meloni. Dal basso era sibilata una lancia, poi un nembo di dardi di balestra. Uno era passato talmente vicino, che Dany lo aveva sentito sfiorarle la guancia. Altri dardi erano scivolati sulle scaglie del drago, erano rimasti incastrati fra di esse o avevano perforato le ali membranose. Dany ricordava il drago che si contorceva sotto di sé, sussultando a ogni impatto, mentre lei cercava disperatamente di aggrapparsi al suo dorso ricoperto di scaglie. Le ferite fumavano. Dany aveva visto uno dei dardi avvampare in un improvviso nembo di fuoco. Un altro era finito lontano, scaraventato dal movimento delle ali. In basso, aveva visto uomini che si contorcevano, avvolti dalle fiamme, con le mani che annaspavano nell'aria come presi nel delirio di una folle pantomima. Una donna con un tokar verde aveva preso in braccio un bambino in lacrime, per cercare di proteggerlo dalle fiamme. Dany aveva visto con chiarezza il colore dell'abito, ma non il viso della donna. Delle persone in fuga li calpestarono, mentre giacevano abbracciati sui mattoni. Alcune di loro stavano bruciando.

Poi tutto si era sbiadito, i suoni era scemati, le persone si erano rimpicciolite, lance e frecce erano ricadute nel vuoto sotto di loro mentre Drogon continuava a salire, artigliando il cielo. In alto, in alto, sempre più in alto l'aveva portata, sopra le piramidi e le fosse da combattimento, con le ali completamente dispiegate per sfruttare l'aria calda che saliva dai mattoni arroventati dal sole della città. "Se cado e muoio... ne sarà comunque valsa la pena" aveva pensato Daenerys.

Volarono a nord, oltre il fiume, e Drogon planava con le ali perforate e lacerate attraverso nuvole che schioccavano come i vessilli di un'armata fantasma. Dany aveva avuto la fugace visione della Baia degli Schiavisti e dell'antica strada valyriana che costeggiava, fra sabbia e desolazione, fino a svanire a occidente. "La strada di casa." Poi, sotto di loro era rimasta solo l'erba agitata dal vento.

"Quel primo volo è stato mille anni fa?" A volte, le sembrava che fosse davvero così.

Man mano che il sole si alzava, diventava sempre più caldo, e ben presto Dany sentì pulsare la testa. I capelli le stavano ricrescendo, ma lentamente.

«Ho bisogno di un cappello!» disse ad alta voce.

Su alla Roccia del Drago aveva cercato di farsene uno, intrecciando steli d'erba, come ricordava di aver visto fare alle donne dothraki quando era stata al fianco di Drogo, ma o usava il tipo d'erba sbagliato o semplicemente le mancava l'abilità necessaria. Tutti i cappelli le si disfacevano tra le dita. "Prova ancora" si diceva. "La prossima volta farai meglio. Tu sei sangue del drago, devi riuscire a fare un cappello." Tentò e ritentò, ma l'ultimo tentativo non era stato migliore del primo.

Era pomeriggio quando Dany finalmente trovò il ruscello che aveva intravisto dalla sommità della collina. Era soltanto un ruscelletto, un rigagnolo, una roggia, non più ampio del suo braccio... e il suo braccio era diventato sempre più esile ogni giorno che aveva trascorso alla Roccia del Drago. Dany raccolse con le mani a coppa dell'acqua e se la gettò sul viso. Le sue nocche sfiorarono il fango sul fondo del ruscello. Forse desiderava acque più fresche, più pulite, ma... No, se avesse dovuto basare le sue speranze sui desideri, avrebbe chiesto di essere salvata.

Però continuava ad aggrapparsi alla speranza che qualcuno la venisse a cercare. Magari ser Barristan: era il comandante della Guardia della regina, aveva giurato di difendere la sua vita a costo della propria. E i suoi cavalieri di sangue conoscevano bene il Mare Dothraki, e le loro vite erano legate alla sua. Suo marito, il nobile Hizdahr zo Loraq, avrebbe potuto anche lui mandare degli esploratori. E Daario... Dany lo vide cavalcare verso di lei fendendo l'erba alta, sorridente, con il suo dente d'oro che risplendeva negli ultimi raggi del sole al tramonto.

Solo che Daario era stato dato in ostaggio agli yunkai, per far sì che nessun danno venisse arrecato ai maggiorenti della città gialla. "Daario ed Eroe, Jhogo e Groleo, più tre parenti di Hizdahr." Ormai, gli ostaggi saranno sicuramente stati rilasciati, ma...

Si domandò se i pugnali gemelli del suo capitano erano ancora appesi alla parete vicino al suo letto, in attesa che Daario tornasse a riprenderli. "Ti lascio le mie ragazze" le aveva detto. "Tienile al sicuro per me, mia amata." Si domandò anche se gli yunkai sapessero quanto il suo capitano significasse per lei. Lo aveva chiesto a ser Barristan, il pomeriggio in cui gli ostaggi erano stati inviati nel campo nemico. «Ne avranno sentito parlare» aveva risposto Selmy. «Naharis potrebbe anche essersi vantato... del... grande riguardo... che vostra grazia nutre per lui. Chiedendo venia per quanto sto per dire, la modestia non è una delle virtù del capitano. È molto orgoglioso della sua... abilità con la spada.»

"Si vanta di portarmi a letto, vuoi dire." Ma Daario non sarebbe stato così stolto da vantarsi di questo con i suoi nemici. "Non ha più importanza. A questo punto gli yunkai staranno tornando a casa." Per questo Dany aveva fatto tutto quello che aveva fatto. Per la pace.

Si voltò indietro a guardare il cammino che aveva percorso, la Roccia del Drago che torreggiava sulla pianura erbosa come un pugno serrato. "Sembra così vicina. Ho camminato per ore, eppure è come se bastasse allungare una mano per toccarla." Non era troppo tardi per tornare indietro. C'erano dei pesci nella pozza alimentata da una sorgente vicino alla caverna di Drogon. Dany ne aveva preso uno il primo giorno, forse ne avrebbe pescati altri. E poi ci sarebbero stati gli avanzi, ossa bruciate con frammenti di carne ancora attaccati, delle vittime del drago.

"No" ripeté Dany a se stessa "se mi volto indietro sono perduta." Avrebbe potuto vivere per anni, fra le aride pietre della Roccia del Drago, cavalcando Drogon di giorno e rosicchiando i suoi resti al calare della sera, quando l'oceano d'erba da dorato diventava arancione, ma non sarebbe mai stata la vita per cui era nata. Così voltò di nuovo le spalle alla collina lontana, e non prestò ascolto al canto del volo e della libertà modulato dal vento fra le asperità pietrose dell'altura. Il ruscello scorreva verso sudest, almeno da quanto Dany poteva vedere. "Portami fino al fiume, non ti chiedo altro. Portami fino al fiume, e io farò il resto."

Le ore trascorsero lentamente. Il ruscello deviava in una direzione, poi nell'altra. Dany continuò a seguirlo, picchiandosi la frusta contro la gamba, cercando di non pensare a quanta strada doveva ancora fare né alla testa che le pulsava né allo stomaco vuoto. "Fa' un passo. Fanne un altro. Un altro ancora." Che cos'altro le restava?

Nel suo mare regnava la quiete. Quando soffiava il vento, l'erba sospirava, gli steli sfregavano gli uni contro gli altri, sussurrando in una lingua che soltanto gli dèi potevano comprendere. Di tanto in tanto, il ruscello gorgogliava, quando aggirava una roccia. Il fango si infilava tra le dita dei piedi. Una quantità di insetti le ronzava attorno: pigre libellule, verdi vespe scintillanti e moscerini pungenti così piccoli da essere quasi invisibili. Quando le si posavano sulle braccia, Dany li scacciava quasi senza rendersene conto. Una volta vide un ratto abbeverarsi al ruscello, ma appena lui si accorse della sua presenza corse a nascondersi nell'erba alta. Ogni tanto udì gli uccelli cantare. Quel suono le faceva brontolare lo stomaco, ma non aveva reti per catturarli e fino a quel momento non aveva mai incontrato un nido. "Un tempo sognavo di volare" pensò. "E adesso che ho volato... sogno di rubare delle uova." La cosa la fece ridere. "Gli uomini sono folli, e gli dèi lo sono ancora di più" disse all'erba, e l'erba mormorò che era d'accordo.

Per tre volte quel giorno avvistò Drogon. La prima volta era talmente lontano da sembrare un'aquila, che planava dentro e fuori nubi remote, ma ormai Dany sapeva riconoscerlo anche quando era solo un puntino nel cielo. La seconda volta passò davanti al sole con le sue grandi ali nere aperte, e il mondo si oscurò. L'ultima volta volò proprio sopra di lei, così vicino che poté udire il battito delle sue ali. Per un attimo, Dany pensò che stesse dando la caccia a lei, ma Drogon passò oltre senza nemmeno notarla e svanì da qualche parte a oriente. "Meglio così."

La sera la colse quasi di sorpresa. Mentre il sole dorava le guglie lontane della Roccia del Drago, Dany si trovò davanti un basso muro di pietra, rotto e invaso dalle erbacce. Forse aveva fatto parte di un tempio, o della sala del capo di un villaggio. Più avanti, c'erano altri resti: un vecchio pozzo e dei cerchi nell'erba che indicavano dove un tempo sorgevano le capanne. Dovevano essere state di fango e paglia, giudicò Dany, ma anni e anni di pioggia e vento le avevano progressivamente ridotte a nulla. Dany ne trovò otto, ma potevano essercene anche delle altre più avanti, nascoste nell'erba.

Il muro di pietra aveva retto meglio del resto. Anche se non era alto più di tre piedi, l'angolo che formava con un altro pezzo di muro, di poco più basso, poteva offrire una sorta di protezione dagli elementi, e la notte stava calando in fretta. Dany si sistemò lì, facendosi una specie di giaciglio strappando dell'erba che spuntava fra le rovine. Era molto stanca, e le erano comparse delle nuove vesciche sui piedi, tra cui due sui mignoli. "Dev'essere per il modo in cui cammino" pensò ridendo.

Quando il mondo si oscurò, Dany si distese e chiuse gli occhi, ma il sonno si rifiutava di arrivare. La notte era fredda, la terra era dura, il suo stomaco vuoto. Si ritrovò a pensare a Meereen, a Daario, il suo amore, a Hizdahr, suo marito, a Irri e Jhiqui, alla dolce Missandei, a ser Barristan, Reznak e Skahaz il Testarasata.

"Temono che io sia morta? Sono volata via sulla schiena di un drago. Penseranno che mi abbia divorato?" Si domandò se Hizdahr fosse ancora re. La sua corona derivava da lei, poteva quindi conservarla in sua assenza? "Voleva Drogon morto. L'ho udito io stessa. 'Uccidetelo' urlava, 'Ammazzate quella bestia!' e l'espressione sul suo viso era di bramosia. E Belwas il Forte era in ginocchio, che vomitava e sussultava. Veleno. Dev'essere stato veleno. Le locuste al miele. Hizdahr insisteva che io le assaggiassi, ma Belwas le ha mangiate tutte."

Lei aveva fatto di Hizdahr il suo re, lo aveva accolto nel proprio letto, per lui aveva riaperto le fosse da combattimento e lui non aveva ragione di volerla morta. E allora chi poteva essere stato? Reznak, il suo siniscalco profumato? Gli yunkai? I Figli dell'Arpia?

Un lupo ululò in lontananza. Quel suono la fece sentire triste e sola, ma non meno affamata. Quando sorse la luna sulla prateria, Dany scivolò finalmente in un sonno inquieto.

Sognò.
Tutte le sue angosce erano svanite, tutte le sue sofferenze si erano dissipate, e le sembrò di fluttuare in alto, verso il cielo. Stava

volando di nuovo, girava, rideva, danzava, mentre le stelle le vorticavano attorno sussurrandole dei segreti all'orecchio.

"Per andare a nord, devi viaggiare verso sud. Per raggiungere l'ovest, devi dirigerti a est. Per andare avanti, devi tornare indietro. Per arrivare alla luce, devi attraversare l'ombra."

«Quaithe?» chiamò Daenerys. «Quaithe, dove sei?»

Poi la vide. "La sua maschera è fatta di luce stellare."

«Ricorda chi sei, Daenerys» sussurrarono le stelle, con una voce di donna. «I draghi lo sanno. E tu?»

La mattina dopo si svegliò rigida, pesta e dolorante, con le formiche che le camminavano sulle gambe, sulle braccia e sulla faccia. Quando Dany capì che cos'erano, allontanò gli steli di erba marrone che erano stati il giaciglio e la sua coperta e si mise in piedi. Aveva punture dappertutto, piccole pustole rosse, infiammate e pruriginose. "Da dove arrivano tutte queste formiche?" Dany le tolse dalle sue braccia, dalle gambe e dalla pancia. Passò una mano sulla cute ispida dove i capelli si erano bruciati. Aveva altre formiche anche sulla testa, una stava scendendo lungo il collo. Le fece cadere per terra e le schiacciò con i piedi nudi. Sono così tante…

Scoprì che il formicaio era giusto dalla parte opposta di quel muro ancestrale. Si domandò come le formiche fossero riuscite a scalarlo e a trovarla. Per loro, quelle rovine dovevano essere grandi quanto la grande Barriera dell'Occidente. La più grande muraglia del mondo, diceva sempre suo fratello Viserys, orgoglioso come se l'avesse costruita con le proprie mani.

Viserys le raccontava spesso storie di cavalieri caduti in tale povertà da essere costretti a dormire sotto gli antichi cespugli che crescevano lungo le strade dei Sette Regni. Dany avrebbe dato qualsiasi cosa per un bel cespuglio fitto. "Possibilmente uno senza formicaio."

Il sole era appena sorto. Poche stelle luminose si attardavano nel cielo blu cobalto. "Forse una di esse è il Khal Drogo, in sella al suo stallone di fuoco nelle Terre della Notte, che mi sorride." La Roccia del Drago era ancora visibile sopra l'orizzonte della pianura erbosa. "Sembra così vicina. Devo essere a molte leghe di distanza, eppure è come se ci potessi tornare in un'ora." Avrebbe voluto sdraiarsi ancora, chiudere gli occhi e dormire. "No, devo rimettermi in marcia. Il ruscello. Devo seguire il ruscello."

Dany si fermò un attimo per essere certa della direzione. Non voleva avviarsi dalla parte sbagliata e perdere il suo ruscello. «Il mio amico» disse ad alta voce. «Se resto vicino al mio amico, non mi perderò.» Avrebbe dormito sulla riva, se avesse osato, ma c'erano degli animali che di notte venivano ad abbeverarsi. Aveva visto le loro tracce. Dany sarebbe stata un magro pasto per un lupo o per un leone, ma anche un magro pasto era pur sempre meglio che niente.

Una volta che fu certa da che parte era il sud, si mosse contando i passi. Il ruscello apparve quando arrivò a otto. Dany raccolse le mani a coppa per bere. L'acqua le faceva venire i crampi allo stomaco, ma erano meglio quelli che soffrire la sete. Non aveva da bere altro che la rugiada del mattino che scintillava sull'erba alta, e niente cibo, a meno che non volesse mangiare l'erba. "Potrei provare a mangiare le formiche." Quelle gialle erano troppo piccole per fornire del nutrimento, ma tra l'erba c'erano anche delle formiche rosse, che erano più grosse.

«Sono dispersa in mare» disse mentre avanzava barcollando seguendo le curve del ruscello «per cui forse riuscirò a trovare qualche granchio, o anche un bel pesce.»

La frusta batteva mollemente contro la sua coscia, *wap wap wap*. Un passo alla volta, il ruscello l'avrebbe portata a casa.

Poco dopo mezzogiorno arrivò vicino a un cespuglio che cresceva nella corrente; i suoi rami contorti erano coperti di dure bacche verdi. Dany le studiò con sospetto, poi ne prese una da un ramo e l'assaggiò. La polpa era aspra e gommosa, con un retrogusto amaro che le era familiare.

«Nel khalasar usano bacche come queste per insaporire la carne arrostita» decise. Dirlo ad alta voce rafforzò la sua convinzione. Il suo stomaco brontolava, e Dany si trovò a strappare le bacche a due mani, cacciandosele in bocca.

Un'ora più tardi, i crampi allo stomaco erano diventati talmente forti che fu costretta a fermarsi. Passò il resto della giornata a vomitare una melma verdastra. "Se rimango qui, morirò qui. Potrei morire anche adesso." Che il dio cavallo dei dothraki stesse per aprire il mare d'erba e portarla nel suo khalasar stellare, affinché lei potesse cavalcare nelle Terre della Notte al fianco del suo sole-e-stelle? Nel continente occidentale, i defunti della Casa Targaryen venivano consegnati alle fiamme, ma chi mai avrebbe acceso la sua pira lì? "Le mie carni diventeranno cibo per lupi e corvi" pensò tristemente "e il mio grembo pullulerà di vermi." Il suo sguardo tornò a posarsi sulla Roccia del Drago. Adesso appariva più piccola. Vide del fumo levarsi dalla sua cima scolpita dai venti, a miglia di distanza. "Drogon è tornato dalla caccia."

Il tramonto la trovò prostrata nell'erba, gemente. Ogni conato di vomito era più liquido del precedente, e l'odore più infame. Quando sorse la luna sulla pianura, Dany stava cacando acqua marrone. Più beveva e più defecava, ma più defecava e più sete le veniva, e la sete la spingeva di nuovo verso il ruscello, a bere altra acqua. Quando finalmente chiuse gli occhi, non sapeva se avrebbe avuto la forza di riaprirli.

Sognò suo fratello, defunto.

Viserys era esattamente come l'ultima volta che lo aveva visto. Aveva la bocca distorta dalla sofferenza, i capelli bruciati, la faccia annerita e fumante dove l'oro fuso era colato dalla fronte e dalle tempie fino agli occhi.

«Tu sei morto.»

"Assassinato." Anche se le labbra di Viserys non si muovevano, Dany poteva udire la sua voce, che le sussurrava all'orecchio. "Tu non mi hai mai pianto, sorella. È duro morire senza nessuno che piange la tua morte."

«Io ti volevo bene, un tempo.»

"Un tempo" disse, con un'amarezza tale che la fece rabbrividire. "Tu avresti dovuto essere mia moglie, darmi dei figli con gli occhi viola e i capelli argento, per mantenere puro il sangue del drago. Io mi sono preso cura di te. Ti ho insegnato chi sei. Ti ho nutrito. Ho venduto la corona di nostra madre per continuare a nutrirti."

«Tu mi facevi del male, mi facevi paura.»

"Solo quanto tu risvegliavi il drago. Io ti amavo."

«Tu mi hai venduto, mi hai tradito.»

"No. Sei stata tu a tradirmi. Ti sei rivoltata contro di me, contro il tuo stesso sangue. Loro mi hanno ingannato. Quel tuo marito-cavallo e i suoi selvaggi puzzolenti. Erano tutti ingannatori e bugiardi. Mi avevano promesso una corona d'oro e mi hanno dato… questo." Toccò l'oro fuso che continuava a colargli sul volto, e del fumo si levò dalle sue dita.

«Avresti potuto avere la tua corona» gli disse Daenerys. «Il mio sole-e-stelle l'avrebbe conquistata per te, se solamente tu avessi aspettato.»

"Ho aspettato abbastanza. Ho aspettato per tutta la vita. Ero il loro re, il loro re di diritto. Loro mi hanno riso in faccia."

«Avresti dovuto rimanere a Pentos, con magistro Illyrio. Il Khal Drogo doveva presentarmi al dosh khaleen, ma tu non eri obbligato a venire con noi. È stata una tua scelta. Il tuo errore.»

"Davvero vuoi risvegliare il drago, stupida sgualdrina? Il khalasar di Drogo era mio. Io lo avevo comprato da lui: centomila guerrieri. Il prezzo con cui l'ho comprato? La tua verginità."

«Tu non hai ancora capito. I dothraki non comprano e non vendono. Loro fanno dei doni e li ricevono. Se tu avessi aspettato…»

"Io ho aspettato: la mia corona, il mio trono, te. Tutti quegli anni, ma quello che ho ottenuto è stato un calderone d'oro fuso. Perché hanno dato a te quelle uova di drago? Avrebbero dovuto essere mie. Se io avessi avuto un drago, avrei insegnato al mondo il significato del motto della nostra casata." Viserys cominciò a ridere, finché la mascella non si staccò dalla faccia fumante, e dalla sua bocca colarono sangue e oro fuso.

Quando Daenerys si svegliò, ansimando, le sue cosce erano viscide di sangue.

Per un momento, non capì che cosa fosse. Il mondo aveva appena cominciato a illuminarsi, e l'erba alta frusciava nel vento. "No, vi prego, lasciatemi dormire ancora, sono talmente stanca." Cercò di strisciare di nuovo sotto il cumulo d'erba che aveva strappato prima di scivolare nel sonno. Alcuni steli erano umidi. Aveva forse piovuto di nuovo? Si mise a sedere, temendo di avere urinato nel sonno. Quando sollevò le dita all'altezza della faccia, sentì l'odore del sangue. "Sto morendo?" Poi vide la pallida falce di luna che galleggiava alta sopra il mare d'erba, e si rese conto che si trattava solo del suo ciclo di luna.

Se non fosse stata così inferma e spaventata, quel pensiero le avrebbe dato sollievo. Invece, cominciò a essere scossa da tremiti convulsi. Strofinò le dita contro il terriccio, prese una manciata di steli e li usò per asciugarsi l'interno delle cosce. "Il drago non piange." Stava sanguinando, ma era solo sangue femminile. "La luna, però, è ancora crescente. Come può essere?" Cercò di ricordare quando era stata l'ultima volta che aveva sanguinato. L'ultima luna piena? Oppure quella prima? "No, non può essere passato così tanto tempo."

«Io sono il sangue del drago» disse all'erba, ad alta voce.

"Lo eri" rispose l'erba in un sussurro "finché non hai incatenato i tuoi draghi nell'oscurità."

«Drogon aveva ucciso una bambina. Il suo nome era… era…» Dany non riusciva più a ricordare il nome di quella bambina. Questo la rattristò al punto che avrebbe pianto, se non avesse già bruciato tutte le sue lacrime. «Io non avrò mai una bambina. Io sono la Madre dei Draghi.»

"Aye" rispose l'erba "ma ti sei rivoltata contro i tuoi stessi figli."

Aveva lo stomaco vuoto, i piedi doloranti e coperti di vesciche, e le sembrava che i crampi fossero addirittura peggiorati. Sentiva di avere le viscere piene di serpi che si contorcevano e le addentavano le interiora. Raccolse una manciata di fango e acqua con mani tremanti. A mezzogiorno quell'acqua sarebbe stata tiepida, ma nel freddo dell'alba era quasi gelida, e l'aiutò a tenere gli occhi aperti. Dopo essersi gettata l'acqua in faccia, Dany vide che aveva sangue fresco sulle cosce. L'orlo sbrindellato della sua tunica era macchiato. La vista di tutto quel rosso la spaventò. "È il mio ciclo di luna, solo il mio ciclo di luna." Ma non ricordava di avere mai avuto un flusso così abbondante. "Che sia l'acqua?" Se l'acqua era avvelenata, era rovinata. Doveva bere, oppure morire di sete.

«Cammina» ordinò a se stessa. «Segui il ruscello e lui ti porterà fino allo Skahazadhan. E là Daario ti troverà.»

Ma dovette fare ricorso a tutte le sue forze solo per rimettersi in piedi e, quando ci fu riuscita, non poté fare altro che restare immobile, febbricitante e sanguinante. Sollevò gli occhi verso il vuoto cielo azzurro, socchiudendo le palpebre al sole. "È già passata metà della mattina" si rese conto, con angoscia. Si costrinse a muovere un passo, un altro, poi un altro ancora. E alla fine era di nuovo in marcia, seguendo il piccolo ruscello.

La giornata diventò più calda, e il sole le picchiava in testa e sui resti bruciati dei suoi capelli. L'acqua le schizzava i piedi. Stava camminando nel ruscello. Da quanto tempo lo faceva? La soffice fanghiglia scura era piacevole fra le dita dei piedi e aiutava a lenire il dolore causato dalle vesciche. "Dentro il ruscello, o fuori dal ruscello, devo continuare a camminare. L'acqua scorre dall'alto verso il basso. Il ruscello mi porterà al fiume, e il fiume mi porterà a casa."

Solo che non era così, non esattamente.

Meereen non era casa sua, non lo sarebbe mai stata. Era una città di strani uomini con strani dèi e ancora più strani capelli, un luogo di schiavisti vestiti con tokar ornati di frange, dove la grazia si otteneva prostituendosi, dove il massacro era un'arte e la carne di cane una leccornia. Meereen sarebbe sempre stata la città dell'Arpia, e Daenerys non poteva essere un'arpia.

"Mai" disse l'erba, nel tono ruvido di Jorah Mormont. "Tu eri stata messa sull'avviso, vostra grazia. Lascia perdere questa città, ti dissi. La tua guerra è nell'Occidente, anche questo ti dissi."

Quella voce era poco più di un sussurro, eppure Dany ebbe la sensazione che il cavaliere stesse camminando giusto dietro di lei. "Il mio orso" pensò "il mio vecchio, dolce orso, che mi ha amato e mi ha tradito." Le era davvero mancato molto, ser Jorah. Aveva voglia di rivedere quella sua brutta faccia, abbracciarlo e stringersi contro il suo petto... ma sapeva che se si fosse voltata, ser Jorah sarebbe svanito.

«Sto sognando» disse. «Un sogno a occhi aperti, a occhi aperti. Sono sola, e sono perduta.»

"Sei perduta perché ti sei ostinata a restare in quel posto al quale non sei mai appartenuta" mormorò ser Jorah, come in un soffio di vento. "E sei sola perché mi hai impedito di essere al tuo fianco."

«Tu mi hai tradito. Tu hai passato delle informazioni su di me, in cambio di oro.»

"In cambio della mia casa. Non ho mai desiderato altro."

«E me. Desideravi anche me.» Dany glielo aveva letto negli occhi.

"Sì, ti ho desiderato" sussurrò l'erba, piena di tristezza.

«Tu mi hai baciato. Io non ti ho mai detto che potevi farlo, ma tu lo hai fatto lo stesso. Mi hai venduto ai miei nemici, ma quando mi hai baciato eri sincero.»

"Io ti avevo dato dei buoni consigli. Preserva le tue lance e le tue spade per i Sette Regni, ti avevo detto. Lascia Meereen ai meerensi e dirigiti verso ovest. Ma tu non mi hai ascoltato."

«Io *dovevo* prendere Meereen... oppure lasciare che i miei figli morissero di fame lungo la marcia.» Dany vedeva ancora la fila di cadaveri che si era lasciata dietro nella traversata del Deserto Rosso. Non era uno spettacolo che desiderava rivedere. «Dovevo prendere Meereen per nutrire la mia gente.»

"Tu hai preso Meereen" le rispose ser Jorah "ma poi ti sei ostinata a restare."

«Per essere regina.»

"Tu sei una regina" disse il suo orso. "Nell'Occidente."

«È talmente lontano» si lamentò Dany. «Ero stanca, Jorah, stanca della guerra. Volevo riposare, ridere, piantare alberi e vederli crescere. Io sono solo una giovane fanciulla.»

"No, tu sei il sangue del drago." Il sussurro ora stava facendosi più debole, come se ser Jorah avesse perduto terreno dietro di lei. "I draghi non piantano alberi. Questo ricordalo. Ricorda chi sei, e ciò che sei destinata a diventare. Ricorda il motto della tua stirpe."

«Fuoco e sangue» disse Daenerys al mare d'erba ondeggiante.

Una pietra rotolò sotto il suo piede. Dany cadde in ginocchio e lanciò un grido di dolore, continuando a sperare che il suo orso la raccogliesse e l'aiutasse a rimettersi in piedi. Quando si voltò per cercarlo con lo sguardo, tutto quello che vide fu lo scorrere dell'acqua marrone... e l'erba, che continuava a muoversi impercettibilmente. "È il vento" pensò "il vento che agita gli steli e li fa ondeggiare." Solo che non soffiava alcun vento. Il sole ardeva sopra di lei, il mondo era caldo e immobile. Nell'aria turbinavano i moscerini, una libellula oscillava sopra il ruscello, spostandosi di qui e di là. E l'erba si muoveva, senza un motivo.

Dany frugò nell'acqua, trovò una pietra grande quanto il suo pugno, la estrasse dal fango. Un'arma da poco, ma pur sempre meglio delle mani nude. Con la coda dell'occhio, vide l'erba muoversi di nuovo alla sua destra. Ondeggiava e si inchinava, come davanti a un re, ma non le apparve nessun re. Il mondo era verde e vuoto. Il mondo era verde e silenzioso. Il mondo era giallo e morente. "Dovrei alzarmi" si disse. "Devo camminare. Devo seguire il ruscello."

Dall'erba arrivò un lieve tintinnare argentino.

"Le campanelle" pensò Dany, sorridendo; ricordò il Khal Drogo, il suo sole-e-stelle, e le campanelle che le aveva messo nella treccia. "Quando il sole sorgerà a occidente e tramonterà a oriente, quando i mari si seccheranno e le montagne voleranno nel vento come foglie, quando il mio grembo sarà di nuovo fecondo e io darò alla luce un figlio vivo, il Khal Drogo tornerà da me."

Ma nessuna di quelle profezie si era avverata. "Le campanelle" pensò ancora Dany. I suoi cavalieri di sangue l'avevano trovata. «Aggo» sussurrò. «Jhogo, Rakharo.» E forse con loro c'era anche Daario.

Il mare verde si aprì. Apparve un cavaliere. La sua treccia era nera e lucente, la sua pelle scura come rame brunito, gli occhi avevano la forma di mandorle amare. Le campanelle gli tintinnavano fra i capelli. Portava una cintura di medaglioni e una giubba senza maniche dipinta, l'arakh su un fianco, la frusta sull'altro. Un arco da caccia e una faretra con le frecce pendevano dalla sella.

"Un cavaliere, da solo. Un esploratore." Era uno di quelli che precedevano il khalasar, per cercare selvaggina e buona erba verde, individuare i nemici ovunque si nascondessero. Se l'avesse trovata lì, l'avrebbe uccisa, stuprata, o ridotta in schiavitù. Nella migliore delle ipotesi l'avrebbe rimandata alle megere del *dosh khaleen*, dove le brave khaleesi dovevano andare dopo la morte dei loro khal.

Ma il cavaliere dothraki non la vide. L'erba la celava, e il suo sguardo era rivolto altrove. Dany seguì la direzione dei suoi occhi ed ecco l'ombra volante, con le ali completamente spalancate. Il drago era a un miglio di distanza, eppure l'esploratore dothraki rimase come cristallizzato finché il suo stallone non cominciò a nitrire spaventato. Quando si ridestò come da un sogno, fece voltare la cavalcatura e partì nell'erba alta al galoppo.

Dany lo guardò allontanarsi. Dopo che il rumore degli zoccoli sfumò nel silenzio, cominciò a gridare. Andò avanti finché diventò roca... e Drogon arrivò, soffiando sbuffi di fumo dalle narici. L'erba si inchinò al suo cospetto. Dany gli saltò in groppa. Lei puzzava di sangue, sudore e paura, ma non aveva importanza.

«Per andare avanti devo tornare indietro» disse.

Le sue gambe nude si strinsero attorno al collo del drago. Diede di talloni, e Drogon si slanciò verso il cielo. La frusta era perduta, per cui usò le mani e i piedi, e diresse il drago verso nordest, da dove era arrivato l'esploratore dothraki. Drogon ubbidì senza difficoltà; forse sentiva la paura del cavaliere.

Dopo alcuni istanti, superarono il dothraki, che continuava a galoppare sotto di loro. A destra e a sinistra, Dany notò chiazze dove l'erba era bruciata e incenerita. "Drogon è già venuto da queste parti." Come un arcipelago di isole grigie, i segni delle sue cacce punteggiavano il verde mare d'erba.

Sotto di loro apparve un gran numero di cavalli. C'erano anche dei cavalieri, una ventina o più, ma appena videro il drago si voltarono e fuggirono. Quando l'ombra volante calò su di loro, i cavalli scapparono via e galopparono nell'erba finché i loro fianchi non furono bianchi di schiuma, lacerando il terreno con gli zoccoli... ma per quanto veloci non potevano volare. Ben presto, un cavallo cominciò a restare indietro. Il drago scese su di lui ruggendo, e in un attimo il povero animale fu avvolto dalle fiamme, eppure continuò comunque a correre, urlando a ogni passo, finché Drogon non si avventò su di lui spezzandogli la schiena. Dany si aggrappò al collo del drago con tutte le sue forze per non cadere.

La carcassa era troppo pesante per lui da sollevare e trasportare nel suo antro, per cui Drogon consumò la preda lì dov'era caduta, divorando brandelli di carne annerita, mentre l'erba attorno a loro era avvolta dalle fiamme, e nell'aria aleggiava un fumo denso e l'odore di crini bruciati.

Dany, stremata dalla fame, scese dal dorso del drago e mangiò assieme a lui, strappando con le mani nude e ustionate pezzi di carne fumante dal cavallo morto. "A Meereen ero una regina avvolta nella seta e sbocconcellavo datteri ripieni e agnello al miele. Che cosa direbbe il mio nobile marito, se mi vedesse ora?" Hizdahr sarebbe di certo orripilato. Mentre Daario...

Daario si sarebbe messo a ridere, avrebbe tagliato un pezzo di carne di cavallo con il suo arakh e si sarebbe seduto a mangiare accanto a lei.

Quando il cielo a occidente assunse il colore di una ferita sanguinante, lei udì il rumore di cavalli al galoppo. Dany si alzò, si pulì le mani nella tunica a brandelli e si mise in piedi di fianco al suo drago.

Fu così che la trovò il Khal Jhaqo, quando una cinquantina di guerrieri del suo khalasar emersero dai vortici di fumo.

«Io non sono un traditore» dichiarò il cavaliere del Posatoio del Grifone. «Io sono un uomo di re Tommen, e anche *tuo*.»

Queste parole erano scandite dal rumore delle gocce di neve sciolta che cadevano dal suo mantello formando una pozza sul pavimento. Ad Approdo del Re aveva continuato a nevicare per quasi tutta la notte; fuori i cumuli arrivavano alle caviglie.

Ser Kevan Lannister si strinse nel proprio mantello. «Questo lo dici tu, ser. Le parole sono vento.»

«Lascia allora che ti dia prova della loro sincerità con la mia spada.» Lo scintillare delle torce faceva avvampare la barba e i lunghi capelli rossi di Ronnet Connington. «Mandami contro mio zio, e io ti porterò la sua testa, più quella del falso giovane drago.»

I lancieri Lannister, con i mantelli cremisi e i mezzi elmi a cresta di leone, erano allineati lungo la parete ovest della sala del trono. Le guardie Tyrell con le cappe verdi li fronteggiavano, schierati lungo la parete opposta. Il gelo nella sala del trono era palpabile. Anche se al momento la regina Cersei e la regina Margaery non c'erano, la loro presenza ammorbava l'aria, come degli spettri a un banchetto.

Dietro al tavolo dove erano seduti i cinque membri del concilio ristretto del re, il Trono di Spade incombeva come una grande belva oscura, con i rostri, gli artigli e le lame parzialmente celati dalle ombre. Kevan Lannister lo sentiva torreggiare dietro di sé, come un pizzicore al centro della schiena. Era facile immaginare il vecchio re Aerys appollaiato là sopra, sanguinante per l'ennesima ferita, lanciare sguardi feroci verso il basso.

Ma quel giorno il Trono di Spade era vuoto. Kevan non aveva ravvisato alcuna ragione perché Tommen dovesse essere presente. Meglio lasciare il ragazzo con la madre. Solamente i Sette Dèi sapevano quanto tempo avevano da trascorrere assieme prima del processo di Cersei... e magari della sua esecuzione.

Fu Mace Tyrell a parlare. «Faremo i conti con tuo zio e con quel suo presunto ragazzetto a tempo debito.» Il nuovo Primo Cavaliere del re sedeva su uno scranno di quercia scolpito a forma di una grande mano, un'assurda ostentazione che sua signoria il lord di Alto Giardino aveva esibito il giorno stesso in cui ser Kevan gli aveva concesso quel rango che tanto agognava. «Tu rimarrai qui finché non saremo pronti a marciare. Solo allora ti sarà concessa l'opportunità di dare prova della tua lealtà.»

Ser Kevan non fece obiezioni. «Scortate ser Ronnet nei suoi alloggi» ordinò. Non fu necessario specificare: "E fate in modo che ci resti". Nonostante le sue roboanti proteste, il cavaliere del Posatoio del Grifone rimaneva un sospettato. A quanto si sapeva, i mercenari sbarcati nel Sud erano guidati da un suo consanguineo.

Mentre l'eco dei passi di Connington si attutiva, il gran maestro Pycelle scosse la testa meditabondo. «Un tempo suo zio, dal preciso punto dove poco fa si trovava il ragazzo, ha detto a re Aerys che gli avrebbe portato la testa di Robert Baratheon.»

"Ecco che cosa succede quando si diventa vecchi come Pycelle. Tutto quello che vedi o che senti ti fa tornare in mente qualcosa che hai visto o sentito quando eri giovane." «Quanti uomini d'armi hanno scortato ser Ronnet in città?» domandò ser Kevan.

«Venti» gli rispose lord Randyll Tarly «molti dei quali facevano parte della vecchia banda di Gregor Clegane. Tuo nipote Jaime li ha dati a Connington. Scommetto per sbarazzarsene. Non erano arrivati a Maidenpool nemmeno da un giorno che uno di loro aveva già ammazzato qualcuno, e un altro era stato accusato di stupro. Ho fatto impiccare il primo e castrare il secondo. Se dipendesse da me, li manderei tutti nei guardiani della notte, Connington compreso. La Barriera è il posto giusto per quella feccia.»

«Un cane impara dal padrone» dichiarò Mace Tyrell. «I mantelli neri sono quello che fa per loro, concordo. Non tollererò uomini simili nella guardia cittadina.»

Cento dei suoi armigeri erano entrati nei mantelli dorati, ma evidentemente sua signoria intendeva evitare l'afflusso di altri uomini dell'Occidente come bilanciamento.

"Più gli concedo, più lui pretende." Kevan Lannister stava cominciando a comprendere perché Cersei avesse sviluppato un tale risentimento nei confronti dei Tyrell. Ma quello non era il momento per provocare una discussione pubblica. Randyll Tarly e Mace

Tyrell avevano portato entrambi i loro eserciti ad Approdo del Re, mentre la maggior parte della forza militare dei Lannister era rimasta nelle Terre dei Fiumi, mezza dispersa. «Gli uomini della Montagna che cavalca sono sempre stati validi guerrieri» intervenne in tono conciliante «e contro questa invasione di mercenari avremo bisogno di ogni singola spada. Se, come insistono gli informatori di Qyburn, si tratta davvero della Compagnia Dorata...»

«Chiamali pure come credi» disse Randyll Tarly. «Non sono altro che degli avventurieri.»

«Può darsi» disse ser Kevan. «Ma più a lungo ignoriamo questi avventurieri, più diventano forti. Abbiamo fatto preparare una mappa delle loro incursioni. Gran maestro?»

La mappa era meravigliosa, dipinta dalla mano di un maestro su pergamena finissima, talmente grande da coprire tutto il tavolo. «Qui.» Pycelle indicò con la mano chiazzata dagli anni. Dove la manica della tunica risaliva, si vedeva un lembo di carne pallida che pendeva dall'avambraccio. «Qui e qui. Lungo tutta la costa e sulle isole. Tarth, le Stepstones, perfino Estermont. E dagli ultimi rapporti, Connington si starebbe muovendo verso Capo Tempesta.»

«Se si tratta di Jon Connington» obiettò Randyll Tarly.

«Capo Tempesta» grugnì lord Mace Tyrell. «Non potrà mai prendere Capo Tempesta. Nemmeno se fosse Aegon il Conquistatore. Adesso è Stannis a controllare la fortezza. E quand'anche ci riuscisse, che cosa otterrebbe? E se il castello passasse da un pretendente all'altro, perché questo dovrebbe impensierirci? Una volta che l'innocenza di mia figlia sarà comprovata, lo riconquisterò.»

"Come farai a riconquistarlo, visto che nemmeno lo hai mai conquistato?" «Capisco, mio lord. Ma...»

Tyrell non lo lasciò finire. «Queste accuse contro mia figlia sono luride menzogne. Per cui torno a domandare perché dobbiamo recitare questa farsa da guitti? Che re Tommen sancisca l'innocenza di mia figlia, ser, così da porre subito fine a questa follia.»

"Se facciamo una cosa del genere, i sussurri perseguiteranno Margaery per il resto dei suoi giorni." «Nessuno dubita dell'innocenza di tua figlia, mio lord» mentì ser Kevan «ma sua alta sacralità insiste per un processo.»

Lord Randyll sbuffò. «Che cosa siamo diventati, quindi, se sovrani e alti lord arrivano a piegarsi davanti al cinguettare dei passeri?»

«Abbiamo nemici da ogni lato, lord Tarly» gli ricordò ser Kevan. «Stannis a nord, gli uomini di ferro a ovest, i mercenari a sud. Se sfidiamo l'Alto Passero, avremo sangue che scorre anche nelle strade di Approdo del Re. Se venissimo visti andare contro gli dèi, l'unico risultato sarà quello di spingere i devoti nelle braccia di uno o dell'altro di questi usurpatori.»

Mace Tyrell rimase impassibile. «Una volta che Paxter Redwyne avrà spazzato via gli uomini di ferro dai nostri mari, i miei figli torneranno in possesso delle Isole Scudo. Le nevi avranno la meglio su Stannis, oppure ci penserà Bolton. Quanto a Connington...»

«Se si tratta di lui» ribadì lord Randyll.

«... quanto a Connington» riprese Tyrell «quali vittorie ha mai avuto perché noi lo dobbiamo temere? Avrebbe potuto porre fine alla Ribellione di Robert a Tempio di Pietra. Ha fallito. Così come ha sempre fallito anche la Compagnia Dorata. C'è chi correrà ad arruolarsi con loro, *aye*. Per il reame è solo un bene perdere simili stolti.»

Ser Kevan avrebbe voluto condividere quella certezza. Aveva conosciuto Jon Connington solo superficialmente: un giovane orgoglioso, il più caparbio nel branco di giovani signorotti che si erano raccolti attorno al principe Rhaegar Targaryen, tutti in competizione per diventare il suo favorito. "Arrogante, ma abile ed energico." Questo, e la sua abilità con le armi, erano le ragioni che avevano indotto il Re Folle a nominarlo Primo Cavaliere. L'inazione del vecchio lord Merryweather aveva fatto sì che la ribellione mettesse radici e si espandesse; Aerys voleva qualcuno di giovane e vigoroso che contrastasse la gioventù e il vigore di Robert Baratheon. «Troppo presto» aveva sentenziato lord Tywin Lannister, quando la notizia della scelta del re era arrivata a Castel Granito. «Connington è troppo giovane, troppo temerario, troppo assetato di gloria.»

La Battaglia delle Campane ne era stata la riprova. Dopo quella sconfitta, ser Kevan pensava che Aerys non avesse altra scelta se non convocare ancora una volta Tywin... invece il Re Folle si era rivolto ai lord Chelsted e Rossart, un errore che pagò con la perdita della corona e della vita. "Ma tutto questo è successo tanto tempo fa. Se si tratta di Jon Connington, sarà un uomo diverso. Più vecchio, più indurito, più saggio... più pericoloso." «Connington potrebbe avere dalla sua non solo la Compagnia Dorata. Si dice che abbia un pretendente Targaryen.»

«Un falso giovane, ecco che cos'ha» disse Randyll Tarly.

«Forse. O forse no.»

Kevan Lannister era stato presente in quella medesima sala, quando suo fratello Tywin aveva deposto i corpi dei figli del principe Rhaegar ai piedi del Trono di Spade, avvolti in mantelli cremisi. La fanciulla era riconoscibile come la principessa Rhaenys, ma il bambino… "Una poltiglia informe di ossa, sangue e cervello, qualche ciocca di capelli biondi. Nessuno di noi resse a lungo quella vista. Tywin disse che si trattava del principe Aegon, e noi lo prendemmo in parola."

«Ci arrivano storie simili anche dall'Est. Un secondo pretendente Targaryen, di cui nessuno può mettere in discussione il sangue: Daenerys Nata dalla Tempesta.»

«Folle come suo padre» dichiarò lord Mace Tyrell.

"Quel medesimo padre che Alto Giardino e la nobile Casa Tyrell sostennero fino alla fine amara, e ben oltre." «Potrà anche essere folle» riprese ser Kevan «ma con così tanto fumo che soffia a ovest, deve di certo esserci qualche incendio che brucia a est.»

Il gran maestro Pycelle annuì. «Draghi. Queste storie hanno raggiunto Vecchia Città. Troppe per essere trascurate. Una regina dai capelli argentei con tre draghi.»

«Dall'altro capo del mondo» disse Mace Tyrell. «Regina della Baia degli Schiavisti, *aye*. Che faccia pure.»

«Su questo siamo d'accordo» disse ser Kevan «ma la fanciulla è del sangue di Aegon il Conquistatore, e non penso che si accontenterà di restare a Meereen per sempre. Se dovesse approdare su queste coste e unire le sue forze a quelle di lord Connington e del suo principe, vero o fasullo… Dobbiamo distruggere Connington e il suo pretendente adesso, prima che Daenerys Nata dalla Tempesta arrivi a ovest.»

Mace Tyrell incrociò le braccia. «È precisamente quello che intendo fare, ser. Dopo i processi.»

«I mercenari combattono per conio» dichiarò il gran maestro Pycelle. «Con abbastanza oro, potremmo persuadere la Compagnia Dorata a consegnarci lord Connington e il pretendente.»

«*Aye*, se avessimo dell'oro» intervenne ser Harys Swyft. «Ahimè, miei lord, i nostri forzieri contengono solo ratti e scarafaggi. Ho scritto di nuovo ai banchieri della città libera di Myr. Se accetteranno di spostare il debito della corona sulla Banca di Ferro di Braavos e di accordarci un altro prestito, forse non dovremo alzare ulteriormente le gabelle. Altrimenti…»

«Anche i magistri di Pentos prestano conio» intervenne ser Kevan. «Prova con loro.» Ben difficilmente i pentoshi sarebbero stati più d'aiuto degli strozzini di Myr, ma lo sforzo andava comunque fatto. A meno di non riuscire a trovare una nuova fonte di conio, o di persuadere la Banca di Ferro ad attendere, non avrebbe avuto altra scelta se non ripagare i debiti della corona con l'oro dei Lannister. Ser Kevan non osava ricorrere a nuove tasse, non con i Sette Regni brulicanti di rivolte. Metà dei lord del reame ormai non facevano più differenza tra gabelle e tirannia, e pur di salvare un solo conio corroso, si sarebbero subito gettati nelle braccia dell'usurpatore più vicino. «Se dovessero rifiutare, magari dovrai andare a Braavos, a negoziare di persona con la Banca di Ferro.»

Ser Harys berciò. «Devo proprio?»

«Sei o non sei il maestro del conio?» rispose lord Randyll in tono sferzante.

«Lo sono.» Il ciuffetto di peli bianchi sulla punta del mento di Swyft tremolava per l'oltraggio. «Devo forse ricordare al mio lord che queste turbolenze non dipendono da me? E che non tutti fra noi hanno avuto l'opportunità di riempirsi le casse con le razzie di Maidenpool e Roccia del Drago.»

«Mi ritengo offeso dalle tue insinuazioni, Swyft» ribatté Mace Tyrell drizzando il pelo. «Nessuna ricchezza è stata trovata alla Roccia del Drago, te lo assicuro. Gli uomini di mio figlio hanno frugato ogni angolo di quell'isola umida e tetra senza trovare né una pietra preziosa né oro. Quanto a quel favoleggiato ricettacolo di uova di drago, nessuna traccia.»

Kevan Lannister aveva visto la Roccia del Drago con i suoi occhi. Dubitava molto che Loras Tyrell avesse effettivamente frugato ogni angolo dell'ancestrale piazzaforte. Dopotutto era stata eretta dai valyriani e tutte le loro opere puzzavano di stregoneria. E ser Loras era giovane e incline a tutte le decisioni avventate tipiche della gioventù, inoltre, durante l'assalto alla fortezza era rimasto gravemente ferito. Ma non sarebbe comunque stato saggio ricordare a Tyrell che il suo figlioletto preferito aveva fallito.

«Se alla Roccia del Drago ci fosse stata della ricchezza, Stannis Baratheon l'avrebbe di certo trovata» dichiarò ser Kevan. «Andiamo avanti, miei lord. Vi ricordo che abbiamo due regine accusate di alto tradimento, qualora ve ne foste dimenticati. Mia nipote Cersei ha scelto il processo per duello, mi dice. Il suo campione sarà ser Robert Strong.»

«Il gigante silenzioso.» Lord Randyll fece una smorfia.

«Dimmi, ser, da dove arriva quell'uomo?» domandò Mace Tyrell. «Perché non l'abbiamo mai sentito nominare prima? Non parla, non mostra il suo volto, non è mai stato visto senza armatura. Sappiamo per certo che almeno è un cavaliere?»

"Non sappiamo nemmeno se è vivo." Secondo Meryn Trant, Strong non mangiava e non beveva, e Boros Blount era arrivato a dire di non averlo mai visto usare la latrina. "E perché dovrebbe? I cadaveri non cacano." Kevan Lannister aveva un sospetto ben preciso su chi si celasse sotto quell'armatura scintillante. Un sospetto che Mace Tyrell e Randyll Tarly sicuramente condividevano. Ma qualunque fosse la faccia di Strong, per il momento doveva rimanere nascosta sotto l'elmo. Il gigante silenzioso era l'unica speranza di sua nipote Cersei. "E preghiamo che sia davvero formidabile come appare."

Mace Tyrell, però, era incapace di vedere oltre la minaccia della propria figlia. «Sua grazia ha elevato ser Robert alla Guardia reale» gli ricordò ser Kevan «e anche Qyburn confida in lui. Comunque sia, miei lord, per noi è essenziale che ser Robert prevalga. Se mia nipote fosse riconosciuta colpevole di tradimento, la legittimità dei suoi figli verrebbe messa in discussione. E se Tommen cessa di essere re, Margaery cessa di essere regina.» Lasciò che Tyrell ci riflettesse un momento. «Qualsiasi cosa Cersei possa avere fatto, è pur sempre una figlia di Castel Granito, sangue del mio stesso sangue. Non permetterò che muoia della morte dei traditori, però devo essere certo di averle strappato gli artigli. Tutte le sue guardie sono state congedate e sostituite dai miei uomini. Al posto delle sue precedenti cortigiane, da questo momento in poi la regina sarà assistita da una septa e da tre novizie selezionate dall'Alto Septon. Cersei non avrà più voce in capitolo nel dominio del reame né nell'educazione di Tommen. Dopo il processo, intendo rimandarla a Castel Granito, assicurandomi che là rimanga. E questo è quanto.»

Il resto rimase nel non-detto. Ormai Cersei Lannister era merce avariata. Ogni garzone di fornaio, ogni mendicante della città l'aveva vista nella sua umiliazione, ogni baldracca, ogni conciatore di pellami dal Fondo delle Pulci fino all'Ansa del Piscio aveva osservato la sua nudità, con occhi famelici che strisciavano sui suoi seni, sul suo ventre e sulle sue parti intime. Dopo un simile oltraggio, nessuna regina poteva continuare a regnare. Rivestita di oro, sete e smeraldi, Cersei era stata una regina, quanto di più vicino c'era a una dea; nuda, era solamente umana, una donna in età, con le smagliature sulla pancia e le tette che avevano cominciato ad afflosciarsi... come tutte le bisbetiche in mezzo a quella folla non avevano mancato di far notare ai loro mariti e ai loro amanti. "Meglio vivere nella vergogna che morire nell'orgoglio" disse a se stesso Kevan Lannister. «Mia nipote non commetterà nessun'altra avventatezza» promise a Mace Tyrell. «Su questo hai la mia parola, ser.»

Tyrell fece un cenno di assenso. «Come tu dici. La mia Margaery preferisce essere processata dal Credo, in modo che il tutto reame possa essere testimone della sua innocenza.»

"Se tua figlia è innocente come vorresti farci credere, per quale motivo vuoi la presenza del tuo esercito quando affronterà i suoi accusatori?" avrebbe potuto chiedergli ser Kevan. «Spero presto» disse invece, prima di rivolgersi al gran maestro Pycelle. «C'è altro?»

Il gran maestro consultò le sue carte. «Dovremmo occuparci dell'eredità di Rosby. Sono state avanzate sei pretese...»

«Possiamo occuparci di Rosby in un secondo tempo. Che altro?»

«Andrebbero fatti dei preparativi per la principessa Myrcella.»

«Ecco che cosa si ottiene a mescolarsi con i dorniani» disse Mace Tyrell. «Per la fanciulla non potrebbe essere trovata un'unione migliore?»

"Per esempio tuo figlio Willas? Lei sfigurata da un dorniano e lui storpiato da un altro?" «Indubbiamente» rispose ser Kevan «ma abbiamo già abbastanza nemici senza offendere anche Dorne. Se Doran Martell unisce le sue forze a quelle di Jon Connington in appoggio a questo ipotetico giovane drago, le cose potrebbero mettersi davvero male per tutti noi.»

«Forse potremmo persuadere i nostri amici dorniani a negoziare con Jon Connington» propose ser Harys Swyft con irritante saccenza. «Questo eviterebbe spargimento di sangue e spreco di conio.»

«Sì, certo» rispose cautamente ser Kevan. Era tempo di porre fine a quell'incontro. «Grazie a tutti voi, miei lord. Torneremo a riunirci tra cinque giorni. Dopo il processo di Cersei.»

«Come tu dici. Che il Guerriero conceda la forza alle braccia di ser Robert.» Le parole erano piene di astio, il mento di Mace Tyrell si abbassò rivolgendo al lord reggente il più frettoloso degli inchini. Ma era comunque qualcosa, e Kevan Lannister fu grato di ciò.

Randyll Tarly lasciò la sala al seguito del suo lord, e dietro di loro gli armigeri con i mantelli verdi. "Il vero pericolo è Tarly" rifletté ser Kevan guardandoli allontanarsi. "Un uomo di vedute ristrette ma dalla volontà di ferro e astuto, e anche uno dei migliori soldati che l'Altopiano abbia mai vantato. Ma come posso portarlo dalla nostra parte?"

«Lord Tyrell non nutre alcun affetto per me» piagnucolò in tono cupo il gran maestro Pycelle, una volta che il Primo Cavaliere se ne fu andato. «Quella questione del tè della luna... io non lo avrei mai sollevato, ma l'ordine mi è giunto dalla regina Madre! Se compiace al lord reggente, dormirei sonni più sereni se tu potessi concedermi alcune delle tue guardie.»

«Lord Tyrell potrebbe ritenerlo inopportuno.»

Ser Harys Swyft si tormentò il pizzetto. «Anch'io avrei bisogno di guardie. Questi sono tempi perigliosi.»

"*Aye*" pensò ser Kevan "e Pycelle non è l'unico membro del concilio ristretto che il Primo Cavaliere vorrebbe sostituire." Mace Tyrell infatti aveva già un candidato pronto per la carica di lord tesoriere: suo zio, lord siniscalco di Alto Giardino, che gli uomini chiamavano Garth il Grosso. "L'ultima cosa di cui ho bisogno è un altro Tyrell nel concilio ristretto." Kevan Lannister era già in minoranza. Ser Harys era il padre di sua moglie, e poteva fare affidamento anche su Pycelle. Tarly invece era uno degli alfieri di Alto Giardino, e anche Paxter Redwyne, lord ammiraglio e comandante della flotta, attualmente in navigazione attorno a Dorne per affrontare gli uomini di ferro di Euron Greyjoy. Una volta che Redwyne fosse rientrato ad Approdo del Re, il concilio sarebbe stato tre a tre, Lannister e Tyrell.

La settima voce sarebbe stata la nobile dorniana che ora stava scortando Myrcella a casa. "Lady Nym, che però di lady ha ben poco, se anche solo metà di quanto dice Qyburn è vero." Figlia bastarda della Vipera Rossa, quasi famigerata quanto il padre e intenzionata a occupare lo scranno nel concilio ristretto che il principe Oberyn Martell stesso aveva occupato per così breve tempo. Ser Kevan non aveva reputato opportuno informare Mace Tyrell del suo arrivo. Sapeva che il Primo Cavaliere non se sarebbe stato lieto. "L'uomo di cui abbiamo bisogno è Ditocorto. Petyr Baelish ha il dono di evocare i draghi dal nulla."

«Assoldate gli uomini della Montagna che cavalca» suggerì ser Kevan. «A Ronnet il Rosso non servono più.» Dubitava che Mace Tyrell sarebbe stato così inetto da tentare di assassinare o Pycelle o Swyft, ma se le guardie li facevano sentire più al sicuro, che le avessero.

I tre lasciarono insieme la sala del trono. Fuori, la neve turbinava nel cortile esterno, come una belva in gabbia che ulula per essere liberata. «Avete mai sentito un freddo simile?» disse ser Harys.

«Il tempo per parlare» ribatté il gran maestro Pycelle «non è quando si è esposti alle intemperie.» L'anziano sapiente attraversò lentamente il cortile esterno, diretto verso i suoi alloggi.

Gli altri si attardarono per qualche momento sui gradini della sala del trono.

«Io non ho alcuna fiducia in questi banchieri di Myr» disse ser Kevan al suocero. «È meglio che ti prepari a partire per Braavos.»

La prospettiva non allettava affatto Ser Harys. «Se proprio devo. Ma, ripeto, con questi problemi io non c'entro.»

«No, infatti. È stata Cersei a decidere di dilazionare i pagamenti alla Banca di Ferro. Vuoi forse che a Braavos ci mandi lei?»

Ser Harys spalancò gli occhi. «Ma, sua grazia...»

Ser Kevan andò in suo soccorso. «Era soltanto una battuta, e di dubbio gusto. Va' a cercarti un fuoco caldo. Intendo fare lo stesso anch'io.»

Infilò i guanti e s'incamminò nel cortile, chino contro il vento, con il mantello che schioccava e si torceva dietro di lui.

Nel fossato asciutto che circondava il Fortino di Maegor si erano accumulati tre piedi di neve, i rostri di ferro che lo circondavano scintillavano, ricoperti di ghiaccio. L'unica via per entrare e uscire dal maniero era il ponte levatoio che superava il fossato. Alla sua estremità interna era sempre di guardia un cavaliere della Guardia reale. Quella notte era il turno di ser Meryn Trant. Con Balon Swann giù a Dorne che braccava la Stella Nera, Loras Tyrell gravemente ferito nell'assalto alla Roccia del Drago e Jaime Lannister che sembrava svanito nelle Terre dei Fiumi, ad Approdo del Re rimanevano soltanto quattro spade bianche, e ser Kevan aveva sbattuto Osmund Kettleblack (e suo fratello Osfryd) nelle segrete poche ore dopo che Cersei aveva confessato di avere avuto entrambi gli uomini per amanti. Questo lasciava solo Trant, il debole Boros Blount e il mostro muto di Qyburn, Robert Strong, a proteggere il giovane re e la famiglia reale.

"Sarò costretto a trovare delle nuove spade per la Guardia reale." Tommen doveva avere attorno a sé sette validi cavalieri. In passato, i membri della Guardia servivano a vita, il che però non aveva impedito a Joffrey di allontanare ser Barristan Selmy per nominare al suo posto il mastino Sandor Clegane. Un precedente che però a Kevan poteva tornare utile. "Potrei dare il mantello bianco a Lancel" rifletté. "Sarebbe un onore ben maggiore di quello che potrà mai trovare nei Figli del Guerriero."

Kevan Lannister appese il mantello incrostato di neve nel solarium, si tolse gli stivali e diede ordine ai servitori di andare a prendere altra legna per il camino. «Ci starebbe bene anche una coppa di vino speziato» disse sedendosi vicino al fuoco. «Provvedete.»

Il calore delle fiamme lo scongelò in fretta, e il vino lo riscaldò piacevolmente all'interno. Gli procurò anche una leggera sonnolenza, per cui non osò berne un'altra coppa. Aveva dei rapporti da leggere, alcune lettere da scrivere. "E devo cenare con Cersei e il re." Dopo la marcia di pentimento, sua nipote era stata soggiogata e sottomessa, grazie agli dèi. Le novizie al suo servizio riportavano che trascorreva un terzo delle ore di veglia al fianco del figlio, un terzo in preghiera e l'altro terzo nella vasca da bagno.

Faceva quattro o cinque bagni al giorno, strofinandosi con spazzole di crine di cavallo e forte sapone di lisciva, come se volesse strapparsi la pelle di dosso.

"Ma non riuscirà mai a ripulire l'onta, per quanto energicamente si strofini." Ser Kevan ricordava bene la fanciulla che un tempo Cersei era stata, così piena di vita e di eccessi. E quando aveva raggiunto la pubertà, ah... era mai esistita una fanciulla più bella? "Se soltanto Aerys avesse accettato di maritarla a Rhaegar, quante morti avrebbero potuto essere evitate?" Cersei avrebbe dato al principe i figli che lui desiderava, leoni con gli occhi viola e i capelli argento... e con una moglie simile, Rhaegar non avrebbe guardato più di tanto Lyanna Stark. La fanciulla del Nord, come ricordava, aveva una bellezza selvaggia, ma per quanto vivida risplenda una torcia, non può mai eguagliare il sole sorgente.

Ma era inutile rimuginare su battaglie perdute e strade non imboccate. Quello era un vizio da uomini vecchi, da uomini al tramonto. Rhaegar aveva sposato Elia di Dorne, Lyanna Stark era morta, Robert Baratheon aveva preso Cersei come sua sposa, ed erano arrivati a quel punto. E quella sera ser Kevan sarebbe andato negli alloggi di Cersei, per un incontro a due.

"Non ho motivo di sentirmi in colpa" ripeteva a se stesso. "Tywin capirebbe, ne sono certo. È sua figlia che ha coperto il nostro nome di vergogna, non io. Quello che ho fatto, l'ho fatto per il bene della Casa Lannister."

Non che suo fratello non avesse fatto lo stesso. Negli ultimi anni, dopo la dipartita della loro madre, il lord loro padre si era preso come amante l'attraente figlia di un candelaio. Non era cosa insolita per un lord vedovo avere una ragazza del volgo a scaldargli il letto... ma nel giro di poco lord Tytos aveva cominciato a far sedere la donna al proprio fianco nella sala del castello, coprendola di doni e di onori, era addirittura arrivato a chiedere la sua opinione su affari di stato. Nel giro di un anno, quella donna licenziava i servitori, dava ordini ai cavalieri di corte, addirittura parlava a nome di sua signoria il lord quando lui era indisposto. Era diventata talmente influente che a Lannisport aveva cominciato a girare voce che chi voleva farsi ascoltare doveva inginocchiarsi davanti a lei e parlare a voce alta al suo grembo... perché l'orecchio di Tytos Lannister si trovava fra le gambe della lady. Era arrivata anche a portare i gioielli della loro defunta madre.

Fino al giorno in cui il cuore del lord loro padre non era scoppiato, mentre lui saliva la ripida scala che portava al suo letto, così era andata. Tutti gli approfittatori che le si erano proclamati amici e avevano cercato i suoi favori l'avevano abbandonata nel giro di un attimo, quando Tywin l'aveva fatta spogliare nuda e l'aveva fatta sfilare lungo i moli di Lannisport, come una comune baldracca. Anche se nessuno la toccò, quella marcia segnò la fine del suo potere. Ma di certo Tywin non si sarebbe mai immaginato che un identico destino sarebbe toccato anche a sua figlia.

«Bisognava farlo» mugugnò ser Kevan, bevendo l'ultimo goccio di vino. Sua alta sacralità doveva ricevere soddisfazione. Tommen aveva bisogno di avere il Credo dalla sua nelle future battaglie. Quanto a Cersei... la bambina dorata, crescendo, era diventata una donna vanesia, stolta e rapace. Se le fosse stato concesso di regnare, avrebbe rovinato Tommen così come aveva rovinato Joffrey, prima di lui.

Fuori, il vento stava aumentando e artigliava le imposte della stanza. Ser Kevan si alzò. Era tempo di affrontare la leonessa nella sua tana. "Le abbiamo strappato gli artigli. Jaime, però..." No, non avrebbe rimuginato su questo.

Indossò un vecchio farsetto usurato, nel caso sua nipote avesse intenzione di gettargli un'altra coppa di vino in faccia, ma lasciò il cinturone della spada appeso allo schienale dello scranno. Solo ai cavalieri della Guardia reale era permesso di portare la spada alla presenza di Tommen.

Quando ser Kevan entrò negli appartamenti reali, ser Boros Blount era di servizio presso il re ragazzino e sua madre. Blount indossava scaglie smaltate, mantello bianco e mezzo elmo. Non aveva un bell'aspetto. Ultimamente, Boros era molto gonfio di ventre e in faccia, e aveva un colorito malsano. Era appoggiato al muro alle sue spalle, come se restare in piedi gli richiedesse un grandissimo sforzo.

La cena fu servita da tre novizie, fanciulle ben pulite di alto lignaggio tra i dodici e i sedici anni di età. Con le loro morbide tonache di lana bianca, sembravano una più innocente ed eterea dell'altra, tuttavia l'Alto Septon aveva insistito che nessuna ragazza passasse più di sette giorni presso la regina, in modo che Cersei non la potesse corrompere. Si occupavano del guardaroba della sovrana, le preparavano il bagno, le versavano il vino, cambiavano le lenzuola al mattino. Ogni notte, una di loro condivideva il suo letto, per assicurarsi che la regina non avesse altro tipo di compagnia. Le altre due dormivano in una stanza attigua, assieme alla septa che sorvegliava tutte loro.

Una fanciulla alta e cavallina, dalla faccia butterata, scortò ser

Kevan alla presenza del re. Quando lui entrò, Cersei si alzò e lo baciò delicatamente sulla guancia.

«Caro zio, che bello che tu possa cenare con noi.»

La regina vestiva modestamente come qualsiasi matrona, con un abito marrone scuro abbottonato fino al mento e un mantello verde con il cappuccio che le copriva la testa rasata. "Prima della marcia penitenziale, si sarebbe vantata della sua calvizie esibendola sotto una corona d'oro."

«Vieni, siediti» aggiunse Cersei. «Gradisci del vino?»

«Una coppa» rispose lui, ancora guardingo.

Una novizia lentigginosa versò a entrambi del vino caldo speziato.

«Tommen mi dice che lord Tyrell intende ricostruire la Torre del Primo Cavaliere» disse Cersei.

Ser Kevan annuì. «La nuova torre sarà alta il doppio di quella che tu desti alle fiamme, sì.»

Cersei fece una risata gutturale. «Lunghe lance, alte torri... che lord Tyrell stia alludendo a qualcosa?»

Quelle parole fecero sorridere ser Kevan. "È un bene che Cersei sappia ancora ridere." Quando le domandò se aveva tutto quello che le occorreva, la regina rispose: «Sono servita bene. Le fanciulle sono dolci e le brave septa si assicurano che io reciti le preghiere. Ma una volta che la mia innocenza sarà stata provata, sarei compiaciuta se potessi riavere Taena Merryweather quale dama di compagnia. Potrebbe portare suo figlio a corte. Tommen ha bisogno di avere attorno a sé altri bambini, amici di nobile lignaggio».

Era una richiesta tutto sommato modesta. Ser Kevan non vide ragione per non accoglierla. Avrebbe potuto occuparsi lui stesso del piccolo Merryweather, mentre lady Taena accompagnava Cersei a Castel Granito. «La manderò a prendere dopo il processo» promise.

La cena iniziò con una zuppa di manzo e orzo, seguita da uno spiedo di quaglie e una punta di filetto arrosto lunga quasi tre piedi, serviti con rape, funghi e una gran quantità di pane caldo e burro. Ser Boros assaggiava ogni piatto che veniva servito al re. Un compito umiliante per un cavaliere della Guardia reale, ma forse in quei giorni era l'unica cosa che Blount era in grado di fare... e saggia, considerato il modo in cui era morto suo fratello Joffrey.

Il re sembrava felice come ser Kevan non lo vedeva da tempo. Dalla zuppa fino al dolce, continuò a parlare delle imprese dei suoi gattini, cui dava loro da mangiare piccoli bocconi presi dal piatto regale.

«Il gattaccio cattivo la notte scorsa era fuori dalla mia finestra» disse a un certo punto a ser Kevan «ma ser Balzo gli ha soffiato e quello è scappato su per i tetti.»

«Il gattaccio cattivo?» ser Kevan era divertito. "Che ragazzino dolce."

«Un vecchio randagio nero con un orecchio lacerato» spiegò Cersei. «Sporco e con un caratteraccio. Una volta ha graffiato la mano di Joffrey.» La regina fece una smorfia. «I gatti tengono a bada i topi, lo so, ma quello… è noto che aggredisce i corvi nell'uccelliera.»

«Chiederò ai miei derattizzatori di mettere delle trappole anche per lui.» Ser Kevan non ricordava di aver mai visto la nipote così tranquilla, sottomessa e riservata. È un bene, suppose. Ma al contempo si rattristò. "Il fuoco che aveva dentro si è spento, quel fuoco che un tempo ardeva così vivido."

«Non hai chiesto di tuo fratello» osservò ser Kevan, mentre aspettavano i dolci alla crema. I dolci alla crema erano i preferiti del re.

Cersei sollevò il mento, i suoi occhi verdi brillavano alla luce delle candele. «Jaime? Hai sue notizie?»

«Nessuna. Cersei, forse è bene che ti prepari a…»

«Se fosse morto lo saprei. Siamo venuti insieme in questo mondo, zio. Jaime non se ne andrebbe senza di me.» La regina bevve un sorso di vino. «Tyrion può andarsene quando vuole. Suppongo che tu non abbia notizie nemmeno di lui.»

«No, nessuno negli ultimi tempi ha cercato di venderci una testa di nano mozzata.»

Cersei annuì. «Zio, posso chiederti una cosa?»

«Tutto quello che vuoi.»

«Tua moglie… intendi portarla a corte?»

«No.» Dorna era un'anima gentile, mai a proprio agio se non a casa sua, tra amici e parenti. Era stata un'ottima madre per i loro figli, sognava di avere dei nipoti, pregava sette volte al giorno, adorava il ricamo e i fiori. Ad Approdo del Re sarebbe stata felice quanto uno dei gattini di Tommen in un nido di vipere.

«La lady mia moglie non ama viaggiare. Il suo posto è Lannisport.»

«Saggia è la donna che sa qual è il suo posto.»

La frase non piacque a ser Kevan. «Spiega che cosa intendi dire.»

«Pensavo di averlo fatto.» Cersei presentò la coppa. La ragazza lentigginosa tornò a riempirgliela. A quel punto arrivarono i dolci alla crema, e la conversazione passò ad argomenti più leggeri. Solamente dopo che Tommen e i suoi gattini furono accompagnati da ser Boros nella stanza da letto reale, zio e nipote parlarono del processo alla regina.

«I fratelli di Osney non se ne staranno buoni e tranquilli a guardarlo morire» lo avvertì Cersei.

«Né me lo aspetterei. Li ho fatti arrestare entrambi.»

Cersei sembrò spiazzata. «E per quale crimine?»

«Fornicazione con la regina. Sua alta sacralità dice che tu hai confessato di averli accolti entrambi nel tuo letto... O te ne eri dimenticata?»

Cersei arrossì. «No. Che cosa intendi fare di loro?»

«La Barriera, se ammettono la loro colpa. Se invece negano, potranno affrontare ser Robert. Uomini del genere non avrebbe mai dovuto arrivare così in alto.»

Cersei chinò il capo. «Io... ho fallito nel giudicarli.»

Ser Kevan avrebbe potuto aggiungere altro, ma apparve la novizia con i capelli scuri e le guance rotonde, dicendo: «Mio lord, mia lady. mi dispiace interrompervi, ma c'è di sotto un ragazzo. Il gran maestro Pycelle chiede la cortesia della presenza del lord reggente... immediatamente».

"Ali oscure, oscure parole" pensò ser Kevan. "Che Capo Tempesta sia caduta? O forse nuove da Bolton nel Nord?"

«Potrebbero essere notizie di Jaime» disse la regina.

Esisteva un solo modo per scoprirlo. Ser Kevan si alzò. «Ti prego di perdonarmi.» Prima di andarsene, mise un ginocchio a terra e baciò la mano della nipote. Se il suo gigante silenzioso fosse stato sconfitto, quello poteva essere l'ultimo bacio che riceveva.

Il messaggero era un ragazzo di otto o nove anni, talmente avvolto di pellicce da sembrare un cucciolo di orso. Trant lo aveva fatto aspettare fuori, sul ponte levatoio, invece di lasciarlo entrare nel Fortino di Maegor.

«Trovati un bel fuoco caldo, figliolo» gli disse ser Kevan, piazzandogli un soldo in mano. «Conosco la strada per arrivare all'uccelliera.»

Aveva finalmente smesso di nevicare. Dietro a un velo di nubi sfilacciate, fluttuava la luna piena, grassa e bianca come una palla di neve. Le stelle scintillavano, fredde e lontane. Mentre ser Kevan attraversava il cortile interno, il castello sembrava un luogo alieno, dove a ogni fortilizio e torrione erano spuntate zanne di ghiaccio e tutti i percorsi conosciuti erano svaniti sotto una coltre bianca. All'improvviso, una stalattite lunga quanto una lancia andò a schiantarsi vicino ai suoi piedi. "Autunno ad Approdo del Re" rimuginò. "Chissà come sarà, su alla Barriera."

La porta venne aperta da una servetta, una ragazzina scarna con una tunica bordata di pelliccia troppo grande per lei. Ser Kevan batté gli stivali sul pavimento, liberandoli dalle incrostazioni di neve, si tolse il mantello e glielo lanciò.

«Il gran maestro mi sta aspettando» annunciò.

La ragazzina annuì, silenziosa e solenne, indicando i gradini.

Gli alloggi di Pycelle si trovavano sotto l'uccelliera: una serie di ampi locali stracolmi di ripiani di legno per erbe e pozioni, e di scaffalature cariche di volumi e rotoli di pergamena. Ser Kevan li aveva sempre trovati esageratamente caldi. Non quella sera. Appena oltrepassata la soglia, il gelo era palpabile. Ceneri nere e braci morenti erano tutto quello che rimaneva nel camino. Qualche candela qua e là proiettava aloni di luce fioca.

Il resto era avvolto dalle ombre... tranne vicino alla finestra aperta, dove una nuvola di cristalli di ghiaccio scintillava ai raggi della luna, turbinando nel vento. Sul davanzale era appollaiato un corvo stremato, pallido, enorme, con il piumaggio arruffato. Era il corvo più gigantesco che Kevan Lannister avesse mai visto. Più grande di tutti i falconi da caccia di Castel Granito, più grande del più grande dei gufi. La neve soffiata dal vento gli danzava intorno e la luna lo colorava d'argento.

"Non d'argento. Questo corvo è bianco."

I corvi bianchi della Cittadella non portavano messaggi, come i loro cugini scuri. Quando spiccavano il volo da Vecchia Città, era per un unico scopo: annunciare un cambio di stagione.

«Inverno» disse ser Kevan. La parola formò una bruma bianca nell'aria. Ser Kevan si allontanò dalla finestra.

Poi qualcosa lo colpì in mezzo al petto, fra le costole, duro come il pugno di un ciclope. Gli tolse il respiro e lo scaraventò indietro. Il corvo bianco si alzò in volo, le sue ali pallide gli batterono attorno al capo. Ser Kevan Lannister in parte si sedette e in parte cadde sul sedile sotto la finestra. "Che cosa... Chi..."

Il dardo di balestra gli era affondato nel petto fin quasi all'impennaggio. "No, no, no... è così che è morto mio fratello." Il sangue colava attorno all'asta.

«Pycelle...» mormorò confuso «aiutami...»

Poi *vide*. Il gran maestro Pycelle era seduto al suo tavolo, con la testa adagiata sul grosso tomo davanti a sé, rilegato in cuoio. "Dorme" pensò ser Kevan... finché, guardando meglio, vide il profondo squarcio rosso sul cranio macchiato del vecchio e la pozza di sangue sotto la sua testa, che tingeva le pagine del libro. Attorno alla candela c'erano frammenti d'osso e di cervello, isole in un mare di cera liquefatta.

"Voleva delle guardie" pensò ser Kevan. "Avrei dovuto dargliele." E se Cersei avesse avuto ragione? Era tutta opera di suo nipote?

«Tyrion?» chiamò ser Kevan. «Dove?...»

«Lontano» rispose una voce in parte familiare.

Era in una zona d'ombra vicino a degli scaffali, grassoccio, con la faccia pallida, le spalle rotonde, impugnava la balestra con morbide mani incipriate. Delle pantofole di seta gli fasciavano i piedi.

«*Varys?*»

L'eunuco posò la balestra. «Ser Kevan. Perdonami, se puoi. Non provo odio per te. Non è per cattiveria. È per il regno. Per i bambini.»

"Anch'io ho figli. Ho una moglie. Oh, Dorna…" Fu sopraffatto dal dolore. Chiuse gli occhi, li riaprì. «Ci sono… ci sono centinaia di uomini Lannister armati in questo castello.»

«Ma nessuno in questa stanza, fortunatamente. Ciò mi causa sofferenza, mio lord. Non meriti di morire da solo in una notte così fredda e buia. Ci sono molti come te, uomini buoni al servizio di cause cattive… ma tu stavi per distruggere tutto il lavoro compiuto dalla regina: riconciliare Alto Giardino e Castel Granito, legare il Credo al tuo piccolo re, unificare i Sette Regni sotto il dominio di Tommen. Così…»

Una folata di vento invase la stanza. Ser Kevan fu scosso da un forte tremito.

«Hai freddo, mio lord?» chiese Varys. «Perdonami. Il gran maestro morendo ha lordato se stesso, e il tanfo era così abominevole che ho temuto di soffocare.»

Ser Kevan cercò di alzarsi, ma le forze lo avevano abbandonato. Non sentiva più le gambe.

«Ho pensato che la balestra fosse l'arma più adeguata. Hai condiviso talmente tanto con lord Tywin, perché non anche questo? Tua nipote penserà che sono stati i Tyrell ad assassinarti, magari con la connivenza del Folletto. I Tyrell sospetteranno di lei. E qualcuno, da qualche parte, troverà il modo per incolpare i dorniani. Dubbio, divisione, sfiducia divoreranno la terra sotto i piedi del tuo re ragazzino, questo mentre Aegon leverà il suo vessillo su Capo Tempesta, e i lord del reame si raduneranno attorno a lui.»

«Aegon?» Per un momento non capì. Poi ricordò. Un infante avvolto in un mantello cremisi, la stoffa intrisa del suo sangue, delle sue cervella. Un infante irriconoscibile. «È morto. È morto.»

«Non è morto.» La voce dell'eunuco sembrava più profonda. «È qui. Aegon Targaryen è stato forgiato per governare prima ancora che cominciasse a camminare. È stato addestrato all'uso delle armi, come si confà a un futuro cavaliere, ma questa non è stata la fine della sua educazione. Egli sa leggere e scrivere, parla diverse lingue, ha studiato storia, legge e poesia. Una septa lo ha istruito ai misteri del Credo da quando è stato abbastanza grande per comprenderli. È vissuto fra i pescatori, ha lavorato con le mani, ha nuotato nei fiumi, cucito le reti e imparato a lavarsi i vestiti, se necessario. Sa pescare e cucinare, e suturare una ferita, sa che cosa significa avere fame, essere braccato, avere paura. A Tommen è stato insegnato che essere re è un suo diritto. Aegon ha imparato che essere re è un suo dovere, che un re deve mettere il popolo al primo posto, che deve vivere e governare per lui.»

Kevan Lannister cercò di urlare... alle sue guardie, a sua moglie, a suo fratello... ma le parole non uscirono. Un rivolo di sangue gli gocciolò dalla bocca. Il corpo sussultò violentemente.

«Sono dolente» Varys si torse le mani. «Tu stai soffrendo, lo so, eppure io resto qui, come una vecchia sciocca. È tempo di porre fine a tutto questo.»

L'eunuco protese le labbra ed emise un debole fischio.

Ser Kevan era freddo come ghiaccio, e ogni respiro affannoso gli procurava una nuova fitta di dolore. Percepì qualcosa che si muoveva, udì un leggero fruscio di pantofole sulla pietra.

Da una zona d'ombra emerse un bambino. Un ragazzino pallido con addosso una tunica sbrindellata, di non più di nove, forse dieci anni. Un altro ragazzino si alzò da dietro lo scranno del gran maestro. C'era anche la ragazzina che gli aveva aperto la porta. Erano tutti attorno a lui, una mezza dozzina di bambini con il viso pallido e gli occhi oscuri, maschi e femmine.

E nelle loro mani, i pugnali.

APPENDICE

I RE E LE LORO CORTI

IL RE BAMBINO

RE TOMMEN BARATHEON, primo del suo nome, re degli andali, dei rhoynar e dei primi uomini, lord dei Sette Regni, bambino
di nove anni
Regina Margaery della Casa Tyrell, sua moglie, tre volte sposata,
tre volte vedova, accusata di alto tradimento, prigioniera nel
Grande Tempio di Baelor
Megga, **Alla** ed **Elinor Tyrell**, sue cugine e dame di compagnia,
accusate di fornicazione
Alyn Ambrose, scudiero, promesso sposo di Elinor
Cersei della Casa Lannister, madre di Tommen, regina reggente,
lady di Castel Granito, accusata di alto tradimento, prigioniera
nel Grande Tempio di Baelor

I fratelli e le sorelle di Tommen
(Re Joffrey), il suo fratello maggiore, avvelenato alla propria
festa di nozze
Principessa Myrcella, sua sorella maggiore, dieci anni, sotto la
tutela del principe Doran Martell a Lancia del Sole, promessa
sposa a suo figlio Trystane

I suoi gattini, **Ser Balzo, Lady Vybrisse, Quattro Calzini**

Gli zii di Tommen
Ser Jaime Lannister, detto "Sterminatore di Re", gemello della
regina Cersei, lord comandante della Guardia reale

Tyrion Lannister, detto "Folletto", un nano, accusato e condannato per regicidio e parricidio

Altri parenti di Tommen
Tywin Lannister, suo nonno, lord di Castel Granito, Protettore dell'Ovest e Primo Cavaliere del re, assassinato nella sua latrina dal figlio Tyrion
Ser Kevan Lannister, suo prozio, lord reggente e Protettore del Reame, sposo di Dorna Swyft
I loro figli
> **Ser Lancel Lannister**, un cavaliere del Sacro ordine dei Figli del Guerriero
> **(Willem)**, gemello di Martyn, assassinato a Delta delle Acque
> **Martyn**, gemello di Willem, scudiero
> **Janei**, bambina di tre anni
Lady Genna Lannister, prozia di Tommen, sposa di ser Emmon Frey
I loro figli
> **(Ser Cleos Frey)**, ucciso da dei fuorilegge
> **Ser Tywin Frey**, figlio di Cleos, detto "Ty"
> **Willem Frey**, figlio di Cleos, scudiero
> **Ser Lyonel Frey**, secondogenito di lady Genna
> **(Tion Frey)**, scudiero, assassinato a Delta delle Acque
> **Walder Frey**, detto "Walder il Rosso", paggio a Castel Granito
(Ser Tygett Lannister), prozio di Tommen, sposo di Darlessa Marbrand
I loro figli
> **Tyrek Lannister**, scudiero, scomparso durante le sommosse della carestia ad Approdo del Re
> > **Lady Ermesande Hayford**, moglie bambina di Tyrek
Gerion Lannister, prozio di Tommen, disperso in mare
> **Joy Hill**, sua figlia bastarda

Il concilio ristretto di re Tommen
Ser Kevan Lannister, lord reggente
Lord Mace Tyrell, Primo Cavaliere del re
Ser Jaime Lannister, lord comandante della Guardia reale
Gran maestro Pycelle, consigliere e guaritore
Lord Paxter Redwyne, grand'ammiraglio e ministro della flotta
Qyburn, maestro in disgrazia, noto come negromante, maestro delle spie

Il precedente concilio ristretto della regina Cersei
(Lord Gyles Rosby), lord tesoriere, maestro del conio, morto di tisi
Lord Orton Merryweather, maestro di giustizia e delle leggi, fuggito a Lunga Tavola dopo la cattura della regina Cersei
Aurane Waters, il "Bastardo di Driftmark", grand'ammiraglio e maestro della flotta, fuggito in mare con la flotta reale dopo l'arresto della regina Cersei

Guardia reale di Tommen
Ser Jaime Lannister, lord comandante
Ser Meryn Trant
Ser Boros Blount, esautorato e in seguito riammesso
Ser Balon Swann, a Dorne con la principessa Myrcella
Ser Osmund Kettleblack
Ser Loras Tyrell, il Cavaliere di Fiori
(Ser Arys Oakheart), morto a Dorne

La corte di Tommen ad Approdo del Re
Ragazzo di Luna, giullare e buffone di corte
Pate, bambino di otto anni, allevato con re Tommen e punito in sua vece
Ormond di Vecchia Città, arpista reale e bardo
Ser Osfryd Kettleblack, fratello di ser Osmund e ser Osney, capitano della Guardia cittadina
Noho Dimittis, emissario della Banca di Ferro di Braavos
(Ser Gregor Clegane), detto "la Montagna che cavalca", morto per una lama avvelenata
Rennifer Longwaters, capocarceriere delle segrete della Fortezza Rossa

I presunti amanti della regina Margaery
Wat, cantastorie che si fa chiamare "Bardo Blu", prigioniero diventato folle sotto tortura
(Hamish l'Arpista), anziano cantastorie, morto in prigione
Ser Mark Mullendore, che perse una scimmia e mezzo braccio nella Battaglia delle Acque Nere
Ser Tallad, chiamato l'Alto, **ser Lambert Turnberry**, **ser Bayard Norcross**, **ser Hugh Clifton**
Jalabhar Xho, principe della Valle del Fiore Rosso, esiliato delle Isole dell'Estate
Ser Horas Redwyne, riconosciuto innocente e liberato
Ser Hobber Redwyne, riconosciuto innocente e liberato

Il principale accusatore della regina Cersei
  Ser Osney Kettleblack, fratello di ser Osmund e ser Osfryd, tenuto in prigionia dal Credo

La gente del Credo
  L'Alto Septon, Sommo Padre del Credo, Voce dei Sette Dèi sulla terra, vecchio e fragile
  Septa Unella, septa Moelle, septa Scolera, carceriere della regina
  Septon Torbert, septon Raynard, septon Luceon, septon Ollidor, dei Più Devoti
  Ser Theodan Wells, detto "Theodan il Sincero", pio comandante dei Figli del Guerriero
  I Reietti, i più umili tra gli uomini, implacabili nella loro compassione

La gente di Approdo del Re
  Chataya, tenutaria di un costoso bordello
  Alayaya, sua figlia
  Dancy, Marei, due delle ragazze di Chataya
  Tobho Mott, maestro armaiolo

Vari lord delle Terre della Corona, che hanno giurato fedeltà al Trono di Spade
  Renfred Rykker, lord di Duskendale
    Ser Rufus Leek, cavaliere con una gamba sola al suo servizio, castellano di Forte Dun a Duskendale
  (**Tanda Stokeworth**), lady di Stokeworth, morta per una frattura all'anca
    (**Falyse**), sua figlia maggiore, morta urlando di follia nelle celle buie
      (**Ser Balman Byrch**), marito di lady Falyse, morto durante una giostra
    Lollys, sua figlia minore, debole di mente, stuprata in branco nelle sommosse della carestia, lady di Stokeworth
      Tyrion Tanner, dei cento padri, l'infante di Lollys
      Ser Bronn delle Acque Nere, marito di Lollys, mercenario nominato cavaliere
    Maestro Frenken, in servizio a Stokeworth

Lo stemma di re Tommen mostra il cervo incoronato dei Baratheon, nero in campo oro, e il leone dei Lannister, oro in campo porpora, che si affrontano.

IL RE ALLA BARRIERA

RE STANNIS BARATHEON, primo del suo nome, secondogenito di lord Steffon Baratheon e di lady Cassana della Casa Estermont, lord di Roccia del Drago, si fa chiamare re dell'Occidente.

Con re Stannis al Castello Nero
> **Lady Melisandre di Asshai**, detta "Donna Rossa", sacerdotessa di R'hllor, Signore della Luce
> **Ser Richard Horpe**, secondo in comando di Stannis
> **Ser Godry Farring**, detto "Sterminatore di Giganti"
> **Ser Justin Massey**
> **Lord Robin Peasebury**
> **Lord Harwood Fell**
> **Ser Clayton Suggs, ser Corliss Penny**, uomini della regina e ferventi adoratori del Signore della Luce
> **Ser Willam Foxglove, ser Humfrey Clifton, ser Ormund Wylde** e **ser Harys Cobb**, cavalieri
> **Devan Seaworth** e **Bryen Farring**, scudieri di Stannis
> **Mance Rayder**, il Re oltre la Barriera, prigioniero e condannato a morte
>> "il principe dei bruti", neonato senza nome, figlio di Rayder
>> **Gilly**, balia del piccolo, ragazza dei bruti

"l'abominio", neonato senza nome, figlio di Gilly e del padre di lei (Craster)

Al Forte Orientale della Barriera
Regina Selyse della Casa Florent, moglie di Stannis
  Principessa Shireen, loro figlia, dodici anni
    Macchia, giullare tatuato di Shireen, dalla mente incerta
Ser Axell Florent, zio della regina Selyse, capo degli uomini della regina, si fa chiamare Primo Cavaliere della regina
Ser Narbert Grandison, **ser Benethon Scales**, **ser Patrek della Montagna del Re**, **ser Dorden**, **ser Malegorn di Lago Rosso**, **ser Lambert Whitewater**, **ser Perkin Follard** e **ser Brus Buckler**, cavalieri della regina e sue guardie del corpo
Ser Davos Seaworth, detto "Cavaliere delle Cipolle", lord di Bosco delle Piogge, ammiraglio del Mare Stretto e Primo Cavaliere del re
Salladhor Saan della città libera di Lys, comandante della *Valyrian* e di una flotta di galee
Tycho Nestoris, emissario della Banca di Ferro di Braavos.

Re Stannis ha scelto come proprio stemma il cuore fiammeggiante del Signore della Luce: un cuore rosso circondato da lingue di fuoco arancioni in campo giallo brillante. All'interno del cuore, è ritratto il cervo incoronato della Casa Baratheon, in nero.

IL RE DELLE ISOLE E DEL NORD

I Greyjoy di Pyke sostengono di discendere dal grande re dell'Età degli Eroi. La leggenda narra che il Re Grigio governasse il mare e che avesse preso in sposa una sirena. Aegon il Drago pose fine alla discendenza dell'ultimo re delle Isole di Ferro, ma permise agli uomini di ferro di far rivivere la loro antica usanza e quindi di scegliere in autonomia chi fra loro dovesse detenere il potere supremo. Scelsero lord Vickon Greyjoy di Pyke. Lo stemma dei Greyjoy mostra una piovra dorata in campo nero. Il loro motto è: "Noi non seminiamo".

EURON GREYJOY, terzo del suo nome dopo il Re Grigio, re delle Isole di Ferro e del Nord, Re del Sale e della Roccia, Figlio del Vento di Mare, lord protettore di Pyke, capitano della *Silenzio*, detto "Occhio di Corvo"
    (**Balon**), suo fratello maggiore, re delle Isole di Ferro e del Nord, nono del suo nome dopo il Re Grigio, Re del Sale e della Roccia, Figlio del Vento di Mare, lord protettore di Pyke, morto in mare cadendo da una passerella sospesa
    Lady Alannys, della Casa Harlaw, vedova di re Balon
    I loro figli
        (**Rodrik**), ucciso nel corso della prima ribellione di Balon
        (**Maron**), ucciso nel corso della prima ribellione di Balon
        Asha, loro figlia, comandante della *Vento nero* e conquistatrice di Deepwood Motte, sposa di Erik il Temibile Fabbro
        Theon, detto "Theon il Voltagabbana" dagli uomini del Nord, prigioniero a Forte Terrore

Victarion, fratello minore di Euron, lord comandante della Flotta di Ferro, commodoro della *Vittoria di ferro*
Aeron, fratello minore di Euron, detto "Capelli Bagnati", prete del culto del Dio Abissale

Capitani e guerrieri che hanno giurato fedeltà a Euron
Torwold il Dentescuro, **Jon Myre Facciastorta**, **Rodrik Free-born, il Rematore Rosso**, **Lucas Codd il Mancino**, **Quellon Humble**, **Harren Mezzo Remo**, **Kemmett Pyke il Bastardo**, **Qarlo Schiavo**, **Manodipietra**, **Ralf il Pastore** e **Ralf di Lordsport**

I membri dell'equipaggio di Euron
(Cragorn), morto dopo avere soffiato nel "corno degli inferi"

Lord alfieri di Euron
Erik il Terribile Fabbro, detto anche **Erik il Distruttore di incudini** ed **Erik il giusto**, lord attendente delle Isole di Ferro, castellano di Pyke, uomo anziano un tempo vigoroso, sposo di Asha Greyjoy

Lord di Pyke
Germund Botley, lord di Lordsport
Waldon Wynch, lord di Iron Holt

Lord di Vecchia Wyk
Dunstan Drumm, il Drumm, lord di Vecchia Wyk
Norne Buonfratello, di Shatterstone
Gli Stonehouse

Lord di Grande Wyk
Gorold Buonfratello, lord di Hammerhorn
Triston Farwynd, lord di Punta di Pelle di Foca
Gli Sparr
Meldred Merlyn, lord di Pebbleton

Lord di Orkmont
Alyn Orkwood, detto **Orkwood di Orkmont**
Lord Balon Tawney

Lord di Saltcliffe:
Lord Donnor Saltcliffe
Lord Sunderly

Lord di Harlaw
   Rodrik Harlaw, detto "il Lettore", lord di Harlaw, lord di Dieci Torri, Harlaw di Harlaw
   Sigfryd Harlaw, detto Sigfryd "Capelli d'argento", suo prozio, signore di Harlaw Hall
   Hotho Harlaw, detto "Hotho il Gobbo", di Torre di Glimmering, un cugino
   Boremund Harlaw, detto "Boremund il Blu", signore di Harridan Hill, un cugino

Lord di isole minori e scogli
   Gylbert Farwynd, lord di Luce Solitaria

I conquistatori di ferro
   sulle Isole Scudo
      Andrik il Triste, lord di Scudo del Sud
      Nute il Barbiere, lord di Scudo di Quercia
      Maron Volmark, lord di Scudo Verde
      Ser Harras Harlaw, lord di Scudo Grigio, cavaliere di Giardino Grigio

   al Moat Cailin
      Ralf Kenning, castellano e comandante
      Adrack Humble, uomo senza metà braccio
      Dagon Codd, che non si arrende a nessuno

   a Piazza di Thorren
      Dagmar, detto "Mascella Spaccata", comandante della *Bevitrice di schiuma*

   a Deepwood Motte
      Asha Greyjoy, figlia della piovra, comandante della *Vento nero*
      Qarl la Fanciulla, amante di Asha, uomo d'armi
      Tristifer Botley, precedente amante di Asha, erede di Lordsport, privato delle sue terre
      membri dell'equipaggio di Asha: **Roggon Barba Rugginosa**, **Linguatetra**, **Rolfe il Nano**, **Lorren Lunga Ascia**, **Rook**, **Dita**, **Harl Sei Dita**, **Dale Occhi Chiusi**, **Earl Harlaw**, **Cromm**, **Hagen del Corno** e la sua splendida figlia dai capelli rossi
      Quenton Greyjoy, cugino di Asha
      Dagon Greyjoy, detto "Dagon l'Ubriacone", cugino di Asha

ALTRE NOBILI CASE

NOBILE CASA ARRYN

Gli Arryn sono discendenti dei re delle Montagne e della Valle. La Casa Arryn non ha preso parte alla guerra dei Cinque Re. Il loro stemma mostra un falcone che sormonta la luna, bianco in campo azzurro cielo. Il loro motto è: "In alto quanto l'onore".

ROBERT ARRYN, lord del Nido dell'Aquila, Protettore della Valle, un ragazzino di nove anni di salute cagionevole, a volte chiamato "Pettirosso"
- (**Lady Lysa**) della Casa Tully, sua madre, vedova di lord Jon Arryn, spinta giù dalla Porta della Luna e perita nella caduta
- **Petyr Baelish**, detto "Ditocorto", suo patrigno, lord di Harrenhal, lord supremo del Tridente e lord Protettore della Valle
  - **Alayne Stone**, figlia naturale di lord Petyr, ragazza di tredici anni, in realtà Sansa Stark
  - **Ser Lothor Brune**, mercenario al servizio di lord Petyr, comandante delle guardie al Nido dell'Aquila
  - **Oswell**, uomo d'arme brizzolato al servizio di lord Petyr, chiamato a volte Kettleblack
  - **Ser Shadrick di Valle Ombrosa**, detto "Topo pazzo", cavaliere errante al servizio di lord Petyr
  - **Ser Byron il Bello** e **ser Morgarth l'Allegro**, cavalieri erranti al servizio di lord Petyr

La corte di lord Robert
  Maestro Colemon, consigliere, guaritore e tutore
  Mord, carceriere brutale con i denti d'oro
  Gretchel, **Maddy** e **Mela**, donne di servizio

Gli alfieri di lord Robert, signori delle Montagne e della Valle
  Yohn Royce, detto "Yohn il Bronzeo", lord di Runestone
    Ser Andar, suo figlio, erede di Runestone
  Lord Nestor Royce, alto attendente della Valle e castellano delle
  Porte della Luna
    Ser Albar, figlio ed erede di lord Nestor
    Myranda, detta "Randa", figlia di lord Nestor, vedova ma
    pressoché illibata
    Mya Stone, guida e conduttrice di muli al servizio di lord
    Nestor, figlia bastarda di re Robert I Baratheon
  Lyonel Corbray, lord di Focolare
    Ser Lyn Corbray, suo fratello ed erede, brandisce la famosa
    spada Signora piangente
    Ser Lucas Corbray, suo fratello minore
  Triston Sunderland, lord delle Tre Sorelle
    Godric Borrell, lord di Dolcesorella
    Rolland Longthorpe, lord di Grandesorella
    Alesandor Torrent, lord di Piccolasorella
  Anya Waynwood, lady di Ironoaks
    Ser Morton, suo primogenito ed erede
    Ser Donnel, suo secondogenito, cavaliere della Porta Insanguinata
    Wallace, suo figlio minore
    Harrold Hardyng, scudiero posto sotto la sua tutela, spesso
    detto "Harry l'Erede"
  Ser Symond Templeton, cavaliere di Nove Stelle
  Jon Lynderly, lord di Bosco della Serpe
  Edmund Waxley, cavaliere di Wickenden
  Gerold Grafton, lord di Città del Gabbiano
  Eon Hunter, lord di Longbow Hall, morto di recente
    Ser Gilwood, figlio maggiore di lord Eon e suo erede, ora
    chiamato "Giovane lord Hunter"
      Maestro Willamen, consigliere, guaritore e tutore, al suo
      servizio
    Ser Eustace, secondogenito di lord Eon
    Ser Harlan, figlio minore di lord Eon
  Horton Redfort, lord di Redfort, sposatosi tre volte

Ser Jasper, ser Creighton e **ser Jon,** suoi figli
Ser Mychel, suo figlio minore, appena nominato cavaliere,
sposo di Ysilla Royce di Runestone
Benedar Belmore, lord di Strongsong

I capi clan delle Montagne della Luna
Shagga figlio di Dolf, dei Corvi di Pietra, alla testa di una banda
di predoni nel Bosco del Re
Timett figlio di Timett, degli Uomini bruciati
Chella figlia di Cheyk, delle Orecchie nere
Crawn figlio di Calor, dei Fratelli della Luna

NOBILE CASA BARATHEON

È la più recente delle grandi casate dei Sette Regni, nata durante le guerre di conquista, quando Orys Baratheon, del quale si dice fosse un figlio bastardo di Aegon Targaryen il Conquistatore, sconfisse e uccise Argilac l'Arrogante, ultimo dei re della Tempesta. Aegon lo ricompensò concedendogli il castello, le terre e la figlia di Argilac. Orys prese la ragazza in moglie e adottò il vessillo, gli onori e i motti della sua linea dinastica. Nel 283° anno dopo la Conquista di Aegon, Robert della Casa Baratheon, lord di Capo Tempesta, rovesciò il Re Folle, Aerys II Targaryen, impossessandosi del Trono di Spade. Tale pretesa al trono derivava dalla nonna di Robert, una delle figlie di re Aegon V Targaryen, per quanto Robert abbia sempre preferito sostenere che la sua pretesa fosse la mazza da guerra. Lo stemma dei Baratheon mostra un cervo incoronato, nero in campo oro. Il loro motto è: "Nostra è la furia".

(ROBERT BARATHEON), primo del suo nome, re degli andali, dei rhoynar e dei primi uomini, lord dei Sette Regni e Protettore del Reame, ucciso da un cinghiale
 Regina Cersei, sua moglie, della Casa Lannister
 I loro figli
  (Re Joffrey), primo del suo nome, assassinato al suo banchetto di nozze
  Principessa Myrcella, protetta a Lancia del Sole, promessa sposa del principe Trystane Martell
  Re Tommen, primo del suo nome

I fratelli di Robert
  Stannis, lord ribelle della Roccia del Drago e pretendente al Trono di Spade
    Shireen, sua figlia, ragazzina di undici anni
    (Renly), lord ribelle di Capo Tempesta e pretendente al Trono di Spade, assassinato a Capo Tempesta nel mezzo del suo esercito

I figli bastardi di Robert
  Mya Stone, ragazza di tredici anni, al servizio di lord Nestor Royce, alle Porte della Luna
  Gendry, fuorilegge nelle Terre dei Fiumi, ignaro delle proprie origini
  Edric Storm, figlio bastardo riconosciuto, generato da lady Delena della Casa Florent, nascosto nella città libera di Lys
    Ser Andrew Estermont, cugino e tutore di Edric
    Ser Gerald Gower, **Lewys** detto "Moglie di Pesce", **ser Triston di Collina di Tally** e **Omer Blackberry**, guardie e protettori di Edric
  (Barra), figlia bastarda, generata da una puttana ad Approdo del Re, assassinata per ordine della vedova di Robert

Altri parenti di Robert
  Ser Eldon Estermont, prozio di Robert, lord di Greenstone
    Ser Aemon Estermont, cugino di Robert, figlio di Eldon
    Ser Alyn Estermont, cugino di Robert, figlio di Aemon
    Ser Lomas Estermont, cugino di Robert, figlio di Eldon
    Ser Andrew Estermont, cugino di Robert, figlio di Lomas

Gli alfieri che hanno giurato fedeltà a Capo Tempesta, i lord della Tempesta
  Davos Seaworth, lord di Bosco delle Piogge, ammiraglio del Mare Stretto e Primo Cavaliere del re
    Marya, sua moglie, figlia di un carpentiere
    I loro figli
      (Dale, Allard, Matthos e **Maric)**, i loro quattro figli maggiori, caduti nella Battaglia delle Acque Nere
      Devan, scudiero di re Stannis
      Stannis e **Steffon**, scudieri alla Roccia del Drago
  Ser Gilbert Farring, castellano di Capo Tempesta
    Ser Godry Farring, cugino di ser Gilbert, detto lo "Sterminatore di Giganti"

Elwood Meadows, lord di Mastio Erboso, siniscalco di Capo Tempesta

   Brienne, la Vergine di Tarth, sua figlia, chiamata anche "Brienne la Bella"

      Podrick Payne, scudiero di Brienne, ragazzino di dieci anni

Ser Ronnet Connington, detto "Ronnet il Rosso", cavaliere del Posatoio del Grifone

   Raymund e **Alynne**, fratelli minori di Ronnet

   Ronald Storm, figlio bastardo di Ronnet

Jon Connington, cugino di Ronnet, un tempo lord di Capo Tempesta e Primo Cavaliere del re, esiliato da Aerys II Targaryen, ritenuto morto per il troppo bere

Lester Morrigen, lord di Nido dei Corvi

   Ser Richard Morrigen, suo fratello ed erede

   (Ser Guyard Morrigen, chiamato il Cavaliere Verde), fratello di Lester, caduto nella Battaglia delle Acque Nere

Arstan Selmy, lord di Sala del Raccolto

   Ser Barristan Selmy, suo prozio, un tempo comandante della Guardia reale, esiliato dalla regina Cersei

Casper Wylde, lord di Castello della Pioggia

   Ser Ormund Wylde, suo zio, cavaliere in età avanzata

Harwood Fell, lord di Felwood

Hugh Grandison, chiamato "Barbagrigia", lord di Grandview

Sebastian Errol, lord di Casa del Pagliaio

Clifford Swann, lord di Stonehelm

Beric Dondarrion, lord di Acque Nere, chiamato il Lord della Folgore, fuorilegge nelle Terre dei Fiumi, ucciso più volte e ritenuto morto

(Bryce Caron), lord di Canto Notturno, ucciso da ser Philip Foote nella Battaglia delle Acque Nere

   Ser Philip Foote, il suo uccisore, cavaliere con un solo occhio

   Ser Rolland Storm, fratellastro bastardo di Bryce, chiamato il "Bastardo di Canto Notturno", pretendente al titolo di lord di Canto Notturno

Robin Peasebury, lord di Poddingfield

Mary Mertyns, lady di Bosco delle Brume

Ralph Buckler, lord di Porta di Bronzo

   Ser Brus Buckler, suo cugino

NOBILE CASA FREY

I Frey sono alfieri della Casa Tully, ma non sono sempre stati diligenti nel compiere il loro dovere. Allo scoppio della guerra dei Cinque Re, Robb Stark si conquistò la fedeltà di lord Walder con la promessa di sposare una delle sue figlie o nipoti. Quando invece sposò lady Jeyne Westerling, i Frey cospirarono con Roose Bolton e uccisero il Giovane Lupo e i suoi seguaci in quelle che divennero note con il nome di Nozze Rosse.

WALDER FREY, lord del Guado

Dalla sua prima moglie, **lady Perra** della Casa Royce
  (**Ser Stevron**), morto dopo la Battaglia di Oxcross
  Ser Emmon, secondogenito di lord Walder
  Ser Aenys, terzogenito di lord Walder, al comando delle forze
  militari dei Frey nel Nord
    Aegon il Sanguinario, figlio di Aenys, fuorilegge
    Rhaegar, figlio di Aenys, emissario a Porto Bianco
  Perriane, figlia maggiore di lord Walder, sposa di ser Leslyn
  Haigh

Dalla sua seconda moglie (**lady Cyrenna** della Casa Swann)
  Ser Jared, emissario a Porto Bianco
  Septon Luceon, quinto figlio di lord Walder

Dalla sua terza moglie (**lady Amarei** della Casa Crakehall)
  Ser Hosteen, cavaliere di ottima reputazione
  Lythene, seconda figlia di lord Walder, sposa del lord Lucias
  Vypren
  Symond, settimo figlio di lord Walder, maestro del conio, emis-
  sario a Porto Bianco
  Ser Danwell, ottavo figlio di lord Walder
  (**Merrett**), nono figlio di lord Walder, impiccato a Vecchie Pietre
      Walda, detta "Walda la Grassa", figlia di Merrett, sposa di
      Roose Bolton, lord di Forte Terrore
      Walder, detto "Piccolo Walder", figlio di Merrett, otto anni,
      scudiero al servizio di Ramsay Bolton
  (**Ser Geremy**), decimo figlio di lord Walder, morto affogato
  Ser Raymund, undicesimo figlio di lord Walder

Dalla sua quarta moglie (**lady Alyssa** della Casa Blackwood):
  Lothar, dodicesimo figlio di lord Walder, detto "lo Storpio"
  Ser Jammos, tredicesimo figlio di lord Walder
      Walder, detto "Grande Walder", figlio di Jammos, otto anni,
      scudiero al servizio di Ramsay Bolton
  Ser Whalen, quattordicesimo figlio di lord Walder
  Morya, terza figlia di lord Walder, sposa di ser Flement Brax
  Tyta, quarta figlia di lord Walder, detta "la Vergine"

Dalla sua quinta moglie (**lady Sarya** della Casa Whent):
nessuna progenie

Dalla sua sesta moglie (**lady Bethany** della Casa Rosby)
  Ser Perwyn, quindicesimo figlio di lord Walder
  (**Ser Benfrey**), sedicesimo figlio di lord Walder, morto in seguito
  a una ferita infertagli alle Nozze Rosse
  Maestro Willamen, diciassettesimo figlio di lord Walder, in
  servizio a Longbow Hall
  Olyvar, diciottesimo figlio di lord Walder, un tempo scudiero
  di Robb Stark
  Roslyn, quinta figlia di lord Walder, sposa di lord Edmure Tully
  alle Nozze Rosse, gravida del di lui figlio

Dalla sua settima moglie (**lady Annara** della Casa Farring):
  Arwyn, sesta figlia di lord Walder, fanciulla di quattordici anni
  Wendel, diciannovesimo figlio di lord Walder, paggio a Seagard

Colmar, ventesimo figlio di lord Walder, undici anni e promesso al Credo

Waltyr, detto "Tyr", ventunesimo figlio di lord Walder, dieci anni

Elmar, ventiduesimo e ultimo figlio di lord Walder, nove anni, per breve tempo promesso sposo di Arya Stark

Shirei, figlia minore di lord Walder, bimba di sei anni

Dalla sua ottava moglie, **lady Joyeuse** della Casa Erenford: gravidanza in corso

Figli naturali di lord Walder, da varie madri

Walder Rivers, detto "Walder il Bastardo"

Maestro Melwys, in servizio a Rosby

Jeyne Rivers, **Martyn Rivers**, **Ryger Rivers**, **Ronel Rivers**, **Mellara Rivers** e altri.

Nobile Casa Lannister

I Lannister di Castel Granito rimangono i principali sostenitori della pretesa di re Tommen al Trono di Spade. Si vantano di risalire a Lann l'Astuto, leggendario maestro d'inganni dell'Età degli Eroi. L'oro di Castel Granito li ha resi la più ricca tra tutte le nobili case dei Sette Regni. Lo stemma dei Lannister mostra un leone dorato in campo porpora. Il loro motto è: "Udite il mio ruggito!".

(TYWIN LANNISTER), lord di Castel Granito, difensore di Lannisport, Protettore dell'Ovest e Primo Cavaliere del re, assassinato dal figlio nano con un dardo di balestra nelle viscere

Figli di lord Tywin
    Cersei, gemella di Jaime, vedova di re Robert I Baratheon, prigioniera nel Grande Tempio di Baelor
    Ser Jaime, gemello di Cersei, detto lo "Sterminatore di Re", lord comandante della Guardia reale
        Josmyn Peckledon, **Garrett Paege** e **Lew Piper**, scudieri di Jaime
        Ser Ilyn Payne, cavaliere senza lingua, nominato Giustizia del re e boia di corte
        Ser Ronnet Connington, detto "Ronnet il Rosso", cavaliere del Posatoio del Grifone, inviato a Maidenpool con un prigioniero
        Ser Addam Marbrand, **ser Flement Brax**, **ser Alyn Stackspear**, **ser Steffon Swyft**, **ser Humfrey Swyft**, **ser Lyle Crakehall**,

detto "Cinghiale Selvaggio" e **ser Jon Bettley**, chiamato "Jon il Glabro", cavalieri dell'esercito di ser Jaime a Delta delle Acque

Tyrion, detto "il Folletto", nano, assassino di re e parricida, fuggiasco in esilio oltre il Mare Stretto

La corte di Castel Granito
>   **Maestro Creylen**, guaritore, tutore e consigliere
>   **Vylarr**, comandante delle guardie
>   **Ser Benedict Broom**, maestro d'armi
>   **Wat Biancosorriso**, cantastorie

Altri parenti stretti di lord Tywin
>   **Ser Kevan**, sposo di Dorna della Casa Swyft
>   **Lady Genna**, sposa di ser Emmon Frey, ora lord di Delta delle Acque
>   **(Ser Cleos Frey)**, primogenito di Genna, sposo di Jeyne della Casa Darry, ucciso da dei fuorilegge
>   **Ser Tywin Frey**, detto "Ty", primogenito di Cleos, ora erede di Delta delle Acque
>   **Willem Frey**, secondogenito di Cleos, scudiero
>   **Ser Lyonel Frey**, **(Tion Frey)** e **Walder Frey**, chiamato "Walder il Rosso", altri figli di Genna
>   **(Ser Tygett Lannister)**, morto di vaiolo
>   **Tyrek**, figlio di Tygett, scomparso e ritenuto morto
>   **Lady Ermesande Hayford**, moglie bambina di Tyrek
>   **Gerion Lannister**, disperso in mare
>   **Joy Hill**, figlia bastarda di Gerion, dieci anni

Altri fratelli e sorelle di lord Tywin e i loro figli
>   **(Ser Stafford Lannister)**, cugino e fratello della defunta moglie di lord Tywin, caduto nella Battaglia di Oxcross
>   **Cerenna** e **Myrielle**, figlie di Stafford
>   **Ser Daven Lannister**, figlio di Stafford
>   **Ser Damion Lannister**, cugino, sposo di lady Shiera Crakehall
>   **Ser Lucion**, loro figlio
>   **Lanna**, loro figlia, sposa di lord Antario Jast
>   **Lady Margot**, cugina, sposa di lord Titus Peake

Alfieri e spade che hanno giurato fedeltà, i lord dell'Ovest
>   **Damon Marbrand**, lord di Ashemark
>   **Roland Crakehall**, lord di Crakehall
>   **Sebaston Farman**, lord di Isola Bella

Tytos Brax, lord di Hornvale
Quenten Banefort, lord di Banefort
Ser Harys Swyft, padrino di ser Kevan Lannister
Gawen Westerling, lord del Crag
Lord Selmond Stackspear
Terrence Kenning, lord di Kayce
Lord Antario Jast
Lord Robin Moreland
Lady Alysanne Lefford
Lewys Lydden, lord di Deep Den
Lord Philip Plumm
Ser Garrison Prester
Ser Lorent Lorch, nominato cavaliere
Ser Garth Greenfield, nominato cavaliere
Ser Lymond Vikary, nominato cavaliere
Ser Raynard Ruttiger, nominato cavaliere
Ser Manfryd Yew, nominato cavaliere
Ser Tybolt Hetherspoon, nominato cavaliere.

NOBILE CASA MARTELL

Dorne fu l'ultimo dei Sette Regni a giurare fedeltà al Trono di Spade. Il sangue, le usanze, la geografia e la storia sono tutti elementi che differenziano quello dorniano dagli altri regni. Allo scoppio della guerra dei Cinque Re, Dorne non si schierò, ma quando Myrcella Baratheon venne promessa in sposa al principe Trystane, Lancia del Sole dichiarò il proprio sostegno a re Joffrey. Lo stemma dei Martell mostra un sole rosso attraversato da un giavellotto dorato. Il loro motto è: "Mai inchinati, mai piegati, mai spezzati".

DORAN NYMEROS MARTELL, lord di Lancia del Sole, principe di Dorne
- **Mellario**, sua moglie, della città libera di Norvos
- I loro figli
    - **Principessa Arianne**, figlia maggiore, erede di Lancia del Sole
    - **Principe Quentyn**, appena nominato cavaliere, allevato a Yronwood
    - **Principe Trystane**, promesso sposo di Myrcella Baratheon
        - **Ser Gascoyne di Sangue Verde**, suo difensore che ha giurato fedeltà

I fratelli e le sorelle del principe Doran
- **(Principessa Elia)**, stuprata e assassinata durante il saccheggio di Approdo del Re

(Rhaenys Targaryen), una bambina uccisa durante il saccheggio di Approdo del Re

(Aegon Targaryen), suo figlio, un infante ucciso durante il saccheggio di Approdo del Re

(Principe Oberyn), detto "Vipera Rossa", ucciso da ser Gregor Clegane durante un processo per duello

Ellaria Sand, amante del principe Oberyn, figlia naturale di lord Harmen Uller

Le **Serpi delle Sabbie**, figlie bastarde di Oberyn:

Obara, figlia di Oberyn e di una puttana di Vecchia Città, ventotto anni

Nymeria, detta "Lady Nym", figlia avuta da una nobildonna di Vecchia Volantis, venticinque anni

Tyene, figlia avuta da una septa, ventitré anni

Sarella, figlia avuta da una donna mercante, comandante della nave *Bacio di piuma*, diciannove anni

Elia, figlia avuta da Ellaria Sand, quattordici anni

Obella, figlia avuta da Ellaria Sand, dodici anni

Dorea, figlia avuta da Ellaria Sand, otto anni

Loreza, figlia avuta da Ellaria Sand, sei anni

La corte del principe Doran
Ai Giardini dell'Acqua

Areo Hotah, mercenario della città libera di Norvos, comandante delle guardie del principe Doran

Maestro Caleotte, consigliere, guaritore e tutore

A Lancia del Sole

Maestro Myles, consigliere, guaritore e tutore

Ricasso, siniscalco, vecchio e cieco

Ser Manfrey Martell, castellano di Lancia del Sole

Lady Alyse Ladybright, maestra del conio

La protetta del principe Doran

Principessa Myrcella Baratheon, promessa sposa del principe Trystane Martell

(Ser Arys Oakheart), cavaliere della Guardia reale che ha giurato fedeltà a Myrcella, ucciso da Areo Hotah

Rosamund Lannister, cameriera personale di Myrcella e sua compagna, lontana cugina

Gli alfieri del principe Doran, i lord di Dorne
Anders Yronwood, lord di Yronwood, protettore della Strada di Pietra, il Sangue Reale
  Ynys, sua figlia maggiore, sposa di Ryon Allyrion
  Ser Cletus, suo figlio ed erede
Harmen Uller, lord di Hellholt
Delonne Allyrion, lady di Grazia degli Dèi
  Ser Ryon Allyrion, suo figlio ed erede
Dagos Manwoody, lord di Tomba Reale
Larra Blackmont, lady di Blackmont
Nymella Toland, lady di Collina Fantasma
Quentin Qorgyle, lord di Sandstone
Ser Deziel Dalt, cavaliere di Bosco dei Limoni
Franklyn Fowler, lord di Cieloalto, detto "Vecchio Falcone", protettore del Passo del Principe
Ser Symon Santagar, cavaliere di Spottswood
Edric Dayne, lord di Stelle al Tramonto, scudiero
Trebor Jordayne, lord del Tor
Tremond Gargalen, lord di Costa Salata
Daeron Vaith, lord di Dune Rosse

Nobile Casa Stark

Gli Stark fanno risalire le loro origini a Brandon il Costruttore e ai re dell'Inverno. Per migliaia di anni governarono da Grande Inverno quali re del Nord, finché Torrhen Stark, il Re-in-ginocchio, giurò fedeltà ad Aegon il Drago piuttosto che opporvisi. Quando lord Eddard Stark di Grande Inverno venne mandato a morte da re Joffrey, gli uomini del Nord non giurarono lealtà al Trono di Spade e proclamarono Robb, figlio di lord Eddard, re del Nord. Durante la guerra dei Cinque Re, Robb vinse tutte le battaglie, ma venne tradito e assassinato dai Frey e dai Bolton alle Torri Gemelle, nel corso del matrimonio dello zio Edmure Tully, evento noto come le Nozze Rosse. Lo stemma degli Stark mostra un meta-lupo grigio in corsa su campo bianco ghiaccio. Il loro motto è: "L'inverno sta arrivando".

(**ROBB STARK**), re del Nord, re del Tridente, detto il "Giovane Lupo", ragazzo di sedici anni ucciso alle Nozze Rosse
   (**Vento Grigio**), il suo meta-lupo, ucciso alle Nozze Rosse

I genitori di Robb
   (**Eddard**), suo padre, lord di Grande Inverno, Primo Cavaliere del re di Robert I Baratheon, decapitato ad Approdo del Re per ordine di re Joffrey
   (**Lady Catelyn**) della Casa Tully, sua madre, vedova di lord Eddard Stark, uccisa alle Nozze Rosse

I fratelli e le sorelle di Robb
  Sansa, sua sorella, sposa di Tyrion della Casa Lannister
    (**Lady**), la sua meta-lupa, uccisa al Castello di Darry
    Arya, ragazzina di undici anni, scomparsa e ritenuta morta
      Nymeria, la sua meta-lupa, che vaga nelle Terre dei Fiumi
    Brandon, detto "Bran", nove anni, storpio, erede di Grande
    Inverno e ritenuto morto
      Estate, il suo meta-lupo
    Rickon, bimbo di cinque anni, ritenuto morto
      Cagnaccio, il suo meta-lupo, nero e selvaggio
      Osha, donna dei bruti, in passato prigioniera a Grande
      Inverno
    Jon Snow, fratellastro bastardo di Robb, dei guardiani della notte
      Spettro, il suo meta-lupo albino

Gli zii e i cugini di Robb
  Benjen Stark, zio di Robb, fratello minore di lord Eddard, primo
  ranger dei guardiani della notte, disperso a nord della Barriera,
  ritenuto morto
  (**Lysa Arryn**), zia di Robb, sorella di lady Catelyn, lady del Nido
  dell'Aquila
    Robert Arryn, figlio di Lysa, lord del Nido dell'Aquila e Pro-
    tettore della Valle, bambino di otto anni cagionevole di salute
  Edmure Tully, zio di Robb, fratello di lady Catelyn, lord di Delta
  delle Acque, preso prigioniero dopo le Nozze Rosse
    Lady Roslyn della Casa Frey, sposa di Edmure, gravida di
    suo figlio
  Ser Brynden Tully, detto il Pesce Nero, prozio di Robb, zio di
  lady Catelyn, castellano di Delta delle Acque, adesso in fuga e
  braccato

Gli alfieri di Grande Inverno, i lord del Nord
  Jon Umber, detto "Grande Jon", lord di Ultima Terra, prigioniero
  alle Torri Gemelle
    (**Jon**, detto il "Piccolo Jon"), primogenito ed erede del Gran-
    de Jon, ucciso alle Nozze Rosse
  Mors, detto "Cibo di Corvo", zio di Grande Jon, castellano
  di Ultima Terra
  Hother, detto il "Flagello delle puttane", zio di Grande Jon,
  anch'egli castellano di Ultima Terra

(Cley Cerwyn), lord di Cerwyn, ucciso a Grande Inverno
    Jonelle, sua sorella, fanciulla di ventitré anni
Roose Bolton, detto anche il "Lord Sanguisuga", lord di Forte
Terrore
    (Domeric), suo erede, morto di febbri addominali
    Walton, detto "Gambali d'Acciaio", comandante militare di
    Roose
Ramsay Bolton, figlio naturale di Roose, detto il "Bastardo di
Bolton", lord di Hornwood
    Walder Frey e **Walder Frey**, detti "Grande Walder" e "Picco-
    lo Walder", scudieri di Ramsay
Ben Bones, maestro dei canili a Forte Terrore
Reek, detto il "Fetido" o il "Puzzone"

I "Ragazzi del Bastardo", uomini d'arme di Ramsay
**Dick Cazzo Giallo, Damon-danza-per-me, Luton, Alyn l'Acido,
Skinner, Grugnito**

(Rickard Karstark), lord di Karhold, decapitato dal Giovane
Lupo per avere assassinato prigionieri Frey
    (Eddard), suo figlio, ucciso al Bosco dei Sussurri
    (Torrhen), suo figlio, ucciso al Bosco dei Sussurri
    Harrion, suo figlio, prigioniero a Maidenpool
    Alys, sua figlia, fanciulla di quindici anni
    Arnolf, zio di lord Rickard, castellano di Karhold
Wyman Manderly, lord di Porto Bianco, spropositatamente
grasso
    Ser Wylis Manderly, suo primogenito ed erede, molto gras-
    so, prigioniero ad Harrenhal
        Leona della Casa Woolfield, sposa di Wylis
        Wynafryd, loro figlia, fanciulla di diciannove anni
        Wylla, loro figlia, fanciulla di quindici anni
    (Ser Wendel Manderly), secondogenito di lord Wyman, uc-
    ciso alle Nozze Rosse
Ser Marlon Manderly, cugino di lord Wyman, comandante della
guarnigione a Porto Bianco
Maestro Theomore, consigliere, tutore e guaritore
Wex, ragazzo di dodici anni, muto, un tempo scudiero di Theon
Greyjoy
Ser Bartimus, vecchio cavaliere, una sola gamba, un solo occhio,
spesso ubriaco, castellano di Tana del Lupo

Garth, suo capo-carceriere e carnefice

    Lady Lu, l'ascia di Garth

Therry, giovane carceriere

Maege Mormont, lady di Isola dell'Orso, detta l'"Orsa"

    (Dacey), sua primogenita ed erede, uccisa alle Nozze Rosse

    Alysane, secondogenita, detta "Giovane Orsa"

    Lyra, **Jorelle**, **Lyanna**, figlie più giovani di lady Maege

(Jeor Mormont), fratello di lady Maege, lord comandante dei guardiani della notte, ucciso dai suoi stessi uomini

    Ser Jorah Mormont, figlio di lord Jeor, ora cavaliere in esilio oltre il Mare Stretto

Howland Reed, lord di Torre delle Acque Grigie, uomo delle paludi

    Jyana, sua moglie

    I loro figli

        Meera, giovane cacciatrice

        Jojen, suo fratello, ragazzo dannato dalla "visione verde"

Galbart Glover, signore di Deepwood Motte, celibe

    Robett Glover, suo fratello ed erede

        Sybelle, sposa di Robett, della Casa Locke

Benjicot Branch, **Ned Woods Senzanaso**, uomini della Foresta del Lupo che hanno giurato fedeltà a Deepwood Motte

(Ser Helman Tallhart), signore di Piazza di Torrhen, ucciso a Duskendale

    (Benfred), suo figlio ed erede, ucciso dagli uomini di ferro sulla Costa Pietrosa

    Eddara, sua figlia, prigioniera a Piazza di Torrhen

    (Leobald), suo fratello, ucciso a Grande Inverno

        Berena della Casa Hornwood, sposa di Leobald, prigioniera a Piazza di Torrhen

        Brandon e **Beren**, i loro figli, anch'essi prigionieri a Piazza di Torrhen

Rodrik Ryswell, lord dei Rills

    Barbrey Dustin, sua figlia, lady di Barrowton, vedova di lord Willam Dustin

    Harwood Stout, suo vassallo, lord di secondo rango a Barrowton

    Bethany Bolton, sua figlia, seconda moglie di lord Roose Bolton, morta di febbri

Roger Ryswell, **Rickard Ryswell**, **Roose Ryswell**, i suoi litigiosi cugini e alfieri

Lyessa Flint, lady di Capo della Vedova

Ondrew Locke, lord di Antico Castello, uomo anziano

I capi clan delle montagne del Nord

Hugo Wull, detto "Grosso Secchio" o "Wull"

Brandon Norrey, detto "Norrey"

  Brandon Norrey, il Giovane, suo figlio

Torren Liddle, detto "Liddle"

  Duncan Liddle, suo primogenito, detto **"Grande Liddle"**, uomo dei guardiani della notte

  Morgan Liddle, suo secondogenito, detto "Medio Liddle"

  Rickard Liddle, suo terzogenito, detto "Piccolo Liddle"

Torghen Flint, dei primi Flint, detto "Flint" o anche "Vecchia Selce"

  Donnel il Nero, suo primogenito ed erede

  Artos Flint, suo secondo figlio, fratellastro di Donnel il Nero

NOBILE CASA TULLY

Lord Edmyn Tully di Delta delle Acque fu uno dei primi lord dei Fiumi a giurare fedeltà ad Aegon il Conquistatore. Il re Aegon lo ricompensò estendendo il dominio della Casa Tully su tutte le terre del Tridente. Lo stemma dei Tully mostra una trota argentea che guizza su uno sfondo a strisce blu e rosse. Il loro motto è: "Famiglia, dovere, onore".

EDMURE TULLY, lord di Delta delle Acque, catturato in occasione del suo matrimonio e tenuto prigioniero dai Frey

    Lady Roslin della Casa Frey, sposa di Edmure, gravida di suo figlio

    (Lady Catelyn Stark), sorella di Edmure, vedova di lord Eddard Stark di Grande Inverno, uccisa alle Nozze Rosse

    (Lady Lysa Arryn), sorella di Edmure, vedova di lord Jon Arryn della Valle, morta in seguito a una spinta che l'ha fatta precipitare nel vuoto da Nido dell'Aquila

    Ser Brynden, detto "Pesce Nero", zio di Edmure, un tempo castellano a Delta delle Acque, diventato un fuorilegge

La corte di Edmure a Delta delle Acque

    Maestro Vyman, consigliere, guaritore e tutore

    Ser Desmond Grell, maestro d'armi

    Ser Robin Ryger, comandante della guardia

        Lew il Lungo, **Elwood** e **Delp**, guardie

    Utherydes Wayn, attendente di Delta delle Acque

Gli alfieri di Edmure, i lord del Tridente
  Tytos Blackwood, lord di Raventree
    Brynden, suo primogenito ed erede
    (Lucas), suo secondogenito, ucciso alle Nozze Rosse
    Hoster, suo terzogenito, un ragazzo amante dei libri
    Edmund e **Alyn**, i suoi figli minori
    Bethany, sua figlia, una bambina di otto anni,
    (Robert), suo ultimogenito, morto di febbri viscerali
  Jonos Bracken, lord di Stone Hedge
    Barbara, **Jayne**, **Catelyn**, **Bess** e **Alysanne**, le sue cinque figlie
    Hildy, donna aggregata ai soldati di lord Jonos
  Jason Mallister, lord di Seagard, prigioniero nel proprio castello
    Patrek, suo figlio, imprigionato con il padre
    Ser Denys Mallister, zio di lord Jason, uomo dei guardia-
    ni della notte
  Clement Piper, lord del Castello di Pinkmaiden
    Ser Marq Piper, suo figlio ed erede, catturato alle Nozze Rosse
  Karyl Vance, lord di Riposo del Viandante
  Norbert Vance, lord cieco di Atranta
  Theomar Smallwood, lord di Sala delle Ghiande
  William Mooton, lord di Maidenpool
    Eleanor, sua figlia ed erede, tredici anni, sposa di Dickon
    Tarly di Collina del Corno
  Shella Whent, privata del titolo di lady di Harrenhal
  Ser Halmon Paege
  Lord Lymond Goodbrook

420

Nobile Casa Tyrell

I Tyrell sono ascesi al potere quali attendenti dei re dell'Altopiano, sebbene facciano risalire le loro origini a Garth Manoverde, re giardiniere dei primi uomini. Quando l'ultimo re della Casa Gardener venne ucciso nella battaglia chiamata Campo di Fuoco, il suo attendente Harlen Tyrell consegnò Alto Giardino ad Aegon il Conquistatore. Aegon gli assegnò il castello e il dominio sull'Altopiano. Mace Tyrell dichiarò il suo sostegno a Renly Baratheon allo scoppio della guerra dei Cinque Re, e gli concesse la mano della figlia Margaery. Alla morte di Renly, Alto Giardino si alleò con Casa Lannister e Margaery venne promessa a re Joffrey. Lo stemma dei Tyrell mostra una rosa dorata in campo verde erba. Il loro motto è: "Crescere forti".

MACE TYRELL, lord di Alto Giardino, Protettore del Sud, difensore delle Terre Basse, gran maresciallo dell'Altopiano
    Lady Alerie, della Casa Hightower di Vecchia Città, sposa di lord Tyrell
    I loro figli
        Willas, primogenito, storpio, erede di Alto Giardino
        Ser Garlan, detto "il Galante", secondogenito, appena nominato lord di Acquachiara
          Lady Leonette della Casa Fossoway, moglie di ser Garlan
        Ser Loras, detto "Cavaliere di Fiori", il loro figlio più giovane, confratello della Guardia reale, ferito alla Roccia del Drago

Margaery, loro figlia, due volte andata in sposa e due volte rimasta vedova

Parenti e cortigiane di Margaery:

Megga, **Alla** ed **Elinor Tyrell**, le sue cugine

   Alyn Ambrose, scudiero, promesso sposo di Elinor

Lady Alysanne Bulwer, **lady Alyce Graceford**, **lady Taena Merryweather**, **Meredyth Crane** detta "Merry" e **septa Nysterica**, cortigiane di Margaery

Lady Olenna della Casa Redwyne, madre vedova di Mace, detta la "Regina di Spine"

Le sorelle di lord Mace

   Lady Mina, sposa di Paxter Redwyne, lord di Arbor

     Ser Horas Redwyne, suo figlio, gemello di Hobber, detto "Orrore"

     Ser Hobber Redwyne, suo figlio, gemello di Horas, detto "Fetore"

     Desmera Redwyne, sua figlia, fanciulla di sedici anni

   Lady Janna, sposa di ser Jon Fossoway

Gli zii e i cugini di lord Mace

   Garth, detto "il Grosso", zio di lord Mace, lord siniscalco di Alto Giardino

     Garse e **Garrett Flowers**, figli bastardi di Garth

   Ser Moryn, zio di lord Mace, lord comandante della Guardia cittadina di Vecchia Città

   Maestro Gormon, zio di lord Mace, erudito della Cittadella

La corte di lord Mace ad Alto Giardino

   Maestro Lomys, consigliere, guaritore e tutore

   Igon Vyrwel, comandante della guardia

   Ser Vortimer Crane, maestro d'armi

   Palla di Burro, giullare e giocoliere, enormemente grasso

Gli alfieri di Mace, i lord dell'Altopiano

   Randyll Tarly, lord di Collina del Corno, comandante dell'esercito di re Tommen sul Tridente

   Paxter Redwyne, lord di Arbor

     Ser Horas e **ser Hobber**, i suoi figli gemelli

     Maestro Ballabar, guaritore di lord Paxter

   Arwyn Oakheart, lady di Vecchia Quercia

Mathis Rowan, lord di Goldengrove
Leyton Hightower, Voce di Vecchia Città, lord del Porto
Humfrey Hewett, lord di Scudo di Quercia
   Falia Flowers, sua figlia bastarda
Osbert Serry, lord di Scudo del Sud
Guthor Grimm, lord di Scudo Grigio
Moribald Chester, lord di Scudo Verde
Orton Merryweather, lord di Lunga Tavola
   Lady Taena, sua moglie, della città libera di Myr
   Russell, suo figlio, bambino di sei anni
Lord Arthur Ambrose
Lorent Caswell, lord di Ponteamaro

I cavalieri e le spade giurate di lord Mace
   Ser Jon Fossoway, dei Fossoway della Mela Verde
   Ser Tanton Fossoway, dei Fossoway della Mela Rossa

RIBELLI E CONFRATERNITE

I CONFRATELLI DELL'ORDINE
DEI GUARDIANI DELLA NOTTE

JON SNOW, il Bastardo di Grande Inverno, novecentonovantotte-
simo lord comandante dei guardiani della notte
    Spettro, il suo meta-lupo albino
    Eddison Tollett, attendente di Jon, detto "Edd l'Addolorato"

CONFRATELLI AL CASTELLO NERO
    Maestro Aemon (Targaryen), guaritore e consigliere, cieco,
    centodue anni
    Clydas, assistente di Aemon
    Samwell Tarly, detto "il Distruttore", assistente di Aemon,
    grasso e studioso
    Bowen Marsh, lord attendente della confraternita in nero
    Hobb Tre Dita, attendente e capo cuoco
    (Donal Noye), armaiolo e fabbro, caduto in combattimento
    contro Mag il Possente
    Owen detto "il Muflone", **Tim Linguarotta, Mully, Cugen,
    Donnel Hill** detto "Donnel il Dolce", **Lew il Mancino, Jeren,
    Ty, Dannel** e **Wick Whittlestick**, attendenti
    Othell Yarwyck, Primo Costruttore
    Stivale, Halder, Albett, Kegs e **Alf di Runnymudd**, costruttori
    Septon Cellador, devoto ubriacone
    Jack Bulwer il Nero, primo ranger
    Dywen, Kedge Occhiobianco, Bedwyck detto "Gigante", **Matthar,
    Garth Piumagrigia, Ulmer di Bosco del Re, Elron, Garrett, Lan-
    ciaverde, Fulk la Pulce, Pypar** detto "Pyp", **Grenn** detto "Uri",

Bernarr detto "Bernarr il Nero", **Tim Stone**, **Rory**, **Ben il Barbuto**, **Tom Barleycorn**, **Goady Big Liddle**, **Luke di Lunga Città** e **Hal il Peloso**, ranger

Cinghia, un bruto diventato guardiano della notte

Ser Alliser Thorne, un tempo maestro d'armi

Lord Janos Slynt, in passato comandante della Guardia cittadina di Approdo del Re, per breve tempo lord di Harrenhal

Iron Emmett, detto "Emmett il Ferrigno", in passato al Forte Orientale, maestro d'armi

Hareth detto "Cavallo", i gemelli **Arron** ed **Emrick**, **Satin** e **Hop-Robin**, reclute in addestramento

CONFRATELLI ALLA TORRE DELLE OMBRE

Ser Denys Mallister, comandante

Wallace Massey, suo attendente e scudiero

Maestro Mullin, consigliere guaritore

(Qhorin il Monco, Scudiero Dalbridge, Eggen), caduti in combattimento a nord della Barriera

Stonesnake, disperso in marcia sul Passo Skirling

CONFRATELLI AL FORTE ORIENTALE

Cotter Pyke, bastardo delle Isole di Ferro, comandante del Forte Orientale

Maestro Harmune, guaritore e consigliere

Il vecchio Tattersalt, capitano della *Uccello nero*

Ser Glendon Hewett, maestro d'armi

Ser Maynard Holt, capitano della *Artiglio*

Russ Barleycorn, capitano della *Corvo tempestoso*

I BRUTI O IL POPOLO LIBERO

MANCE RAYDER, Re oltre la Barriera, prigioniero al Castello Nero
> (**Dalla**), sua moglie, morta di parto
> Il loro figlio appena nato in battaglia, ancora senza nome
>> **Val**, sorella minore di Dalla, "la principessa dei bruti", prigioniera al Castello Nero
>> (**Jarl**), amante di Val, morto per una caduta alla Barriera

I capi, i comandanti e i predoni dei bruti:
> **Il Lord delle Ossa**, deriso con il nome di "Rattleshirt", predone e capo di una banda di guerrieri, prigioniero al Castello Nero
> (**Ygritte**), giovane moglie di lancia, amante di Jon Snow, uccisa durante l'attacco al Castello Nero
> **Ryk**, detto "Lungapicca", componente della sua banda
> **Ragwyle** e **Lenyl**, componenti della sua banda
> **Tormund**, Re della birra di Sala Fangosa, detto anche "Veleno dei Giganti", Grande Affabulatore, Soffiatore di Corno e Distruttore del Ghiaccio, "Pugno di Tuono", "Marito di Orse", "Voce degli Dèi" e "Padre di Eserciti"
>> **Toregg l'Alto**, **Torwyrd il Mansueto**, **Dormund** e **Dryn**, figli di Tormund, e sua figlia **Munda**
> **Il Piagnone**, predone e capo di una banda di guerrieri
> (**Harma**, detta "Testa di Cane"), caduta in battaglia sotto la Barriera
>> **Halleck**, suo fratello
> (**Styr**), maknar di Thenn, caduto durante l'attacco al Castello Nero

Sigorn, figlio di Styr, nuovo maknar di Thenn

Varamyr, detto "Seipelli", metamorfo, padrone di tre lupi, una pantera-ombra e un'orsa bianca, da bambino chiamato "Lump"

Un-occhio, **Sly** e **Stalker**, i suoi lupi

(Bump), fratello di Varamyr, sbranato da un cane

Thisle, moglie di lancia, dura ma compassionevole

(Briar e **Grisella)**, metamorfo, morti da lungo tempo

Borroq, detto "il Cinghiale", metamorfo, molto temuto

Gerrick Sanguereale, del sangue di Raymun Barbarossa
le sue tre figlie

Soren Spezzascudi, celebre guerriero

Morna Maschera Bianca, strega guerriera e predona

Ygon Vecchiopadre, capoclan con diciotto mogli

Il Grande Tricheco, capo della Costa Congelata

Madre Talpa, strega delle foreste, profetessa

Brogg, Gavin in Mercante, Harle il Cacciatore, Harle il Bello, Howd il Viandante, Doss il Cieco, Kyleg Orecchio di legno e **Dewyn Scuoiatore di Foche**, capi e comandanti del popolo libero

(Orell), detto "Orell l'Aquila", metamorfo, ucciso da Jon Snow al Passo Skirling

(Mag Mar Tun Doh Weg), detto "Mag il Possente", gigante, ucciso da Donal Noye nell'attacco al Castello Nero

Wun Weg Wun Dar Wun, detto Wun Wun, un gigante

Rowan, Holly, Scoiattolo, Willow Occhio-di-strega, Frenya e **Myrtle**, mogli di lancia, prigioniere alla Barriera

Oltre la Barriera

Nella Foresta Stregata
BRANDON STARK, chiamato Bran, principe di Grande Inverno
ed erede del Nord, un bambino storpio di nove anni
Compagni e protettori di Bran
Meera Reed, fanciulla di sedici anni, figlia di lord Howland
Reed della Torre delle Acque Grigie, nell'Incollatura
Jojen Reed, suo fratello, tredici anni, con la maledizione del-
la "visione verde"
Hodor, ragazzone dalla mente semplice, alto più di due metri
La guida di Bran:
Manifredde, un tempo, forse, uomo dei guardiani della not-
te, ora un enigma

Al Castello di Craster
Traditori, un tempo uomini dei guardiani della notte
Dirk, che ha assassinato Craster
Ollo Lophand, che ha assassinato Jeor Mormont, il Vecchio Orso
Garth di Greenaway, **Mawney**, **Grubbs** e **Alan di Rosby**, un
tempo ranger
Karl Piededuro, **Oss l'Orfano**, **Bill Balbuziente**, un tempo
attendenti

Nelle caverne sotto un'altura
Il corvo con tre occhi, chiamato anche "L'ultimo degli esseri
verdi", negromante e viandante del sogno, un tempo guardiano
della notte chiamato **Brynden**, ora più albero che uomo
Foglia, **Cenere**, **Coltello Nero**, **Capelli di Neve** e **Braci**, figli
della foresta

OLTRE IL MARE STRETTO

Nella città libera di Braavos

FERREGO ANTARYON, signore del mare di Braavos, malato e in declino
    Qarro Volentin, primo spadaccino di Braavos, suo protettore
    Bellegere Otherys detta "la Perla Nera", cortigiana discendente della omonima regina pirata
        La Lady Velata, la Regina degli Scogli, Ombra di Luna, la Figlia delle Tenebre, l'Usignolo e **la Poetessa**, famose cortigiane
L'uomo gentile e **l'orfana**, servitori del Dio dai Mille Volti presso la Casa del Bianco e del Nero
Umma, cuoca del tempio
Il Bello, Compare Grasso, il Signorotto, Faccia Dura, lo Strabico e **l'Affamato**, servitori segreti del Dio dai Mille Volti
Arya, della Casa Stark, ragazza con la moneta di ferro, conosciuta anche come "Arry", "Nan", "la Donnola", "Squab", "Salty" e "Cat, la Gatta dei Canali"
Brusco, mercante di pesce
    Talea e **Brea**, sue figlie
Meralyn, detta "Merry", tenutaria di Porto Felice, un bordello vicino al Porto degli Stracci
La Moglie del Marinaio, prostituta di Porto Felice
    Lanna, sua figlia, giovane prostituta
Roggo il Rosso, Gyloro Dothare e **Gyleno Dothare**, uno scrittore di farse chiamato **Quill** e **Cossomo il Prestigiatore**, clienti del Porto Felice
Tagganaro, ladruncolo del porto
    Casso, "Re delle Foche", la sua foca ammaestrata
S'vrone, prostituta del porto con tendenze omicide
La Figlia Ubriaca, prostituta dal temperamento incerto

NELLA CITTÀ LIBERA DI VECCHIA VOLANTIS

I triarchi regnanti
  Malaquo Maegyr, triarca di Volantis, tigre
  Doniphos Paenymion, triarca di Volantis, elefante
  Nyessos Vhassar, triarca di Volantis, elefante

Gente di Volantis
  Benerro, Alto Septon di R'hllor, Signore della Luce
    Moqorro, suo braccio destro, prete rosso di R'hllor
  La Vedova del fronte del porto, ricca donna liberta, chiamata anche "la puttana di Vogarro"
    i figli della Vedova, suoi feroci difensori
  Penny, ragazza nana e guitta
    Carina Porcellina, il suo maiale
    Scrocchio, il suo cane
  (Groat), fratello di Penny, nano e guitto, assassinato e decapitato
  Alios Qhaedar, candidato a futuro triarca
  Parquello Vaelaros, candidato a futuro triarca
  Belicho Staegone, candidato a futuro triarca
  Grazdan mo Eraz, emissario della città schiavista di Yunkai

436

NELLA BAIA DEGLI SCHIAVISTI

A Yunkai, la città gialla

Yurkhaz zo Yunzak, comandante supremo delle armate e degli alleati di Yunkai, schiavista e anziano nobiluomo di impeccabili ascendenze

Yezzan zo Qaggaz, chiamato in modo derisorio "la Balena Gialla", mostruosamente obeso, malaticcio, ricchissimo

   Nutrice, la sua badante schiava

   Dolcezza, schiavo ermafrodito, il suo tesoro

   Cicatrice, sergente e soldato schiavo

   Morgo, soldato schiavo

Morghaz zo Zherzyn, nobiluomo amante del vino, chiamato in modo derisorio "Conquistatore Sbronzo"

Gorzhak zo Eraz, nobiluomo e schiavista, chiamato in modo derisorio "Faccia-di-budino"

Faezhar zo Faez, nobiluomo e schiavista, conosciuto come "il Coniglio"

Ghazdor zo Ahlaq, nobiluomo e schiavista, chiamato in modo derisorio "Lord Guanciapendula"

Paezhar zo Myraq, nobiluomo di bassa statura, chiamato in modo derisorio "Piccolo Piccione"

Chezdhar zo Rhaezn, Maezon zo Rhaezn e **Grazdhan zo Rhaezn**, nobiluomini e fratelli, chiamati in modo derisorio "Lord Sferraglianti"

L'Uomo dei Carri, il **Signore delle Bestie** e l'**Eroe Profumato**, nobiluomini e schiavisti

Ad Astapor, la città rossa

Cleon il Grande, chiamato "Re Macellaio"

Cleon II, suo successore, re per otto giorni

Re Tagliagola, barbiere per professione, che ha sgozzato Cleon II per rubargli la corona

    Regina Puttana, concubina di Cleon II, salita sul trono dopo la sua morte

LA REGINA AL DI LÀ DEL MARE

DAENERYS TARGARYEN, prima del suo nome, regina di Meereen, regina degli andali, dei rhoynar e dei primi uomini, signora dei Sette Regni, Protettrice del Regno, khaleesi del Grande mare d'erba, detta "Daenerys Nata dalla Tempesta", la "Non-bruciata, "Madre dei Draghi".

> **Drogon, Viserion** e **Rhaegal**, i suoi draghi
>
> (**Rhaegar**), suo fratello, Principe di Roccia del Drago, ucciso da re Robert nella Battaglia del Tridente
>
>> (**Rhaenys**), figlia di Rhaegar, uccisa durante il saccheggio di Approdo del Re
>>
>> (**Aegon**), figlio di Rhaegar, un infante, ucciso durante il saccheggio di Approdo del Re
>
> (**Viserys**), fratello di Daenerys, terzo del suo nome, detto "Re Mendicante", incoronato con oro fuso a Vaes Dothrak
>
> (**Drogo**), sposo di Daenerys, un khal dothraki, morto per una ferita infettatasi
>
> (**Rhaego**), figlio nato morto di Daenerys, generato con Drogo, ucciso in grembo dalla *maegi* Mirri Maz Duur

La Guardia della regina
Ser Barristan Selmy, detto "Barristan il Valoroso", un tempo lord comandante della Guardia reale di re Robert I Baratheon, ora lord comandante della Guardia della regina

I suoi giovani discepoli, addestrati per diventare cavalieri
    Tumco Lho, delle Isole del Basilisco
    Larraq, chiamato "la Frusta", della città di Meereen
    l'Agnello Rosso, un liberto lhazareno
    i Ragazzi, tre fratelli ghiscariani
    Belwas il Forte, eunuco, in passato schiavo gladiatore

I suoi cavalieri di sangue
    Jhogo, la frusta, sangue del suo sangue
    Aggo, l'arco, sangue del suo sangue
    Rakharo, l'arakh, sangue del suo sangue

I suoi capitani e com   andanti
    Daario Naharis, rutilante mercenario tyroshi, al comando della
    Compagnia dei Corvi della Tempesta
    Ben Plumm, detto "Ben il Marrone", mercenario senza onore,
    al comando della Compagnia dei Secondi Figli
    Verme Grigio, eunuco, al comando degli Immacolati, compagnia
    di giovani eunuchi
        Eroe, capitano degli Immacolati, secondo in comando
        Scudo Coraggioso, lanciere degli Immacolati
    Mollono Yos Dob, comandante della Compagnia degli Scudi
    Coraggiosi
    Symon Schiena Striata, comandante della Compagnia dei Fra-
    telli Liberi
    Marselen, comandante della Compagnia degli Uomini della
    Madre, eunuco, fratello di Missandei
    Groleo, di Pentos, un tempo capitano della grande caracca *Sa-
    duleon*, ora ammiraglio senza flotta
    Rommo, un *jaqqah rhan* (guerriero che pone fine ai morenti) dei
    dothraki

La sua corte a Meereen
    Reznak mo Reznak, suo siniscalco, calvo e untuoso
    Skahaz mo Kandaq, detto "il Testarasata", con il cranio rasato,
    comandante delle Belve d'Ottone, la Guardia cittadina di Meereen

Le sue ancelle e i suoi servitori
    Irri e **Jhiqui**, due ragazze dothraki
    Missandei, del popolo naathi, scriba e traduttrice
    Grazdar, **Qezza**, **Mezzara**, **Kezmya**, **Azzak**, **Bhakaz**, **Miklaz**,
    Dhazzar, **Draqaz** e **Jhezane**, figlie e figli delle piramidi di Meereen,
    coppiere e paggi di Daenerys

Gente di Meereen, di alto lignaggio e del popolo
Galazza Galare, la Grazia Verde, alta sacerdotessa del Tempio delle Grazie
  Grazdan mo Galare, suo cugino, nobiluomo
Hizdahr zo Loraq, ricco nobiluomo meerense, di antico lignaggio
  Marghaz zo Loraq, suo cugino
Rylona Rhee, liberta e arpista
(**Hazzea**), figlia di un contadino, quattro anni
Goghor il Gigante, **Khrazz**, **Belaquo Spaccateste**, **Camarron del Conteggio**, **Ithoke l'Impavido**, **Gatto Maculato** e **Barsena la Mora**, gladiatori delle fosse da combattimenti e liberti

I suoi ambigui alleati, falsi amici e nemici manifesti
Ser Jorah Mormont, in passato lord di Isola dell'Orso
(**Mirri Maz Duur**), sacerdotessa e *maegi*, al servizio del Grande Pastore di Lhazar
Xaro Xhoan Daxos, principe mercante di Qarth
Quaithe, sacerdotessa mascherata di Asshai delle Ombre
Illyrio Mopatis, magistro della città libera di Pentos che combinò il matrimonio di Daenerys con Khal Drogo
Cleon il Grande, Re Macellaio di Astapor

Pretendenti alla mano della regina
Nella Baia degli Schiavisti:
Daario Naharis, mercenario tyroshi, al comando della Compagnia dei Corvi della Tempesta
Hizdahr zo Loraq, ricco nobiluomo meerense
Skahaz mo Kandaq, detto "il Testarasata", nobiluomo di inferiore lignaggio, comandante delle Belve d'Ottone
Cleon il Grande, Re Macellaio di Astapor

Nella città libera di Volantis:
Principe Quentyn Martell, primogenito di Doran Martell, lord di Lancia del Sole e principe di Dorne
Compagni e difensori di Quentyn:
(**Ser Cletus Yronwood**), erede di Yronwood, ucciso dai corsari
Ser Archibald Yronwood, cugino di Cletus, chiamato "il Bestione"
Ser Gerris Drinkwater
(**Ser William Wells**), ucciso dai corsari
(**Maestro Kedry**), ucciso dai corsari

Sul Fiume Rhoyne:

Griff il Giovane, ragazzo di diciotto anni con i capelli tinti di blu
  Griff, suo padre adottivo, mercenario un tempo appartenente alla Compagnia Dorata

  Compagni, insegnanti e difensori di Griff il Giovane:
  Ser Rolly Duckfield, chiamato "Papero", cavaliere
  Septa Lemore, donna appartenente al Credo
  Haldon, chiamato "Mezzo-maestro", tutore
  Yandry, proprietario e capitano della chiatta *Fanciulla pudica*
    Ysilla, sua moglie

Per mare:

Victarion Greyjoy, lord comandante della Flotta di Ferro, detto "Capitano di Ferro"
  la sua concubina, una donna dalla carnagione scura e priva di lingua, dono di Euron Occhio di Corvo
  Maestro Kerwin, guaritore, un tempo a Scudo Verde, dono di Euron Occhio di Corvo

L'equipaggio di Victarion a bordo della *Vittoria di ferro*
Wulfe Un-Orecchio, **Ragnor Pyke**, **Acqualunga Pyke**, **Tom Tidewood**, **Burton Humble**, **Quellon Humble** e **Steffan Stammerer**
I capitani di Victarion
Rodrik Sparr, chiamato "il Sorcio", comandante della *Lutto*
Ralf Stonehouse il Rosso, comandante della *Giullare Rosso*
Manfryd Merlyn, comandante della *Aquilone*
Ralf lo Zoppo, comandante della *Lord Quellon*
Tom Codd, detto "Tom Senzasangue", capitano della *Lamentazione*
Daegon Shepherd, detto "Pastore Nero", comandante della *Daga*

I Targaryen sono sangue del drago e discendono dagli alti lord dell'antica fortezza di Valyria. I loro tratti ereditari, infatti, sono occhi violetti, lilla e indaco e i capelli dorati e argentei. Per preservare la purezza del loro sangue, Casa Targaryen ha spesso fatto maritare fratello e sorella, cugino e cugina, zio e nipote. Il fondatore della dinastia, Aegon il Conquistatore, sposò entrambe le sue sorelle e da entrambe ebbe dei figli. Lo stemma dei Targaryen mostra un drago a tre teste, rosso in campo nero; le tre teste rappresentano Aegon e le sue sorelle. Il loro motto è: "Fuoco e sangue".

I MERCENARI
GLI UOMINI E LE DONNE DELLE CITTÀ LIBERE

LA COMPAGNIA DORATA, forte di diecimila uomini, di incerta lealtà.
Harry Strickland il Senzacasa, capitano-generale
    Watkyn, suo scudiero e coppiere
(**Ser Myles Toyne**, detto "Cuore Nero"), morto da quattro anni, precedente capitano-generale
Balaq il Nero, uomo delle Isole dell'Estate con i capelli bianchi, comandante degli arcieri
Lysono Maar, mercenario della città libera di Lys, capo delle spie
Gorys Edoryen, mercenario della città libera di Volantis, ufficiale pagatore
Ser Marq Mandrake, esiliato fuggito alla schiavitù, sfregiato dal vaiolo
Ser Laswell Peake, lord in esilio
    Torman e **Pykewood**, suoi fratelli
Ser Tristan Rivers, bastardo, esiliato, fuorilegge
Caspor Hill, **Humfrey Stone**, **Malo Jayn**, **Dick Cole**, **Will Cole**, **Lorimas Mudd**, **John Lothson**, **Lymond Pease**, **ser Brendel Byrne**, **Duncan Strong**, **Denys Strong**, **Catene** e **John Mudd il Giovane**, sergenti
(**Ser Aegor Rivers**, detto "Acreacciaio"), figlio bastardo del re Aegon IV Targaryen, fondatore della Compagnia Dorata
(**Maelys I Blackfyre**, detto "Maelys il Mostruoso"), capitano-generale della Compagnia, pretendente al Trono di Spade del continente occidentale, membro della Banda dei Nove, ucciso durante la guerra dei Re da Nove Soldi

LA COMPAGNIA DEL VENTO, duemila uomini a cavallo e di fanteria, ha giurato fedeltà a Yunkai

Il **Principe Straccione**, un tempo nobiluomo della città libera di Pentos, capitano e fondatore

Caggo, detto "l'Ammazzacadavere", il suo braccio destro

Denzo D'Han, il bardo guerriero, il suo braccio sinistro

Hugh Hungerford, sergente, un tempo capo delle spie, punito con l'amputazione di tre dita per avere rubato

Ser Orson Stone, **ser Lucifer Long**, **Will dei Boschi**, **Dick Paglia** e **Ginjer Jack**, mercenari dell'Occidente

Meris la Bella, torturatrice

Libri, spadaccino di Volantis e amante delle pagine scritte

Fagioli, balestriere della città libera di Myr

Bill Osso, vecchio guerriero delle Isole dell'Estate

Myrio Myrakis, mercenario della città libera di Pentos

LA COMPAGNIA DEL GATTO, forte di tremila uomini, ha giurato fedeltà a Yunkai

Barbarossa, capitano e comandante

LE LUNGHE LANCE, ottocento uomini a cavallo, hanno giurato fedeltà a Yunkai

Gylo Rhegan, capitano e comandante

I SECONDI FIGLI, cinquecento uomini a cavallo, hanno giurato fedeltà alla regina Daenerys

Ben Plumm il Marrone, capitano e comandante

Kasporio, detto "Kasporio l'Astuto", bravaccio, secondo in comando

Tybero Istarion, chiamato "Calamaio", ufficiale pagatore

Martello, fabbro e armaiolo, ubriacone

Chiodo, il suo apprendista

Lesto, sergente, una sola mano

Kem, giovane mercenario, proveniente dal Fondo delle Pulci ad Approdo del Re

Bokkoko, uomo d'ascia di formidabile reputazione

Uhlan, sergente

I CORVI DELLA TEMPESTA, cinquecento uomini a cavallo, hanno giurato fedeltà alla regina Daenerys

Daario Naharis, capitano e comandante

Il Vedovo, suo secondo in comando

Jokin, comandante degli arcieri

L'ultimo è stato una cagna. Questo è stato tre cagne più un bastardo. Ancora una volta, i miei ringraziamenti vanno ai miei editor e editori, che troppo a lungo hanno sofferto: Jane Johnson e Joy Chamberlain di Voyager, Scott Shannon, Nina Taublib e Anne Groell di Bantam. La loro comprensione, il loro buonumore e il loro saggio consiglio mi sono stati d'aiuto nei tratti narrativi più duri, e non cesserò mai di essere grato per la loro pazienza.

I ringraziamenti vanno anche ai miei agenti, altrettanto pazienti, per il loro infinito sostegno: Chris Lotts, Vince Gerardis, la favolosa Kay McCauley e lo scomparso Ralph Vicinanza. Ralph, davvero desidererei che tu fossi qui a condividere con tutti noi questo giorno.

E grazie a Stephen Boucher, l'australiano errante che mi aiuta a tenere il computer ben lubrificato e canticchia ogni volta che passa per Santa Fe per una prima colazione a base di burrito (a Natale), con contorno di pancetta affumicata ai peperoncini piccanti.

Qui sul fronte di casa, ringraziamenti sono dovuti anche ai miei cari amici Melinda Snodgrass e Daniel Abraham per il loro incoraggiamento e il loro supporto; a Pati Nagle, il webmaster, che mantiene attivo il mio angolo in Internet, e alla straordinaria Raya *Golden* per i pasti, l'arte e l'inestinguibile sostegno che mi ha aiutato a rendere più luminosi perfino i giorni più oscuri intorno alla Terrapin Station. E tutto ciò a dispetto del fatto che abbia cercato di impossessarsi del mio gatto.

Quanto lungo il tempo che mi è stato necessario a danzare questa danza... di sicuro avrei impiegato il doppio senza l'aiuto del mio fedele (e giovane) assistente, e a volte compagno di viaggio, Ty Franck, che si occupa del mio computer quando Stephen non è con me, tenendo a distanza le aggressive folle virtuali dalla mia residenza virtuale, mi aiuta nelle faccende domestiche, si prende cura del mio archivio, prepara il caffè, corre dappertutto e mi spara fatture da diecimila dollari anche solo per cambiare una lampadina. E questo mentre prosegue nella stesura dei suoi fenomenali romanzi, ogni mercoledì.

Infine, ma assolutamente prima di ogni altra cosa, tutto l'amore e la gratitudine a mia moglie, Parris, che ha danzato ogni singolo passo al mio fianco.

Ti amo, Phipps.